小峯和明＝監修　金　英順＝編

【シリーズ】
日本文学の展望を拓く ❶

東アジアの文学圏

笠間書院

『日本文学の展望を拓く』第一巻「東アジアの文学圏」

緒言——本シリーズの趣意——

鈴木　彰

近年、日本文学に接し、その研究に取り組む人々の環が世界各地へとますますの広がりをみせている。また、文学・歴史・美術・思想といった隣接する学術領域に携わる人々が交流・協働する機会も増え、その成果や認識を共有するとともに、互いの方法論や思考法の相違点を再認識し合うような状況も日常化しつつある。日本文学という、時を超えて積み重ねられてきたかけがえのない文化遺産を豊かに読み解き、多様な価値観が共存しうる未来へと受け継ぐために、その魅力や存在意義を、世界へ、次世代へ、諸学術領域へと発信し、今日的な状況を多方面へと繋ぐ道を切り拓いていく必要がある。

日本文学とその研究がこれまでに担ってきた領域、また、これから関与していく可能性をもつ領域とはいかなるものであろうか。その実態を俯瞰し、人文学としての文学が人間社会に果たしうる事柄に関して、より豊かな議論を成り立たせていきたい。日本文学という窓の向こうにはどのような視界が広がっているのか。本シリーズは、日本文学研究に直接・間接的に携わり、こうした問題関心をゆるやかに共有する計一一〇名の論者たちが、日本文学あるいは日本文学研究なるもののもつ可能性を、それぞれの観点から展望した論稿を集成したものである。

本シリーズは全五巻からなる。日本文学と向き合うための視座として、ここでは東アジア、絵画・イメージ、宗教、文学史、資料学という五つに重きをおき、それぞれを各巻の枠組みをなす主題として設定した。

各巻は基本的に四部構成とし（第五巻を除く）、論者それぞれの問題意識や論点などを勘案しつつ各論文・コラムを配列した。あわせて、各巻頭には「総論」を配置し、各論文・コラムの要点や意義を紹介するとともに、それらが連環し、交響することで浮かび上がる問題意識のありようや新たな視野などを示した。この「総論」は、いわば各編者の観点から記された、本シリーズを読み解くための道標ということになる。

以下、各巻の概要を示しておこう。

まず、第一巻「東アジアの文学圏」（金英順編）では、〈漢字・漢文文化圏〉の問題を念頭におきつつ、東アジアに広がる文学圏について、中国・朝鮮・日本・琉球・ベトナムなどを視野にいれた多面的な文学の諸相の提示と解明に取り組んでいる。

第二巻「絵画・イメージの回廊」（出口久徳編）では、文学と絵画・イメージといった視覚的想像力とが交わる動態について、絵巻や絵入り本、屏風絵などのほか、芸能や宗教テキスト、建築、デジタル情報といった多様なメディアを視野に入れつつ検討している。

第三巻「宗教文芸の言説と環境」（原克昭編）では、唱導・寺社縁起・中世神話・偽書・宗教儀礼など、近年とりわけ日本中世を中心に活性化した研究の観点から、宗教言説と文学・芸能とが交錯する文化的状況とその環境を見定めようとしている。

第四巻「文学史の時空」（宮腰直人編）では、従来の日本文学史理解を形づくってきた時代区分やジャンル枠を越境する視野のもとで柔軟にテキストの様相を探り、古典と近現代文学とに分断されがちな現況から、それらを貫く文学研究のあり方を模索している。

第五巻「資料学の現在」（目黒将史編）では、人文学の基幹をなす資料学に焦点をあて、新出資料の意義づけはもとより、諸資料の形成や変容、再生といった諸動態を検討することで、未開拓の研究領域を示し、今後の文学研究の可能性を探っている。

以上のような骨格をもつ本シリーズを特徴づけるのは、何といっても執筆者が国際性と学際性に富んでいることである。それは、日本文学と向き合う今日的なまなざしの多様性を映し出すことにつながっており、また従来の「日本文学」なる概念や日本文学史理解を問いなおす知的な刺激を生み出してもいる。

本シリーズが、多くの方々にとって、自らの「文学」をめぐる認識や問題系をとらえなおし、日本文学の魅力を体感し、また、日本文学とは何かについてそれぞれに思索し、展望する契機となるならば幸いである。

◇　◇　◇

以下、本シリーズの刊行に至る経緯等を少しく書き添えておく。

本シリーズの企画は、編者六名から依頼する形で、二〇一六年六月に以下の四十名からなる発起人会を組織し、小峯和明氏に監修をお引き受けいただくところから本格的に始動した。

『日本文学の展望を拓く』発起人（編者には☆を付し、担当巻を示した）

阿部龍一　李市埈　石井公成　伊藤聡　小川豊生　加藤睦　☆金英順（第一巻）　金鍾徳　金文京　グエン・ティ・オワイン　パスカル・グリオレ　高陽　河野貴美子　島村幸一　ハルオ・シラネ　☆鈴木彰　染谷智幸　高岸輝　竹村信治　田村義也　千本英史　趙恩馤　張龍妹　☆出口久徳（第二巻）　ルチア・ドルチェ　☆原克昭（第三巻）　樋口大祐　クレール＝碧子・ブリッセ　エステル・レジェリー＝ボエール　前田雅之　松居竜五　松本真輔　☆宮腰直人（第四巻）　☆目黒将史（第五巻）　楊暁捷　吉原浩人　李銘敬　ジャン・ノエル・ロベール　渡辺匡一　渡辺麻里子

以後、編者一同、小峯氏が古稀を迎える二〇一七年十二月までに、全巻同時に刊行することを期して編集を進めてきた。さまざまな制約がある中、多忙な執筆者各位には多大なるご配慮とご協力を賜った。また、笠間書院の池田つや子会長・池田圭子社長には、こうした論集の刊行を快くお引き受けいただき、編集実務面では橋本孝氏、岡田圭介氏、西内友美氏が終始ていねいにご対応くださった。編者一同を代表して心より御礼申し上げる。

本シリーズは、小峯和明氏が牽引者となって長きにわたって築きあげてきた、世界各地の人と資料と〈知〉をつなぐ連環があればこそ実現しえたものである。緒言を結ぶに際して、このことを銘記しておきたい。

目次

緒言——本シリーズの趣意—— 鈴木 彰 ii

総論——交流と表像の文学世界—— 金 英順 ix

第1部 東アジアの交流と文化圏

1 東アジア・〈漢字漢文文化圏〉論 小峯和明 3

2 『竹取物語』に読む古代アジアの文化圏 丁 莉 28

3 紫式部の想像力と源氏物語の時空 金 鍾徳 48

【コラム】漢字・漢文・仏教文化圏の『万葉集』——「方便海」を例に—— 何 衛紅 63

【コラム】軍記物語における「文事」 張 龍妹 67

4 佐藤春夫の『車塵集』の翻訳方法——中日古典文学の基底にあるもの—— 於 国瑛 74

【コラム】「山陰」と「やまかげ」 趙 力偉 91

第2部　東アジアの文芸の表現空間

1　「離騒」と卜筮――楚簡から楚辞をよむ――……井上　亘　97
2　『日本書紀』所引書の文体研究――「百済三書」を中心に――……馬　駿　125
3　金剛山普徳窟縁起の伝承とその変容……龍野沙代　141
【資料】保郁「普徳窟事蹟拾遺録」（一八五四年）……龍野沙代　162
4　自好子『剪灯叢話』について……蒋　雲斗　164
5　三層の曼荼羅図――朝鮮古典小説『九雲夢』の構造と六観大師――……染谷智幸　178
6　日中近代の図書分類からみる「文学」、「小説」……河野貴美子　196
【コラム】韓流ドラマ「奇皇后」の原点……金　文京　210

第3部　東アジアの信仰圏

1　東アジアにみる『百喩経』の受容と変容……金　英順　219
2　『弘賛法華伝』をめぐって……千本英史　235

3 朝鮮半島の仏教信仰における唐と天竺――新羅僧慈蔵の伝を中心に――……松本真輔 249
4 『禅苑集英』における禅学将来者の叙述法……佐野愛子 265
5 延命寺蔵仏伝涅槃図の生成と地域社会――渡来仏画の受容と再生に触れつつ――……鈴木 彰 278
【コラム】能「賀茂」と金春禅竹の秦氏意識……金 賢旭 298

第4部 東アジアの歴史叙述の深層

1 日本古代文学における「長安」像の変遷――〈実〉から〈虚〉へと――……高 兵兵 305
2 『古事集』試論――本文の特徴と成立背景を考える――……木村淳也 325
3 『球陽』の叙述――「順治康熙王命書文」（『古事集』）から――……島村幸一 344
4 古説話と歴史との交差――ベトナムで龍と戦い、中国に越境した李朝の「神鐘」――……ファム・レ・フイ 360
【資料】思琅州崇慶寺鐘銘并序……ファム・レ・フイ／チャン・クァン・ドック 379
5 日清戦争と居留清国人表象……樋口大祐 386
【コラム】瀟湘八景のルーツと八景文化の意義……冉 毅 402
6 *Constructing the China Behind Classical Chinese in Medieval Japan: The China Mirror*

…… Erin L. Brightwell 430（左開）
あとがき……小峯和明 431
全巻構成（付キーワード） 436
執筆者プロフィール 444
索引（人名／作品・資料名）（左開1）

総論
――交流と表像の文学世界――

金　英順

1　はじめに

本巻の「東アジアの文学圏」は、西欧と大別される空間という地域的な線引きによる平面的な文学圏を意味するのではなく、東アジアの長い歴史の中で相互緊密な関係を維持し、漢字漢文文化を共有してきた中国・韓国・日本・琉球・ベトナムの国と地域で展開された文学世界をいう。中国では、漢字を用いて文字を書く中国以外の国や地域を「域外漢文圏」と称し、これらの域外に伝わる漢籍を中心に「漢文化」の総体研究が行われている。▼注[1]しかし、これは、中国を中心に東アジアの各地域に伝播した漢字漢文文化の受容と発展を中国の視点から評価しようとした偏向的な中国学としての印象が強い。そこで、近年では、中国学としての域外漢籍・漢文学ではなく、中国の典籍を含む「東亜漢籍」「東亜漢文学」などのような東アジア全体を積極的にとらえようとする試みが行われ、注目されている。▼注[2]

一方、韓国では東アジアを中国の域外漢文学研究にみるような一国中心ではなく、漢字文化を基盤とする一つの文明圏の中の共同体として認識し、▼注[3]東アジア固有の文学史の構築が提唱され、韓国・中国・日本・ベトナムの文学史をめぐって時代別に比較文学的な視点による分析が行われている。▼注[4]また、韓国・中国・日本の古典文学の比較研究が盛んに行われ、東アジアの文学、文化、学問が一方的な受容ではなく、相互の影響関係の中で形成されたものとして追究されている。▼注[5] そして、ベトナムにおいても日本と韓国を含む東アジアの文学作品が多数翻訳され、ベトナム文学との比較研究が活発に行われている。▼注[6]

これに対して日本では、東アジアの文化共有における海域交流の問題が提起され、東ジア海域交流を通じて日本が東アジア諸地域、そして、西洋世界ともつながり、その交流の過程で、政治制度、経済、宗教、文化が形成されたと指摘され、歴史学主導で研究が推進されている。▼注[7] また、東アジアの漢字漢文文化を考えるうえで、訓読の文化圏という視点が提起され、日本、韓国、琉球の漢文世界展開の実相が明らかになり、▼注[8] 琉球やベトナムをも視野に入れた〈漢字漢文文圏〉の漢籍、説話、▼注[9] 仏教文化▼注[10] などの分野での研究が活発化している。

このように東アジアの国と地域が相互影響しあいながら共有してきた〈漢字漢文文化圏〉の文化を基盤に、本巻では日本と諸国・諸地域の文学資料を精査し、多面的、多角的に複合的な視座から東アジアの文学を再検証する。構成は第1部「東アジアの交流と文化圏」、第2部「東アジアの文芸の表現空間」、第3部「東アジアの信仰圏」、第4部「東アジアの歴史叙述の深層」の四部にわかたれ、論文二一編とコラム六編を収める。以下、各部の構成と諸論の梗概を簡便に紹介することで読解と研究のてびきとしたい。

2　東アジアの交流と文化圏（第1部）

第1部「東アジアの交流と文化圏」には、東アジアの〈漢字漢文文化圏〉論と東アジアの交流を視座に日本の古典文学の特徴をさぐる論文四編とコラム三編を収める。

小峯和明論文は、東アジアの〈漢字漢文文化圏〉のひろまりにおいて「訓読」がもつ重要な役割を指摘し、訓読の問題を東アジア全体の課題としてとらえ、あわせて「東アジア共有の古典学」として検証していくことを提唱した論である。従来の日本の和漢比較研究が日中比較の一対一対応の、日本の一方的な受容論ばかりで間の朝鮮半島を飛ばしてきたわけで、これにベトナムや琉球をも視野に入れて多面的、多角的に双方向から見ていかなくてはならないと提唱する。東アジアの〈漢字漢文化圏〉の共有圏を象徴するものとして「正典」「擬経」「仏伝文学」「類書」などをあげて検証し、諸資料を相互に対照しながら複合的に捉える必要があると論じている。また、東アジア共有の古典学の具体例として「瀟湘八景」の流布をあげているが、中国と日本での流布については従来の美術史や五山文学研究などによって担われてきたこともあり、本論ではあえて中国と日本の例を外し、琉球・朝鮮・ベトナムなどを中心に検証する。琉球と朝鮮では「瀟湘八景」に倣って『中山八景記』「琉球八景」、朝鮮の「関東八景」などが作られて流布し、ベトナムにも「瀟湘八景」に関する新出資料から、少なからず見立て「八景」があるとされる。「瀟湘八景」から国や地域の「八景」が仕立てられて広まり、東アジアの古典学の共有と再創出の一端が垣間見える。

丁莉論文は、『竹取物語』にみえる求婚難題譚が古代アジア文化圏の人的・物的交流を背景に発想されたことを検証した論である。「蓬莱の玉の枝」「龍の頸の玉」などを求めて旅に出る貴公子たちが、京を出発して難波に行き、難波から船で筑紫の国へ渡り、筑紫の浦で出航したという設定は、『日本書紀』『入唐求法巡礼行記』などにみる遣唐使や入唐僧の航海譚から得た着想であったと指摘する。また、「仏の御石の鉢」が天竺にある黒くて光るものとして描かれたのは、『大唐西域記』『法顕伝』などから得た情報によるもので、入唐僧や入竺僧の聖地巡礼の旅が発想の枠組みの一つとされていたことが確認できる。そして、商船を利用して唐より持ち帰ったという「火鼠の皮衣」は、『捜神記』『本草綱目』などにみえる「火浣布」のことをイメージしたもので、この「火浣布」が、大秦国から天竺に伝えられ、天竺僧によって陸のシルクロードを経て唐土にもたらされた渡来物であったことを明らかにする。これは日本から唐に渡った貴公子が遠くローマからの渡来物を日本に伝えようとした試みであり、難題譚が発想される契機に古代アジアにおいて繰り広げられた東西の交流が意識されていたことが窺えよう。

金鍾徳論文は、『紫式部日記』『源氏物語』にみえる「高麗」の描出を中心に朝鮮半島より渡った「ひと」と「もの」の実態と伝承を検証した論である。古代日本において渡来文物の多くが朝鮮半島との関わりによってもたらされたことはよく知られるが、平安時代になると朝鮮半島より「唐」との交流が盛んになる。これについて本論では、七世紀から十世紀にかけて朝鮮半島において戦争による三国の統一と分裂が繰り返されていたことや、日本の遣唐使派遣によって唐への往来が活発になっていたことなどが対外関係の変化をもたらした要因とされる。しかし、『紫式部日記』『源氏物語』において「高麗」は「唐」より用例は少ないものの、「唐」とともに先進文化を表す複合名詞として用いられており、『源氏物語』では光源氏の運命を予言した「高麗人」の相人が渤海の国使として鴻臚館に泊まっていた権威ある人物として描かれる。また、『源氏物語』にみえる渡来文物の「からうす（唐臼）」は、『万葉集』や『日本書紀』などから高句麗の僧曇徵が製造法を伝えた朝鮮半島の「からうす（韓臼）」のことを指しており、古代東アジアの交流における日本と朝鮮半島との関係が再認識される。

何衛紅のコラムは、東アジアの交流において重要な役割を担っていた仏教が、古代日本の和歌にどう影響したかについて『万葉集』を中心に考究したコラムである。『万葉集』巻七・一二一六に「塩満者《潮満たば》如何将為跡香《いかにせむとか》方便海《わたつみ》之神我手《の神が手渡》渡《る》海部《海女を》未通女等《とめども》」と詠まれている歌にみえる「方便海」は、「わたつみ」の訓みがあてられ、先行研究では海・海原を指す漢語とされてきたが、それは「方便海」の文字の意味からとった近代的な捉え方であって、上代の万葉歌人の視座からその精神世界を推しはかったものではないと反論し、「方便海」の和訳をめぐる問題を提起する。「方便海」が『華厳経』に頻出する仏教語であることから、『万葉集』にみる「方便海」の歌は、『華厳経』に説かれるように「仏から方便の利益をいただいた神の手によって渡る海女娘子ども」と読み解いている。

張龍妹のコラムは、日本の軍記物語における「文事」のもつ意義を追究し、国内の合戦を描く『平家物語』『太平記』

などと異国戦争を描く『朝鮮征伐記』とを対象に、「文事」の描出にみる特徴と相違とを分析したコラムである。『平家物語』では熊谷や千手前の逸話のように「文事」の描出が仏教的世界観と結びついて描かれる。しかし、『平家物語』と同じく国内を舞台とする『太平記』は、「文事」が天皇の御会をめぐる大義名分として描かれ、政道と関る「文事」の特徴を指摘する。さらに、『朝鮮征伐記』では朝鮮や琉球への国書の中に、日本の武将の文才と武威を示す「文事」が描写され、時代や物語の性格は『太平記』と異なるものの『朝鮮征伐記』の「文事」を通して政治のあり方や対外関係を垣間見ることができる、とする。『朝鮮征伐記』は本シリーズ第四巻の佐伯論、第五巻の目黒論に関連する。

於国英論文は、佐藤春夫の『車塵集』にみる漢詩翻訳の方法と特徴とを考究した論である。『車塵集』に収録された四八首の翻訳詩は全て古代中国の女性詩人達の漢詩を和訳したもので、佐藤春夫が女性詩だけを採録した背景として彼の漢文素養と女性関係の問題があげられる。漢詩の翻訳においては『源氏物語』『古今和歌集』などにみる風雅なことばをもって表すなど日本の古典文学から得た表現が多いことに注目される。また、漢詩に隠されている風情を和語をもって描くために原詩にはない風致や色をめぐる表現を挿入することで詩の再創出が試みされていると指摘する。

趙力偉のコラムは、中国の山陰（会稽山）の地にまつわる「子猷尋戴」の故事が日本の歌物語や和歌などに、どう歌われて享受されたのか、中国故事の日本文学における受容の具体相を追究したコラムである。『唐物語』では、「子猷尋戴」の故事にみる主人公の子猷を風流人に仕立てるために、故事に和歌を添えて子猷が雪の夜に友を訪ねながら門前で引き返した不可解な行動を合理化しようとする。また、「子猷尋戴」の故事を意識的に和歌の中に詠み込んだ先駆者とされる藤原俊成の歌では、「山陰《やまかげ》」を掛詞的に用いて「雪」「月」「訪友」などと縁語仕立てにする巧みな修辞法によって歌に「子猷尋戴」の故事が描かれる。俊成の修辞法による故事の歌い込みは、後代の「山陰」の歌ことばの流行につながり、俊成歌の発想を借りた模倣作や影響作とみられる歌が多数作られるようになる、という。

3　東アジアの文芸の表現空間（第2部）

第2部「東アジアの文芸の表現空間」には東アジアの各国の文学文芸の諸相を多角的に探究する論文六編とコラム一編を収める。

井上亘論文では、『楚辞』離騒篇にみる卜筮について「筳篿」「霊氛」「巫咸」の三題を中心に考究し、日本の亀卜書が伝える楚人の卜法や「卜筮祭祷簡」にみる卜筮並用の工程が『楚辞』離騒篇に読み込まれていたことを解明する。また、『楚辞』離騒篇にみる天界遊行モチーフの巫術性について追究し、巫系文学としての離騒篇の再検討の問題を提起する。さらに、『楚辞』の理解に欠かせない楚簡をめぐる綿密な検証によって、上海博物館や清華大学などが所蔵する楚簡に『尚書』や『逸周書』などの諸篇と重なる断片的な説話が多く含まれていることが確認され、それが離騒篇に語られる故事とも関係がふかいことから、占いの文化とともに説話文学の世界もまた楚文化を構成する要因であったことが示される。

馬駿論文は、『日本書紀』所引の『百済記』『百済新選』『百済本記』などの百済の歴史書がどのような漢文文体で叙述されているのかについての論である。これらの歴史書の「百済三書」の文体をめぐって従来の研究では、共通した用字や表記法と独特な表現などが指摘されてきたが、文章表現にみる正格・仏格・変格などといった三つの角度からの漢文表現の検証が本論によって初めて究明される。本論では正格・仏格・変格の表現を体系的に分類し、それぞれの書における漢文表現の特徴を明らかにする。具体的には用字や語彙、文法、表現の発想など多岐にわたるが、三書ともに中国の正史にはみえない変格漢文の表現が用いられる点が大きな特徴とされる。

龍野沙代論文は、朝鮮半島の金剛山にある普徳窟にまつわる縁起の伝承と変容について考究した論である。観音菩薩を祀った庵である普徳窟は、『金剛山本山楡岾寺本末寺誌』には、最初に窟で修道した高句麗の普徳比丘に関する伝説と普徳比丘の後身である懐正禅師が窟に庵を建てたという縁起が伝えられ、普徳窟の名前の由来が普徳比丘によることが推察できる。比丘の普徳は朝鮮初期の紀行詩文では観音菩薩の化身として伝承される。さらに朝鮮末期の寺刹誌や紀行文などには観音菩薩の化身である娘の普徳閣氏が金剛山の普徳窟に住んで父親と僧を悟りに導いたという説話が語られ、普徳窟縁起は観音菩薩と女性とを結びつけた説話に変貌したという。普徳窟縁起の伝承と変遷を通じて、金剛山が朝鮮半島においていかに観音菩薩の聖地として信仰されていたかが窺えよう。

蔣雲斗論文は、明代の『剪灯新話』の影響を受けて創作された一六世紀末の自好子による『剪灯叢話』の東アジアにおける流布と受容について検証した論である。本論では『剪灯叢話』の諸本のうち、中国に伝わる十二巻本と日本に現存する十巻本の二種の伝本の比較を通じて両伝本の特徴と相違点を究明し、『剪灯叢話』の日本への伝来を万暦二一年から万暦二四年の間として推定する。また、浅井了意の『伽婢子』にみえる中国の怪異説話の篇目が十二巻本の『剪灯叢話』と一致し、怪異説話の多くが『剪灯叢話』と酷似することから、『伽婢子』の編纂において『剪灯新話』とともに『剪灯叢話』をも参照された可能性が高いと指摘する。

染谷智幸論文は、一七世紀の朝鮮時代の古典小説である『九雲夢』を、仏教的世界観から読み解いた論である。『九雲夢』は、作品にみえる思想・宗教的な要素と愛情小説的な側面との二つの相容れない要素のために作品の評価が大きく二分される傾向があったが、本論ではこの乖離を解消する試みとして俗や欲望を肯定する仏教の曼荼羅的観相の視点から作品を読み直している。具体的には『九雲夢』を世俗の恋愛・家族世界、君臣や社会といった現実的世界、天上世界の重なる曼荼羅図のような三層構造として捉え、この三層こそ修羅界・人間界・天界のことで、『九雲夢』の世界が六道輪廻観に即していることを明らかにする。また、天上世界の総括者として登場する六観大師という人物が六道の世界から衆生を救う六観音をイメージして設定されたという推論も、『九雲夢』における六道輪廻の仏教観を窺わせるものとして興味深い。

河野貴美子論文は、日本および中国の図書分類の歴史を通して学術文化のありようを追究した論である。本論では図書分類の中でも特に「文学」や「小説」に関する事項を中心に検証し、近代において図書目録の再編、再構築を繰り返した日本の図書分類が、近代以降の中国における図書分類や学術概念の形成にも深く関与していたことについて論じる。また、中国では日本の分類法を受け入れ「小説」を「文学」の一ジャンルとする一方では、長い歴史と伝統を有する中国古典籍の体系は、従来の四部分類によって「子部・小説」と分類するなど、二重の図書分類法の体系が併存していることを、唐代小説『遊仙窟』の分類の事例をあげて論じている。本シリーズ第五巻の資料学とも関連が深い。

金文京のコラムは、高麗末期に貢女として元に送られた後、元の順帝の妃となった奇皇后をフィクション化した作品の原点をめぐって、高麗末期の仏伝の『釈迦如来十地修行記』にみえる「金牛太子譚」を取り上げて論じたコラムである。『釈迦如来十地修行記』の「金牛太子譚」は、釈迦の前生である金牛太子が継母の迫害により高麗に逃亡し、高麗の公主と結婚して王位に就いたという本生譚で、仏典に出拠を見いだせない高麗人による叙述とされる。この「金牛太子譚」にみえる金牛太子と高麗の公主との結婚という筋書きは、かつて高麗に配流された後、帝位についた順帝と高麗出身の奇皇后を連想させる。奇皇后は高麗の公主ではないが、これが貢女から皇后となったことを美化したフィクションであろうと推定し、「金牛太子譚」を奇皇后の境遇を物語の中に反映した最初の作品として捉えるのである。

4　東アジアの信仰圏（第3部）

第3部「東アジアの信仰圏」には、東アジアの宗教、信仰の世界を多角的に探究する論文五編とコラム一編を収める。本シリーズ第三巻『宗教文芸の言説と環境』と関連が深く、併せて読んで頂きたいと思う。

金英順論文は、古代インドに伝わる説話を喩えに仏の教えを説く『百喩経』の譬喩が東アジアにおいてどう捉えられていくのかについて考究した論である。中国では『百喩経』は五世紀頃の漢訳以降、経典の注釈書や類書などに引用されることが多かったが、明代になると笑話集や類書、漢詩などに採り入れられ、『百喩経』の譬喩が仏の教えというより笑話や志怪小説として捉えられる。日本に『百喩経』が伝来したのは八世紀初め頃で、その後平安から室町時代の説話集や唱導資料などに引用されて伝えられ、『百喩経』の譬喩は仏の教説を強調するための説話として認識され、中国での展開と異なる受容がみられる。そして、韓国での『百喩経』の伝来は現存の史料では一〇世紀末に『大蔵経』の導入にともなって高麗に伝わったとされる。朝鮮時代には仏伝の『釈迦如来行録』に『百喩経』から引用した譬喩説話が多数収められている。

千本英史論文は、『弘賛法華伝』がどのようにして『今昔物語集』の編纂資料となったのかについて先行研究を踏まえながら『弘賛法華伝』の伝来や書写などの問題の解明を試みた論である。東大寺本『弘賛法華伝』の巻五と巻十の末尾にみえる奥書から、本書は東大寺東南院の覚樹の勧誘によって宋商の荘永・蘇景が高麗に渡って求めて天慶五年（一一一五）に将来した義天版百巻余の一部で、保安元年（一一二〇）に覚樹が俊源に勧めて書写させたことが知られる。この奥書にみえる書写者の俊源については、従来の研究では言及されることがなかったが、本論によって俊源が興福寺の僧であったことが確認できる。また、覚樹は興福寺で行われた維摩会の講師を二度も務めていたことなどから俊源との関わりも推測され、覚樹が俊源に東大寺の『弘賛法華伝』の書写を依頼したと、とらえられている。

松本真輔論文は、朝鮮半島の仏教信仰における天竺の持つ意味について、新羅の僧慈蔵の伝記を中心に考究した論である。『続高僧伝』や『法苑珠林』などの中国の資料にみえる慈蔵は、新羅から唐に渡って修行し戒律を身につけ、仏教以外にも唐の政治制度や儀礼などを新羅にもたらした人物とされる。しかし、『三国遺事』『通度寺事跡記』などの朝鮮半島の資料では、慈蔵が唐で五台山に参詣して文殊より授けられた天竺の言葉による「四句の偈」を解き、天竺の釈迦の遺品や遺骨を新羅に持ち帰ったと伝えられる。この朝鮮半島に伝わる慈蔵の伝記は、天竺を持ち出して中国を相対化し、さらには中国を飛ばして天竺と新羅を直結して描いている。実際の仏教伝来は中国から朝鮮半島へという流れであったわけだが、信仰あるいは意識の上では天竺へと繋がっていたことが窺えよう。

佐野愛子論文は、十四世紀のベトナムの僧伝『禅苑集英』に伝わる毘尼多流支・無言通・草堂などの三人の伝記を対象にベトナムの禅学伝来と流布について論究したものである。毘尼多流支は南インド出身で中国に渡って禅学を学んだ後、五八〇年にベトナム北部交州の法雲寺で布教し、中国広州出身の無言通は南宗禅の百丈懐海に師事した後、八二〇年に扶董の建初寺に来て禅学を伝えたという。また、草堂も無言通と同じく中国人で一一世紀初の李王朝の時にベトナムに渡った禅師とされる。そして、本論ではこれらの禅学の初伝、布教に関する『禅苑集英』の伝記に中国や朝鮮半島の仏教伝来にみるような迫害の描写がないことに注目し、その理由の一つとして将来者と王権との結びつきを指摘する。そして、宗教と王権との関係はベトナムの仏教初伝を伝える『理惑論』からも窺えるもので、ベトナムは中国の戦乱を避ける宗教者を受け入れる所であって、宗教を弾圧する場ではないことが確認される。

鈴木彰論文は、一七世紀半ば頃の延命寺蔵涅槃図（延命寺本と略称）の生成における渡来仏画の影響について検証した論である。本論では愛知県知多半島の師崎にある延命寺本と、同地域の大野にある十四世紀作の東龍寺蔵涅槃図（東龍寺と略称）とを比較し、延命寺本が東龍寺本の作例を継承し、再生させた涅槃図であったと指摘する。さらに、延命寺本にみえる王冠をつけた人物たち一行の図像のモチーフが、常滑市石瀬に所在する中之坊寺蔵の南宋仏伝図にみえる阿闍世王一行の図像と極めて類似していることから、延命寺本に渡来仏画が影響したことを明らかにする。十二世紀の南宋で作られた仏伝図が一七世紀に至って日本の知多半島において採り入れられ、同地域の他の涅槃図とも混ぜ合わされながら生まれた延命寺本の創出は、東アジアの仏伝の伝播と再生を考えるうえで示唆深いものである。本シリーズ第二巻につらなるテーマでもある。

金賢旭のコラムは、賀茂神社にまつわる神話を題材につくられた金春禅竹の「賀茂」の能が、上賀茂神社では演じることが禁忌とされたことについて金春禅竹の秦氏意識との関連に焦点を当てて論じたコラムである。禅竹の「賀茂」の前場にみえる賀茂の神話は、『秦氏本系帳』のような秦氏系の賀茂縁起に依拠したことで知られる。この秦氏系の賀茂縁起は、秦氏の女が賀茂の神を孕み、賀茂神社の祭礼がもともと秦氏族の儀礼であったと語られ、賀茂神社側からみれば賀茂信仰と神社の正統性を否定する話となるので、認められないのが当然であったかもしれない。禅竹が秦氏の縁起を基に「賀茂」の能を完成させたのは、秦氏の後裔としての禅竹の強い意識があったからだと指摘する。それは、禅竹が書き残した「円満井座系図」の家系図に、「秦河勝・秦氏安……金春氏安・金春七郎」とあって禅竹が秦氏の後裔とされていることからも確認できるのである。

5　東アジアの歴史叙述の深層（第４部）

第４部「東アジアの歴史叙述の深層」には、東アジアの歴史叙述と文学の相互交流を描き出す論文六編とコラム一編を収める。

高兵兵論文は、奈良と平安時代の文学に描かれる長安のイメージがどのように変化していくのかをめぐって、日本と中国との関係にみる歴史的背景を視野に入れて検証した論である。奈良時代から平安末期までの漢詩文にみえる長安が実際に存在した憧れの対象から、平安京を指す一虚名となり、それにともなって長安のイメージも一転して恐るべき場所に変わり、虚構の存在として意識されていった変遷が確かめられる。また、長安に対するイメージが変わった原因について、一〇世紀末の唐の滅亡によって都の長安という認識がなくなり、平安詩人の都への憧憬が長安から日本の平安京に変わっていったことを指摘する。また、遣唐使廃止となった一〇世紀以降は日本人が長安を目にする機会がないうえ、中国では唐末から宋代にわたって戦乱が続いたために恐ろしい長安のイメージが作り上げられたと論じられる。

木村淳也論文は、琉球の地誌『古事集』の本文の特徴と成立背景について考究した論である。『古事集』は、鎌倉芳太郎が行った沖縄の総合的な調査によって作成・収集された「鎌倉芳太郎資料」の中に収められている琉球の祭祀・地誌に関する資料で、一七二四年以降から一七二七年頃の制作と推測される。本論では『古事集』の宮古項・八重山項にみえる「領島」が漢字表記となっていることや、地名の記載順などが蔡温本『中山世譜』「琉球輿地名号会記」の記述と類似することから、『古事集』が琉球王府の正史である蔡温本『中山世譜』との関わりの中で生み出された可能性を指摘する。また、『古事集』と先行の琉球地誌や歴史書などとの比較を通して、『古事集』は明の『大明一統志』に範をとって『琉球国由来記』から地誌的な部分を抜き出し、これを漢文で書き換えて作られたことが究明される。さらに『古事集』と琉球史書との関連については、次の島村幸一論文に引き継がれ、『古事集』が一七四五年に編纂される『球陽』の資料として用いられるのである。

島村幸一論文は、琉球王府の史書である『球陽』の記事と、『古事集』にみえる「順治康熙王命書文」の記述との比較を通じて、琉球の正史としての『球陽』のありようを考究した論である。「順治康熙王命書文」は『古事集』全体で六〇条に及ぶが、その多くが『球陽』の記事と対応しており、『球陽』編纂の資料とされた可能性を指摘する。また、「順治康熙王命書文」と対応する『球陽』の記事のすべてに「王」の記載が略されていることを指摘し、『球陽』は「順治康熙王命書文」を参照しつつ、叙述の規範に従って記事を再編していたことを確認する。また、『球陽』が「順治康熙王命書文」から採らなかった記事は、盗賊や暴動、天変地異に対する王の恐れや驚きなどに関する記事で、『球陽』は敢えてこれらの記事を削り、具体的な名や数字を記していることから、「記録」を示そうとする『球陽』の王府正史としての姿勢が窺える、という。木村・島村論ともに本シリーズ第五巻につらなるテーマである。

ファム・レ・フイ論文は、ベトナムの地誌に伝わる高平省の崇慶寺の「神鐘」説話が、どのように生成され、地域を越境していたのかについてベトナムと中国の資料を博捜し、「神鐘」説話のルーツを追究した論である。一九世紀のベトナムの地誌『大南一統志』『同慶地輿志』などでは、高平省の崇慶寺の梵鐘が水の蛟龍と戦った後、河を逆流して上って中国の太平州に至って、その地で祀られたという「神鐘」に関する話を太平州から来た商人を通して知ったと語られ、国境地の河を介して梵鐘や説話、人などが行き交う様子が窺える。一方、一八世紀の清朝の地誌『金石略』には、ベトナムから太平州へ飛んできた梵鐘が夜になると水に入って龍と戦い、沈希儀という人が梵鐘を溶かして兵器を造ろうとしたが叶わなかったとあり、神鐘が「飛来鐘」とされたことを確認する。また、「飛来鐘」を溶かそうとした「沈希儀」という人物が一六世紀前半の明代の将軍であったことから、神鐘の「飛来鐘」の説話が明の時代を背景に作られていたことを明らかにする。歴史と文化が交差する中で生まれた説話が国境を越えて広がり、地域の地勢や共同体の文化などによって再構築されていたことが史料の追跡をもって確認できる貴重な事例である。

樋口大祐論文は、日清戦争をめぐる小説や言説、演劇などに表れる戦争に対する建前と本音の二重構造の様相と在留清国人表象について考究した論である。中勘助の自伝的小説『銀の匙』では「大和魂」「武士道」などの建前は戦時下では群集心理によって攻撃性の強い建前に変わって行く様子が描かれる。福沢諭吉の新聞『時事新報』にみえる「支那帝国を眼中に置かず」という言説は、清国は文明の基準に達していないが故に無視して構わないという論理によるもので、侵略に対する日本人の自重心を一気に押し流してしまう役割として捉えている。また、在留清国人に対しては、「支那人の住んだ跡は汚く南京虫がいる」というような軽侮表現が日常的になり、戦時中の演劇『会津産明治組重』では、縄つきの西瓜を清国人の首に見立てて表している。日清戦争は「武士道」的な建前ではなく、怨みのない相手を増悪し、殺害することを「大和魂」の名のもとに正当化した、と論ずる。

冉毅コラムは、本書巻頭の小峯論文の提唱する「東アジア共有の古典学」の論を承け、東アジアの「八景」文学に深く影響を与えた瀟湘八景の原風景とそのルーツを辿ったコラムである。本論では瀟湘八景の一つの洞庭湖に関する資料を中心に考究し、『楚辞』の故事に湘江や洞庭湖の描写に始まり、唐代の柳宗元による『永州八記』の八景詩に詠まれ、宋代の『岳陽楼記』には実際の洞庭湖の様子が詳しく記されていることが確認される。そして、元代には各地に「八景」を選定して詩を賦し、その地方文化のシンボルとするようになり、王船山の「瀟湘怨詞」のごとく各地の八景について詳しく叙述されている。

エリン・L・ブライトウェル論文は、『唐鏡』に描かれている「唐」の様相について考究した論である。『唐鏡』に描写される「唐」には、皇帝や政治家、武将などが登場することが多く、彼らの故事のほとんどが政治や戦争などが主題で、故事に脚色や改変の痕跡はみられない。これは「唐」を物語における王朝ではなく歴史上の現実的な王朝として描こうとしたからだと考えられるが、それが読者の興味を引く描出であったのではないかと指摘する。しかし、『唐鏡』を歴史物語として考えると、『唐鏡』の「唐」の描写にみるような中国歴史の伝え方は「鏡物」のジャンルの発展に与えた影響は確かであろう、という。

6　おわりに

以上、「東アジアの文学圏」を東アジアの交流、文芸の生起する空間、信仰の表象、歴史叙述と文芸といった多面的、多角的な視座から東アジアの文学の再検証を試みた諸論考を概観してきた。本巻では論点と視座の設定から暫定的に四部にわけたが、諸論はいずれも東アジアの交流・文芸・信仰・歴史などと関連しつつ考究された論である。例えば、第2部の龍野論文は、金剛山の「普徳窟縁起」の変遷を考究しているが、普徳窟を金剛山の観音菩薩信仰の表象として捉えた論でもある。また、第4部のファム論文は、ベトナムの崇福寺の「神鐘」が中国へ越境した故事のルーツを両国の史料から追跡しているが、故事の背景に国境を往来する商人たちの存在やベトナムの鐘の中国への流入など中国との交流と信仰の表象をも考究した論である。

このように「東アジアの文学圏」は、一つの論点では括れない多様な意義を含んでおり、重層的、複合的に捉える方法論が必要になる。本巻第1部の小峯論文に指摘されるように、東アジアの文学研究においては、「単一的に対応関係を見るだけではなく、東アジアの視界から相互に対照しながら複合的に読み合わせていく方法が重要な鍵となる」という取り組みが今後の課題となるだろう。

【注】

［1］張伯偉編『域外漢籍研究叢書』初輯〜第三輯（中華書局、二〇〇七年〜二〇一七年）、張伯偉「域外漢籍と中国文学」（『文学遺産』三月号、二〇〇三年）。川邉雄大「書評張伯偉『域外漢籍入門』について」（二松学舎『日本漢文学研究』一〇号、二〇一五年）。

［2］金程宇『東亜漢文学論考』（鳳凰出版社、二〇一三年）。陳正宏『東亜漢籍版本学初探』（中西書局、二〇一四年）。大渕貫之「域外漢籍研究の新たなる展開」（『東方』四三一号、二〇一七年）。

［3］林熒澤『韓国学の東アジア的地平』（チャンビ、二〇一四年）。崔元植『東アジア文学空間の創造』（岩波書店、二〇〇八年）。

［4］趙東一著・豊福健二訳『東アジア文学史比較論』（白帝社、二〇一〇年）、同著『一つでありながら複数である東アジア文学』（知識産業出版、二〇〇三年）。

［5］神野志隆光編『東アジア古典学と漢字世界』（ソミョン出版、二〇一六年）。

［6］グェン・テイ・オワイン訳『日本霊異記』（文学出版社、一九九九年）、同訳『今昔物語集』本朝仏法部巻一一〜巻一九』（社会科学院、二〇一七年）。ダオ・ティ・ハン訳『韓国の古典文学』（ホーチミン文化芸術出版、二〇〇九年）。ドアン・ル・ジャン編『東アジアにおけるベトナムと日本の文学の研究』（ホーチミン文化芸術出版、二〇一七年）。

［7］羽田正編『海から見た歴史』（東アジア海域に漕ぎだす1、東京大学出版部、二〇一三年）。小島毅監修『東アジア海域叢書』1

～16巻（汲古書院、二〇一〇年～二〇一一年）。

［8］金文京『漢文と東アジア―訓読の文化圏』（岩波新書1262、岩波書店、二〇一〇年）。同「漢文文化圏の提唱」（小峯和明編『漢文文化圏の説話世界』所収、竹林社、二〇一〇年）、同『水戸黄門「漫遊」考』（講談社学術文庫、二〇一二年）。中村春作編『「訓読」論―東アジア漢文世界と日本語』（勉誠出版、二〇〇八年）、同編『続「訓読」論―東アジア漢文世界の形成』（勉誠出版、二〇一〇年）、同編『訓読から見なおす東アジア』（東京大学出版部、二〇一四年）。

［9］小峯和明編『東アジアの文学圏―比較から共有へ』（『アジア遊学』一一四号、勉誠出版、二〇〇八年）。同編『漢文文化圏の説話世界』（竹林社、二〇一〇年）、同編『東アジアの今昔物語集―翻訳・変成・予言』（勉誠出版、二〇一二年）、同編『東アジアの仏伝文学』（勉誠出版、二〇一七年）。『文学』特集「東アジア―漢文文化圏を読み直す」（岩波書店、二〇〇五年一一、一二月）。

［10］石井公成『漢字文化圏への広がり』（佼成出版社、二〇一〇年）。高崎直道・木村清孝編『東アジア社会と仏教文化』（春秋社、一九九六年）。

第1部

東アジアの交流と文化圏

1 東アジア・〈漢字漢文文化圏〉論

小峯和明

1 東アジアの文学圏——トランス・アジアへ

近年、個別の地域や国家を越えて、ひろく東アジアから歴史文化や社会状況を見直そうとする動きが活発になっている。もとより今日の緊迫した政治情勢が背景にあるが、それ故いっそう東アジア共有の歴史文化のとらえ直しが重要な課題になってきている。日本の文学・文化史の領域でも、徐々にそうした動向がひろがっているが、まだ個別の次元にとどまり、充分進展しているとは言い難く、とりわけ文学研究は歩みが緩慢である。

東アジアを括る根拠になるのは、何といっても漢字漢文の文化共有圏である。東アジア学の枠組を作った西嶋定生『古代東アジア世界と日本』（李成市編、岩波現代文庫、二〇〇〇年）にも、漢字・儒教・律令・漢訳仏教等々が挙げられる通り。ここでいう〈漢字漢文文化圏〉とは、前近代から漢字漢文を用いていた中国、朝鮮半島、ベトナム、琉球、日本を指す。朝鮮半島やベトナムなど、現在は漢字漢文を使わなくなった地域においても、ふだん意識されることはないにせよ、口頭言語においても漢語はたくさん残って使われ続けている。それだけ漢字漢文文化が深く浸透していることの証左であり、歴史文化上の意義は重大である。

一般には「漢字文化圏」と言われるが、金文京『漢文と東アジア―訓読の文化圏』（岩波新書、二〇一〇年）の論に指摘されるように、それは文字だけを意味しない。漢字漢文をもとにしつつ各地の母語にあわせて、あるいは中国に反発対抗して、それぞれの地域であらたな文字が作られ、漢字と組み合わせて文章が紡ぎ出されていった。その全体像が対象になり、それらの総称として〈漢字漢文文化圏〉と名付ける。とりわけ十九世紀以前、前近代の東アジアは宗教や学芸、食文化等々の文化圏として共有しあうものが多く、まずは前近代の古典を主対象にみていきたい。

日本では、九世紀には平仮名と片仮名が発明され、一〇世紀には和歌や物語など文芸を創出させ、ひろく定着して今日に及ぶ。朝鮮半島では一五世紀にハングル、ベトナムでは一三、一四世紀に喃字（チュノム）が発明される。喃字の場合は統一的な正書法が発達せずどこまで普及したか、必ずしも明らかではないが、ハノイの漢喃研究院などに漢文や漢字喃字交じりの文献が大量に残されている（フランス極東学院の収集による転写本が多く、古写本は必ずしも多くはないが）。一九世紀にフランスの植民地となってアルファベットに変わってしまうが、前近代には確実に〈漢字漢文文化圏〉としての文学がはぐくまれていたのである。

上記の金文京論に代表される諸論で明らかにされたように、〈漢字漢文文化圏〉のひろまりの要因は「訓読」にもとめられる。かつて、「訓読」といえば、日本独自のものと見なされていたが、今や東アジア共有の言語行為として認識されるに到った。要は漢文をそれぞれの母語に読みかえる行為がすでに訓読であり、翻訳にほかならない。言いかえれば、〈漢〉から〈和〉へ、という流れとみることができる。中国語としての漢文の〈漢〉を、東アジアの地域ごとに読みかえ、編み変えていくのが〈和〉である。漢字仮名交じり、漢字ハングル交じり、漢字喃字交じり等々もまた、〈和〉である。〈和〉は決して日本だけではない。いわば、共通語の漢文を自土の言語体系に見合うように文体表記を変換する訓読・翻訳行為の総体が〈和〉である。

このようにみれば、訓読の問題を東アジア全体の課題としてとらえ、あわせて東アジア共有の古典学を論ずる基盤もできるであろう。東アジアの古典といえば、まず漢籍・仏典をあげるのが常識であるが、同時に地域ごとに古典が生み出され、時代ごとに読み継がれ、あるいは読みかえられ、当代の文学や学芸、文化におおきな影響を与えてきた。その様相を読み解きながら、それらをまた東アジアの文脈においてみるとどうなるか、東アジア共有の古典学として検証していく必要があるだろう。これを近年の用語でいえば、「トランス・アジア」に相当する。

かつての日本の「国文学」は、日本内部の内向きだけでやってきた。いうなれば学問の鎖国に近い状態であった。「国学」「国文学」に対する「漢学」「漢文学」として対置され、それが学校教育の古文・漢文の対置にもつらなり、併存してきた。和漢比較研究は双方に架橋する意義を持っていたが、学会レベルではほとんど日中比較の一対一対応の、日本が中国をどう受け入れたかの受容論ばかりに終始してきた。とりわけ問題なのが間の朝鮮半島を無視ないし排除してきたことで、その欠落を埋めるべく徐々に研究が動きつつある。琉球文学も同様で、日本文学にどう組み込むかの一対一対応での対処ではなく、東アジアという広い視座からの位置づけが必要であり、これにベトナムをも視野に入れて多面的、多角的に複眼的な視座から見ていかなくてはならないだろう。

中国でも、これら東アジア研究は活発になっており、『域外漢籍研究』のごとく「域外研究」という名のもとに研究が進展しているが、そこに中華思想があることは動かし難く、この観点をもさらに相対化していく必要がある。そのためには、東アジア各地域のそれぞれの「国文学」との協働が重要な意義をもつであろう。

中国の東アジア論はたとえば、王勇編『中日漢籍交流史論』（杭州大学出版社、一九九二年）にみるように、早くからベトナムをも交えた提言がなされており、張哲俊『東亜比較文学導論』（北京大学出版社、二〇〇四年）がひとつの範型をなしている。文学に限らず、広き文化史・文明史観点からの李焯然『中心与辺縁—東亜分明的互動与伝播』（江西師範大学出版社、二〇一五年）などもあり、急速な進展を見せている。また、韓国でもすでに趙東一著、豊福健二訳『東アジア文学史比較論』（白帝社、二〇一〇年、初版・ソウル大学出版部、一九九三年）が出ており、一国内文学史を踏み越え、東アジアの個々の文学史に目配りした総合的な観点からの通史的な試みがなされている。これらの研究状況に対して日本側からどのような提言がなしうるのか、がまさに問われており、現況では井の中の蛙になりかねない。少なくとも、東アジアの研究動向を注視すべき不断のまなざしがもとめられているのである。

また、近時刊行された鈴木靖民他編『日本古代交流史入門』（勉誠出版、二〇一七年）は、古代に限定されるが、あらたな研究地平を拓く文化交流史論となっており、とりわけ李成市「「東アジア」という歴史観—東アジア世界論からみた歴史と文学」は文学研究にも目配りした卓論として注目される。

2 東アジアの古典学

古典学を東アジアの視野でみるべきことは、書物の流布やその残存のあり方からみても容易に見てとれるであろう。中国で述作され日本に伝わって影響を及ぼした古典が、その結果として日本で古写本が伝わり近世に出版されたりするのに、逆に中国では消えてしまったものがある。これらは「逸存書」と呼ばれる。たとえば、伝奇小説の『遊仙窟』や仏教説話の『三宝感応要略録』などで、つとに中国では湮滅し、日本に古写本が残っている。これをもってすれば、一国内に限定するいわれがほとんどないことは明白で、むしろ東アジア共有の古典といってよいだろう。

あるいは、中国で作られたものをお手本にしたり、作り替えたりする、いわゆる翻案ものも少なくない。今日の用語でいえば、リメークに相当する。漢詩文を集成した六世紀の『文選』は東アジアにひろく影響を及ぼすが、これをもとに朝鮮では一五世紀末期に『東文選』、ベトナムでは一五世紀に『皇越文選』、日本では早く一一世紀に『本朝文粋』がそれぞれ作られた。あるいは、明代の十四世紀には、怪異小説集の『剪燈新話』が東アジアにひろまり、地域ごとに翻案したテクストが生み出された。一五世紀に朝鮮の『金鰲新話』、一六世紀にベトナムの『伝奇漫録』、一七世紀に日本の『伽婢子』などであり、すでにそれぞれの比較研究が試みられている。さらに日本では、円朝の落語「牡丹灯籠」などが有名であるし、『剪燈新話』の短編を直接もとに本文を仮名書きにやわらげた豪華絵巻『水宮慶会絵巻』も一七世紀に作られていた（スペンサーコレクション蔵）。同じ『剪燈新話』の短編にもとづく『申陽洞絵巻』も永青文庫蔵が知られるが未見である。これらを総合的に検証する場が必要で、他にも明代に作られ正典となる『水滸伝』は、朝鮮では『洪吉童伝』（ホンギルドン）を生み出し、日本では、『本朝水滸伝』や『南総里見八犬伝』などが作られた。詳しくふれる余裕がないが、『西遊記』や『三国志演義』などでも同様であろう。そこで注意すべきは、先の『剪燈新話』は中国から直接伝わる一方、朝鮮で注釈をつけた『剪燈新話句解』の和刻本が出版されてよく読まれており、これに依拠した場合が多いと思われることである。日中の一対一対応ではなく、朝鮮半島を交えた東アジアから多面的に見ていかなくてはならないことが明らかであろう。単一的に対応関係を見るだけでなく、東アジアの視界から相互に対照しながら複合的に読み合わせていく方法が今後重要な鍵となることは間違いない。

こうした問題とあわせつつ、さらには東アジアで共有された正典の検証が残されている。漢籍や仏典が主対象となるが、ここでは『法華経』を例にすれば、鳩摩羅什（クマーラ・ジーヴァ）の翻訳した『妙法蓮華経』がことに名訳で東アジアにひろまった。『法華経』こそ時代や地域や宗派を超えた東アジアの聖典、古典の中の古典といえるだろう。法華経学のひろがりはもとより、法華三大部をはじめおびただしい注釈書が生まれ、日本では中世以降、和訳の訓読本が複数作られ、「仮名書き法華経」と呼ばれる。さらには法華経美術や法華経文学というべきものがたくさん創造され、受け継がれてきている。前者は絵画や造型であり、後者は和歌や漢詩文をはじめ、霊験記などの文芸をもたらす。その厚みとひろがりは、「法華経文化史」の構築が求められるほどである。霊験記でいえば、唐代の『弘賛法華伝』、『法華伝記』をはじめ、高麗の『法華霊験伝』、日本の『法華験記』等々で、地域ごとの偏差と共通性をより深く解読すべき研究段階に来ている。

さらに仏典に関していえば、インドのサンスクリット語原典のない、漢文体のみのいわゆる偽経（疑経）の存在が注目される。言いかえればこれこそ東アジア産の聖典であり、「偽経」という用語自体、適切ではない。中国、朝鮮、日本で作られ、漢文の経典として広まり、信仰を集めたもので、仏典に擬された意の「擬経」の表記の方がむしろふさわしいと考える。代表的なものに『血盆経』や『父母恩重経』などがあり、いずれもベトナムにも刊写本が現存することが確認できている（ハノイ・漢喃研究院所蔵）。前者でいえば、内題『仏説正教血盆経』の写本で墨付一七丁。本文はおおぶりの楷書体で語句のまとまりごとに二行の分かち書きで喃字の註釈がつく。本文の後に「仏説蒸経血盆、目蓮大聖也尊戈塘」云々と二丁目の解説がつき、末尾に聖徳寺とある。文献至上の原典主義からは「偽経」でしかないかもしれないが、「擬経」こそ東アジアの〈漢字漢文文化圏〉の共有圏を象徴する創造といえよう。

あるいは、釈迦の伝記物語、ひろき〈仏伝文学〉もまた東アジアで共有される文学文化である。すでに共同研究のかたちで論集を刊行したが、中国唐代、七世紀の文人で名高い王勃の『釈迦如来成道記』と、一五世紀、明代の挿絵付の刊本で宝成編の『釈氏源流』とがカノン化され、東アジアにひろまっている。それぞれ朝鮮、日本、ベトナムで刊本が公刊されており、『朝鮮王朝実録』によれば、一五世紀に朝鮮から琉球にも『成道記』が伝わっている。首里城の龍潭にある経蔵（現、弁天堂）に収蔵されるが現存しない。日本の和刻本でいえば、後者の『釈氏源流』系は『釈迦如来応化録』という書名で、内容も少しく異なり、挿絵もついていない（『続蔵経』の活字本はこれによる）。一説には宝成の『釈氏源流』より前段階のものとされる。この版は中国では確認できていないので、これもまた現状では『釈氏源流』異本の逸存書ということになるだろう。『釈氏源流』は幾度も改版されるが、ことに一八世紀の清朝に大幅に改訂され、書名も『釈迦如来応化事蹟』となり、挿絵も全く組み替えられて流布した。

また、近時発見されたベトナム独自の〈仏伝文学〉である挿絵付き刊本『釈迦如来応現記』の一伝本には、『釈氏源流』

との連関がみえる。すでにグエン・ティ・オワインの紹介があり、ホーチミン市の恵光修院所蔵の成泰一七年（一九〇五）刊本がそれである。全四二丁の縦三十センチを越える線装本だが、表紙は剥落。図は各一面四十図。巻頭の序文、以下の本文、挿絵ともにハノイの漢喃研究院所蔵本などと変わらないが、冒頭の序文に続く釈迦仏・普賢菩薩・文殊菩薩図の次丁に「重刊釈氏源流序」がつき、さらにそれにあわせて、各丁の柱刻の柱題がすべて「釈氏源流」となっていることが特異である。序の年時は成泰乙巳年（一九〇五）とある【図1】。この「重刊釈氏源流序」の冒頭と末尾のみ引用すると、

夫釈氏源流者、統如来大事因縁之本致也。昔初祖答梁武帝云、廓然無聖、趙州云、仏之一字、吾不喜聞、何有仏而疆名耶。益法身清浄、無形体、而偏現十方、一切山河大地、何者是個法身、何者非個法身。（略）釈尊而独称焉。甲辰冬、辺和珠円羯摩釈慧光遠抵春京、会諸耆宿、較其旧板、重付於梓人、以広其伝、請予作序。予諦審、如来者、即諸法如義、法応寧二哉。遂成其言、如是如是。辰戌泰乙巳年四月初八日序

とある。これによれば、甲辰年（一九〇〇）冬、辺和省の珠円羯摩釈慧光が春京都（現フエ市）へ行き、年配の僧侶達に会って古い版を知り、校正して復刻しても

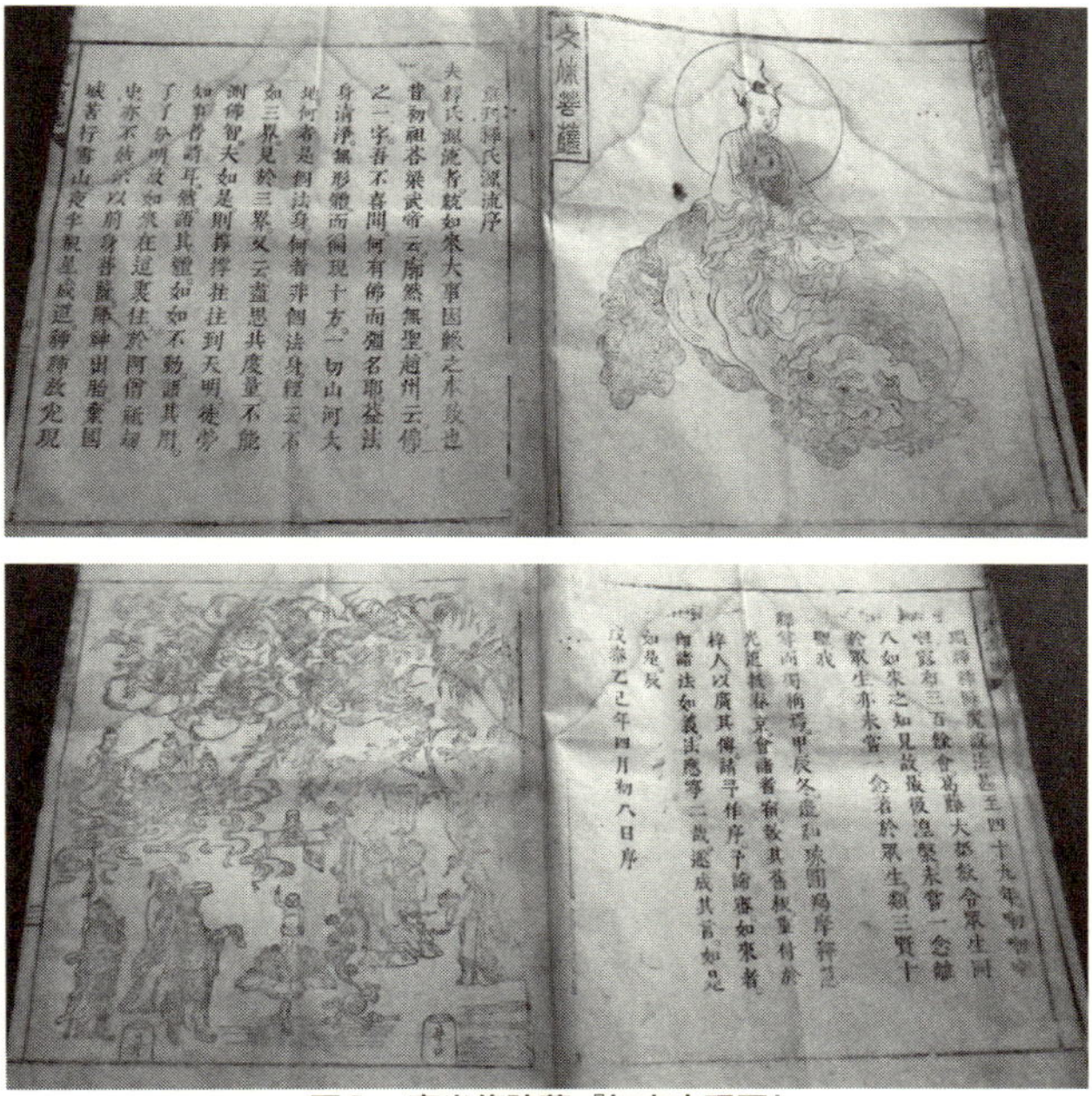

図1　恵光修院蔵『如来応現図』

らった、という。表紙を欠くが、巻頭の内題は「如来応現図」であり、内容も他の伝本と大差ない。にもかかわらず、柱題はなぜ「釈氏源流」となっているのか、謎はつきない。やはり『釈氏源流』の影響度が関係していると思われるが、後考をまちたいと思う。

3　類聚文化

とりわけ東アジアの文学圏で注目されるのは、類書の存在である。類書とは、それまでの知識、文献、資料類を集大成し、分類した編纂書物であり、中国の伝統的な漢籍の経、史、子、集の分類の「集」に相当する。時代の節目になると必ずといってよいほど、それまでの知と学を集積、統合した類書が編纂される。みずからの拠って立つ位置を見直し、見極めたいという欲求が人には常にあるから、社会的情勢や気運によって集中して体系化される場合が少なくない。

すでに井上亘論に指摘されるように、中国唐代の「貴族文化」が崩壊した後、宋代に科挙官僚（読書人）を主体とする「士大夫文化」が形成される過程で、貴族文化の知識を体系的にまとめる事業が一〇世紀末、二代目の太宗の時代に推進され、一種の類聚運動となった。代表例でいえば、

『太平広記』五百巻（九七八年）：漢から宋に至る約七千篇の小説を集成。

『太平御覧』一千巻（九八四年）：北斉『修文殿御覧』以下の先行する百科事典類を再編。

『文苑英華』一千巻（九八七年）：『文選』以降の二二〇〇人、約二万篇の詩文を集成。

『冊府元亀』一千巻（一〇一三年）：歴代「君臣事跡」や制度沿革を整理。


等々で、これらは宋代四大書といわれ、これによって唐以前の経・史・子・集の知識が集大成され、宋代の新しい文

化の基礎となったという。

しかも九世紀から一〇世紀にかけての日本でも同じような現象が起きていた。

『文鏡秘府論』：空海（七七四〜八三五）。唐の詩論集成。

『篆隷万象名義』：空海。顧野王『玉篇』をもとに篆書を加筆。

『経国集』二十巻（八二七年、現存六巻）：滋野貞主（七八五〜八五二）、『文選』『文苑英華』に相当する日本の漢詩文集。

『秘府略』一千巻（八三一年、現存二巻）：『太平御覧』とほぼおなじ内容の類書。

『類聚国史』二百巻（八九二年、現存六十二巻）：菅原道真（八四五〜九〇三）、日本の正史（六国史）の記事を集大成。

『律集解』三十巻（佚書）、『令集解』五十巻（現存三十五巻）：明法家の惟宗直本撰。

『延喜式』五十巻（九二七年）、『類聚三代格』二十巻（十一世紀）：日本の律令格式の集大成。

『医心方』三十巻（九八四年）：丹波康頼、古代中国の医書集成。

『政事要略』百三十巻（一〇〇二年、現存二十五巻）と『類聚判集』一百巻（佚書）：直本の曾孫惟宗允亮、『冊府元亀』に相当。

等々が挙げられ、このような動向の中で、和歌を類聚した紀貫之『古今和歌集』二十巻（九〇五年）や、和名の訓読語を集成した源順『和名類聚抄』二十巻（九三一〜三八年）が撰述される。いわゆる「国風文化」も、和漢兼才の文人の輩出とともに、東アジアの視野からとらえ直す必要がある、というのが井上論の骨子である。慧眼というべきで、似たような類聚の動きは一二世紀の院政期にも起きている。時代の転換期には、必ずといってよいほどそうした前代の文化を見直し、集成統合する動きが起き、それは対外関係とも無縁ではありえないことになる。以前、『今昔物語集』論で一二世紀の類聚文化の動向からの位置づけを考えていたが、当時は東アジアへの視界がほとんどなかった。宋代文化の動向とも深くかかわるはずで、これも今後の課題としたい。

遣唐使が廃止されて国風文化がはぐくまれた類の文化論は、近世の鎖国論の焼き直しにほかならず、対外関係が途切れたからではなく、異文化交流の坩堝にあるからこそ独自の文化指向がはぐくまれることに留意すべきであろう。そもそもどんな形にせよ、日本列島において対外関係が途切れるような時代はなかったはずである。

4 個別例としての瀟湘八景から

今まで大きい問題をごくおおまかにとらえる叙述に終始してきたので、以下、東アジア文化を展望しうる個別の具体例として、著名な瀟湘八景をとりあげよう。

瀟湘八景は中国の宋代に淵源し、湖南の瀟水、湘水の交わる風光明媚な名所を八つ特化して、月や雪や風などの自然と結びつけ、画題によって絵と漢詩文をあわせて制作された。煙寺暮鐘、遠浦帰帆、洞庭秋月、江天暮雪、漁村落照、瀟湘夜雨、山市晴嵐、平沙落雁の八景がそれで、必ずしも具体的な地名と結びついているわけではない【図2】。特に禅宗の僧の間でもてはやされ、東アジアに流布した。名所をめぐる詩画が一体化したもので、日本でも中世後期以降流行し、屏風絵や絵巻、扇面図などに表され、漢詩や和歌をそえたり、賛をつけたり、様々な趣向が凝らされた。絵画と詩歌や文章が交響する総合性をおび、名所絵としての正典となったといえる。

これが東アジアではさらにそれぞれの地域の名所にあてはめられ、日本の近江八景、金沢八景などのように、見立て八景というべき「～八景」が陸続と作り出された。名所をイメージする上での美の鋳型となり、各地に叢生していく。さらにそれらを前提にパロディが作られたり、様々な展開をみせているが、見立て八景は日本だけではなく、中国はもとより東アジアに広範に波及していった。

まさに〈漢字漢文文化圏〉の縮図ともいえ、地域間の共有化と差違化がはかられ、地名の喚起する名所の空間形成、美的景観や幻想空間の問題にもなる。詩歌とイメージ、文芸と絵画のあやなす融合、交響、競合の位相がうかがえ、気象や四季と山野河川などの景観美は、シラネ・ハルオのいう「二次的自然」の典型にもなり、広義の〈環境文学〉論にも発展するだろう。その表現媒体も多種多様で、屏風、掛幅、画巻、画帖、扇面、絵双紙、浮世絵（錦絵）、工芸等々、多岐に及ぶ。

図２　中国湖南省・瀟湘八景、瀟水と湘水の合流点（著者撮影）

瀟湘八景の研究は従来、主に美術史や五山文学研究などによって担われてきたが、もっぱら中国と日本が焦点となり、他の東アジア圏は等閑視される傾向が強かった。そこで、ここではあえて日本と中国ははずし、琉球、朝鮮、ベトナムにおける瀟湘八景もしくは当地の八景についてみていこう。

まず琉球では、一五世紀以降から琉球王国時代の都京である首里や港の那覇を主とする例が多い。中山八景、首里八景、那覇八景などであり、琉球のみならず、中国の冊封使や日本僧らによって作られたものが知られる。名高い葛飾北斎の浮世絵の琉球八景もある。朝鮮半島では、高麗時代の一二世紀にさかのぼり、朝鮮王朝に続く。関東八景、寒泉八景、漢陽八景等々がある。また、ベトナムでは、義安八景、宜春八景などが確認できる。以下、個別の具体例をたどっておこう。

5　琉球の場合

琉球の早い例では、天順七年（一四六三）、尚徳王冊封使藩栄による『中山八景記』がある。中国から来た冊封使によって瀟湘八景自体が伝わったに相違なく、瀟湘八景を中山首里に応用したものである。ついで、万暦三三年（一六〇八）、日本から来て琉球に三年間滞在した袋中の『琉球神道記』にみえる。その序にいう、

琉球国者、雖為海中小嶋、而神明権迹之地也。（略）当初撰国中高処卜城、名中山府。景該於八、隅離于三。神祠遠囲繞、而衛護有験。禅刹近羅列、爾祈祷無闕。

この「景を八に該し」がすなわち首里を中心とする琉球八景を意味しており、最後の巻五の末尾に提示される。

又予、折ヲ得レバ、中山府ニ至ヌ。有時、山々ノ景気、浦々ノ眺望ニ臨テ、止ンゴトナクシテ、卑懐ヲ吐。瀟湘ノ題ヲ仮テ八首ヲ呈ス。只是一時ノ慰遊也。亦慚愧ヲ忘テ、此ニ書ス。

那覇夜雨

東西南北信風行、船止此圻波濤平。
憶想古郷宵夕切、波兼細雨至深更。

景満秋月

浮雲収尽九天昂、今夜桂花浴水涼。
冰裏夾銀山互耀、中山游子断哦腸。

末好晩鐘

祇園精舎北山頂、諸行無常鐘響声。
鬱々蓬蒿親友宿、君何不厭世栄名。

泊汀落雁

乍乾乍満定時無、潮水秋天涼入湖。
鳧雁逍遙沙有印、風揺檀筆浴成模。

西崎帰帆

浦渚混雲水遠幽、往来商客継船周。
漁翁舴艋相交雑、暮日一檣入敦洲。

金岳暮雪

国作南陽雖未見、地霊人傑雪何無。
東山干漢巓浸海、変白変青寒気殊。

首里晴嵐

暮去朝来在霧中、市鄽逐利意忽々。
玄冬素雪人憔悴、独荷中山酒買戎。

洋城夕照

暮日含山方倒景、潜鱗深入鳥帰枝。
一時快活是千日、漁老醮醪莫辞百盃。

（横山重編『琉球神道記』）

ここでは、瀟湘八景の「夜雨」「秋月」「晴嵐」等々をもとに、那覇、景満《けらま》、末好《すえよし》等々の地名が織り込まれている。瀟湘八景をもとにするから、「金岳暮雪」のごとく、実景では考えにくい雪の風景までも必然的に詠みこまれることになる（琉球王国の史書『球陽』には、一例だけ降雪の記録がみられるが）。まさに美の鋳型による幻想の風景である。この八景は他の琉球八景と共通せず、袋中が独創した可能性が高いが、「一時ノ慰遊」「慚愧ヲ忘テ」とあるように、薩摩の琉球侵略前夜ともいうべき時期に遭遇して、現実の景観ではない幻想の琉球を袋中はイメージせざるをえなかったのであろう。

ついで、冊封使の周煌『琉球国志略』首巻にみる琉球八景が最も流布したようで、挿絵付の刊本で、北斎の浮世絵もこれに拠っている。ただし、北斎はこれをもとにしつつも、いくつかの画面で独自に富士山を加えている。

泉崎夜月　臨海潮声　粂村竹籬　龍洞松濤　筍崖夕照　長虹秋霽　城嶽霊泉　中島蕉園

泉崎、粂村、長虹等々、具体的な地名も盛り込まれる。富士ともあわせ、雪景色の光景もあるが、朝鮮軍記などで加藤清正がオランカイから日本海をはさんで富士を仰ぐ図がみられるように、異国や異境を日本化する領土への欲望表現の突出ともみなせよう。

これらは首里や那覇の実景がある程度前提になっているが、一方で庭園を八景に見立てる例もあり、漢詩よりも和歌の方が多い。すでに池宮正治『琉球史文化論』著作集第三巻（笠間書院、二〇一五年）に指摘され、これによると次の三種がみられる。

程順則『東苑八景』御茶屋御殿

宜湾朝保『松風集』「崎山別宮八景」（六〇二～六〇九）

石垣市立八重山博物館蔵『首里八景』

などで、程順則や宜湾朝保は、いずれも王国の士族の三司官達である。最後の『首里八景』から二、三例示しておこう。

冕嶽積翠

東にまた高くもあふぐ冕嶽木ごとに春のみどりかさねて

崎山竹籬

つくりなす籬の竹のすずしさにゆきていとはぬ崎山の里

龍潭夜月

龍もさぞふちをはなれていでやせん波てる月のすめる今宵は

虎山松濤

磯ならで波立ちくるとおどろけば虎山まつにあらし吹くなり

6　朝鮮半島の場合

次に朝鮮半島に目を移すと、韓国古典籍データベースによるだけでも、かなり例が多い。まず早い例は、一二世紀末期の『高麗史』巻一二二・列伝三五・方技「李寧」である。

子光弼、亦以画見寵於明宗、王命文臣、賦瀟湘八景、仍写為図。王精於図画、尤工山水、与光弼高惟訪等、絵画物像、終日忘倦、軍国事慢不加意。

これによれば、瀟湘八景の詩を賦し、絵画も描いたことが知られる。この条は、『高麗史節要』巻一三・明宗一五年（一一八五）三月条にもみえる。宮中で王命によって詩を作り、それにもとづいて、絵画を描き、王みずから画工らと一緒に描き、終日飽きることがなかったという。

『梅湖遺稿』「宋迪八景図」に「按南公泰普所録。公自号梅湖。参知政事俊孫」とみえる。当書は、高麗明宗朝の文人、陳澕（生没年未詳、陳澕翰林とも）の詩文集で、陳澕は高麗の李奎報（一一六八～一二四一、『東国李相国集』著者）、李仁老（一一五二～一二二〇、『破閑集』著者）らと同時代人で、ともに『翰林別曲』（高麗高宗初期・在位一一九二～一二五九、一二二〇年以前）を作った詩人、文筆家である（『高麗史』巻七一「志」巻二五・楽二）。

宋迪は一一世紀後半、北宋の文人で画をよくし、瀟湘八景図の創始者とされる。時代は下がるが、正祖朝の文人、李圭景（一七八八～？）による類書『五洲衍文長箋散稿』詩文篇・論詩「秋興八律弁証説」に、

一証。如宋度支員外郎宋迪。工画平遠山水。其平生得意者、為景凡八。【初未嘗先命名。後人自以為洞庭秋月、瀟湘夜雨、平沙落鴈等目之。今画人先命名。非士夫也。】今人所仿、瀟湘八景是也。然当時作者意、取平遠而已。

不専写瀟湘風土。迨元人、形之歌詠。

とみえる。「平遠山水」画としての八景図を得意としたとされる。

さらには、名高い申叔舟（一四一七～一四七五）の詩文集『保閑斎集』巻十「題匪懈八景図詩巻」にいう、

画瀟湘八景。摸宋寧宗手書八景詩。仍録古人八景詩以為軸。求題詠于文士。

詩為有声画。画是無声詩。世間唯詩画。状物窮姸媸。披図玩其象。逐句研其辞。始覚天地間。有此八般奇。神機

各奪真。眼底生幽思。東平楽善意。觸物無窮時。可使千載下。好尚欽芳規。

宋代の寧宗の詩をもとに描いた図画と過去の文人の八景詩を軸装にし、それをもとに題詠をもとめたという。詩は有声画、画は無声詩という対比が目を引く。同じ『保閑斎集』巻一四「画」にも「華清宮図一、瀟湘八景図各一、二十四孝図十二、古木図二」などとみえる。

一五世紀末、徐居正（一四二〇～一四八八）の著名な漢詩文集『東文選』巻二十二にも、「瀟湘八景図。有宋真宗宸翰。姜碩徳」があり、以下の絶句が示される。

青煙漠漠鎖巑岏。松檜陰森路屈盤。試問招提蔵底処。一声鍾落白雲端。右煙寺暮鍾。
清秋極浦迥連天。欸乃一声若箇辺。日落風軽蘋満水。片帆飛過碧山前。右遠浦帰帆。
海門推上爛銀盤。鐵笛声高万頃寒。最是清光秋更好。凭欄須到夜深看。右洞庭秋月。
凍雲垂地暗坤倪。忽放春光満水西。江路無人天欲暮。梅花開遍竹枝低。右江天暮雪。
斜月半輪明遠岫。昏鴉数點返寒林。漁人収網帰茅舎。穿入蘆花深復深。右漁村落照。
孤舟千里思悠悠。挑尽寒燈攬弊裘。奈此黄陵祠下泊。蒹葭風雨満江秋。右瀟湘夜雨。
千里関山露未晞。槿籬茅店掩柴扉。軽嵐一抹横如練。多少楼台隠翠微。右山市晴嵐。
平沙如雪敻無垠。万里衡陽欲暮春。不似玉関矰繳密。悠揚直下莫紛綸。右平沙落雁。

朝鮮王朝を建国した初代の太祖（李成桂）の時代、権力の頂点にいる面々が新都、今のソウルの「新都八景」の屏風絵を仕立て、改革の中心人物、鄭道伝が八景詩を奉ったという。『朝鮮王朝実録』太祖七年（一三九八）四月二六日条にみる。

賜左政丞趙浚、右政丞金士衡、新都八景屏風各一面、奉化伯鄭道傳製進八景詩。
一曰畿甸山河：沃饒畿甸千里、表裏山河百二。徳教得兼形勢、歴年可卜千紀。
二曰都城宮苑：城高鐵甕千尋、雲繞蓬萊五色。年年上苑鶯花、歳歳都人遊楽。
三曰列署星拱：列署岧嶢相向、有如星拱北辰。月曉官街如水、鳴珂不動纖塵。
四曰諸坊碁布：第宅凌雲屹立、閭閻撲地相連。朝朝暮暮煙火、一代繁華晏然。
五曰東門教場：鐘鼓轟轟動地、旌旗旆旆連空。万馬周旋如一、駆之可以即戎。
六曰西江漕泊：四方輻輳西江、拖以龍驤万斛。請看紅腐千倉、為政在於足食。
七曰南渡行人：南渡之水滔滔、行人四至鑣鑣。老者休少者負、謳謡前後相酬。
八曰北郊牧馬：瞻彼北郊如砥、春来草茂泉甘。万馬雲屯鵲厲、牧人随意西南。

また、『朝鮮王朝実録』世祖一三年（一四六七）八月一七日条には、世祖が琉球の使者と会い、一切経ほかを与える有名な記事があるが、その中に「八景詩帖」がみえる。「赤壁賦」や「蘭亭記」もあるから、おそらく書道の手習い帖的な意味もあったであろう。『朝鮮王朝実録』中宗二〇年（一五二五）六月五日条にも、「下八景七言律詩題曰」云々とみえ、歴代の王朝で八景詩が作り続けられていたことが知られる。

さらに、朝鮮時代には、見立ての「〜八景」がひろまり、なかでも「関東八景」の例が多い。この関東八景は、朝鮮半島の聖地として名高い金剛山をめぐる名所で、望洋亭、三日浦、叢石亭、鏡浦台、月松亭、洛山寺、清澗亭、竹西楼の八つがあげられ、瀟湘八景のような四字句の成語としては示されない。

宣祖・仁祖朝の李命俊（一五七二～一六三〇）の詩文集『潜窩遺稿』巻三「遊山錄」には、海東に三名山あり、嶺南の智異、関西の妙香、東海の金剛で、その中でも最勝は金剛山で、そのため中国人も朝鮮国に生まれたいというほど。平生の宿願で「崇禎戊辰」に訪れ、「洛山寺」にも行き、ここは「関東八景之一」で、中朝の金山甘露等寺に擬せられ、優劣如何知らず。また、清澗亭に行き、万台に登る。ここも八景の一、見ると聞くとでは大違いだ、という。

粛宗・英祖朝の文人、姜再恒（一六八九～一七六五）の文集『立斎先生遺稿』（『立斎集』とも）巻四「題関東八景図」に、「十年慣踏関東路。瀛海風烟入夢頻。屏裏忽看八景画。客牕寒日更傷神」とある。

また、粛宗・英祖朝の文人、鄭榦（一六九二～一七五七）の文集『鳴皐先生文集』（『鳴皐集』とも）巻六の「八景図屏跋」には、「右関東八景図、未知誰氏作。即我先師篪叟先生臥遊之余也。先生平日、毎以金剛宿債之未償為恨。輒掲此図於壁間」とある。

英祖・順祖朝の文人、李頤淳（一七五四～一八三二）の詩文集『後溪集』巻一に「太廟幕次屏、画関東八景。斎留終夕、逐景謾吟。以記臥遊之勝」とあり、

日出扶桑上。舟入滄海中。浩浩無涯涘。可望不可窮。右望洋亭
何許四仙子。此来三日遊。于今瑤浦上。高躅若相求。右三日浦
矗矗無数立。井井皆六稜。化工何太苦。賦物逞技能。右叢石亭
涵渟恒不動。清活更無塵。渾然成一鑑。來照世間人。右鏡浦台
落落皆千尺。立立幾万株。更待海月至。清陰益爽癯。右月松亭
臨海有高寺。寺中隠老禅。夜夜鐘磬響。驚起魚龍眠。右洛山寺
冷冷鳴玉澗。窈窕仙人区。仙人只在此。何至海上求。右清澗亭
多名嶺東郡。最勝竹西楼。海旭登窓暁。山嵐入檻秋。右竹西楼

とみえる。

以上、枚挙にいとまがないほどで、これくらいに止めるほかないが、韓国での個別研究は進んでいるものの、東アジアに視野をひろげた総合的な「八景」論が必要であろう。

7　ベトナムの場合

ベトナムは、ハノイの漢喃研究院に多くの資料が残されているが、瀟湘八景に関しては今のところ、以下の数例にとどまる。

『越南漢喃文献目録提要』（台湾中央研究院中国文哲研究所、民国九十一年）によれば、『香跡洞記』（『香跡洞記並雑文抄集』、『香跡洞詩記附雑記』A2533）、「詠瀟湘八景」があるようだが、未確認である。また、大西和彦の示教によれば、以下のような事例が二例知られる。

①文学院編『李陳詩文』第二集上（社会科学出版社、ハノイ、一九八九年）一〇三～一〇八頁に、『課虚録』（A.2013）、『聖燈語録』を出典として、陳朝（一二二五～一四〇〇）初代皇帝太宗（在位一二二五～一二五八、上皇在位一二五八～一二七七）の「語録問答門下」が掲載され、その中に、以下の部分あり。

一日帝遊真教寺、宋（僧）徳成進曰、世尊未離兜率已降王宮。未出母胎度人已畢。時如何。

帝云、千江有水千江月、万里無雲万里天。

僧云、未離未出蒙開示、已離已出事若何。

帝云、雲生岳頂都盧白、水到瀟湘一様清。

（下略）

② 文学院編『李陳詩文』第3集（社会科学出版社、ハノイ、一九七八年）八三、八四頁に、『越音詩集』『全越詩録』（A.1262, VHv.117）『皇越詩選』を出典として、陳朝期一四世紀の文人范師孟（生没年未詳）が、一三四五年に元へ朝貢使として派遣された時に詠んだ「過瀟湘」という七言律詩があるという。

湘水北連青草湖、年年楓葉暎菰蒲、帝妃一去殿門閉、紅日下山啼鷓鴣

瀟湘八景ゆかりの湖南省は、ハノイから北京へ行く途次に必ず通る要衝であるから、おのずと瀟湘八景が想起されたのであろう。

さらに、これらとは別途にご当地の八景に関して、以下の二例を見出すことができた。ひとつは、漢喃研究院所蔵『驩州風土記』所収（MF1001）の『東城風土記』に「為詠義安八景的詩」とある。

八景題目叙

演域石堡、高舎龍岡、鶩嶺春雲、馮江秋月、夜山霊蹟、碧海帰帆、妙屋蓮潭、天威鐵港

八景総括詩　倣古体得連字

故国江山為眼底、新年風景入詩中、演域石堡群瞻聳、高舎龍岡一路雄、鶩嶺春雲晴亦雨、馮江秋月朗於空、夜山霊蹟雷神廟、碧海帰帆飽暖風、妙屋蓮潭波影弄、天威鐵港水程通、地毎勝景今猶古、點綴教誰自作東、（又倣近休字域字）、甲於演轄是東城八景、分明有可名。

というもので、美の鋳型の確立を知りうる。

もう一例は、これも漢喃研究院所蔵『宜春八景詠』建春府教授成徳子親兄郷貢撰（MF1705、VHv.559）に「詠河静省宜春県八景詩」が見出せる。

其一鴻山列障

九十九峯第一峯、衝天跨海如飛鴻、排青案入双龍北、畳障屏分蓋水東、香跡寺前瑤竹秀、荘王台上碧雲封、古来莫訝鐘奇秀、開帳西来一雄路。

其二丹涯帰帆

東望海門久炤還、軽帆后々影流丹、依稀遠鳥飛天外、揺蕩浮鴎起浪間、樹隠約中風梟々、水縈紆処日団々、隔烟遠浦聞停棹、極目長空江海寛。

其三孤犢臨流

大路平分草満洲、寒流傍枕小山孤、鴻峯落出瀉頭起、龍水索来石脚浮、雲隴農蓑朝晩径、烟村牧笛往来衢、飽聆江上衙鼓、點々頻催隔岸舟。

其四双魚戯水

四望天池万頃滝、滝江魚島々成双、鎮来海口青相対、弄出波心影欲撞、呑吐月中間釣艇、浮沈潮下隠魚艘、釣鼇是我生平志、好駕山頭看錦江。

其五江亭古渡

挙目長隄接海滝、江亭有渡々蓋江、岸分旧肆連新館、潮帯商船間釣艘、古市剰留歌舞地、平灘辰望錦旋舡、渡頭流水清猶昨、舟楫誰人具済江。

其六群木平沙

藍江一帯両条分、堆起平沙牧作群、落照晴天魚撒網、潮帰晩夕鳥依頻、孤対村碧縹半江樹、野渡烟横夾岸津、争戦幾経桑海夢、田舎見黍禾新□。

其七花品勝厘

山外有江々上家、勝厘花品占繁花、満堤遊客花前酔、別院佳人月下歌、山路草迎帰去馬、江門風擁往来槎、尋芳易触騒人興、點検名花入筆花。

其八渊澄名寺

九曲龍廻別一天、壺開万宇瑩澄渊、当軒清引泉魚舞、暁塔寿台谷鳥迁、藍水月明鼂上伏、鴻山雲水中禅、辰鐘打得醒塵夢、香火人々叩夙縁。

以上、ここでは調査も途上にあり、知り得た資料の例示にとどまり、細かい分析を加えるいとまがないが、ベトナムにも少なからず見立て「八景」があることが想定される。今はその片鱗を提示するのみ、今後の研究の進展にゆだねるほかない。

8 日本のパロディと八景批判

日本の八景に関しては、すでに多くの研究があるので割愛するが、すでにシラネ・ハルオの指摘があるように、浮世絵で名高い鈴木春信に「座敷八景」があり、明らかに近江八景をもとにしたパロディとみなせる作が目を引く。他にも、「風流座敷八景」「風流江戸八景」などがあり、春画の世界にもつながっている。

その一方ですでに指摘される新井白石のごとく、中国からの八景の鋳型を批判する動きも出てくる。ナショナリズムの発動ともいえよう（「与佐久間洞巌書」一、『新井白石全集』五巻）。

本邦の世俗、景として夜雨秋月ならぬなく、帰帆落雁ならぬなく候は、あまりに不雅なる事にや。中国の人は申すに及ばず、朝鮮のものの見及び候ても、いかに日本の景はこれに限り候歟とも申すべく候。又日本の景、皆々瀟湘の奴隷に候なども申しほこり候べく候歟。これによりて老拙は若きより其時はなく候。

日本の風景では、「夜雨秋月」や「帰帆落雁」は日常的な光景で珍しくもなく、「不雅」きわまりない。日本の景色が瀟湘八景一色で、「瀟湘の奴隷」になってしまうではないか、とまで言い切っている。同時に中国ばかりでなく、「朝鮮のものの見及び候ても」と、朝鮮への視野が及んでいるところも看過しがたい。おのずと東アジア路線が前提になっており、そこから日本の独自性への眼が拓かれているともいえよう。このことは、別途、東アジアの本草学の論で貝原益軒の『大和本草』でも指摘したが、西洋に対するアジアの共有性、中国や朝鮮との共有圏を前提としつつ、そこから位相がずれていく個々の固有性との共存、あるいは対立など、東アジアが認識の基盤になっていたことがうかがえる。

9　今後の展望

最後に今後の展望として付言すれば、東アジアの古典学はもはや各地域に限定するだけではなく、もとより個別に枠をひろげて複合的な比較研究を展開するとともに、各地の古典を直接解読して追究する必要があるだろう。そうした見地から、中国での「東アジア古典研究会」をはじめ、「朝鮮漢文を読む会」「ベトナム漢文を読む会」を継続中である（琉球の会もあるが現在休会中）。まず朝鮮半島の古典の始発に位置づけられる『新羅殊異伝』を解読し、研究会の成果としての注解『新羅殊異伝　散逸した朝鮮説話集』（平凡社・東洋文庫、二〇一一年）を刊行し、引き続き、高麗時代の『海東高僧伝』もまとめることができた（平凡社・東洋文庫、二〇一六年）。さらに現在は、朝鮮時代の野談ジャンルの代表作『於于野談』を継続して読んでいる。

『新羅殊異伝』東洋文庫本のあとがきに書いた一文を最後に引用しておきたい。

『新羅殊異伝』をたんに古代朝鮮の古典として韓国国文学に封じ込めるのではなく、これをいかに日本を始め東アジアにおしひろげ共有できるか、という一念で読み進めた。（略）本書が日本と韓国の双方向から、あるいは中国、ベトナムなどもまじえた漢文文化圏のひろがりから、輻輳する読みをかさねあわせ、やがて〈東アジア文学〉として定位される一助となることを切に願う。

この一文は『新羅殊異伝』のために書いたものではあるが、東アジアの文芸すべてにわたっていえることでもある。東アジアの古典学の未来を信じて、今後さらなる考究を続けていきたいと考える。

【参考文献】

曹　凌編『中国仏教疑偽経綜録』(上海古典籍出版社、二〇一一年)。

金　英順「近世初期の『父母恩重経』注釈書について─玄貞著作『仏説父母恩重経鼓吹』を中心に」(『立教大学日本文学』一一一号、二〇一四年)。

グエン・ティ・オワイン「ベトナムの前近代における釈迦の伝記について─『如来応現図』を中心に」(小峯和明編『東アジアの仏伝文学』勉誠出版、二〇一七年)。

井上　亘「国風文化新探─「類聚の世紀」」(石川日出志・日向一雅・吉村武彦編『交響する古代　東アジアの中の日本』東京堂出版、二〇一一年)、「古代の学問と「類聚」─宇多天皇宸筆『周易抄』をめぐって」笹山晴生編『日本律令制の展開』吉川弘文館、二〇〇三年)。

安　輝濬「謙斎鄭敾(1676-1759)の瀟湘八景図」(『美術史論壇』二〇号、二〇〇五年)。

リ・ボラ「朝鮮時代の関東八景図の研究」(『美術史学研究』二六六号、二〇一〇年)。

李　相均「朝鮮時代の関東遊覧流行の背景」(江源大学『人文科学研究』三一号、二〇一一年)。

安　章利「瀟湘八景の受容と韓国の八景詩の流行様相」、衣若芬「瀟湘八景─東亞共同母題的文化意象」、ジョンユゼ「韓国「瀟湘八景」詩の儒家性向の研究」(崇実大学『韓国文学と芸術』一三号、二〇一四年)。

金　乾坤「高麗文人たちの八景文学の享有について」(『蔵書閣』三四号、二〇一五年)。

『瀟湘八景』(日本の美術 124・至文堂、一九七六年)。

鶴崎裕雄「連歌師の絵心　連歌と水墨山水画　特に瀟湘八景について」(『芸能史研究』四三号、一九七三年)。

芳賀　徹「風景の比較文化史　瀟湘八景と近江八景」(『比較文学研究』五〇号、一九八六年)。

張　景翔「瀟湘八景源流初探」(『日本美術の水脈』ぺりかん社、一九九三年)。

戸田禎祐「瀟湘八景図押絵貼屏風」(『国華』一二〇四号、一九九六年)。

李　応寿「数字「八」の秘密」(『アジア遊学』一九号、一九九九年)。

堀川貴司『瀟湘八景』(臨川書店、二〇〇二年)。

鈴木広之「瀟湘八景の受容と再生産　十五世紀を中心とした絵画の場」(『美術研究』三五八号、二〇〇三年)。

板倉聖哲「探幽縮図から見た東アジア絵画史―瀟湘八景を例に」(『講座日本美術史』三巻、東大出版会、二〇〇五年)。

シラネ・ハルオ「めかし／やつし―パロディ・見立て・瀟湘八景」(ツベタナ・クリステワ編『パロディと日本文化』笠間書院、二〇一四年)。

池宮正治『琉球史文化論』(著作集第三巻、笠間書院、二〇一五年)。

小峯和明編『日本文学史』(吉川弘文館、二〇一四年)。

小峯和明「本草学の世界」(野田研一他編『環境人文学Ｉ　文化のなかの自然』勉誠出版、二〇一七年)。

小峯和明「瀟湘八景在東亜的転回」(『湖南科技学院学報』三八巻五号、二〇一七年)。

小峯和明編『東アジアの仏伝文学』(勉誠出版、二〇一七年)。


【付記】資料に関して、高陽、金英順、大西和彦、グエン・ティ・オワイン各氏のお世話になった。また、瀟湘八景に関しては、二〇一五年八月、湖南師範大学における国際シンポジウムで発表した。翌一六年八月には、その国際シンポを主催された冉毅教授に瀟湘八景をめぐっていくつか現地を案内して頂いた。篤く御礼申し上げる。

2

『竹取物語』に読む古代アジアの文化圏

丁　莉

1　はじめに

『竹取物語』には、古代アジアの文化圏、いや、もっと広く言えば、古代東ユーラシアの世界が呼吸している。▼注[1]「天竺」、「唐土」、「蓬萊」など異国、異郷の名が見えるだけでなく、物語の記述を通してヒトの動き、モノの流れなど古代アジアの文化史、交流史の軌跡を辿ることができるのである。

『竹取物語』の作者には、漢籍や仏典を披見する才学のある文人が想定され、物語への漢籍や仏典の影響に関しては、古くから多くの指摘がなされた。特に五人の貴公子に課せられた難題はいかに着想されたのか、その典拠の探求も多角的になされてきた。

一方、直接的な典拠というより、作者の発想源となりうるもの、特に古代アジア文化圏との関わりを通してそれぞれの難題譚が構想される契機を考えることも大切ではないだろうか。既にそのような視点からの研究が行われてきている。▼注[2]

本稿は先行研究を踏まえ、物語の外部にある歴史叙述に注目しながら、物語との結節点を探りたい。その作業を通して、『竹取物語』という作品、特に難題譚の内容、構想等を古代アジア文化圏のヒトの動き、モノの流れの中で改めて考察し、新しい角度から作品の魅力を追究したい。

2　二つの渡海譚

『竹取物語』には二つの渡海譚が見える。日本人が渡海する話を着想するには、遣唐使や入唐僧または交易のための航海など史実としての渡海話が背景にあることはいうまでもない。

『竹取物語』の成立年代はだいたい九世紀後半から十世紀の初頭であったとされているが、歴史上最後の遣唐使が派遣されたのは承和五年（八三八）、菅原道真の提議により停止となったのは寛平六年（八九四）であるので、成立は最後の遣唐使の派遣からそれほど離れていない時で、遣唐使はまだ比較的記憶に新しいものであったのだろう。物語の渡海譚の特徴は渡海中の苦難や漂流への恐怖を際立たせていることである。十世紀後半の成立とされる『うつほ物語』の渡海譚も漂流を描いたもので、主人公俊蔭が遣唐使として唐土を目指して旅立ったが、途中暴風に遭ったため波斯国に漂着したという。一方、平安後期の渡唐物語『浜松中納言物語』や『松浦宮物語』になると、主人公は「荒き波風にもあはず、思ふかたの風なむことに吹き送る心地」（『浜松』）、「思ひしよりも雨風のわづらひなくして、七日といふにぞ、近くなりぬ」（『松浦宮』）とあるように、順風満帆に航海が進み、無事唐土に到着したという設定になっている。これは『竹取物語』や『うつほ物語』の成立は遣唐使派遣の時代からそれほど経っておらず、遣唐使のさまざまな遭難話や漂流話が鮮明に記憶されていたからであろうか。

一つ目の渡海譚はくらもちの皇子の偽りの渡海譚である。くらもちの皇子は「心たばかりある」人で、蓬莱の玉の枝を自ら捜しにいくとは毛頭考えておらず、最初から偽りの渡海を計画していた。彼は朝廷に「筑紫の国に湯治に行く」と休暇を申し出、かぐや姫側には「玉の枝を取りに行く」と告げた。家臣を難波まで見送りをさせ、いかにも難波から船が出発したという様子を人々に見せておいた。

くらもちの皇子が京から出発し難波へおもむき、難波から船で筑紫の国へ行くと見せかけたのは遣唐使の航路を意識したものであろう。遣唐使たちは平城京もしくは平安京を出発し、難波津へ赴く。難波には航海の神様である住吉社があり、船の進水式が行われた。難波で祭祀や宴会など諸行事を終えると、瀬戸内海を西へ進み、博多大津へ向かったのである。▼注[3]『日本書紀』に第四次遣唐使に随行した伊吉連博徳という人の個人記録「伊吉連博徳書」が引用されているが、それには、斉明五年（六五九）七月三日出発の第四次遣唐使の航海日程が記されている。「己未年の七月三日を以ちて、難波の三津の浦より発す。八月十一日に、筑紫の大津の浦より発す。九月十三日に、百済の南畔の島に行到る」とあり、難波から筑紫までの所要日数は明記されていないが、七月三日に難波の三津の浦を出航した船は八月十一日に筑紫大津の浦を出発し、一旦朝鮮半島の南端の島に至り、そこから転じて大陸へ向かったという。

くらもちの皇子は本当は人が簡単に行けそうもないところに匠を集め、玉の枝を作らせていた。枝が出来上がったら、今度はまた同じように難波の浦にやってきて、いかにも長旅から帰ってきたように旅の姿でかぐや姫を訪ねた。かぐや姫を前にして皇子は偽りの航海譚を語りはじめるが、偽りでありながらその内容が真に迫っており、遣唐使船や商船などが実際の航海の中で経験するさまざまな苦難を彷彿とさせるような語り口である。例えば、承和の最後の遣唐使に随行した天台請益僧円仁の『入唐求法巡礼行記』（以下『行記』と称す）には渡海のありさまがことこまかに書き記されているが、偽りの渡海譚に語られる状況は『行記』の記述からも容易に想像できる。

偽航海譚に「ある時は、波荒れつつ海の底にも入りぬべく」とあるが、『行記』には大使一行が漂流中、「風は強く濤は猛し。船の将に沈まんとするを怕れ」（承和五年七月二日）て碇や荷物を投げ捨てる様子が描かれる。偽航海譚に「ある時には、来し方行く末も知らず、海にまぎれむとしき」とあり、『行記』には船上の人々はどこまで航行したかも分らず、「人をして桅に上って陸島を見せしむるに、猶見えず」（承和五年六月二十八日）と記される。また、偽航海譚に「ある時には、糧つきて、草の根を食物とし き」、「ある時には、海の貝を取りて命をつぐ」と語られるが、『行記』には「大竹・蘆根・烏賊・貝等は瀾に随って流る。鉤を下して取って看れば、或いは生き、或いは枯れたり」（承和五年六月二十四日）の描写も見られる。

偽航海譚に「ある時には、風につけて知らぬ国に吹き寄せられて、鬼のやうなるものいで来て、殺さむとしき」、「ある時は、いはむ方なくむくつけげなる物来て、食ひかからむとしき」ともいうが、「鬼」、「むくつけげなる物」は遣唐使船漂着地の島人、現地人を思わせるものがある。「伊吉連博徳書」によると、斉明五年（六五九）の遣唐使船二船のうち、一船は逆風に遭い、南海の島「爾加委」に漂流し、ほとんどの人が島人に殺害されたという。また、『続日本紀』の記載では、天平五年（七三三）入唐の遣唐使が唐から帰国する際に悪風に遭いばらばらになり、平群広成率いる船は崑崙国に漂着し、「有賊兵来囲遂被拘執。船人或被殺或逆散。自余九十余人着瘴死亡」（天平十一年十一月辛卯条）というように、現地人に捕らえられ、殺され、あるいは逃亡したりして、九十人あまりは疫病で死んでしまうという悲惨な状況であった。航海する人にとって島人、現地人はまさに「鬼」、「むくつけげなる物」のような恐ろしい存在であった。

二つ目の渡海譚も遣唐使船、商船など実際の航海中の漂流、遭難を思わせるものである。大伴御行の大納言が龍の頸の玉を捜しに行くといって、難波の辺にやってきて、さらに「筑紫の方の海に漕ぎいで」たとあるが、これも京→難波→筑紫という行程を意識している。

大納言の渡海について、「いかがしけむ、疾き風吹きて、世界暗がりて、船を吹きもて歩く。いづれの方とも知らず、船を海中にまかり入りぬべく吹き廻して、浪は船にうちかけつつ巻き入れ、雷は落ちかかるやうにひらめきかかるに」

と凄まじい有様が描かれるが、これは『日本文徳天皇実録』仁寿三年六月辛酉条にみえる菅原梶成の卒伝が想起されよう。

六年夏歸本朝。路遭狂飆。漂落南海。風浪緊急。皷船艫。俄而雷電霹靂。桅子摧破。天晝黒暗。失路東西。須臾寄着。不知何一嶋。々有賊類。傷害數人。

菅原梶成は承和遣唐使の知乗船事で、彼が乗る船は「南海」に漂着し、船人は島の「賊類」に「傷害」されたという。「路遭狂飆」、「天晝黒暗」、「失路東西」、「皷船艫」、「雷電霹靂」など、大納言渡海の描写は細かい表現までこれを翻案したかの趣がある。

また、大納言の渡海譚に「南海」漂流への恐怖がくり返し語られる。まず、楫取が「御船海の底に入らずは、雷落ちかかりぬべし。もし幸に神の助けあらば、南海に吹かれおはしぬべし」と泣きながら言う。後に、船が明石の海岸に着岸しても、大納言は「南海の浜に吹き寄せられたるにやあらむ」と思い、起き上がることもできず、ようやく船から下ろされてもなお「南海にあらざりけり」と心配するほどの有様であった。既に指摘されたように、遣唐使船が遭難し、「南海」に流された恐怖の体験譚が集団的記憶として楫取の船頭と大納言に共有できたのである。▼注[4]

疾風や雷のなかで、楫取が龍を殺そうとする大納言を批判し、疾風も雷も皆龍のしわざだとし、神への祈祷を催促する。さすがの大納言も大いに恐れて、「楫取の御神聞しめせ」といって、神様に千度ほど祈って、ようやく雷が鳴りやんだという。このような描写は当時航海する人々の信仰を如実に現している。

いわゆる「楫取の御神」は即ち船霊のことで、漁民、船乗りの間で信仰されていた。『行記』には船上で「火珠一箇を住吉大神み施し奉り、水晶念珠一串を海竜王に施し、剃刀一柄を主舶の神に施し、以って平かに本国に帰らんことを祈る」(開成四年四月十八日条)とあるが、平穏無事に帰られるために、人々が住吉大神、海龍王と主舶の神にそれぞれ物を施し、祈ったという。「主船の神」は即ち船霊で、「楫取の御神」に当るものであろう。

『万葉集』巻十九の長歌「天平五年、入唐使に贈る歌」は遣唐使の妻の歌で、奈良の都から難波に下り、住吉の三津で船に乗り唐土へ遣わされる我が背の君を、住吉の大御神が船の舳先や艫においでになり、荒い波や風に遭わせず無事につれて帰って来て下さいという内容である。遣唐使船に住吉大御神が祭られていたことが知られる。また、『行記』によると、順風を得んがために、船上の人々は「五穀の供を設けて五方の竜王を祠り、経と陀羅尼を誦す」（開成四年四月十四日条）という。海龍王は仏教における海神であり、遣唐使が出発するまえに、朝廷が全国で『海龍王経』を読ませる命令を出すほど、海神は海の平穏を守ると信じられていた。▼注[5]

大納言大伴御行の渡海譚にしても、くらもちの皇子の偽渡海譚にしても、遣唐使船や商船など実際の航海のさまざまな苦難や体験を反映し、背景としているのである。

3　二つの渡航譚

一方、渡海譚とは異なり、渡海の苦難が語られないが、異国へ赴くという渡航譚も二つ見える。こちらも偽渡航と本当の渡航が一つずつ描かれている。偽渡航は石作りの皇子の天竺行きである。かぐや姫に「今日なむ、天竺に石の鉢取りにまかる」と宣言しておきながら、内心では「天竺に二つとなき鉢を、百千万里のほど行きたりとも、いかでか取るべき」と思う皇子はもちろん天竺に行くはずもなく、三年ほどしたら、まるで天竺から帰ってきたような顔で、大和の国十市の郡にある山寺の賓頭盧の前にある「ひた黒に墨つきたるを」取ってかぐや姫のところに持っていった。ところが、その鉢は蛍ほどの光すらないので、かぐや姫に贋物だと見破られたという。ここまでくると、「仏の御石の鉢」というのは①天竺にあるもの、②黒いもの、③光っているものと考えられていたことがわかる。

「仏の御石の鉢」について、早くも契沖の『河社』に『大唐西域記』と『南山住持感応伝』が出典として指摘され、田中大秀の『竹取翁物語解』にも取り入れられている。『南山住持感応伝』というのは実は誤伝で、契沖が『法苑珠林』巻三八敬塔篇の記事（『大正新脩大蔵経』第五十三巻）を引用し、その出典として道宣著「宣師住持感応」と書くべきところを「南山住持感応伝」としたのではないかと指摘されている。▼注[6] 該当記事は「宣師住持感応云、（中略）世尊初成道時。四天王奉佛石鉢、唯世尊得用、餘人不能持用、如來滅度後安鷲山、與白毫光共爲利益」とあり、四天王に奉られた鉢は釈迦入滅後、天竺にある霊鷲山に安置されたという。霊鷲山は古代インド摩掲陀国の王舎城の北東方にあり、釈迦が説法した地として有名である。鉢の所在地は天竺となっており、物語の記述と一致するが、鉢の形や外観についてはここでは語られていない。

もう一つの出典として指摘される玄奘の『大唐西域記』巻十一「波剌斯国」の条に「釈迦仏鉢、在此王宮」とあり、鉢の所在地は「波剌斯国」となっている。巻二「健駄邏国」条には、王城の東北に、仏鉢を安置してあった宝台の基礎の跡があり、仏鉢は釈尊の滅後に、この国に流れ着き数百年間にわたって丁重に供養されていたが、その後諸国を流転して、今は波剌斯にあると記される。ほかに、巻八では、釈迦成道の時、四天王おのおの青石の鉢を献じ、仏は四鉢を受けて一鉢としたので、仏鉢の外側に四つの縁があったという話が見える。ここでは、仏鉢は「紺青映徹」となっており、光っていることは物語と一致するが、色は「紺青」で黒い鉢ではない。

「仏の御石の鉢」について、田中大秀の『竹取翁物語解』に『水経注』の「西域有仏鉢、今猶存、其色青紺而光」が挙げられているが、『水経注』巻二に集中して見える「仏の鉢」に関する記事に「仏図調曰：仏鉢、青玉也」の記述があるが、「其色青紺而光」が見えない。『水経注』巻二にほかに『法顕伝』から次の仏鉢にまつわる話が引用されている。昔、月氏国の王が、弗楼沙国を征服しこの国にある仏鉢を持ち去ろうと思い、三宝に大いに供養し、象に乗せて持ち去ろうとした。しかし象は地に伏して動かず、四輪車に乗せ八頭の象に同時に牽かせたが、それでも動かなかった。こうして王は仏鉢との縁が未だ至らないことを知り、ここに塔と伽藍を建て、伽藍を守る人をおいて種々に供養を行ったという。

『法顕伝』には、犍陀衛（健駄邏）国から南行すること四日で達した弗楼沙国（プルシャプラ）に鉢があるとし、この話を載せている。『法顕伝』の記述では、仏鉢の形や外観については「雑色而黒多、四際分明、厚可二分、甚光沢」とあり、雑色にして黒が多く、光沢があるというのは『竹取物語』の鉢のイメージと一致している。

『法顕伝』は他に天竺道人の口誦で語る仏鉢の流転話を記録した。それによると、「仏鉢本在毘舎離、今在揵陀衛」、即ちもともと中天竺にあった佛鉢が今は犍陀衛（健駄邏）国（ガンダーラ）にあるという。天竺道人の誦経では仏鉢が後に西の月氏国へ行き、その後于闐国、屈茨、漢地、師子国を経て、再び中天竺に戻り、最終的に兜率天に至るという。仏鉢の流転は釈迦滅後の仏法の流布の象徴として示されているのである。

仏鉢の所在地について、五世紀初頭成立の『法顕伝』は「弗楼沙国」にあるとするが、玄奘が天竺に滞在した七世紀には「波剌斯国」にあるとする（その前は犍陀衛国）。ただ、『法顕伝』の天竺道人の誦経によると、仏鉢はもともと中天竺にあり、諸国流転を経た後再び中天竺に戻ることになっている。即ち、『竹取物語』の①天竺にあるもの、②黒いもの、③光っているものという仏鉢の三要素は『法顕伝』にそろって確認することができる。

『法顕伝』は正倉院文書により日本に奈良時代には既に伝来しており、作者の知識源、情報源になったことが十分考えられる。それだけでなく、石作りの皇子の偽渡航譚の発想は、法顕のような仏教聖地天竺を目指した入竺求法僧の事跡から得ていることも考えられよう。

法顕は三九九年に長安を出発し、仏典を求めて陸路で天竺に赴いた。『法顕伝』によれば、長安を発してより六年にして中インドに至り、停って経ること六年、還るに三年を経て青州に達せり、という壮大な旅であった。物語の中で、石作りの皇子は天竺行きを宣言してから贋物の鉢を持って訪ねていくまで、一応三年置いた。三年あれば天竺まで往復できると思ったのだろうか。かぐや姫が鉢を見る前から「あやしが」るのも当然であろう。「石作の皇子の失敗譚は、東アジア世界との接点からいえば、入唐僧や入竺僧の聖地巡礼の旅を発想の枠組みの一つとしながらも、その陰画として語られたというべきであろう」▼注[7]と指摘された通りである。

もう一つの渡航譚は本物で、右大臣阿部御主人の家臣小野のふさもりという人が日本と唐土との間を往復した話である。彼は右大臣の手紙と金を持って渡航し、唐土の商人王けいに渡した。後に、王けいの手紙と「火鼠の皮衣」を持ってまた唐船に乗って帰国した。物語文学の中では、小野のふさもりは渡唐し、唐土に到着した最初の日本人像となろう。

小野のふさもりのように商船を利用して渡唐し、交易活動を行う日本人も実際にはいたらしい。円仁の『行記』からは日本の神御井船や蘇州発日本行きの船など日中往還の活発な状況や、遣唐使一行とは別に商船などを利用して入唐し、唐で交易活動を行い帰国する日本人の姿を垣間見ることができる。

大中元年（八四七）閏三月十日条に「商量して明州に往き、本国神御井等の船を趁い帰国せんとす」とある。円仁が帰国する際に、ある者の讒言で文登地区からの帰国計画が水泡に帰したので、彼は明州へ行き、神御井船という日本船で帰ることを決めたという。同年六月九日条によると、日本人春大郎、神一郎は新羅人金珍等の船で帰国することを約束したが、神一郎は明州船張支信に銭金を払い込んだので、二人は先約を破り、明州の船に乗船して出発したという。佐伯有清の研究によると、「春大郎」が後に渤海通事や大隅守となる春日朝臣宅成、「神一郎」、「神御井」が後に伊予権掾となる大神宿禰巳井にあたる。▼注[8]

大神宿禰巳井については、『日本三代実録』貞観十六年（八七四）六月一七日条に「遣伊豫權掾正六位上大神宿禰己井豐後介正六位下多治眞人安江等於唐家市香藥」とあり、大神宿禰己井、多治眞人安江などが日本の朝廷に派遣され、香と薬品を買い求めるために入唐したことが知られる。また、『朝野群載』巻一にみえる延喜一二年（九一二）四月八日条の「捴持寺鐘銘」の略記によれば、大神御井が越前守藤原朝臣の子の納言に黄金を託され、唐で「白檀香木」を買って来て、依頼主はその白檀香木で千手観音像を造り、摂津国島下郡に安置したという。物語の小野のふさもりは右大臣に派遣され、博多と唐を商船で往復した。一方、律令政府によって唐土に派遣された大神御井も、時には個別の貴族に依頼され、唐で交易活動を行っていた。『行記』や『日本三代実録』、『朝野群載』などの史料から、小野のふさもり渡航譚成立の背景にあるそうした交易活動の一端、日本にない稀有な品物を唐土との交易を通して得ようとする当時の日本の朝廷や貴族の様子が窺われる。

4　「火鼠の皮衣」と陸のシルクロード

2と3で、物語の渡海譚や渡航譚の発想源となりうる古代アジア文化圏のヒトの動きを見てきた。一方、小野のふさもりが唐土から日本に持ち帰った「火鼠の皮衣」の話に、陸のシルクロードを経て遠くインドや西アジア、ないしローマ帝国からもたらされたモノの流れを辿ることができるのである。

「火鼠の皮衣」はどのような品物かについて、契沖の『河社』、田中大秀の『竹取翁物語解』など古来から、『神異経』、『呉録』、『捜神記』、『本草綱目』などに見える「火浣布」に関わるものが指摘されてきた。「火浣布」というのは現在の知識では神秘的なものでも何でもなくアスベストであることが知られているが、古代人にとって、火に投じても焼けないどころか、汚れが綺麗になるというその特性が常識で理解できるものではないので、古代中国の知識人はそれを神秘化させて理解しようとした。「火浣布」に関するさまざまな伝承が生れた所以である。漢籍にある「火浣布」に関連する記載を見ると、その材料は「火鼠の毛」とされたり、樹皮とされたりなどして、豊富な伝承が見られる。▼注[9]

かぐや姫が求めたのは「この皮衣は、火に焼かむに、焼けずはこそ、まことならめ」というものであり、まさに「火浣布」の特性を備えている。では、もし「火鼠の皮衣」は物語の作者が火浣布から想像したものだとすれば、なぜ「火浣布」を「火鼠の皮衣」と言い換えなければならないのだろうか。

　これに関して、三谷邦明の説は代表的なものであろう。物語成立当時流行していた黒貂の皮衣に想を得て、九世紀後半出された火色の禁令や貂皮の禁令に明らかなように、火色と貂皮に示される贅沢への諷刺もあって着想されたものだとする。[注10] 三谷説は漢籍の火浣布と物語の記述との微妙な齟齬を説明したうえ、物語のアレゴリーとしてさらに論を展開していく。一方、もし「火浣布」のことをその材料とされる伝説の「火鼠」の名を冠して「火鼠毛」、「火鼠布」という呼び方が一般的であったとしたら、三谷説は前提を失うことになりかねない、とも指摘されている。[注11]

　『隋書』西域伝の序に「至罽賓得瑪瑙杯、王舎城得仏経、史国得十舞女、師子皮、火鼠毛而還」という記述があり、隋の煬帝（六〇四～六一八）によって西域諸国に派遣された使者たちは罽賓（ガンダーラ・カシミール）に至って瑪瑙杯を入手し、王舎城（ラージャグリハ）で仏教経典を入手し、史国（キッシュ）では舞女十人、師子皮、火鼠毛を入手して帰還したという。ここの「火鼠毛」は即ち「火浣布」のことをさす。『後漢書』西南夷列伝には「又其賨幏火毳馴禽封獣之賦、軨積於内府」とあるが、李賢注は「火毳即火浣布也」となっている。『説文解字』によると、「毳」とは「獣細毛」のことである。また、七世紀の初唐に完成した地理書『括地志』巻四には、「火山国、在扶（風）南東大湖海中。其国中山皆火、然火中有白鼠皮及樹皮、積為火浣布」とある。ほかに、時代が下がるが、南宋周密の『斉東野語』「火浣布」の条に温陵（泉州）の海商が入手した「火鼠布」のことが記されており、「毎浣以油膩、投之熾火中、移刻、布與火同色。然後取出、則潔白如雪、了無所損」[注12] と描かれるところからも「火浣布」であることがわかる。これらの用例から、火鼠の毛もしくは皮で織ったとする伝承が受け継がれていく中、「火浣布」のことを「火鼠毛」、「火毳」、「火鼠布」と呼ばれていたことが指摘できる。「然火中有白鼠皮及樹皮、積為火浣布」のような記述から「火鼠皮」とも呼ばれていたかもしれない。あるいは、そこから「火鼠の皮衣」を連想することも容易に想像できよう。

かぐや姫の題は「唐土にある火鼠の皮衣」とあるのみで、火に焼けないことだけが真贋を判定する条件であって、色や形、光沢については特に要求されていない。即ち、かぐや姫が所望した「火鼠の皮衣」は「火鼠の皮」即ち「火浣布」で作られた衣としても理解できよう。「火鼠の皮衣」には二重の意味が掛けられているように思われる。かぐや姫は「火鼠の皮」、即ち「火浣布」の衣服を求めたのに対し、唐の商人王けいは、いかにも「火浣布」を苦労して手に入れたかのように語り（騙り）ながら、実際は平安貴族の間で流行し、日本の貴族に喜ばれそうな「ただの皮衣」をこしらえ、小野のふさもりに渡したのである。

「火浣布」で作られた衣といえば、例えば『後漢書』西南夷列伝の李賢注、『三国志』魏書・三少帝紀の裴松之注に引かれた『傅子』の話が思い出されよう。後漢桓帝の時の大将軍梁冀は火浣布の単衣を着て宴会に出、わざと酒をこぼして汚し、火中に投じたら火浣布は水で洗ったようにピカピカと潔白になったという。ほかに、西域の疏勒国の国王が二丈余りの長さの釈迦の袈裟を北魏高宗文成帝に贈り、魏高宗は仏衣であるから霊異があるだろうといって、虚実を験すために猛火の上に置いたが、何日経っても燃えないので、驚き畏怖しないものはいなかったという話が『魏書・西域伝』、『仏祖統記』に見える。かぐや姫が所望したのも本当はこのような火中に投じても燃えない「火鼠の皮」（火浣布）で作られた衣ではないか。

「火鼠の皮衣」の所在地について、かぐや姫の題は「唐土にある」とするが、唐の商人王けいによれば、「火鼠の皮衣、この国になき物なり。…もし天竺に、たまさかに持て渡りなば、もし長者のあたりにとぶらひ求めむに」、即ち、唐土にはないものだが、もしその産出国から天竺にたまたま渡っているようなことがあれば、何とか捜し求めることができる、という。

「火浣布」の原産地について、『後漢書』西域伝・大秦国の条では「土多金銀奇宝、（中略）作黄金塗火浣布」、『三国志』魏書の引く『魏略』西戎伝でも「大秦多金、銀、銅、鉄、鉛、錫、（中略）金塗布、緋持布、発陸布、緋持渠布、火浣布」となっており、大秦国の豊富な物産には「火浣布」が含まれている。

一方、『後漢書』西域伝に「天竺国、一名は身毒。（中略）西與大秦通、有大秦珍物」とあるように、天竺国が大秦と交易をし、大秦の珍物を得ることが可能であった。後に挙げる『晋書』にも「天竺献火浣布」のような記述があり、「火浣布」は古くから天竺に渡っており、まさに「もし天竺に、たまさかに持て渡りなば」という状況にある。

「火浣布」が早くも周の時代から西戎から周の穆王に献上されていた。後にも、西域、天竺、あるいは大秦から唐土に渡っていた。漢籍にある関連する記録を挙げてみると、以下の通りである。

周穆王大征西戎、西戎獻錕鋙之劍、火浣之布。其劍長尺有咫、練鋼赤刃；用之切玉如切泥焉。火浣之布、浣之必投於火；布則火色、垢則布色；出火而振之、皓然疑乎雪。　『列子』湯問

『周書』曰：西域献火浣布、崑吾氏献切玉刀。火浣布汚則焼之則潔、刀切玉如脂。布、漢世有聞者、刀則未聞。　『博物誌』巻二

（景初三年）二月、西域重訳献火浣布、詔大将軍、太尉臨試以示百寮。　『三国志』魏書・三少帝紀

西域諸国献汗血馬、火浣布、犎牛、孔雀、巨象及諸珍異二百余品。　『晋書』張軌列伝

鄯善王、車師前部王来朝、大宛献汗血馬、粛慎貢楛矢、天竺献火浣布。　『晋書』載記十三

惟泰康二年、安南将軍広州牧騰侯、作鎮南方、……大秦国奉献琛、来経於州、衆宝既麗、火布尤奇。　『芸文類聚』巻八十五殷巨「奇布賦」序

難題に「唐土にある」と指定されたのは、このように各国から唐土に「火浣布」が献上されていたことを、漢籍の知識が豊富な物語作者が知っているからではなかろうか。

また、王けいが火鼠の皮衣を入手するいきさつを、「昔、かしこき天竺の聖、この国に持て渡りてはべりける。西の山寺にありと聞きおよびて、朝廷に申して、からうじて買ひ取りて奉る」と語る。

『晋書』の「天竺献火浣布」の用例は、かつて古代インドグプタ朝第三代の王チャンドラグプタ二世（『法顕伝』では超日王と呼ばれ、法顕が訪れたインドは超日王の時代）が使者を長安に遣わし、前秦の苻堅に火浣布を献上した例である。東晋十六国時代（四世紀から六世紀）、中国とインドとの交流が盛んで、人的・物的交流が頻繁に行われていた。鳩摩羅什、仏陀耶舎、仏陀跋陀羅など多くの天竺、西域出身の僧が中国に渡った。

「西の山寺」という設定については、唐と西域の結節点となる敦煌の莫高窟のような場所を指摘する説▼注[13]があるが、長安かそこから更に西、シルクロード沿線で西域へ通ずるような場所がイメージされたのであろう。梁の慧皎『高僧伝』によると、西域や天竺からやってきて、長安やその西にある交通の要衝地涼州のお寺で暮らし、訳経をしていた僧も実際に多くいた。▼注[14]

王けいに「もし天竺に、たまさかに持て渡りなば」、「昔、かしこき天竺の聖、この国に持て渡りてはべりける」と言わしめた物語作者の脳裏に、火浣布が産地である大秦国から天竺に渡り、また天竺僧によって唐土にもたらされたという伝来ルートがイメージされていたのかもしれない。（大秦）↓天竺↓唐土（西の山寺）という陸のシルクロードを経てもたらされた「火鼠の皮衣」を、「朝廷に申して、からうじて」買い取ったと王けいがいう。即ち、これだけの長旅を経てもたらされ、苦労して手に入れたのだから、対価としてさらに「金五十両」を要求してくるわけである。

このようにして、右大臣阿部御主人が破格の値段で手に入れたのは、「金青の色なり。毛の末には、金の光し輝きたり」という毛末に黄金の光を放ち、豪華を極めた皮衣であり、正に当時平安貴族の間で流行していた貂裘のようなものである。しかも、その入れ箱も「火浣布」と同じく大秦国の産物である「瑠璃」で飾られており、いかにもシルクロードの渡来品という風情を漂わせている。がしかし、それを火中に投じたらあっけなく燃えてしまい、結局「火鼠の皮」（火浣布）ではなく、「異物の皮」（翁の言葉）であることが判明する。王けいがこしらえたのは、火浣布の衣ではなく、平安貴族に喜ばれそうな、ただの皮衣であったろう。

5 「蓬莱の玉の枝」と海のシルクロード

東の海に蓬莱といふ山あるなり。それに、銀を根とし、金を茎とし、白き玉を実として立てる木あり。それ一枝折りて賜はらむ。

これはかぐや姫がくらもちの皇子に出した難題である。「蓬莱」は想像上の海の仙境で、文献上最も早い記述は『山海経』海内北経の「蓬莱山在海中」である。『山海経』にはそれ以上詳しいことは記されていない。比較的詳しい記述が見えるのは『史記』巻二十八「封禅書」である。

自威、宣、燕昭使人入海求蓬莱、方丈、瀛洲。此三神山者、其傳在勃海中、去人不遠・患且至、則船風引而去。蓋嘗有至者、諸僊人及不死之薬皆在焉。其物禽獣尽白、黄金銀為宮闕。

これによれば、蓬莱は渤海にある三神山の一つで、そこに仙人が住んでおり、不死の薬がある。物や禽獣はすべて真っ白で、黄金と白銀で宮殿が造られているという。ここにも「玉の枝」に関する記述が見えない。それに対して、『列子』湯問には「其上台観皆金玉、其上禽獣皆純縞。珠玕之樹皆叢生、華実皆有滋味、食之、皆不老不死」とあり、『史記』にも見える金玉の台観、真っ白な禽獣以外に、「珠玕之樹」すなわち玉の樹が叢生しているという。もっとも、かぐや姫のいう「銀を根とし、金を茎とし、白き玉を実として立てる木」というのは、『列子』の「珠玕之樹」、「華実」よりもっと具体的で、それは物語の作者が想像した「珠玕之樹」の具体像であろう。『史記』も『列子』も平安朝の文人にとって熟読の書である。

ほかに、西晋の文学者郭璞がつけた『山海経』の注に「上有仙人宮室、皆以金玉為之、鳥獣尽白、望之如雲」と見え、『史記』や『列子』の記述と一致する。白居易の『長恨歌』にも蓬莱が詠みこまれ、方士が楊貴妃の魂を捜し求めて、蓬莱に向かうくだりに、「忽聞海上有仙山、山在虚無縹緲間。…金闕西廂叩玉扃」とあり、黄金の宮殿と玉の扉が描かれる。『史記』の「黄金銀為宮闕」、『列子』の「其上台観皆金玉（中略）珠玗之樹皆叢生」、『山海経』郭璞注の「上有仙人宮室、皆以金玉為之」、または『長恨歌』の「金闕西廂叩玉扃」から分るように、古代中国人の想像する蓬莱の仙境は金・銀・玉を基調としている。一方、くらもちの皇子の偽りの渡海譚に語られる蓬莱の山の様子は、「金、銀、瑠璃色の水、山より流れいでたり。それには、色々の玉の橋わたせり」、やはり金・銀・玉を基調としたものである。「金・銀・玉」というのは当時の人々が蓬莱の仙境に対する集団的想像とでもいえよう。

では、なぜ古代中国人は、東海に金・銀の宮殿や玉の樹のある島を想像したのであろうか。山口博は、それが東海の遥か遠方、「渤海の東、幾億万里なるを知らず」の所から金・銀・貴石が運ばれて来、そこにそれらを産出する国のあることを知っていたからではないかと言う。即ち、天竺国・罽賓国・大秦国・波斯国などシルクロードの国々は金・銀・貴石の産出国で、金・銀・貴石など珍宝の数々がインド、東南アジアの海を通り、広州やその他の港に珍宝が着くので、東海に宝の島を想像したのではないかという興味深い指摘である。▼注[15]

前節にも書いたように、大秦国は物産が豊富で「金・銀・奇宝」が多く、「夜光璧、明月珠、駭鶏犀、珊瑚、虎魄、琉璃、琅玕、朱丹、青碧」など様々な貴石があることは『後漢書』西域伝に見える。同じく『後漢書』西域伝によると、天竺も金、銀、玳瑁の産出国である。また、『漢書』西域伝によると、于闐国は「多玉石」、罽賓国は「金銀」を銭とし、「珠玑、珊瑚、虎魄、璧流離」を産すという。

中国史書に記載されるこれらシルクロードの国々は金・銀・玉の産出国で、産出した金・銀・玉が海のシルクロードを経由し、運ばれてくるのであった。例えば、『後漢書』西域伝大秦国の条に「與安息、天竺交市於海中」とあり、大秦国は一世紀頃から、海のシルクロードを通って安息（パルティア）、天竺国と交易をしていた。また、「其王常欲通使於漢、而安息欲以漢繒綵與之交市、故遮閡不得自達。至桓帝延熹九年、大秦王安敦遣使自日南徼外献象牙、犀角、玳瑁、始乃一通焉」（『後漢書』西域伝）とあるように、大秦は安息を経ず漢と直接交易することを望んでいた。桓帝の延熹九年（一六六）に大秦国王の安敦が日南郡（現在のベトナム）から後漢に使者をつかわし、象牙・犀角・玳瑁などを献上し、初めて漢と直接交流を持つことができた。これは海のシルクロードの存在をうかがわせるものであった。前節で引用した殷巨『奇布賦』序の例では、晋の武帝の太康二年（二八一）、大秦国は海のシルクロード経由で広州に上陸し、火浣布も含めた様々な宝物を献上したという。

東海に宝の島を想像する仙境伝説は「蓬莱」だけに限るものではないようだ。梁の陶弘景が編著した道教の経典『真誥』巻十四に「滄浪山の東北、蓬莱山の東南」に位置する「八渟山」が描かれるが、「其下有碧水之海」というので、蓬莱と同じように東海にある島であろう。その上は「琳瑯衆玉、青華絳實、飛間之金所生出」▼注[16]という有様であり、まさに宝の島である。

『太平広記』神仙・二五に引く『原仙記』の「採薬民」には次の話がある。蜀郡のある人が青城山の麓で薬を採っていたら、大きな洞穴に堕ちてしまい、何とか出口を見つけたら、その上に水があった。そこから数十歩を歩いて桃源郷のようなところに出て、「ここはどこだろうか」と訪ねたら、世間の人に知られていない仙境だという。玉皇のところへ案内しようと言われ連れていかれたのは「皆金玉為飾、其中宮闕、皆是金宝」という金・銀・玉を基調とする城であった。後にこの採薬民は蜀に帰ろうとして、鴻鵠に乗って飛んでいったら、まず着いたところは蜀から遠く離れた浙江省「臨海県」であった。即ち、彼が訪れた仙境というのは臨海県から東の海上にある島だとわかる。

同じく『太平広記』神仙・三十九に引く『広異記』「慈心仙人」の話には、また臨海県から東数千里の海上にある島が登場する。臨海県の袁晁という海賊が手下を率いて永嘉県へ掠奪に向う途中で大波に遭い、沖合い数千里へと流されてしまい、島が見えたので上陸した。島の建物は瑠璃瓦に玳瑁の壁という宮殿のようなこしらえで、室内の調度品も全て黄金でできている。ほかに建物全体が黄金でできている「金城」もあるという。この島も宝の島で、金・銀・

玉を基調としている。興味深いことに、寝台の布団がほとんど「異蜀重錦」、蜀の地の高級な織物蜀錦で作られているという。蜀錦はシルクロード交易の重要な商品であり、日本にも天平年間に輸入され、法隆寺の遺品に見られる。内陸にある蜀の織物がなぜか東海の島に渡っていた。『太平広記』のこの二つの話は、内陸の蜀の地と臨海県、東海の島を結ぶところは共通している。

東海に位置する蓬萊島にしても、または八渟山や臨海県から東の海上の島にしても、金・銀・玉、もしくは蜀錦などシルクロードの品物が満ち溢れていた。富貴への憧れもあってか、人々が想像する理想郷、仙境の一つのパターンは金・銀・玉が充満する「黄金郷」であった。その黄金郷が蓬萊や東海の島々と想像される背景には、山口博がいうように金・銀・玉が海のシルクロードを通って東の海から運ばれてきたからであろう。知見の広い『竹取物語』の作者も漢籍を通して古代中国人と同じように「蓬萊」に金・銀・玉のイメージを持ち、「蓬萊の玉の枝」を想像したのではなかろうか。

6　おわりに

『竹取物語』をテーマにしながら、作品の内部ではなく、その外部にある歴史記述などを中心に考察してきた。

厳紹璗は文学発生学の立場から多元的文化コンテクストの中で文学作品を還元する重要性を説いた。「文化コンテクストというのは文学作品が生れる根源であり、特定の時間と空間のなかで特定の文化的蓄積と文化的現状によって構成された文化の場である」▼注[17]という。

本稿はいってみれば、古代アジアの文化圏という多元的文化コンテクストの中で『竹取物語』という文学作品の還元を試みたものである。このような作業によって、たとえ虚構の物語作品でも古代アジア文化圏におけるヒトの動き、モノの流れなど人的・物的交流のあり方をまざまざと浮かび上がらせることができる。あらためて『竹取物語』という作品の視野の広さ、歴史的時空の深さを感じ取ることができるのである。

【注】

[1] 最近では、『源氏物語』をはじめとする王朝文学を「東ユーラシア」文化の中で捉え直すという研究の動向も見られる（小山利彦・河添房江・陣野英則編『王朝文学と東ユーラシア文化』武蔵野書院、二〇一五年）。

[2] 河添房江「『竹取物語』と東アジア世界—求婚難題譚を中心に」（永井和子編『源氏物語時空論』東京大学出版会、二〇〇五年）、山口博『平安貴族のシルクロード』（角川書店、二〇〇六年）など。

[3] 古瀬奈津子『遣唐使の見た中国』（吉川弘文館、二〇〇三年）一九〜二一頁。

[4] 注2河添論文、三三頁。

[5] 佐伯有清『最後の遣唐使』（講談社学術文庫、二〇〇七年）八一〜八二頁。

[6] 山口敦史「竹取物語の出典としての『南山住持感応伝』について」（『九州大谷国文24』九州大谷女子短期大学、一九九五年）。

[7] 注2河添論文、二七頁。

[8] 佐伯有清『日本古代氏族の研究』第十「承和の遣唐使の人名の研究」（吉川弘文館、一九八五年）。

[9] 例えば東方朔『神異経・南荒経』に「不尽木火中有鼠、重千斤、毛長二尺余、細如絲。（中略）取其毛績紡、織以為布、用之若有垢涴、以火焼之則浄。」、楊孚『異物志』に「斯調国有火州、在南海中。其上有野火、春夏自生、秋冬自死。有木生于其中而不消也、枝皮更活、秋冬火死則皆枯瘁。其俗常冬采其皮以為布、色小青黒、若塵垢汚之、便投火中、即更鮮明也。」、『捜神記』に「崑崙之墟、有炎火之山、山上有鳥獣草木、皆生于炎火之中、故有火浣布、非此山草木之皮枲、則其鳥獣之毛也。漢世西域旧献此布、中間久絶。」とある。

[10] 三谷邦明「竹取物語の方法と成立時期—〈火鼠の裘〉とアレゴリー」（『平安朝物語Ⅰ』有精堂出版、一九七五年）。

[11] 網谷厚子「もし天竺にたまさかにもて渡りなば—竹取物語の再検討—」（『平安朝文学の構造と解釈—竹取・うつほ・栄花—』教育出版センター、一九九二年）一一〜一二頁。

[12] 周密『斉東野語』（中華書局、一九八三年）二二四頁。

［13］注２河添論文、三五頁。

［14］慧皎撰・湯用彤校注『高僧伝』（中華書局、一九九二年）。

［15］注２山口著書、二七〜三〇頁。

［16］吉川忠夫・麥谷邦夫編・朱越利訳『真誥校註』（中国社会科学出版社、二〇〇六年）四六六〜四六七頁。

［17］厳紹盪『比較文学與文学「変異体」研究』（復旦大学出版社、二〇一一年）七〇頁。


テキストの引用について、『竹取物語』をはじめとする日本古典文学作品は新編日本古典文学全集（小学館）、『続日本紀』をはじめとする日本側の史料は国史大系（吉川弘文館）、『入唐求法巡礼行記』は東洋文庫（平凡社、一九八八年）、『法顕伝』は章巽校注（上海古籍出版社、一九八五年）、『大唐西域記』は季羨林等校注（中華書局、二〇〇〇年）、『水経注』は陳橋驿校証（中華書局、二〇一三年）、『括地志』は賀次君輯校（中華書局、一九八〇年）、『後漢書』、『三国志』など中国側の史料は「二十四史」（中華書局、一九九七年）に拠った。

3 紫式部の想像力と源氏物語の時空

金　鍾徳

1　はじめに

『三宝絵』（九八四）に「また物語と云ひて女の御心をやるものなり。大荒木の森の草より繁く、有磯海の浜の真砂よりも多かれど」▼注[1]とあるのは、つれづれなる女性の心を慰める物語が多数あったことを雄弁している。紫式部も実家にいたころ、ただ物語だけをいじりながら人生の意義や目的について反芻している。『源氏物語』蛍巻には、長雨が降り続くある日、六条院の女君たちがそれぞれ物語三昧で明かし暮らしている場面を描いている。源氏が物語に熱中している玉鬘に、「そらごとをよくし馴れたる口つきよりぞ言ひ出だすらむ」▼注[2]というと、玉鬘は物語が「まこと」のように思われるといって強く反発する。そこで紫式部は自分の記憶とさまざまな歴史的事件、文物を準拠としながら、「そらごと」の『源氏物語』を織りなしているといえよう。

『紫式部日記』には、藤原公任、一条天皇、藤原道長という三人の読者を登場させ、紫式部が『源氏物語』の作者であることを証明している。紫式部は日記の中で、物語の作者としての才覚や宮仕えの現実、人生への夢想を述べている。蛍巻で源氏が玉鬘に「日本紀などはただかたそばぞかし」(③二一二)と述べているのは、漢文の歴史よりも物語にこそ真実が込められているという物語観を披瀝したものといえよう。源氏は玉鬘と物語論争を展開し、物語には『日本紀』のような史実よりも道理にかなう「まこと」が語られていると評価する。そして紫式部は虚構の物語の中で自分の理想とする恋愛と夢を実現しようとしたのであろう。すなわち、『源氏物語』には千年前の平安京に住んでいた紫式部の夢とうつつ、歴史よりも真実に近い「まこと」と「そらごと」が語られている。

『源氏物語』の時空間については『河海抄』以来、歴史的な時代設定、登場人物のモデル論、有職故実、事跡などの研究が細かく掘り下げられてきたといえよう。これらの研究成果は『源氏物語』という幽深な森に向かって呼びかけられ、無数の木霊となって響きあっている。本稿では『紫式部日記』と『源氏物語』に表れた記憶と史実、「そらごと」の作意などを考察する。特に「唐」と「高麗」の用例を中心に高麗人の実体と伝承を把握し、準拠と虚構の論理を調べる。そして史実と虚構が表裏する「唐臼」の伝承を把握し、『源氏物語』の時空間を読み直してみたい。

2　「そのころ」の高麗人

『源氏物語』の中で「高麗」と呼ばれる国は高句麗と渤海で、この二国は中国の東北部から朝鮮半島にかけて栄えた国であった。高句麗は紀元前三七年に建国され、中国東北から朝鮮半島北部に勢力を有した古代国家で四世紀頃に最盛期を迎えるが、六六八年新羅と唐の連合軍に滅ぼされる。この高句麗も『日本書紀』や『日本霊異記』、『源氏物語』などには「高麗」と呼ばれている。一方、渤海は六九八年、高句麗の将軍であった大祚栄が現在の中国東北部に靺鞨族を支配して建国した国である。渤海の支配層は高句麗の遺民で高句麗を復興したという誇りを持っていた。日本との交渉は七二七年から約一八〇年間に、渤海から三十四回、日本からも十五回国使を派遣している。▼注[3] 日本国との国書には「渤海国」と「高麗国」、両方の国号を称していたようである。

『続日本紀』巻十聖武天皇神亀四年（七二七）の条に、第一次の渤海使節は「渤海郡王の使高斉徳ら八人京に入る（中略）渤海郡は旧、高麗国なり」▼注[4]（②一八七）とあって、渤海国が旧高句麗を継いでいることを明らかにしている。そして「高麗の旧居に復りて扶余の遺俗を有てり」（②一八九）とあって、「高麗」と「扶余」は共に高句麗のことで、渤海は扶余と高句麗の後を継いだ国であると記している。ところが、巻十九・孝謙天皇天平勝宝五年（七五三）六月の条には「天皇敬ひて渤海国王に問ふ」（③一二三）とあるように、郡王が国王に変わっている。また巻二十二・天平宝字三年（七五九）正月条には、「高麗使楊承慶ら、方物を貢り奏して曰く、高麗国王、大欽茂言さく」（③三〇三）とあるように、「高麗国」の用例が見えてくる。そして巻三十二・光仁天皇宝亀三年（七七二）二月条には、渤海大使壱万福に従三位を授け、「渤海王に書を賜ひて云はく、天皇、敬ひて高麗国王に問ふ」（④三七一）とある。巻第三十九桓武天皇延暦五年（七八六）九月条には、出羽国から「渤海国使大使李元泰已下六十五人」（⑤三七五）が一隻の船に乗って漂着したことを報告している。すなわち、『続日本紀』には高句麗を継いだ渤海は八世紀頃から「渤海」と「高麗」の国名が混用されていたのである。ところで、渤海国は唐から「海東盛国」と称されるほどの文化国家となったが、九二六年契丹に滅ぼされ、紫式部が『源氏物語』を執筆していた十一世紀初めの頃にはすでに存在していなかった。

もう一つの「高麗国」は九一八年に王建が建国して朝鮮半島を再統一し、一三九二年まで続いた国である。王建は初め国号を後高句麗と定めたくらい高句麗の復興を唱え、渤海が契丹に滅ぼされると高句麗系の支配層を大勢迎え入れている。高麗の太祖王建は渤海王族大光顕を高麗の宗籍に入れて同族意識を明らかにし、また祖先の祭祀を継承させている。すなわち、高句麗、渤海、高麗はそれぞれ別の国であったが、三国は同族同根の国であるという民族意識を持っていたのである。

『源氏物語』桐壺巻に登場する「そのころ」の高麗人は三国のうち、どの国から渡来したのであろうか。桐壺巻の

「いづれの御時にか」という冒頭の時代と、「そのころ、高麗人の参れる中に」（①三九）の「そのころ」は同じ時代であるといえよう。ところで、『源氏物語』が成立した十一世紀初めの朝鮮半島は高麗時代であったので、紫式部が現実に会うことのできる「こまうど（高麗人）」は高麗国人であった。『源氏物語』の準拠については中世の注釈書『河海抄』以来、正面から高麗人の準拠を取り上げているものでも多くの先行研究が積み重ねられている。古注釈の『紫明抄』には、冒頭の「いづれの御時にか」を「醍醐の帝の御子にこそ朱雀院と申御名もおはしませ、又、高明の親王も源氏におはしませは延喜の聖主をやひき申へからん▼注[5]」とある。また『河海抄』には「物語の時代は醍醐朱雀村上三代に准スル歟桐壺御門は延喜朱雀院は天慶冷泉院は天暦光源氏は西宮左大臣如此相當スル也▼注[6]」とあって、長い間延喜天暦（九〇一～九五六）が『源氏物語』の準拠として踏襲されている。

　近年の研究で、仁平道明は明石巻の「延喜の御手より」、絵合巻の「延喜の御手づから」などの用例を取り上げながら、「桐壺院と延喜—醍醐天皇は別の存在として登場していると考えるほかない」と述べている。そして『源氏物語』は「歴史的時空間をとりこみながら、しかし決定的なところでそれを離れる。—史実を意識させることによって逆に物語世界と史実のずれを意識させることになる一見矛盾した方法の意味を▼注[7]」再考する必要があると書いている。また河添房江は桐壺巻の準拠説を重視しながらも、「醍醐準拠説に短絡的に引き絞られてくる問題でもない▼注[8]」とし、桐壺巻の表現に「先例主義と本朝意識」が根ざしている点を読み取るべきだと強調している。そして秋山虔は「物語の世界への史実の導入は、単に物語を史実に近づけるためではなく、かえって史実から離陸する別個の、虚構の現実を構築するための方法▼注[9]」と指摘している。それぞれ『源氏物語』の史実と作意を探る上で妥当な見解といえよう。

　『源氏物語』の中の「高麗」は二十例あって、「唐土」とともに音楽や舞、紙、錦などの先進文化を表す複合名詞になっている。「高麗」の用例は第一部と若菜巻に集中され、「高麗笛」（末摘花①二七三）、「唐土、高麗と尽くしたる舞ども」（紅葉賀①三一四）、「高麗の胡桃色の紙」（明石②二四八）、「高麗の錦」（絵合②三八六）、「高麗の紙」（梅枝③四一七、四一九）、「高麗笛」（若菜上④一〇二）、「高麗の楽」（若菜上④一〇二）、「高麗の青地の錦」（若菜上④一九三）、「高麗の乱声」（竹河⑤七九）などがある。「高麗」はそれぞれ文物を修飾する形で大陸の優れた先進文化を表している。『源氏物語』には高麗（渤海）からの渡来文物をもって儀礼が行われることが多いので、「高麗」の用例と物語の時空は深い関わりがあると思われる。

『源氏物語』の中で「高麗人」の用例は、桐壺巻に二例、花宴巻に一例、梅枝巻に一例がある。特に桐壺巻の高麗人（①三九、五〇）は虚構物語の主人公である光源氏の運命を予言し、巻末には「光る君」という名前をつけたとある。このように超人的な主人公の名前をつけることは、『竹取物語』で御室戸斎部の秋田がかぐや姫の名前を「なよ竹のかぐや姫」と命名する場面を想起させる。また梅枝巻で「故院の御世のはじめつ方、高麗人の奉れりける綾、緋金錦どもなど、今の世の物に似ず」（梅枝③四〇三）とある高麗人は、桐壺巻の高麗人と同一人物であろう。そして花宴巻には、源氏が朧月夜と再会した時に催馬楽「石川」をパロディーして、「扇を取られて、からきめを見る」と詠みかけると、朧月夜が「あやしくもさま変へける高麗人かな」（花宴①三六五）と答えている。花宴巻に登場する「高麗人」は漠然と朝鮮半島からの移住民をあらわし、物語の時空間と直接関わりはないであろう。すなわち、『源氏物語』に登場する高麗人は「石川」に登場する高麗人を除いて、桐壺巻の相人と同一人物であるといえよう。

桐壺巻の高麗人は鴻臚館に泊まっている渤海からの国使として登場する。

そのころ、高麗人の参れる中に、かしこき相人ありけるを聞こしめして、宮の内に召さむことは、宇多帝の御誡あれば、いみじう忍びて、この皇子を鴻臚館に遣はしたり。（桐壺①三九）

桐壺帝は国使として派遣された高麗人の中に賢い観相家がいると聞いて、宇多帝の御遺戒を思い出し、若宮の身分を隠して右大弁の子のようにして相人が泊まっている鴻臚館に遣わす。宇多帝（在位八八七～八九七）の「御遺戒」とは、宇多帝が寛平九年（八九七）譲位にあたって、当時十三歳の皇太子敦仁親王（醍醐天皇）に与えた訓戒書「寛平御遺戒」である。これは宇多帝が醍醐天皇への教訓や朝廷諸臣の人事などについて述べた訓戒の中に、「外蕃の人必ずしも召し見るべき者は、簾中にありて見よ。直に対ふべからざらくのみ。李環、朕すでに失てり。新君慎め」[注10]という内容である。つとに『紫明抄』や『河海抄』などで「宇多帝の御誡」の準拠として「寛平御遺戒」を取り上げ、「そのころ」を延喜のころ（九〇一〜九二二）と注釈している。

また『うつほ物語』の俊蔭巻には、俊蔭が「七歳になる年、父が高麗人にあふに、この七歳になる子、父をもどきて高麗人と詩を作り交はしければ」[注11]とある。桐壺巻でも予言の後、光源氏は高麗人と「文など作りかはして」（①四〇）とある。また朝廷も高麗人とのやりとりを聞いて珍しく思う場面などから、桐壺巻の高麗人には『うつほ物語』の俊蔭のイメージが投影されているといえよう。すなわち、『うつほ物語』と『源氏物語』の「高麗人」は、延喜のころ同じく渤海国から派遣され、鴻臚館に滞在していた国使であった。

『岷江入楚』の注には、「応神天皇廿八年高麗王遣使朝貢、むかしは三韓もみな来朝したる也。仁徳天皇の時王仁などのごとし。渤海客など云皆此類也」[注12]とある。これは『河海抄』を引いた注であるが、朝鮮半島からの渡来人をみな同じ類であると解釈している。また本居宣長も『源氏物語玉の小櫛』で、「延喜のころ参れるは、みな渤海国の使にて高麗にはあらざれども、渤海も高麗の末なれば、皇国にては、もといひなれたるままに、こまといへりし也」[注13]とある。宣長の「渤海も高麗の末」という「高麗」は高句麗のことで、「渤海」も言い慣れたるままに皆「こま」と言っているのだと指摘したのである。すなわち、宣長以来、桐壺巻の「高麗人」は「渤海人」と解するのが通説のようになっている。

同じ桐壺巻で桐壺帝は更衣の亡き後、宇多帝が描かせた長恨歌の絵と歌ばかりを話題にしていると語られる。

　このごろ、明け暮れ御覧ずる長恨歌の御絵、亭子院の描かせたまひて、伊勢、貫之に詠ませたまへる、大和言の葉をも、唐土の詩をも、ただその筋をぞ、枕言にせさせたまふ。（桐壺①三三）

宇多上皇は平安京の左京七条辺りにあった亭子院に住んでいたので、この院号が通称になっている。桐壺帝は更衣を偲んで、毎日玄宗皇帝と楊貴妃の悲恋を詠んだ「長恨歌」のような筋にわが身をなぞらえている。桐壺帝は「長恨歌」の屏風に、亭子院が絵師に描かせ、伊勢と紀貫之に詠ませた歌やその筋の和歌や漢詩ばかりを話題にすると語られる。そこへ更衣の母君を訪れた勅使靫負命婦が帰参して報告すると、桐壺帝の哀愁はさらに深まる。『伊勢集』には、「長恨歌の屏風を、亭子院のみかど」▼注[14]が絵師に描かせ、伊勢が玄宗皇帝の歌として詠んだ五首（五二〜五六）、楊貴妃の歌として詠んだ五首（五七〜六一）が載っている。

ところで、山中裕は桐壺巻の「高麗人」が高麗国（九一八〜一三九二）の相人である可能性もあると主張している。山中裕は「即ち渤海国人と限定すれば、渤海国の亡びた延長年間以後は、高麗の渡来はないということになるが、高麗人という場合は、紫式部の源氏物語執筆のころ（寛弘五年前後）にも来日しているのである。但し公の使節でない事が一つの問題である。（中略）この高麗国を「こま」と絶対にいわぬとも考えられぬであろう」▼注[15]と述べている。勿論、高麗の相人に史実や物語、国交のなかった「高麗国」の国使が鴻臚館に泊まるというフィクションを交えながら創作されるという可能性もあり得るだろう。しかし、桐壺巻の「高麗人」は鴻臚館に泊まっていた国使であり、桐壺帝を醍醐天皇に準拠している点、また光源氏には『うつほ物語』の俊蔭が投影されている点などに注意すると、やはり「高麗人」は「渤海国人」であるといえよう。

『源氏物語』の桐壺帝を醍醐天皇に準えることは短絡的かも知れないが、古注釈の指摘どおり、桐壺巻の「いづれの御時にか」や「そのころ」の時空間は「延喜のころ」を準拠にしているといえよう。高麗人は渤海国の国使として鴻臚館に泊まっていた権威ある相人で、しかも光源氏の運命を予言し名前までつけている。すなわち、桐壺巻で光源氏の運命を予言する相人の高麗人には、ある特定の史実や人物だけではなく、さなざまな相人のイメージが重なり合ってオーバーラップされていると思われる。

3　紫式部の記憶と想像力

『紫式部日記』には、紫式部自身の漢文や和歌、音楽、絵などの才能を自負し、作者としての記憶と想像力を取り上げている。中世の物語評論書『無名草子』は、紫式部がわずか『宇津保』『竹取』『住吉』などを読んで『源氏物語』を書いたのは、「凡夫のしわざともおぼえぬことなり」▼注[16]と述べている。そして紫式部が自分の記憶と想像力をもって『源氏物語』を創作したのは、仏の効験で前世からの因縁がなければあり得ないことだと述べている。

紫式部の家系は藤原氏の名門であったが、父藤原為時の頃にはすでに政治権力の中心から遠ざかっている受領層であった。しかし、彼女の曾祖父の従三位堤中納言兼輔は三十六歌仙の一人で、父為時は歌人で文章生出身の当代有数の学者であった。『紫式部日記』によると、作者は幼少期に母と死別し文人肌の父為時のまじめな薫陶を受けながら育ったらしい。そこで紫式部は学問の家に生まれたことを誇りに思って、つねに自分の才覚を自負していたようである。

紫式部は二十七歳（九九九）頃、年長の藤原信孝と結婚したが、わずか二年余りで死別し、その間に後に歌人として有名な大弐三位賢子が生まれている。そのころから書き始めた『源氏物語』は世間に流布され、摂関家の道長の耳にも入って中宮彰子のもとへ出仕するきっかけとなったのであろう。寛弘元年（一〇〇四）に中宮彰子のもとに出仕するが、一〇〇八年の冬、華やかな宮中から久しぶりに実家に戻っている。紫式部は夫亡き後の数年間、呆然と物思いに沈んで明かし暮らしていたようである。そのころ紫式部は、「ただこれをさまざまにあへしらひ」▼注[17]（一六九頁）とあって、物語をいじりながら自分が世の中に存在価値のある人間なのか反芻していたと述懐している。

『紫式部日記』寛弘五年（一〇〇八）十一月中旬、彰子が敦成親王（後一条）を出産し還御する前に、紫式部は物語の「御冊子つくり」（一六七頁）に励んでいる。朝早くから中宮と向かい合って、料紙を選び、書写を依頼する手紙を書いたりする。紫式部は中宮と道長から当時としては貴重な紙、筆、墨、硯などの文房具を援助してもらう。このような道長の支援がなかったら、『源氏物語』の成立はとても不可能であったと思われる。

ところで、紫式部が実家から取り寄せて隠しておいた「物語の本」（一六八頁）の清書本を道長がこっそり持ち出して、「内侍の督」（道長の次女研子）に差し上げる事件が発生する。しかし、紫式部は道長が『源氏物語』の清書本を持ち出したことについてあまり気にすることなく、ただ手直しをしていない物語が人目に触れて自分の評判が悪くなることだけを懸念している。その前の十一月一日、敦成親王五十日の祝宴の場では、藤原公任が紫式部に「あなかしこ、このわたりに、わかむらさきやさぶらふ」（一六五頁）と言って几帳のなかを覗いた時も、紫式部は黙って聞き流している。これらの記述は『源氏物語』の流布過程で、道長と公任が認知していたという好資料といえよう。

『紫式部日記』寛弘六年（一〇〇九）頃、紫式部は道長の戯れに反発した逸話を述べている。

源氏の物語、御前にあるを、殿の御覧じて、例のすずろごとども出できたるついでに、梅のしたに敷かれたる紙にかかせたまへる。

すきものと名にし立てれば見る人の折らで過ぐるはあらじとぞ思ふ

たまはせたれば、

「人にまだ折られぬものをたれかこのすきものぞとは口ならしけむめざましう」と聞こゆ。（二一四頁）

道長は『源氏物語』の内容が色好みであることを知っていて、紫式部に「好き者」と「酸き物」をかけて戯れの和歌を詠みかけたのである。これに対して紫式部は、自分はまだ誰にもなびいたことがないと抗弁している。『紫式部日記』の中で道長と紫式部の関係はこれ以上発展しないが、この逸話は『源氏物語』で光源氏と玉鬘の関係に投影されているのではなかろうか。蛍巻で五月雨に玉鬘が物語に熱中しているのを見て、源氏は「ものよく言ふ者の世にあるべきかな。そらごとをよくし馴れたる口つきよりぞ言ひ出だすらむとおぼゆれどさしもあらじや」（蛍③二一一）と物語論を展開した後、懸想の気持ちを告白する。すなわち、道長と紫式部の関係は、『源氏物語』で光源氏の玉鬘への慕情に置き換えて作意されているといえよう。

次は源氏が玉鬘と物語論を展開する場面である。

「げにいつはり馴れたる人や、さまざまにさも酌みはべらむ。ただいとまことの事とこそ思うたまへられけれ」とて、硯を押しやりたまへば、「骨なくも聞こえおとしてけるかな。神代より世にある事を記しおきけるなり。日本紀などはただかたそばぞかし。これらにこそ道々しく詳しきことはあらめ」とて笑ひたまふ。

（蛍③二一一～二一二）

光源氏が物語（そらごと）は話の上手な者が言い出したものであるというと、玉鬘は物語にこそ「まことの事」が語られているといって反発する。そこで光源氏は改めて物語を「神代より世にある事を記したもの」であるとし、『日本書紀』などはほんのかたはしにすぎないといって開き直った態度をとる。そして源氏は物語にこそ真実の詳細が書かれてあると述べている。また源氏は玉鬘に、「いざ、たぐひなき物語にして、世に伝へさせん」（蛍③二一三）」といって、近く寄り添って懸想の心情を告白している。すなわち、紫式部は道長との逸話をパロディーし、その延長線上に源氏と玉鬘の関係を設定しているといえよう。

『源氏物語』に「まこと」の用例は二六四例、「そらごと」は十例があって、物語は両方を交えながら語られていると思う。帚木巻には式部丞の体験談を聞いて、君たちが「そらごと」（①八八）といって笑ったとある。また蛍巻で源氏は玉鬘に、「そらごとをよくし」（③二一一）といったが、また「ひたぶるにそらごとと言ひはてむも、事の心違ひてなむありける」（③二一二）とも述べている。そして「そらごと」は浮舟巻に四例、蜻蛉巻に一例があるが、すべて作り事の意味に使われている。源氏は世間にあり得ない「そらごと」を巧みに作り出したことが物語であるとし、一方では物語を一途に嘘偽りと決めつけてはならないといっている。鈴木日出男は物語が虚構的な話柄といわれる理由について、「物語の内容が、世の中のどこにでもありそうな日常的な事実によっているのではなく、むしろ人の世のたぐいまれな非日常的な話を基本[注18]にしていると述べ、そこに人間の普遍的な真実が浮かびあがってくると指摘している。すなわち、物語は「まこと」に「そらごと」がオーバーラップされ、長編物語の主題が紡ぎだされているといえよう。

『源氏物語』で光源氏は「きよらなる玉の男御子」(桐壺①一八)として生まれ、「月日の光」に照らされ王権を達成する、大陸の始祖伝説や日光感精説話の主人公と類似する人物といえよう。また『源氏物語』には大陸から渡来したさまざまな文物が物語の時空を織り成している。夕顔巻で中秋の夜、源氏が夕顔の陋屋に泊まった翌朝、隣の家から「からうす」の音が聞こえてくる。

　ごほごほと鳴神よりもおどろおどろしく、踏みとどろかす唐臼の音も枕上とおぼゆる、あな耳かしがましとこれにぞ思さるる。何の響きとも聞き入れたまはず、いとあやしうめざましき音なひとのみ聞きたまふ。くだくだしきことのみ多かり。(夕顔①一五六)

この「からうす(唐臼)」は杵についた長い柄を足で踏んで穀物をつく装置で、源氏にとっては雷のような轟音に聞こえたのである。源氏は「からうす」の実態を知らず、ただうるさいとばかり思っている。この「からうす」は『万葉集』巻十六(三八八六)の「韓臼」[注19]と同じものではなかろうか。『万葉集』には、調味料を造るためににれの樹皮を五百枝も日に干して、「韓臼」で挽いて、さらに「手臼」で細かくつき砕くとある。『日本書紀』推古朝(六一〇)には、「併せて碾磑を造る。蓋し碾磑を造ること、是の時に始れるか」[注20]とあって、高麗(高句麗)の僧曇徴が水碓の製造法を伝えた記事が載っている。萩原広道の『源氏物語評釈』では、「宣長翁云柄碓の意也。韓碓にはあらずといはれたり。さもやあらん」[注21]とある。本居宣長が「韓碓にはあらず」といったのは、高句麗の僧曇徴がもたらした水力で動かされる「碾磑」ではなく、足で踏む「からうす」と解釈したのであろう。上代の文献にはすべて「韓臼」とあって、高句麗から水碓の技術まで伝わっていたのに、新たに「唐臼」が輸入される必要があったろうか。上記の「唐臼」を岩波書店の「日本古典文学大系」と「新日本古典文学大系」は「からうす」と翻刻している。すなわち、夕顔巻で雷のように轟音をたてて踏み鳴らした臼の実体は「唐臼」でなく「韓臼」ではなかろうか。

若紫巻には、源氏が北山の聖に瘧病の加持を受けて帰京する前に、僧都は餞別に「唐めいたる」箱を差し上げている。

聖、御まもりに独鈷奉る。見たまひて、僧都、聖徳太子の百済より得たまへりける金剛子の数珠の玉の装束したる、やがてその国より入れたる箱の唐めいたるを、透きたる袋に入れて、五葉の枝につけて、紺瑠璃の壺どもに御薬ども入れて、藤桜などにつけて、所につけたる御贈物ども捧げたてまつりたまふ。（若紫①二二一）

僧都は源氏へのお土産に、聖徳太子が百済から入手した金剛子の鈴珠を唐風な箱に入れて差し上げている。ここで聖徳太子が引き合いに出されたのは、百済から輸入された舶来の品物を手に入れた聖徳太子と同様なイメージを光源氏に付与するためであったと思われる。現代の注釈書ではすべて「唐めいたる」と翻刻しているが、百済からの舶来品である鈴珠と箱なので、「韓めいたる」とすべきではなかろうか。この他に『源氏物語』で「唐めいたる」の用例は、「唐めいたるよそほひ」（桐壺①三五）、「言はむ方なく唐めいたり」（須磨②二一三）、「唐めいたる白き小袿」（玉鬘③一三六）、「唐めいたる舟」（胡蝶③一六五）などがある。そして『紫式部集』（二八）には、「年返りて、唐人見に行かむといひける人の」▼注[22]とあって、紫式部は越前あたりで実際に「唐人」を見ているかもしれない。すなわち、これらの衣類につく修飾は「唐」との関わりがもっと深いと思われるが、若紫巻の箱は「韓めいたる」と思ったかもしれない。

『源氏物語』で「唐」と関わりのある用例は、「大和のも唐のも」（賢木②一四三）など「唐」が7例あって、「漢」が1例ある。その他、複合語の場合も「唐衣」、「唐臼」、「唐草」、「唐櫛笥」、「唐猫」、「唐綾」、「唐紙」、「唐櫃」などすべて「唐」のものと翻刻している。上代の『古事記』、『日本書紀』、『万葉集』における舶来の文物と言えば、朝鮮半島の高麗、新羅、百済などから渡来した「韓物」であったが、平安時代になると「唐物」の用例が急激に増えてくる。そこで『源氏物語』における渡来文物の中には「韓」と「唐」が同じ発音であることから実物は「韓物」で、レトリックで「唐物」と連想することもあったのではなかろうか。

以上のように、上代の渡来文物はほとんど朝鮮半島と関わりをもっていたが、平安時代になると朝鮮半島との交流は激減し、「唐」との交流が盛んになり用例も増えている。その背景には百済の滅亡と新羅の統一、遣唐使による交流が活発になったことがあろう。しかし正規の遣新羅使、遣百済使、遣高句麗使、遣渤海使などを合わせると遣唐使の何倍もの交流があったし、特に十世紀初めころまでは渤海（高麗）の使節が往来していた。すなわち、『源氏物語』における渡来文物は「唐物」が多いと思うが、その中には「からうす」、「からめいたる」のように朝鮮半島の「韓物」もずいぶん含まれているのではなかろうか。

4 おわりに

平安時代の女流作家は漢文や和歌、音楽、絵などに優れた教養を身につけて、自分の体験した記憶を「そらごと」に作意して物語を創出している。『源氏物語』の作者紫式部は夫信孝と死別した苦悩と宮中での体験、実家で読んだ漢籍などを準拠としながら物語の時空間を設定している。『源氏物語』の世界は紫式部の優れた才覚、孤独と憂愁、観照と美意識をもとに「そらごと」の人間関係が描き出されたものといえよう。

『源氏物語』には朝鮮半島や唐との関わりのある渡来文物が頻繁に描かれている。桐壺巻の「高麗人」は鴻臚館に泊まっていた渤海国の国使で、源氏の運命を予言し名前をつけた相人である。桐壺帝は宇多帝の「寛平御遺戒」を想起し、皇子を渤海国の国使が泊まっている鴻臚館に遣わせている。また桐壺帝は更衣の亡き後、亭子院が絵師に描かせ伊勢と紀貫之に詠ませた「長恨歌」を話題にしている。そこで『河海抄』以来、桐壺巻の「そのころ」の時空間は「延喜のころ」と準拠し、桐壺帝は醍醐天皇に準えている。すなわち、『源氏物語』の時空間は紫式部の記憶と才覚をもとに、「そのころ」の高麗の相人にはさまざまな実在の人物のイメージが重なり合っているといえよう。

紫式部は宮仕えをしながら、実人生で満たされなかった願望を『源氏物語』という「そらごと」の世界で作り上げようとした。そこで紫式部は「まこと」の記憶と「そらごと」の物語を『源氏物語』の主人公に託して、恋の人間関係を描いていると思われる。特に渤海（高麗）の使節と文物は『源氏物語』の長編的な主題、人間関係と作意に影響を及ぼしているといえよう。すなわち、『源氏物語』における渡来文物は「韓物」と「唐物」があって、紫式部はこれを「まこと」と「そらごと」のように巧みに使い分け、様々な人間関係を「そらごと」として作意しているといえよう。

【注】


［1］源為憲撰、江口孝夫校注『三宝絵詞』上（現代思潮社、一九八二年）三七頁。

［2］阿部秋生他校注『源氏物語』三（新編日本古典文学全集、小学館、一九九四年）二一一頁。以下本文引用は同じ本の巻、冊、頁数を記す。

［3］上田雄『渤海国の謎』（講談社現代新書、一九九二年）六四〜六六頁。

［4］青木和夫他校注『続日本紀』二（新日本古典文学大系、岩波書店、二〇〇三年）一八七頁。以下本文引用は同じ本の冊、頁数を記す。

［5］玉上琢弥編『紫明抄 河海抄』（角川書店、一九七八年）一〇頁。

［6］玉上琢弥編、上掲書、一八六頁。

［7］仁平道明「源氏物語と史実」（『国文学解釈と鑑賞』至文堂、二〇〇〇年十二月）三七頁。

［8］河添房江「源氏物語の時空意識」（『国文学解釈と鑑賞』至文堂、二〇〇〇年十二月）九八頁。

［9］秋山虔「桐壺帝と桐壺更衣」（『講座源氏物語の世界』第一集、有斐閣、一九八〇年）三頁。

［10］大曽根章介他校注『古代政治社会思想』（日本思想大系、岩波書店、一九七九年）一〇五頁。

［11］中野幸一校注『うつほ物語』（新編日本古典文学全集、小学館、二〇〇四年）一九頁。

[12] 中田武司編『岷江入楚』第一巻（源氏物語古注集成一一、桜楓社、一九八一年）六六頁。
[13] 大野晋編『本居宣長全集』第四巻（筑摩書房、一九八一年）三二七頁。
[14] 犬養廉他校注『平安私家集』（新日本古典文学大系、岩波書店、二〇〇二年）一八～一九頁。
[15] 山中裕『平安朝文学の史的研究』（吉川弘文館、一九七八年）七一～七二頁。
[16] 桑原博史校注『無名草子』（新潮日本古典集成、新潮社、一九九二年）二三頁。
[17] 中野幸一校注『紫式部日記』（新編日本古典文学全集、小学館、一九九四年）一六九頁。以下本文引用は同じ本の頁数を記す。
[18] 鈴木日出男『源氏物語虚構論』（東京大学出版会、二〇〇三年）三頁。
[19] 小島憲之他校注『万葉集』④（新編日本古典文学全集、小学館、二〇〇五年）一四〇頁。
[20] 小島憲之他校注『日本書紀』②（新編日本古典文学全集、小学館、一九八八年）五六三頁。
[21] 北村季吟『源氏物語湖月抄（上）』（講談社、一九八二年）一八七頁。
[22] 南波浩校注『紫式部集』（岩波文庫、一九八六年）二四頁。

【付記】この原稿は「紫式部の才能と想像力」（『日本研究』二二号、韓国外大日本研究所、二〇〇三年十二月）、「高麗人の予言と虚構の方法」（『源氏物語の始発―桐壷巻論集』竹林舎、二〇〇六年）、「『源氏物語』と朝鮮半島の関わり」（『源氏物語と東アジア』新典社、二〇一〇年）に加筆・修正を加えたものである。

【コラム】

漢字・漢文・仏教文化圏の『万葉集』

――「方便海」を例に――

何　衛紅

１　はじめに

周知の通り、『万葉集』は漢字のみによって表記された書物である。そして、その漢文の題詞に漢字表記の歌や漢文の左注などを加えている構成から、文章論上では、まさに漢文の文体そのものである。そういう意味では、和歌集である『万葉集』は漢字・漢文の文化でもある。

また、最古の和歌集ではあるが、『万葉集』は仏教文化圏のものでもある。『万葉集』と仏教との関係については、長い間、山上憶良・大伴旅人の作品、巻十六の戯笑歌など一部を除いて、両者の関係は深くはないという先入観がかなり強かったと言える。しかし、日本における仏教展開の歴史から考えると、その先入観の根源は仏教に対する認識のある種の「近代性」にあるのではないかと思う。

万葉びとの仏教はどの次元の仏教を対象にしていたのか、これについてはまだ明確な結論が出ているとは言えない。たしかに、『万葉集』には末法思想や念仏思想なども見えず、後世の歌集に詠まれたような形の仏教は『万葉集』に影を投じてはいない。しかし、仏教文化が大きく花開いた時代に生成しつつあった『万葉集』は、仏教との関係が薄いとはとうてい考えにくい。『万葉集』にもそれなりの形で仏教から影を投じられているということは十分考えられる。また、仏教の投影は漢字・漢文の『万葉集』にしか見えず、いま読まれている『万葉集』には見られないものがあるということも考えられる。これも『万葉集』と仏教との関係は深くないという先入観が強かった一因かもしれない。したがって、そういう先入観を捨てて、万葉びとの仏教認識はある種の形で漢字・漢文の『万葉集』に潜んでいるという認識から『万葉集』を読み解くことが必要なのである。

２　「方便海」と「わたつみ」

『万葉集』の巻七には「羈旅作歌九十首」（一一六一～

一二五〇）が載っており、中には次の一首が見られる。▼注[1]

潮満《み》たばいかにせむとかわたつみの神が手渡る海人娘《あまをと》子《め》ども（一二一六）

塩満者 如何将為跡香 方便海之 神我手渡 海部未通女等

この歌では、原文の「方便海」は「わたつみ」の訓みがあてられている。「わたつみ」は『古事記』では「綿津見神」、『日本書紀』では「海神」の表記で書かれ、もともと海の神のことを指す語と思われるが、転じて海・海原そのものを指す場合もある。右の歌では、その次に「神が手」がきているので、海・海原そのものを指すだろう。つまり、海・海原は「方便海」と表記されているのである。

「方便海」という表記に早くも目をつけた注釈書は『万葉集全註釈』で、それを「珍しい用字例である」と捉えている。▼注[2]さらに、井村哲夫は『赤ら小船』でその出典を仏典とし、「方便海」は『華厳経』に頻出する文字であると指摘している。▼注[3]

この指摘では、「方便海」は同じく文字レベルのものとされる。つまり、いずれにしても、「方便海」を〝文字〟のレベルのものとして捉えている。「わたつみ」は先に述べたように、もともと日本神話の海の神のことであり、歌ではその次に「神が手」がきているため、仏教色の「方便海」は〝文字〟のレベルのものとされるのも当たり前のように思われる。しかし、歌の作者はなぜ「方便海」という〝文字〟を使ったのか、それを〝文字〟のレベルのものとして捉えてほんとうによいのか、と考えると、疑問視することになる。

前述の歌に関しては、『万葉集』の注釈書は「方便海」という表記にはほぼ興味を示さず、もっぱら「神が手」の語釈に関心を寄せている。例えば、『万葉集全註釈』は「海上に突出してゐる岩礁などを、海神の手に譬へてゐる」とする。▼注[4]また、『万葉集全注』は、上二句の内容を踏まえ、干潮時にのみ歩いて渡ることができる岩礁の道を、海神の手のように感じた表現とする。▼注[5]いずれも「神が手」をたとえの表現とすると言っていいようである。一方では、新全集『万葉集』は「手」を「長手」「渡り手」のように道を表す語とみて、神のいる道を表す意とする。▼注[6]また、新大系『万葉集』は「手」は「戸」の誤字、「神我門（かみがと）」の意であろうという『万葉集古義』の注釈を受け継ぎ、「海の神の海峡」とする。▼注[7]つまり、両者とも比喩の表現という捉え方と異なり、「神」を神そのものとみるのである。

「神が手」は岩礁や岩礁の道などをたとえて表現するものなのか、または、「神」の存在を言い表すものなのか、これらを問題として提起し、論議していく必要がある。「神」が神そのものだったら、仏教色の濃い「方便海」と「神」が一首の歌に詠み込まれているということには、万葉びとも違和感を覚えたのだろうか。これらの問題を解明するためには、

「方便海」の頻出する『華厳経』がどのような書物なのかを考察することが必須となる。

3　『華厳経』における「方便海」

『華厳経』（けごんぎょう、アヴァタンサカ・スートラ）は、インドで伝えられてきた様々な仏典が、三世紀頃に西域でまとめられたものである。その正式名称は『大方広仏華厳経』（だいほうこうぶつけごんきょう、マハー・ヴァイプリヤ・ブッダ・アヴァタンサカ・スートラ）で、「大方広仏の、華で飾られた（アヴァタンサカ）教え」の意である。

「大方広仏」とは、つまり時間も空間も超越した絶対的な存在としての仏のことを言い表す語である。このような仏に偈頌《げじゅ》（仏の教えや仏・菩薩の徳をたたえるのに韻文の形式で述べたもの）を捧げる神々の話が『華厳経』（新訳の八十華厳、大正蔵二七九）巻三・四の「世主妙厳品第一之三」「世主妙厳品第一之四」に語られている。「主昼神」、「主夜神」、「主方神」、「主空神」、「主風神」、「主火神」、「主水神」、「主海神」、「主河神」、「主稼神」、「主薬神」、「主林神」、「主山神」、「主地神」、「主城神」、「道場神」、「足行神」、「身衆神」、「執金剛神」という種々の神々、さらにそれぞれ複数の、名前を持つ神々が登場し、仏のおかげで解脱を得たことで、仏に偈頌を捧げるという内容のものである。長々と続いていく話ではあるが、ほぼ同じ話型を繰り返している。各種の神には代表神があり、その代表神は云々の解脱門を得たという文句から始まり、同種の複数の神々はそれぞれ云々の解脱門を得たという文句が長々と続き、最後に代表神が仏に偈頌を捧げることをもって結ぶ。その偈頌はほぼ、衆生を済度に近づけるための「方便」（仏の智慧による巧みな方法）をたたえることを主な内容とする。

「主薬神」（薬を司る神）が登場した章段では、代表神である「吉祥主薬神」は「仏の威力を承り、一切の主薬神の衆を遍觀して、頌言を説く（承佛威力、遍觀一切主藥神衆、而説頌言）」とある。その「頌言」、つまり偈頌には「方便海」という表現が出ており、「如来大悲方便海　為利世間而出現」とある。「如来大悲方便海」というのは、つまり如来の「大悲方便」（すべてに対する慈悲を根本とする方便）は海のように広大であるということである。偈頌の文句は、海のような仏の「大悲方便」は有情《うじょう》世間の衆生に利益《りやく》を与えるために現れてきたものだという意になる。つまり、『華厳経』においては「方便海」は神による仏の功徳への称賛なのである。

4　「方便海の神が手渡る」

前に述べたように、「方便海」が頻出する『華厳経』では、

「方便海」は神が仏の「方便」の広大さをたたえる語詞である。このような『華厳経』をよく知っていると考えられる万葉びとが書いた「方便海之神我手渡」であるため、「方便海」はただ〝文字〟のレベルのものではなく、「方便海」そのもので、「神」も神そのものであると考えてよいであろう。「わたつみの神が手渡る」ではなく、「方便海の神が手渡る」なのである。

このように、「方便海の神が手渡る」は神が仏の海のような「方便」をたたえるという『華厳経』の内容を踏まえたものであると充分考えられる。これに基づいてさらに考えると、「方便海の神が手渡る海人娘子ども」というのは、仏から「方便海」の利益をいただいた神の手によって「渡る」海人娘子どもの意であろう。「渡る」は「度」「済」と同じで、「済度」の意で使われることが多い。つまり、仏の「方便海」により解脱を得た神、その神の手によって海人娘子どもは「済度」されるのである。

そのような海人娘子どもではあるが、潮が満ちたならばどうしようとするのだろうかと、上掲歌はこういう意味に読み取れる。このように読み解くと、上二句の日常的な世界と下三句の精神的な世界が正反対の世界となっており、高いテンションの一首になるのである。

5　おわりに

以上、『万葉集』の歌にみえる「方便海」の捉え方を通して、ここでは漢字・漢文・仏教文化圏の視点から『万葉集』を見直す方向性を示してみた。特に「仏」と「神」との関係については、「近代的」な視座を変えなければならない。実際には、『万葉集』の研究だけではなく、上代文学分野全体では、「近代的」な視座で「仏」と「神」との関係を見るきらいがある。

上代びとのこと・ものを、上代びとの視座から考えるべきである。非上代の知の囚われを意識的に打ち破らないと、本当の上代研究はありえないであろう。この場合、上代のことを漢字・漢文・仏教文化圏の視座に据えて考えることが何より重要である。

【注】

[1]『万葉集』（新日本古典文学大系、岩波書店、二〇〇〇年）。
[2] 武田祐吉『万葉集全註釈』（角川書店、一九五七年）。
[3] 井村哲夫『赤ら小船』（和泉書院、一九八六年）。
[4] 武田祐吉『万葉集全註釈』（角川書店、一九五七年）。
[5] 稲岡耕二『万葉集全注』（有斐閣、一九八五年）。
[6]『万葉集』（新編日本古典文学全集、小学館、一九九四年）。
[7]『万葉集』（新日本古典文学大系、岩波書店、二〇〇〇年）。

【コラム】

軍記物語における「文事」

張　龍妹

軍記物語に数多くの学問・文芸に関する「文事」が描かれている。それらが軍記物語においてどのような意味を有しているのか。また軍記物語の流れの中でどのような変遷があるのか。とくに国内の戦争を描くものと、異国戦争を描くものとに、「文事」の描き方にどのような相違が見られるのか。『平家物語』『太平記』『朝鮮征伐記』を対象に一瞥していきたい。

1　『平家物語』の風雅

『平家』には平安貴族的な風雅が満ちている。謀反が発覚され、宮邸を逃げ出す以仁王は秘蔵の小枝という笛を忘れてしまい、取りに立ち返ろうとしたが、宮邸の留守番を任されていた長兵衛尉信連がそれをいちはやく見つけ、五町足らずのうちに追いついて届けてくれた。それを手にした以仁王は、「われ死なば、此笛をば御棺にいれよ」と感激した。[▼注1] 謀叛があっけなく露顕し、死がすでにそこまで迫っているにも関わらず、以仁王主従はこのように笛に執着を見せている。同じ笛の話として、巻七「敦盛最期」で語られる逸話が有名である。熊谷直実が笛の達人である敦盛を殺害したことにより、いよいよ自身の兵としての宿世の拙さを知り、発心するようになったという。熊谷が敦盛の死体に笛の入った錦の袋を見つけ、合戦が始まる前に管弦の遊びをしていたのはこの人たちだったのだと思い到った。「当時みかたに東国の勢何万騎かあるらめども、戦の陣へ笛もつ人はよもあらじ。上臈は猶もやさしかりけり」という彼の心内語が、『平家』そのものの価値観を代弁していよう。

　そのような文芸志向の極限を示したのは巻十の「千手前」であろう。鎌倉に護送された重衡を、頼朝は「手越の長者の娘」で、「みめ形、心ざま、優にわりなき者」である千手前に慰めさせた。そして、翌日、頼朝は「あの平家の人々は、甲冑弓箭の外は他事なしとこそ日来は思ひたれば、この三位中将の琵琶の撥音、口ずさみ、夜もすがらたち聞いて候に、優にわりなき人にておはしけり」と褒めている。なんと、頼朝ほどの人物が一晩中重衡と千手前の管弦を交えた懇談を立ち聞きしていたのである。後に、千手前は先述の熊谷のように発心出家している。

　王朝人の文芸と言えば、和歌を無視することはできない。『源氏物語』ほどではないが、『平家』でも折節につけて和歌が詠まれている。大洋和俊氏が指摘しているように、「和歌は出家往生、流離の悲劇という物語の主題、構想と分ちがたく結ばれている」のである。▼注[2] その中でもっとも読む人の心をうつのは忠度に関する章段であろう。巻七「忠度都落」では、帰らぬ旅に出ることを予感した忠度は、世の中が平和になったら勅撰集編纂が行われるに違いないと思い、秀歌と思しきもの百余首を書き集めた巻物を、都落の途中から戻って師の俊成に預けた。その中の一首がのちに「故郷花」と題して「読人知らず」の歌として『千載集』に収載された。それから、巻九「忠度最期」では、右腕を切り落とされた忠度は西に向かって阿弥陀仏の名号を十回唱え、「光明遍照十方世界、念仏衆生摂取不捨」と言いも終わらぬうちに、岡部六野太に討たれた。そして、最後にその名を明かしたのは、彼の「旅宿花」という和歌であった。

　このような文事の描写を通して、平氏と源氏を対置させ、さらに仏教的世界観を導入することによって、源平争乱の成敗を相対化していることは間違いなかろう。

2　『太平記』におけるアイロニー効果

　巻一の「玄恵僧都談議の事」では、後醍醐天皇が東夷である幕府を亡ぼす企ての一つとして、玄恵僧都を招いて『昌黎文集』の講義を行わせた。和歌ではなく、漢詩文の講義をすること自体、謀叛を暗示するような営為である。それがまたなんと天皇の「謀叛」という皮肉な企てである。そして、韓愈が廃仏で左遷される人物であるが、そのような人の書物を講読するのは不吉だと非難され、談議が中止されたにも関わらず、その「謀叛」行為に関わった人物たちが討ち死にしたり、左遷されたりする。それに、そのような談議の主催者であったはずの後醍醐天皇自身が文字通り崇仏の天皇として造形されている。『源氏物語』では、例えば須磨に退居している光源氏を、宰相中将（頭中将）が尋ね、「夜もすがらまどろまず文作り明かしたまふ」と、▼注[3] 漢詩を作り、白楽天の詩を「もろ声に誦じたま」いて別れたことが語られている。漢詩を作り朗誦することは明らかに政道批判を意味する行為であるが、『太平記』における『昌黎文集』の講義の真意は、一概に論じることができないのである。

　もう一例を見てみよう。巻十二「大内造営幷びに聖廟の御事」では、大極殿の火災から菅原道真に話題が移り、道真をめぐる長い挿話が語られる。「本朝の風月の本主、文道の太祖」と賞賛される道真は、陰陽道の呪詛にも害されなかったにも関わらず、時平の讒言によって筑紫へ流されるはめになった。そして、時平の讒言を信じ、「さては世を乱り民を害する逆政なり、非を諫め邪を禁ずる忠臣にあらずと思し食しけることあさましき」[▼注4]と、道真が忠臣ではないという醍醐天皇の判断を「あさましき」ことと批判している。しかし、この醍醐天皇は延喜の治を実現した聖帝である。このような聖帝が讒言を信じ、「風月の本主」「文道の太祖」を流罪に処した張本人である。醍醐天皇が聖帝だとすれば、「風月」「文道」は賞賛に値するのかどうかが問題になる。

これに関連して、同じ巻十一の「忠顕朝臣遊覧の事」では、文学の道を家業とする六条有房の孫である千種忠顕は「犬笠懸、博奕、婬媒」のみを事とし、父親からも勘当されるほどの無頼の徒である。この忠顕が、後醍醐天皇の隠岐国遷居の際に供奉したなどの功績により、「大国・荘園数十箇所拝領せしかば、朝恩身に余」る存在となり、その奢りぶりが次から次へと語られている。これは後醍醐天皇の治世への批判と受け止められよう。しかし、果たしてそのように素直に受け止めてよいのかどうか。というのは、後醍醐天皇は生前に自分の諡を決めた人物である。新編全集の頭注によると、後醍醐天皇は後の醍醐を自認し、生前より後醍醐と自称していた。[▼注5]すでにみてきたように、「風月の本主」「文道の太祖」である道真が醍醐天皇によって冤罪に処せられた。したがって、文人が重用されず、文学の道が廃れている点では、醍醐の治世も後醍醐の治世もさして違いがないのではないか、という読みが可能になる。そうすれば、道真の冤罪及び忠顕の遊覧を語ることの意図は文学無用論を暗に展開しているようにも読めるのではないか。

それからどうしても触れなければならないのは巻四十の「中殿御会再興の事」である。「中殿の御会は累世の嘉模」で、今上の世ではまだ行われていないため、後光厳天皇は内々に関白を始め近臣に御会開催について打診していた。公卿たちが一様にいわゆる「先規不快」を奏上するが、「『詩三百邪なからん事を思へ』と、されば、治れる代の声は安くして楽しみ、乱れたる世の声は恨んで忿ると云へり。日本の歌もかくの如くなるべし。政を正しくし邪正を教へ、王道の興廃を知るはこの道なり」と中国の「文以載道」理論を大義名分に、御会を敢行した。当日、公卿の行列は「常の如くなれば、さしたる見事はなかりけり」と一言で片付けられているのに対し、将軍の参内は「その行粧、見物の貴賤皆目を驚かせり」と前置きしてから、華美を尽くした前駆の出立、将軍の装束、近侍及び侍兵の身形までが細かく描き出されている。

続いて天皇が出御し、万事滞りなく御会が行われたので、「万邦磯城嶋の政道に帰し、四海難波津の古風を仰ぐ」といかにも「文以載道」の理想が実現されたかのようである。しかし、「人皆柿本の遺愛を恋ふるのみならず、世挙って柳営の数寄を感嘆して」というふうに叙述が屈折し、天皇が群臣の反対を押し切って挙行した御会は皮肉にも将軍の数寄を感嘆せしめる行事となっている。

さらに、本段の終わりに、「中殿の御会と云ふ事は、我が朝不相応の宸宴たるによって」と重ねて御会の決行を非難する文言がみえる。挙行が決まってから起こった天変地異が語られ、天竜寺新成の大厦があっという間に灰燼に帰したという。前引の「万邦磯城嶋の政道に帰し、四海難波津の古風を仰ぐ」と謳歌したのとは正反対のことが起こっていたのである。

御会によって生じた不祥事はまだ続く。次の諸段では鎌倉殿と称される二十八歳の左馬頭基氏の病死、園城寺衆徒の訴訟、最勝講の時に清涼殿を干戈の場に帰した南都北嶺の合戦、三十八歳の将軍義詮の死が連続して語られる。ここに至っては、御会はむしろ「乱れたる世の声」の象徴となっているのである。それに幕府側の将軍と鎌倉殿の死が御会という不相応な行事によってもたらされたとすれば、天皇ではなく、幕府の存在が「我が朝」に不相応なものであるとしか受け止めることができないのである。となれば、前引の「世挙って柳営の数寄を感嘆」するという表現の真意がまた反芻されるのである。

『太平記』の成立事情とも関連していることであろうが、このように文事に関する叙述は幾重にもアイロニー効果が隠されているように読み取れる。

3 『朝鮮征伐記』における国書による武威宣揚

朝鮮軍記物は膨大な作品群であるため、ここでは大関定祐の増補による『朝鮮征伐記』を取り上げることにする。▼注[6]

巻二「朝鮮濫觴」では、「朝鮮全く手に入らば、多くの若君の中、御一人大将として渡海させ申し、大明へ切り込むべし。四百餘州とは申すとも文学長袖の國なれば、討ち随へん事容易かるべし」というふうに、▼注[7]朝鮮を占領した上で征明する意思が表明されている。明を「文学長袖の國」と軽蔑する表現が象徴的であるように、『朝鮮征伐記』における文事に関する描写は、すでに「文以載道」などの大義名分とは無関係であることが一目瞭然である。作品全体において、もっとも風雅な場面は巻七「秀吉公、明使節御対面附明使名護浦詩賦幷御遊覧」段における外交場面の描写であろう。しかし、標題が示すように、正使謝用梓をはじめ併せて三首の七言律詩を詠んだのに対し、日本側の答詩が見られない。ただ「秀吉公も、三首詩にて、彌ご機嫌よく、さらば明使を慰めんと、船遊を興行」したのみである。和歌についても似たような状況である。巻九「将軍秀吉公吉野の花御遊覧」では、「此間、路次中の御詠歌並に人々の詠歌等、御褒貶の沙汰あり」と、吉野遊覧にふさわしく、秀吉とその近臣たちによる詠歌が行われたように語られているものの、一首だに明記されていないのである。和歌が正面から取り上げられているのは巻二「秀吉公京都御進発幷厳島御参詣附阿弥陀寺御一見」である。厳島神社を礼拝してから、秀吉は平家ゆかりの阿弥陀寺に詣で、安徳天皇の御影・平家一門の画像を目のあたりにし、折節浪の音が高く聞こえたので、「浪の花散りにしあとの事問はば昔ながらも濡るる袖かな」という和歌を詠んだ。このような進発の際は神仏に奉納する公的な和歌があってしかるべきなのに、その場の情景に触発された平家一門の不幸に対する私的な述懐歌が詠まれているのみである。

それから、巻八「瀬川采女正妻女艶書」においても和歌が登場している。結婚して七年が経った采女正の妻が、朝鮮に行って一年以上経った夫に対する綿々とした思いを手紙に書き込み、結びに「斯くあるに行方を知らで頼みつる我が心をば誰にかこたん」という歌を添えた。その手紙は、朝鮮行きの船が遭難したため、博多の浦に寄せられ、とうとう秀吉の目に触れるところとなった。秀吉はそれに感動し、殊更に采女正を朝鮮から呼び戻し、妻に逢わせたという。歌徳説話的な話であるが、作品全体においては、かえって「禮失而求諸野」を印象づける話となっている。

『朝鮮征伐記』における文事の最たるものはほかならぬ国書であろう。巻一に「朝鮮國王李昖朱印奉書日本国関白殿下」「大日本国関白豊臣秀吉朱印報朝鮮国王閣下」、巻二には「大日本国豊臣秀吉朱印下琉球国」、巻五には行長が朝鮮国王に与える書と大明遊撃将軍沈惟敬に与える書、巻七に加藤清正の「謹奉答大明国禁闕諸大臣膝下」などがある。巻七の清正の明使への返答書は、清正に生捕れた朝鮮二王子と朝鮮第一の美人孟良妃を引き取るために見えた明使への返事である。清正は美濃部金太夫に長文の返書を書かせてから、明使の目の前で、美人を芋刺に刺し殺した。明使と応酬し、美人を刺し殺す話は堀本にはなく、『清正記』にみえるものであるが、返書は『清正記』にも見えないものである。それが大関本の虚構であるならば、清正の武勇譚に文芸的な一面を添えようとする作者の意図は明らかであろう。

文才で武勇を飾るのは、清正の描写に限ったことではない。如安巻二では大明への使者を内藤飛騨守如安に定めたのは、如安がそのころ文学の誉あるからだとされている。また小西行長が自己の声明を遠く伝えようとし、如安の姓「内藤を改め、小西と称」させて派遣している。「文学長袖の国」と明国を軽蔑しながらも、対外戦争の場ではどうしても文学の力が必要とされるからであろう。一例のみを掲げておく。巻二の「大日本国豊臣秀吉朱印下琉球国」書である。

大日本国豊臣秀吉朱印下琉球国　夫吾邦百有余年、群国争雄、車書不同軌文。予也降誕之時、以有可治天下之奇瑞。勃興于蓬茨順武威之運、不経十年而不遺弾丸黒子之地。国中悉一統也。六十餘州既入轂中、殊域遐方来庭者不少。吾今起百萬大兵将征大明也。蓋非吾所為、天所授也。蕞爾琉球未通聘帛、故先雖欲使群卒討其地、原田孫七郎以商船之有利故、屡往来于其地。比日俾近臣達告吾曰、速赴琉球説本朝征明国之旨、則其来亨者不可疑焉云々。不出帷幄而決勝千里者、古人至言也。故聴褐夫言而暫宥之。来春可営九州肥前。不移時日可偃降幡而来服。若匍匐膝行遅滞、則其必遣大兵、焼琉球国内、鏖其島民而斬国王、懸頭於関下者、如指于掌。汝勿悔。不詳。

　天正十九年九月十五日

村上直次郎の考察によると、これは本来フィリピン諸島に入貢を促すために送った国書である。▼注[8] 堀本ではすでにそれを「小琉球」（台湾）に与える書として扱い、大関本では一部の文言を換えて完全に琉球への国書としている。自分はすでに日本六十余カ国を統一し、今にも大明征伐の大軍を起こす。小国の琉球は明へ行って本朝征伐の趣旨を伝え、自身も来降するようにという通牒である。ここで、相手国琉球並に明を見下す表現には、「下琉球国」「蕞爾琉球」「来亨者」「暫宥之」などとあり、また自身を「降誕」「天所授也」「決勝千里」などと尊大に表現している。もっとも威圧的なのは下線を附した結びである。時を移さず来降すべし。匍匐膝行して遅滞すれば、必ず大兵を起こし、琉球国内を焼き、その島民を皆殺し、国王を斬首し、その首を関の下に懸けることはいとも容易いことだ。その時になったら悔ゆること勿れ、などと。これは国書であるより、武威を後ろ盾にした脅迫書である。文才と武威の融合の最たるものではなかろうか。

　古代中国の戦場において、戦争の正当化を主張する「檄文」がよく創作されていた。外国と戦争する場合、例えばいわゆる「蒙古襲来」のような際は、おなじように国書をまず送って、服従朝貢を促す。両者を比べると、さらに面白いことが発見されるはずであるが、紙数が尽きたので、改めて考えることにする。

　以上、三作の軍記物語における「文事」の描かれ方を文字通り一瞥した。それぞれの作品の特徴のみならず、それぞれの時代における文学と政治のあり方も見えてくるようである。

【注】

［1］『平家物語』の本文の引用は小学館新全集による。以下同。

［2］大洋和俊「平家物語と和歌」（『静岡英和学院大学紀要』一〇号、二〇一二年三月）。

［3］引用は新編全集『源氏物語』「須磨」巻による。

［4］『太平記』の引用は新編全集による。以下同。

［5］新編全集『太平記』第三冊、巻二一、三六頁。

［6］大関定祐の『朝鮮征伐記』は堀正意著『朝鮮征伐記』などの先行作品から増補されたもので、より軍記物語的な作品になっていると思われる。井上泰至「『教育』のために改変される軍学・軍談テキスト―宇佐美定祐『挑戦征伐記』を読む」（井上泰至・金時徳著『秀吉の対外戦争』所収、笠間書院、二〇一一年六月）を参照されたい。なお、以下は両書に触れる際は堀本、大関本として区別する。

［7］引用は黒川真道編国史叢書『朝鮮征伐記』（国史研究会、一九一六年）による。国立国文学研究資料館蔵寛文五年の序をもつ写本を参照し、表記・句読点を変更した箇所がある。なお、漢字は常用漢字に直した。

［8］村上直次郎訳注『異国往復書簡集』（雄松堂書店、一九六六年）二九〜三四頁を参照。

4 佐藤春夫の『車塵集』の翻訳方法

——中日古典文学の基底にあるもの——

於　国瑛

1　はじめに

『車塵集』は佐藤春夫の翻訳詩集である。昭和四年（一九二九）『改造』他、武蔵野書院より刊行したものである。「中国の芸術に興味を共にした亡友芥川龍之介に捧げ」られたこの詩集は、訳者が六朝から明・清に至る中国の女性詩人たちの作品から翻訳され、それは「悩み苦しみもだえる女心を学ぼうとした」ものである。収録された詩は四十八篇で、七言、あるいは五言絶句の漢詩の翻訳である。佐藤春夫は谷崎潤一郎の夫人である千代との恋愛による「小田原事件」「細君譲渡事件」などによって、悲恋と失望のどん底に陥り、中国へ旅に出かけた後、中国の女性詩人の詩歌に親近し始めたという。それで女性達の七言、五言からなる漢詩を柔らかな四行詩に抒情的に訳し得たのである。

作家佐藤春夫に関しては、昭和四十八年二月『浪漫』の特集号が出された後は、一冊も雑誌の特集号が編まれず、活発な研究が行われることはなかった。『車塵集』についても、昭和期に作品の解説及び文学史の中での概略の外、研究が完無だと言っても過言ではない。しかし、平成になってからは、吉田発輝による研究成果に続き[注1]、比較文学を専門とする中国の若い研究者達による研究が精力的に行われるようになる[注2]。しかしながら、いままでの研究は殆ど近代文学の立場からであって、「中国六朝時代より明・清時代に至る女性詩人の作品を四行詩に翻訳しながら、その詩情に日本の古典的風雅を装わせた功績は大きい[注3]」と指摘されてはいるものの、さらなる詳細な展開は見られなかった。蒲池歓一は、『車塵集』には「冴えが見られる」と言い、また「十二分に詩人としての自己の自由を保留してゐると云ふことである[注4]」と論じた。佐藤春夫の独特な詩情はどこに由来したのか、その独特さは、漢文学との関わりでのみ論じられていいのか、まだ検討する余地があると思われる。つまり、「日本の古典的な風雅」を古典的な立場から検討する余地もまだあると思われる。

本稿では、中日古典文学との関わり、つまり中日古典文学の基底にあるものに着目し、主に（1）本翻訳は原典に忠実な訳であり、七言、五言から柔らかな和文に抒情的に訳し得たもの。（2）漢詩に隠されている意味を字面に出して、春夫なりの抒情を発揮して訳出した。（3）詩を訳すより詩を創作することなど、三つの訳詩の特徴をてがかりに考察してみたい。それからその選歌意識、ほかの漢詩や和歌との関連などを検討していく。

2　佐藤春夫の中国詩を翻訳するきっかけ

（1）春夫の家系と和漢的素養

佐藤春夫はどうして中国の詩を訳したのか、春夫の家系と漢文素養と深い関わりを持つからである。「からもの因縁」の中に、偶々わが家は医者としてその修業上漢文の必要が多かった上に代々聊か は詩文の嗜みを持った人があったから自然明清文化の影響を受け、下谷文人を慕ふ傾向を生じていたかと思う。まあせいぜい支那趣味愛好者くらいな所かもしれない。――『支那雑記』▼注[5]

と述べている。佐藤春夫は早くから漢詩に興味を持っていた。『殉情詩集』の自序に「われ幼少より詩歌を愛誦し、自ら、始めてこれが作を試みしは十六歳の時なりしと覚ゆ」とあるように、幼少の時代から数多くの作品を創作していた。また、和歌の方も家系の影響は大きかった。曽祖父椿山も和歌を好む村山翁として知られている。

(2) なぜ女性詩に手を染めたのか

自序の後すぐ薛涛の「春望詩・其三」が引用される。また、『殉情詩集』の三つの詩群「同心草」「昼の月」「心の廃虚」に「同心草」という題は「春望詩・其三」の最後から取ったものである。これは、後の訳詩集には「春のおとめ」と訳されている。

『車塵集』が作られるまで森鷗外の『於母影』、上田敏の『海潮音』、永井荷風の『珊瑚集』、堀口大学の『月下の一群』などの成功が春夫にとって一つの刺激となったと言えよう。また、『海潮音』の影響で大正十年代おびただしい西欧詩の訳詩集が刊行された。

牛山百合子は、

春を謳歌する大輪の華ではなく、葉がくれにひそかにつつましく咲いて散る野の花である。歌われるところは小さなもの、かすかなもの、目に見えないもの、手に取りがたいもの、それでいて、女性の命の一番深いところにあるもの、そういう世界が詩的形式に盛られている。その世界は恋愛だけに限られてはいない。自然を捉える腕前も優れているが、女性でなければならない世界、女性でなければ入れない境地である。その境地をどこまで日本語で表現できるのか。それを試みに四行詩に移しかえてみたその出来栄えは見事である。と絶賛した。[注6] なぜ女性の世界に目を向けたのか、佐藤春夫と女性の関係から説き起こしたい。

『車塵集』序文について奥野信太郎は「六朝より明清に至る女流詩人の作品数十篇はまことに庭中第一枝の春を豊かに飾っていった花ではない。いずれも葉がくれの幽暗を小さな燭の如くひそかに明るくしてそのまま地上に散り敷いたつつましい花びらの姿である」と感想を漏らし、背後に谷崎潤一郎夫人千代との恋愛という「小田原事件」いわゆる細君譲渡事件をとらえる。[注7]

最初千代に対する同情から次第に思慕へと変わった春夫は片思いに陥り、極度に神経衰弱になってしまった。そして中国の南部を旅行した。春夫にとっていかなる傷心の旅であったろう。帰途について、小田原十字町の谷崎に草履を脱いだ佐藤春夫に向かって、潤一郎が翻意し、二人は絶交するまでに至った。悲恋と失望のどん底に陥った春夫は中国の女詩人詩歌に親近し始めたのである。

では、上記の漢文素養と女性関係は作品にどのように投影したのかを次に翻訳作品を見ながら分析したい。

3　『車塵集』――和様化されたアンソロジー

(1)　詞華集の選歌意識

この訳詩集は、「歌われるところは小さなもの、かすかなもの、目に見えないもの、手に取りがたいもの、それでいて、女性の命の一番深いところにあるもの、そういう世界が詩的形式に盛られている。その世界は恋愛だけに限られてはいない。自然を捉える腕前も優れているが、女性でなければならない世界、女性でなければ入れない境地である」[注8]とあり、また「僕は僕の中に生きている感想が古風に統一された時に詩を歌っている」、「和漢朗詠集と今様と箏歌と藤村詩集とは僕の詩の伝統である」▼注〔9〕と述べている。『車塵集』は七、五調の詩として韻律美を整えて訳し出されたアンソロジーである。その境地をどこまで日本語で表現できたのかを検討したいと思う。

和歌の編集、たとえば代表的な『古今和歌集』の場合、「春歌上」と「春歌下」に大別される。「春歌上」は春立つ喜び、うららかな春の日ざし（春の霞・春の光）、それから梅と鶯の組み合わせ、梅の香り、次は桜の開花である。「春歌下」は桜花が散ること、花が咲く喜びを歌うより、花の散り急ぐことを惜しむ歌が集中している。落花による悲しみや、花を通して自分の青春や命の短さなどを嘆くように、パターン化されている。桜が散り終わったら、藤の花や山吹が登場してくる。春が早く逝くことを嘆くことで春の巻を閉じる。日本ではよく「ものの哀れ」という美意識に帰せられるのである。

この訳詩集『車塵集』は全部で四十八首の訳詩がある。すべて女性の漢詩を訳したものである。七、五調の詩として訳し出されたのは古典的なものが踏まえられていると言えよう。また、すべて女性詩人の詩だが、吉川発輝の統計によると、六朝から明に至るまで合わせて三十二名の詩人の詩が収録された▼注〔10〕。

原典の『名媛詩帰』では、作者を身分と朝代に分けて編まれているが、春、夏、秋、冬などを配列順に「四季の変化を唄いながら青春を謳歌し、人生の無常をも兼ねて詠っている」アンソロジーである。藤原公任の王朝の美意識を規範にして編集した『和漢朗詠集』の古風の詩の伝統を継いで、現代の『和漢朗詠集』というプライドを持つのだろうか。

日本文学史上、初めての和漢のアンソロジーは『句題和歌』、即ち『千里集』である。部立ては「春、夏、秋、冬、風月、遊覧、離別、述懐」に分けられる。次は『新撰万葉集』である。「巻上」と「巻下」に分けられ、内容別には「春、夏、秋、冬、恋」である。最も典型的なアンソロジーは『和漢朗詠集』であろう。

『和漢朗詠集』と『車塵集』を比べてみると、次の表のようになる。

表1

項目	車塵集	句題和歌	和漢朗詠集
春	ただ若き日を惜しめ~行く春	風と春 春の山辺と満開の花	立春~三月尽、暮春、款冬
夏	そぞろごころ~採蓮	鳴く鶯 蝉 水上に咲く紅蓮	更衣~蓮、扇
秋	はつ秋~ともしびの教え	蝉がなくなる歌 虫 雁 風と置く露 霜	立秋~擣衣
冬	残燈~霜下の草	霜の草 炉火 人の老い	初冬、炉火~霜、仏名

また、『千里集』では春、夏、秋、冬、風月、遊覧、離別、述懐に分けられる。『新撰万葉集』には、巻上は春二十一首、夏二十一首、秋三十六首、冬二十一首、恋二十首となっている。「巻下」は春二十一首、夏二十二首、秋二十七首、冬二十一首、恋三十一首、或女郎歌十二首などがある。その歌材は主に季節順にそって配される。風と春、春の山辺と満開の花、山の落花、花と老人、花とそれを見る人、歳月と春、惜春の情などの内容である。冬の「霜の草」を『車塵集』には「霜下の草」と組み、一年の終わりを「人の老い」と結びつけて歌っている。『車塵集』ははじめに「ただ若き日を惜しめ」と選んだ。一首一首は、すべて季節の順になっている。和歌の選歌意識より和漢のアンソロジーの方の系譜を貫いていると思う。

(2)「あだ」「なかなか」、「つれなし」「うたて」「つれづれ」などの古語の多用

吉川発輝は、

従来の漢詩文の翻訳に見られない新しい手法で、韻律美しく訳されていることにある。これればかりではない。春

夫はまた、この四十数篇の詩歌を借りて四季の変化を詠い、青春を謳歌し、訳者の心境を吐露しながら、季節とともに移り変わっていく人生の無常をも兼ねて訴えている。

と訳詩を意識しつつ佐藤春夫の翻訳の特徴を指摘した。▼注[11] 詩の中に、「あだ」、「なかなか」、「つれなし」、「うたて」などの古語が多く使われている。下記の通り分析したい。

表2

言葉	訳詩	漢詩	題	詩人
あだ	はまべにひとり白鷺の あだに打つ羽音もすずし	沙頭一水禽 鼓翼揚清音	白鷺を歌ひて	張文姫
うたて	朝うたてきかがみには	朝来怯臨鏡 孤影空自愁	秋の鏡	趙今燕
	うたてしや秦淮の水	不喜秦淮水 生憎江上船	秋の江	劉采春
つれなし	つれなき人に見せましを	欲憑西去雁 寄与薄情看	つれなき人	丁渥妻
なかなか	まばゆき春のなかなかに 花もやなぎもなやましや	満眼春光色新 花紅柳緑総関情	春ぞなかなかに悲しき	朱淑真
	わがなかなかに頼むかな	況当风月満庭秋	秋ふかくして	魚玄機
	なかなかに 帯解く間は燃えまさりつつ	唯余一両焔 纔得解羅衣	残燈を詠みて	沈満願

つれづれ	おばしまのわがつれづれに 憂き笛ぞいよよ切なき つれづれの夏の日ねもす うたたねの枕すずしや	欄干閑倚日偏長 短笛無情苦断腸 日永倦遊賞 枕簟集涼颸	よき人が笛の音きこゆ 夏の日の恋人	黄氏女 李　瑣

中国六朝時代より明・清時代に至る女性詩人の作品を四行詩に翻訳した。その中に名訳が多かった。

（３）漢詩語を和様化させること

全編で四十八編の詩であるが、その詩文の中にある漢詩の硬直的な表現を避けて、ほどよく、韻律よく表現せられたと言われている。

表３

キーワードに訳される	知音→情　風流→みやび
硬直な表現を和らげる	道路→通い路　孤村→さびしき田舎　日暮→日暮れ 幽居→よき庵　流水→川添い／川べ
直接的に和語を訳出	清明→さわやかに　惆悵→せつなく
省略	風花→花　流水→水
文化の空白を補うこと	夕日→入日　離亭→峠の茶屋
訳されなかったもの	江亭

「知音」は「なさけ」に、「風流」は「みやび」に翻訳された。キーワードのイメージをしっかりと捉えなおした。次に「風花」を「花」、「道路」を「通い路」、「夕日」を「入日」、「江流」を「流れ」などに訳し、硬い表現を和らげた。ただここで筆者が注目したいのは、「孤村」は「さびしき田舎」の訳であり、「離亭」の訳は「峠の茶屋」であった。さらに「幽居」を「よき庵」に訳した。明らかに日本の文化伝統を汲んで、いわゆる和様化されたものと考えたい。

4 『車塵集』の翻訳方法——王朝的文学が底流にあるもの

(1) 和歌的表現

『車塵集』は昭和初期の訳詩であるが、和歌的な素養は、特に日本の王朝文学に汲んでいたのであろう。

漢詩	訳詩
	春のおとめ
風花日将老	しづこころなく散る花に
渺渺佳期猶	長息ぞながきわがたもと
不結同心人	なさけをつくす君をなみ
空結同心草	摘むやうれひのつくづくし

ただ、風花を「花」に訳すだけで、中国詩の「風花」のイメージより簡略である。薛涛の「春のおとめ」の中に、「風花日将老（風花日に将に老いんとするに）」の訳文「しづ心なく散る花に」は「ひさかたの光のどけき春の日にしづ心なく花の散るらん」（『古今和歌集』春下・紀友則・八十四）を意識したのは明らかである。

また、薛涛の「薔薇をつめば」の詩、

陽春二三月　　薔薇をつめば
草与水同色　　きさらぎやよひ春のさかり
攀条摘香花　　草と水との色はみどり
言是観気息　　枝をたわめて薔薇をつめば
　　　　　　　うれしき人が息の香ぞする

の「言是歓気息（是言ふ気息を歓す）」を「うれしき人が息の香ぞする」に訳している。それも『古今和歌集』の歌「五月まつ花橘の香をかげば昔の人の袖の香ぞする」（『古今和歌集』夏　読人不知　13九）にいくらかの影響を受けている。

媼婉「人に寄す」の詩、

萬木凋落苦　　人目も草も枯れはてて
楼高独任欄　　高殿さむきおばしまの
綉幃良夜永　　月にひとりはたちつくし
誰念怯孤寒　　嘆きわななくものと知れ

の中の「萬木凋落苦（萬木凋落して苦し）」を「人目も草も枯れはてて」に翻訳した。「人目も草も枯れ」は「山里は冬ぞさびしさまさりける人目も草も枯れぬと思へば」（『古今和歌集』冬・宗于・三一五）による。

また、「西楼美人春夢中」を「色香も深き窓のひと春の夢いまうつつなし」と訳したのは、「寝るがうちに見るをのみやは夢といはむはかなき世をもうつつとは見ず」（『古今和歌集』哀傷・忠岑・八三五）から佐藤が影響を受けたのは明らかであろう。

（2）和漢的なものが基底にある

子夜「思ひあふれて」では「日冥当倚戸」を「たそがれひとり戸に倚立ちて」と訳した。その訳詩は次の通りである。

子夜歌

誰能思不歌　　思ひあふれて歌はざらめや
誰能飢不食　　飢をおぼえて食はざらめや
日冥当戸倚　　たそがれひとり戸に倚り立ちて
惆悵底不憶　　切なく君をしたはざらめや

原詩は中国三～四世紀に伝えられた民間歌謡である。題は「思ひあふれて」にし、次の漢詩の影響をいくつかに分けられる。

子夜「思ひあふれて」で、「日冥当倚戸」を佐藤春夫は「たそがれひとり戸に倚立ちて」と翻訳した。子夜は六朝の詩人である。一人の女性が「高楼」に立って恋人を思い、焦がれる情景を歌っていた。「日冥」は「日暮れ」「日入り」にも訳せるが、わざと「たそがれ」に訳せる理由はどこにあるのか、しかも「一人戸に倚り立ちて」というイメージはどこからなのか、検討に入りたいと思う。実際中国の唐代、白楽天のいくつかの詩がそのイメージと重なるのである。白楽天の詩は日本の平安時代、たいへんはやっていた。

三月三十日題慈恩寺

慈恩春色今朝尽　尽日徘徊倚寺門　惆悵春帰留不得　紫藤花下漸黄昏（『白氏文集』[注12]巻一三）

酬元員外三月三十日慈恩寺相憶見寄

悵望慈恩三月尽　紫桐花落鳥関関　誠知曲水春相憶　其奈長沙老未還
赤嶺猿声催白首　誰言南国無霜雪　尽在愁人鬢髪間（『白氏文集』巻一六）

慈恩寺有感

自問有何惆悵事　寺門臨入却遲廻　李家哭泣元家病　柿葉紅時獨自来（『白氏文集』巻十九）

白楽天が子夜の詩を意識したかどうかまだ検討の余地がある。男性の「倚寺門」と「当戸倚」にも食違いがある。日本の『源氏物語』や『枕草子』に大きな影響を与えた。近年、『伊勢物語』にも影響を及んだ論が珍しくない。たとえば、『源氏物語』「藤裏葉」巻に次のようにある。

暮れゆくほどのいとど色まされるに、頭中将して御消息あり。

わが宿の藤の色こきたそがれに尋ねやはこぬ春のなごり

なかなかに折りやまどはむ藤の花たそがれどきのたどたどしくは……

頭中将に賜へば、

たをやめの袖にまがへる藤の花見る人からや色もまさらむ。▼注[13]（四一六～四一七頁）

また、松尾芭蕉の俳句「くだびれて宿かるころ藤の花」も『源氏物語』や白楽天の詩句に詩想を汲んだことも考えられるだろう。和漢の文脈の中で、そうした漢詩文を踏まえた日本古典文学の伝統が長い文学史の中で蓄積された。佐藤春夫は漢学に興味を持ったが、日本の古典文学にも真面目な態度をとっていて、その伝統をも重視していた。影響の表面的なものは一見して分かるが、基層に潜んでいるもの、即ち平安時代以来日本の「もののあはれ」と芭蕉の「侘び」の美意識をうまく融合させていた蓄積である。一定のレベルに達したら、一気に噴出して発揮されることもあり得るだろう。佐藤春夫は学識豊かなで、自覚していなかった詩想の素材は佐藤春夫の翻訳行為によって自然に滲み出たと思う。

5　翻訳の特徴

（1）原典に忠実な訳。七言、五言から柔らかな和文に抒情的に訳し得た

原文	訓読文	佐藤春夫訳文
紀映淮		
杏花一孤村	杏花　孤村一つ	杏咲くさびしき田舎
流水数間屋	流水　数軒の屋	川添ひや家をちこち
夕陽不見人	夕陽　人を見ず	入日さし人げもなくて
古牛麦中宿	古牛　麦の中に宿りて	麦畑にねむる牛あり

原詩の村、流水、夕日及び麦にある牛などをめぐって、佐藤春夫は絵画的素養を鼓動して中国江南郷村の「水彩風景画」を描き出している。馬致遠の「天浄沙」の中の「枯藤　老樹　昏鴉　小橋　流水　人家　夕陽西下　断腸人在天涯」の詩を思い浮かべたのだろう。

（2）漢詩に隠されている意味を字面に出して、春夫なりの抒情を発揮して訳出

引用した原詩は杜秋娘の「金縷衣」である。

勧君莫惜金縷衣	君に勧む惜しむ莫れ金縷衣	綾にしき何をか惜しむ
勧君須惜少年時	君に勧む惜しみ取れ少年の時	惜しめただ君若き日を
花開堪折直須折	花開き折るに堪えなば直に須く折るべし	いざや折れ花よかりせば
莫待無花空折枝	花無きを待って空しく枝を折る莫れ	ためらはば折りて花なし

原詩に「莫惜しむ」「須惜」「堪折」「須折」「空折」は畳韻である。訳詩にも「惜しむ」「惜しめ」「折れ」「折りて」と対応している。原詩の「莫」「須」を「や」「か」で疑問や反語で表して教唆的な原文よりささやかに語りかけてくるような柔らかさである。

（3）詩を訳すより詩を創作すること

薛涛の「春のおとめ」に「佳期尚渺渺」を「なげきぞ長きわが袂」と訳し、「薔薇をつめば」に「攀条摘香花」という詩を「枝をたわめて薔薇を摘めば」とわざと自分の嗜みを生かして翻訳した。景翩翩の「行く春」には、「楊花若暁風」の訳詩は「朝かぜにやなぎなびく」である。

また、「愁人」の訳についてもそうである。それぞれ「人恋ふる子」、「己が影」、「恋するもの」と自由自在に変換させるのである。薛涛の「秋の瀧」の中の詩、「不使愁人半夜眠（愁人をして　眠らしめず）」を「寝もさせず人恋ふる子を」に変えた。景翩翩「恋するものの涙」は、「幾点愁人涙」を「恋するものの涙」、李筠の「旅びと」は「愁人畏見影」を「己が影は見つつかなしも」へと訳し変えた。

詩想を発揮するため、かなり意訳したものがある。原詩に、色の表現がなかったのに、訳詩には補った。「草与水同色」を「草と水との色はみどり」に訳した。「残紅」を「花ぞいさよふ」、「落葉」を「紅葉」に訳し変えた。逆にもともと色ある景物を訳さない場合もある。「花紅柳緑」を「花も柳」も、「緑波」を「池水」とだけ訳した。

もう一首も同じような状況である。

嫗婉「人に寄す」の中にある、

萬木凋落苦　　人目も草も枯れはてて
楼高独任欄　　高殿さむきおばしまの

月にひとりはたちつくし
嘆きわななくものと知れ
綉幃良夜永
誰念怯孤寒

「萬木凋落苦（萬木凋落して苦し）」は「人目も草も枯れはてて」と翻訳された。「人目も草も枯れはてて」が「山里は冬ぞさびしさまさりける人目も草も枯れぬと思へば」（『古今和歌集』冬・宗于・三一五）に影響を受けたことはつとに指摘されている。▼注[14] 山里は冬になると、草も枯れ、人も訪れなくて人影も猶いっそう見られなくなる。寂しい山里である。一方、これに続く「月にひとりはたちつくし」、月に向かって一人立ち竦んでいる寂しい姿は、むしろ『伊勢物語』第四段の男の姿によく似通う。醸し出された雰囲気もぴったりである。

実際、むかし、ひんがしの五條に、大后の宮おはしましける、西の対に、住む人ありけり。それを、本意にはあらでこころざしふかかりける人、ゆきとぶらひけるを、正月の十日ばかりのほどに、ほかにかくれにけり。ありどころは聞けど、人の行き通ふべき所にもあらざりければ、なほ憂しと思ひつつなむありける。またの年の正月に、梅の花ざかりに、去年恋ひて行きて、立ちて見、ゐて見、見れど、去年に似るべくもあらず。うち泣きて、あばらなる板敷に、月のかたぶくまで、ふせりて、去年を思ひいでてよめる。▼注[15]

月やあらぬ春やむかしの春ならぬわが身ひとつはもとの身にして

とよみて、夜のほのぼのとあくるに泣く泣くかへりけり。（『伊勢物語』第四段）

男は女と出会った場所に来て、悲しみの余り、泣いてばかりいた。そのわびしさは体感できる。佐藤春夫自分自身もその男の気持ちに共鳴を持っただろう。月光のもとで、残された人は悲しくて切なくてたまらない。それは男女とも共通した感情である。

6　終わりに

『車塵集』の翻訳は原典に忠実な訳であり、七言、五言から柔らかな和文に抒情的に訳したもので、これらの訳詩は「春を謳歌する大輪の華ではなく、葉がくれにひそかにつつましく咲いて散る野の花」に喩えられるが、そういう女性的なセンス、形式としては五言七律を「四行詩」に見事に移しかえられた。歌われたのは恋愛だけに限られていない。自然を捉える腕前も優れているが、女性でなければならない世界が、詩的形式に盛られている。その世界は女性でなければ入れない境地である。それは和漢詞華集の選歌意識、「あだ」「なかなか」「つれなし」「うたて」「つれづれ」などの古語の多用及び漢詩語の和様化などによる。春夫なりの詩想を巧ませた。結論には、和歌的表現、和漢的なものが基底にあるから、そのような翻訳の特徴が成し遂げられたのである。日常の言葉ではないものを選んだことで感情の直接の表出を抑え、感覚を詩歌作品に仕上げてゆくのである。ゆえにその詩情に日本の古典的風雅を装わせた功績は大きいと言えるだろう。

【注】

［1］吉川発輝『佐藤春夫の車塵集と中国歴代名媛詩の比較研究』（新典社、一九八九年）。

［2］江新鳳「佐藤春夫『車塵集』の原点とその成立」（『汲古』二〇号、一九九一年十二月）。
斉珮「佐藤春夫―中国古典閨秀詩―以『車塵集』的編選為視点―」（『日語学習与研究』二〇一四年六月〈三〉）八七～九四頁。
張剣「論佐藤春夫編訳『車塵集』的文化意識和審美傾向」（『湖南科技大学学報（社会科学版）』一九巻、二〇一四年七月）。

［3］東順子「佐藤春夫」新研究資料（『現代日本文学』七巻、二〇〇〇年六月）。

［4］蒲池歓一「佐藤春夫と中国詩」（『国文学　解釈と教材の研究』一九六一年十二月〈十四〉）七〇～七五頁。

［5］佐藤春夫『支那雑記』序（大道書房、一九四一年十月）。

［6］牛山百合子「『車塵集』解説」（『日本現代文学大事典』作品編、明治書院、一九九四年）。

［7］奥野信太郎「「車塵集」の序文」（『佐藤春夫全集』第一巻、講談社、一九六六年）、一〇六頁。

［8］同上注6。

［9］佐藤春夫「日本文学の伝統を思ふ」（『定本佐藤春夫全集』二一巻、臨川書店、一九九九年）。

［10］吉川発輝『佐藤春夫の「車塵集」』（新典社、一九八九年）。

［11］吉川発輝「車塵集について」（『解釈』一九八二年五月）。

［12］朱金城校『白居易集箋校』（上海古籍出版社、一九八八年）。

［13］今井源衛・秋山虔・鈴木日出男編『源氏物語』（完訳日本の古典、小学館）。

［14］注1。

［15］『伊勢物語』新潮社。


【参考文献】

1、「僕は現代詩人ではない」『定本佐藤春夫全集』二十六巻（臨川書店、一九九九年）一六三頁。
2、「愛の世界」『定本佐藤春夫全集』二十七巻、三三二頁。
3、鐘惺明『名媛詩帰』三十六巻、全十二冊。

【コラム】

「山陰」と「やまかげ」

趙　力偉

中国語では、「山陰《さんいん》」とは、もともと「山の北側」という意味の普通名詞ではあるが、後にもっぱら会稽山《かいけいざん》（現在中国浙江省紹興市にある山）の北麓に位置する地域を指す固有名詞ともなっている。また「永和九年、歳在癸丑、暮春之初、会于会稽山陰之蘭亭、修禊事也」という書き出しで始まる『蘭亭序』が示しているように、ここは書聖王羲之《おうぎし》の縁の地でもあるので、「山陰」を以って王羲之を指すこともある。

この地にまつわる故事として、「山陰夜雪」ほど有名なものはないであろう。これは王羲之の子である王徽之《おうきし》に関わる逸話で、裴啓『語林』（現在散逸、ただし当該話が『芸文類聚』「雪」の項目に見える）や『世説新語』などの説話集に見えるだけでなく、正史である『晋書』にも載っている。後に「子猷尋《しゆうじん》戴《たい》」という標題で『蒙求』に採られ、さらに広く知れ渡るようになった。山陰に住む子猷（王徽之の字）が雪の降り積もった月夜に興に乗じて船で剡渓《せんけい》に隠居中の戴逵《たいき》（字は安道）を訪ねたものの、門前で興が覚めてそのまま引き返したこの話は、たんに文学の領域にとどまらず、絵画など美術の分野にも影響を及ぼし、山水画の格好な題材として中日両国の多くの画家に好まれ、「訪戴図」という独自ジャンルまで発展したほどである。

日本文学におけるこの故事の受容は、早くも平安時代中期の漢詩文に見られるが▼注[1]、仮名文学において本説話を扱った作品として、まず十二世紀中末期ごろの成立とされる『唐物語』を挙げることができよう。『蒙求』や『白氏文集』などに出典する中国説話を、和歌を添えて歌物語風に書き換えたこの作品の巻頭を飾ったのはまさに「子猷尋戴」の物語りである。

『唐物語』では、夜もすがら船旅して友人の家の前まで来たのに会わずに引き返したことを訝る者の質問に対し、返事として子猷は、

　　もろともに月見んとこそ急ぎつれ必ず人に会わむものかは

という歌を詠んで、自分の一見不可解な行動について、もともと雪夜の月を友人と一緒に愛でようと思って急いで訪ねてきたが、夜も明け、月も傾いてしまった今頃となって会う意味がどこにあるのか、と一応合理的な答えを出した。ただし、

『世説新語』では、本説話が「任誕（自由気ままの意）」に部類されていることが端的に示しているように、子猷の行動の不可解さこそその奔放で放埒な性格の現れである。一方、『唐物語』では、子猷を歌物語の主人公として相応しく「物の哀れ」の解する風流人に仕立てようとするために、わざとその不可解な行動を合理化したわけである。子猷という人物に対する捉え方や描き方は『唐物語』と原典とはかなり違うと言えよう。

『唐物語』の本話の和歌について、小峯和明は『堀河百首』に見られる、

もろともに見る人なしにゆき返る月に棹さす船路なりけり　（『堀河百首』月・七九一）

という藤原仲実歌との類似を指摘した。▼注[2]この歌は、「ゆき返る」という言葉で往復する旅を表現すると同時に「雪」にもかけて、また月と船と組み合せることによって、「子猷尋戴」の故事を人々の脳裏によぎらせた。ただ作者の仲実は故事を歌に読み込もうという自覚を持っているかどうかは定かではない。

「子猷尋戴」の故事を「本説」として意識的に歌に読み込んだ先駆者といえば、おそらく藤原俊成であろう。治承三年（一一七九）十月、右大臣九条兼実が催した歌合に、俊成は左方の歌人として出詠しただけでなく、また九条家の和歌師範として本歌合の判者をも務めた。俊成は「雪」という歌題のもとに次の一首を詠んだ。

訪《たつ》ぬべき友こそなけれ山陰や雪と月とを独《ひと》り見れども　（『右大臣家歌合』雪・一二九）

この自詠に対し、俊成は判詞の中で「左歌、心は山居の雪を見て、彼王子猷が山陰の雪夜、戴安道をおもへる事をいへるにやとは見え侍れど、歌のおもてに雪のことすくなく侍らむ」と述べ、「山居の雪」を主題として「子猷尋戴」の故事を踏まえて詠んだように見えるが、雪についての直接描写が少ないようだと、断定的な言い方を避け、まるで第三者の目から見るような客観的な評価を下し、また自作の欠点にも言及し、判者として中立的な立場を守りぬいたと言える。

俊成自身が判詞で指摘したから、「子猷尋戴」の故事を意識的に踏まえて詠んでいることは間違いないであろう。ただし、俊成歌の作中人物は子猷と違って、戴安道のような訪ねるべき友がいなかったので、山中の雪と月の景色を一人で眺めるしかなかった。子猷との対比を通して、山家での一人暮らしの寂しさと切なさを浮かびあがらせたわけである。

この俊成歌における「山陰《やまかげ》」という歌ことばの使い方が注目に値すべきである。「山陰」はもともと「山のために陰になる場所」や「山ぎわのところ」などを意味する普通名詞である。俊成以前の和歌における用例が少なく、『万葉集』や

中古私家集等に散見するぐらいであったが、新古今時代以降になると、まるで流行語のようにその用例が急に爆発的に増え、用例の総数はゆうに数百を超える。言い換えれば、「山陰」が歌ことばとしてはじめて確立されたのは新古今時代前後である。

俊成歌における「山陰」の使い方を説明するために、まず新古今時代における「山陰」という歌ことばの一般的な使われ方について見てみよう。主に二つの傾向が看取される。一つは、「山」という字に主眼を置いて、山家の歌に多用される。例えば、『新古今和歌集』に、

山陰やさらでは庭にあともなし春ぞきにける雪のむら消え（雑上・一四三七　有家「土御門内大臣家に、山家残雪といふ心をよみ侍けるに」／建仁元年正月影供歌合）

山陰にすまぬ心はいかなれやおしまれて入る月もあるよに　（雑中・一六三三・西行）

などの作品が見られる。

いま一つは、「陰」という字に着目して、納涼歌の歌材として使われる。次の二首はその例である。

山陰や岩もる清水のをとさえて夏のほかなるひぐらしの声　（『千載集』夏・二一〇　慈円／『拾玉集』四二七　日吉百首「夏十首」）

山陰やいづる清水のさざなみに秋をよすなりならの下風　（『秋篠月清集』一三五四・祝部「女御入内月次御屛風の中」第六帖「山井の辺に人人納涼したる所、泉あり」）

ここで、再び俊成歌の分析に戻ろう。俊成歌における「山陰」の使い方は明らかに一番目のほうであるが、それだけではない。この「山陰」は歌の主題である「山居の雪」の「山居」を表現しつつも、「訪友」「雪」「月」と組み合わせて、「子猷尋戴」の故事を読者の脳裏に蘇らせる役割を果たしている。「山陰《やまかげ》」から「子猷尋戴」の舞台となる中国の地名の「山陰《さんいん》」を連想させることは、「視覚的掛詞」とでも言おうか。一般的にいう「掛詞」とは、聴覚的なもので、同じ音に二つの意味を兼ね持たせるものを指すが、この「山陰」の場合、和語と漢語との同じ漢字表記を媒介として、一種の掛詞的な関係を構築し、さらに「子猷尋戴」という故事を通じて、「訪ぬ」「友」「雪」「月」とは縁語的な繋がりを持つようになった。これまでの歌では見たこともない斬新で巧みな修辞法であると言えよう。それゆえ、後にこの俊成歌の発想を借りた模倣作や影響作と見られる作品も数多く生まれた。例えば、俊成の子である定家や弟子である藤原良経の歌集に、

あくがれし雪と月との色とめて梢にかをる春の山陰　（『拾遺愚草』上・六〇八）

我ぞあらぬ雪は昔に似たれども誰かは訪はん冬の山陰
（『拾遺愚草』中・一七〇九）

山陰や花のゆき散る曙の木の間の月に誰を訪ねむ
（『秋篠月清集』治承題百首・花・四一三）

山陰や友を訪ねし跡ふりてただ古の雪の夜の月
（『秋篠月清集』南海漁夫百首・山家十首・五七八）

里人の卯の花かこふ山陰に月と雪との昔をぞ訪ふ
（『秋篠月清集』院無題五十首・夏・九一一）

などの歌が見られる。伝統的な冬や山家の歌以外に、春や夏の歌にもこの「山陰」と「雪」「月」の組み合わせを使ったところが定家らの新しい試みであり、後年定家が『詠歌大概』において提唱した「以四季歌詠恋雑歌、以恋雑歌詠四季歌」という主張にも合致するものである。

以上、日本の説話と和歌における「子猷尋戴」という故事の受容のあり方について簡単に述べた。なかんずく俊成の「訪ぬべき」の歌は、「山陰」を掛詞的に用い、「子猷尋戴」の故事を媒介として、「雪」「月」「訪友」と縁語仕立てにするその手法が後世の歌人たちに大きな影響を与え、「山陰」という歌ことばの流行のきっかけを作った一首である。

（文中の和歌とその歌番号は『新編国歌大観』に依る。引用にあたり適宜漢字を当てた。）

【注】

［1］例えば、大江匡衡『三月三日夜於員外藤納言文亭守庚申同賦桃浦落船花』詩序に「山陰乗興之人、更迷絳雪於帰路者歟」（『江吏部集』巻下・木部）とある。

［2］小峯和明「唐物語小考」（『院政期文学論』笠間書院、二〇〇六年）。

【参考文献】

『唐物語』（講談社学術文庫、講談社、二〇〇三年）。
池田利夫『日中比較文学の基礎研究―翻訳説話とその典拠―』（補訂版、笠間書院、一九八八年）。
久保田淳『訳注藤原定家全歌集』（河出書房新社、一九八六年）。

第2部
東アジアの文芸の表現空間

1　「離騒」と卜筮

――楚簡から楚辞をよむ――

井上　亘

私は以前より古代の亀卜に関心があり、その関連文献をよみ漁るなかで『楚辞』離騒篇に興味深い記述があることに気がついた。『楚辞』の注釈をみても、このことを指摘した人はなく、また「離騒」と卜筮の関係をいう人がいても、私の発見とは全然ちがう方向に議論を展開していて、私の興味関心が学界の動向とずれているだけなのかもしれないのだが、このことに気づいて「離騒」をあらためてよむと、どうもこの作品の構成ないし理解に大きくかかわってくることのように思われたので、その報告をまとめてみたものが本稿である。

1　楚辞と楚簡

今回『楚辞』を開いてみて、あらためてむずかしいテキストだと感じた。ふつう目にしない僻字《へきじ》が多く、よく目にする字でも一見して意味が通らない。

まず「離騒」からしてわからない。『史記』屈原・賈生列伝には「離騒者、猶離憂也」といい、その索隠に引く後漢の応劭の注に「離、遭也。騒、憂也」という。憂いを離れる、または憂いに遭うと解する。また楚辞学史上、現存最古の注を遺した王逸の「離騒」序は「離、別也。騒、愁也」とし、「放逐離別」の「愁思」をいうと説く。

「離」が「遭」の意となるのは、罹災（被災）の「罹」に通ずるからであろう。離・罹ともに上古（来母歌部）・中古（来母支韻平声）・現代（li）にわたって同音であり、同音ゆえに通用した、これを通仮ないし仮借《かしゃ》というが、離・罹の通仮例は多いので（『通仮字彙釈』など、文末〈参考文献〉参照）、「離」を遭遇の意にとることは問題ない。

また「騒」は『説文解字』に「擾也」とあり、擾は「憂」を諧声符とする。擾と憂とは中古以来、発音がちがうが、上古では諧声符がおなじ字をおなじ韻母とみなす。実は騒・擾・憂に王逸のいう「愁」をふくめ、みな上古幽部の字であり、特に声母の近い騒・愁は一応、通仮の関係とみることができよう。▼注[1]

このように漢字音の通仮関係を用いて古典解釈を刷新したのが清朝考証学の本領にほかならないが、いわゆる改革開放後、各地から大量の出土文献が発見されるにおよび、清朝の学者がとった方法の正しさが立証された。特に戦国時代の楚人の竹簡、いわゆる楚簡にはおびただしい通仮字が使われている。たとえば、

天下皆智敳之爲媺也、亞已。皆智善、此其不善已。又亡之相生也、Marker

　難惕之相城也、長耑之相型也、高下之相涅也、音聖之相和也、先後之相墮也。是以聖人居亡爲之事、行不言之教。萬勿作而弗始也、爲而弗志也、城而弗居。天唯弗居也、是以弗去也。

という郭店楚簡の文は、▼注[2]

天下皆知美之為美、斯悪已。皆知善之為善、斯不善已。故有无之相生、難易之相成、長短之相形、高下之相傾、音聲之相和、前後之相隨。是以聖人処无為之事、行不言之教。萬物作而不辭、生而不有、為而不恃、功成而弗居。

夫唯弗居、是以不去。

（天下みな美の美たるを知るは、斯れ悪のみ。みな善の善たるを知るは斯れ不善のみ。故に有无の相い生じ、難易の相成り、長短の相い形《あら》われ、高下の相い傾き、音声の相和し、前後の相い随う。是を以って聖人は无為の事に処り、不言の教えを行う。万物作りて辞せず、生じて有せず、為して恃まず、功成りて居らず。夫れ唯だ居らず、是を以って去らず。）

という『老子』第二章に相当する。▼注[3]こうして簡本と今本を対照してみると、今本のよみ易さが際立つ。簡本は「知」を「智」に作り、「成」に「土」を付け、「難易」に「心」を添えて書くのはまだよいとして、「美」を「敚」「媺」に作り、「聖」を「聲」に読んだり（「聽」にも読む）「聖人」にそのまま用いたりする。「又亡（有无）」「耑（短）」「型（形）」「堕（隨）」「勿（物）」「志（恃）」などは通仮字、「天（夫）」は誤字である。なお、今本の「辭」を簡本が「始」に作るのは、今本「不辭」の本文を「改易」と断じて「不爲始」と訂した島邦男の校正の正しさを立証するもののようである。▼注[4]

さて、『楚辞』がもともと右の楚簡のようなテキストであったとして、それをいま見るような本文に整えたのは、

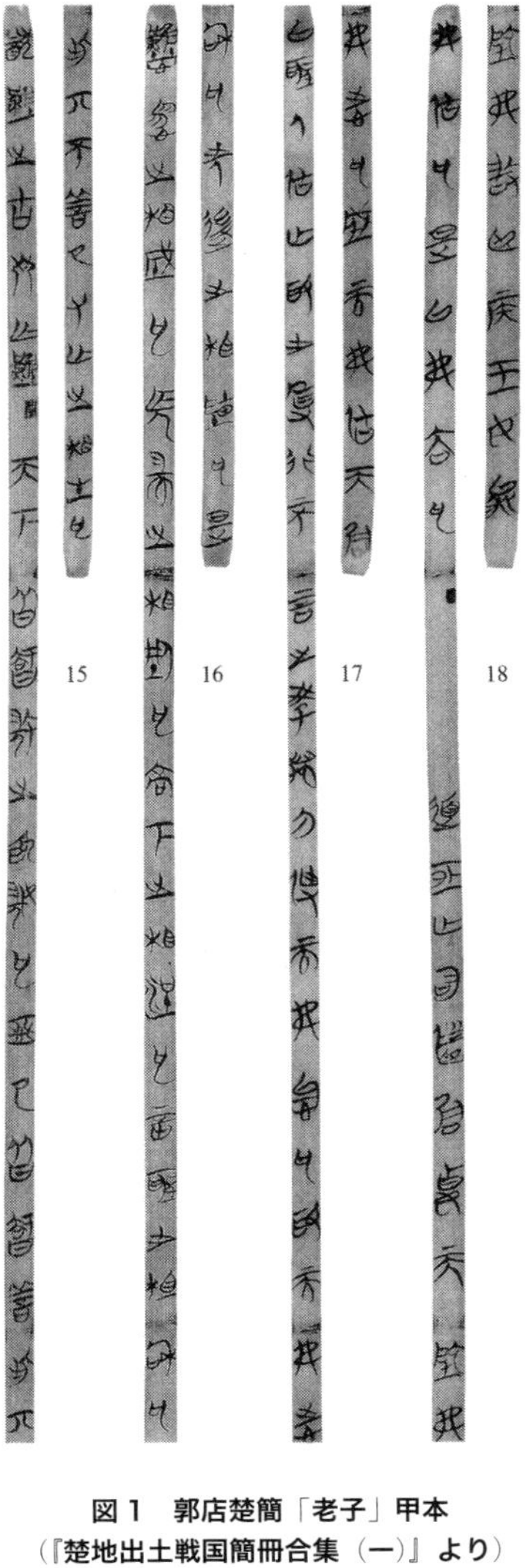

図１　郭店楚簡「老子」甲本
（『楚地出土戦国簡冊合集（一）』より）

劉向の「校書」によるものらしい。王逸の「離騒」後敍に、

> 而屈原履忠被譖、憂悲愁思、獨依詩人之義而作「離騒」、上以諷諫、下以自慰。遭時闇亂、不見省納、不勝憤懣、遂復作「九歌」以下凡二十五篇。楚人高其行義、瑋其文采、以相教傳。至於孝武帝、恢廓道訓、使淮南王安作『離騒經章句』、則大義粲然、後世雄俊、莫不瞻慕、舒肆妙慮、纘述其詞。逮至劉向典校經書、分為十六卷。孝章即位、深弘道藝、而班固・賈逵復以所見改易前疑、各作『離騒經章句』、其餘十五卷、闕而不説、又以壯爲狀、義多乖異、事不要括。今臣復以所識所知、稽之舊章、合之經傳、作十六卷章句。雖未能究其微妙、然大指之趣、略可見矣。

とあり、▼注[5] かれによると、まず屈原の作品「二十五篇」は楚人のあいだで「教伝」されていたが、漢の武帝が淮南王劉安に離騒の「章句」を作らせるにおよび、屈原の賦は文壇の賞賛を浴び、やがて漢末に至り劉向が「十六巻」本を校定した。後漢の章帝の頃、班固と賈逵がそれぞれまた離騒の「章句」を作ったが、解釈に「乖異多く」、要領を得なかった。そこで王逸が「十六巻章句」を作ったのだという。

ここにいう「章句」とは注釈書の意味だが、それはそもそも漢代の講学で助手が一章の文を読み、博士が句ごとに講義した授業方式に由来する。▼注[6] つまり「離騒」は講じられた。その過程で、楚文字の音が標準語と同化し、楚辞の本文がならされた可能性がある。▼注[7]

また、王逸は屈原が「二十五篇」の作品を残したというが、劉歆の『七略』にもとづく『漢書』芸文志・詩賦略に「屈原賦二十五篇（楚懐王大夫、有列傳）」とみえ、「二十五篇」は劉向・劉歆父子の校書の結果である公算が大きい。ここから『楚辞』のどの作品を屈原作とするかという難問が生じるのであるが、王逸本『楚辞』目録に「漢護左都水使者光禄大夫臣劉向集、後漢校書郎臣王逸章句」と明記されるように、王逸の章句が劉向の校本によることは明らかであるから、劉向以前の屈原の詩集がいかなる形態であったかは不明というほかない。▼注[8]

このように劉向が校本を定めたとはいえ、清の王引之『経義述聞』などにみるごとく、経書の類にさえ細かくみる

と数多くの通仮字が認められるのであるから、果たして『楚辞』にどれだけの通仮字が潜在するのか。また『楚辞』には方言の問題がある。これにも楊雄の『方言』という漢代の字引があるが、通仮字に方言が隠れていたりすると、この字書をひくこともできない。私が『楚辞』を開いたときに感じたのは、およそこのような絶望に近い見通しであった。『楚辞』をよむには、楚簡をよみ、楚文字に親しんで、今本の文字の向こう側にうずくまる詩人の叫びが聞こえるようにしなくてはならない。▼注[9]

その点で一つ、救いといえるのは『楚辞』に注した王逸自身が楚人であったことである。

王逸字叔師、南郡宜城人也。元初中、擧上計吏、爲校書郎。順帝時、爲侍中。著『楚辭章句』行於世。其賦・誄・書・論及雜文凡二十一篇、又作漢詩百二十三篇。

という『後漢書』文苑伝によれば、かれは後漢の元初年間（一一四～一一九）から順帝期（一二六～一四五）にかけての人で、その出身地「南郡」とはかつて秦の将軍白起が楚の都郢《えい》を陥落して置かれた郡である（宜城はいまの湖北省宜城市）。その「白起抜郢」（紀元前二七八年）より四百年も後の人とはいえ、楚人が楚辞を注釈したことは現代のわれわれにとって頼もしいことといわねばならない。▼注[10]

但し王逸の章句は必ずしも個人的な仕事ではなく、校書郎としての公務とみるべきものらしい。後漢の校書郎は、前漢の劉向らが天禄閣で校書に従事したのとおなじく、東観という宮廷図書館で「秘書を典校し、或いは伝・記を撰述」した。▼注[11] そこには前出の班固や賈逵の名もあり、王逸の章句はかれら先輩の仕事の補正という意味を有したのであろう。それだけに「漢儒章句の学」の臭い紛々たるものがあり、その注釈が詩人の本意を伝えているとは到底いいがたい。

2 「筳篿」考——楚文化東流

一般に「離騒」はその内容を前後半に分け、前半に正則、字は霊均という主人公の苦悶と憤懣をつらね、後半はかれが人間界を離れて天界に遊び、理想を追い求めて絶望するに至るというふうに説明される。私の発見はその後半部分、主人公が「宓妃《ふくき》」をあきらめ、「有娀《ゆうじゅう》の佚女」に「狐疑」し「有虞《ゆうぐ》の二姚」に「朕《わ》が情を懐きて発せず」、どうしてこのままで終われようかと嘆いたあとに出てくる。

索藑茅以筳篿兮、命靈氛爲余占之。曰兩美其必合兮、孰信脩而慕之。（第六五章）
（藑茅《けいぼう》を索《と》りて筳《てい》を以て篿《せん》し、霊氛《れいふん》に命じて余の為にこれを占う。曰く、両美其れ必ず合う、孰れか信に脩にしてこれを慕うや。）

ここに第六五章と注したのは、離騒が〈○○○○○○兮、○○○○○○〉という二句を一連とし、二連四句を一章とするのを巻頭から数えたもので、これによると、離騒篇は全九三章、一章四句で三七二句、これに後人の加筆とされる二句を足して三七四句（篇末の「亂曰已矣哉」を一句とみれば三七五句）になる。

さて、まず「索藑茅以筳篿兮」について、王逸の章句は「索、取也。藑茅、靈草也。筳、小折竹也。楚人名結草折竹以卜曰篿」という。▼注[12] 楚人は草を結び竹を折りて以て卜するを名づけて篿《せん》と曰《い》う、とは楚人ならではの注であろう。朱熹『集注』もここは王逸注をそのままなぞっている。ここで異を唱えたのは清の戴震で、「以、猶與也、語之轉。小斷竹、謂之筳篿」という。つまり「藑茅《けいぼう》、筳篿《ていせん》とを索《と》りて」と訓む。つぎの句に「これを占う」とあるのにつづけて、霊草と小竹をとって占うと解するのであろう。目加田誠や小南一郎・黒須重彦がこれを支持し、青木正児や藤野岩友は「藑茅と筳とを索りて篿し」と読んで王逸・戴震説を折衷する。これは単なる訓読の問題にとどまらず、どういう占いかという問題に発展する。この点を比較的新しい金開誠ら『屈原集校注』はくわしく考証している。

まず、王逸注は「筳」を名詞、「篿」を動詞とするが、こういう句法は『楚辞』の筆法に合わない。ともに名詞によむべきで、朱季海『解故』が「篿」は「專」、『説文』に「專、六寸簿也」というのを「蓋笏也」と解した段玉裁注を突破口に、天子の笏を「珽」という例などを博引して、珽・筳および笏・簿・專・篿はみな「折竹」から出たと鮮やかに展開した説を支持する。校注はさらに藑茅と筳篿の関係にも論及し、宋の銭杲之や清の朱冀が藑茅を敷物と解したのに対して、明の汪瑗『集解』などにいう「茅卜」「竹卜」並行説を推奨する。▼注[13] つまり「藑茅を索りて」占い、「筳篿を索りて」占ったのだと。

校注とは反対に、聞一多は「筳篿」を動詞とみて、もとは「挺摶」に作り、それは「摶」の「双声連語」で、「揣（諯）」とおなじ、数える意だとする（これを星川清孝・竹治貞夫が支持する）。かれはまた「草卜」説をとる立場から、「筳篿」はもと草に従う「莛篿」に作り、旧注はこれをみて「結草以卜」と書いたが、王逸は「筳篿」に作る本をみて「折竹以卜」と書いた。それで後人は「結草折竹以卜曰筳篿」と両者を併存したが、その後さらに「莛」字が落ちたという。この考えでゆくと、王逸が「筳、小折竹也」とした注などもどうにか処理しなくてはならず、かなり無理がある。また、おなじ動詞説でも福島吉彦は「藑茅を索りて以て筳篿し」と訓み、これを詩人自身の占いとみて、「折れめや結びめの形で」占ったという、「草卜」「竹卜」並行説を提示する。

以上、先学の解釈を簡単にみてきたが、ここで王逸が「折竹以卜」といった楚人の卜法が、そっくりそのまま日本の亀卜書に書かれているとしたら、どうであろうか。すなわち『新撰亀相記』供奉御体御卜之方の条に、

朔日立卜串。丸竹一隻〔長八寸、不着節、以擬御体〕、枚竹五枚之中、
一枚注曰、天皇自此六月至于来十二月十日平安御座哉。
一枚注、神祇官仕奉諸祭者無落漏供奉莫祟。
一枚注、供奉親王・諸王・諸臣・百官人等事聞食者莫祟。
一枚注、風吹雨降旱事聞食者莫祟。

一枚注、諸蕃賓客入朝聞食莫祟。
宮主注之、中臣折之。宮主先申設
詞、然立之。
（中略）四人倶灼、吉哉各二火、凶
哉亦二火、決吉凶説〔宮主注之〕。

とある。▼注[14] これは平安時代の宮廷年中行事として六月と十二月に天皇の向こう半年の無事を占う「御体御卜《おおみまのみうら》」という行事があり、▼注[15] その占いを始めるに当たって「卜串《うらぐし》」という竹を卜庭《うらにわ》（神祇官庁）に立てた。その竹は天皇の身体に見立てた八寸の丸竹と、占う内容を書いた五枚の平（枚）竹からなり、平竹は占う前に神祇官の中臣《なかとみ》が折って、これを亀卜に長じた宮主《みやじ》の卜部《うらべ》に渡し、宮主がその文字を読み上げてから地面に突き立てた。

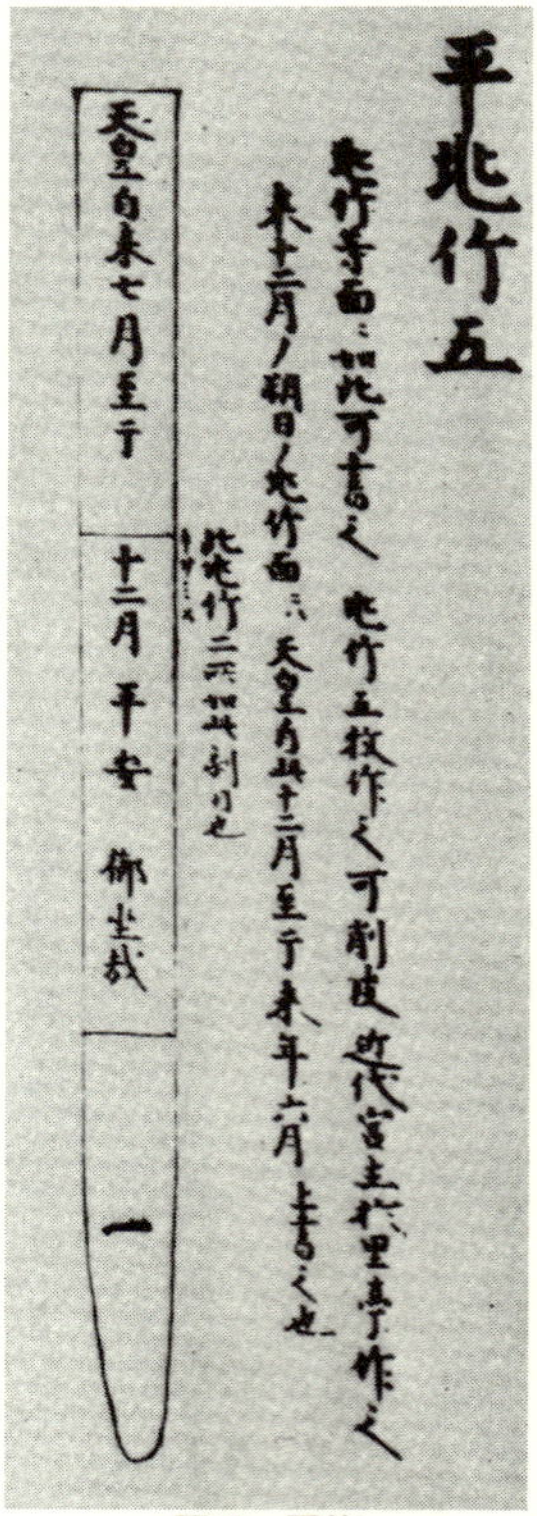

図２ 平竹
（安江和宣『神道祭祀論考』より）

そうして卜部四人が一斉に亀甲を灼き、出たひびの形から「相量」の卜部四人が吉凶を決し、宮主がこれを記録した。この灼・決の作業を卜部八人が二人一組でくりかえすわけだが、占いは天皇が半年間「平安におはしますや」という問いに対して「吉か《ヨケンヤ》」を二回、「凶か《アシケンヤ》」を二回行い、以上（四組×四回）を一セットとして、二日間に三度くりかえした（総数四八火）。より古くはこれを十度（一六〇火）くりかえしたという。

王逸が「折竹以卜」といった「篿」（または『後漢書』方術伝にいう「挺専」）の卜法はこのようなものであり、「筳（小折竹）」とは右の「卜串」に相当する。後漢の王逸のころまで、楚人は実際に竹（卜串）を折って卜していたのであろう。ポイントは「竹を折る」という動作が亀卜の工程に組み込まれている点であり、そこが戴震の「小斷竹」や朱季海の「専（篿・笏・珽）」説とは決定的に異なる。

この竹を折って卜すという方法の意味を考えるうえで、やはり年二回、六月と十二月に行われた日本の「節折《よおり》」が参考になる。「節」は竹のふしのことで、まず天皇の身の丈・両肩～足・胸～左右指先を測って折った五本の小竹で等身大の衣紋掛を作り、これに天皇が息を吹きかけた荒世《あらよ》・和世《にごよ》の御衣《おんぞ》を着せる。そしてこれを、天皇が体をふいた御麻《おおぬさ》（撫物《なでもの》）と口気を入れた坩《つぼ》、御輿形に入れた人形や幣物などと一緒に、卜部が川へ運んで流した。▼注[16]

この節折はつまり解除（祓《はら》え）の行事であり、天皇の人形《ひとがた》を作って体内の穢れを移し、水に流した。その意味でこれは人形を使った禊《みそ》ぎともいえるが、ここで竹を折って等身大の人形を作る点に着目すれば、御体御卜で「御体に擬し」た節のない八寸の丸竹を前に、中臣が竹を折る（実際かれは竹を折ることしかしない）意味は、天皇が卜庭に在るが如くし、占いに本人の霊魂を込めることにあるのではないか。パチンと折って魂を入れ、卜庭に立てられた卜串は、さながら頭を垂れて神意を聞く占人（依頼人）の姿を象るであろう。

なお、王逸が「結草折竹以卜」といった「草を結ぶ」行為については、離騒第一八章に「木根を擥《と》りて以て茝《さい》を結び」とあって「世俗の服する所に非」ざる詩人の装飾をいい、同五三章では閉ざされた天門を前にして「幽蘭を結びて延佇す」という。「廣開兮天門」と始まる九歌・大司命にも「桂枝を結んで延佇す」とあるが、聞一多は離騒の「結幽蘭」について、「蓋楚俗、男女相慕、欲致其意、則解其所佩之芳草、束結爲記、以詒之其人」といい、それは文字以前に行われていた「結繩以記事」の名残ではないかと説く（『離騒解詁』）。平安貴族が折花に文《ふみ》を結んで恋人に贈ったような風習らしい。▼注[17]

すると、楚人が「結草」して卜するのは、進退窮まった切実な思いを亀卜の神に訴える供神物か、あるいは香草を用いる点に着目すれば、唐の時享（宗廟祭祀）で皇帝が神座に鬱鬯《うっちょう》（香草を入れた酒）を祼《そそ》いで神を降ろす「晨祼《しんかん》」と同様、▼注[18]降神の供物であったのかもしれない。日本の御体御卜でも初日に「亀誓」という祝詞を上げて、卜庭に亀津比女《つひめ》という卜神を迎える「卜庭神祭」が行われ、そのあと卜串を折って亀卜を始めた。▼注[19]王逸も「藑茅」を下文に「神草」

と言い換えており（後掲）、亀卜の前に草を結ぶのは神降ろしに関する行為とみてよいだろう。

日本の卜法は六世紀に百済より伝わり、百済は中国南朝の文化を享受した。亀卜は漢代以降衰退し、南朝には亀卜の官がなかったから、百済は南朝の民間で行われていた卜法を学んだと考えられる。南朝は長江下流域に栄え、楚国はその上流に位置した。中国の戦国時代から日本の飛鳥時代に至る千年の時を超えて、楚文化東流の道は百済人の媒介をへて日本列島にまで及んでいたのではないか。それほど日本の卜法は楚人のそれと似かよっており、直接的な影響関係を想定すべきものと私は考えている。▼注[20]

3 「霊氛」考——楚簡から楚辞へ

以上が私の発見の一つめであり、第二の発見はつづく「命靈氛爲余占之」の句にある。この句について王逸は、

靈氛、古明占吉凶者。言已欲去則無所集、欲止又不見用、憂懣不知所從。乃取神草・竹筳、結而折之、以卜去留、使明智靈氛占其吉凶也。

といい、この「古の明らかに吉凶を占う者」とされる霊氛《れいふん》は当然、人であろう。王念孫の『広雅疏証』にこの離騒の句を引いて「靈氛、猶巫氛耳」といい、九歌・雲中君の王逸注に「楚人名巫爲霊」ということから、聞一多『解詁』は『山海経』大荒西経に、

大荒之中有靈山、巫咸・巫即・巫肦・巫彭・巫姑・巫眞・巫禮・巫抵・巫謝・巫羅、十巫從此升降、百藥爰在。

とある「巫肦《ふはん》」がすなわち「靈（巫）氛」であると同定する（肦・

表1　包山楚簡「卜筮祭禱簡」実施データ表

No.	年月日	貞人	卜筮	占具	内容
1	前三一八年四月乙未	盬吉	卜	保家	歳貞
2	同右	石被裳	卜	訓蘢	歳貞
3	同右	應會	筮	央蓍	歳貞
4	前三一七年正月癸丑				祭禱

5	同右				祭禱
6	前三一七年三月癸卯	苛光	卜	長惻	疾病貞
7	前三一七年五月乙丑	五生	筮	丞悳	歳貞
8	同右	盬吉	卜	保家	歳貞
9	同右	苛嘉	卜	長則	歳貞
10	前三一七年十一月己酉	許吉	卜	保家	疾病貞
⑪	同右	苛光	卜	長惻	疾病貞
12	同右	郙脁	卜	少寶	疾病貞
⑬	同右	屈宜※	卜	彤答	疾病貞
14	前三一七年十一月丙辰				祭禱
15	同右				祭禱
16	前三一六年四月己卯	盬吉	卜	保家	歳貞
17	同右	陳乙	筮	共命	歳貞
18	同右	觀綳	卜	長靈	歳貞
19	同右	五生	筮	丞悳	歳貞
⑳	同右	許吉	卜	駁靈	歳貞
21	同右	盬吉	卜	保家	疾病貞
22	同右	陳乙	筮	共命	疾病貞
23	同右	觀綳	卜	長靈	疾病貞
24	同右	五生	筮	丞悳	疾病貞
25	同右	許吉	卜	駁靈	疾病貞
26	前三一六年五月己亥	觀義	卜	保家	疾病貞

※年月日なく「屈宜習之」と書き出す。

氛ともに上古文部滂母で同音）。そして十巫の筆頭に立つ「巫《ふ》咸《かん》」とは、離騒篇第七〇章に「巫咸将夕降兮、懐椒糈而要之」とみえる巫咸にほかならない。この聞説（姜亮夫も同時期にほぼおなじ結論に達していたらしい）には藤野岩友や『屈原集校注』が従うほか、日本の諸注も霊氛を「巫」と解している。ただ小南一郎のみ「古代の占いの名手。霊の字が付くことから巫の階級に属したのであろうと思われる」と一歩引いた物言いである。

　というのも、巫はシャーマンであって、占いをする者ではない。巫咸について王船山が「神巫之通稱。楚俗尚鬼、巫或降神、神附於巫而傳語焉」というように、巫は神のお告げを伝える者であるから、巫が出てきて占いを始めるのは少しおかしい。とはいえ、卜人にしても霊氛とはおかしな名前なので、霊＝巫ということから「巫の階級」という話になるのであろう。結局、聞一多説は差し戻して、王逸注まで帰らねばならないのである。

　そこで私の発見だが、屈原は楚の懐王（紀元前三二八〜二九九在位）に疎まれて「離騒」を作ったといわれる。その懐王に仕えた貴族の占いの記録がいまから三十年ほど前に

発見された。包山楚墓出土「卜筮祭禱簡」である。▼注[21]

それは墓主の左尹《さいん》（宰相補佐官）邵𣄨が紀元前三一八年から死亡する三一六年にかけて、貞人（卜人・筮人）を招いて一年間の無事（歳貞）と病気が治るか（疾病貞）を占わせた記録であり、その実施データを一覧にしたものが上表である。

これをみると、おなじ日に複数の貞人がおなじ内容を占っていることがわかるだろう。全二六段落中、1～3と7～9は卜人二人・筮人一人が歳貞を行い、10～13は卜人四人で疾病貞、16～20と21～25は卜人三人と筮人二人が交互に歳貞と疾病貞を行っている。なお、墓主の邵𣄨が死去したのは26の疾病貞の翌月のことであった。

まずこの表から確認しておくべきは、楚国の占いが卜・卜・筮（1～3）とか筮・卜・卜（7～9）、卜・筮・卜・筮・卜（16～20・21～25）というように、卜筮並用であったことである。しかも歳貞は「出入して王に事《つか》うるに、歳を卒《お》うるまで、躬《み》身に尚《こいねが》わくは咎《とが》有る毋《な》からんことを」と毎回おなじことを占い（1～3）、疾病貞もおなじ日に占う場合は基本的におなじ内容である。ちなみに日本の御体御卜は半年の無事を占うものであり、それを四人で念入りに占っていた点も、楚人の卜法とよく対応する。

つぎに貞人の使用する占具、すなわち亀甲や筮竹に名前がついている点である。これを原文に徴すると、出来事から特定の年を指示する「以事紀年」の年月日のあと、

観綳、長霊を以て左尹𣄨の為に貞《と》う（觀綳以長靈爲左尹𣄨貞）。

というように書く（18）。なんとこれはここで問題としている、

霊氛に命じて余の為にこれを占う（命靈氛爲余占之）。

という離騒第六五章の二句めと全く同じ構文なのである。簡文はこのあと「貞う」内容（「出入侍王、……躬身尚毋有咎」）をつづけ、その占いの結果（「恒貞吉」云々）を記すが、前者を「命辞」といい、後者を「占辞」という。そして命辞の前に書かれる、

年（以事紀年）月日、貞人「以（命）」占具「爲」占人「貞（占）」。

という部分を「前辞」という。ここで注目すべきなのは、前辞の書式によると「霊氛」は貞人ではなく、占具の位置にあるという点であり、また亀の名に「靈」がつく例は、表にあげた「長靈」「駁靈」のほか、「黄靈」「白靈」などがあって、▼注[22] 占具としての亀にはよくある名であったということである。

結論をいえば、霊氛は卜人ではなく、亀なのである。それもただの亀ではない。詩人が霊草＝神草を結んで降ろした亀神であって、かれに問うべき命辞を竹簡（卜串）に書き、これを折り立ててから、よみ上げて亀に聞かせた。これが楚人の卜法であったと考える。

『儀礼』士葬礼の「卜日」をみると「坐命龜興（坐して亀に命じて興《た》つ）」というように、命辞は亀に語りかけるものであり、少牢饋食礼の冒頭にみえる「筮日」では、筮占を担当する史が「左に筮を執り、右に韇（筮竹の箱）を兼ね執りて、以て筮を撃つ」といい、鄭玄はここに「撃之以動其神。易曰、蓍之德、圓而神」と注する。占具はただのモノではない。未来や未知を知る神なのである。だから史はこのように命ずる。

假爾大筮有常、孝孫某、來日丁亥、用薦歳事于皇祖伯某、以某妃配某氏、尚饗。

（爾《なんじ》大筮の常有るを仮り、孝孫某、来たる日の丁亥に、用《も》って歳事を皇祖伯某に薦め、某妃（妻）を以て某氏に配す、尚わくは饗《う》けよ。）

図３　卜筮祭祷簡
（『包山楚簡』より；左から２行目中央に「長霊」とある）

卜筮祭禱簡の占辞はおおむね「恒貞吉」と始まるが、それは占具を「有常」と観念するからであろう。右の命辞を述べた史は、やがて立ち上がって筮竹をふるう。そこで卦者が「卦するに木を以てし、筮し卒《お》われば、卦を木に書きて主人に示す」。陰・陽のしるしをつけた算木を一爻として地面にならべ、六爻揃ったら、その卦を木牘《もくとく》に書いて主人（占人）にみせる。そうして史は退いて吉凶を定める、これを旅占という。

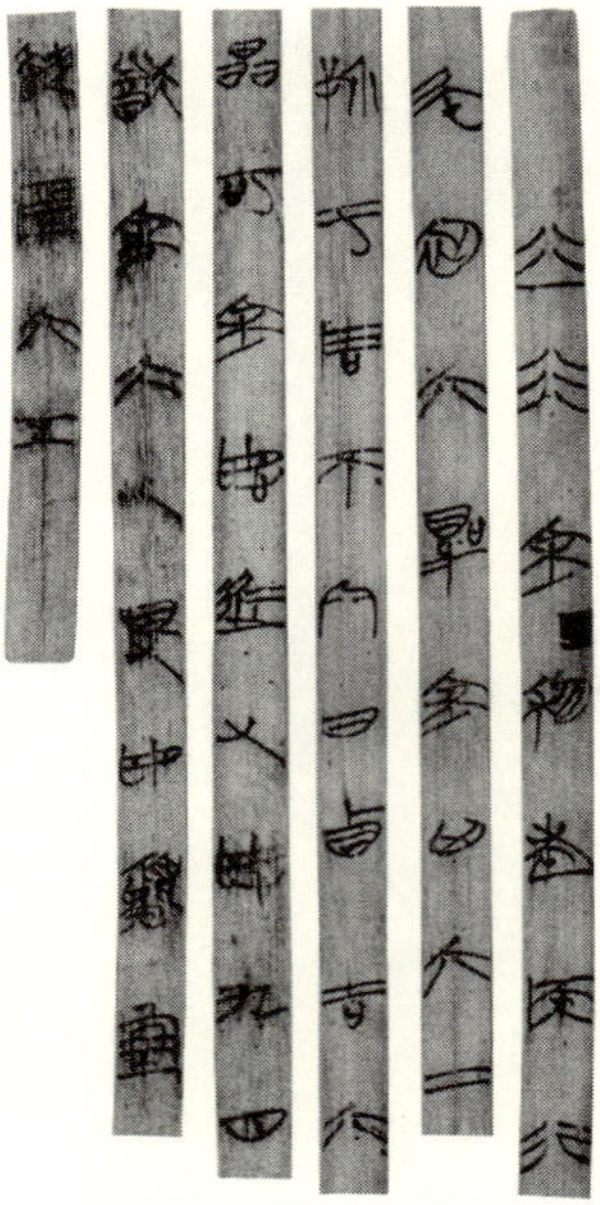

図４　上博楚簡「周易」
（『上海博物館蔵戦国楚竹書（三）』より）

ここで『周易』が出てくる。易は六十四卦あり、その卦に卦辞（彖辞）があって、その一卦を構成する六爻にもそれぞれ爻辞（象辞）があり、卦辞は文王、爻辞は周公が書いたとされる。たとえば、卜筮祭禱簡の3応会なる筮人は、六十四卦の兌《だ》と豫《よ》の卦爻から、「恒貞吉。少しく躬《み》身に憂い有り。且つ爵位、遅れて践《のぼ》らん」という占辞を出した。

䷏豫、利建侯行師。初六、鳴豫、凶。六二、介于石、不終日、貞吉。六三、盱豫悔、遅又悔。九四、由豫、大有得。毋疑、朋盍簪。六五貞疾、恒不死。上六、冥豫、成有渝、无咎。

䷹兌、亨、小利貞。初九、休兌、吉。九二、孚［兌］、吉、悔亡。六三、來兌、凶。九四、商兌、未寧、［介］疾有喜。九【五、孚于剥、有厲。】尚六、景兌。

右は『周易』上博楚簡本の豫卦と馬王堆帛書本の兌卦の経文で、▼注[23] この卦爻の辞をどう読めば、ああいう占辞が出てくるのかはよくわからないが、亀卜にもこういう卜書があり、『周礼』春官・大卜に「其の経兆の体、皆百有二十、其の頌、皆千有二百」というのは、易の八卦にあたるものが百二十、六十四卦にあたるものが千二百あったという意味である。

『漢書』文帝紀に、

　卜之、兆得大横。占曰「大横庚庚、余爲天王、夏啓以光」。

とあり、▼注[24] この「大横庚庚」云々は兆辞の貴重な佚文であるが、こういう兆辞が千二百もあったわけで、漢代には「卜書三千字」を誦んじて亀卜の実技試験に合格すれば「卜」になれた（張家山漢簡『二年律令』史律）。

　さて、このように卜筮の話を引っ張ってきたのはほかでもない、明の汪瑗『集解』が、

　曰兩美其必合兮、孰信脩而慕之。思九州之博大兮、豈惟是其有女。

（曰く両美其れ必ず合う、孰《た》れか信に脩にしてこれを慕うや。思うに九州の博大なる、豈に惟《た》だ是《ここ》にのみ其れ女有らんや。）

という、先の「霊氛に命じて余の為にこれを占う」につづく第六五章三句め以下の四句を、「蓋占卜之兆詞、靈氛述之以告屈子者也」と道破しているからである。諸注はこの汪説を全く顧みないが、汪瑗は「索藑茅以筳篿兮、命靈氛爲余占之」の二句を「屈子自叙命占之詞也」すなわち命辞とし、そして右の四句を兆辞とみて、さらに、

　曰勉遠逝而無狐疑兮、孰求美而釋女。何所獨無芳草兮、爾何懷乎故宇。

（曰く勉めて遠逝して狐疑する無かれ、孰れか美を求めて女《なんじ》を釈《す》てん。何の所か独り芳草無からん、爾《なんじ》何ぞ故宇を懐うや。）

とつづく四句を「此又靈氛因占兆之吉、復推其説以勸屈子之詞、而決其遠游之志也」とし、命亀から旅占に至るこの章の流れをほぼ正確にとらえている。

　但し「兩美（其）必合」は兆辞にふさわしい（とすれば、これまた貴重な佚文の発見となる）が、そのあとの「孰信脩而慕之」以下の句はすでに兆辞の説を推して「遠逝」を勧める霊氛の言葉とみるべきであろう。

　ここに二回反覆される「曰」について、王逸以来ともに霊氛の語としてきたが、清朝の学者が「曰兩美」以下を屈原の問い、「曰勉」以下を霊氛の答えと解して以来、中国では後説をとる人が多い（日本では小南一郎だけがこの問答説をとる）。しかし「兩美必合」が兆辞だとすると、そこから「遠逝」という結論を導くには「孰信脩而慕之」という屈

折が介在しなければならない。王逸によれば、楚国では誰も「信明善悪、脩行忠直」でないから慕い合うはずがない。だから「宜しく時を以て去るべし」となる。▼注[25]

しかし自説を翻すようではあるが、この二つの「曰」を詩人の言としても実際よいのである。というのも、先に日本の御卜において「吉か」「凶か」をくり返し占っていたように、卜甲が人の問いかけに答えるのは「卜合」か「卜不合」、つまり是か非かだけなのである（ちなみに、「卜合」のウラニアフがつづまってウラナヒになったという）。だから、「兩美必合」という兆辞を得たあと、「孰信脩而慕之」と問い、「思九州之博大兮、豈惟是其有女」と問い、それぞれに是すなわち吉という答え（占辞）が出たと考えれば、これは詩人＝霊均の言ともいえるのである。▼注[26]

4 「巫咸」考――卜筮の軽重

亀神「靈氛」が登場して「遠逝」を勧められた詩人は、なおもためらう。

欲從靈氛之吉占兮、心猶豫而狐疑。巫咸將夕降兮、懷椒糈而要之。（第七〇章）

（霊氛の吉占に従わんと欲して、心猶予して狐疑す。巫咸将に夕に降らんとすれば、椒糈《しょうしょ》を懐きてこれを要《むか》う）

王逸は「巫咸、古神巫也。當殷中宗之世」といい、「椒、香物、所以降神。糈、精米、所以享神」として、巫咸を迎えて占わせた（「使占茲吉凶也」）という。すると巫咸は神であり、実際これにつづけて本文はその降臨を華々しく述べる。

百神翳其備降兮、九疑繽其並迎。皇剡剡其揚靈兮、告余以吉故。（第七一章）

（百神翳《おお》いて其れ備《とも》に降り、九疑繽《ひん》として其れ並び迎う。皇剡剡《えんえん》として其れ霊を揚げ、余に告ぐるに吉故を以てす）

ここは「皇剡剡」の「皇」の解釈が問題で、日本の諸注は青木正兒が「巫咸を指す」と解して以来、ほぼ異論はないが、王逸は「皇、皇天也。剡剡、光貌」といい、朱熹・汪瑗は「皇、謂（指）百神」といい、王船山は「尊稱神之辭」、清の蒋驥も「謂神」といい、また姜亮夫は「皇、神靈、光大也」といい、最近の『屈原集校注』は楚辞によくある三字の「状語」形容詞であって、「皇」を主語に立てることはできないと断ずる。

一方、朱季海『解故』は王逸注を是とする。ただ「皇」といって「天」を省く例は、離騒第九二章に「陟陞皇之赫戯兮、忽臨睨夫舊郷（皇の赫戯《かくぎ》たるに陟陞《ちょくしょう》し、忽ち夫の旧郷を臨睨す）」とみえ、その「陟陞皇」は『淮南子』精神篇の「登太皇」（注「太皇、天也」）と同意であるから、「皇剡剡」の「皇」も皇天でよいと。

加えて諸注がここに「神」を持ち出すのは、巫咸が神巫として天意を伝えたとみるからであろう。巫は「神、巫に附いて語を伝う」バイパスであるから、巫咸がその語を伝える神が必要となる。「百神」は巫咸とともに降りてきたお供であるから、巫咸に憑依する神ではない。よって「皇」は上帝「神（霊）」でなければならない。

しかし私は、王逸が「使占茲吉凶也」と注したのを、聞一多『解詁』が「要巫咸而筮之」と敷衍した説に従い、「皇剡剡」については『校注』の「三字状語」説をとるものである。

> 昔黄神與炎神爭鬬涿鹿之野、筮於巫咸曰、果哉而有咎。

聞一多は右の『帰蔵』佚文（『太平御覧』巻七九所引）によって、このように解したのであるが、『周礼』春官・筮人に、

> 掌三易、以辨九筮之名。一曰連山、二曰歸藏、三曰周易。九筮之名、一曰巫更、二曰巫咸、三曰巫式、四曰巫目、五曰巫易、六曰巫比、七曰巫祠、八曰巫參、九曰巫環、以辨吉凶。

とあり、鄭玄は「此九巫讀皆當爲筮、字之誤也」と注する。すると巫咸は「筮咸」となり、実際この鄭注によって『経典釈文』は「九巫、皆音筮」とするから、唐代にはそう読んでいたのであろう。そして鄭玄は『周礼』春官・亀人の「祭祀先卜」に注して、

> 『世本』作曰、「巫咸作筮」。卜、未聞其人也。

という。『世本』作篇は物事の起源を述べたもので、▼注[27] 巫咸は作筮者として知られていた。だから「巫咸將夕降兮、懐

椒糈而要之」という離騒の句をみて、聞一多が「巫咸を要《むか》えて筮す」と説くのも、むべなるかなといえよう。なお、春官・筮人にいう九巫の五「巫易」について、孫詒譲『周礼正義』は『楚辞』招魂の冒頭に、

帝告巫陽曰、「有人在下、我欲輔之。魂魄離散、汝筮予之」。

とみえる「巫陽」と同定する。▼注[28] まさに肉体を離れた人の魂のありかを筮して探し求めよという上帝に対し、巫陽はそれでは間に合わないと答えて「招魂」を始める。ここに「巫」の筮人としての側面が看て取られるのであるが、包山楚簡「卜筮祭禱簡」には亀卜と筮占を並用する楚人の風習がみえており、こうした点からも、亀神「靈氛」につづいて作筮者「巫咸」が登場するのは自然な流れといえる。

さらに、離騒のこの箇所を占いの場面と考える傍証として、第七一章の「余に告ぐるに吉故を以てす」とある「故」の用法がある。ここは小南一郎が率直に「よく分からぬ」と述べたところであるが、卜筮祭禱簡に「以其故説之」という頻出の句があり、これは一人の貞人の占いの記録が、歳貞でも疾病貞でも〈前辞・命辞①・占辞①／命辞②・占辞②〉という構成をとる、つまり二回占うことになっていて、命辞①が一年の無事ないし病気の回復を問い、その答え（占辞①）をうけて、命辞②は大体この「以其故説之」から始まり、そのあと行うべき祭祀などを提案して、最後に「甚だ吉なり。期中憙《よろこ》び有らん」（1）というような占辞②で結ばれる。その祭祀の実施記録がさきの表の4・5と14・15であり、それでこの種の記録を「卜筮・祭禱簡」というわけである。

さて、問題の「以其故説之」については多くの学者がさまざまな解釈を提示しているのであるが、▼注[29] 例外的にこの句のない記事があり（表の丸付き番号）、それらはみな前の貞人の説を参照するか（11・13）、占辞①に「吉、無咎、無祟」とあって命辞②がない（20）という、特別な対処を要しない例であるから、「以其故説之」の「故」は占辞①の吉凶にかかわり、「説」は命辞②の対処の内容（祭祀など）を指示する語と考えられる。そして楚簡の「以其故」と離騒の「以吉故」および「以吉占」（第八四章）が対応し、その「故」が占辞の内容・結果を示していることは明らかであろう。▼注[30] よっ

て、ここでは「其の故を以てこれを説くに」と訓み、前の占辞をうけて後の命辞をひらく定型句とみておく。

以上、巫咸の正体は作筮者であり、霊氛の卜占を筮占により検証するべく降臨したもので、それは卜筮並用の楚人にとっては当然の次第であった。後漢の王逸にもそれは常識であったとみえて、巫咸を降ろして占わせたと正しく解釈したが、宋代以降の学者にはそれが理解できなかったのであろう。このように霊氛の亀卜から巫咸の筮占へと本文の解釈を固めたうえで、あらためて離騒を見返すと、おや？と思う点がある。

包山楚簡の段階では、表の「卜筮」の欄をみてもわかるように、筮に対する卜の優位性が明らかである。それは亀卜が最も盛んに行われた殷代や、「凡そ国の大事は先に筮して後に卜す」といい（『周礼』春官・筮人）、また「大事は卜し、小事は筮す」というような（『礼記』曲礼上の鄭注）、周代のあり方と軌を一にするように感じられる。

しかしそうしたあり方は「白起抜郢」から楚の滅亡（紀元前二二三年）にかけて大きく変わる。この時期を境に、楚墓からは「卜筮祭禱簡」が出なくなり、かわって「日書」が副葬されるようになる。[注31] 方士が台頭し、やがて『周易』が儒家の経となる。[注32] その過程で、亀卜は急速に廃れ、卜書は跡形もなく散佚した。[注33]

こうした時代の流れを念頭に離騒をよみ返すと、巫咸の派手な登場のしかたが際立つ。

巫咸将に夕に降らんとすれば、椒糈を懐きてこれを要う。百神翳いて其れ備に降り、九疑繽として其れ並び迎う。

皇剡剡として其れ霊を揚げ、余に告ぐるに吉故を以てす。

これと霊氛の地味な扱いを引き比べれば、筮の卜に対する優位性が確信されるだろう。したがって「離騒」は、誤解を恐れずに敢えて言うなら、包山楚簡が書かれた楚の懐王の時代より下り、筮占と『周易』の圧倒的な優位性が築かれつつあった時代に書かれた作品なのではないかと思われる。[注34]

それにしても、人間に対する興味というのか、中国の諸注は躍起になって巫咸の記事を集めるが（そのおかげで比較的容易に巫咸の正体を見抜けたのであるが）、日本の学者は多く王逸の注を引くのみで、ほとんど頓着しない。日本では『楚辞』という作品と屈原という作者を引き離して考えようとするが、中国ではそもそもそういう発想があまり出てこない。日中の文学に対する考え方のちがいがよく現れていると思う。

5　結び――「離騒」の再構成

本稿では「筳篿」「靈氛」「巫咸」の三題ばなしを通じて、『楚辞』離騒の本文中に埋没した卜筮の記述を掘り起こしてきた。その結果、

索藑茅以筳篿兮、命靈氛爲余占之。曰兩美其必合兮、孰信脩而慕之。（第六五章）

欲従霊氛之吉占兮、心猶豫而狐疑。巫咸將夕降兮、懷椒糈而要之。（第七〇章）

百神翳其備降兮、九疑繽其並迎。皇剡剡其揚靈兮、告余以吉故。（第七一章）

右の章句に日本の亀卜書が伝える楚人の卜法や包山楚簡「卜筮祭禱簡」にみる卜筮並用の工程が詠み込まれていることを確認した。この占いの場面はどこまでつづくかというと、

靈氛既告余以吉占兮、歷吉日乎吾將行。（霊氛既に余に告ぐるに吉占を以てし、吉日を歴して吾れ将に行かんとす。）

という第八四章までつづき、そこまで二〇章もの詩句を費やして、心の猶予と狐疑をふり切った詩人は、八竜の馬車に乗って、ついに遠逝の旅に出る。そこからの旅路は意気揚々と描かれ、あまつさえ九歌・九韶の音楽まで鳴り出して、クレシェンドが最高潮に達したところで「皇の赫戯たるに陟陞し、忽ち夫の旧郷を臨睨す」、天に駆け上がろうとして、下界の故郷が目に入り、「僕夫悲しみ、余が馬懐かしみ、蜷局《けんきょく》して顧みて行かず」として、全九二章にもわたる詩篇は唐突な終局を迎える（第九三章は「乱曰」に始まる総括の章、『万葉集』長歌の反歌に似る）。

このような終盤の展開をみれば、六五章以下の占いがこの詩篇にとってどれほど大きな意味をもつかが理解される

だろう。占卜は決疑の法である。進退窮まり、絶望の淵にある者が、疑いに凝り固まった心の闇を抱えて、天意を問う。そういう救われぬ懐いを共有しない読者には、霊氛と巫咸の登場を境にして反覆される「党人」への憎しみと孤高を守る苦しみの長い告白がいかにも冗漫に感じられるが、それをどれ程くり返しても飽き足らぬ読者にはまさに救済の文学として「離騒」は立ち現れる。救いのない詩人がその懐いを共有する読者を救うとはなんとも皮肉なことだが、詩篇が行き詰まったところで語られる亀卜と筮占の切実さが、その作用をより一層高めたであろうことは確信されてよい。

ここへきて本稿の結論は、「離騒」に占める占いの作用の重要性に対する認識と、これまで離騒篇を前後半の二部構成としてきた理解に対する反省を求めることになる。後者は特に離騒篇第六五章の前に楔を打ち、その後の占いから遠逝に至る後段と、その前の第三三章「女嬃之嬋媛兮」から始まる中段とを分けて、全体を三部構成としてとらえ直すべきことを提起する▼注[35]。すると前者にいう占いの重要性が後段とともに切り出される一方▼注[36]、中段の天界遊行にみられる巫術性が相対化され、巫系文学としての「離騒」という認識にも再検討の余地が見出されるであろう▼注[37]。

それとともに、本稿で試みた「楚簡から楚辞をよむ」方法を進展させなければならない▼注[38]。上海博物館や清華大学が所蔵する楚簡には、『尚書』や『逸周書』などの諸篇と重なる断片的な説話が数多くふくまれ、「離騒」などに語られる故事とも関係が深い。ここで取り上げた占いの文化とともに、そういう説話文学の世界もまた楚文化を構成する重要なファクターであり、そこから『楚辞』をとらえ直す努力をつづけてゆかなくてはなるまい。

但し、はじめにも述べたように、楚簡をよむのは容易なことではない。まして楚簡から楚辞をよみ直すとなれば、それ相応の覚悟が必要であろう。我が身を省みるに、その覚悟や資格があるとは到底いえないが、ただ亀卜研究の立場から考え得たところを報告した。卑見の成否をふくめ、諸賢のご批正を切に乞う次第である。

「思ふこと言はでぞただにやみぬべき　我とひとしき人しなければ」──『伊勢物語』第一二四段

【注】

[1] 念のため、「騒」は心母幽部、「愁」は崇母幽部だが（郭錫良『漢字古音手冊』参照）、その諧声符である蚤声・秋声ともに精母字（蚤・啾など）をもつことから（井上亘『諧声符引き古音検字表』一〇四頁）、両字の声母は近いといえる。

[2] 武漢大学簡帛研究中心・荊門市博物館編『楚地出土戦国簡冊合集（一）』（文物出版社、二〇一一年）二頁（老子甲本、簡一五〜一八）、図版も本書による。なお、引用にあたり通読の便を考えて通用の文字に改めたところがある。

[3] 日本の古写本（河上公本）を底本とした武内義雄訳注『老子』（岩波文庫、一九三八年）による。

[4] 島邦男『老子校正』（汲古書院、一九七三年）五七頁。但し馬王堆帛書『老子』乙本は郭店本と同様「始」に作り、北大漢簡本は「辭」に作る。実は始・辭ともに上古之部で声母も近く、通仮の関係にあるといえる。こうなると始・辭のいずれが正しい字（本字）か、あるいは両字とも仮借字であるのか、それは『老子』というテキストの読みにかかってくるので、ここでは追究しない。ちなみに出土文献をふくむ『老子』諸本対照表は『北京大学蔵西漢竹書（弐）』（上海古籍出版社、二〇一二年）にあるが、より正確には島の『校正』とあわせ読むべきである。

[5] 洪興祖『楚辞補注』（中華書局、一九八三年）四八頁。以下『楚辞』本文の引用は断らぬ限り本書による。また、下文に引く楚辞関連の先学諸注の書誌は文末〈参考文献〉参照。

[6] 井上亘「古代日本の講学とその来源」（『古代官僚制と遣唐使の時代』同成社、二〇一六年所収）二三四頁参照。

[7] 黒須重彦は漢字表記の問題から同様の可能性を提起する。『楚辞』（学習研究社、一九八二年）三二一〜三二三頁。したがって、このあと取り上げる「藑茅」の「藑」字について、『説文』に「舜、艸也。楚謂之葍、秦謂之藑」といい、その前文（第六四章）に出てくる「終古」について、『周礼』考工記の鄭注に「齊人之言終古、猶言常也」とある類をもって、楚辞を楚文化から切り離すような考え方はやや早計にすぎるであろう。

[8] 但しわれわれはいま出土文献の新たな知見と現行テキストのより緻密な解読から、この問題を考える手がかりをつかみつつある。たとえば、ここで取り上げた『老子』に関しては寧鎮疆『「老子」早期伝本結構及其流変研究』（学林出版社、二〇〇六年）

などの成果があり、筆者も『礼記』について今本の形成過程を考えたことがある（井上亘「『礼記』の文献学的考察」、『東方学』一〇八輯、二〇〇四年）。

[9] 実際、『上海博物館蔵戦国楚竹書（八）』（上海古籍出版社、二〇一一年）には「李頌」「蘭賦」「有皇将起」「鶹鷅」という「楚辞体」「賦体」の詩四篇が収められている。

[10] 小南一郎「王逸「楚辞章句」と楚辞文藝の伝承」（『楚辞とその注釈者たち』朋友書店、二〇〇三年所収）参照。

[11]『通典』職官八・秘書校書郎（中華書局校点本、一九八八年、七三五頁）。なお漢代の図書館の機能については拙稿「漢代の書府」（『東洋学報』八七巻一号、二〇〇五年）にまとめてある。

[12] 宋の洪興祖『補注』は『後漢書』方術伝の序にいう「挺専」に当たるとして「挺、八段竹也」という注を引く。そこで方術伝の唐李賢注をみると、「挺専、折竹卜也。楚辭曰『索瓊茅以筳専』、注云『筳、八段竹也。楚人名結草折竹曰専』。挺音、大寧反」とあって、明らかに『楚辞』の王逸注を引く。これを洪興祖が孫引きしたわけで、その「八段竹也」は恐らく「小折竹也」の誤写であろう。姜亮夫は方術伝にもとづき「筳篿、八段竹也」と注文を復しているが（『校注』一〇五頁）、当たらない。

[13] 汪瑗は「筳篿、即今籤挺校杯之類、摘草爲卜、抽籤擲校、至今尚有其法、皆巫祝之事也」という（『楚辞集解』八五頁）。聞一多も「索藑茅」とは明らかに「草卜」だとして、宋の周去非が紹介した南人の「茅卜」を参照する（『楚辞校補』一三五頁）。それは手づから摘んだ茅を、占う人の左手の肘から中指の先まで伸ばして切り、咒文を唱えながら手で茅をつまんで（？）占うというもので（楊武泉『嶺外代答』中華書局、一九九九年、四八三頁）、後述の「節折」と関連して興味深い。なお、藤野岩友「設問文学」も汪瑗や周去非の説を引いて楚の卜法に近いものとして紹介している（『巫系文学論』大学書房所収、増補版一九六九年）。

[14] 椿実解題『東大本新撰亀相記 梵舜自筆』（大学書院、一九五七年）七二頁。〔 〕内は双行注。

[15] この行事の詳細については拙稿「御体御卜考」（前掲『古代官僚制と遣唐使の時代』所収）参照。

[16]『儀式』巻五・二季晦日御贖儀（明治図書出版、故実叢書三一、一九九三年）一四三〜一四五頁。

[17] 小松茂美『手紙の歴史』「料紙と折枝」（岩波新書、一九七六年）参照。なお、朱憙『集注』は九章・惜誦の「固より煩言、結びて詒《おく》るべからず」に注して、同思美人や離騒篇にみえる「結言」を引いて「疑古者以言寄意於人、必以物結而致之、如結繩之爲也」という（八九頁）。

[18]『通典』開元礼纂類九、二九二六頁。後掲離騒第七〇章「椒糈」王逸注参照。実は日本の神今食にも「晨禊」と同様の儀軌が認められる。

井上亘「天皇の食国」（『日本古代の天皇と祭儀』吉川弘文館、一九九八年所収）注七九参照。

〔19〕「卜庭神祭」では「大案」を立て、その上に「席」を敷いて「榻」を置き、その上に「茵」と「畳」「庸布」を置いて神座とし、さらに「榻」の左右に「調布」と「鍬」を供えて「神軾」と称した（前掲『東大本新撰亀相記』七一頁）。してみると、藑茅は敷物と解してもよいのかもしれない。王船山『通釈』は「瓊（藑）茅」を朱冀と同様、卜人の席と解しつつ、「筳、折竹枝。篿、爲卜算也」として、「靈氛、神也。迎神於筳篿而玩其占」とする（一七頁）。

〔20〕詳細は拙稿「亀卜の時空」（『日本的時空間の形成』思文閣出版、二〇一七年所収）参照。

〔21〕陳偉ほか『楚地出土戦国簡冊［十四種］』（経済科学出版社、二〇〇九年）九一頁以下、また『包山楚簡』（文物出版社、一九九一年）。釈文・注釈は前者、図版は後者による。

〔22〕李零『中国方術正考』（中華書局、二〇〇六年）二二三頁参照。

〔23〕丁四新『楚竹書与漢帛書「周易」校注』（上海古籍出版社、二〇一一年）参照、［　］内は脱字、【　】は帛書の欠損部分（文字は今本により補う）。通読の便を考慮して、引用は意味がとりやすいよう読為した文を掲げた。なお、図版は『上海博物館蔵戦国楚竹書（三）』（上海古籍出版社、二〇〇三年）による。

〔24〕応劭注に「龜曰兆、筮曰卦。卜以荊灼龜、文正横也」とあり、「卜するに荊を以て亀を灼く」とは、荊の枝に火をつけて亀甲にあて、ひびを生じさせることをいう。そのひび（文）が「正横」の形であったということだが、離騒の「折竹以卜」を「荊」ではなく、竹を用いて灼いたと解することも可能である。日本の御体御卜では亀を灼くハハカ木と、ひびが出やすいように水を差すサマシ竹（兆竹）を使ったが、『宮主秘事口伝』によると、このサマシ竹は水を差しやすいように先が少し折れている（安江和宣『神道祭祀論考』神道史学会、一九七九年）二一九頁。但し、こういう道具を使うから「折竹以卜」といったとは少々考えにくい。

〔25〕この屈折点は蒋驥『山帯閣註』も注意しているらしい（四五頁）。但しこう解すると、「命靈氛爲余占之」と「孰信脩而慕之」の両句が押韻しない点が問題となる。この点については「慕之」を「莫念之」の誤写とする聞一多説がよく参照されるが、ここを「誰もが美を念う」と直してしまうと、つづく「九州之博大」への飛躍や「遠逝」という結論が出てこなくなってしまうだろう。

〔26〕『楚辞』卜居篇では貞人が占いを放棄して「君の心を用いて君の意を行え」と結んだため、占人＝詩人の問いが剥き出しに陳列されることになったが、その問いを占って吉と出ていれば、それは全て亀神のお告げとなっていたはずである。なお念のため、霊氛＝霊均とはいえ、氛（滂母文部）と均（見母真部）は通仮の関係にはない。

［27］『世本八種』（中華書局、二〇〇八年）所収の孫馮翼集本などに作篇の佚文を集める。

［28］孫詒譲『周礼正義』（中華書局、一九八七年）一九六四頁。但し「易當爲易」として易＝陽とするのは音韻・字形の両面からみても若干強引ではある。

［29］前掲『楚地出土戦国簡冊［十四種］』九七頁、注釈［9］参照。

［30］包山楚簡の「故」について、李学勤は『周礼』春官・占人に「以八卦占筮之八故」とあるのを鄭玄が「八事」と言い換え、孫詒譲『正義』が「故・事義同」とするのによって「故」を「事」と釈し（前注参照）、諸家みなこの李説に従うが、孫詒譲はここで「八事」が春官・大卜にいう「以邦事作龜之八命」であるとし、その征・象・与・謀・果・至・雨・瘳の八命（八事）を占うときは卜・筮並用であるから、「龜之八命」を「筮之八故」ともいったという迂遠な解釈を展開しており、この「八故」をもって簡文の「故」を釈するのは正しくない。但し「故」を「事」の意とすることは古籍にその例が多いから（『故訓彙纂』）、十分に成立するが、ただ「其の事を以て」と読んでも何の説明にもなるまい。

［31］工藤元男『占いと中国古代の社会』（東方書店、二〇一一年）第七章参照。日書とは天文暦術や陰陽五行といった法則により吉凶を定めた、当時最先端の科学的な占いの書である。

［32］顧頡剛著・小倉芳彦ほか訳『中国古代の学術と政治』（大修館書店、一九七八年）。

［33］『史記』亀策列伝は褚少孫が当時の卜書をもって補ったものといい、また上博楚簡に「卜書」十簡を収める（『上海博物館蔵戦国楚竹書（九）』上海古籍出版社、二〇一二年所収）。その他、古籍に残る断片的な亀卜の資料については、前掲拙稿「亀卜の時空」参照。

［34］小南一郎は離騒第九二章の「皇の赫戯たるに陟陞し」（前出）の「皇」（皇天）について、「太古以来の生活共同体が崩壊したあと、好むと好まざるとに関わらず、直面し、受け入れざるを得なかった、秦漢帝国的な政治・社会体制を、間接的に比喩したものではなかったろうか」と述べているが（「楚辞の時間意識」前掲『楚辞とその注釈者たち』一六五頁）、私もこれに近い感触をもっている。

［35］赤塚忠も離騒を三部構成とし、各章を「主唱」と「従唱」に割り振って、全篇を一大歌劇に再編成したが（「離騒の様式について」、『楚辞研究（赤塚忠著作集6）』研文社、一九八六年所収）、霊氛・巫咸の場面は「第二章（自己の救済）」（第二八～八三章）の末尾に置かれ、卑見とは段落分けの基準が異なる。卑見はむしろ、霊氛の登場（六五章）を境に「第一の遊行」と「第二の遊行」

に分かつ小南一郎の考えに近いが（前掲「楚辞の時間意識」一四四頁）、後者の主題を「遊行」ではなく、「卜占」に置く点が異なる。なお、赤塚が離騒を歌劇に仕立て直した点は、九歌との関係を想起させて興味深いが、やはり小南のいうように「基本的に一人語りによる物語り」とみるべきであろう（同上、一二一頁）。

[36] 楚辞における占いの重要性を唱えたのは藤野岩友であって、その『巫系文学論』に天問篇を「設問文学―卜問系文学」として「天問と卜筮と」を補い、卜居篇を「問答文学―占卜系文学」とした論考などを収めるほか、「亀卜について」「占卜に関する二、三の問題」といった包括的な論考をも残しているが（『中国の文学と礼俗』角川書店、一九七六年所収）、その後こうした視角が継承されているとは見えず、また出土文献学との協業によって今後発展すべき余地の大きい分野であろうと思われる。

[37] 藤野岩友「巫に就いて」は、「巫」の職能を巫降（降神）・歌舞・除災・招魂・占夢・予言・観相・占卜・禁呪・厭勝・医療とし、その方術をシャーマニズムと共通する呪術とみたが（前掲『巫系文学論』七頁）、小南一郎は宗教学者エリアーデのシャーマニズム論をもとに、巫覡を憑依型と脱魂型に大別し、『楚辞』の文芸的特質を憑依型の九歌から脱魂型の離騒への展開相としてとらえた（『楚辞』筑摩書房、一九七三年）。この画期的なとらえ方は、二〇〇三年に公刊した学位論文『楚辞とその注釈者たち』でも堅持されているが（一二九頁など）、この見方について矢田尚子は、小南の依拠するエリアーデの問題点を指摘したうえで、中国における脱魂型巫覡の実在を疑っている（「楚辞「離騒」の天界遊行について」、『東北大学中国詩学文学論集』六・七合併号、二〇〇二年など）。確かに、藤野もこの脱魂を「巫」の職能に数えておらず、恍惚 ecstasy により魂があくがれ出でて遊行するというよりも、文学的想像力により説話や故事の世界に遊ぶという方がわかりやすい（実際『屈原集校注』などはそう解しているらしい）。この問題とともに、本文にはふれなかったが、離騒第七一章で巫咸と百神の降臨を迎えたのが「九疑」の山神だとすると、詩人は中段の第三六章で「重華」（舜が葬られたという九疑山の霊廟）に就いてから、一切動いていないのではないかと思われることも、この際考慮すべき問題として指摘しておく。

[38] 蘇建州「出土文献対『楚辞』校詁之貢献」（『中国学術年刊』二七期、二〇〇五年）をはじめとする校読研究（本稿もこの流れにある）とともに、楚簡を用いた作品論も出てはいるが、たとえば本稿の関心に近い馬世年「『離騒』中的卜筮与祭禱―霊氛占断与巫咸夕降之関係新論」（『甘粛社会科学』二〇〇六年第二期）をみると、霊氛の占いについて「茅卜」「竹卜」並行説をとり、巫咸については、本稿でも取り上げた「以其故攵（説）之」を旧典（故＝古）により鬼神に祭禱（攵）を行う意と解した湯炳正説に従い、祭禱の場面を描写したものとして、従来の解釈を書き換えている。「楚簡から楚辞をよむ」危うさを具現したような論文であり、

この仕事のしんどさが思い知らされる。

【参考文献】

・『楚辞』関連
洪興祖『楚辞補注』（中華書局、一九八三年）。

朱憙『楚辞集注』（『朱子全書（修訂本）』一九、上海古籍出版社・安徽教育出版社、二〇一〇年所収）。

銭杲之『離騒集伝』（北京図書館出版社、二〇〇四年）※早稲田大学「古典籍総合データベース」で和刻本が閲覧可能。

汪瑗『楚辞集解』（北京古籍出版社、一九九四年）。

王船山（夫之）『楚辞通釈』（中華書局、一九五九年）。

戴震『屈原賦注』（『戴東原先生全集』所収〈安徽叢書本〉。大化書局、一九七八年）。

蔣驥『山帯閣註楚辞』（中華書局、一九五八年）。

聞一多『楚辞斠補』『楚辞校補』『離騒解詁』（『聞一多全集』五、湖北人民出版社所収）。

姜亮夫『屈原賦校註』（香港中華書局、一九七二年）。

朱季海『楚辞解故』（上海古籍出版社、一九八〇年）。

金開誠・董洪利・高路明『屈原集校注』（中華書局、一九九六年）。

橋本循『楚辞』（岩波文庫、一九三五年）。

青木正兒『新訳楚辞』（春秋社、一九五七年）。

藤野岩友『楚辞』（漢詩大系三、集英社、一九六七年）。

目加田誠『屈原』（岩波新書、一九六七年）。

目加田誠『詩経・楚辞』（中国古典文学大系一五、平凡社、一九六九年）。

星川清孝『楚辞』（新釈漢文大系三四、明治書院、一九七〇年）。

黒須重彦『楚辞』（中国の古典二〇、学習研究社、一九八二年）。

小南一郎『楚辞』（中国詩文選六、筑摩書房、一九七三年）。

竹治貞夫『屈原』（中国の詩人①、集英社、一九八三年）。

福島吉彦『詩経・楚辞』（鑑賞中国の古典⑪、角川書店、一九八九年）。

牧角悦子『詩経・楚辞』（角川文庫、二〇一二年）。
・工具書（本文で用いたもの）
許慎『説文解字』（中華書局、一九六三年）。

段玉裁『説文解字注』（上海古籍出版社、一九八八年）。

周祖謨『方言校箋』（中華書局、一九九三年）。

陸徳明『経典釈文』（宋版影印、上海古籍出版社、一九八五年）。

王念孫『広雅疏証』（江蘇古籍出版社、二〇〇〇年）。

王引之『経義述聞』（江蘇古籍出版社、二〇〇〇年）。

宗福邦・陳世鐃・蕭海波主編『故訓彙纂』（商務印書館、二〇〇三年）。

李守奎編『楚文字編』（華東師範大学出版社、二〇〇三年）。

馮其庸・鄧安生『通仮字彙釈』（北京大学出版社、二〇〇六年）。

『漢語大詞典』（縮印本、上海辞書出版社、二〇〇七年）。

王輝編『古文字通仮字典』（中華書局、二〇〇八年）。

郭錫良『漢字古音手冊（増訂本）』（商務印書館、二〇一〇年）。

井上亘『諧声符引き古音検字表（附、解説・図表）』（大東文化大学人文科学研究所、二〇〇六年）。


【付記】ご指摘を受けて、黄霊庚『楚辞章句疏証』（中華書局、二〇〇七年）と同『楚辞集校』（上海古籍出版社、二〇〇九年）を見落としていたことに気がついた。楚簡研究をも手がける楚辞学者の大作で、本稿が当然参照すべき仕事であり、誠に慚愧に堪えない。本稿の三つの論点にわたって書き直す必要があるが、幸い私の論点には直接影響がないため、修訂は他日を期すこととした。読者には心よりお詫びを申し上げるとともに、ご指摘を賜った東京大学の大西克也教授、資料を送ってくれた遼寧大学の苗壮講師に心より御礼を申し上げる次第である。

2　『日本書紀』所引書の文体研究
——「百済三書」を中心に——

馬　駿

1　初めに

『日本書紀』の中には中国や古代朝鮮の典籍などを参照したりする箇所が認められる。「百済三書」とは、『百済記』・『百済新撰』・『百済本記』という三書を指し、百済の歴史を記録した歴史書であり、現在には伝わっておらず、一部の逸文が『日本書紀』にのみ残されている。「百済三書」に関する従来の諸説を整理して示すと、次のようになる。第一に、三書の価値について百済の国史編纂は「書紀に三種の逸史が、それぞれ片鱗をとどめていることは貴重である。[注1]」第二に、三書の史風について『百済記』は物語風の叙述で干支紀年を従属とし、『百済新撰』は編年体風の史書で干支紀年を主軸とし、『百済本紀』は純然たる編年体史で、月次・日次及び日の干支まで明記されている。[注2]第三に、三書の編纂者について書紀編纂の時代に日本関係を主眼とする偏向があるが、編纂者をそれぞれ異にした百済の史書とすべきだとする。▼注[3] 第四に、三書の潤色について共通した用字や表記法と独特な表現を明らかにしている。▼注[4] 第五に、三書の用字法について「百済史料字音仮名字網」による判別法は『日本書紀』の本文に埋没した朝鮮系史料の発掘作業に一つの客観的な立場を附与するものだとする。▼注[5] 第六に、東アジア漢字文化圏の視野から『日本書紀』の漢文の特質を捉えようとする論がある。▼注[6] 上、概観してきたように、従来の研究では「百済三書」の文章表現を正格・仏格・変格という三つの角度から取り上げられている論文はほとんどないのが現状のようである。そこで、本稿は「百済三書」における漢文の正格表現の確認を踏まえた上で、その仏格表現と変格表現の究明を試みたい。なお、テキストと訓読はしばらく新編全集に従っておくことにする。

2 『百済記』とその三格表現

古典大系によると、「百済記は、少くとも近肖古王代から蓋鹵王代まで九代にわたる間（三四六〜四七五）の史書」（六一八頁）だという。『日本書紀』に見える『百済記』からの引用は神功皇后四十七年、六十二年、応神天皇八年、二十五年、雄略天皇二十年の五ヶ所を数える。その具体的な内容は【表1】に掲げてみる。

（1）正格表現

「正格」とは仏格と変格に対して中国の伝世文献における文章表現の規則にあてはまっているものを指す。紙幅の都合で正格と認定する例文を脚注で示すに留めることにした。その結果、『百済記』の正格表現は以下の通り。「反伐」、「来奔〜」、「厚遇之」、「啓云〜」「遣〜以討〜」、「捨而不〜」、「反滅」、「（皆為）流沈」、「不任憂思」、「領兵衆来集〜」、「（復其）社稷」、「（乃自）竄伏」、「有幸於〜」、「夢見〜」、「大怒云〜」、「何敢来」、「無礼於〜」、「専於〜」、「承制天朝」、

「権重当世」、「皆没敵手」。

表1 『百済記』

順番	巻数	記事
1	9	神功皇后四十七年四月条に「百済記云職麻那那加比跪者蓋是歟也。」
2	同	同六十二年即年条に「百済記云、壬午年、新羅不奉貴国。貴国(1)遣沙至比跪令討之。新羅人(2)荘飾美女二人①迎誘於津。沙至比跪受其美女、反伐加羅国。加羅国王己本旱岐及児百久氏・阿首至・国沙利・伊羅麻酒・爾汶至等(3)将其人民来奔百済。百済厚遇之。▼注[7] 加羅国王妹既殿至向大倭啓▼注[8]云、天皇遣沙至比跪、以討新羅。而納新羅美女、捨而▼注[9]不討。反滅我国、兄弟・人民皆為流沈。▼注[10] 不任憂思。故以来啓。天皇大怒、即遣木羅斤資、領兵衆来集加羅、復其社稷。 一云、沙至比跪知天皇怒、②不敢公還。乃自竄▼注[11]伏。其妹有幸於皇▼注[12]宮者。比跪密遣使人、問天皇怒解不、妹③乃託夢言、今夜夢見沙至比跪。天皇大怒云、比跪何敢来。妹以皇言報之。比跪知不免、入石穴而死也。」
3	10	応神天皇八年三月条に「百済記云、阿花王立無礼▼注[13]於貴国、故奪我枕弥多礼・及峴南・支侵・谷那東韓之地。是以遣王子直支於天朝、以修先王之好也。」
4	同	同二十五年条に「百済記云、木満致者、是木羅斤資討新羅時、娶其国婦(4)而所生也。以其父功、専▼注[14]於任那。(5)来入我国、(6)往還④貴国。承制天朝、執我国政。権重当世。然天朝聞其暴召之。」
5	14	雄略天皇二十年条「百済記云、蓋鹵王乙卯年冬、狛大軍来攻大城七日七夜、⑤王城降陥、遂失尉礼国。王及大后・王子等、皆没敵手。」

（注：「(1)～」は仏格表現、「①～」は変格表現をそれぞれ示す。）

（2）仏格表現

「仏格」とは正格と変格に対して漢訳仏典における表現の規則にあてはまっているものを示す。『百済記』における仏格表現は「遣～令～」、「荘飾」、「将其人～」、「～而所生（也）」、「来入我国」、「往還（貴国）」の六つがある。(1)の「遣～令～」について巻九神功皇后六十二年に「新羅、貴国に奉らず。貴国、沙至比跪を遣して討たしむ」とある。原文の「遣～令～」は中国語の「兼語式」の変形である。「兼語」とは「主語」と「目的語」の両方の役割を「兼ねる」語という意味で、このような形式を取る句を「兼語式」と呼ぶ。当該例を例にしてみれば、沙至比跪は派遣する意味の「遣」という動詞の目的語であると同時に、討伐する意味の「討」の主語も兼ねている。伝統的な「兼語式」はこの場合、「遣＋者＋V」の文型で誰かを派遣して何かをさせる意を表すのが一般的である。一方、漢訳仏典では伝統的な「兼語式」と異なり、「遣＋者＋令＋V」のように述語動詞の前に余分に助字「令」が添えられる。例えば、隋闍那崛多訳『仏本行集経』巻五〈賢劫王種品〉に「時諸大臣公卿輔相、亦白王言、王今斥遣此四王子令出国者、我等諸臣亦求随去。」とあり、四人の王子を斥けて出国させる意味だが、「遣＋者＋令＋V」の形を取る。また、唐実叉難陀訳『地蔵菩薩本願経』巻一〈如来讃嘆品〉の「普広、汝以神力、遣是眷属、令対諸仏菩薩像前、志心自読此経、或請人読。」においても同じパタンーを踏んでいる。

では、正格用法の「遣＋者＋V」と比べ、仏格用法の「遣＋者＋令＋V」は如何なる特徴を持っているだろうか。一つは、「遣＋者＋令＋V」は『仏本行集経』と『地蔵菩薩本願経』の二例のようにいずれも直接引用文、つまり会話文に現れている点である。いま一つは、蕭斉曇景訳『仏説未曾有因縁経』巻二に「仏告之曰、今欲令我開化其者、喚彼宮内除糞者来。」皇后即時、遣使令喚。」とある「遣使令喚」や、北魏慧覚訳『賢愚経』巻十二〈象護品〉に「時諸比丘、以意白仏。仏告象護、因此象故、致有煩憒、卿今可疾遣象令去。」とある「遣象令去」のように、会話文で四字句を作るのにこの文型が用いられることである。

⑵の「荘飾（美女）」の文脈では「新羅人は美女二人を美しく飾って、沙至比跪を港に迎えおびき寄せた。沙至比跪はその美女を受け入れ、新羅を討たずに反対に加羅国を討伐した」ことが述べられている。「荘飾」の語は『百済新撰』にも一例見られる。語史的に見れば、女性が化粧するという意味の「荘飾」は後漢支婁迦讖訳『般舟三昧経』巻二〈無著品〉に「如新磨鏡盛油器、女人荘飾自照形。於中起生淫欲心、放逸恣態甚迷荒。」とあるように、後漢あたりに始まったものだと考えられる。伝世文献では『南史』張彪伝・巻六十四に「婦人本在容貌。辛苦日久、請暫過宅荘飾。」とある用例は最も年代が古い。また、用法の面では『南史』の用例では目的語を伴わない使われ方をしているのが特徴である。対して、呉支謙訳『仏説義足経』巻一に「母聞亦喜、即荘飾女、衆宝瓔珞、父母倶将女出城。」とあり、西晋法炬訳『仏説優填王経』巻一に「昔者吾在貝多樹下。第六魔天王荘飾三女。顔容華色天中無比非徒此論。欲以壊吾道意。」とある。これらの用例では適齢の女子を美しく着飾るという表現は問題の「荘飾」と趣旨を同じくするものだと言えよう。新編全集では「荘飾」を「かざること。もと仏典語」とするのは妥当な指摘だが、『法華経』〈譬喩品〉の「荘校厳飾」を挙げているのは用法上必ずしも適切ではないと思う。

⑶の「将其人（民）～」は、「加羅国の王己本旱岐と子の百久氐らは、その人民を連れて百済に逃亡して来た」の意味。原文では上句「将其人民」と下句「来奔百済」という二つの四字句に整えられているのが特徴である。誰かを引率してどこかへ移動するという意味を表わす場合、漢訳仏典では四字句を作るための固定した文型がある。北魏月婆首那訳『僧伽吒経』巻一に「汝莫怖畏。汝在世時聞僧伽吒法門、九十五億仏、各将其人至其世界。」北魏曇曜訳『大吉義神咒経』巻四に「欲界天王自来現身在其人前、即将其人詣諸天前、以天荘厳之具而荘厳之、以天音楽而娯楽之。」唐義浄訳『根本説一切有部毘奈耶』巻四十に「王曰、此違我命準法当死。所有眷属並収繋獄、此応断命。時彼獄官即将其人欲往刑戮。」見て分かるように、三例における「各将其人、至其世界」、「即将其人、詣諸天前」、「即将其人、欲往刑戮」などがその文型に当てはまる。これによって、この句式は漢訳仏典に由来する話し言葉的な特徴を持ってい

ることが知られよう。

(4)の「〜而所生（也）」は「木満致は木羅斤資が新羅を征討した時に、その国の婦人を娶って生んだのである」ことを述べている。この句の構成はやや複雑のようであるが、「所」の句式の特性や「所」の後に来る動詞の種類などの問題が絡んでくるからである。そこで、「〜而所生」の形を目安として資料を調べていくと、次の二例が拾える。西晋竺法護訳『仏昇忉利天為母説法経』巻二に「所以者何？天子、其三十二大人相、非従摩耶而所生、[注15]学大智慧真諦之誼乃能致此。」とあり、「非従摩耶而所生」は「摩耶より生むところにあらず」の意味。高麗一然撰『三国遺事』巻三に「王毎命舟、沿河入寺、賞其形勝壮麗（與古記所載小異。武王是貧母與池龍通交而所生、小名薯蕷。即位後謚号武王、初與王妃草創也。）」とある。これは後代例だが、朝鮮半島の書物に属するものとして貴重だろう。例文では「武王、是れ貧母と池龍が通交して生むところなり」とある。要するに、「〜而所生」の句式に関して言えば、伝世文献は用例がないのに対して、漢訳仏典は用例が見られるのが注意を惹くところではなかろうか。

(5)の「来入我（国）〜」の句では「我が国」は百済を指す。原文では「娶其国婦、而所生也。以其父功、専於任那。来入我国、往還貴国。承制天朝、執我国政。権重当世。」とあるように、立て続けに九つもの四字句が連用されている。これが濃厚な話し言葉の口ぶりをしている証拠であり、第一人称を示す「我が国」のような表現は言うまでもなく、聴き手をはっきりと意識した上での発話でもある。「来入我〜」という四字句は、伝世文献では『芸文類聚』巻九十二に「『捜神記』曰、京兆長安有張氏、独処室。有鳩自外入、止於床。張氏祝曰、『鳩来、為我禍也、飛上承塵。為我福耶、来入我懐。』」と、直接引用文に見える『捜神記』の一例のみである。対して、漢訳仏典では西秦聖堅訳『太子須大拏経』に「諸臣言、『卿来入我国、我亦応問卿。』」東晋仏駄跋陀羅訳『大方広仏華厳経』巻三十三に「普放無量光、震動一切刹。顕現自在力、来入我身中。」後秦鳩摩羅什訳『大荘厳論経』巻八に「時彼老母即白王言、『王勿怯弱、来入我舎。』」などの例文のように、いずれも話し言葉としてごく普通に用いられている。これによって、「来入我〜」

の仏格的な句式としての性格が明らかになったのではないかと思う。

⑹の「往還（貴国）～」についてその仏格表現としての性格を判明する経緯は次の通り。まず、意味的には行ったり来たりすることを示す「往還」という二字語は漢の王粲『従軍詩』に「拓地三千里、往返速若飛」とあるように、伝世文献に現れるのを最初とする。それから、用法的には「往還」する空間を明確に伴いつつ、使い始めたのは、西晋竺法護訳『正法華経』巻二〈応時品〉に「仮使往返山林岩藪、曠野樹下閑居独処、若在讌室謹勅自守、一身経行益用愁毒、深自惟言。」同『普曜経』巻四〈告車匿被馬品〉に「数数往返天上世間、厭楽豪貴、為転輪王、千子七宝遊四天下、栄位無常如夢所見。」同『生経』巻五に「時為国王、所見奉事、愛敬無量、神足飛行、往返王宮。」とあるように、漢訳仏典では晋代あたりからのようである。第三には、伝世文献ではどこかを行ったり来たりする意の最も早い用例は『魏書・王洛児伝』巻三十四に「紹聞、収道斬之。洛児猶冒難往返京都、通問於大臣。」と見える通りである。諸般の事情に鑑み、「往還（貴国）～」の句式を仏格出自の表現だと見極めた次第となる。

（3）変格表現

「変格」とは正格と仏格に対して、中国の伝世文献と漢訳仏典の両方における表現の規則から外れているものを言う。『百済記』に見える変格表現は「迎誘（於津）」、「（不敢）公還」、「乃託夢言～」、「（往還）貴国」、「（王城）降陥」の五つが挙げられる。①の「迎誘（於津）」とは「新羅人は美女二人を美しく飾って、沙至比跪を港に迎えおびき寄せた」という意味。原文の「迎誘」は「迎えおびき寄せる」の意味を表わすが、漢訳仏典の四文字の熟語を切り取って新たに二字語にした蓋然性が高いと、かつて論じたことがある。▼注[16] 唐玄奘『大唐西域記』巻十一に「時鉄城上凶幢遂動、諸羅刹女睹而惶怖、便縦妖媚出迎誘誑。」唐慧立本、釈彦悰箋『大唐大慈恩寺三蔵法師伝』巻七に「復数有諸王卿相来過礼懺、逢迎誘導、並皆発心。莫不舎其驕華粛敬称嘆。」とあり、「出迎誘誑」や「逢迎誘導」のように四字句の形をしているが、そこから真ん中の二字を取ることによって「迎誘」の二字語が生まれるのだと見て取れよう。

②の「（不敢）公還」の句は新編全集に「自らの意志で公然とは帰国しない、の意。」とある。この意味での「公還」は伝世文献や漢訳仏典では用例に恵まれていない。『魏書』於栗磾伝・巻三十一に「坐免官、以公還第。」とあり、「公」は「公然」の意ではなく、公爵のことを指す。また、古代漢語では「公然」の「公」による二字語は「公行／公然とやる」、「公言／公で言う」とあるぐらいで、移動を表わす動詞の前に「公」が来るというような語構成はほとんど見られない。よって、「公還」をしばらく造語と見ておく。

③の「乃託夢言〜」の一句は、沙至比跪はひそかに使者を派遣して、天皇のお怒りが解けるかどうか尋ねたところ、天皇が許されないことを知り、岩穴に入って死んだ、という。問題の「乃託夢言〜」は漢籍では『太平広記』巻三百八十三〈顔畿〉に「乃託夢曰、我寿命未応死、但服薬太多、傷我五臓耳。今当復活、慎無葬我。」巻四三九〈耿伏生〉に「託夢其女云：還債既畢、得生善処。」とあるように「乃託夢曰〜」や「託夢云〜」の組み合わせの形しかないところから、変格表現だという結論が導かれよう。

④の「（往還）貴国」の「貴国」に関して、津田左右吉の「潤色説」と、坂本太郎の「原文説」と、遠藤慶太の「外交文書語説」の三説[▼注17]が見られる。結論を先に述べると、私見では基本的に「外交文書語説」に組みながら、書簡語を地の文で話し言葉として使う変格表現だと見てみたい。「貴国」とは『国語』巻二〈周語中〉に「是故小大莫不懐愛。其貴国之賓至、則以班加一等、益虔。」『後漢書』五行志・六の「延熹元年」の注補所引『梁冀別伝』に「朱雀漢家之貴国、宿分周地、今京師是也。」とある如く、元来、重要・貴い国の意。そこから二国の間における書簡などで用いられる敬語の用法が派生する。例えば、『唐文拾遺』巻三十八崔致遠〈新羅探候使朴仁範員外〉に「況奉貴国大王、特致書信相問。将成美事、不惜直言。」『文華秀麗集』仁貞〈七日禁中陪宴〉に「入朝貴国慙下客、七日承恩作上賓。」とある。と同時に、一国間の違う国への書簡においても使われる。例えば、『全唐文』後蜀の後主孟昶の、五代後周の第二代

皇帝の柴栄への書簡や、李煜の、南漢後主劉鋹への書簡[注18]などが見られる。問題の「貴国」がこれらの用例と根本的に異なっているのは、地の文に登場している点である。

⑤の「（王城）降陥」の組み合わせは、王城が陥落するの意。問題なのは、漢籍では「降陥」の用語がなかなか検出されにくいので、しばらく造語と見ておこう。なおほぼ同じ文面の『後漢書』を参考例として示せば、『後漢書』趙温伝・巻二十七に「公前託為董公報仇、然実屠陥王城、殺戮大臣、天下不可家見而戸説也。」とある通りである。

3　『百済新撰』とその文章表現

『百済新撰』は古典大系では「蓋鹵王代から武寧王代まで五代にわたる間（四五五～五二三）の史書」（六一八頁）だとしている。『百済新撰』からの引用は雄略天皇二年、五年、武烈天皇四年の三ヶ所である。

表2　『百済新撰』

順番	巻数	記事
1	14	雄略天皇二年七月条に「百済新撰云、己巳年、蓋鹵王立。天皇遣阿礼奴跪、来索女郎[注19]。百済⑴荘飾慕尼夫人女、曰適稽女郎、⑵貢進於天皇。
2	同	同五年七月条に「百済新撰云、辛丑年、蓋鹵王遣王弟琨支君、向大倭侍天皇、以修先王之好也[注20]。」
3	16	武烈天皇四年是歳条に「百済新撰云、末多王無道暴虐百姓[注21]、国人共除武寧王立。諱斯麻王。是琨支王子之子、則末多王異母兄也。琨支向倭時、至筑紫嶋、生斯麻王。自嶋還送[注22]、不至於京、産於嶋[注23]、故因名焉[注24]。今各羅海中有主嶋、王所産嶋、故百済人号為主嶋[注25]。」

(1) 正格表現

まず、『百済新撰』における漢文の正格表現は次の通り。「来索女郎」、「以修先王之好」、「暴虐百姓」、「還送」、「産於～」、「故因名焉」、「故～号為～」。

(2) 仏格表現

次に、『百済新撰』における漢文の仏格表現は「荘飾～(女)」と「貢進於～」がある。(1)の「荘飾」は先ほど述べた通り。(2)の「貢進於～」の文意は「己巳の年に、蓋鹵王が立った。天皇は、阿礼奴跪を遣わして女郎を求めさせた。百済は慕尼夫人の娘を着飾らせて、適稽女郎と称して天皇に貢上した」という。「於」は動作・作用が及ぶ対象を指すとされる助字であるが、上代の文章における用語の語性を考える上で見逃せない要素の一つだと言ってもいい。当面の「貢進於～」の組み合わせの表現は元魏吉迦夜共曇曜訳『雑宝蔵経』巻一に「諸子白言、一切閻浮提王、欲索貢献、我等能使貢献於王。王以何故與他貢献?」とあり、『全唐文』巻九百四十六馮真素〈郷老献賢能書賦〉に「方今捜賢郷党、致理国経、具名氏於尺牘、先貢献於彤庭。」とある。どちらかと言えば、用例の使用年代では後者より前者のほうが古いと認められよう。

4 『百済本紀』とその三格表現

『百済本紀』は古典大系によると、「武寧王代から威徳王初年にいたる三代の間(五〇一～五五七)の史書であったか」(六一八頁)と推定している。『百済本紀』からの引用は継体天皇三年、七年、九年、二十五年、欽明天皇二年、五年(八ヶ所）、六年、七年、十一年（二ヶ所）、十七年の計十八箇所である。

表3　『百済本紀』

順番	巻数	記事
1	17	継体天皇三年二月条に「百済本記云、久羅麻致支弥従日本来。」
2	同	同七年六月条に「百済本記云、委意斯移麻岐弥。」
3	同	同同九年二月条に「百済本記云、物部至至連。」
4	同	同二十五年十二月条に「或本云、天皇、廿八年歳次甲寅崩。而此云廿五年歳次辛亥崩者、取百済本記為文。其文云、太歳辛亥三月、師①進至於安羅、営乞乇城。是月、高麗弑其王安。又聞、日本天皇及太子・皇子、倶崩薨。▼注[26]
5	19	欽明天皇巻十九二年七月条に「百済本記云、加不至費直・阿賢移那斯・佐魯麻都等。」
6	同	同五年二月条に「百済本記云、津守連己麻奴跪。」
7	同	同条に「百済本記云、河内直・移那斯・麻都。」
8	同	同条に「百済本記云、汝先那干陀甲背・加臘直岐甲背、亦云那歌陀甲背・鷹歌岐弥。」
9	同	同条に「百済本記云、為哥岐弥、名有非岐。」
10	同	同三月条に「百済本記云、遣召烏胡跛臣。」
11	同	同条に「百済本記云、以安羅為父、以日本府為本也。」
12	同	同条に「百済本記云、我留印支弥之後、至既洒臣時。」
13	同	同十月条に「百済本記云、冬十月、奈率得文・奈率歌麻等、還自日本曰、所奏河内直・移那斯・麻都等事、無⑵報勅也。」

14	同	同七年是年条に「百済本記云、十二月甲午、高麗国細群与麁群、戦於宮門、伐鼓[注27]戦闘。細群敗不解兵[注28]三日、尽捕誅[注29]細群子孫。戊戌、狛国香岡上王薨也。」
15	同	同七年是歳条に「百済本記云、高麗以正月丙午、立中夫人子為王。年八歳。狛王有三夫人。正夫人無子。中夫人生世子。其舅氏麁群也。小夫人生子。其舅氏細群也。及狛王疾篤、細群・麁群、各欲立其夫人之子。故細群死者、二千余人也。」
16	同	同十一年二月条に「百済本記云、三月十二日辛酉、日本使人阿比多率三舟、来至都下。」
17	同	同年四月条に「百済本記云、四月一日庚辰、日本阿比多還也。」
18	同	同十七年四月条に「百済本記云、筑紫君児、火中君弟。」

(1) 正格表現

『百済本紀』における漢文の正格表現は次の通り。「崩薨」、「遣召」、「還自～」、「伐鼓（戦闘）」、「（敗不）解兵」、「（尽）捕誅」、「世子」、「疾篤」、「来至都下」。

(2) 仏格表現

『百済本紀』の仏格表現は「報勅」の一語のみ。「報勅」は返し（回答）の勅の意。後漢曇果、康孟詳訳『中本起経』巻二〈須達品〉に「報勅園監、『吾自戯言、遣銭勿受。』二人共諍、挙国耆老、馳往諫止。」『南史』曹景宗伝・巻五十五に「是時、魏軍攻囲鐘離、蒋帝神報勅、必許扶助。」「報勅」は後漢の『中本起経』から用例が見え始めたところから、漢訳仏典を初見と看做して動かせぬものとなろう。

（3）変格表現

『百済本紀』における漢文の変格表現は①「進至於～」の一例のみ。「進至於～」は、先ほどの「貢進於～」と同じ構文で、助字「於」と関連のある表現である。西晋竺法護訳『等目菩薩所問三昧経』巻三〈分別身行大慧空品〉に「以無碍之法、億那術百千威猛。従念而雨、流進至於法河。転充於普智之海、成致諸仏法藏之海」。蕭斉求那毘地訳『百喩経』巻四、「船盤迴旋転不能前進至於宝所、挙船商人没水而死」。唐宗密述『圓覚経大疏』巻三に「若諸菩薩及末世衆生依此修行漸次増進至於仏地。」この三例で「流進至於法河」、「前進至於宝所」、「増進至於仏地」とあるように、「至於～」の前に来る動詞はいずれも「流進」、「前進」、「増進」の二音節語ばかりである。対して、当面の「進至於～」の「進」は単音節語だという異なった使われ方をしている。よって、「進至於～」は変格表現であることが知られよう。

5　終わりに

以上、従来の研究では看過されてきている「百済三書」の変格漢文の問題を取り上げてみた。ここで言う変格漢文とは正格漢文と対照的で、仏格表現と変格表現の両方を指し示す。具体的には用字や語彙や文法や発想など多岐に亘るが、表現としてはいずれも中国の正史に姿を見せていないのが大きな特徴である。今後、朝鮮漢文の変格表現の研究をより深く広く展開していきたい。また、前述した『百済記』の「遣～令～」という仏格表現の句式は『日本書紀』では巻一、巻五、巻六、巻九など、つまり森博達が指摘されたβ群ではさまざまな変形が見られる。東アジア漢字文化圏の変格漢文の共通性と相違点の追及を今後の課題としたい。

【注】

［1］坂本太郎・家永三郎・井上光貞・大野晋『日本書紀上下』（日本古典文学大系、岩波書店、一九六七年）六一八頁。以下、古典大系と略す。

［2］古典大系、六一九頁。

［3］古典大系、六一九頁。

［4］小島憲之、直木孝次郎、西宮一民、蔵中進、毛利正守『日本書紀①～③』（新編日本古典文学全集、小学館、一九九四～一九九八年、以下、新編全集と略す。新編全集『日本書紀①』に「ただ「百済記」と「百済新撰」では、⑴日本を「大倭」、⑵往クを「向」、⑶また共に「以テ先王ノ好ミヲ脩ム」と記し、⑷年時の記載に干支を用いるなど、用字や表記法に共通性がある。⑸「百済記」の特徴的な表現としては、日本を「貴国」、朝廷を「天朝」、天皇への奏上を「啓」などと記し、日本を尊ぶ姿勢がうかがわれる。」（四五四頁）とある。

［5］木下礼仁「『百済史料』と『日本書紀』素材論」（『日本書紀と古代朝鮮』塙書房、一九九三年）一三三頁。

［6］森博達「日本書紀と古代韓国漢字文化」（『日本書紀　成立真実―書き換えの主導者は誰か』中央公論、二〇一一年）に「一、はじめに　二、『日本書紀』区分論　三、特殊な異体字「弖」四、俗体字「噵」五、古漢音系の仮名　六、辰韓と百済の漢字文化　七、吏読的表記の「中」と「以」　八、終結辞「之」　九、おわりに」（一五三～一六八頁）とある。遠藤慶太『東アジア日本書紀―歴史書の誕生』（吉川弘文館、二〇一二年）に「百済史書とその成立：引用された百済史書／「貴国」をめぐって／百済史書の字音仮名／「百済本紀」／「百済記」／「百済新撰」／百済史書の成立順序」（一二八～一四五頁）とある。

［7］『史記』高祖本紀・巻八に「漢王之出関至陝、撫関外父老、還、張耳来見、漢王厚遇之。」

［8］『魏志』毌丘倹伝・巻二八裴松之所引『魏氏春秋』に「大目知大将军一目已突出、啓云、『文欽本是明公腹心、但为人所誤耳、又天子郷里。大目昔为文欽所信、乞得追解語之、令還与公復好。』」。

［9］『後漢書』朱楽何伝・巻四三に「平城之囲、嫚書之恥、此二辱者、臣子所為捐軀而必死、高祖、呂后忍怒還忿、捨而不誅。」。

［10］『全後漢文』巻一に「更始破敗、棄城逃走、妻子裸袒、流沈道路。朕甚愍之。今封更始為淮陽王。吏人敢有賊害者、罪同大逆。」。

［11］『国語』晋語二に「寵ヲ棄テ広土ヲ求メテ竄伏スルコト能ハズ」の韋氏解に「竄、隠也」とある（新編全集指摘）。

［12］『北斉書』後主穆后伝・巻九に「欽道伏誅、黄花因此入宮、有幸於后主、宮内称為舎利太監。」。

［13］『春秋左伝』僖公三十年に「九月甲午、晋侯、秦伯囲鄭、以其無礼於晋、且貳於楚也。」。

[14]『春秋左伝』昭公一八年に「楚左尹王子胜言於楚子曰、『許於鄭、仇敵也、而居楚地、以不礼於鄭。晋・鄭方睦、鄭若伐許、而晋助之、楚喪地矣。君盍遷許。許不専於楚。』」。

[15]「所生」は宮で「生以」とする。

[16]馬駿『日本上代文学〈和習〉問題研究』（国家哲学社会科学成果文庫二〇一一、北京大学出版社、二〇一二年）二九四頁。

[17]⑴百済が独自にまとめた史書であれば、わざわざ日本（倭）を「貴国」と呼称する必要はない。これがために津田左右吉は、「百済記」には「日本の修史家」が加えた「潤色」があり、さらに「百済記」の本文までも捏造された箇所が多いと結論した。⑵一方で、『日本書紀』撰者は利用できた素材史料…を尊重しているとの立場を取る坂本太郎は、『日本書紀』は原文のままに取り上げていると考えた。「貴国」は「こびへつらったいやな称」であるものの、それは「百済記」そのままの語句であるとする。…「百済記」をはじめとする百済史書は、百済が滅亡してから列島に渡ってきた人びとが、日本に仕えるために古記録にもとづいて作成した文書であるとした。⑶しかし、この「貴国」は外交文書で使用される語である。『日本書紀』以外の六国史に範囲を広げて「貴国」の用例を集めると、渤海から日本に進められた外交文書（渤海王啓・中台省牒）に行き当たった。…「貴国」とは「こびへつらったいやな称」なのではなく、〈あなたのお国〉といった程度の外交儀礼上普通に使用された語とみておく（遠藤慶太『東アジアの日本書紀―歴史書の誕生』吉川弘文館、二〇一二年）一三三〜一三四頁。

[18]『全唐文』巻百二十九後蜀後主孟昶〈与周世宗書〉に「以至前載、忽労睿徳、遠挙全師、土疆尋隶於大朝、将卒亦拘於貴国。」『全唐文』巻八百七十六潘佑〈為李後主与南漢後主第二書〉に「又方且遏天下之兵鋒、俟貴国之嘉問、則大国之義斯亦以善矣、足下之忿亦可以息矣。」同文に「惟有貴国情分逾親、歓盟愈篤、在先朝感義、情実慨然。」。

[19]『太平経・已部之三』に「懸書於其外而大明其文、使其□□書其宅四面亦可也。其文言帝王来索善人奇文殊異之方、及善策辞、口中訣事。」」。

[20]『漢書』賈山伝・巻五一に「臣不勝大願、願少衰射猟、以夏歳二月、定明堂、造太学、修先王之道。」。

[21]『呂氏春秋』先識覧第四に「湯喜而告諸侯曰、『夏王無道、暴虐百姓、窮其父兄、恥其功臣、軽其賢良、棄義聴讒、衆庶咸怨、守法之臣、自帰於商。』」撰録者在此将末多王視作暴君夏桀的意図一目了然。（馬駿指摘。『日本上代文学〈和習〉問題研究』、国家哲学社会科学成果文庫二〇一一、北京大学出版社、二〇一二年）一二五頁。

[22]『魏志』陳留王紀・巻四に「孫晧諸所献致、其皆還送、帰之於王、以協古義。」」。

[23]『晋書』禿発烏孤伝・巻一二六に「初、寿闐之在孕、母胡掖氏因寝而産於被中、鮮卑謂被為『禿発』、因而氏焉。」。

[24]『水経注』巻二に「世謂之二十八渡水、東北流、溪澗縈曲、途出其中、逕二十八渡、行者勤於溯渉、故因名焉。」。

[25]『漢書』地理志下・巻二八下に「自畢万后十世称侯、至孫称王、徙都大梁、故魏一号為梁、七世為秦所滅。」。

[26]漢班固『白虎通』崩薨に「崩薨紀於国何。以為有尊卑之礼。」。

[27]『詩経』小雅〈南有嘉魚之什〉に「鴥彼飛隼、其飛戻天、亦集爰止。方叔涖止、其車三千。師干之試、方叔率止。鉦人伐鼓、陳師鞠旅。顕允方叔、伐鼓淵淵、振旅闐闐。」。

[28]『战国策』秦策三に「於是、秦王解兵不出於境、諸侯休、天下安。」。

[29]『北斉書』尉景伝・巻一五に「魏孝武将貳於神武、昭以疾辞還晋陽。従神武入洛、兗州刺史樊子鵠反、以昭為東道大都督討之。子鵠既死、諸将勧昭尽捕誅其党。」。

本稿は二〇一五年十二月に駒澤大学で開かれた「古代東アジア諸国の仏教系変格漢文に関する基礎的研究」の国際研究集会の口頭発表に基づき書いたものである。発表の際、石井公成、金文京、瀬間正之、鄭在永など諸教授よりの教示を蒙り、御礼申し上げたい。

3　金剛山普徳窟縁起の伝承とその変容

龍野沙代

1　はじめに

朝鮮半島屈指の霊峰であり景勝地としても知られる金剛山に、観音菩薩を祀った小さなお堂がある。名を普徳庵というが、堂内に自然窟があることから、普徳窟の名で親しまれている。切り立った崖面に腰掛けたように建っていて、崖から張り出したお堂の一角を、長短二本の銅柱が支えている。その眺めが奇観とされ、古来、入山客に人気の名所であった。

一九四二年発行の『金剛大本山楡岾寺本末寺誌』（以下『楡岾寺誌』とする）▼注[1]には、普徳窟の縁起および沿革を記した事蹟記が二つ載せられている。保郁の「普徳窟事蹟拾遺録」（一八五四年、以下「拾遺録」とする）▼注[2]と、日昇の「普徳窟沿革」（一九三一年）▼注[3]である。「拾遺録」によると、初め、普徳窟には普徳比丘が修道しており、後に、普徳の後身である懐正禅師が窟で普徳の痕跡を発見し、お堂を建てたのだという。「拾遺録」には、懐正が普徳窟に至るまでの求道の物語が描かれていて、夢のお告げや、観音菩薩、普賢菩薩、文殊菩薩の化身などが、懐正を窟に導いている。この縁

図１　普徳窟（徐大錫氏撮影）

起は、朝鮮半島に伝わる寺院縁起の中でもストーリー性に富んだ一編というべきものであるが、古くから伝承されてきたものであるのか、あるいは一九世紀に作られたものであるのかについては、検討の余地がある。いっぽう、「普徳窟沿革」では、「拾遺録」の縁起を踏襲しつつ、内容をより充実させ、また脚色も施している。とくに、「拾遺録」では記されていなかった普徳和尚▼注[4]の行跡を詳述し、彼が普徳窟に滞在した年を六二七年（高句麗栄留王一〇）、懐正による重創年を高麗中期の一一五六年（毅宗一〇）と説明している。『楡岾寺誌』には、この二記録のほかにも、普徳窟に伝わる諸伝説が収録されている。それは、『新増東国輿地勝覧』や『梵宇攷』などの文献所載の、あるいは口承のものとみられる縁起や伝説であるが、先の二記録とは異なる内容を伝えるものもいくつかみられる。▼注[5]

小稿は、これらの文献にさまざまな形で現れた普徳窟の縁起や伝説が、金剛山においてどのように伝承され、また変化してきたのかを通史的に把握しようというものである。そのためには史料が不可欠であるが、小稿は、金剛山の紀行文や漢詩から普徳窟の伝説を拾い出し、考察していきたいと思う。金剛山は、高麗後期以降、貴族階級である両班が争うように訪れる、山水遊覧のメッカであり、遊覧客が著した紀行詩文が、現在、韓国国内に数多く伝わっている。▼注[6] そこには、遊覧客が山で見聞した伝説が随所に記録されており、これらが、金剛山における伝説の伝承様相を知るための史料となり得るのである。▼注[7]

小稿は、まず、「拾遺録」で初めに普徳窟に滞在したとされた普徳和尚に関する伝説を、次に実質的な創建者である懐正と観音菩薩の伝説を取り上げ、さらに、さまざまに変容した観音菩薩の姿を追う。最後に、普徳窟に多様な伝説が語り継がれた原因と、一九世紀以降に現れる縁起再編の動きについて考える。この過程で、普徳窟に受け継がれた観音信仰の様子や、普徳という女性が、次第に一人のキャラクターとして定着していく様子が浮かび上がってくるだろう。小稿の考察は、金剛山が朝鮮半島においてどのような聖地として信仰され、それがどのように変化してきたのかを究明することにつながっていくだろう。

2　普徳和尚と観音窟

一八五四年に保郁が撰した「拾遺録」によると、金剛山で修行をしていた懐正の夢に老婆が現れ、「お前の前身は普徳比丘である。萬瀑洞の上で修道していて、古基がまだ残っているのに、どうして行ってみないのか」と語ったという。懐正が萬瀑洞上の窟に入ると、経典と香炉が残されており、彼はその場所に観音道場を建てた。[注8]「拾遺録」では詳述されないが、普徳とは、高句麗末期の高僧、そして神僧として知られる人物である。『三国遺事』巻三所載の「宝蔵奉老、普徳移庵」に、高句麗が滅亡する直前の、普徳の行跡が伝わっている。それによれば、宝蔵王（在位六四二〜六六八）が、儒、仏、道の三経を起こそうとしたとき、寵臣の蓋蘇文が、特に道教を盛んにするために唐に使臣を送ることを進言した。そのとき、盤龍寺にいた普徳和尚は、道教が仏教に対すれば国運が傾くと何度も王に諫言したが、聞き入れられなかった。そこで和尚は、神通力で方丈を完山州の孤大山に移して住んだが、[注9]しばらくして国が滅んだという。[注10]この記事から、普徳和尚が、王に進言するほどの高僧であったことや、国家の行く末を予言し、方丈すなわち住持が使う部屋を飛ばすことのできる神力を持った僧であったということが知れる。「普徳窟沿革」は、この記事の内容を盛り込み、さらに普徳和尚が金剛山で観音の真身に出会った様子を描いている。

紀行詩文などの文献にも、普徳和尚が普徳窟の創始者であるという記録が散見される。まず、『新増東国輿地勝覧』では、生存年代に錯誤はあるが、普徳窟は「高（句）麗の安原王（在位五三一～五四五）の時に僧普徳が創った」[注11]と説明されている。また、一五九五年に金剛山を旅した盧景任（一五六九～一六二〇）は、「窟の名である普徳は、青蓮、表訓と同じだ」[注12]、つまり創始者の名が寺院名になったと記している。[注13]さらに、申翊聖（一五八八～一六四四）は、普徳窟の板刻に「高句麗安原王時、普徳和尚棲息之所」[注14]とあるのを目にしている。すなわち、寺側では、普徳和尚が普徳窟に滞在した事実を板に刻んで掲げ、広めていたようだ。また、李夏鎮（一六二八～一六八二）は、「僧普徳者創此閣」と詩に詠んだうえで、普徳窟建立の際、場所が危険で瓦を葺くことができなかったが、一老僧の神力によって完成されたと記している。[注15]これは、和尚が方丈を飛ばした『三国遺事』の逸話を髣髴とさせる。普徳和尚の名は、一八、一九世紀の紀行文にもみえるから、[注16]普徳和尚初創説は、普徳窟において、少なくとも一六世紀以降、時代を通して伝承されてきたことが分かる。

しかしながら、七世紀に普徳和尚が実際に金剛山に滞在したかどうかを検証するのは難しい。金剛山は古代より霊山として信仰の対象となっていたから、[注17]修道者が入山していた可能性は否定できない。統一新羅時代のものと思われる石塔や、[注18]八世紀の高僧、真表の行跡を記した碑銘など[注19]は、山に滞在した修道者の痕跡のうち古い時代のものである。しかし、普徳和尚の金剛山における行跡は、「普徳窟沿革」以前の記録には発見されない。紀行詩文の記録も、右に挙げたとおり断片的なものが多く、和尚の行跡が山内で語られてきた形跡がないのである。そうすると、普徳和尚は、後代になって普徳窟の創始者と伝わるようになった可能性が高いと考える。

普徳窟と普徳和尚が結びついたとすれば、それは「普徳」の名に起因したのであろう。「普徳」は、「補陀洛」と音が通じる。補陀洛とは、補陀洛迦山のことで、『華厳経』「入法界品」に説かれる観音菩薩の住処である。つまり、普徳窟は、「観音の住む窟」という意味をもつ。

補陀洛信仰にもとづく観音住処信仰は、朝鮮半島、とくに金剛山周辺でも古くからあった。まず、江陵にある洛山寺には、海に面した崖に観音窟と呼ばれる観音の住処がある。『三国遺事』によると、義湘はこの地で観音の真身にまみえ、洛山寺を建立した。[注20] また、金剛山の東海上には、観音菩薩の真身がいると伝わる金幱窟がある。[注21] 金幱窟は、高麗後期には名所となっていて、多くの訪問者があった。李穀（一二九八～一三五一）によると、一三四九年に金剛山を遊覧した際、金幱窟まで舟をこいでくれた船頭が、貴賤を問わず窟に行きたいといって舟を出させるので厭になったと語ったという。[注22]

普徳窟も、洛山寺や金幱窟と同様に、観音の住処として古くから信仰を集めていた可能性を指摘できる。普徳窟のすぐ北に石塔があるが、仁宗（在位一一二二～一一四六）の娘、徳寧公主が父母のために築造し、中に仏経などを納めたものであったという。[注23] 後章で詳述するが、普徳窟の創建者として「拾遺録」に登場する懐正も、仁宗時の高僧である。また、円鑑国師冲止（一二二六～一二九三）の詩には、「楓嶽古称真聖窟」とある。[注24]「楓嶽」とは楓が多いことから付いた金剛山の古称で、「真聖」とは観音菩薩のことである。[注25]「真聖窟」が普徳窟の別称である可能性もあるし、岩肌の露出した数多くの峰から成り立つ金剛山全体が、観音の住む聖地として信仰されていたことも考えられる。こうした記述から、普徳窟は、一二～一三世紀ごろには、王族や僧らの間にも知られた観音道場であったと思われる。[注26] したがって、普徳窟は、「観音の住処」という意で普徳窟と呼ばれており、これと同音の普徳和尚が、高麗時代以降に、お堂の創建者として伝わるようになったという経緯を想定することができるのである。[注27]

現在伝わる史料が充分とは言えず、高麗時代までの普徳窟の様子をはっきりと知ることはできない。しかし、普徳窟は、普徳和尚による初創と観音菩薩の住処という、二つの意味を持つお堂として信仰されてきたということは言えそうである。歴代の紀行詩文をみても、普徳和尚初創説のいっぽうで、観音菩薩が登場する伝説がしばしば記録されている。次の章では、「拾遺録」に描かれた懐正と観音菩薩の物語をもとに、紀行詩文に現れた観音菩薩の伝説について考察してみよう。

3　懐正と観音菩薩の物語

「拾遺録」によれば、普徳比丘の後身である懐正禅師は、菩薩の化身たちの引導を受けながら求道するが、なかでも観音菩薩の化身は、童女の姿で現れ、懐正を普徳窟にたどり着かせる重要な役割を果たしている。本章では、普徳窟の観音菩薩にまつわる伝説を挙げていくが、まずここで、「拾遺録」に描かれた縁起の梗概を示しておこう。

普徳比丘の後身である懐正が、観音の姿にまみえるために金剛山の松蘿庵で修行していたとき、夢に白衣の老婆が現れ、「没骨翁と解明方という者がいるから、行って尋ねてみなさい」と告げる。懐正が、はじめ没骨翁の家を訪ねたところ、粗末な飯を出されたため断って出てくる。次に解明方の家を訪ね、まず彼の娘である童女に会うが、父には逆らうなと忠告される。帰宅した解明方は恐ろしい人で、懐正は解明方の命で童女と結婚し、二十八日を共に過ごす。帰郷するため家を出ようとした懐正に解明方は、没骨翁が文殊菩薩であることを暗に告げる。それで没骨翁の家に立ち寄ると、今度は没骨翁から、解明方と童女が普賢菩薩と観音菩薩であることが告げられる。慌てて戻るも、そこに解明方の家はない。失意の懐正は松蘿庵に戻り修行をするが、再び夢に老婆が現れ、萬瀑洞に行くよう告げる。懐正が萬瀑洞に向かうと、かの童女が渓辺で布巾を洗っている。喜んで声を掛けようとすると、童女はひらひらと飛んでいき、窟の中に消えていく。懐正は追って窟に入り、普徳比丘の残した経典と香炉を発見する。

「拾遺録」には、懐正という修行僧が求道遍歴するさまが、夢や婚姻、また離別や再会といったモチーフとともに描かれている。また、菩薩の化身たちの奇怪な様子や、懐正が彼らを菩薩と悟れないところなどは、『三国遺事』で、元暁が道中で観音菩薩の化身に出会う様子とも通じている。▼注[28]

この縁起で主人公として登場する懐正は、前章で触れたように、一二世紀に活動した僧である。詳しい行状は伝わっていないが、『高麗史』には、一一五七年（毅宗一一）に摠持寺の住持をしており、▼注[29] 王が行幸した際、二絶を贈り、祈福したと伝わる。また、呪でもって幸を得て、恩寵も比類なく、賄賂をもってやってくる者が多かったとも記されている。▼注[30]

懐正は、実際に金剛山に足跡を残している。申翊聖によると、神琳寺前の石塔に、一一四四年（仁宗二二）の懐正の題記があって、「華厳祖師棲身の地」と刻まれていたという。▼注[31] つまり、懐正は、華厳祖師すなわち義湘の足跡を金剛山に探したのである。▼注[32] 義湘は、前章で示したとおり、洛山寺の観音窟で観音の真身に出会っている。懐正もやはり、観音菩薩の真身にまみえるために金剛山に入山したのだろうか。そうだとすれば、彼と観音菩薩の化身の伝説は、信憑性を持つものといえ、早くから流布していた可能性がありそうだ。

先人の残した紀行詩文を参照すると、「拾遺録」に描かれた縁起の一部と一致する記録を、いくつか発見することができる。まず、懐正の名は登場しないが、閔漬（一二四八～一三二六）の長編詩に、童女が渓辺で布巾を洗っている場面を思い起こさせる句がある。

石有観音洗巾処　石有り、観音の巾を洗いし処
自陥如臼現聖跡　自ずから陥り臼の如くして聖跡を現わす▼注[33]

普徳窟の崖下の渓辺に、くぼみのある大きな岩があり、これを、観音菩薩が布巾を洗った場所と伝えていたらしい。この詩から、懐正や菩薩の化身たちの物語を窺うことはできないが、普徳窟の観音菩薩が渓辺に現れたという伝説が、高麗時代から流布していたことが分かる。

また、この岩と観音にまつわる伝説に、懐正が登場する記録が、一四八五年に金剛山を旅した南孝温（一四五四〜一四九二）の紀行文にみえる。

> 僧舎西の観音窟の上に一つの臺が築いてあって、普徳台といった。普徳とは、観音菩薩が化身となって現れた名である。（中略）食事をして下りてきて、再び流れに沿って下ってきた。（中略）やっと前に進んで手巾岩に至った。東峰金時習の記文にいうことには、「観音菩薩が美女になってこの岩で手ぬぐいを洗っていたところ、懐静に追われてこの岩の下に入っていった」という。[注34]

南孝温は、普徳とは観音菩薩の化身の名であると記している。観音菩薩の化身は、金時習の記文によると、美しい女人の姿となって「手巾岩」に現れ、懐静[注35]がこれを追いかけたのだという。崔有海（一五八八〜一六四一）の紀行文にも、「懐正が松蘿庵で修行していた際、この岩で観音に会い、これを追いかけたところ、普徳窟に入っていった」という記録がある。[注36]

断片的ではあるが、このほかにも、「拾遺録」の縁起を思わせる記録がある。まず、南孝温も言及した金時習（一四三五〜一四九三）[注37]であるが、詩「松蘿庵」に、

> 緬思懐正事　懐正の事を緬思すれば
> 因憶解明方　因って解明方を憶う[注38]

という句がある。この句から、懐正と解明方に関する、ある逸話が伝わっていたということが分かる。そして、この逸話に関する言及と思われる記録として、任弘亮（一六三四〜一七〇七）は、楡岾寺で五十三仏伝来の縁起[注39]に触れた際、「懐正と解明方の事のようなものに至っては、奇異でおかしな話だというべきである」と述べている。[注40]

これらの記録から、「拾遺録」の縁起と系統を同じくすると思われる普徳窟縁起が、朝鮮前期から世紀を超えて流伝していたということは言えそうである。しかし、縁起の詳細や伝承の経緯を知るほどに文献が豊富に残されている

とはいい難い。任弘亮の言うように、荒誕な物語ゆえ、儒学者らには受け入れられなかったのかもしれない。「拾遺録」以前に記された事蹟記が存在した様子もなく、広く流布していた伝説ではなかった可能性が高いといえる。

それでは、紀行詩文に記された普徳窟伝説で、最も多く見られるものとはどういったものか。それは、先に挙げた閔漬の詩に詠まれたような、渓辺の岩に観音菩薩の化身が現れたという逸話である。ただし、この観音菩薩は、文献によりさまざまな姿に変化している。いくつか例を挙げよう。

①普徳観音が髪を洗った場所である。[注41]
②仙人が頭を洗った盆である。[注42]
③普徳観音が頭を洗い、布巾で拭いた。[注43]
④普徳娘子が髪を洗った場所である。[注44]
⑤普徳尼師が頭を洗い、この岩に座って布巾で拭いた。或いは五仙が五峰で遊び、ここで頭を洗い、巾で拭いたという。[注45]
⑥普徳菩薩が頭を洗った盆である。[注46]

南孝温が「手巾岩」と書いたこの岩は、萬瀑洞という、普徳窟を見物する者ならば必ず通る景勝地にある。この岩の名も、一七世紀ごろまでは一定しないが、一八世紀になったころから「洗頭盆」と「拭巾岩」の二つの岩を挙げて伝説を記す紀行文が増える。どうやら、この頃、二つの岩にこれらの名が刻まれたようなのである。それに伴って、この二岩の名称も定着し、ここに現れた観音菩薩の伝説も、よりさまざまに語られるようになったとみえる。

①から⑥の例のように、この岩に現れた観音菩薩の化身は、観音のほかにも尼僧や仙人など、[注47]さまざまに表現されている。とくに、「普徳観音」や「普徳娘子」のように、普徳の名を戴く例も目立つ。前出のとおり、南孝温も、「普徳とは観音菩薩の化身の名である」と記していたが、普徳和尚初創説が伝承されるいっぽうで、観音の化身「普徳」が、

この岩では語られてきたということがわかる。さらに、これらの普徳は、南孝温がすでに「美女」と表現していたが、④や⑤のように、はっきりと女性の姿で語られることも多かった。

そうした例の一つとして、普徳という娘が主人公として登場する、別種ともいえる普徳窟縁起がある。この縁起は、趙瑈（一七二七～一七八七）の詩「普徳窟」の冒頭、『梵宇攷』、趙秉鉉（一七九一～一八四九）の紀行文に記されている伝説で、▼注[48]一八世紀後半から一九世紀に流布していたようだ。観音菩薩の化身で普徳という娘が、父親と僧を悟りに導く内容である。趙瑈の記録をもとに、梗概を示してみよう。

普徳窟は、聖女普徳が隠れ住んでいた場所である。普徳は民家の娘であった。幼い時のこと、父親が葬儀に行く際に、普徳が、お棺を開けてみるように言い、父親がそのようにすると、死者が蟒に変わっていた。普徳は、罪が多ければ応報があることを父に教え、財を捨ててともに金剛山に入山し、この窟に住むようになった。普徳は布の袋を瀑布の脇に掛けて、袋に水を満たせられれば罪も消え、悟りに至れると父に教えた。また普徳は米を得るためにざるを作ったが、なかなか売れなかった。ある僧がかわいそうに思い、一〇年の間、ざるを買い続けてくれた。ところがその間に普徳が成熟したため、僧に邪念が生まれた。ある日、僧が、寺の法堂で、ざるが倉庫いっぱいになったのに何の思いもないのかと普徳にせまると、普徳は観音の姿を現した。僧は大いに悔やみ、去っていく普徳を追いかけ、瀑布にたどり着いた。瀑布では、父親が未だ袋に水を満たせられずにいた。普徳は、心を一つにして功を専らにすれば、道が積み重なると教えた。果たして袋は水であふれ、父親と僧は大きく悟った。

後の人が三人の像を刻んで窟に安置した。▼注[49]

趙瑈は、この縁起を寺僧もしくは案内僧から聞き、詩の冒頭に記したようだ。▼注[50]この伝承は、観音の化身で普徳という名の少女が、罪多き父親と、邪悪な心をもった僧にそれぞれ功を積ませ、二人に仏心を起こさせる内容である。父親には、袋に水をいっぱいに貯められれば悟りに至れると教える。▼注[51]いっぽう、僧に対しては、ざるを買わせ倉庫を満たすという功を積ませ、僧が邪悪な心で普徳に近づいた際、真身を現わして僧を悟りに至らせている。趙秉鉉の紀行文には、僧は登場せず、普徳が罪多き父親を悟りに導く物語のみが記されている。また、『梵宇攷』のそれは、趙瑚のものよりも若干短い。

この伝説は、一見したところ、「拾遺録」の縁起とは全く異なる話のようであるが、共通点は見いだせる。すなわち、観音の化身が布巾を洗ったり、あるいは水を袋に貯めさせたりと、どちらも手巾岩を背景に物語が展開している。また、観音の化身は、懐正や父親、僧など、男性修道者を悟りに導いている。懐正が手巾岩で美女を見てこれを追いかけた姿は、僧が成長した普徳に接近した姿と相通ずる。つまり、二つの伝承は、根を一にしている。しかし逆に相違点を挙げると、「拾遺録」や南孝温、金時習らの記録では、懐正の求道に重きがおかれていたとすれば、この縁起は、普徳という少女が主人公であり、彼女の引導が主題であるといえよう。

この縁起のように、女人「普徳」が一人のキャラクターとして台頭していく様子は、この縁起が流布していたらしい一九世紀の紀行詩文にもはっきりと表れている。いくつか例をみてみよう。

⑦普徳尼師が夢に老僧を見て、庵を建てた。▼注[52]

⑧観音が普徳処子に化した。▼注[53]

⑨昔一人の比丘尼がこの窟中で修道して坐化した。▼注[54]

⑩普徳は古聖女である、或いは麗僧の名で、この庵を建てたという。▼注[55]

⑪高句麗安原王時に普徳和尚が創り、庵の名となった。僧が言うには、普徳は古聖女であるという。▼注[56]

これらの例では、普徳窟の観音菩薩が、さまざまな女性として現れている。⑦や⑨では比丘尼と伝わっているし、⑧は結婚していない女性を表す「処子」とされている。また、⑩と⑪では、「古聖女」と言い表されている。趙瑚の縁起にも、「聖女普徳」の語がみえた。「聖女」は観音菩薩を指す語でもあるが、▼注[57]徳のある女性も意味する。つまり、女人普徳は、一九世紀には、徳のある立派な女性として認識され、趙瓛の記したような縁起や、右のような伝説となって語られるようになったといえる。

しかし、とくに⑩と⑪の例から推し測れるのは、一九世紀ごろ、聖女普徳伝説の流布と、普徳和尚初創説との間で、山僧らも疑問を感じていたのではないかということである。次章では、普徳窟における二人の「普徳」伝説の共存の理由と、一九世紀以降の縁起再編の動きについてみてみよう。

4　二人の「普徳」と縁起再編

これまで、普徳窟の伝説に、普徳和尚初創説と、観音の化身の伝説があることをみてきた。とくに、観音の化身は、比丘尼や仙人、少女の姿など、さまざまに変容しつつ、しだいに「普徳」という一人の女性キャラクターとして定着していった。つまり、普徳窟伝説には、二人の普徳が長い間共存してきたということになる。

ところで、訪問客の絶えない名所であった普徳窟の伝説が、なぜこのようにさまざまに言い伝えられたのだろう。寺僧や普徳窟を案内する僧の間で、一定の縁起や伝説が語り継がれることはなかったのか。例えば、同じ金剛山にある大寺、楡岾寺では、一二九七年に著された閔漬の「金剛山楡岾寺事蹟記」を、荒誕であるとの批判を受けながらも遊覧客に積極的に見せ、語り継いできた。▼注[58] 普徳窟では、こうした縁起伝承はなかったのだろうか。

紀行詩文を参照すると、普徳窟では、寺僧による継続的な縁起伝承は不可能であったようである。普徳窟は、入山者ならば必ず訪れるほどの名所であり、お堂上に僧舎も設置されていた。しかし、実際に僧が滞在している時期は少なかったようである。その理由は、「泉がなく、下の臥龍潭まで汲みに行かねばならないため居僧が少ない」▼注[59]ようで、「とても孤高で僧徒が常居できず、廃れてすでに久しい」▼注[60]という記述もみえる。冒頭で示したように、普徳窟は、崖の上に銅柱に支えられて建っている。お堂に入るには、梯子を使って崖を登る必要があった。遊覧客の多くは、この梯子を登り、お堂に足を踏み入れ、内部の様子や眺めを書き記したが、「居僧がおらず宿泊できない」[注61]とか、「寺を守る僧が一人もいない」[注62]といった状況が多かった。普徳窟の案内は、山内の大寺の一つである表訓寺の僧が交代で行っていた。[注63]山内にはおびただしい数の庵と呼ばれるお堂が存在したが[注64]、そこに滞在する僧は山内外からやってきており、他山から一時的に修行にやってくる者も多かったようだ。[注65]つまり、普徳窟では、居僧が途絶えがちで、その居僧の出自もさまざまであったから、伝説も一定でなく、話し手によって変化しながら継承されてきたのである。

一八五四年の「拾遺録」は、このような縁起伝承の状況を脱しようとした事蹟記であったと考えられる。「拾遺録」では、普徳和尚を懐正の前身とし、観音の化身の物語と普徳和尚初創説の両方が生かされている。懐正を普徳和尚の生まれ変わりと記した文献は他にみられないから、これは保郁による改編である可能性が高いのである。その代わり、観音の化身は普徳の名を得られず「童女」となった。懐正や菩薩の化身、解明方らが登場する伝承については、前章でみてきたとおり、朝鮮前期から伝承されていたようではあるが、どのように語り継がれてきたものか、明確にはわからない。しかし、『楡岾寺誌』には、「伝説云」と記し、懐正禅師が松蘿庵で千手呪を誦して修道していたところ、ある夜、老人が現れ、没骨翁と海明方に法を尋ねるように言い、二人を訪ねた懐正は、三月の間、彼らと同居したという伝説が載る。[注66]保郁は、金剛山に流伝するこうした伝説と普徳和尚初創説とを合わせ、一つの縁起を編んだようだ。さらに、朝鮮時代に行われた四度の修理や[注67]、観音菩薩に対する讃も加えて、高句麗から続く普徳窟の伝統を事蹟記としてまとめあげ、後世に伝えようとした。[注68]

その後、一九三一年には日昇が「普徳窟沿革」を撰述するが、「拾遺録」を踏襲しつつも、加筆が施され、より充実した事蹟記となっている。懐正のみならず、普徳和尚も金剛山にて童女の引導を受け、普徳窟に導かれたとしたほか、懐正が童女に再会し、彼らが菩薩であることを悟る場面は、よりドラマティックに描かれている。[注69]普徳和尚や、彼の弟子たちの行状も、『三国遺事』を根拠に叙述しており、高句麗時代の創建を強調し、観音菩薩の霊験もより因縁深く描いた事蹟記であるといえる。

このように、保郁や日昇といった山僧により、高句麗の普徳和尚から続く普徳窟の沿革が著述されたのであるが、二〇世紀に紹介された普徳窟縁起からは、普徳和尚の名は消えてしまう。それに代わって、「普徳閣氏」▼注[70]という美女が登場する物語が一般に浸透していくこととなる。例えば、李光洙（一八九二〜一九五〇）の記した普徳窟伝説は、燈火の脇で繕い物をする普徳閣氏という美女に心惹かれた懐正が、燈火を追って窟に入り、お堂建立に至るというものである。▼注[71]また、前田寛の「観音菩薩秘話」では、全体の構造は「拾遺録」を踏襲しているが、普徳が甘い言葉で青年僧の懐正を誘い、懐正がそれに誘われて我を忘れるというように、寺院縁起というよりも、愛情譚という印象を与える伝説となっている。▼注[72]また、「拾遺録」をもとに改作した『観音菩薩の霊験録—普徳閣氏の縁起』は、絶世の美女である普徳閣氏が、試練多き人生を歩みながら、前世では夫の馬郎を、そして後世では馬郎の生まれ変わりである懐正を普徳窟に導き、観音菩薩としての霊験を表す長編である。▼注[73]著者の金泰洽は、普徳窟縁起が伝承ごとに異なることから、確固たる伝承を記録しておこうという意図のもとにこの縁起を記したという。▼注[74]構造は「拾遺録」と同じで、普徳和尚とその後身である懐正が登場するはずなのであるが、「普徳閣氏」を主人公として描いたため、普徳和尚は「馬郎」という名で登場している。ここに至って、普徳閣氏が普徳和尚よりも周知される存在になったということが分かる。さらに、これと同時期、金台俊（一九〇五〜一九五〇）が、『朝鮮小説史』において、小説の体裁をもつ作品として『普徳閣氏伝』の存在に言及したこともあった。▼注[75]『普徳閣氏伝』という小説作品の有無は未だ不明であるが、『朝鮮小説史』が後学に広く読まれ続けている書であることを考えると、この記述が、普徳閣氏や、普徳窟縁起の存在をより一般に知らしめる一因となったということもできる。

現代においても、普徳窟の伝説は、金剛山案内書や百科事典などで容易く触れることができるが、ここでも、普徳閣氏の名は共通して登場する。しかし、伝説の内容は、それぞれ異なっている。一例を挙げれば、『金剛山の歴史と文化』では、三種の「普徳閣氏の物語」を紹介しているし、▼注[76]『金剛山伝説』ではこれにもう一種を加えた四種の「普徳窟伝説—普徳閣氏の物語」を取り上げている。▼注[77]これをみると、「普徳閣氏」という人物は周知されたが、普徳窟が建てられた経緯や観音菩薩の霊験は、保郁や金泰洽の目指したほどには受け継がれなかったといえる。

以上のように、普徳窟では、その立地により居僧が少なく、定まった伝説や縁起を継承することは難しかった。それゆえ、普徳和尚初創説も、板刻に刻まれた以上には拡大されなかったし、観音の化身も、話者の趣向によってさまざまに変貌した。しかし、確固たる縁起伝承がなくとも、紀行詩文に記された多様な「普徳」の姿や、「普徳閣氏」の広がりと定着の様相をみるとき、普徳窟が朝鮮半島有数の観音道場として集めてきた信仰は、揺るぎないものであったといえるのではないかと思う。

5　おわりに

小稿は、金剛山の奇勝、普徳窟に伝わる縁起や伝説を紀行詩文などの文献からあつめ、その伝承と変化の様子をたどった。まず、普徳和尚が滞在、あるいは創建したという伝説は、朝鮮前期の文献からすでにみられ、朝鮮後期にはお堂にも掲げられていた。また、渓辺に普徳窟の観音菩薩が現れたという短い由来も高麗後期からあり、懐正がそれを追いかけたという逸話や、菩薩の化身の引導を描いた物語も一部で語り継がれてきた。次第に、渓辺に現れた観音菩薩の化身が、普徳という名の女性として定着しはじめ、一八世紀ごろには修道者を悟りに導く聖女となり、近代には普徳閣氏となって、その存在が広く知られるようになった。

小稿は、普徳窟伝説の通史的な考察を行ったため、他寺院の縁起や巫歌、小説などとの比較検討を行えなかった点では、課題が残されている。特に、『梵宇攷』や「拾遺録」の縁起成立には、他寺院で語られていた縁起や、ハングル小説との関連が想定される。また、小稿で確認されたような、伝説における人物像の変化が、山内外の他の人物においてはどのように起こったのかという、新たな疑問も生じる。これらの考察は別稿に期したいと思う。

【注】

[1] 楡岾寺発行。金剛山にある寺院の沿革や建物、宝物、古文書などがまとめられた寺誌である。韓国学文献研究所編『乾鳳寺本末事蹟・楡岾寺本末寺誌』(韓国寺志叢書三輯、亜細亜文化社、一九七七年)に影印、収録されている。

[2] 『楡岾寺誌』、四六三〜四六五頁。

[3] 『楡岾寺誌』、四六〇〜四六二頁。

[4] 本稿では、「普徳」という語に複数の意が含まれることから、僧の普徳を指して「普徳和尚」と記すこととする。なお普徳和尚は、文献では、「普徳和尚」のほかにも「普徳比丘」、「普徳師」、「普徳聖師」など、さまざまな呼び名で記されている。

[5] 『楡岾寺誌』四二三〜四二五頁。金承鎬は、『楡岾寺誌』に載る普徳窟の縁起や伝説を紹介し、そのうち「拾遺録」および『梵宇攷』の縁起を、小説に近い作品ととらえ、物語の構造や小説的徴表について論じたことがある(金承鎬「寺刹縁起説話の小説的照明—所謂『朋学同知伝』と『普徳閣氏伝』を中心に—」、『韓国寺刹縁起の研究』東国大学校出版部、二〇〇五年)。韓国語論著の日本語訳は筆者による(以下同じ)。

[6] 金剛山の紀行詩文には、個人の文集に収録されているものや、単行本として伝わるもの、紀行文のみを集めた書などが伝わる。筆者は現在までに二三一名の作品を確認したが(龍野沙代「金剛山伝説の文献伝承研究—宗教的表象性を中心に—」ソウル大学校博士論文、二〇一三年)、未公開、また未確認の作品が韓国国内に未だ多く伝わっていると思われる。

[7] 金剛山紀行詩文に記された伝説に関する研究成果として、崔康賢「金剛山説話の一考—主に紀行文を通して見た伝播性について—」(『朝鮮学報』三三輯、朝鮮学会、一九七二年)、拙稿(旧姓坂田)「金剛山楡岾寺縁起の伝承とその変容」(『アジア遊学』一一五号、勉誠出版、二〇〇八年)、および前掲の拙稿(二〇一三年)がある。なお、小稿は、筆者の上記学位論文の一部をもとにし、加筆修正を施したものである。

［8］「拾遺録」の縁起部分は末尾の【資料】を参照。

［9］今の韓国全羅南道全州のことである。

［10］『三国遺事』巻三、「宝蔵奉老、普徳移庵」。

［11］「高麗安原王時、普徳所創。」（民族文化推進会〈現・韓国古典翻訳院〉『（国訳）新増東国輿地勝覧』巻四七〈淮陽都護府〉）。

［12］「窟之名普徳、亦猶青蓮、表訓也。」（盧景任「遊金剛山記」、『敬庵集』巻二、韓国文集叢刊七四輯）。

［13］金剛山内に青蓮庵、表訓寺という寺があり、それぞれ僧の青蓮、表訓が創建したと伝わる。

［14］申翊聖「遊金剛内外山諸記」（『楽全堂集』巻七、韓国文集叢刊九三輯）。

［15］「其始屋成之日、危甚莫能覆以瓦、忽有大霧連山、咫尺無辨、一老僧教以乗此為役、得以畢工、遂名之曰、観音閣云。」（李夏鎮「金剛途路記」、『六愚堂遺稿』冊三、韓国文集叢刊続三九輯）同様の伝説が崔鉉九の紀行文にもみえる（崔鉉九「東遊録」、『蘭史集』巻二、奎章閣所蔵本）。

［16］金相休（「金剛山史」、『華南漫録』巻続一、国立中央図書館本）、趙容和（「海山日記」、『晴沼遺稿』、国立中央図書館本）、学山（「金剛録」、『海嶽録』、国立中央図書館本）、このほかにも数名の紀行詩文に普徳和尚の名が確認される。

［17］『三国史記』には、新羅において祭祀を行う山のなかに金剛山と思われる「霜岳」の名がみえる。（『三国史記』巻第三二、「雑志」）

［18］神渓寺、長淵寺、正陽寺の石塔である。『朝鮮古蹟調査略報告』（朝鮮総督府、一九一七年）五九～六五頁を参照。なお、一二世紀までの金剛山の様子については、拙稿「皆骨山から金剛山へ―〈金剛山〉名称誕生と一三世紀の高麗社会」（藤巻和宏編『聖地と聖人の東西―起源はいかに語られるか―』勉誠出版、二〇一一年）第一章を参照。

［19］一一九九年に瑩岑が撰した。『楡岾寺誌』、二六一～二六四頁。

［20］『三国遺事』巻三、「洛山二大聖、観音、正趣、調信」。朝鮮半島の観音窟信仰や洛山寺の縁起については、松本真輔氏の「伝説と縁起―朝鮮半島に遍在する諸菩薩の様相」（小峯和明編『漢文文化圏の説話世界』竹林舎、二〇一〇年）、および「韓国における寺刹縁起の展開―洛山寺の縁起と水月観音・海水観音―」（『説話文学研究』四五号、説話文学会、二〇一〇年）に詳しい。

［21］安軸の詩「金襴窟詩」に、「海上蒼崖窟穴深、人伝常住是観音」とある。（安軸「関東瓦注」、『謹斎集』巻一、韓国文集叢刊二輯）

［22］「自元朝使華本国之卿士、仗節剖符於方面者、下至遊観之人、無問貴賎、必欲来観、毎令吾舟而導之、吾実厭之。」（李穀「東遊記」、『稼亭集』巻五、韓国文集叢刊三輯）。

［23］「殿左有塔、錯以青石熒煌可奇。塔中刻仏経筆画、精古如活。即仁宗女徳寧公主、為仁宗及母后捨施者也。」（趙載道「遊楓岳記」、『忍庵遺稿』巻二、奎章閣所蔵本）「（普徳）台上有小塔、塔面細刻建立年月、高麗仁宗従妹徳寧宮公主所築也。」（李東沆「海山録」、『遅庵集』巻四、景仁文化社影印本）。

［24］冲止「用前韻答印伯」（秦星圭訳『円鑑国師集』亜細亜文化社、一九八八年）一七九頁、影印一四六頁。

［25］安軸の詩「金幱窟詩」に、「飛翔鳥翼青如錦、出没岩紋色似金、見此皆言真聖現」とある（安軸、前掲書）。

［26］一二世紀末ごろは、金剛山の名称の由来ともなる法起菩薩信仰が出現し、一三世紀は、寺院の伽藍も備わるなど、金剛山における宗教活動が活発になる時期である。この時期の金剛山における動きについては、前掲の拙稿（二〇一一年）もあるが、さらなる調査が必要であろう。

［27］普徳和尚が、一二世紀に普徳窟と結びついた可能性もある。本文で挙げた「宝蔵奉老、普徳移庵」（『三国遺事』巻三）には、李資玄（一〇六一～一一二五）が普徳の詩を作り、金富軾（一〇七五～一一五一）が普徳の伝記を著して広めたと記されている。つまり、一二世紀の前半ごろ、普徳和尚を仰ぐ人々が存在したということである。この動きの中で、普徳和尚が普徳窟を建てたと伝わるようになった可能性はある。

［28］『三国遺事』巻三、「洛山二大聖、観音、正趣、調信」。

［29］全羅南道務安郡にあった古刹。

［30］「乙卯、幸摠持寺、召住持懐正、遊賞林亭、留王題祈福詩二絶、宣視宰樞侍臣、扈従百官軍卒、露宿林壑、頗多愁嘆。懐正、唯以呪、得幸、恩寵無比。凡僧徒求職賞者、皆趣附賄賂、貪鄙無厭。」（『高麗史』、「世家」、〈毅宗十一年八月〉）。

［31］「寺前有九層青石塔、皇統四年懐正師所題記、華厳祖師棲身之地云。」（申翊聖、前掲書）金寿増、李夏坤の紀行文にも、懐正の塔記を見たという記録がある（金寿増「楓岳日記」、『谷雲集』巻三、韓国文集叢刊一二五輯、李夏坤「東遊録」、『頭陀草』冊十四、韓国文集叢刊一九一輯）。

［32］義湘が金剛山に入山したかどうかは不明であるが、彼が金剛山の摩訶衍寺を建てたという伝説が伝わっている。

［33］閔漬「金剛山詩」、『楡岾寺誌』、一七四頁。詩中には、「有二銅柱臨蒼崖、凛然撑扶普徳窟」（一七五頁）という句もみえ、銅柱が支えるお堂が高麗後期までには設置されていたことが分かる。なお、この詩は百二十五聯にも及ぶ、金剛山を詠んだ長編詩の嚆矢ともいえる作品である。この詩の構造や制作時期については、拙稿「閔漬と金剛山―〈金剛山詩〉を中心に―」（『昭和女子

大学文化史研究』一三号、昭和女子大学文化史学会、二〇一〇年）を参照。

[34]「僧舎之西観音窟之上、築一台、曰普徳台。其曰普徳者、観音化身名也。（中略）飯訖下来、復循川流而下。（中略）已而前至手巾岩。東峯記云、観音為美女、洗手巾于此岩、為僧懐静所逐、入岩下云。」（南孝温「遊金剛山記」、『秋江集』巻五、韓国文集叢刊一六輯）

[35]「静」は「正」と同音である。

[36]「其下盤洗巾岩。古伝懐正禅師錬禅于松蘿庵、見観音洗巾于此岩、懐正蹤之、則観音蔵于普徳窟。」（崔有海「嶺東山水記」、『嘿守堂集』巻一八、韓国文集叢刊続二三輯）。

[37]金時習は、金剛山にも身を置いたことがあり、また周知のとおり、『金鰲新話』を著して、生死を行き来する不思議な物語や、仏あるいは鬼神の霊異を描き、世に送り出した人物である。それだけに、金時習がどのような普徳窟伝承を知っていたのかは注目されるが、現在伝わる彼の著作のなかに該当するものはないから、惜しくもそれは不明である。

[38]金時習「遊関東録」（『梅月堂集』巻一〇、韓国文集叢刊一三輯）。

[39]紀元四年に、月氏国から五十三仏が梵鐘に乗って金剛山に漂着し、楡岾寺が創建されたという縁起である。この縁起については前掲の拙稿（二〇〇八年）、および拙稿「『金剛山楡岾寺事蹟記』にあらわれた元干渉期の護国思想」（『朝鮮学報』二〇八輯、朝鮮学会、二〇〇八年）を参照。

[40]「至如懐正師解明方之事、可謂奇異而事渉恠誕。」（任弘亮「関東記行」、『敝帚遺稿』巻三、韓国文集叢刊続四〇輯）。

[41]「普徳観音沐髪之処也。」（権𥊞「丁未東遊記」、『亀沙金剛録』、奎章閣所蔵本）。

[42]「僧以為仙人洗頭盆。」（趙徳鄰「関東続録」、『玉川集』巻七、韓国文集叢刊一七五輯）鄭基安も、同内容を記している（鄭基安「遊楓岳録」、『晩慕遺稿』巻六、韓国文集叢刊続七三輯）。

[43]「諺伝、普徳観音洗頭而巾拭之故名云。」（李宜顕「遊金剛山記」、『陶谷集』巻二五、韓国文集叢刊一八一輯）。

[44]「僧言、普徳娘子沐髪処。」（洪百昌『東遊記実』、奎章閣所蔵本）。

[45]「僧言、普徳尼師洗頭而坐是岩以巾拭之故名云。或曰、五仙遊於五峯、臨此洗頭以巾拭之云、尼師五仙之説、妖誕極矣。」（崔鉉九、前掲書）。

[46]「諺伝、普徳菩薩洗頭処。」（崔瑗「東遊録」、奎章閣所蔵本）。

[47]仙家らは、普徳を仙女として言い伝えていたようだ。『楡岾寺誌』には、岩に現れた「普徳仙女」にまつわる逸話が載る（四二四

〜四二五頁)。『梧渓日誌集』所載の逸話で、著者の李宜白(一七一一〜?)が、普徳窟下に行って普徳仙女を呼び出し、道について教えを請うたところ、蕊珠宮を訪ねるよう告げられたが、それがどこか尋ねると消えてしまったという。

[48]趙秉鉉「金剛観敍」(『成斎集』巻一五、韓国文集叢刊三〇一輯)。

[49]趙瓛『荷棲集』巻二(韓国文集叢刊二四五輯)。

[50]冒頭に「僧言」と記してある。

[51]『浮雪伝』に、修行の成果を試すため、瓶に水を入れて打ったところ、浮雪居士の瓶のみが、水が落ちずに保たれたという逸話がある。(海日「浮雪伝」、『映虚集』、東国大学校所蔵本)李乾熙「浮雪居士と瀉瓶」(『印度学仏教学研究』四四巻一号、一九九五年)も参照。

[52]「僧言、普徳尼師見夢於老僧、創庵於此。」(崔鉉九、前掲書)。

[53]「僧云、観音仏化為普徳処子。」(郭鍾錫「東遊録」、『俛宇集』巻四、韓国文集叢刊三四〇輯)。

[54]「僧言、古有一比丘尼修道此窟中仍坐化。」(錦園「湖東西洛記」、鄭珉編『韓国歴代山水遊記聚編』明昌文化社、一九九六年)。

[55]「其名普徳者、僧言、古聖女也。或云、麗僧名、即創庵者也。」(李豊翼「東遊記」、『六玩堂集』巻五、蔵書閣所蔵本)。

[56]「此盖高句麗安原王時普徳和尚所創、故名庵。僧言、普徳古聖女。」(崔瑗、前掲書)。

[57]「洛山二大聖、観音、正趣、調信」(『三国遺事』巻三)に、元暁が道中で出会った観音菩薩を指す語として「聖女」が使われている。

[58]この様子については前掲の拙稿(二〇〇八年)を参照。

[59]「無井泉、下汲臥龍潭而飲之、故居僧素少。今則無僧。」(李景奭「楓岳録」、『白軒集』巻一〇、韓国文集叢刊九五輯)。

[60]「此庵甚高孤、僧徒不能常居、空廃已久。」(李殷相『東里集』巻五、韓国文集叢刊一二二輯)。

[61]「無僧不可宿。」(李天相「関東録」、『新渓集』、鄭珉編、前掲書)。

[62]「庵中無一僧守者。」(金熙周「金剛遊山録」、『葛川集』巻六、韓国文集叢刊続一〇五輯)。

[63]金剛山を訪れる遊覧客は、山内寺院の居僧らの支援を受けて山を巡った。道案内はもちろん、駕籠かき、荷物持ち、宿泊、食事の手配なども山僧が担当した。寺院ごとに区域がおおかた決められており、普徳窟は表訓寺の僧が案内を担当した。

[64]金剛山内には、百八の寺院と庵があるという伝説がある。一七三七年に山を遊覧した洪百昌の『東遊記実』(ソウル大学校所蔵本)には、山内の寺庵の現況がまとめてあるが、それによると、廃墟も含めて八十二を数えている。

［65］山僧の動向については、現在伝わる文献も少なく、明らかでないところが多いのであるが、歴代の紀行詩文には、山で出会った僧名、彼らとの交流についても記されており、これについて把握するための貴重な史料といえる。

［66］「伝説云、懐正禅師、入松蘿庵、誦千手呪五個年、遂眼盲、侍者辞去、大師復誦呪幾許、時復得開眼、一日夜、有一老人指示、楊口郡方山面海明谷、有没骨翁、海明方二人、汝往其処問法云云故、遂行尋訪、得三月同居云。」（『楡岾寺誌』、四二五頁）

［67］一五四〇年、一六七四年、一七二六年、一八〇八年の重修である。このうち一六七四年、一八〇八年の重修については、紀行詩文にもこれを裏付ける記述があるから、これらの重修年は信憑性の高いものと考えてよいだろう。

［68］保郁は、「金剛山楡岾寺事蹟記」以後の寺の沿革を記した「金剛山楡岾寺続事蹟記」も著しており（『楡岾寺誌』四九〜五三頁）、普徳窟と同様、寺が経てきた歴史を記録しておこうという意思がみてとれる。この他にも、保郁が関わった一九世紀の記録は、『楡岾寺誌』にいくつか収録されている。

［69］日昇は金剛山において活発に著述活動をしていたとみえ、『楡岾寺誌』には彼の著した記文が多く収録されている。

［70］「普徳閣氏」の語は、一八九〇年に金剛山を旅した南五一の紀行文（「東遊録日記」、『仙浦謾輿』、国立中央図書館本）にすでにみえる。

［71］李光洙「金剛山遊記」（『李光洙全集九』三中堂、一九七一年）三五頁。

［72］前田寛『金剛山』（朝鮮鉄道協会、一九三一年）八一〜八六頁。

［73］『観音菩薩の霊験録—普徳閣氏の縁起』（表訓寺、一九三五年）。

［74］崔円虚「観音菩薩霊験録普徳閣氏と常啼菩薩求道説話法起菩薩」二冊を発行した後の感想」、『金剛山』四号、金剛山社、一九三五年。

［75］金台俊『朝鮮小説史』（安宇植訳注、東洋文庫二七〇、平凡社、一九七五年）三七頁。林和の「序にかえて」によると、金台俊が本書を起草したのは一九三一年ごろであるという。また、清進書館から本書が刊行されたのは一九三九年である。

［76］社会科学院歴史研究所『金剛山の歴史と文化』（科学・百科事典出版社、一九八四年、民族文化社頒布本）二二一〜二二八頁。

［77］リ・ヨンジュン『金剛山伝説』（社会科学出版社、一九九一年、海外ウリ語文学研究叢書四二、韓国文化社影印本）一五〇〜一六一頁。

【資料】保郁「普徳窟事蹟拾遺録」（一八五四年）

龍野沙代

（凡例）

一．本資料は、『楡岾寺誌』（四六三～四六五頁）に収録されている「普徳窟事蹟拾遺録」のうち、普徳窟の縁起および沿革を記した部分である。

一．字体はすべて通行の字体に改めた。

一．本文には割注があるが、ここでは括弧内に表記した。

一．本文には読点が施されているが、これを参考にし、句読点を付した。

普徳窟事蹟拾遺録

窟名普徳何謂也。懐正禅師前世之名也。禅師於楓岳山松蘿庵中、持誦大悲呪、願見大悲像、持満三年、一白衣婆、夢喩曰、有没骨翁解明方者、応往彼問。持其名而処処尋覔、無有知者。忽於山家、見一老翁縄網為冠、涕垂霑衣、正揖問曰、没骨翁、或識否。曰、我即是也。粟飯蒜菜、飼之、非常葷穢、辞之不得。翌日指其解明方所住処、滄渓窮日到其家、問童女、年可十八九、曝衣於掛竿曰、何処巨之（新羅呼僧之方言）何事来到。曰解明方在否。曰、吾爺也。不久帰還、然、若不聴命、難可支保、凡所逆順、勿驚勿疑。忽有一僧、身長九尺、擔柴而来、荷杖呵逐者数返。念其童女之言而還入、方曰此漢膽大、仍自室中、不起而眠者七日、招懐正曰、汝能作吾婿否。正将凝固辞、方瞋目厲声、正思童女之嘱、倪仰従之。方七日七日、為説法要、卒聞難知、童女毎為重演、正与共宿、都無女根、弄脚相与大笑。至四七日、忽発省親之心、力辞帰郷、方嘆曰、無頼文殊漢、指我住処。還到没骨翁家、翁曰、捨彼普賢観音、欲之何処。正聞二聖互指之説、茫然不省、来而復尋、家与人蹤、闃然無痕、岩畔叢花、寂莫紅於山光水声依然之中而已。始覚聖化難測、恨未終身給侍坐側。還入松蘿庵、依前観行、白衣婆、又夢喩曰、汝之前身、即普徳比丘也。修道於萬瀑洞上、古基尚存、胡不往之。正即入萬瀑洞、忽見解明方家童女、洗巾於渓辺（今称洗頭盆也）、喜躍欲語、翩翩不顧而去、力趂不及、童女入窟而没。往見窟中、経巻香炉、完如今日。自後禅師、結茅其傍遊戯大悲観行。口角放光、霊異甚多、神声普聞、建閣為観音道場。層崖蒼壁、又与平地堦砌、有銅柱之撑、鉄索之搆、鏟以補堦、釘以填瓦、似非人力所造。嘉靖十九年、自大内之新為再建。康熙十四年、又大内之造、為三興。雍正四年、衆力之労、為第四。嘉慶十三年戊辰五月、我栗峯和尚之功、為第五。未詳初創年代、然、銅柱等物、正徳六年所鋳云、則其時耶。

（中略…讃）

咸豊四年甲寅長陽日

芙林子保郁録

（後略…宋孝宗皇帝御製観音　讃）

4　自好子『剪灯叢話』について

蒋　雲斗

1　はじめに

『剪灯新話』は中国国内にとどまらず、東アジア諸国にもよく知られている名作であるが、歴代中国においては、『剪灯新話』に対する評価はそれほど高くない。具体的には、一四四二年、刊行が禁止され、中国の小説としては初めて禁書となったことが、この書に対する当時の評価を示している。近代においても、魯迅は、『中国小説史略』の「清之擬晋唐小説及其支流」において、「剪灯新話、文題意境、並撫唐人、而文筆殊冗弱不相副、然以文飾閨情、拈掇艶語、故特為時流所喜、仿效者紛起、至於禁断、其風始衰。」と評している。▼注[1] 魯迅以降、『剪灯新話』自体を直接に肯定しているものはほとんど見られない。一方、比較的高い芸術レベルに達している『剪灯新話』はそれ以降の芸術創作に良い創作モデルと素材を提供したといえよう。『剪灯新話』の影響を受けた小説集も東アジア諸国で次々と刊行された。近年、『剪灯新話』及びその影響を受けた小説集に関する研究は進んでおり、版本や受容関係などの問題も順次解明されつつある。だが、自好子『剪灯叢話』についての不明点がまだ多い。本稿は、中国国家図書館に蔵する自好子『剪灯叢話』と東北大学附属図書館に蔵する自好子『剪灯叢話』を比較しながら、この両版本の共通点と相違点を見極め、浅井了意の仮名草子との関係をも解明してみたいと思う。

2　剪灯新話系作品について

『剪灯新話』は明の瞿佑により創作された文言小説集である。瞿佑（一三四七〜一四三三）、字は宗吉、号は存斎、浙江省銭塘県の人。元末明初の文人であり、詩人として名を知られていた。彼は十四歳の時、当時の著名な詩人楊維楨に才能を認められ、若くして大いに詩名を称せられた。瞿佑の著作は『剪灯新話』の他にも少なくなく、詩作に関わる著作に『帰田詩話』、『存斎詩集』、『咏物詩』などがある。『剪灯新話』は瞿佑の数多い著書の中でも最も優れた作品であり、明の太宗洪武年間の一三七八年に完成したとされる。その現存本は四巻であり、各巻五話ずつの計二十話、それに付録一巻が加わる。特に、付録の「秋香亭記」は、瞿佑の自伝的色彩の濃い作品である。『剪灯新話』は明代初期における文言小説の復興を促し、その後の小説集に大きな影響を与えており、中国文言小説発展史上における画期的作品と言えよう。『剪灯新話』が日本に伝わった後、当時の文人に愛読され、近世文学の成立に大きな影響を与えた。厳基珠氏は「日本における『剪灯新話』の伝播のありさまは、翻訳・翻案・創作の三つに要約できる。翻訳に属するものとしては『奇異雑談集』、『霊怪草』、『怪談全書』、翻案としては『伽婢子』、創作として扱われているものは『雨月物語』である」▼注[2]とされる。『剪灯新話』は本国における以上に、日本においてその文学上の影響が大きかったと言えよう。

ところで、剪灯新話系作品とは、中国の『剪灯新話』の影響を受けた小説集のことを指す。中国の『剪灯余話』（明李昌祺）、『剪灯余話』（明周礼）▼注[3]、『剪灯奇録』（明邱燧）、『覓灯因話』（明邵景瞻）、『剪灯叢話』（明自好子）、『剪灯続録』（明無名氏）『秋灯叢話』（清戴延年）、『秋灯叢話』（清王槭）、朝鮮の『剪灯新話句解』（瞿佑著、滄洲訂正、垂胡子集釈）、『金鰲新話』（金時習）、ベトナムの『伝奇漫録』（阮嶼）などの小説集に対する総称である。

3　『剪灯叢話』について

『剪灯叢話』といえば、二種があげられる。この二種の『剪灯叢話』にはいずれも虞淳熙の序文がみられる。喬光輝氏[注4]がこの二種の『剪灯叢話』の序文はすべて虞淳熙が作ったのであり、内容もほぼ同じと指摘していると同時に、この序文は虞淳熙が『剪灯叢話』のため作ったものではなく、ただ当時の書肆が『虞淳熙先生集』の一篇を抜き出して、勝手に『剪灯叢話』に挿入した可能性があるとも指摘している。また、この序によって、『剪灯叢話』は自好子によって編纂されたものと分かる。まず一つは、『剪灯新話』、『剪灯余話』、『覓灯因話』の三書を合したものであり、「剪灯三種」と呼ばれている。清代に刊行されたものが多いとされる。現存する版本のうち、最も古いのは清乾隆辛亥（一七九一）年刊行されたものである。その後、清同治十（一八七一）年に刊行された鎮江文盛堂の『剪灯叢話』もこれにあたる。[注5]いま一つは晋、唐、宋、元、明など時代の小説を収めている小説集である。その現存本は中国国家図書館所蔵の『剪灯叢話』と東北大学附属図書館所蔵の『新刻名家出相剪灯叢話』があげられる。「剪灯三種」とまったく異なっている系統本であり、この二つの系統本を見分けるため、中国国家図書館所蔵の『剪灯叢話』と東北大学附属図書館所蔵の『新刻名家出相剪灯叢話』は「自好子『剪灯叢話』」と呼ばれている。

ところで、先行論文を踏まえながら自好子『剪灯叢話』を考察してみよう。

第一、中国国家図書館所蔵の『剪灯叢話』は六冊十二巻であり、「十二巻本『剪灯叢話』」とも呼ばれている。毎冊二巻、表紙の左上には題簽あり、それぞれ「剪灯叢話　礼」、「剪灯叢話　樂」、「剪灯叢話　射」、「剪灯叢話　御」、「剪

灯叢話　書」、「剪灯叢話　数」となっている。本文は挿絵なく、毎半葉九行、毎行二十字である。第一冊には「毗陵董康審定」と「董康暨侍姫玉奴珍蔵書籍記」の印ある。よって中国国家図書館所蔵の『剪灯叢話』は董康氏が一九三五年五月、日本で購入したものであるには違いない。董康氏の『書舶庸談』の「剪灯叢話十二巻」においても、「明刻本、未著編輯姓氏、薈萃唐以後各家小説、亦『青鎖高議』、『剪灯新話』之亜流也。録其詳目如後。内有未見伝本、殊為可貴。」[注6]と評しており、蔵書家である董康氏の高評を博したといえよう。一方、陳良瑞氏[注7]、程毅中氏[注8]、陳国軍氏[注9]の綿密な考察によって、中国国家図書館所蔵の十二巻本『剪灯叢話』の一三七篇の作品のうち、六十一篇が『緑窓女史』（明秦淮寓客輯）と一致であり、『五朝小説』、『説郛』、『説郛続』などの小説集とも何らかの関係があると指摘できる。

第二、東北大学附属図書館所蔵の『新刻名家出相剪灯叢話』は十巻十二冊であり、「十巻本『剪灯叢話』」とも呼ばれている。「有文堂珍蔵」の印があり、序文と本文の間に十六枚の挿絵があり、挿絵がそれぞれ題名を持っており、すべて本文と関係があると推察できる。本文は挿絵なく、毎半葉九行、毎行二十字であり、用字なども十二巻本『剪灯叢話』とまったく同じである。小川環樹氏は「剪灯叢話について」[注10]においては、東北大学附属図書館所蔵の『新刻名家出相剪灯叢話』の内容、成立過程、成立時期などの問題をめぐって論じた。その後、秋吉久紀夫氏[注11]が小川環樹氏の論文を踏まえながら、『新刻名家出相剪灯叢話』を中心として、各版本の『剪灯叢話』を詳細に考察したが、中国国家図書館所蔵の十二巻本『剪灯叢話』に言及しなかった。

第三、韓国に伝わった『剪灯叢話』。『韓国所見中国古代史料』[注12]によって、『剪灯叢話』が一七六二年以前韓国に伝わったそうであるが、すでに散逸し、その版本の具体的情報については判明できない。だが、『剪灯叢話』が東アジア諸国で広範囲に流布したといえよう。

第四、その他の『剪灯叢話』。『趙定宇書目』[注13]（明趙用賢編）にも「『剪灯叢話』、六本（冊）。」という記録が見られるが、詳しい情報が見いだせなかったので、いったいどの系統本に属するのか、まだ解明できない。いま一つ、戴不凡氏所蔵本があげられる。戴不凡氏の『小説見聞録』[注14]と陳良瑞氏の「『剪灯叢話』考証」[注15]によって、戴不凡氏所蔵の「剪灯の墨書がある明刻小説残本一冊」は自好子『剪灯叢話』の系統本に属する可能性が大きい。だが、十二巻本『剪灯叢話』であるか。それとも、十巻本『剪灯叢話』であるかと容易に断言できない。

4　十二巻本『剪灯叢話』と十巻本『剪灯叢話』

従来、『剪灯叢話』諸版本に関する検討に力が注がれてきて、自好子『剪灯叢話』をめぐって論じた論文が、中日双方の研究者から相次いで発表された。これによって、自好子『剪灯叢話』の内容、成立過程、成立時期なども、順次解明された。しかし、十二巻本『剪灯叢話』が十巻本『剪灯叢話』との比較に関する論文が見られなかった。では、両版本の各巻に収められている作品名をあげておきたい。

表1

中国国家図書館蔵本（六冊十二巻）	東北大学附属図書館蔵本（十二冊十巻）
第一巻：嬌紅記、桃帕伝、玉簫伝、流紅記、遠煙記、賈午伝、崔護伝（七篇）	第一巻：嬌紅記、桃帕伝、玉簫伝、崔護伝、遠煙記、賈午伝（六篇）
第二巻：博異志、春夢録、郤要伝、陶峴伝、狄氏伝、河間伝、滁婦伝、裴諶伝、梁清伝、王魁伝（十篇）	第二巻：王魁伝、春夢録、郤要伝、陶峴伝、狄氏伝、河間伝、滁婦伝、裴諶伝、梁清伝（九篇）

第三巻：**芙蓉屏記、鞦韆会記、聯芳楼記、聚景園記、牡丹灯記、金鳳釵記**、緑衣人伝、鬱輪袍伝、金縷裙記、丹青扇記、燕子楼伝（十一篇）	第三巻：**芙蓉屏記、鞦韆会記、聯芳楼記、聚景園記、牡丹灯記、金鳳釵記、緑衣人伝**、鬱輪袍伝、金縷裙記、丹青扇記、燕子楼伝（十一篇）
第四巻：天上玉女記、太古蚕馬記、古墓斑狐記、東越祭蛇記、**秦女売枕記**、楚王鋳剣記、蘇娥訴冤記、夜冢決賭記、泰山生令記、麋生瘞卹記、烏衣鬼軍記、夏侯鬼語記、泰岳府君記、司馬才仲伝（十四篇）	第四巻：天上玉女記、太古蚕馬記、古墓斑狐記、東越祭蛇記、**秦女売枕記**、楚王鋳剣記、蘇娥訴冤記、夜冢決賭記、泰山生令記、麋生瘞卹記、烏衣鬼軍記、夏侯鬼語記、泰岳府君記、司馬才仲伝、西玄青鳥記（十五篇）
第五巻：呉女紫玉伝、**同昌公主伝**、陽羨書生伝、桜桃青衣伝、震澤龍女伝、彭蠡小龍伝、於菟夜児伝、度朔君別伝、山陽死友伝、華岳神女伝、嵩岳嫁女記、江淮異人録（十二篇）	第五巻：韓仙伝（一篇）
第六巻：香車和雪記、西閣寄梅記、渭塘奇遇記、蓮塘二姫伝、桃花仕女伝、紅裳女子伝、南楼美人伝、徐氏洞簫記、独孤見夢録、王幼玉記、趙喜奴伝、三女星伝、織女星伝、張女郎伝（十四篇）	第六巻：南楼美人伝、洞簫記、見夢録、王幼玉記、趙喜奴伝、張女郎伝（六篇）
第七巻：章台柳伝、**陳希夷伝**、揚州夢伝、杜子春伝、王渙之伝、蔣子文伝、奇男子伝、墨崑崙伝、聶隠娘伝、董漢女伝、琵琶婦伝（十一篇）	第七巻：琵琶婦伝、**陳希**、揚州夢伝、杜子春伝、王渙之伝、蔣子文伝、奇男子伝、墨崑崙伝、聶隠娘伝、董漢女伝（十篇）
第八巻：烏将軍伝、中山狼伝、義虎伝、人虎伝、小蓮記、猟狐記、白蛇記、鸜哥伝、才鬼記、霊鬼志、鬼国記、鬼国続記（十二篇）	第八巻：烏将軍伝、中山狼伝、義虎伝、人虎伝、小蓮記、猟狐記、白蛇記、鸜哥伝、才鬼記、霊鬼志、鬼国記、鬼国続記（十二篇）

第九巻：太清楼宴記、保和曲宴記、延福曲宴記、広寒殿記、龍寿丹記、遊仙夢記、煮茶夢記、巫山夢記、謝石拆字伝、鬼霊相墓伝、恵民薬局記、楽平耕民伝（十二篇）	第九巻：太清楼宴記、保和曲宴記、延福曲宴記、広寒殿記、龍寿丹記、遊仙夢記、煮茶夢記、巫山夢記、謝石拆字伝、鬼霊相墓伝、恵民薬局記、楽平耕民伝（十二篇）
第十巻：閩海蠱毒記、海外怪洋記、寺塔放光記、瓦缶氷花記、**海市奇観記**、独脚五通記、江南木客伝、中霤神記、金華神記、猿王神記、五方神記、子姑神伝、紫姑神伝（十三篇）	第十巻：閩海蠱毒記、海外怪洋記、寺塔放光記、瓦缶氷花記、**海市奇観記**、独脚五通記、江南木客伝、中霤神記、紫姑神伝、猿王神記、五方神記（十一篇）
第十一巻：韓仙伝、邢仙伝、申宗伝、唐珏伝、阿寄伝、朱沖伝、仙箕伝、杜秋伝、妙女伝、向氏伝、文捷伝（十一篇）	
第十二巻：碁待詔伝、暢純父伝、方万里伝、張鋤柄伝、何蓑衣伝、王実之伝、王玄之伝、銭履道伝、丁新婦伝、針異人伝（十篇）	

【表1】をもとにして、両版本の所収作品について分析してみよう。

第一、所収篇数。十二巻本『剪灯叢話』は一三七篇。十巻本『剪灯叢話』は九三篇。

第二、各巻の所収篇目。第三巻、第八巻、第九巻に収められている篇数もまったく同じであるし、所収作品の順次も全く同じである。また、注意すべきは下記の四点があげられる。①第五巻の「同昌公主伝」については、董康氏の『書船庸談』▼注[16]に「同昌宮主伝」と記されている。劉依潔氏が「『緑窓女史』初探」▼注[17]においても、「同昌宮主伝」と引用している。だが、十二巻本『剪灯叢話』の目次と本文を確認してみたら、「同昌公主伝」の「公主」が確かに「宮主」ではなく、「公主」となっていると分かれる。一文字の違いであるが、意味が全然違う。②

十巻本第四巻の「西玄青鳥記」一篇が十二巻本『剪灯叢話』には見られなかった。③第七巻の「陳希伝記」と「陳希」という作品は唯一両版本ともあるが、作品名が異なっている。④『剪灯叢話』は『剪灯新話』、『剪灯余話』と同じく「剪灯」と名付けられているが、『剪灯新話』、『剪灯余話』の所収作品と一致であるものは下記の八話があげられる。それぞれ、第三巻の「芙蓉屏記」（余話巻四）、「鞦韆会記」（余話巻四）、「聯芳楼記」（新話巻一）、「聚景園記」（新話巻二）、「牡丹灯記」（新話巻二）、「金鳳釵記」（新話巻一）、「緑衣人伝」（新話巻四）及び第六巻の「渭塘奇遇記」（新話巻二）であり、主に第三巻に集められている。一方、両版本の第三巻の所収内容も完全に一致であり、第三巻も最も特別な巻であると考えられる。

第三、本文内容。両版本においては、作品名が一致である作品は本文内容も一致であり、字体なども一致である。それゆえ、同じ版木で刷られたと推測できる。しかし、下記の三話が例外である。①第四巻の「秦女売枕記」は両版本の目次にも見られるが、十二巻本『剪灯叢話』にはその本文もみられた。十巻本『剪灯叢話』にはその本文が見いだせなかった。②第八巻の「中山狼伝」は両版本にも見られるが、十巻本『剪灯叢話』の「中山狼伝」の本文が乱丁であり、各葉の順が間違っている。③第十巻の「海市奇観記」も両版本にはみられるが、両版本の目次に使われている篇名は「海市奇観記」であるが、本文に使われている篇名は両方とも「観海市記」となっている。また、両版本の前半内容は全く同じであるが、十巻本『剪灯叢話』は「楊瑀観海市記」と「潘鎡観海市記」二話を加えた。

第四、編纂意図。両版本の編纂意図がはっきり断言できないが、十二巻本『剪灯叢話』の各巻の所収編目からして、以下の特徴があるといえよう。例えば、第一巻の各篇は恋物語である。第二巻の各篇は人物伝である。第三巻の各篇は『剪灯新話』と『剪灯余話』から取り入れたものも多いし、恋物語も多い。第四、五巻は「天上」、「古墓」、「泰山」、「龍宮」などの異界の奇人伝である。第六巻は女子伝である。第七巻は奇人伝である。第八巻は「虎」、「狼」、

「狐」、「蛇」、「鬼」などの非人間世界のことである。第九巻は「宴記」物や「夢記」物が多い。第十巻は「奇聞」と「神仙伝」である。第十一巻と第十二巻は人物伝である。このような編纂意図が十巻本『剪灯叢話』においてはなかなか見いだせない。

5 日本における自好子『剪灯叢話』の伝来

東北大学附属図書館に所蔵する十巻本『剪灯叢話』は無論のこと、今中国国家図書館に蔵する十二巻『剪灯叢話』は董康氏が日本で購入して、中国に持ち帰ったものであるので、自好子『剪灯叢話』が日本で広範囲に流布したといえよう。だが、日本に伝わった時点がまだ解明できない。

まず、先行研究を踏まえながら、『剪灯叢話』の刊行年代について、論じておきたい。

第一、十二巻本『剪灯叢話』の刊行年代。中国国家図書館の書誌情報には、十二巻『剪灯叢話』の刊行年代が「明末一六二一―一六四四」と記されている。だが、その根拠は何であろうかと分からない。程毅中氏が「『剪灯叢話』補考」においては、「『剪灯叢話』の所収篇目の一部は『緑窓女史』、『合刻三志』、『五朝小説』、『唐人説薈』、宛委山堂本の『説郛』と一致であるが、特有的篇目も少なくない。それゆえ、どのほうが早いか判明できないが、深く追求していく必要がある。」[注18]と指摘している。董康氏が「明刻本」[注19]と指摘しているが、喬光輝氏が「十二巻本『剪灯叢話』虞淳熙題辞辨正」においては、「明末の刻本であるか。それとも、清初の刻本であるか判明できないが、虞淳熙題辞からして、きっと万暦二十一（一五九三）年以後である。」[注20]と指摘している。一方、陳国軍氏[注21]によれば、『剪灯叢話』は『趙定宇書目』にもみられ、趙用賢（趙定宇）が万暦二十四（一五九六）年卒によると、『剪灯叢話』の刊行年代が万暦二十一年から万暦二十四年までの期間即ち一五九三年から一五九六年までの期間にあるにちがいない。

第二、十巻本『剪灯叢話』の刊行年代。秋吉久紀夫氏が「『緑窓女史』の刊行時期は、「西玄青鳥記」が、順治三年（一六四六）刊の『説郛続』に収録されていることから、それに基づいて推定すると、崇禎七年（一六三四）から順治三年（一六四六）の期間となる。そのため、『新刻名家出相剪灯叢話』の刊行は、『説郛続』の刊行時期である順治三年以後となり、恐らく明刊本ではなく、清刊本といった方が妥当といえる。[注22]」と指摘している。【表1】からして、十巻本『剪灯叢話』が十二巻本『剪灯叢話』からの影響が少なくなく、その刊行時期が十二巻本『剪灯叢話』より遅いといえよう。また、十巻本『剪灯叢話』は残巻であり、十二巻本『剪灯叢話』と同じく、第十一巻と第十二巻もあったかと大胆に推測したいと思う。

次に日本渡来の時間について検討してみたい。

日本宝暦四（一七五四）年刊、宮内庁書陵部『舶載書目』においては、「剪灯叢話、一部一套六本、但伝二篇缺、右ハ楚ノ宋玉カ『巫山夢記』、漢ノ趙曄カ『楚王鋳剣記』、呉ノ張儼カ『太古蚕馬記』、晋ノ賈善翔カ『天上玉女記』、唐ノ白居易カ『琵琶婦伝』、宋ノ蘇子瞻カ『子姑神記』、元ノ柳貫カ『金鳳釵記』、明ノ王世貞カ『塔放光記』等ノ百四十余種ヲ輯メテ十二巻ト仕リ候フ書ニテ御座候[注23]」と記されている。秋吉久紀夫氏が「これは間違いなく『新刻名家出相剪灯叢話』種の書籍である[注24]」と指摘している。【表1】に基づいて分析してみると、作品名、巻数及び「百四十余種」などの情報からして、『舶載書目』に記録された『剪灯叢話』が今中国国家図書館に蔵する十二巻『剪灯叢話』であろうと考えられる。しかし、十二巻本『剪灯叢話』の刊行時間については、万暦二十一年から万暦二十四年までの期間となると推測するので、宝暦四年より早く日本に伝わる可能性が大きいと思われる。

6　自好子『剪灯叢話』と浅井了意

周知のとおり、浅井了意の代表作である『伽婢子』（一六六六年刊）は、浅井了意が最も精魂を注いだ代表作に数えられる。『伽婢子』は十三巻六十八話から成り、各作品の典拠は『剪灯新話』を始めとする中国・朝鮮の怪異小説にあることが大きな特色である。そのため、日本近世初期翻案小説の祖と言われ、近世怪異小説のスタイルを確立した画期的な作品として、その後の同類の作に大きな影響を与えたことが、従来多くの研究者によって指摘されている。

近世怪異小説史上、最も注目されるべき作品の中の一つであるといえよう。『伽婢子』翻案の典拠に関しては、従来、宇佐美三八氏[注25]によって総合的に考察された論があり、その多くが解明された。宇佐美三八氏は、各話ごとに典拠を詮索する方法を取ったが、その後における先学諸氏の研究は叢書の利用の可能性を指摘する動きが中心となった。麻生磯次氏[注26]は、『古今説海』、『唐人説薈』が『伽婢子』の原典に利用されたことを指摘し、渡辺守邦氏[注27]は、『説郛』が『伽婢子』の原典に利用されたことを指摘している。近年、王建康氏[注28]はそれらの説に反対して、『太平広記』が主要な原典であると論じられた。そして、最も新しい論として、黄照淵氏の論文「『伽婢子』と叢書―『五朝小説』を中心に―」[注29]により、原典については『五朝小説』[注30]との関連が重要であることがより一層明らかになった。二〇〇一年に刊行された岩波書店の新日本古典文学大系『伽婢子』[注31]は、以上の諸論を踏まえた上で、若干の修正を加味することにより、執筆されている。その注には各物語の典拠について逐一原典の記載がなされている。ここに『五朝小説』との関連は、ほぼ解明に近づいたといえるが、しかしなお残された問題点も存在する。これら先行論文を踏まえたうえで、『伽婢子』が自好子『剪灯叢話』との関係について検討したいと思う。

まず、十二巻本『剪灯叢話』と十巻本『剪灯叢話』の刊行年代からみてみよう。前文で分析したように、十二巻本『剪灯叢話』の刊行年代は万暦二十一年から万暦二十四年までの期間即ち一五九三年から一五九六年までの期間にあるにちがいない。『伽婢子』の刊行年代より六十年以上早い。よって、中国古典、特に剪灯新話系作品に詳し浅井了意が『伽婢子』を創作した際、すでに十二巻本『剪灯叢話』を読んだ可能性がないとはいえない。

また、『剪灯叢話』所収篇目は『剪灯新話』、『剪灯余話』、『五朝小説』、『説郛』、『古今説海』、『唐人説薈』などの小説集と一致するところがかなり多い。一方、『剪灯新話』、『剪灯余話』、『五朝小説』、『説郛』、『古今説海』、『唐人説薈』などの中国古典小説集が『伽婢子』の典拠であると指摘されている。このようなことが偶然に一致した可能性もあるが、浅井了意が十二巻本『剪灯叢話』を読んだ後、そういう編纂方式を模擬したともいえよう。

いま一つ、最も注意すべきは、十二巻本『剪灯叢話』第二巻の「博異志」に収められている「陰隠客」、「岑文本」、「馬侍中」、第三巻の「芙蓉屏記」、「聚景園記」、「牡丹灯記」、「金鳳釵記」、「緑衣人伝」、第五巻の「桜桃青衣伝」、第六巻の「渭塘奇遇記」、第七巻の「墨崑崙伝」に収められちている「李摩雲」及び、第八巻の「才鬼記」と「霊鬼志」の十三話も『伽婢子』の典拠と指摘されいてる。よって、十二巻本『剪灯叢話』の篇目選択方法や原典参考書の選択方法などの面においては、浅井了意に大きな影響を与えたといえよう。

ところで、今の段階では十二巻本『剪灯叢話』が『伽婢子』の典拠ともなるという結論を下すのはなかなか難しいことであるが、日本でも広範囲に流布した怪異小説集である十二巻本『剪灯叢話』は、浅井了意の仮名草子、特に『犬張子』などの典拠問題がまだ完全に解明されていない作品との関係については深く追求していく必要があると思う。

7　むすび

剪灯新話系作品がアジア諸国における受容はかなり重要な課題である。本稿では中国国家図書館所蔵の十二巻本『剪灯叢話』を東北大学附属図書館所蔵の十巻本『剪灯叢話』と比べながら、両版本の関係と各自の特色を明晰してみた。

これに基づいて、十二巻本『剪灯叢話』は浅井了意の『伽婢子』の典拠となる可能性にも言及した。これからの課題としては、十二巻本『剪灯叢話』所収の各物語を『伽婢子』と綿密に比べて、その受容関係があるかどうかについて検討していきたいと思う。

【注】


［1］魯迅著『中国小説史略』（上海世紀出版集団、二〇〇六年）一三四頁。

［2］厳基珠「東アジア三国における『剪灯新話』」（『東アジア社会における儒教の変容』専修大学出版局、二〇〇七年）。

［3］『（民国）杭州府志』の巻八九にみられるが、逸文などが見いだせなかった。李昌祺の『剪灯余話』の同名異書である。（陳国軍著『明代志怪伝奇小説叙録』商務印書館国際有限公司、二〇一六年）五十三頁。

［4］喬光輝「十二巻本『剪灯叢話』虞淳煕題辞辨正」（『文献』二〇〇六年一月）一二三頁～一二六頁。

［5］前掲注4。

［6］董康撰『書舶庸談』（賈貴栄輯『日本蔵漢籍善本書誌目録集成　第二冊』北京図書館、二〇〇三年）六一四頁～六二〇頁。

［7］陳良瑞「『剪灯叢話』考証」（『文学遺産増刊』一八、一九八九年）二六八頁～二八三頁。

［8］程毅中「『剪灯叢話』補考」（『程毅中文存』中華書局、二〇〇六年）四〇二頁～四〇七頁。

［9］陳国軍著『明代志怪伝奇小説叙録』（商務印書館国際有限公司、二〇一六年）二二九頁。

［10］小川環樹『小川環樹著作集　第四巻』（筑摩書房、一九九七年）二〇六頁～二一五頁。

［11］秋吉久紀夫「再び剪燈叢話について—萬暦期文芸思想動向の一斑」（『文芸と思想』四四号、一九八〇年一月）一頁～一七頁。

［12］陳文新等著『韓国所見中国古代史料』（武漢大学出版社、二〇〇一年）四五四頁。

［13］趙用賢編『趙定宇書目』（上海古籍出版社、二〇〇五年）。

［14］戴不凡著『小説見聞録』（浙江人民出版社、一九八〇年）二四〇頁～二四一頁。

［15］陳良瑞「『剪灯叢話』考証」（『文学遺産増刊』一八、一九八九年三月）二六八頁～二八三頁。

［16］前掲注6。

［17］劉依潔氏「『緑窓女史』初探」（『台東大学人文学報』一期一巻、二〇一〇年九月）四三頁～七二頁。

［18］前掲注8。

［19］前掲注6。

［20］前掲注4。

［21］前掲注9。

［22］前掲注11。

［23］大庭脩編輯『江戸時代における唐船持渡書の研究』（関西大学東西学術研究所刊、一九二九年）三六一頁。

［24］前掲注11。

［25］宇佐美三八「『伽婢子』における翻案について」（『和歌史に関する研究』若竹出版、一九五二年）。

［26］麻生磯次著怪異小説の支那文学翻案の態度及び技巧」（麻生磯次『江戸文学と中国文学』三省堂、一九七六年）。

［27］渡辺守邦「浅井了意『伽婢子』―渡来した妖異」（『国文学解釈と教材の研究』三十七号、学燈社、一九九二年八月）。

［28］王建康「『太平広記』と近世怪異小説―『伽婢子』の出典関係及び道教的要素―」（『芸文研究』六四号、慶応義塾大学芸文学会、一九九四年）。

［29］黄昭淵「『伽婢子』と叢書―『五朝小説』を中心に―」（『近世文芸』六七号、日本近世文学会、一九九八年）。

［30］『五朝小説』、内閣文庫林羅山旧蔵本、（国立公文書館蔵）。

［31］『伽婢子』（新日本古典文学大系、岩波書店、二〇〇一年）。

5

三層の曼荼羅図

――朝鮮古典小説『九雲夢』の構造と六観大師――

染谷智幸

1 アジアと仏教の視点

どこまで浸透しているかは別にして、「東アジア」という視座の重要性を、私自身言い続けて（或いは言い散らかして？）きたのだが、「東」という限定はそろそろ取り外しても良いのではないかと感じるようになった。それは日本という地域・海域、そこで展開された文化・文学を〈国際〉の視点から解きほぐし、開放してゆくのに「東アジア」は有効であるとしても、▼注[1]もう一歩進めて、或いは深めて、日本を含めたこの地域・海域の文化・文学をきちんと見定めるのであれば「東南アジア」「南アジア」まで広げる必要があるからである。

たとえば「東アジア」と言った場合、その地域・海域性からどうしても中国が中心にならざるを得ない状況がある。その中心―周縁の持つ意味は重要だが、日本の様々な文化・文学的営為を見ても、それは中国を中心にしたもの（日本は周辺、或いは亜周辺。▼注[2]但し亜周辺という周辺の階層化は極めて重要）という視座から全てを見通すことは出来ない。言うまでもないことだが、インドで生まれた仏教を中心にした思想・文学や、東南アジアやオセアニア・メラネシアなどの太平洋島嶼群の文化、そして北方に目を遣れば、アイヌ・オホーツク、そして毛皮交易の中心となったロシア東岸部等の文化が、東アジアや日本に大きく影響を与えている。そうした影響を過不足なく正確に捉えるには「アジア」という視点がやはり必要だ。

そして、その中でも、私が、とくに注目したいと考えるのは仏教である。

仏教や仏教文化・文学と言えば、今更ながらの感があるかも知れないが、ことはそう簡単なものではない。たとえば、私のような日本近世文学を主たる研究領域にする者にとって、中国を中心にした漢字・漢文文化は極めて大きな存在であるのだが、その日中、和漢の比較から抜けてしまうものもまた多い。その一つとして、朝鮮の問題や海域の問題があり、私も朝鮮の問題を中心にいままで論じてきたのだが、昨今、それとは別して仏教の問題が極めて重要だという認識が芽生え始めてきた。むろん、日本に伝わった仏教とは、中国で漢訳されたものが多いから、その中国の仏教の在り方を押さえることも重要だが、それとは別にオリジナルの仏教を捉えつつ、中国でそれがどう変化したのかを見極めなくてはならないことは、言うまでもない。

私が仏教の問題に改めて関心を持ったそのきっかけは、やはり朝鮮であった。朝鮮と言えば朝鮮時代（李氏朝鮮と言う場合もある）に儒教が重視されたことがあって、仏教は都市から追い払われて山中深く逃げ込み、ひっそりと生き長らえた印象があるが、しかし、そうではないのである。五百数十年続いた朝鮮時代も、壬辰倭乱（文禄慶長の役）までの前期は王朝の中心でも仏教がまだまだ力を持ち、また後期になっても両班以外の王朝の女性達や庶民一般は深く仏教に帰依する者が絶えなかった。当然、朝鮮時代の文化・文学に仏教は大きな足跡を残している。しかし、朝鮮時代＝儒教という固定観念が、そうした仏教の足跡・痕跡を捉え難くしてきたのである。

加えて、儒教は学問的な性格が強く、また儒教を支えて来たのが多く学者でもあったために、現在の研究者にとっても近づき安さがあるが、仏教についてはその宗教性から敬遠してしまう傾向がある。とりわけ、そうした傾向や偏見は朝鮮、並びに現在の韓国で強く残っている。

東アジアではなくアジア、儒教ではなく仏教、軸足をそのようにスライドさせつつ、日本やアジアの文化・文学を考えてゆく必要がある。本稿では、そうした見直しが必要と思われる朝鮮の文学、特にその中から、朝鮮の古典小説を取り上げつつ、考えを廻らせてみたい。

2 『九雲夢』の世界

そこで取り上げるのは、朝鮮時代を代表する恋愛小説『九雲夢《グーウンモン》』である。『九雲夢』は朝鮮の古典小説の中で最も多く論じられてきた代表的な作品であり、朝鮮の『源氏物語』と言っても過言ではない。しかし、その評価については全くと言ってよいほど定まっていないばかりか、優れた作品なのかどうかについても疑義が提出されている(この点については後述)。よってこの作品を論じる場合は、従来の研究史に即しながら自らの視点を定位しておく必要がある。

とはいえ、韓国では有名な『九雲夢』ではあるが、日本ではまだまだ認知されているとは言い難い作品であるので、以下、まずは作者の金萬重《キムマンジュン》とともに『九雲夢』のあらすじを、すこし丁寧に紹介することから始めてみたい。

金萬重は、一六三七年生、一六九二年没。幼名船生《ソンセン》、丙子胡乱中に江華島から退却する船中にて産声を上げたためにこの名がある。字は重叔、諱は萬重、西浦《ソッポ》と号す。萬重の父方曾祖父は、朝鮮儒学の雄宋時烈《ソンシヨル》の師でもあった朝鮮礼学の大家であり、母方の同じく曾祖父は領議政(太政大臣)であった。特に兄萬基の娘が粛宗王の妃仁敬《インキョンワンビ》王妃となったことが示すように、萬重の一家は名門の家柄であった。父益謙は駿優として名声を得たるも早世した(前述の江華島からの退却中）。萬重は僅か十四歳にして進士初試に合格するや秀才の誉れ高く、三十五歳に暗行御史（地方監視官）として地方に派遣され、その後も昇進し五十歳にして大提学にまで登りつめた。その人となりについては、『粛宗大王実録』に「人間性は潔白・穏和で、親孝行と友愛心にあふれ（中略）清貧さは儒生と等し」かったと記されている。粛宗王が、子供を生まなかった仁顕王后《インヒョンワンブ》（仁敬王妃の没後、粛宗王の正妻・国母となる）を退け張玉貞《チャンオクチョン》（禧嬪張《ヒビンチャン》氏）を寵愛し、彼女の周辺に偏重した人事を行うと、萬重は、張氏の母と当時右議政に昇進した張師錫との不倫を含めて粛宗王を批判した。これが発端となって萬重は宣川、そして南海に流されて、五十六歳にして波乱に富んだ人生の幕を閉じた。

萬重の思想・学問は、正統な儒学の伝統として受け継ぎながらも、『西浦漫筆』を一読すれば分かるように、様々な事象に興味を持ち、宗教も仏教のみならず天主（キリスト）教にまで関心を持つに至った。朱子に対しても朱子一辺倒を避けるべきだとの発言もあり、甚だ緩《ゆる》やかな思想の持ち主であったことが分かる。こうした彼の志向は、文学においてもよく表れていて、大谷森繁氏が「金萬重の偉大さは、儒家の名門に生まれながら固陋な小説観にとらわれず『九雲夢』、『謝氏南征記《サシナムジョンギ》』のごとき優れた通俗小説を書いたことにある」（『朝鮮朝小説の実像』）▼注[3]とされるように、通俗文学にも広く興味を持ち、自国の文学は自国の言語で表現すべきであるという当時の朝鮮にして驚くべき斬新な発言をしている。

『九雲夢』のあらすじは以下の通りである。

［**修行僧、仙女に出会う**］中国南部の衡山蓮花峰の天上界に住む六観大師のもとには、多くの修行僧が学んでいた。その中の性真《ソンジン》は群を抜いており、かつ眉目秀麗な青年僧であった。しかし、彼は洞庭湖に住む龍王への使いの帰り道に、南嶽魏夫人の弟子八仙女に逢うと、彼女達とのしばしの交遊に時を忘れてしまった。道場に戻ってきたのちにも、性真は、八人の美女のことが忘れられない。その性真の心中を知った六観大師は、世俗の空しさ、輪廻の苦しみを経験させるべく、性真と八仙女をともに俗世に生まれ変わらせることとした。

［俗世への転生と八仙女との再会］性真は、唐の楊処士《ヤン》の子、少游《ソユウ》として産声を上げた。成長した楊少游は故郷に母を残し科挙試験（中国での官僚への登竜門）に向かう。途中、秦御史の娘秦彩鳳《ジンチェボン》に会って詩を交わし、心を通じ合ったものの、都から広がった戦乱に巻き込まれて秦彩鳳と離れ離れになってしまう。その傷心覚めやらぬ中、洛陽に上った少游は、妓生で才色兼備の桂蟾月《ケエソムオル》に会う。彼女は多くの公子達に詩の添削をせがまれ、最も良く出来た詩の作者と一夜を過すことになっていた。少游は公子の中に入って優れた詩を書き上げ、蟾月を救い出すとともに縁を結び、自らの傷心を癒したのであった。さらに都の長安に行くと、叔母から鄭司徒の娘鄭瓊貝《ジョンキョンベエ》の容貌・性質ともに優れたことについて聞いた少游は、彼女の家に琴の女名手として変装して入りこんだ。この変装を見破った瓊貝ではあったが、父親の鄭司徒は少游を大変気に入り、紆余曲折の末、少游と瓊貝は婚約するに至った。

［鄭瓊貝の美しき陰謀］しかし、変装事件で辱《はずか》しめを受けたと感じていた鄭瓊貝は、侍女でありながらも瓊貝の朋友であった賈春雲《カチュンウン》を密かに使って楊少游に仕返しを計画する。春雲を仙女とも鬼女ともつかぬ存在に仕立て上げて少游を籠絡しようとし、少游は春雲の美しさに見事に術中にはまってしまう。鄭司徒によって春雲の真の姿を知った少游は、春雲の美しさとともに、春雲の後ろで糸を操った鄭瓊貝の知恵の深さ、思慮深さに改めて彼女の素晴らしさを感じたのであった。

その後、目を見張る出世を遂げた楊少游は、北方の戦乱を平定するために皇帝の使いとして向かったが、その途中で妓生狄驚鴻《ジョキョンホン》に出会って縁を結んだ。

［公主（姫）との結婚・戦争］高官になった楊少游を、皇帝は自分の妹である蘭陽公主《ナンヤンコンジュ》と結婚させようとする。しかし少遊が鄭瓊貝との婚約を理由に断ると、皇太后は烈火の如く怒り、楊少遊を牢に幽閉してしまった。しかし、吐蕃の乱賊が再び唐に侵略してくると、楊少遊の知略なくしては防ぎきれないと考えた皇帝は、楊少遊

を牢から解き吐蕃征伐に向かわせた。その戦争中に、少游は沈裊煙《シンョヨン》という女刺客の襲撃を受ける。しかし、楊少遊の暖かい人間性に触れた沈裊煙は楊少遊と縁を結ぶことになった。さらにこの戦争中に夢の中で、洞庭湖の龍王の娘白凌波《ペクヌンパ》と出会う。白凌波が非道な南海王の息子から逃げてきたことを知ると、少游は南海王の息子の軍隊を破り、白凌波を助けることに成功した。少游は白凌波と夫婦の縁を結んだが、その後、絶体絶命に陥っていた唐軍が息を吹き返すと、吐蕃を大いに打ち破り、少游は大武勲を立てた。

［**二人の公主との結婚**］凱旋した楊少游ではあったが、同じ頃の都では帝の妹、蘭陽公主と少游との結婚のことで相変わらず紛糾していた。鄭瓊貝を他に嫁がせても自分の娘（蘭陽）と少游を結婚させたい皇太后に対して、蘭陽はその非を述べて、二人同時に少游の妃になることを進言する。初めは渋っていた皇太后も蘭陽の真意に動かされ、遂に鄭瓊貝は英陽公主となり二人で楊少游の妻となることになった。

［**母、そして妓生たちとの再会**］秦彩鳳と再会した少游は、王に申し出て故郷に錦を飾った。故郷では、母が見違えるほど立派になった我が息子を見て、嬉し涙に咽んだ。祖先の墓参りを済ませた少游は、母の長寿を祝う大宴を張るとともに、母を都へと誘った。丁度その頃、都には少游の華麗荘重な新邸が完成した。その新築祝いの最中に桂蟾月と狄驚鴻の二人の妓生が少游を尋ね再会を果たすと、少游は二人の居所を自邸内に定めた。さらに越王との文武・美色を競った楽遊原での宴の最中に、沈裊煙と白凌波が現れて、少游と再会した。沈裊煙は見事な剣舞を、白凌波は妙なる琵琶の音を披露すると、越王を始めとして宴に参列していた者たちは言葉を失った。

［**栄耀栄華を極めてみれば…**］楊少遊は、八人の妻たちとともに、これ以上望むことなき栄耀栄華をきわめるに至った。しかし六十歳になり朝廷から退いた少游は、誕生日の宴会にて人生の空しさを強烈に感じる。そこへ六観大師が現れ、全てを明らかにすると、栄華も周囲の八人の妻たちも一瞬にして消え去ってしまった。そし

て、そこにあったのは蓮花峰の道場にいる修行僧性真としての自分であった。その後、不退転の決意で精進を重ねる性真に、全てを託した六観大師は天上に去り、性真と八仙女はこの経験から大きな悟りを得て、極楽浄土に昇ることを保障されたのであった。

3 『九雲夢』評価の乖離

先にも述べたように、『九雲夢』研究は、韓国国内からも評価の高い作品だけあって、従来から様々に言及されてきた。▼注[4] 私の見るところ、『九雲夢』研究の最大の問題点は、この作品の評価に二つの相容れない大きな要素があり、そのどちらかに重点を置くことで、作品の印象が全く違ってしまうことである。その要素とは『九雲夢』を思想・宗教小説と見る見方と、愛情小説と見る見方である。

思想・宗教小説とは、『九雲夢』を儒教・仏教・道教、またはそれらを混合した三教一致の思想から評価する見方である。確かに、『九雲夢』はそこかしこに、そうした思想・宗教の構図が見られる。また愛情小説とは、性真と八仙女、或いは楊少游と二妻六妾の情愛を中心にする見方で、男女の交情の様を美しくかつエロティックに描いたことを本作第一の特色とする見方である。

確かに一見すれば、この二つは相容れないもの見えてしまう。拙編『韓国の古典小説』第一部「文信座談会」▼注[5]で、野崎充彦氏が最初に『九雲夢』を読んだ時の感想として、「私には「深奥なる思想」どころか、好色な主人公が美女たちと次々に情を交わすだけの、何か俗臭紛々たる「欲望世界」が描かれているとしか感じられなかった」(「深奥なる思想」は丁奎福『九雲夢研究』等で展開された従前研究の主張)とし、また鄭炳説氏も同じく初読の感想として、「私の眼にはただ一人の男の女性遍歴に過ぎない話が、どうして後々までずっと読み継がれてきたのか、全く理解できなかった」

と述べられたのも宜《むべ》なることだと思われるのである。

この二つの要素について、私はかつて両者の縫合を図ったことがある。俗や欲望を肯定する『金剛頂経』もしくは金剛界曼荼羅、そして八大菩薩図などの仏教的視点を基軸にしながら、以下のように述べた。

六観大師が性真に対してとった修行法を考えてみるならば、それはこの俗の肯定・欲望の肯定によって、俗や欲望の限界を悟り、聖なる悟りに向かうという、密教の根源的な思想そのものの実践ではなかったかと思われてくるのである。性真が八人の仙女に会い、愛欲に燃え盛る自己を制しきれなくなった時、六観大師は烈火のごとく怒って性真を叱咤したが、大師は性真の欲望を否定はしなかった。そればかりか、自己の思うがままに進んでみろと言ったのだ。（中略）この、心のままを肯定し、その限界を悟ることによって、欲望そのものを超えようとする方法、これが六観大師の思想であった。とするならば、それは『金剛経』の思想と言うよりも、金剛頂経もしくは金剛界曼荼羅の思想と言うべきである。▼注[6]

即ち、『九雲夢』の思想・宗教と愛情小説の乖離を、俗や欲望を肯定する仏教の曼荼羅的観相の視点から読み解くことで繋ぎあわせようと試みたのである。

この『九雲夢』を曼荼羅的観相から捉えることは、今の時点から見ても正しいと思われるのだが、改めて気付かされるのは、野崎氏や鄭氏の初読時の疑問とは、実は、本作の主人公・性真（楊少游）が抱いていた疑問そのもの、もしくは極めて近似するものではなかったかと思われるのである。

たとえば「あらすじ」でも示したように、衡山蓮花峰の天上界に住む性真は、師の六観大師のもと、仏道修行に励むことにより、勝れた学徳を得、大師の信任も篤かったが、南嶽魏夫人の弟子八仙女の色香に迷い、自分の修行に迷いを持ち始める。問題はこの時の性真の心情である。彼は、自分の中に抑えきれずに湧き上がってくる八仙女への思慕、そしてそこから広がる現世・俗世への欲望と、日頃の大師の指導のもとに学ぶ仏教の思想や修行が乖離してゆくことを強く感じていたはずである。それは性真の次の言葉によく表れている。

男兒生世、幼而讀孔孟之書、壯而逢堯舜之君、出則作三軍之師、入則爲百揆之長、着錦袍於身、結紫綬於腰、揖讓人主、澤利百姓、目見嬌艶之色、耳聽玄妙之音、榮輝極於當代、功名垂於後世、此固大丈夫之事也。噫我仏家之道、不過一盂飯一瓶水、數三巻經文、百八顆之念珠而已。其徳雖高、其道雖幻、寂寥太甚矣、枯淡而止矣。

（男兒として世に生まれ、幼にして孔孟之書を讀み、壮にして堯舜之君に逢ふ。出ては則ち三軍之師と作り、入ては則ち百揆之長と為る。錦袍を身に着し、紫綬を腰に結ふ。人主に揖讓し、百姓に澤利し、目に嬌艶之色を見、耳に玄妙之音を聴く。栄輝を当代に極め、功名を後世に垂る。此れ固《まこと》に大丈夫之事也。噫《ああ》我が仏家之道、一盂の飯、一瓶の水、数三巻の経文、百八顆の念珠に過ぎざる而已。其徳は高しと雖も、其道は幻と雖も、寂寥太甚《はなはだ》しく、枯淡にして止む。）▼注[7]

男子として生を享けた限りは、その男子として世に可能な限りのことに挑んでみたい。その思いと、修行に明け暮れる孤独な一本道が、全く別のベクトルとして性真には捉えられているのである。優秀、徳実とは言え、性真は若き青年僧侶である。この迷いは十分に理解できる。

こうした性真の乖離した心情を師である六観大師は良く理解していた。だからこそ性真を叱責しながらも、

汝自欲去、吾令去之。汝苟欲留誰使汝去乎。

（汝自ら去らんと欲し、吾之を去らしむ。汝、苟も留まらんと欲せば、誰か汝を去らしめん乎。）

と己の心のままに進むよう性真に促したのである。結果、性真は楊少游として下界に生まれ変わり、栄耀栄華を極めながらもその空しさを知って大師のもとへ戻ることとなった。大師はその性真の心情を見通しながら、「汝乗興去、盡興而来」（汝、興に乗じて去り、興に盡きて来る）と言って迎えたのである（最終章「楊丞相登望遠、眞上人返本還元」）。

とすれば、本作の理解へ向けて、従来から議論されてきた思想・宗教世界と愛情世界の乖離とは、元々この物語に乖離そのものとして存在していたもので、その乖離をどう縫合するかが、六観大師が性真を下界に送った理由であり、

性真の修行のテーマであったと言って良いように思われる。

これは『九雲夢』の読者の多くが、金萬重の母親である尹氏を始めとする両班婦女子たちであったことからも十分に推測されることである。というのは、彼女たちは、当にこの思想・宗教世界と愛情世界の乖離で常日頃から苦しんでいたと考えられるからである。

彼女たちは、国や父母から儒教の倫理観を小さい時から教わる、或いは強制されて育ってきた。特に、陰陽の有別思想における夫唱婦随の倫理は有無を言わさぬ力を持っていた。しかし彼女たちは実際に両班の男性と結婚した際、多く夫との愛情問題で苦しんだはずである。それは第一に、両班と両班婦女子との結婚は多く一族と一族、家と家との政略結婚であり、そこに愛情が介入することは少なかったからであるが、夫たちが、宮中を中心に外を自由に行き来し、時には妓生との遊びも可能であったのと違い、婦人たちは家の奥底に押し込められて、夫の帰りを待つしかなかったからである。その孤独地獄は、性真が感じた修行の孤独に一脈通じるものがある。

では、そうした両班婦女子たちは、この『九雲夢』を読むことによって何を感じ、何を得たのか。

そこに曼荼羅的観相があったとすれば、たとえ夫が最上の男であり、その夫から最上の情愛を得たとしても、その情愛そのものが空しいことを観じる（観相する）ことになったはずである。むろん、その空しさとは、読み手個々人が観じるものであって、それ以上のものではない。観じるか観じないかは、禅の考案と同じであって、答えはないのである。よって読み手によっては『九雲夢』を読んでも空しさを感じないことも多々あったろう。しかし、主人公の楊少游と同じく栄華の果てに、人生に対する強烈な空しさを観じる（最終章「楊丞相登望遠、眞上人返本還元」）読み手も居たはずである。

実は、『九雲夢』の最終章の何処をどう読んでも、その空しさの内実が書いてあるわけではない。読者は、楊少游と共に刻苦勉励して科挙を状元及第し、政治や戦争の経験を通して成長するとともに、八人の女性と出会って、愛情世界を構築する難しさとたおやかさを全て味わった果てに、心に豁然《かつぜん》と起こる空虚を観じなければならない。『九雲夢』の最後に楊少游の空しさの内実が書かれていないのは、それは観じるものであって書くことは出来ない世界だからである。

よって、この物語は、その観相に至るまでの過程が重要なのである。『九雲夢』が楊少游と二妻六妾との出会いとその展開に多くのスペースを割いているのは、そのためである。最初と最後の宗教的（仏教的）世界と、その間に挟まれた現実的な世界を切り離して、特に後者が大部分を占めることから、そちらに重心を置く「読み」が多く行われているが、それは誤りである。最初と最後の宗教的世界と中間の現実的世界は決して分裂しているのではない。

4　三層の曼荼羅

この最初と最後の宗教（仏教）的世界と中間の現実的世界は、同じく本作を曼荼羅的に観相することで、見事な繋がりを持つことが、また了解されもする。以下その点について論じてみたい。

前稿▼注[8]において、『九雲夢』と曼荼羅的観相との関係を述べたことがあったが、その時は曼荼羅を平面的に利用した。しかし、改めて『九雲夢』の構造を見る時、この曼荼羅的観相は、表面的なものでなく立体的に展開されるものであることに気付く。しかもその立体とは単純な二層ではなく、三層の厚みを持っている。以下、その三層を図式化してみたい【図1～3】。

まず、第一層は、世俗の恋愛・家族世界である。一人の夫に対して二人の正妻と六人の妾女、つまり八人の妻たちが暮らす世界である。この世界の中心に居るのは楊少游であるが、実質的な統治をするのは楊少游の母親（大夫人、柳氏）

である。場所は楊少游邸で、この楊少游邸の構造については、堀口悟氏の詳しい考察がある。▼注[9] それによれば、楊少游邸は、楊少游が客を接待する政治的空間である太史堂・礼賢堂と、楊少游の母親を中心に蘭陽公主、英陽公主（鄭瓊貝）、彩鳳、春雲が住む内室（母屋空間）とに分けられる。妓生であった桂蟾月と狄驚鴻は楽妓を束ね、政治空間に近い賞花楼、望月楼に住み、楊少游の接待に奉仕する。また、白凌波と沈裊煙は邸外の花園の池畔にある映蛾楼と、山近くの氷雪軒に住むことになった。両者の出自（洞庭湖の龍王の娘、吐蕃）を考え、他の六人との身分の差を意識したものであろうが、大切なのは、そうした違いはあるものの、公主二人が「而今吾二妻六妾、義逾骨肉、情同娣妹」（而も今、吾が二妻六妾、義は骨肉を逾へ、情は娣妹に同じ）と言ったように、八人が同志として固い絆で結ばれていたことである。また、そうした状況を生み出していたのは、楊少游の八人への情愛が「彼此均一」であったが故であった。

第二層は現実的世界である。ここには権力から恋愛まで世俗のあらゆるものが登場する舞台である。本図では、丞相となった楊少游と八人の女性達との出会い中心にが描かれる。中心に立つのは楊少游であるが、実質的な権力を保

六観大師

仙女	仙女	仙女
仙女	**性真**	仙女
仙女	仙女	仙女

図3　第三層「仏教的解脱の世界」
天上空間

皇帝

公主	御使娘	司徒娘（公主）
妓生	**丞相**	公主侍女
龍王娘	女剣士	妓生

図2　第二層「現実的世界」
世俗的空間

母親（大夫人、柳氏）

蘭陽公主（正妻）	彩鳳（妾女）	英陽公主（鄭瓊貝・正妻）
桂蟾月（妾女）	**楊少游**	春雲（妾女）
白凌波（妾女）	沈裊煙（妾女）	秋驚鴻（妾女）

図1　第一層「恋愛・家族世界」
楊少游邸空間

持するのは皇帝であり、その皇帝を中心とした権力構造に『九雲夢』は抗うことなく、むしろその世界での礼教、すなわち君臣・親子・男女等の区別が厳格に意識され、その礼教を守り抜きながら、楊少游が出世して八人の女性達と見事に結ばれる過程を丁寧に描いている。この問題については、エマニエル・パストリッチ氏が「『九雲夢』の均整美」▼注[10]に詳述されているので参照されたい。

ただ、その礼教以上にここで重要なのは、八人の女性達が中国全土に散らばっていた点である。

第一層の曼荼羅は、親子・夫婦・家族という狭い世界の秩序であったが、第二層の曼荼羅は君臣や社会の制度といった世界に対象を広げると同時に、中国全土に散らばった八仙女の生まれ変わりと逢い、夫婦の契りを結ぶ形で都へ呼び寄せる過程が描かれる。極めてスケールの大きな曼荼羅図となっている。

そして最上に位置する第三層は、天上空間である。この空間の中心は性真であるが、やはり統括者は六観大師である。問題はこの三層が作品全体にどのような影響を及ぼしているのかである。これを考えるためには、統括者である六観大師が何者であるのかを精査する必要がある。

5　六観大師とは何者か

六観大師の「六観」とは何か。『九雲夢』は有名な作品でありながら、この問題についてはあまり言及されていない。管見ながら「六観大師」が「六如和尚」とも呼ばれたことが『九雲夢』の本文に書かれていることを指摘するのみである。

この「六観」と言い、「六如」と言い、「六」という数字が変わらないのは重要な問題である。というのは、「九」雲夢、「八」仙女、「二」妻「六」妾など、『九雲夢』には象徴的な数字が多く登場して、それぞれに独特な意味を持たせていることが注意されるからである。「六観大師」「六如和尚」の「六」にはどんな意味が込められているのか。

まず「六観」と言ってすぐに連想されるのが「六観音」である。「六観音」は中国の天台大師智顗の著『摩訶止観』（六世紀末成立）に出てくる。大悲・大慈・獅子無畏・大光普照・天人丈夫・大梵深遠の観音のことで、地獄・餓鬼・畜生・修羅・人・天の六道の苦しみから解き放つ菩薩として挙げたものである。▼注[11]これが後代になって真言宗などにより、聖・千手・馬頭・十一面・准胝・如意輪の六観音となる。金萬重の時代の朝鮮であれば、こちらが一般的だったろう。

大事なのは、この六観音が六道輪廻の苦しみから衆生を救うとされた点である。この六観音と六道輪廻の「六」は仏教では極めてポピュラーなものであり、「六観大師」「六如和尚」の「六」から連想される仏教語としては、この二つを挙げるのが穏当だろう。

そうした点を踏まえた時に更に重要なのは、六観大師と性真が修行した場所が、衡山蓮花峰であったことである。「蓮華」と言えばすぐに『法華経』すなわち『妙法蓮華経』が連想される。『法華経』は言うまでもなく「観世音菩薩普門品第二十五」を持ち、観音信仰の基盤を作った経典であるとともに、六道輪廻から衆生を解脱させる思想を「方便品第二」で十界互具、並びに三車火宅の喩え（法華七喩の一つ）と共に展開した。▼注[12]

十界とは地獄界から仏（如来界）までの十段階の世界観である。以下にその様相を図示する【図4】。

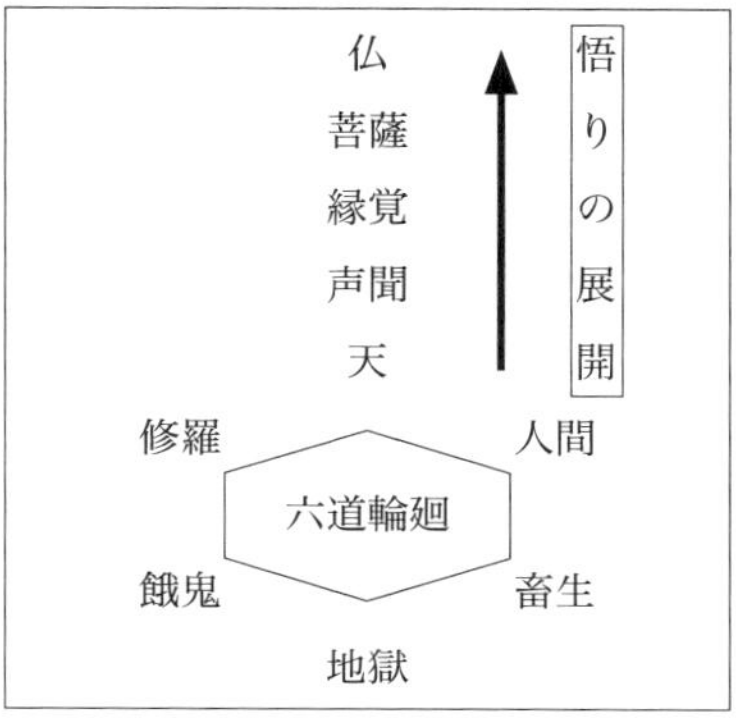

図4　十界図

『九雲夢』との関係で興味深いのは、この十界の構造と『九雲夢』の物語構造が酷似することである。六観大師と性真が修行する場が天上つまり天界であり、六観大師が性真の情欲を理解し、解き放ったのが人間界を中心とした六道の世界であった。そして、その情欲の限界（六道輪廻）を悟った性真は天上で八仙女とともに修行をし、菩薩の大道を歩んだのは、六道輪廻から性真と八仙女が解脱して悟りに向かったということである。

この天界に居て、人間界を始めとする六道界（曼荼羅の第一、第二層）と菩薩界（第三層とそれ以上の菩薩道）との橋渡し役をした六観大師（六如和尚）は、まさにこの十界の論理を司る僧侶であり、それ故にこそ「六観」「六如」という名を付けられたと言って良い。

また、蓮華峰の蓮華であるが、これが『法華経』の大乗仏典としての根本教義を象徴するものとして、泥中（娑婆世界・現実世界・六道輪廻）に根を張って、その中から美しい華（菩薩・仏）を咲かせる姿がシンボライズされていることも重要である。性真と八仙女は、まさに泥中に一度落ち、その限界を悟ったからこそ、菩薩の世界へと向かい華を咲かせたからである。

ただ、一般的な意味での六道輪廻を連想した場合、『九雲夢』の現実世界は美しすぎるかも知れない。例えば、『十王経』や諸経・諸説話に登場する地獄廻りのような凄惨な地獄は、『九雲夢』には登場しない。凄惨さと言えば楊少游が将軍となって吐蕃の征伐に向かい、そこで繰り広げられる戦争・戦闘の場面、すなわち六道で言えば修羅の世界が描かれる程度である。

よって『九雲夢』は六道輪廻と言っても、天界・人間界・修羅界が中心に描かれたと言って良い。しかし、もしここに絞ったとすれば、それはまた別個に重要な問題を内包していると考えられる。特に重要なのは、性真が天上において下界（人間界）の情欲に襲われた時、「男児在世、幼而讀孔孟之書、壯而逢堯舜之君、出則作三軍之師」と言ったことである。「三軍」は中国春秋戦国時代の兵制で上中下の軍を指し、「師」は将軍を指す。大軍の将となって活躍したいという願望、すなわち修羅界の心である。そして「幼而讀孔孟之書、壯而逢堯舜之君」は、言うまでもなく儒教の世界である。問題なのは、儒教の世界を修羅の世界と並ぶ、下界（人間界）の情欲世界の一つとして『九雲夢』では捉えたことである。

そして、天上界で描かれた、女神仙の代表的存在としての南嶽魏夫人、並びにその弟子である八仙女、そして性真の俗世への転生によって帰仙してしまった父親の楊処士、という世界は、これも言うまでもなく道教的世界とすれば、『九雲夢』では、儒教・道教の上に仏教を置いたということになる。

むろん、従来の研究においても、『九雲夢』に三教一致の思想を見る見方と同時に、その統括的立場に仏教を置く見解も見られるのだが、これは慎重に見極めなければならない問題である。紙数の問題もあるので、詳述はまた別の機会に譲るしかないが、いま一つだけ指摘しておくなら、仏教、特に大乗経典の『法華経』『華厳経』等が、それまでの上座部仏教と大乗経典の相克を乗り越える思想的止揚（一仏乗）を行ってきた点である。本稿に即すならば、十界の問題がまさにそれである。たとえば、稲荷日宣氏は「十界の成立（２）―特に上四界と下六界との結びつき―」（『印度学仏教学研究』、一九六二年）において、十界の成立について以下のように述べる。▼注[13]

十界は成立的に見れば、（中略）下六界の印度バラモン哲学の世界観や有情説を仏敏的に練上げたものと、上四界のそれとは全く性質を異にした仏敏濁特の仏道修行者の階級であつたものを世界論的意味づけをしたものと、この二つの結びつきであるということができよう。

すなわち、十界には仏教成立の面前にあったバラモン教とその教学への挑戦と克服があったということである。金萬重がそうした仏教の在り方をどこまで意識していたかは分からないが、『九雲夢』を本稿のような視点から見れば、萬重が眼前にあった朝鮮社会の思想への挑戦・克服として仏教が用いられたと見ることも十分に出来るのである。そのことは、『九雲夢』が萬重の最晩年、しかも粛宗王の逆鱗に触れて、宣川への流配中に書かれた、最後の著作であったことを考えなくてはならない。

一般には、萬重の立場（西人派の重鎮の両班）、またその著作内容（『西浦漫筆』等）の内容、そして『九雲夢』が小説であることから、『九雲夢』を萬重の思想的変遷から外して扱いがちであるが、萬重が最後にどのような世界観に辿りついたのか、それを考える時に『九雲夢』は外すことが出来ない重要な著作と見なくてはならない。

【注】

［1］特に有効なのは朝鮮の視点である。従来の日本における東アジア研究は多く日中・和漢比較研究であり、そこから朝鮮が大きく脱落・隠蔽されてきたことは明らかである。

［2］カール・ウィットフォーゲル『オリエンタル・ディスポティズム』（湯浅赳夫訳、新評論社、一九九五年）。湯浅赳夫『「東洋的先制主義」論の今日性』（新評論社、二〇〇七年）。柄谷行人『帝国の構造―中心・周辺・亜周辺』（青土社、二〇一四年）等参照。

［3］大谷森繁「朝鮮朝小説の実像」（『朝鮮学報』一七六・一七七輯、二〇〇〇年一〇月）。

［4］旧稿（「韓国古典小説、代表作品20選」中の「九雲夢」、染谷智幸・鄭炳説編『韓国の古典小説』ぺりかん社、二〇〇八年）において の研究史を整理した金炳國氏の「〈九雲夢〉、その研究史的概観と批判」（『金萬重研究』セムン社、一九八三年）に倣って代表的な問題点を取り上げつつ、『九雲夢』の研究史を整理を試みたので参考にして欲しい。

なお、『九雲夢』の解題増補本とも呼ぶべきものに『九雲記』（作者未詳）があるが、これは近時、朝鮮の作品ではなく中国の作品であることが証明された（「九雲樓と九雲記の距離」ヤン・スミン『韓国古典研究』二四集、韓国古典研究学会、二〇一一年）。よって「韓国古典小説、代表作品20選」は十九作ということになる。いずれ訂正を試みたいと考えている。

［5］染谷智幸・鄭炳説編『韓国の古典小説』（ぺりかん社、二〇〇八年）。

［6］染谷智幸「東アジアの古典小説と仏教」（『西鶴小説論―対照的構造と〈東アジア〉の視角』翰林書房、二〇〇五年所収）。

［7］漢文の句読点と訓読は私に行った。なお本文は現在最も原本に近いと言われる漢文本の老尊本を用いた（『九雲夢原典の研究』丁奎福、一志社、一九七七年の影印より）。

［8］注6の前掲論文。

［9］堀口悟「『九雲夢』の楊少游邸と『源氏物語』の六条院」（『韓国の古典小説』ぺりかん社、二〇〇八年所収）。

［10］注3所収。

［11］速水侑編『観音信仰事典』（戎光祥出版、二〇〇〇年）。

［12］朝鮮の仏教に『法華経』が大きな影響を与えたことは、鎌田茂雄『朝鮮仏教史』（東京大学出版会、一九八七年）等に詳しい。

朝鮮時代において著名なものは、七代国王の世祖が編纂した釈迦の一代記『釈譜詳節』に載る「法華経諺解」や、同時代の金時習による『妙法蓮華経別讃』等である。よく知られているように、金時習は世祖による王位簒奪（一四五五年）に異を唱えて、一切の公職を拒否した六臣（生六臣）の一人である（この折に死んだ六臣を死六臣と言う）。このように対立した両者がともに『法華経』に深く帰依していたことからも、当時の『法華経』信仰の深く広い希求のほどが見て取れる。

［13］稲荷日宣氏「十界の成立（2）─特に上四界と下六界との結びつき─」（『印度学仏教学研究』一九六二年所収）。

6 日中近代の図書分類からみる「文学」、「小説」

河野貴美子

1 はじめに――問題の所在

学術や文化の世界はいかに構築され、いかなる変遷をとげてきたのか。図書分類の歴史は、その枠組みや全体像を最も象徴的に映し出すものにほかならない。小稿は、主として十九世紀後半から二十世紀前半にかけて、「近代化」にむけ大きくパラダイムシフトした日本および中国の学問世界の、特に「文学」や「小説」にまつわる状況について、検討と改編が繰り返された図書分類のありようを通して考察を試みるものである。

現在日本の図書館で標準的に用いられている『日本十進分類法』（NDC）新訂十版は、▼注[1]周知のように、全体を十に区分し、「0総記、1哲学、2歴史、3社会科学、4自然科学、5技術、6産業、7芸術、8言語、9文学」とする。そのように体系化され、グループ化された知識世界における、「900 文学 Literature」の箇所をみると、「文学作品は、原作の言語によって分類する。次いで文学形式によって区分し、さらに特定の言語の文学に限って、時代によって区分する」との方針の下、「総記」に続き、まずは「日本文学」を対象とする区分が掲げられる。その中では例えば、「913」

という記号が「小説、物語」という分類にあてられ、さらにそこには細区分として、『古事記』、『日本書紀』から始まり、「物語文学」、「歌物語」、「説話物語」、「歴史物語」、「軍記物語」、「お伽草子」、「読本」、さらには近代の「小説」までもが形式ごとに時代順に列挙される。このように『古事記』、『日本書紀』から近代の「小説」までを一つの枠組みとして捉えることに対して、さまざまに異論をはさむことはできようが、重要なのは、右に掲げたカテゴリーは実際いかに重なり、関わり合うものか、そしてまた、それらカテゴリー間の重なりや関わりがこれまでいかに思考されてきたのかということを繰り返し問いつつ、「文学」の概念とその歴史を、現在の問題として検証し続けることであろう。▼注[2]

なお、「913 小説、物語」の見出しには、「Fiction. Romance. Novel」との英単語が並べ掲げられている。日本の「小説、物語」と「Fiction. Romance. Novel」とが本来完全に一致するものではないことは、今さら指摘するまでもなかろう。しかしこのように、現在通常いわれるところの「小説」や「物語」の概念が、西洋の学術・文化との接触を経て、再編され、「上書き」されたものであることを記憶し、その意味を問い続けていくならば、それはやがて東アジア文学圏共通の現代的課題の考察へと連なっていくはずである。

『日本十進分類法』は、「日本文学」に続いて「920 中国文学 Chinese literature」の区分を立て、その中に日本文学と同じく「923 小説、物語 Fiction. Romance. Novel」の分類を置く。そしてさらにそれは、「923.4 秦、漢、魏晋南北朝、隋唐：捜神記、冥祥記、博物志、世説新語、遊仙窟」、「923.5 五代、宋、元、明：剪灯新話、三国志演義、水滸伝、西遊記、金瓶梅、今古奇観」、「923.6 清：西湖佳話、肉蒲団、聊斎志異、儒林外史、紅楼夢」、「923.7 近代：民国以後」と分けられており、日本の場合と同様、さまざまな形式、内容、性格の著作が「小説、物語 Fiction. Romance. Novel」の名の下に集約、整理されている。そしていまここで問題としたいのは、中国においては、『漢書』藝文志以来、二千年におよぶ書籍の分類の歴史、目録学の伝統が存在するにもかかわらず、この『日本十進分類法』においては、他の「日本文学」、「英米文学」、「ドイツ文学」、「フランス文学」等と同様の基準によって、その「文学」が区分され、体系化されていることである。例えば、右に掲げられた書目のうち、秦～隋唐の「小説、物語」として列挙されている『捜神記』（東晋・干宝撰）と『冥祥記』（斉・王琰撰）は、『隋書』経籍志においては史部・雑伝に著録されており、『博物志』（西晋・張華撰）は子部・雑家に、『世説新語』（劉宋・劉義慶撰）は子部・小説家に著録されている。ここでいう「小説」とは、（Fiction や Romance や Novel ではなく）「街説巷語之説（街頭や路地裏で語られた話）」▼注[3]の意であることは、夙に知られたことである。また『遊仙窟』（唐・張鷟撰）は、中国では散佚し、古来目録類に著録すらされなかった著作であるが、八世紀には日本に伝来して大きな影響をもたらし、日本にのみテキストが伝存することとなった佚存書である。このように、『日本十進分類法』が中国の最初期の「小説、物語」として挙げる書物は、前近代の中国においてはそれぞれ別のカテゴリーに分かれるものとして捉えられていた著作であったり、あるいはまた、中国の目録や学術文化史においては記録すらなされず「無視」され、「忘却」されてきた著作をも含むものである。そして小稿が問題として取りあげたいのは、そうした書物の世界を近代の思考の枠組みによって再編、再構成する日本の図書分類が、近代以降の中国における図書分類や学術概念の形成にも極めて深く関与していることである。

前近代の日本は、学術的思考や文化形成の根幹において、中国の多大な影響のもと、その枠組みや体系を学び、導入してきた。そして書物は、学術や文化の展開の軌跡を示す最も象徴的な遺産の一にほかならない。しかしながら近代以降、日本は、それまで自らの学術や文化を規定してきた中国を離れ、西洋の知識世界、学問体系を取り入れ、それに対応すべく、それまで日本に蓄積されてきた中国の書物世界をも含めて、ドラスティックな組織改革に踏み切ったのであった。そしてその波は、今度は日本から中国へと押し寄せた。そのようにして再編、上書きされたうえで現在に至る学術・文化の枠組みや体系をいかに理解し、今後いかなるものとして継承していくかは、日中、ひいては東アジアに共通の課題として今なおまさに存するわけである。以下小稿では、まずは日本、次に中国における近代の図書分類や書物をめぐる思考、研究について、主に「文学」あるいは「小説」に関わるいくつかの資料とともに検討を行い、東アジア文学圏が内包する問題に迫ってみたい。

2　近代日本の図書分類における「文学」、「小説」

日本においては、中国と異なり、前近代には固有の図書分類法が確立されてはこなかった。また和書を扱う総合的な目録も、『本朝書籍目録』（一二七七〜九四年頃成立）を除けば中世以前のものは残っていない。しかし近世に至ると、さまざまな目録が作られるようになり、中には「小説」という部類を設けるものも現れてくる。

多田勘兵衛編『合類書籍目録大全』（享和元年〈一八〇一〉刊、全十二巻）の第十一巻には「小説」の部類が立てられ、『忠義水滸伝』（岡島冠山訳）や『忠義水滸伝解』（陶山南濤訳）、『小説精言』『小説奇言』（以上岡白駒訳）や『小説粋言』（沢田一斎訳）等、明清のいわゆる白話小説の翻訳物が列挙されている。これら白話小説の刺激が、やがて都賀庭鐘の『英草紙』や上田秋成の『雨月物語』を生み出していくことから考えれば、「小説」「物語」「草子本」を大きくまとめて一括りとする現在の図書分類に連なるラインとみることもできるのであるが、しかし「小説」の内実はもちろんより複雑である。

明治に入り、国立国会図書館の前身である書籍館が明治五年（一八七二）に設立され、明治十三年（一八八〇）に東京図書館と改称、同十六年（一八八三）に『東京図書館和漢書分類目録』が刊行される。当該の目録は、全体を大きく「和書門」と「漢書門」に分ける。「凡例」によれば、「和漢共泰西ノ学術ニ関シ又ハ其書ヲ訳セシモノ、類ハ之ヲ新書目録ニ編ス」こととして除き、明治以前の旧書籍を収めた目録ということである。そして「編者ノ所見ニ任」せて作成されたというその分類は次の通りである。

和書：神書、国史、雑史、伝記附系譜、政書、記録、武家附兵法、儒書附教訓 子解、医書、釈書、農書附物産 土木、天文

附算法卜筮、地理附紀行、和歌、和文、詩文、文墨金石、音楽遊技、字書、類書附叢書目録、小説、雑書

漢書：経書、正史、雑史、伝記、政書、儒家、兵家、医家、釈家附道書、農家、諸子、天文附算法占緯、地理、詩賦、
文章、藝術、字書、類書附叢書目録、小説、雑書

漢書の分類は、中国伝統の四部分類を基とするものであり、和書の分類もそれと多く重なりつつも「経書」を「神書」に入れ替え、「和歌」「和文」を加える等、日本の状況に適応させるため幾ばくかの加工を行ったものといえよう。しかしながら四部分類と比べてみた場合、その枠から大きく外れて位置付けられているのが、他ならぬ「小説」である。経部・史部・子部・集部からなる中国伝統の四部分類において、「小説」は子部の中の小分類として存在していたものであり、それに照らせば右の分類においては、「天文」の前後辺りに配置されるべきものである。それが巻末近くに移されているのはなぜか。「小説」に続く「雑書」は「他ノ類目中ニ収メガタキモノ」（「目次」）を収める分類である。「類書」や「叢書」というさまざまな内容からなる編纂物と「雑書」との間に置かれた「小説」というカテゴリーは、当時、従来の（四部分類における）「小説」の概念には収まらない、さまざまな「小説」が出現し、それらを「小説」という分類に括ってはみるものの、もはやそれは子部には「収めがたい」、新たな概念、新たな様相を有するものに変容してしまった、そうした状況に直面した近代知識人の「判断」の産物ではないか。

当該目録の「目次」は、漢書における「小説」分類について次のような説明を附す。

異聞瑣記演義伝奇ノ類ニシテ山海経、夷堅志、宣和遺事、演義三国志、水滸伝、西廂記、桃花扇等ノ如キモノ

また、和書の中の「小説」分類については、

古事談、百物語、絵本曾我物語、絵本太閤記、里見八犬伝、絵本通俗三国志、新編水滸画伝、膝栗毛等ノ類

とある。後者は書名を列挙するばかりで、判断の基準を説明する文言はないが、『古事談』が筆頭に掲げられており、いわゆる説話の類をも含むものとなっている。ただし『今昔物語集』や『宇治拾遺物語』は「小説」ではなく、「和文」

の項目に分類されている。「和文」という分類については、「物語草子及ヒ日記消息往来ノ類」（「目次」）と説明されており、『今昔物語集』や『宇治拾遺物語』は当該目録においては「物語」の範疇にあるものと捉えられたようである。

その後、東京図書館は明治十八年（一八八五）に『東京図書館和漢書分類目録後編』を刊行し、続いて明治二十二年（一八八九）には『東京図書館増加書目録第一編和漢書之部』（以下『増加書目録』）が刊行される。そして後者の「概子明治以後ノ著訳出版ニ係リ特ニ西洋ノ学術ニ関スルモノヲ多シトス」（「凡例」）る『増加書目録』では、和書と漢書を別々にはせず一つの同じ分類の中に合わせて著録する。その「目録編纂法ハ概子西洋書目ノ体例ニ倣ヒ傍和漢ノ旧例ヲ折衷」（「凡例」）したものと説明されているが、『増加書目録』は、主として明治期以降に著述出版された新しい書物を分類すべく、次のような新たな八門分類を打ち立てる。

第一門 神書及宗教　第二門 哲学及教育　第三門 文学及語学　第四門 歴史伝記及地理紀行　第五門 法政社会経済及統計　第六門 数学理学及医学　第七門 工学兵事藝術及産業　第八門 類書叢書雑書雑誌新聞紙

そしてとりわけ注意したいのは「凡例」中の次の一文である。

漢書ハ体例ヲ四庫総目ニ執ラズ便宜分類セシモノアリ。即チ経書諸子ヲ哲学類ニ蒙求ヲ伝記類ニ採録セシガ如キ是レナリ。

ここに、「漢書」は旧来の四部分類体系を解体させられ、この新たな体系に適応させられるに至ったのである。そして「小説」は、「第三門 文学」の中の小分類に位置付けられている。▼注〔4〕ここに「小説」は「文学」の構成員となったのである。▼注〔5〕例えば当該目録においては、『剪灯新話』（明・瞿佑撰）が『八十日間世界一周』（仏・ヴェルヌ著）や『経国美談』（矢野龍渓纂訳）とともに、「第三門 文学及語学　甲 文学　十 小説　ロ 外国小説」の分類項目に著録されている。いわば本国中国を差し置いて、（『剪灯新話』のような）中国の著作を「文学」そして「小説」と認定し位置付けていく作業

が進んだわけである。▼注[6]

さて、東京図書館は明治三十年（一八九七）に帝国図書館と改称し、明治三十三年（一九〇〇）から同四十年（一九〇七）にかけて『増訂帝国図書館和漢図書分類目録』を部門別に刊行していく。分類は『増加書目録』の八門分類を踏襲しており、「文学、語学之部」は明治四十年（一九〇七）に刊行された。これは「明治三十二年末現在ノ本館所蔵図書中文学及語学ニ属スルモノヲ悉ク収録編纂」（「凡例」）したものということであるが、注意したいのは、ここに、明治以前の旧書（古典籍）と明治以後の新書とを全て同じ基準で分類配列する目録が出現したことである。右にあげた「増加書」のみではなく、「文学」に関する古今東西の書物が一つの体系のもとにまとめられたわけである。その「編纂法ハ分類設目上従来ノモノト稍〻其方法ヲ異ニ」して、「文学ニ在テハ先ヅ総記、日本文学、支那文学、欧米文学、小説、演説及論説、書目ノ六類」（「凡例」）に大別するものである。ここで「小説」は「文学」を構成する大項目としての位置付けを与えられ、また最も多くの紙幅が割かれ、▼注[7]「文学」における最大勢力を示す存在として立ち現れている。その「小説」の内訳は、さらに、「一 総記、二 物語、三 御伽草子、四 浮世草子、五 洒落本、六 草双紙、七 読本、八 実録体小説、九 人情本、一〇 滑稽本、一一 噺本、一二 寓意類、一三 諷刺類、一四 近体小説、一五 翻訳小説、一六 支那小説」に分けられ、例えば『古事談』や『古今著聞集』は「八 実録体小説」に分類されている（『今昔物語集』や『宇治拾遺物語』は依然「日本文学」中の「和文」に分類されている）。また「一六 支那小説」は、さらに細かく「ア 総記、イ 情史及演義、ウ 巷談異聞瑣語神仙談、エ 笑語、オ 漢文小説」に分けられ、冒頭取りあげた『捜神記』や『冥祥記』は「ウ 巷談異聞瑣語神仙談」に、『遊仙窟』は「イ 情史及演義」に分類されている。▼注[8]

「文学」の中に「小説」を配置し、しかもその中心的な存在感を示すものとして位置付けることは、本来「小説」とは「閭里小知者（巷の小賢しい者）」が語る「街談巷語」に過ぎない（『漢書』藝文志）と説明していた中国の目録分類の概念からすれば、極めて大きな飛躍である。しかし中国において「小説」は、雑伝や随筆札記、あるいは演義、白話小説の類等、さまざまな性格の著作を抱え込み、その枠組みや概念は変化、拡大し続けていた。そして、この帝国図書館の分類目録や、日本に伝存する中国「小説」の「発見」等が機縁ともなり、中国における図書分類、学術・文化体系に対する概念も大きな転換が図られていく。

3　二十世紀初頭における中国の図書館学事情と日本

『増訂帝国図書館和漢図書分類目録』の分類法は、日本図書館協会（明治四十一年〈一九〇八〉設立）の編纂になる『図書館小識』（大正四年〈一九一五〉刊）において「目今我国図書館の多数によりて模範視せらるゝ者」として紹介され、まもなく中国にも伝えられることとなった。『図書館小識』は刊行の二年後には通俗教育研究会の編訳により中国で出版され（『図書館小識』一九一七年）、また翌年には顧実による編訳も出版されている（『図書館指南』一九一八年）[注9]。

また、近代中国で作成された最初期の代表的な図書分類である杜定友（一八九八〜一九六七）の『世界図書分類法』（一九二五年）[注10]は、アメリカのデューイ十進分類法（DDC、一八七六年発表）を基礎として考案されたものであるが、杜定友は日本の図書分類法としては「帝国図書館の分類が最も詳しい」と紹介し、次のように述べている。

日本与我国、素称同種同文。其哲学文学、多自我国流伝而去。所有図書、亦多与我国相同。故吾人亦可参攷其図書分類法、以応我改良之用。

日本と中国とは同種同文であり、日本の「哲学」「文学」は多くを中国から受け継ぎ、日本の多くの書物は中国に共通するのであるから、中国は日本の図書分類法を参照して、改良し応用すべきである、とある。

中国では折しも中華図書館協会が成立し（一九二五年）、アメリカ図書館協会代表のArthur E. Bostwickを招いて行われたその成立記念式典において、梁啓超（一八七三〜一九二九）は次のような言葉を述べている。

我們很信中国将来的図書館事業也要和美国走同一的路径纔能発揮図書館的最大功用。……但中国書籍的歴史甚長、書籍的性質極複雑、和近世欧美書籍有許多不相同之点。……従事整理的人、須要対於中国的目録学（広義的）和現代的図書館学都有充分智識、且能神明変化之、庶幾有功。這種学問，非経許多専門家継続的研究不可、研究的結果、一定能在図書館学裏頭成為一独立学科無疑、所以我們可以叫他做「中国的図書館学」。▼注[11]

中国の将来の図書館事業はアメリカとともに進んでいくべきである。しかしながら中国の書籍の歴史は長く、その性質は極めて複雑で、欧米の書物とは多くの相違点が存在する、とある。そして梁啓超は、中国伝統の目録学と現代の図書館学の双方を理解する専門家が共同して「中国的図書館学」を構築する必要を訴えるのである。

このように当時中国においては、図書館の建設や運営をめぐって盛んに海外の情報を摂取しつつ、中国にふさわしい中国式の図書館学の構築が目指されていた。そうした中、欧米とは異なり、古来書物を共有し、「文学」を共有してきた日本の試みは、強く意識されていたことが杜定友の発言からも確認できるのである。また中国における「文学」、殊に「小説」という分類、枠組みへの意識は、日本に伝存する中国「小説」の存在が、やはりこの時期に刺激となり、新たな目録分類や学術体系の構築へと展開していくようである。

そこで次に、そうした機運の基となった著作として『遊仙窟』を例に取りあげ、中国の「小説」をめぐる日中の状況についていくつかのトピックを辿ってみたい。

4　『遊仙窟』と鄭振鐸の「文学」「小説」研究

中国においては夙に散佚してしまった唐代小説『遊仙窟』が日本には伝存することを中国が「発見」したのは、清国公使館員として来日し、佚存書の収集に力を注いだ楊守敬（一八三九～一九一五）によってであった。日本における貴重漢籍の収集調査の成果として一八九七年に刊行された『日本訪書志』十六巻のうち、巻八には、『世説新語』残巻古鈔巻子本、古鈔本『冥報記』三巻・附『冥報記』輯本六巻・『冥報記拾遺』輯本四巻、そして『遊仙窟』一巻等が取りあげられ解説が附されている。ただ、『日本訪書志』の構成は四部分類に則っており、『世説新語』や『冥報記』、そして『遊仙窟』を収める巻八の版心には「訪書志巻八小説」とみえるものの、これは（「文学」ではなく）依然「子部」の中の「小説」として認識され、位置付けられているものである。

しかし前節でみたように、日本の新しい分類法が紹介され、中国において中国式の分類法や図書館学の検討が推進されていくちょうどその頃、日本で刊行された『遊仙窟』の影印も一つのきっかけとなり、中国学者の書物や「文学」「小説」に対する研究を新たな方向へと導いていく。

鄭振鐸（一八九八～一九五八）の「関於遊仙窟」（一九二八年十二月執筆）▼注[12]は、大正十五年（一九二六）に古典保存会から刊行された『遊仙窟』醍醐寺蔵写本の影印をいち早く入手した鄭振鐸が、影印に附された山田孝雄の解題の謝六逸（一八九八～一九四五）による中国語訳とともに発表した論文である。鄭振鐸は、蔵書家としても著名であるが、文学研究会の機関誌『小説月報』や『文学週報』等の主編を務めた近代中国文学草創期の中心メンバーで、『挿図本中国文学史』（一九三二年）や『中国俗文学史』（一九三八年）をはじめ数多の文学研究書を残した人物である。鄭振鐸は当該論文において、『遊仙窟』の「発見」を、中国人に千年以上もの間知られることのなかった中国小説史上の情報を補うものとして取りあげ、駢文によって綴られた『遊仙窟』を文学史家及び中国小説研究者にとっての「珍宝」だと評価している。

鄭振鐸は、この頃日本で刊行された『世界短篇小説大系』（近代社）について、その選書方針に不満を示しつつも、中国においてはそれまで「短篇小説」集を編むことすらなかったとし、▼注[13]自ら『中国短篇小説集』（一九二六年、商務印書館）を編纂していく。また鄭振鐸には、旧来の分類概念を刷新し、新たな中国文学研究の道を開こうとする、次のような論考もある。

這種「書目」、其分類当然不能如『四庫総目提要』似的、集部只録着楚辞、別集、総集、詩文評、詞曲之五類、（所謂曲也声明只録論曲之書、不列伝奇雑劇）而小説則列於子部、不収『西遊記』、『水滸伝』而只収『世説新語』、『朝野僉載』、『教坊記』、『異苑』、『還魂記』之流。当然也不能以図書館最常用的『杜威十類法』、依了他而分為詩歌、戯曲、小説、論文、演説、尺牘、諷刺文与滑稽文、雑類等八類。因為這個分類也未安、且有許多東西也不能被列入於這様的一個分類中。我們要有的是一種新的分類、明瞭而妥当的分類。▼注[14]

鄭振鐸は、一九二七年に執筆した右の論文において、「詞」や「詩」や「小説」の起源と歴史を研究し、その全体を統括する「文学史」がまだ中国には行われておらず、「中国文学史」の名を持つものもその中身は日本人のそれを写したものに過ぎない、と問題提起する。そして右に掲げた部分において、「中国文学」の分類は、従来の『四庫総目提要』のように「小説」を子部に列ねて『西遊記』や『水滸伝』を収めないようなものであってはならず、一方デューイ（杜威）の十類法にも収めきれない著作は多々あるため、新たな分類の作成が必要だと主張し、次の九分類を提唱する。

第一類 総集及選集、第二類 詩歌、第三類 戯曲、第四類 小説、第五類 仏曲弾詞及鼓詞、第六類 散文集、第七類 批評文学、第八類 個人文学、第九類 雑著

中国独自の古今のジャンルを総体的に提示しようとする試みである。そして「第四類 小説」については、以下の下位分類が示される。

甲　短篇小説―第一派 伝奇派、第二派 平話派、第三派 近代短篇小説
乙　長篇小説
丙　童話及民間故事集

ここに示されているのは、『世説新語』や『捜神記』、白話小説や近代小説も含み、中国伝統の「小説」から世界の童話まで、さまざまな「小説」を「文学」の一ジャンルと位置付ける姿勢である。こうして、日本の書物や研究の影響

を受けつつ、中国においても新たな「文学」の体系や「小説」の定義、概念に対する新構想が進められたのである。▼注[15]

ただし、鄭振鐸らによるこうした新たなパラダイムの開拓が進む一方、例えば一九三三年に刊行された『北平図書館善本書目』においては、『遊仙窟』は依然「子部・小説」に著録されている。長い歴史と伝統を有する中国古典籍の体系は、近代の書物の体系と容易には融合せず、従来の四部分類を基とする枠組みを根強く保持し、いわば二重の体系が併存する状況は今に至るまで続いている。そしてそれは、中国古典籍を古来多数有し、学術文化の基本としてきた日本の学問世界にとっても考慮されるべき、現在の問題でもあるわけである。

5　おわりに――燕京大学及び北京大学図書館の分類法

それでは最後に、二十世紀前半の中国における図書分類法構築の例として、当時を代表する二つの大学図書館における状況をとりあげてみたい。

その一は燕京大学図書館である。燕京大学は一九一九年に創立され、一九二八年に哈仏燕京学社（Harvard-Yenching Institute）が成立した後は、その資金を得て、特に東方学、中国研究の充実した蔵書を備えていく。そして燕京大学図書館は一九三一年、ハーバード大学図書館漢和文庫主任であった裘開明が策定した「中文図書分類法」を両館統一の分類法として採用した。『燕京大学図書館報』第四十八期（一九三三年四月十五日）掲載の凡例によると、それは「中法為経、西法為緯（中国的基準を縦糸とし、西洋的基準を横糸とする）」という方針の下、全体を経学、哲学宗教、史地、社会科学、語言文学、美術、自然科学、農林工芸、総記の九類に分けるもので、中国の学術の淵源たる経学という分類は残しつつも、諸子の類は、例えば儒家や墨家は哲学に、兵家は軍事学に、そして小説家はその内容によって文学の中の小説か総記の中の雑著に振り分けると説明されている。なお、このように燕京大学図書館では、アメリカの図書館学と協同して独自の分類法を開発、採用していくのであるが、しかし実際には、日本の図書や図書館学の情報も大いに取り入れられていたことが当時の図書登録簿等の記録から知ることができる。[注16]

もう一つは北京大学図書館である。『北京大学日刊』『北大図書部月刊』『北京大学週刊』等には、一九一〇年代から三〇年代にかけての北京大学図書館の状況が詳しく紹介されているが、その中には日本からの寄贈書の記事や、日本の図書館の調査報告等もあり、やはり日本の図書や図書館学の関与の跡がさまざまに窺える。また図書分類法については、燕京大学図書館とは異なる形で検討が重ねられ、一九三五年六月二十二日刊の『北京大学週刊』附載の「図書館副刊」七十三号には次の説明とともに「本館中文図書分類簡表」が掲載されている。

本館旧印各種中文書目、均仍四部的方式。現在我們着手将館中中文書籍従新編列、四部旧目、已不適用……這個分類法和四部不同的地方……四部的経部、我們又割裂得零零砕砕的……詩経為文学総集的一種……。

それまで中文書目が用いてきた四部分類を今後は用いず、例えば経部の書目は細かく解体し、『詩経』は文学総集の一種とする、とある。ここで目を転じて、現在中国で行われている『中国図書館分類法』第五版をみると、[注17]『詩経』は「I文学 I2 中国文学 I207.222 詩経」に分類されている。一方『日本十進分類法』新訂十版をみると、『詩経』は「1哲学 123.3 詩経」と「9文学 921.32 詩経」の二箇所に現れる。それでは『詩経』は一体いかなるものとして捉えるべきか。書物の体系をいかに考えるか、またその中で「文学」をいかなるものとして位置付けるかということは、こうした例からみても、中国と日本、そして東アジアに共有の現代的課題であるということができよう。

図書分類は、学知の体系そのものにほかならない。小稿では、日中近代の図書分類の歩みから、特に「文学」「小説」に関する事項に注目してみたが、図書分類や図書館の歴史を通して、学術文化のありようを繰り返し追究していくならば、我々を取り巻く学知の世界は、また新たな意味や意義をもって立ち現れてくるのではないだろうか。

【注】

［1］もり・きよし原編、日本図書館協会分類委員会改訂編集、公益社団法人日本図書館協会、二〇一四年十二月。

［2］谷川恵一「ジャンルの翻訳」（一九九八年初出。『歴史の文体　小説のすがた─明治期における言説の再編成』平凡社、二〇〇八年所収）は明治期における「和・漢・洋という言説の分割の見直しと再編」を「書物の分類」から検証し、「詩」や「小説」等を含む「文学」というジャンルの現出について詳細に論じている。

［3］『隋書』経籍志・子部小説家。興膳宏・川合康三『隋書経籍志詳攷』（汲古書院、一九九五年）参照。

［4］「文学」の小分類は一 総記、二 詩文合集、三 漢文集、四 和文集、五 作文書、六 詩集、七 歌集、八 詩学、九 論説及演説、十 小説、十一 書目から構成されている。

［5］谷川恵一は、「文学」というジャンルが早くは明治十三年の「東京図書館蔵書分類表」の「新書及洋書門」第七部にみえることを指摘している（その下位分類に「小説俳諧」がある）。注2前掲書参照。

［6］明・高儒撰『百川書志』は『剪灯新話』を「史志・小史」に分類し著録している。

［7］「文学」目録は総四〇八頁であるが、六類のうち「小説」は最多の一四二頁を占める。

［8］『博物志』と『世説新語』は当該目録中に著録がない。

［9］王余光・范凡編『清末民国図書館史料続編』第一冊、第二冊（国家図書館出版社、二〇一六年）参照。

［10］一九二二年に『世界図書分類法』として発表、一九二五年に『図書分類法』として上海図書館協会より刊行。

［11］梁啓超「中華図書館協会成立会演説辞」（『中華図書館協会会報』一─一、一九二五年）。

［12］『文学週報』八─二、一九二九年初出、『中国文学論集』（開明書店、一九三四年）所収。

［13］「評日本人編的支那短篇小説」（一九二五年初出、『鄭振鐸全集』第六巻、花山文芸出版社、一九九八年所収）。

［14］「研究中国文学的新途径」（『小説月報』一七巻号外、一九二七年初出、注12前掲『中国文学論集』所収）。

［15］鄭振鐸については張厚生「鄭振鐸在目録学上的成就和貢献」（『武漢大学学報　社会科学版』一九八三年第二期）、江曙「鄭振鐸従事古代小説研究的原因分析」（『貴州文史叢刊』二〇一〇年第二期）等参照。

［16］河野貴美子「北京大学図書館所蔵の「燕京大学図書館日文書籍総計簿」」（『日本歴史』八〇二、二〇一五年三月）参照。

［17］国家図書館《中国図書館分類法》編輯委員会編、国家図書館出版社、二〇一〇年。

【コラム】

韓流ドラマ「奇皇后」の原点

金　文京

1　東アジア史の回顧と朝鮮半島

近年、一国文学史の枠を超えて、日本文学を東アジア全体の中でとらえようする試みが注目を集めている。それにはもとより小峯氏をはじめとする日本文学研究者の努力が与って力あること言うまでもないが、その背景に前世期八十年代以降の東アジア政治情勢の大きな変化があったことも、また否定しがたいであろう。

戦後の冷戦体制の崩壊、韓国、台湾での民主政権の誕生、そして中国の改革開放と日中国交回復など一連の出来事により、東アジア情勢は劇的に変化し、それまでほとんど行き来のなかった日中、また限定的であった日韓の間で人的往来を含むさまざま分野での交流が急速に拡大した。現在、日本の主な観光地で中国語、韓国語を聞かない日はないほどであるが、これは三十年前には想像すらできなかったことである。このような状況の変化が文学研究においても新たな風をもたらしたと言ってよいであろう。

しかしその一方、領土問題を始めとする新たな国家間紛争が多発し、友好交流に暗い影を落としていることも周知のとおりである。これから先どのような事態が待ち受けているのかは予測困難であるが、ここで東アジアの長い歴史を現在の観点から回顧しておくことも無駄ではないであろう。現在起っている紛争の多くは、近代以前のこの地域での問題に起源があり、歴史の総体的な理解が不可欠であるからである。そこで東アジア国際関係史上、大きな節目となる時期を考えてみると、およそ次にようになるかと思える。

まず最初は、七世紀中葉、唐と新羅の連合軍が百済（六六〇）ついで高句麗（六六八）を滅ぼし、日本が百済に援軍を派遣し、白村江の戦い（六六三）で敗れた事件が挙げられる。これにより朝鮮半島の三国時代は終わりを告げ、日本も国家形成を遂げて、現在に至る日中朝（韓）という基本的国際関係が形成された。

二番目は十三世紀、モンゴル帝国が金（一二三四）ついで南宋（一二七九）を滅ぼし、史上初めて全中国を支配する征服王朝が出現した時期である。この時、モンゴルの侵攻を受けた高麗は前後四十年にわたる抵抗の末、ついに屈服し（一二五九）、元朝の駙馬（女婿）国となる。元は余勢を駆って日本に遠征したが失敗した（一二七四、一二八一）。しかしこの一連の戦争はかえって三国間の交流を活発にし、元と高麗、元と日本との人的往来、民間貿易は空前の盛況を迎えることになる。

三番目は豊臣秀吉による朝鮮侵略（一五九二～九八）と明の援軍派遣で、この後、豊臣氏（一六一五）と明朝（一六四四）は相継いで滅亡、満州族の清朝がまず朝鮮を降伏（一六三七）させ、全中国を支配（一六四四）、元朝につぐ征服王朝となる。日本では徳川幕府が成立（一六〇三）、鎖国体制が敷かれ、朝鮮は日中と国交を維持したが、三国間の民間交流はほとんどなくなる。

四番目は十九世紀後半、明治維新後の日本が清朝と朝鮮での主導権を争った日清戦争（一八九四）で、この後、朝鮮は日本の植民地となり（一九一〇）、中国では辛亥革命（一九一一）により中華民国が成立、日本はその後、中国大陸への侵略をはかる。

最後は二十世紀の朝鮮戦争（一九五〇）、目下のところこれがアメリカと中国間の唯一の全面戦争で、現在のいわゆる大国間の矛盾を先取りするものである。また日本はこの戦争を契機として戦後の疲弊から立ち直り、経済大国への道を歩む。

このように見ると、東アジア情勢の大きな変動は、どれも朝鮮半島をめぐって起きていることがわかるであろう。

2　元と高麗関係の特殊性

そこで以上の五回の大変動を朝鮮半島の側から見直すならば、うちもっとも特殊なのは高麗と元との関係ということになる。朝鮮半島と中国との関係は、基本的にいわゆる朝貢冊封体制にのっとったものであったが、元と高麗の関係は、それを大きく逸脱するものだからである。高麗はモンゴルの長期の侵略に苦しんだ末、ついに降伏するが（一二五九）、その後、忠烈王が世祖フビライの娘、忽都魯掲里迷失《フドゥルケリミシ》公主と結婚（一二七三）、その後、代々の国王も元の皇族を妃とすることによって、元の駙馬国となり、実質上の独立自治を獲得した。西夏、金、南宋などの王朝がみな滅亡の憂き目を見た中で、高麗だけが存続を許されたのは、モンゴルの世界征服史上きわめて特殊なケースであり、当時、元朝の漢人官僚であった姚燧は、これを「万国に独《た》だ一つ」（「高麗瀋王詩序」『牧庵集』巻三）と評している。高麗がこのような優遇を受けた背景は複雑であるが、そこに日本遠征について、高麗を温存する方が有利との元側の判断があったことは間違いない。そのことは高麗側もよく承知しており、忠烈王が日本に送った国書（一二九二）には、南宋の滅亡を引き合いに出し、元に降伏することのみが生存の道であると説いている（『高麗史』巻三十「忠烈王世家三」）。高麗はその後も、対日関係を対元交渉の外交カードとして使った。

中国王朝と周辺国家との政略結婚としては、いわゆる和蕃公主が知られるが、これは中国王朝が軍事的に優勢な北方遊牧民族国家に公主を降嫁させたもので、朝鮮半島、ベトナム、日本などの漢字文化圏に対しては例がない。その意味でも元と高麗の通婚は例外的であった。

ちなみに高麗でモンゴルに対する抵抗を主導したのは、当時の崔氏武臣政権で、もしモンゴルの侵略がなければ、高麗でも日本と同じく武士による長期政権が存続したかもしれない。高麗の武臣政権成立は一一七〇年で、鎌倉幕府成立（一一八〇）の直前であった。高麗降伏時、武人集団である三別抄は、済州島に立てこもり最後まで抵抗して壊滅したが、その一部は琉球に逃亡したという説もある。

3　高麗の元に対する貢女要求と奇皇后

しかし高麗は、この元の異例の厚遇の代償として、さまざまな犠牲を強いられたのである。中でも最も悲惨だったのは、元の皇帝、貴族からの女性および宦官上納の要求であった。

これについては喜蕾『元代高麗貢女制度研究』（北京・民族出版社、二〇〇三）という専著もあるが、それによると世祖の至元十二年（一二七五）から末期の後至元元年（一三三五）までの六十年間に、『高麗史』などの資料で確認できる元の貢女要求は五十回に達し、半ば制度化され、上納された女性の数は、むろん統計はないが、少なくとも数万をくだらないとされる。元の執拗な要求は高麗の朝野を恐怖に陥れ、娘を隠すなどの騒動が多発し、高麗政府は結婚都監という専門の役所まで作って対処せざるをえなかった。強制的に元に送られた多くの女性の悲劇的な運命は言うまでもない。

しかし元の後期になると、この貢女制度は意外な方向に展開した。それは元に送られた女性、宦官のごく一部が、皇帝、貴族の寵愛と信頼を受け、権力をもつようになったためである。このことは高麗に二つの相反する影響をもたらした。ひとつは元で出世した高麗人が、元と高麗の外交交渉において種々の便宜を図るという面、もうひとつは、反対に彼らおよびその国内の一族が、元の権勢を笠に着て、高麗国王を無視し、種々の越権行為、不正を働いたという面である。高麗にとって彼らはまさに痛し痒しの存在であったが、このような状況において、権勢欲に目がくらんだ一部の高麗貴族の中から、娘を元の皇帝、貴族に進んで献上する者が出てくるのは、むしろ当然であったろう。その結果、元代末期には大都（北京）の宮廷や貴族の屋敷では、高麗女性が大きな存在感を示すようになり、ついに「京師の達官貴人は、必ず高麗の女を得て纔《はじ》めて名家たり。高麗の女は婉媚にて善く人に事《つか》え、至らば則《すなわ》ち多く寵を奪う。至正（順帝の最後の年号、一三四一～七〇）より以來、宮中の給事使令、大半は高麗の女なり。故を以て四方の衣服、靴帽も大抵は皆高麗の様子に依る」（『庚申外史』巻下）と、高麗風のファッションが大流行するまでになったのである。

ここから出て来た代表的な人物が、すなわち最後の皇帝、順帝の皇后となった奇氏である。奇皇后、モンゴル名完者忽都《オルジェイクトゥク》は、高麗からの貢女として、当初宮中でお茶汲みをしていたが、順帝の寵愛を受け、後に皇太子となる愛猷識理達臘《アユシリダラ》を生んだことで、順帝の三番目の皇后となった。元では皇帝の位をめぐる権力闘争の敗者が、しばしば高麗の離島に島流しとなったが、順帝も幼時に高麗の大青島に流された経験があり、高麗に親近感をもっていたのかもしれない。奇氏は高麗人の宦官、朴不花の助けを借り、着々とその地位を固め、やがて政務に倦んだ順帝に代わり、皇太子を皇位に就けようと画策してモンゴル人の廷臣たちと対立し、元朝末期の政治的混乱の一因を作った。元の滅亡は直接には南方で起った紅巾賊などの反乱、その代表者である朱元璋によるが、その素地を作ったのは奇皇后であると言っても過言ではない。高麗としては、自らを苦しめた貢女制度の落とし子によって、はからずも元に仇を討ったような形で、おそらく世界史に類例のない歴史の皮肉であろう。

4　『釈迦如来十地修行記』と奇皇后

当時、高麗と元朝の人的交流はきわめて活発で、大都には数万規模の高麗人が居住していたと思われる。そのため、高麗人が中国語の口語を習う目的で、『老乞大』、『朴通事』という中国語会話教科書が編纂されたことは、よく知られていよう。ただし当時、高麗人が中国語の口語で書いた書物は、もうひとつあったようだ。それは『釈迦如来十地修行記』という書物である。

『釈迦如来十地修行記』は、釈迦の前世を語る本生譚で、第一地から第十地まで十話からなり、第十地が釈迦の誕生譚である。その刊行は、刊行者である朝鮮の僧、天悟の跋文によれば、順治十七年（一六六〇）朝鮮の忠州徳周寺に於いてであるが、序文によると、天悟が入手した底本は、明の正統十三年（一四四八）、洛陽にあった伊府の承奉（王府の宦官）が刊行したものであった。伊府は太祖、朱元璋の第二十五子、伊厲王㰘が開いた王府である（『明史』巻一一八「諸王三」）。また製作年代は、第十話に釈迦誕生より「今戊辰泰定五年に至るまで」とあり、元の泰定五年（一三二八）と考えられる。パク・ビョンドン『仏経伝來説話の小説的変貌様相』（ソウル・図書出版亦楽、二〇〇三）に原書の影印と考証があるが、パク氏は本書の底本を朝鮮出版と誤解している。

その内容は、おおむね『六度集経』、『賢愚経』、『太子瑞応本起経』などの仏典に基づき、それを口語と韻文を交えた語り物形式にしたもので、この当時の口語体説唱文学の作品として貴重である。ただし次に梗概をあげる第七地の金牛太子の物語のみは、仏典に出拠を見いだせない創作である。

波利国王には殊勝、浄徳、普満の三夫人があり、釈迦は前世で普満夫人の子として生まれ太子となったが、嫉妬した他の二夫人が産婆を買収し、猫の死体と赤子をすり替え、赤子を山中に棄てさせる。しかし赤子は虎や狼に保護され死ななかったので、二夫人はさらに赤子を宮中の牛に食べさせ、普満夫人を石臼小屋に監禁する。太子を食べた牛は、その後、金牛を生み、金牛は国王により引駕将軍に封ぜられる。しかし金牛が太子の転生と気づいた二夫人の迫害により、高麗国に逃亡する。高麗国では公主が繡毬を投げて婿選びをしていたが、繡毬が金牛に当たり、公主は金牛との結婚を望むも、反対する父王によって追放される。道中、仙人からもらった仙桃を食べ、人間の姿にもどった太子は、やがて帝釈天のはからいで金輪国王となり、波利国に帰って父王に会い、また盲目となった母普満夫人の目を舐めて開かせると、母と妻を伴い金輪国にもどり、最後は成仏する。

以上の梗概によっても、赤子のすり替え、繡毬による婿選びなど、中国近世の小説、戯曲の常套的プロットをちりばめた物語で、一編の短編小説、または語り物作品と称してよいことがわかるであろう。また金牛太子が高麗に逃亡し、高麗の公主と結婚するという筋書きから、前記パク氏の著書は、この『釈迦如来十地修行記』全体を高麗人の作品と見なしている。確証はないものの、その可能性は高いと考えられる。

さらにこの話で注目されるのは、その内容に奇皇后の境遇が反映されているのではないかと思える点である。前述のように順帝はかつて高麗に配流された後、帝位についており、金牛太子に似ている。奇氏はむろん高麗の公主ではないが、これは皇后となった奇氏を美化したフィクションであろう。また普満夫人は三番目の妃であったが、奇氏も三番目の皇后であり、かつまだ宮女であった時、最初の皇后、答納失里に虐待されたことがある（『庚申外史』巻上）。少なくとも、元代末期にこの話を読んだ人は奇皇后を連想したのではないだろうか。『釈迦如来十地修行記』の成立は、前述のとおり泰定五年で、順帝より前だが、金牛太子の話は全体の中で特異であり、後から増補された可能性もあろう。『釈迦如来十地修行記』については、さらに述べるべきこともあるが、紙幅の制約もあり、別稿を期したい。

先年、日本でも放映された韓流ドラマ『奇皇后─ふたつの愛、涙の誓い』は、奇氏が貢女出身であること、順帝が即位前に高麗に配流されたことなどは史実どおりだが、大部分はフィクションである。もし先の仮説が正しいとすると、このドラマは奇皇后をフィクション化した二番目の作品ということになる。

5　おわりに

昨今、周知の理由により、北朝鮮が経済封鎖に対抗するため、海外でさまざまな外貨獲得事業を展開していることは、よく知られていよう。その中に、北朝鮮経営の朝鮮料理屋に美女歌舞団を送り込むビジネスがある。もっとも多いのは中国、特に首都の北京であるが、最近これまたご存知の中朝関係の悪化により、中国人企業家との共同経営に切り替えるケースが増えているらしい。二〇一六年十二月二十八日、『京都新聞』朝刊に「生き残りの模索─金正恩体制5年・不屈の美女ビジネス」という記事が載っているが、それによると中国側の経営者は、「『朝鮮姑娘《クーニャン》』（北朝鮮の女の子）はね、美貌だけじゃない。中国人より仕事がきめ細かい。スマホもプライバシーもない共同生活にも耐えてくれる。睡眠時間を削って歌を練習し、中国語を学ぶ。なのに人件費も高くない」と言っているそうである。歴史を知るものなら、先に引いた『庚申外史』の「高麗の女は婉媚にて善く人に事え」云々を思い出さずにはいられないであろう。まさに悪夢である。

日本文学を東アジアの枠組みの中で考えようとする場合、重要なのは、この地域の文化的中心であった中国と近隣諸国との関係が国、地域によって大きく異なっていたことを認識することであろう。日本の対中関係が、ごく一時期を除き、ほとんど文化交流に終始したのに対し、朝鮮半島やベトナムと中国との関係では、文化と政治が密接かつ複雑に絡み合っていた。朝鮮半島、ベトナムの文学を理解し、日本文学と比較する場合には、特にこの点についての配慮が必要である。奇皇后をめぐる史実とフィクションは、その一端を具体的に示すものであろう。

第3部
東アジアの信仰圏

1 東アジアにみる『百喩経』の受容と変容

金　英順

1 はじめに

『百喩経』は、古代インドに伝わる説話を喩えに仏教の教義を分かりやすく説いた梵語の『Upamā・śataka sutra』を漢訳した経典で、『百句譬喩経』『百喩集』とも訳される。『百喩経』の漢訳は、三世紀初に月支国出身の支謙が呉の孫権帝のもとで漢訳したもの▼注[1]と、五世紀末にインド出身の求那毘地が南斉で訳したものなど▼注[2]、訳者の異なる二系統の漢訳が伝えられる。支謙による漢訳本には撰者が明記されていないが、求那毘地の訳本はインドの大乗法師の僧伽斯那によって撰述され、弟子の求那毘地が南斉の永明十年（四九二）に漢訳したとされる。▼注[3]しかし、支謙が訳した『百喩経』はすでに失われているため、現存の求那毘地訳の『百喩経』▼注[4]と比べることができず、両訳本が同じ原典に拠るものかについてはわかっていない。

現存の求那毘地訳の『百喩経』には、愚人の滑稽な失敗談や嘲笑を誘う怪奇な話、擬人化された動物の寓話などを中心とする九八話の喩え話が収録されている。そのために『百喩経』は、『イソップ物語』『荘子』『列子』などのような寓話・寓言文学と比較されることが多い。▼注[5] また、中国に伝わる笑話や民間故事などの中には、『百喩経』の話と類似する説話が多く、『百喩経』による影響が指摘されている。▼注[6] そして、韓国では愚人の失敗談を通して知恵を教える『百喩経』の教育的な側面が注目され、児童教育の分野での研究が活発に行われている。▼注[7] さらに、中国と韓国では、『百喩経』の注釈書や現代語訳本、漫画本などが多数出版され、現代においても広く読まれている。▼注[8]

日本では寛永三年（一六二六）に『百喩経』の和刻本が作られ、絵入の国訳本と現代語訳本が出版されている。▼注[9] しかし、『百喩経』に関する研究は、基本的な書誌や解説、『沙石集』における『百喩経』の引用などを数えるに止まり、▼注[10] 中国や韓国での活発な研究に比べ、『百喩経』の受容や伝播、文学との関わりなどについて、まだ、充分詳しくなされていないのが現状である。本稿では、東アジアの比較説話研究の一環として『百喩経』が中国・日本・韓国などにどのように受容され、展開していったのかについて考察してみたいと思う。

2　『百喩経』の譬喩と教訓

まず、『百喩経』において仏の教えがどのような譬喩によって説かれているのかを見ていこう。現存の『百喩経』には、九八話の喩え話とともに仏と婆羅門との問答、巻末の撰者による偈頌などが収録されている。仏と婆羅門との問答は、仏が鵲封竹園で異教徒の婆羅門の質問に答える形で語られ、末尾に、「汝等善聴、今為レ汝広説二衆喩一」と述べているように本経の導入文であったことがわかる。しかし、『百喩経』は冒頭に置くべき導入文の仏と婆羅門との問答を巻一の末に添えているのである。これは、先に興味のある喩え話を冒頭に配して読者の関心を引いた後、本経の趣旨を伝えようとした撰者の意図によるものと考えられている。▼注[11] そして、巻末の撰者による偈頌の末尾には、「尊者僧伽斯那造作二痴花鬘一竟」とあるように、『百喩経』の話が愚かな人達のための花輪に喩えられている。『百喩経』に収められている九八話の喩え話は、譬喩と教訓の部分が明確に分かれて語られる。譬喩の段ではある愚人の誤った行為を持ち出して、教訓の段において世間の人達も前段の愚人と同じく、仏の教えに反する行為をすると批判し、それを反面教師にして正しい仏道の実践へ導こうとする。また、教訓の段の末尾には、世間の人達の過ちは前段でみた愚行に似ていると述べて再び譬喩に言及する形で話が完結される。このような譬喩から教訓へ、そして、再び前の譬喩に戻る形式は、他の譬喩経典にはみられない『百喩経』の特色で、譬喩と教訓の主旨が一致していることを効果的に表している。

『百喩経』にみえる譬喩には、無知や欲望などのために過ちを犯し、災いを被る愚かな人の話が多い。例えば、巻一・一七「債半銭喩」の話では、ある愚人が人に貸した半銭を取り立てるために四銭を費やしたが、結局、半銭を貸した相手がみつからなかったという滑稽な話が語られる。そして、この愚人の話を喩えに、世間の人達が小さな利益のために大事な善行を壊してしまうことを指摘するのである。しかし、読者の笑いを誘う話ばかりが譬喩に持ち出されているのではない。『百喩経』巻一・六「子死欲停置家中喩」の話には、死んだ我が子を家の中に留め置きたかった愚人が、死者は葬るべきだと人にいわれ、いっそのこともう一人の子を殺して一緒に葬ろうと思い、残りの我が子を殺したという強烈な印象を与える話も語られている。そして、子殺しの愚人の話を喩えに、一つの戒律を犯した僧が、どうせ懺悔しなければならないのなら、一層多くの戒律を犯してからにしようと思って破戒を続けることを強く糾弾する。つまり、破戒の僧がいかに誤った判断で戒律を破っているのかを強調するために子殺しのような印象の強い譬喩を取り上げているのである。

『百喩経』の教訓の段において批判を受ける対象は、一般の人達（七一話）、異教徒（一二話）、僧及び一般人（六話）、僧（五話）、教法（四話）などに大別される。異教徒や僧に対する批判よりも一般の人達を対象にした話が圧倒的に多く、『百喩経』の最大の目的が一般の人達を教化することにあったとことがわかる。そのために、快楽に溺れて戒律を守らず、利益を貪る人に対しては、「堕二於地獄畜生餓鬼一」と述べて最も厳しい非難を加えるのである。また、異教徒に対しては、死に至るほどの断食や肉体を痛みつけるなどの過激な苦行を批判し、彼らが仏の教えを盗んで自分のものだと主張する行為を強く指弾する。そして、僧に関しては、出家したにも関わらず世俗の快楽に浸って修行を怠ることや戒律を破ることなどを厳しく批判するのである。このように『百喩経』は世間の人達の誤った判断や行為の愚かさを譬喩によって批判し、それを反省させる形で仏の教えを説いて教化しているのである。

3　中国にみる『百喩経』の譬喩と引用

それでは、中国では、『百喩経』の譬喩と教訓がどのように捉えられているのかをみてみよう。『百喩経』は漢訳以降、仏教類書や注釈書などに引用されて伝えられる。梁武帝の天監一五年（五四二）に僧宝唱が編纂した『経律異相』には、『百喩経』を出典と示して語った説話が五カ所にみえる。この五カ所の説話には、『百喩経』の話が縮約されて語られ、『百喩経』の本文と異なる記述が少なくない。例えば、『経律異相』巻四四・一四「夫婦約不先語見偷取物夫能不言」の話は、『百喩経』巻四・六七「夫婦食餅共為要喩」の話を引用して語られる。この話は、『百喩経』によると、ある夫婦が三つの餅を一枚ずつ分けて食べた後、残った一切れの餅を争って最後まで喋らない人が食べることに約束したが、泥棒が入って物を盗み、妻を犯しても夫は口を閉じていたので、怒った妻が泥棒と叫んで夫を責めると、夫は笑いながら餅は自分がもらうといったという。そして、『百喩経』は餅を争う夫婦の話を喩えに、小さな利益のために詐って口を閉じて大きな災いに遭っても、それを災いと思わない一般の人達の愚かさを指摘して教化するのである。

しかし、『経律異相』は、『百喩経』の教訓の段を省いて餅を争う夫婦の話だけを記述し、残った一切れの餅をめぐって、「婦言、莫レ分、与レ君共賭、各自不レ語、先語者失、後語者得」とあるように、妻の方が賭けを持ち出したとする。

また、盗みに入った泥棒は夫婦が黙っているのを見て、「謂是大怖不二敢作レ声一、收斂二其物一擔将二出レ戸一」とあり、怖くて声を上げないのだと思って盗んだ物を担いで出て行ったと記され、『百喩経』にみえる泥棒が妻を犯す場面は描かれていない。『経律異相』は、『百喩経』の譬喩の部分だけを引用しながら、本文を改変して語っているのである。一方、『経律異相』に倣って編纂された唐の道世（未詳～六六八）による『諸経要集』『法苑珠林』などには、『百喩経』を出典に明示して引用した説話が多数収められているが、『経律異相』と違って本文を改変することなく、譬喩の部分を写し取って記述している。

隋の僧吉蔵（五四九～六二三）による注釈書の『法華義疏』巻一〇・一四「安楽行品」には、仏教を学ぶ者達が大乗と小乗とに分かれて責め合って両方ともに仏の教えを滅ぼすという教説の中に、「如二百喩経説一、有二二弟子一、互打二師両脚一即其事也」とあって、『百喩経』の譬喩が引き合いに出されている。これは、『百喩経』巻三・五三「師患脚付二弟子喩」の話によると、師の両脚を按摩する二人の弟子が憎み合い、互いに相手が揉む師の脚を石で叩いて折ってしまったという話を喩えに、排斥し合う大乗・小乗の僧を批判する。この二人の弟子の話は、『法華義疏』だけではなく、唐の道宣（五九六～六六七）による注釈書の『四分律刪繁補闕行事鈔』巻中・一三「篇聚名報篇」、同代の元和年間（八〇六～八二〇）に神清が著した仏教思想書の『北山録』巻六などに引用される。『四分律刪繁補闕行事鈔』は、出典を『百喩経』と明示して、二人の弟子を「大弟子」「小者」と表記して大乗と小乗に喩えている。ところが、『北山録』は、二人の弟子の話の出典を『賢愚経』と記して語っているのである。しかし、この話は『賢愚経』にはみえず、譬喩経典の中では『百喩経』だけに語られた話で、『北山録』が示した出典は、『百喩経』の誤りと考えられる。

『百喩経』は、九八三年に開版された『大蔵経』の北宋版をはじめ、南宋版、元版などに収録されて広く流布し、明代には仏教書に限らず、類書や笑話集、個人詩文集などに取り上げられる。明の徐元太（一五三六～一六一七）が撰述した類書の『喩林』巻六〇「愚人」▼注[12]の条には、『百喩経』の譬喩の部分だけを引用して語った説話が一四話に及んでいる。『経律異相』『法華義疏』などに引かれた餅を争う夫婦の話や二人の弟子の話なども「愚人」の条に取りあげられている。しかし、『喩林』巻五二「用術」の条では、『百喩経』巻四・七六「田夫思王女喩」の話の教訓の部分だけを引用し、巻五九「善過」の条には、『百喩経』巻一・一「愚人食塩喩」の話の譬喩と教訓の一部分が引かれている。このように『喩林』は各巻の主題に符合する部分だけを『百喩経』から抜き取って記述している。また、明の江盈科（一五五三〜一六〇五）によって撰述された笑話集の『雪濤小説』「催科」には、『百喩経』巻三・五〇「医治脊僂喩」の話にみえる傴僂病の治療と酷似する笑話が語られ、『百喩経』の影響が指摘されている。▼注[13] この話は、『百喩経』によると、「譬如レ有レ人卒患二脊僂一請レ医療レ之。医以二酥塗一、上下著レ板、用レ力痛壓、不レ覚雙目一時併出」とあって、医者が傴僂病を治そうとして患者の背と腹の上下に板をそえて強く押しつけると、患者の両目が飛び出してしまったという。そして、『雪濤小説』では、誰より上手く傴僂病を治せると大口を叩いた医者が傴僂病を治すために、「乃索二板二片一、以レ一置二地下一、臥二駝者其上一、又以レ一壓焉、而即躧焉、駝者随レ直、亦復随レ死」▼注[14]とあって、『百喩経』と同じく二枚の板を使って患者を挟み、板の上から強く踏みつけたと語られる。傴僂病の人が死んだという結末は異なるが、愚かな治療をめぐっては『百喩経』に拠って記述されている。

一方、明の袁宏道（一五六八〜一六一〇）の詩文集の『袁中郎全集』巻四「庵中閲経示諸開士」には、『百喩経』を題材にした詩が詠まれ、注目される。袁宏道はある寺で読んだ『百喩経』を五言古詩に綴って、「閲観二百喩経一、奇勝二十齊諧一、八十翁憐レ兒、荘語間二詼俳一。我願作二書魚一、死即蔵経埋、勝二彼火坑子一、以身殉二粉娃一」▼注[15]と詠んでいる。この詩によると、『百喩経』は古代の『斉諧記』より遙かに勝れており、老人が大げさに駄洒落を混ぜながら子供に教えるようなもので、書魚となって死んで『百喩経』の中に埋められたいという。それは火葬されるより勝れたことで、老人に教えられる子供の身体で死ぬことだからだと詠んで『百喩経』を嘆美しているのである。『百喩経』の話が六朝時代の著名な『斉諧記』を凌駕する仏教の志怪小説として捉えられている。

清の陳夢雷（一六五〇〜一七四一）によって編纂された『古今図書集成』巻九三・明倫彙編・家範典「夫婦部外編」の条には、『経律異相』『喩林』などに引かれた『百喩経』の餅を争う夫婦の話が収められている。ここでは『百喩経』の譬喩の部分だけを引用して夫婦にまつわる説話として伝えている。また、『百喩経』の餅を争う夫婦の話は、民間に広く口承され、「夫妻打賭不説話」という話型の民間故事に分類される。[注16] この話型の民間故事では、怠け者の夫婦が食事の準備をめぐって争い、「不語」の賭けをする話に改変して語られ、『経律異相』『喩林』などと同じく泥棒が妻を犯す場面は省略されている。[注17] このように中国では、『百喩経』の譬喩の部分だけが引用されることが多く、譬喩にみえる愚人の話が笑話や志怪小説として捉えられている。

4　日本の説話文学における『百喩経』の享受

日本では、『百喩経』の経名がみえる初出は、天平一四年（七四二）六月条の古文書に「大石廣万呂請写一切経合七巻（菩薩行方便経二巻、隋相論一巻、月燈経一巻、菩薩度人譬喩経二巻、百喩経一巻）」[注18]とある写経に関する記述で、『百喩経』は奈良時代の八世紀初め頃にはすでに日本に伝来していたと考えられる。平安時代には天長七年（八三〇）に僧玄叡が著した『大乗三論大義鈔』巻三、永観二年（九八四）に源為憲が撰述した『三宝絵』下・僧宝、治承年間（一一七七〜一一八一）の平康頼による『宝物集』巻二などに『百喩経』に拠る説話が語られる。『大乗三論大義鈔』には、大乗と小乗の確執をめぐる記述の中に、『百喩経』の二人の弟子の話が取りあげられている。二人の弟子の話については前章で述べた通りであるが、『大乗三論大義鈔』では、『百喩経』の経名を示して、「其二弟子、互相憎嫉、迭折㆓両脚㆒、師即便死」とあるように、憎み合う二人の弟子のために師は脚が折れて死んだと語られる。しかし、『百喩経』には師の死については記述されていない。これは、大乗と小乗が排斥し合って両方ともに仏の教えを滅ぼすという教説を強調するために、師の結末を変えて記述したと考えられる。

『三宝絵』には破戒の僧に関する記述の中に、出典は示していないが、『百喩経』巻二・三七「殺群牛喩」の話に依拠した説話が語られる。『三宝絵』によると、「千ノ牛ノナカニ一シヌトテ、ノコリノ牛ヲバスツベカラズ。アマタノ戒ノナカニ一カケヌトテ、カタヘ《もろく》ノ戒ハカロムベカラズ」とあって、僧の具足戒を「千ノ牛」に喩えて、一頭の牛が死んだからといって残りの牛をも捨ててしまうような破戒があってはならないという。この話は、『百喩経』では、ある愚人が二百五十頭の牛の中に一頭が虎に喰われ、一頭の牛を失ったからには牛の群れは完全ではないと思って残りの牛を全部殺したと語られる。この二百五十頭の牛は、諸経典に説かれる比丘の二百五十戒▼注[19]を喩えた表現であるが、『三宝絵』は、『百喩経』の話を基に語りながら、僧の具足戒を表した二百五十頭の牛を「千ノ牛」に変えて語っているのである。

『宝物集』では末代の衆生の諍論について、出典を『譬喩経』と記してはいるが、前章で述べた『百喩経』の餅を争う夫婦の話にみえる餅争いのモチーフと類似する説話が語られる。『宝物集』によると、ある道連れの二人が三つの餅をめぐって、「いま一人がいふ、「一つづゝくひて、今一つをば中よりわりてこそくはめ」といへば、今一人がいふ、「もとめたらん人こそ二つはぐはめ」といへば、「おなじきやうにこそくはめ」といさかひ論ずる也」とあって、三つの餅をどう分けて食べるかを言い争ったという。主人公が夫婦ではなく道連れの二人と設定されているところは異なるが、二人が三つの餅を争う記述は、『百喩経』の話を連想させる。この餅を争う二人をモチーフにした説話は、譬喩経典の中では『百喩経』だけに語られており、『宝物集』が出典に示した『譬喩経』は、『百喩経』のことを指していると考えられる。しかし、『宝物集』は、餅のために二人が言い争うところに焦点をおいて語っているため、『百喩経』にみる喋らない人が餅を食べるという賭けをする場面や泥棒に遭う場面などは描かれていない。

鎌倉時代の僧住信による『私聚百因縁集』巻六・一八「愚者二人無言ノ事喩愛欲衆生」には、『百喩経』の餅を争う夫婦の話と同じく、ある夫婦が三つの餅を分けて食べた後、残った一切れの餅のために「不語」の賭けをして、泥棒に財を盗まれる話が語られる。『私聚百因縁集』では、「愚ナル物ノ聊カノ物ニバカサレテ多ク財ヲ取ラレヌ」という僅かな物に惑わされて多くの財を失うことの喩えとして餅を争う夫婦の話を語っているが、末尾には「出タリ二月蔵経一云云」と、出典を『月蔵経』と記している。『月蔵経』は隋代に漢訳された大集部経典の一部で、『日蔵経』『大集経』などと共に『大方等大集経』に収められている。しかし、『月蔵経』に餅を争う夫婦の話はみえない。これは、『私聚百因縁集』が、この話を『百喩経』から直接引用したのではなく、餅を争う夫婦の話を記述した他の資料に拠って語ったことを示している。また、『百喩経』の餅を争う夫婦の話は民間に口承されて伝えられる。口承説話では、意地を張り合う夫婦が餅を争い、泥棒が入っても口を閉じていた妻の方が餅をもらったと語られ、▼注[20]『百喩経』と異なる結末をみせる。

一方、鎌倉時代の僧無住による『沙石集』（米沢本）には、『百喩経』の経名を示して語った説話が三カ所にみえる。『沙石集』巻三ノ二「問注に我れ負けたる人の事」では、下総国の領家の代官が訴訟に負けながらも正直であったことを讃えて、「心地観経に云はく、若し罪を隠せば罪弥増長し、発露懺悔すれば罪即消滅す」という。そして、この「発露懺悔」のことを教えるために、『百喩経』巻四・七二「唵米決口喩」の話にみえる妻の実家で米を盗み喰いしたことを隠した愚人が医者に口を切り裂かれた話を譬喩に挙げている。しかし、『沙石集』が引き合いに出した「発露懺悔」の教説は、『心地観経』にはみえない。これは、『大般涅槃経』巻一九・「梵行品第八之五」に説かれた仏の教えで、『往生要集』巻中に、「如二大経十九云一、若覆レ罪者、罪則増長、発露懺悔、罪即消滅」と引かれている。『往生要集』の記述を引用しながら、出典を『心地観経』と記しているのである。また、『沙石集』巻四ノ一「無言上人の事」には、末代における諸宗派の偏執をめぐる記述の中に、仏が説いた「我が仏法は、余の天魔外道の破滅する事なし、我が弟子の破るべし」という教説の喩えとして、中国と日本の仏教書に度々引かれた『百喩経』の二人の弟子の話が挙げられる。そして、『沙石集』巻五本ノ十四「和歌の徳甚深なる事」では、ある上人が「山の端にかげ傾きて悔しきは、空しく過ぎし月日なりけり」と歌った和歌が、仏道を修めず空しく死んだ後に後悔すると説いた仏の教えと合致するという。そして、この和歌の心と仏が説く「後悔先に立たぬ事」の譬喩として、『百喩経』巻四・九〇「地得金銭喩」の、道で金銭を拾って数えているうちに落とし主が来て取り返された話を挙げている。このように『沙石集』は仏の教説を強調するために『百喩経』の譬喩の話を引用して語っているのである。

室町時代の日光天海蔵『直談因縁集』や天台宗の僧栄心による『法華経直談抄』などには、『百喩経』から引用して語った説話が多数収められている。『直談因縁集』巻四・三七「宝塔品」、巻五・五二「勧持品」には、『沙石集』に引かれた『百喩経』の二人の弟子の話と、拾った金銭を取り返された話などが語られる。また、『直談因縁集』巻五・二二「勧持品」には、出典は示していないが、『百喩経』巻一・一四「殺商主祀天喩」の話に拠って語られた説話がみえる。この話は『百喩経』では大海へ向かう商人達が、道を進むためには人身御供を神祠に献げる必要があったので、談合して道案内の人を殺して祀り、道に迷って皆死んだという。この道案内の人を殺した商人達の話を譬喩に、『百喩経』は世間の人達が仏法への導きとなる善行を破ってしまうことを強く批判する。そして、『直談因縁集』では、商人達が大海ではなく宝山に向かう話となっているが、『百喩経』が説く仏の教えと同じく、「仏教ガ衆生成仏ノ指南」という教説の譬喩として語られている。

『法華経直談抄』には、『百喩経』を出典に明記して語った説話が五カ所に及ぶ。

『法華経直談抄』	『百喩経』
(a) 巻三本・一二「牛頭栴檀之譬事」	巻二・二二「入海取沈水喩」
(b) 巻三末・六「悪教着正法不信事」	巻一・四「婦詐語称死喩」
(c) 巻七末・四「案内者殺道迷事」	巻一・一四「殺商主祀天喩」
(d) 巻七末・一〇「弟子師匠足打折事」	巻三・五三「師患脚付二弟子喩」

（e）巻八末・四二「友見鬼神思事」　　　巻三・六三「伎児着戯羅刹服共相驚怖喩」

（a）は、高価で売れない香木を早く売れる炭売りを真似て炭にして売った商人の話。『百喩経』は、この話を譬喩に成仏が難しいので出家僧に止まろうと考える世間の人達を批判する。ところが、『法華経直談抄』では、香木を炭にしたのは邪法を信じたための過ちで、「肝要ハ値ニ善知識ニ聴聞シテ正法ヲ可レ信レ之也」と説かれている。また、（b）の話は、『百喩経』では、情夫と逃げようとした妻が老婆に頼んで他人の死体を夫に見せて妻が死んだと告げさせ、夫は妻の死を信じて悲しんだという。しかし、『法華経直談抄』は、妻が他国へお参りに行った留守中に起こった話に改変して、ある人が他人の死体を妻だと詐って夫を騙したと語る。そして、（c）の話は、『直談因縁集』にも取りあげられた道案内の人を殺した商人達の話である。『法華経直談抄』は、『百喩経』『直談因縁集』などが示す教説と違って、道案内の人を殺した話を喩えに、「教外別伝、不立文字ナンド云テ捨ニ経論ヲ我座禅修行スル様ヲ云テ」と記して禅宗の教義を批判している。また、（d）には、『沙石集』『直談因縁集』などに引かれた大乗と小乗との確執を喩えた二人の弟子の話が語られている。（e）は『百喩経』では、芸人達が芝居用の鬼の衣装を着た仲間を見て本物の鬼と信じて逃げ回る話を喩えに、世間の人達が自分の中に実体的な我という存在があると信じて惑わされることを批判して無我を教える。それに対し、『法華経直談抄』は、芸人達の話を譬喩に「自他不二」の心を説いている。このように『法華経直談抄』は、『百喩経』の話を引用しながら、『百喩経』の教訓の段に説かれる仏の教えと異なる教説を加えているのである。

5　韓国の仏伝文学と『百喩経』の譬喩

ついで目を韓国に転ずると、『百喩経』は高麗初期の九九一年に導入した北宋版の『大蔵経』に収録されて伝来する。[注21]また、一〇二九年には北宋版をもとに板刻した初彫の『高麗大蔵経』が刊行されるが、蒙古襲来によって焼失し、一二五一年に再彫の『高麗大蔵経』が完成する。[注22]『百喩経』は、再彫の『高麗大蔵経』第三〇巻に収められて現存する。そして、高麗末期の一三二八年に撰述された仏伝の『釈迦如来十地修行記』の異本とされる東国大学蔵『釈迦如来行録』には、出典は示していないが、『百喩経』から引用した一五話の説話が収録されている。『釈迦如来十地修行記』が再版を重ね、広く流布したのを受けて書写された朝鮮時代の仏伝である。[注23]『釈迦如来行録』に引用されている『百喩経』の一五話の喩え話を譬喩によって批判を受ける対象を中心に分類すると、一般の人達、異教徒、僧などに大別される。

（一）一般の人達…巻一・九「歎父徳行喩」、一五「医与王女薬令卒長大喩」、巻二・三九「見他人塗舎喩」、巻三・四三「磨大石喩」、四四「欲食半餅喩」、五二「伎児作楽喩」、巻四・六七「夫婦食餅共為要喩」、八九「得金鼠狼喩」、九三「老母捉熊喩」、九五「一鴿喩」、九八「小児得大亀喩」。

（二）異教徒…巻一・五「渇見水喩」、七「認人為兄喩」、巻二・二九「貧人焼麤褐衣喻」。

（三）僧…巻一・三「以梨打頭破喩」。

『釈迦如来行録』に最も多く引用されている（一）の『百喩経』の話には、無知や欲望、快楽などのために過ちを犯す世間の一般の人達の愚かさを譬喩によって強調する話が多い。例えば、「歎父徳行喩」の話は、人に父の徳行を自慢しようとしながら、無知なために言葉を誤って父を誹ってしまった愚人の話を喩えに、真実を知らずに相手を傷つけてしまう一般の人達の無知を指摘する。また、「夫婦食餅共為要喩」の話は、中国や日本の類書、説話集などに度々引かれた話で、小さな利益や名誉のために争う一般の人達の愚かさを強調して教化する。この話は、『釈迦如来行録』だけではなく、韓国においても口承で伝えられ、一切れの餅のために妻が泥棒に犯されても口を閉じていた夫が、泥棒に引きずり回されて局部を傷つけられる報いを受ける話に変えられている。[注24]そして、（二）の異教徒をめぐっては、「認人為兄喩」の話のように、財産を分けてもらいたくて金持ちの人を兄と呼んだ愚人の話を譬喩にして仏の教説を欲張って盗み、自分の説として人々に教える異教徒を批判する。また、(三)の「以梨打頭破喩」の話では、梨で禿頭を叩かれても避けようとせず、却って自分を叩いた人を馬鹿呼ばわりした愚人を喩えに、戒律を守って修行することなく、外面的な威容だけを整えて供え物を貪る僧を批難するのである。

『釈迦如来行録』では、『百喩経』の説話は八編の釈迦の本生譚に続いて、『涅槃経』『賢愚経』『荘子』などから抜き書きした説話とともに収録され、巻末には韻文による仏伝の『釈迦如来行跡頌』の抜粋文と、『大方広仏華厳経随疏演義』『金剛経五家解』『戦国策』等々から引用した名文名句が多数収められている。このように『釈迦如来行録』は、仏伝だけではなく、経典や漢籍から説話や名句を採録していることから仏事における説法の台本として書写されたと推測される。愚人の滑稽な失敗を譬喩に仏の教えを分かりやすく説いた『百喩経』の話は、説法の場において人々の興味を引く絶好の題材であったと考えられる。

6　おわりに

以上、東アジアにおいて『百喩経』がどのように受容されていたかについて中国・日本・韓国などを中心に考察してみた。中国では『百喩経』は漢訳以降、仏教の類書、注釈書、教義書などに引用されて広まっているが、『百喩経』の教訓の部分は省略して譬喩だけが引かれている。また、『百喩経』は、時代が下るにつれ、仏教書に限らず、類書や笑話集、個人詩文集などに取りあげられ、『百喩経』を題材にした古詩では、古代の志怪小説の『斉諧記』と比べられ、『百喩経』は仏教の志怪小説として捉えられている。

そして、日本には『百喩経』は八世紀初に伝来してから、仏教書や説話集、唱道資料などに引用されて伝えられている。『三宝絵』『宝物集』などには、『百喩経』の譬喩を縮約して語られ、『私聚百因縁集』は、『百喩経』の譬喩を写し取りながら、出典を『月蔵経』と伝えている。また、『沙石集』『直談因縁集』などは、仏の教説を引き立たせる効果として『百喩経』の譬喩を引用している。そして、『法華経直談抄』には、『百喩経』の譬喩を改変して語られ、『百喩経』の説く仏の教えと異なる教説を加えている。

一方、韓国では『百喩経』は、一〇世紀末に『大蔵経』に収録されて伝わり、朝鮮時代の唱導資料の『釈迦如来行録』に譬喩と教訓の全文が引用されている。また、『釈迦如来行録』に取りあげられた『百喩経』の話には、一般の人達を対象に説いた仏の教えと譬喩が最も多いことから、『釈迦如来行録』が仏事において人々を教化するために作られた説法の台本であった可能性が考えられる。

【注】

［1］『歴代三宝紀』巻五・訳経魏呉、『古今訳経図紀』巻一、『開元釈教録』巻一五・別録中有訳無本録之二など。

［2］『大唐内典録』巻四・歴代衆経伝訳所従録第一之四、『衆経目録』巻二、『大周刊定衆経目録』巻六、『開元釈教録』巻十三・入蔵目録など。

［3］『梁高僧伝』巻三・訳経下「求那毘地」。

［4］北宋版『大蔵経』No.990、南宋版『大蔵経』No.1007、元版『大蔵経』No.1003、『高麗大蔵経』第三十巻、明版『大蔵経』No.1357、『大正新修大蔵経』第四巻・本縁部下など。

［5］陳蒲清『寓言文学理論―歴史と応用―』（台北駱駝出版社、一九九二年）、黄華珍「寓話の魅力を論ず―『荘子』『百喩経』『イソップ物語』の寓話を例として―」（『岐阜聖徳学園大学紀要』四六号、二〇〇七年二月）。

［6］劉守華『仏経故事と中国民間故事演変』（上海古籍出版社、二〇一二年）。李官福・金東勛「韓・中『百喩経』説話の伝来と変形」（『韓・中の民間説話の比較研究』ボゴ社、二〇〇六年所収）。張鴻勳「古代印度『百喩経』と民間故事の閲読」（『天水師範学院学報』二四・六号、二〇〇四年一二月）。

［7］Choe yunjeong「『百喩経』の童話を通じて幼児の仏教概念の認識効果の研究」（東国大学教育大学院幼児教育専攻修士論文、二〇〇三年）、権銀珠「『百喩経』と幼児道徳性」（『韓国日本教育学研究』三・一号、一九九九年三月）。

［8］王孺童『百喩経訳注』（中華書局、二〇一二年）、顧寶田『新訳百喩経』（三民書房、二〇〇四年）、潘文良『百喩経解読』（頂淵文化事業有限公司、二〇〇四年）、金成奎『仏になる百の方法―百喩経―』（タムン、二〇一三年）、僧賢覚『百喩経』（民族社、二〇〇一年）、Kim jangyeol『漫画百譬経』（ソルバラム出版、二〇〇六年）。

［9］棚橋一晃『ウパマー・シャタカ百喩経』（誠信書房、一九六九年）、高山春峯『絵入国訳百喩経』（国民社、一九二三年）。

［10］加美甲多「『沙石集』と経典における譬喩―『百喩経』との比較を端緒として―」（『仏教文学』三四号、二〇一〇年三月）、村松恒「百喩経初探」（『芸能文化史』二四号、二〇〇七年一〇月）。

［11］王孺童「『百喩経』の再研究」（『法音』一〇月号、二〇〇七年一〇月）、棚橋一晃、注9。

［12］『喩林』（上海古籍出版社、一九九一年）。

［13］陳蒲清、注5。

［14］『雪濤小説』（上海古籍出版社、二〇〇〇年）。

［15］『袁中郎全集』（文星書店、一九六五年）。

［16］金栄華『中国民間故事集成類型索引』（台湾、中国口伝文学学会、二〇〇〇年）、顧希佳『中国古代民間故事類型』（浙江大学出版、二〇一四年）。

［17］巫端書編『中国民間故事集成』湖南巻・石門県資料本「一対懶夫妻」（石門県民間文学集成弁公室、一九九八年）。

［18］『大日本古文書』（東京大学史料編纂所、一九〇一年）。

［19］『長阿含経』巻九・（一〇）第二分十上経第六、『四分律』巻六〇・毘尼増一之四など。

［20］土屋北彦編『日本の民話』四九・第二集「大分県の民話」（未来社、一九七六年）。

［21］『高麗史』巻三・成宗一〇年（九九一）四月二一日条。

［22］『高麗史』巻二四・高宗三八年（一二五一）九月二五日条。柳富鉉「高麗蔵（初彫蔵・再彫蔵）の底本に関する一考」（韓国書誌学会『書誌学研究』四八号、二〇一一年六月）。

［23］拙稿「東国大学図書館蔵『釈迦如来行録』解題と翻刻」（立教大学大学院『日本文学論叢』一二号、二〇一二年）。

[24] 孫晋泰著・増尾伸一郎解説『朝鮮民譚集』(勉誠出版、二〇〇九年)、任晳宰著『韓国口伝説話集』全羅北道Ⅱ、平民社、一九九一年)。

2 『弘賛法華伝』をめぐって

千本英史

1 はじめに

以下は『弘賛法華伝』について、『今昔物語集』の編纂資料としてのありようを再確認しようとする試みである。これまでの諸説を確認するに止まり、新規な提言をなすものとはなっていないことをあらかじめお断りしなければならない。

『弘賛法華伝』は、『大正新修大蔵経』（巻五一）、『大日本続蔵経』、『国訳一切経』に収録されており、今日の私たちにとって必ずしも参照のむずかしい書物とはいえないが、古刊本や写本の形で残るものは見あたらないようである。「唐の神竜二年（AD706）以後」の成立で「著者は慧祥」、「十巻。東晋の時代から唐に至るまでの法華経の流伝を(1)図像（巻一）、(2)翻訳（巻二）、(3)講解（巻三）、(4)修観（巻四）、(5)遺身（巻五）、(6)誦持（巻六から巻八）、(7)転読（巻九）、(8)書写（巻十）の八門によって記したもの」▼注[1]である。

いうまでもなく同書は、片寄正義によって一九四二年に発表された「弘賛法華伝と今昔物語―今昔物語は保安以後の成立か―」で、[注2]『今昔物語集』の成立時期を論証する資料として紹介され、一躍注目を集めることになった書物である。

この時期、片寄は「冥報記について―今昔物語と前田家本冥報記―」(『国語国文』)、「今昔物語仏伝説話について―巻一第一話より第八話までの出典―」(『国語と国文学』)など矢継ぎ早に論考を発表し、それらは後に『今昔物語集の研究』上(一九四三)にまとめられることになる。

気をつけておきたいのは、他の論考の場合と違って、『弘賛法華伝』を扱ったそれにおいては、初出の『文学』掲載論文と、『今昔物語集の研究』上とでは、内容が大きく改稿されていたこと、そうして単行著に収載されるにあたっては、『弘賛法華伝』についての論は、『冥報記』や『三宝感応要略録』の場合が、第二編「今昔物語集天竺・震旦部の研究」第二章「今昔物語集と関係ある諸経典及び唐土の仏教説話集」で検討されたのと異なり、第一編「今昔物語集の基礎的研究」の第三章「今昔物語集成立年代考」の第二節において検討されたことである。このことはその後長く、多くの研究者の『弘賛法華伝』の取り扱い方に影響を及ぼしているように思われる。

2 『今昔物語集』と『弘賛法華伝』の「距離」

『今昔物語集』が『弘賛法華伝』をどのように受容しているかについては、これを検討した研究者間に見解のずれがある。これまで両者の間に関係があると論じられてきた説話は、全部で十五話にのぼる。

それらはどのような関連を想定されてきたであろうか。『今昔物語集』の震旦部は思いの外に注釈書が少ないが、ここでは以下の四種を取り上げる。

・日本古典文学大系『今昔物語集』二(山田孝雄ほか校注、岩波書店、一九六〇年)

・新日本古典文学大系『今昔物語集』二(小峯和明校注、岩波書店、一九九九年)

・校注古典叢書『今昔物語集』二（国東文麿校注、明治書院、一九七八年）
・講談社学術文庫『今昔物語集』七（国東文麿訳注、講談社、一九八三年）

これら注釈類に加えて、この問題を扱った三論文をデータに加える。

・片寄正義「弘賛法華伝と今昔物語―今昔物語は保安以後の成立か―」（『文学』一〇巻一号、一九四二年十月）
・宮田尚「弘賛法華伝出典説の検討」（『今昔物語集震旦部考』二〇〇二年、初出一九七七年十一月）
・佐藤辰雄「『今昔物語集』と大蔵経版『弘賛法華伝』」（『歌子』一七号、二〇〇九年三月）▼注[3]

表1

今昔巻	今昔話	今昔標題	弘賛巻	弘賛話	旧大系	新大系	国東校注	国東学術文庫	片寄論文	宮田論文	佐藤改変率
6	26	震旦国祭酒粛璟、得多宝語	1	13	―	―	―	―	―	冥報記	63
7	10	震旦并洲石壁寺鴿、聞金剛般若経生人語	9	10	同一説話	原典	同・類話	同話・類話	何れか不明	法苑珠林・法華伝記	56
7	15	僧、為羅刹女被嬈乱依法花力存命語	6	2	出典	原典	同・類話	同話・類話	弘賛法華	弘賛法華	28
7	16	震旦定林寺普明、転読法花経伏霊語	6	7	出典	原典	同・類話	同話・類話	弘賛法華	弘賛法華	50
7	17	震旦会稽山弘明、転読法花経縛鬼語	6	12	出典	原典	同・類話	同話・類話	弘賛法華	弘賛法華	26
7	18	震旦河東尼、読法花経改持経文語	10	4	―	同話	―	同話・類話	―	冥報記	47
7	19	震旦僧、行宿太山廟誦法花経見神語	10	6	―	―	―	―	―	冥報記	36
7	20	沙弥、読法花経忘二字遂得悟語	6	17	出典	原典	同・類話	同話・類話	弘賛法華	弘賛法華	15
7	21	予洲恵果、読誦法花経救厠鬼語	6	8	出典	原典	同・類話	同話・類話	弘賛法華	弘賛法華	50
7	25	震旦絳洲僧徹、誦法花経臨終現瑞相語	8	12	―	―	―	―	―	低・冥報記	―
7	26	震旦魏洲史、雀産武、知前生持法花語	9	5	同一説話	同類話	同・類話	同話・類話	冥報記	冥報記	44
7	27	震旦韋仲珪、読誦法花経現瑞相語	8	2	類話原拠	同類話	同・類話	同話・類話	冥報記	冥報記	41

7	29	震旦都水使者蘇長妻、持法花免難語	9	6	同一説話	同類話	同・類話	同話・類話	冥報記	冥報記	44
7	30	震旦右監門校尉、李山竜、誦法花得活語	8	3	同一説話	同類話	同・類話	同話・類話	法苑珠林＋弘賛法華	冥報記	25
9	13	□人、以父銭買取亀放河事	10	5	｜	｜	未点検	｜	｜	低	｜

この表に見られるように、校注者たちは、『今昔物語集』と『弘賛法華伝』との「距離」をそれぞれにはかりつつ、ある場合には「出典」「原典」とし、ある場合には「同話」「同類話」とするなど、苦心を重ねている。

本朝部において、たとえば『日本霊異記』、『三宝絵』、『本朝法華験記』の三者は、一つの資料を基本としつつも、しばしば他の作品をも同時に参照しながら叙述がなされていることは、すでに広く知られているが、その方法は『震旦部』でも同様であったようだ。『今昔物語集』作者は、『弘賛法華伝』だけを引用するのではなく、他の類話文献をも適宜参照して本文を構成しており、その程度の差によって、校注者の間に評価のずれが生じているのであろう。

震旦部の有力出典である『三宝感応要略録』を詳細に検討した李銘敬は、結論として、「これらの説話には一話としてのまとまった出典資料がどこかに存するはずだという従来の考え方は、転換されなければならない。それらの説話は、まさしく複数の資料を使って一話を構成するという採録方法によって新たに編成・創作されたものと考えるべきなのである」と述べていた。▼注[4]

表で、太線で区切ったのは、重複して書写された巻七の二十二話の前後、および三十二話のあと大量の白紙部分があるところである。『今昔物語集』が主に『弘賛法華伝』を利用したのは巻七においてであり、幸いにも鈴鹿本が残っている。この鈴鹿本巻七について、酒井憲二は、「二六丁裏から、二七丁裏へかけての大きな衍文は、第廿二話の本文と第廿三話の表題の重複によるものである」、「第卅二話の後には六行＋半丁＋五丁の大空白あって第四十一話に連

なる」「第四十三話末の中断箇所には四行近い空隙あり」と指摘していた。▼注[5]

池上洵一は『今昔物語集』全巻の現代語訳である『平凡社東洋文庫』解説で、

……撰者にとって『弘賛法華伝』は法華経霊験譚の不足を補う有力な新資料として手元に用意されたのであろう。ところが、実際に利用しようとしてみると、適当な説話は意外に少なかった。巻七の第三三話から第四〇話までの八話が欠話になっているのは前述の通りだが、ここには前後の説話配列からみて法華経霊験譚が予定されていたと思われる。震旦部の諸経霊験譚は『要略録』と同じく天台の五時八教の教判による順序、つまり華厳・阿含・方等・般若・法華涅槃の順に配列されているが、巻七の第三二話は法華経、第四一話は涅槃経の霊験譚であるから、これにはさまれた欠話の部分には、法華経の霊験譚、あるいはそれに加えて若干の涅槃経霊験譚が予定されていたと考えるのが自然だからである。『弘賛法華伝』を利用した説話がわずか五話にとどまり、その一方で法華経霊験譚に八話の欠話があるという事実は、『弘賛法華伝』が撰者が入手当初に考えたよりも利用しにくい作品であったことに理由があるのかもしれない。▼注[6]

と述べていた。鈴鹿本巻七の現状は、そうした原本著作時の混乱を反映しているのであろう。

ここで、この【表1】を、『今昔物語集』の巻話順にではなく、『弘賛法華伝』のそれの順に並べ替えてみる。

表2

弘賛巻	弘賛話	弘賛標題	今昔巻	今昔話	旧大系	新大系	国東校注	国東学術文庫	片寄論文	宮田論文	佐藤改変率
1	13	唐国子酒粛璟造多宝語	6	13	—	—	—	—	—	冥報記	63
6	2	外国山居沙門	7	15	出典	原典	同・類話	同話・類話	弘賛法華	弘賛法華	28
6	7	宋高逸釈普明	7	16	出典	原典	同・類話	同話・類話	弘賛法華	弘賛法華	50
6	8	宋瓦官寺釈慧果	7	21	出典	原典	同・類話	同話・類話	弘賛法華	弘賛法華	50

6	12	斉柏林寺釈弘明	7	17	出典	原典	同・類話	同話・類話	弘賛法華	弘賛法華	26
6	17	秦郡東寺沙弥	7	20	出典	原典	同・類話	同話・類話	弘賛法華	弘賛法華	15
8	2	唐蒙陽長韋仲珪	7	27	類話原拠	同類話	同・類話	同話・類話	冥報記	冥報記	41
8	3	唐左監門校尉李山龍	7	30	同一説話	同類話	同・類話	同話・類話	法苑珠林＋弘賛法華	冥報記	25
8	12	唐絳洲徹禅師所教癩人	7	25	｜	｜	｜	｜	｜	低・冥報記	｜
9	5	隋魏州刺史雀彦武	7	26	同一説話	同類話	同・類話	同話・類話	冥報記	冥報記	44
9	6	唐巴州刺史蘇長妾	7	29	同一説話	同類話	同・類話	同話・類話	冥報記	冥報記	44
9	10	唐并洲石壁寺鴿鶵	7	10	同一説話	原典	同・類話	同話・類話	何れか不明	法苑珠林・法華伝記	56
10	4	隋河東練行尼	7	18	｜	同話	｜	同話・類話	｜	冥報記	47
10	5	隋楊州厳恭父子	9	13	｜	｜	未点検	｜	｜	低	｜
10	6	隋客宋救同学	7	19	｜	｜	｜	｜	｜	冥報記	36

このように並べ替えてみると、各校注者の評価が、『弘賛法華伝』の巻ごとにかなり片寄っていることがわかる。『弘賛法華伝』の巻一―十三を例外として（この話は論文では扱われているが、校注ではいずれも相互の関係を認めていない）、残りはすべて巻六以下から採られ、巻十（書写）は各研究者ともほとんど関連を認めず、巻六、八（誦持）および九（転読）に集中している。それも巻六との一致度が抜きんでて高いことが知られる。ここからは、『今昔物語集』作者が、『弘賛法華伝』を典拠としながら、巻六ではほぼその文章をそのままに採り入れ、巻八、九においては他の文献をも適宜参照して構文をなしていったさまが窺えるのではないだろうか。

3　覚樹という存在

片寄正義は早く、「伝来後間もない期間の中に、これらの船載書に目を通して、その説話を引用するが如き人は、本書の我国に於ける流伝に直接関係の深い東南院の覚樹と、近い関係にある人であるらしい」と、「覚樹」の名を挙げていたが、これに新たな角度から注目したのが、鈴鹿本を追究した酒井憲二であった。すなわち酒井は、伴信友が巻二十七の影写半葉に付した「追記」に、鈴鹿本への例の総六〇の書き込み中の「新造屋」について、「新造屋トハ東大寺中ノ庁所也」と指摘していることを受けて、

片寄氏は、諸種の仏教書籍目録類に名の見えない弘賛法華伝が如何にして今昔物語集撰者の目に触れ、これを引用するに至ったかについて腐心しておられるが、視点を百八十度転回して、弘賛法華伝は東大寺を出ることは無かった、奥書の筆者覚樹その人こそ、その唯一最大の利用者であった、と考えることは許されないであろうか、すなわち、今昔物語集は碩学覚樹の撰するところでは無かったかと仮設してみるのである。▼注[7]

と、覚樹作者説を提唱した。

この新説に対していち早く賛同を表明したのが、馬淵和夫だった。馬淵は折から刊行中の、自らが校注・訳を分担した小学館日本古典文学全集『今昔物語集』四の月報に、「画期的な研究」として酒井氏の新説を紹介して次のように述べている。

この論は長年わたくしの抱いていた疑問の一つを払拭してくれているので、非常に確実なものとわたくしには思われる。というのは鈴鹿本が現存諸本の祖本であることは長年わたくしの力説してきたことであり（中略）、しかも鈴鹿本の現姿には、そうしても原本より直接写したとしか思われない諸点があるからである。（中略）このことから考えられるのは、原本というものが草稿のままうずたかく積まれてあったのではないか、ということで、従っ

て、その草稿はほかならぬ鈴鹿本の書写された場所と、大体同じ場所（あるいは同じ寺院）にあったと考えざるをえないということである。▼注[8]

こうした覚樹作者説は、「新造屋」が東大寺のそれではなく、春日興福寺のものであったことが明らかになるとともに、急速に忘れられていったかに見えるが、それでいいだろうか。

追塩千尋は、覚樹についての比較的最近の研究において、「覚樹を巡る人々」の筆頭に、源俊頼の名をあげている。▼注[9]すでに片寄正義の指摘するところだが、俊頼編の勅撰和歌集『金葉和歌集』に、覚樹の知られる唯一の和歌が収載され（新大系六三三）、また顕昭の『散木集註』で、俊頼の『散木奇和歌集』第二「夏部」の「雨中郭公」（国歌大観二四五）に、

顕輔卿云。くきらとは何鳥ぞと俊頼に問しかば。答云。東南院已講覚樹云。天竺に五月許出レ里鳴鳥あり。其声妙也。其名号倶喜羅云なり。若郭公歟云々。或人言。彼已講云。倶翅羅鳥。又名倶喜羅と云々。（後略）▼注[10]

とあることが注意される。両者の関係はかなり密接なものだったかにみえる。

源俊頼の『俊頼髄脳』は、『今昔物語集』の有力出典であり、その成立年代推定の上でも現時点では『弘賛法華伝』以上に重要視されている作品である。今野達の「今昔物語集の成立に関する諸問題―俊頼髄脳との関連を糸口に」は、「今昔物語集と俊頼髄脳の間には直接引用関係があり」、「俊頼髄脳が先行する」と結論づけた論文であり、『俊頼髄脳』が先にも述べたように、『今昔物語集』の成立に関して『弘賛法華伝』をその論拠とする説が後退する中で、現時点の基準論文となっているものであるが、ここで今野はまた別の観点から重要な指摘を加えている。すなわち、

今昔作者は、巻十の編成に当たって、最も本命であり、かつ豊富な震旦説話尾取材源であったはずの中国諸文献を捨てて、なにかは知らず、前述のような抽出書や先行説話集に依拠し、さらにその不足を補うために、俊頼髄脳のごとき歌学書までも動員したことになる。天竺部・震旦部仏法・本朝部仏法の諸巻において、あれほど内典類を渉猟駆使し、その翻訳構成にも労苦を惜しまなかったかに見える作者が、中国外典と関係深い震旦世俗にい

たって、何故その取材態度を大きく変化させたのであろうか。▼注[11]

として「作者は有力な中国外典を利用できない状態におかれて、今昔の著作に従事したのではなかろうか」、「作者の意欲にもかかわらず、適当な取材資料を入手できなかったためとするのは独断に過ぎるであろうか」というのである。

ここで『俊頼髄脳』が、覚樹の周辺で容易に入手できる資料であったことを勘案することは不自然であろうか。有力出典でいえば、これもすでに片寄正義が「三宝感応要略録が日本伝来後数年を経ずして、本書に引用せられたものであるらしいことは、非濁の歿年から推定される」と述べていたが、池上洵一はさきの現代語訳解説の中で、この指摘を受けて、「新資料といえば、『要略録』もかなり新しい資料だった。この書は撰者非濁（一〇六三寂）の最晩年に成立したらしいから、『今昔物語集』の成立時までまだ八十年とはたっていない。日本においてこの書との交渉が認められる最初の例は天仁三年（一一一〇）にある内親王の発願で行われた説経の聞書といわれる『百座法談聞書抄』で、現存する限りでは『今昔』が二番目の利用例である」と注意を促していた。

これらは、覚樹の周辺で、『今昔物語集』の特に震旦部がかなり慌ただしく書かれていったことを、なにほどか反映しているのではなかろうか。

4　『弘賛法華伝』奥書「再読」

ここで改めて、東大寺本『弘賛法華伝』の奥書を見ておこう。▼注[12]

この書には三つの奥書があり、このうちＢは本文書写と同筆で、ＡとＣは両者同筆だが本文とは別筆である（現在の東大寺本自体は鎌倉時代初期写とされる〈後掲〈注14〉横内説、従来の平林説後掲〈注15〉は室町期写本とする〉が、Ａ、Ｃの奥書はもともとは写されずに後にいずれかの段階で加筆されたものと思われる）。

A・巻五末尾（上冊最後部）……保安元年（一一二〇）七月五日　於大宰府記之　大法師覚樹　此書本奥有此日記

B・巻十末尾（下冊最後部）……時天慶五年（一一一五）歳在乙未季眷（春）月十七日　於内帝釈院明慶殿記／海東高麗国義龍山弘化寺住持究理　智炤浄光処中吼石法印僧統賜紫沙門徳縁勘校　文林郎　司宰宰承同　正李　唐翼書　一交了　又一交了　又一交了

C・巻十末尾（下冊最後部）記大日本国保安元年七月八日　於大宰府　勧俊源法師書写畢……羊僧　覚樹　記之

此書本奥有此日記

内容から見ても、Bが元来の奥書であり、そこでは高麗国で天慶五年（一一一五）に『弘賛法華伝』が刊行されたいきさつが述べられている。「天慶五年」は中国の遼の元号であるが、同時に高麗のそれでもあった。『高麗史』年表（巻八十六）では、叡宗十一年（一一一六）の項に、「宋政和六年　遼天慶六年　金収国二年」と中国の三国の年号を挙げ、「十一年　四月遼ヲ以テ金ノ侵ス所ト為ル、正朔（暦）行フ可カラズ、凡ソ文蝶（文書）ハ天慶ノ年号ヲ除去ス、但ダ甲子（干支）ヲ用フ」（原漢文）とあり、高麗はそれまでは遼の元号を用いていたのである。

大屋徳城はすでに、片寄論文を遡ること五年の一九三七年に刊行した『高麗続蔵雕造攷』の第六章「続蔵の雕造」の中で「続蔵の未完成を證するが如き一事例」として、このBの奥書を紹介し、奥書に記された徳縁が高麗国の王師であったことを指摘した上で、「弘賛法華伝には、左の刊記ありて、斯本高麗国に唯草本ありて、筆誤頗る多く、読者其訛升を病むに依り、自ら讎校開板せる旨をいへり」と解説していた。▼注[13]

天慶五年は義天寂後宣宗六年辛未僅に十四年なり。弘賛法華伝は正しく教蔵総録第一にあり。法華経の部に、「伝十巻　慧祥述」とあり。然るに、「今海東唯得㆓草本㆒」といふ。これ斯書が続蔵中に雕造せられざりし證左に非ずや。

横内裕人は、近年、この高麗続蔵経が院政期日本仏教に与えた影響の大きさについて詳述しているが、▼注[14]その論の冒頭を、十一世紀末に、高麗国王文宗の第四子の義天が、高麗続蔵経刊行のために日本の僧侶達に宛てて、仏教聖教を収集したいと乞うた書翰を送ったエピソードから始めている。

かつて平林盛得の「『弘賛法華伝』保安元年初伝説存疑」によって、片寄説に疑義が呈されたのは、もっぱら「遼の天慶五年刊本以外の『弘賛法華伝』が、かつてわが国（日本）に存在し『今昔物語集』撰述の一原典となっていた」▼注[15]可能性に依ったものであったが、以上のことから考えるとその「可能性」は限りなく低いものに止まるのではないだろうか。▼注[16]高麗が仏教国家としての国を挙げて、日本を含む近隣諸国に善本を求めてなお、『弘賛法華伝』の刊行は義天（一〇五五〜一一〇一）生存時には実現しなかったのである。

A、Cは、奥書というよりは追記といった形だが、Aではこの『弘賛法華伝』は、「宋人の永蘇景が覚樹の勧めに依って高麗国から渡し奉った百余巻のうちのひとつであり、覚樹Cでも「大日本国保安元年（一一二〇）七月八日に大宰府で俊源法師が書写し終えた」旨を記している。

俊源という僧については、管見では言及した先行論文を知らないが、同時期の『中右記』には二例見いだすことができる。▼注[17]

元永二年（一一一九）十二月朔日　乙酉

未明為参院御幸参仕之所、府生敦利於町尻冷泉院辻相逢云、御幸成了、鶏鳴出後鳥羽也、右衛門督、別当、左宰相中将三人参仕者、遺恨帰家、晩頭参御堂、朝夕講筵已了、（朝座問者忠尋律師、夕座問者覚俊律師）、探題法印永縁参上之間也、殿下内府（皆御衣冠）、令参給也、此外上達部一人不被参也、竪者東大寺珍海、於仏前読短冊登高座、（三論宗《事カ》）、問者已講信永、詞華甚妙、俊源、陽信、信慶、恵暁為問者、注記信舜、亥時了、所八識義四種相違義、

これは法成寺の御八講で、白河法皇は方違えで前日から鳥羽殿に赴いており、宗忠はこの日早朝に参上したが遅参となって参仕は果たせなかった、暮れ方になって法成寺に参上した、朝夕の講筵はもう終わっていたが、竪者《りっしゃ》は三論宗の東大寺僧珍海で、問者已講は信永、問者は俊源以下四名だった、ということだろう。

俊源の名はもう一カ所、「長承三年（1134）二月十七日」条に、「丁酉　天晴、今日院（鳥羽上皇）、於法勝寺金堂被供養金泥一切経、仍有行幸」とあって、今度は法勝寺の一切経供養である。ここで「衲衆《のうしゅ》（法会の職衆の一つで、高僧の着する衲袈裟を着した僧）六十二口」のうち「右方三十一口」の中で、「已講灌頂」を済ませていない僧十六名のうちに、次のように名が見える。

勝真（東大寺）、俊源、範延、晴諶、晴縁、尊継（已上興福寺）、最厳、厳寛、頼意、賢覚（已上東大寺）、仁祐、実増、俊恵、尊実、静祐（已上延暦寺）、済愉（園城寺）

これによれば、俊源は興福寺僧ということになるが、年代からみても役割からみても、奥書Cの俊源法師と同一人物と考えてよいのではないか。

以前、『今昔物語集』の成立について、京都と南都とを単純に相互孤立した対立的な存在としてばかり見るべきでないことに注意を促して、山岸常人「法勝寺の評価をめぐって―僧団のない寺院―」の論を引用したことがあった[注18]が、ここでふたたびみておこう。

（法勝寺の）寺司（寺院の事務を司る官署）は興福寺・東大寺・東寺・延暦寺・園城寺の南都北嶺の諸大寺から選ばれていたことが知られる。これらを仁和寺の法親王が統括していた。こうした組織構成は同じ六勝寺の内の尊勝寺でも、円勝寺でも（『中右記』大治四年正月十一日）同様であった[注19]。

この時代、白河院政のもとで、単独の寺院ではなく、それらの連合体が、国家を支える仏教集団として要請されていたのである。

もとより覚樹は、承徳二年（一〇九八）には維摩会竪義を、二年後の天永元年には維摩会講師を務めていて、興福寺と縁がなかったわけでない（前掲注9追塩千尋論文）し、横内裕人は覚樹の高麗続蔵経請来についても東大寺単独の行動ではなく、その法縁から白河法皇第四皇子の仁和寺門跡の覚法法親王（一〇九一～一一五三）との、寺院・宗派を越えた連携を予想している。さらにそうして請来された経典は、そこ（光明山寺）に集ったのは、東大寺東南院・興福寺（中川別所）の南都寺院と醍醐寺・勧修寺・高野山・石山寺・仁和寺などの真言系寺院の僧侶であり、かれらによって、大陸伝来の聖教研究がなされたのであった。▼注[20]という環境の中で受け入れられた。覚樹が『弘賛法華伝』の書写を依頼した俊源が、興福寺に属していたとしても、問題はないのではないだろうか。

以上、これまでに発表された先学の緒論を読み返し、鈴鹿本巻七の現状を確認しながら、『今昔物語集』のこの部分が、覚樹の周辺で慌ただしくまとめられた可能性について、思うところを述べた。

【注】

［1］『大蔵経全解説大事典』（雄山閣出版、一九九八年）。

［2］片寄正義「弘賛法華伝と今昔物語―今昔物語は保安以後の成立か―」（『文学』一〇巻一号、一九四二年十月）。

［3］佐藤のこの論は、著作『『今昔物語集』僻説』（こうち書房、二〇〇四年）において、『今昔物語集』が『本朝法華験記』や『日本往生極楽記』をどのように「受容」しているかを検証するために、「客観的な〝物差し〟」の作成を目指して「一つの試案」として「数量化」を試みられた事例を、『弘賛法華伝』に援用したものである。ただ数値化の手順自体の妥当性はどこにも検証されておらず、示された数値をそのままに利用することはためらいが残る。

［4］李銘敬『日本仏教説話集の源流』研究篇（勉誠出版、二〇〇七年）「終章　本稿のまとめと展望」。

［5］酒井憲二「鈴鹿本今昔物語集の書誌」（『鈴鹿本今昔物語集―影印と考証―』京都大学出版会、一九九七年）。

［6］池上洵一『今昔物語集９』震旦部（平凡社東洋文庫、一九八〇年）。

［7］酒井憲二「伴信友の鈴鹿本今昔物語集研究に導かれて」（『国語国文』四四巻一〇号、一九七五年十月）。

［8］馬淵和夫「今昔物語集の成立」（日本古典文学全集『今昔物語集』四月報、一九七六年三月）なお、この論文は、氏の短い論考をまとめた『古典の窓』（大修館書店、一九九六年）には再録されなかった。

[9] 追塩千尋「東大寺覚樹について」(『印度哲学仏教学』一六号、二〇〇一年十月)。

[10] 『群書類従』第十六輯和歌部。

[11] 今野達「今昔物語集の成立に関する諸問題―俊頼髄脳との関連を糸口に」(『今野達説話文学論集』二〇〇八年所収、初出『解釈と鑑賞』二十八巻一号、一九六三年一月)。

[12] 以下『弘賛法華伝』の引用は、東大寺図書館から提供を受けた写真焼付による。なお奥書だけであれば、(注13)大屋徳城『高麗続蔵雕造攷』の図版篇上七七～七九頁に写真が載る。

[13] 大屋徳城『高麗続蔵雕造攷』(便利堂、一九三七年)。

[14] 横内裕人「高麗続蔵経と中世日本―院政期の東アジア世界観―」(『日本中世の仏教と東アジア』二〇〇〇年、初出『仏教史学研究』四五・一号、二〇〇二年七月)。

[15] 平林盛得『聖と説話の史的研究』(吉川弘文館、一九九六年、初出『書陵部紀要』二十号、一九六八年十一月)。

[16] 平林が「遼の」というのは、「中国遼国の」なのか「遼の元号を用いた高麗の」なのか、すぐにはわからないが、あくまで高麗国の一大国家事業としての刊行が目指されたことを確認しておきたい。なおこの奥書に見える官職など固有名詞、さらには徳縁の事績などについては、安田純也「高麗時代の内道場―内帝釈院を中心として」(『朝鮮学報』一九四号、二〇〇五年一月)がきわめて詳細に論じている。

[17] 佐藤亮雄編『僧伝史料』二(新典社、一九九〇年)。なお『中右記』のこの部分は大日本古記録では未刊であり、そのため東京大学史料編纂所のデータベースではヒットしない。

[18] 千本英史「『今昔物語集』―永遠の未完成の魅力」(『解釈と鑑賞』七十二巻八号、二〇〇七年八月)。

[19] 山岸常人「法勝寺の評価をめぐって―僧団のない寺院―」(『中世寺院の僧団・法会・文書』東京大学出版会、二〇〇四年)。

[20] 前掲注14論文。

3 朝鮮半島の仏教信仰における唐と天竺
――新羅僧慈蔵の伝を中心に――

松本真輔

1 はじめに

本稿は、朝鮮半島の仏教信仰における天竺の持つ意味について、およそ七世紀なかばに活躍した新羅僧・慈蔵の伝記を通して考察することを目的としている。

仏教信仰において、祖師である釈迦およびその活動の地である天竺が重要な意味を持っていることは言うまでもない。しかし、仏教が各地に広まるにつれて、天竺を遠く離れた地では、物理的な意味で自分たちの信仰はダイレクトに天竺とは結びつかなくなる。信仰者は天竺から遠くへ遠くへと布教の足を進めると同時に、遠隔地の人々は様々な困難を乗り越えて釈迦の故地を巡礼し、それが叶わぬ者も天竺への憧憬を懐き続ける。この往復運動が宗教発展の原動力ともなるのであろう。

さて、朝鮮半島には、天竺に端を発する仏教が翻訳を通して中国で再編されて伝播してきた。したがって、その思想はもちろん、制度や儀礼なども多くは天竺から直接伝わったものではなく、中国仏教の影響下にあった。本稿で問題にする慈蔵も、唐に留学して仏教のみならず様々な文物や制度を新羅に持ち帰った人物であり、直接的には天竺とのつながりはない。しかし、朝鮮半島で編纂された文献に登場する慈蔵の伝記には、様々な形で天竺、更には釈迦とのつながりが挟み込まれるようになる。これは、一義的には釈迦とのつながりを強調する目的を持っていたのであろうが、一方で、直接的な影響関係があった中国をも相対化する意味をも有していたと思われる。本稿では、この慈蔵に関する様々な記録を通して、新羅仏教から見た唐と天竺の位相を考えていきたい。

2　三国の仏教と唐・天竺

慈蔵伝の分析に入る前に、朝鮮半島の仏教における中国および天竺との関係を簡単に見ておきたい。

朝鮮半島に仏教が流入したのは、高句麗・百済・新羅を中心とした三国が勢力を持っていた時代であった。高麗時代に編纂された金富軾編『三国史記』、一然編『三国遺事』、覚訓編『海東高僧伝』、あるいは逸文として残される『新羅殊異伝』（成立年代未詳だが、一〇九六年以前か）[▼注1]によれば、高句麗には、前秦王の苻堅が小獣林王二年（三七二）に僧侶順道と仏像を送ったことが始まりとされ、百済には、枕流王元年（三八四）に東晋から摩羅難陀が来朝し、翌年寺院などが建立されたとされる。一方、新羅については記事が若干錯綜している。『新羅殊異伝』には、高句麗や百済より百年ほど早い味鄒王二年（二六三）に阿道が仏教を伝えたとする記事があるほか、『海東高僧伝』では、この説のほかに、訥祇王（在位四七一〜五八年）の時代、毘処王（在位四七九〜五〇〇年）の時代、梁大通元年（五二七）などをあげている。[▼注2]記事の年代を見てみると、内容の真偽はさておき、およそ三世紀から六世紀ごろの出来事とされている。

こうして、当時としては「儒教や老僧の思想をも取り込んだ最新の文化であり、建築・医学・音楽その他の面を含む最新の技術体系」[注3]である仏教が中国から朝鮮半島に伝来したわけだが、さらにこの知識を深く学ぶため、数多くの僧が中国に渡っていた。[注4]しかも、こうした留学僧の活動は仏教伝来から時間をおかずに始まっている。四世紀後半から六世紀ごろには、高句麗の僧朗・義淵・智晃・般若、百済の謙益・曇恵・玄光、新羅の円光・明観・智明・曇育などが中国に渡っており、この流れは高麗時代まで続く。その数は記録に見えるだけで二七〇名にのぼるという。[注5]

こうした留学僧が滞在した地域も広範囲にわたり、長安のみならず、終南山（陝西省）、五台山（山西省）、赤山法華院（山東省）、少林寺（河南省）など様々な地域で活動を行っていたことが知られている。[注6]そして、留学僧は単に知識を吸収するだけでなく、例えば玄奘の訳経事業に携わった神昉や智忍などの新羅僧のように、中国仏教発展の一翼を担う活躍をする者もいた。更に、九世紀の資料ではあるが、『入唐求法巡礼行記』には赤山法華院での新羅人の活動が伝えられており、記録に表れない人々も相当数いたのではないかと推測される。唐が国際色豊かな社会であったことはよく知られているが、新羅人もそこに大きく関わっていたと言えるだろう。

また、渡唐した人物の中には、新羅王家の出自という伝承を持つ人物も少なくない。唯識を学び唐で没した円測（六一三〜九三年）、七三八年に入唐し禅を学んだ無相、葱嶺まで行き唐に戻った無漏（?〜七五八年）、八世紀初頭に唐に渡り九華山を開いた地蔵、八二一年に唐に渡り帰国後は聖住寺で活動した無染、新羅の五台山を開いた宝川と孝明、八三六年に入唐した金義琮など、仏教を通じた王室外交の様相を呈していた。

そして、こうした留学僧は、自国に戻って仏教発展のみならず国家運営にも多大な貢献をしていたようだ。新羅華厳の礎を築いた義湘をはじめ、[注7]新羅に密教を伝え、唐の侵攻を防ぐのに功があったとされる明朗など、[注8]数多くの留学僧が帰国して活躍している。本稿でとりあげる慈蔵もまた、唐に留学し、帰国後も仏教の発展、および国家体制の整備や外交政策に重要な役割を果たした人物である。[注9]

このように朝鮮半島の仏教は中国を抜きに語れないわけだが、一方で「仏教東漸」の歴史を記すとき、その視線は天竺にも向けられることになる。例えば『海東高僧伝』序文では、仏教の歴史を「我が釈迦如来、兜率天より栴檀の楼閣に乗り」[注10]からはじまり、「文殊、目連とともに、化人となりて、迹を震旦に示」し、「前漢の哀帝の時、秦景、月氏国に使し、来りて浮屠の経教を伝」え、さらには高句麗・百済・新羅へと仏教が広まったとする。直接的には中国からの流入であっても、その源泉である天竺が見据えられていることがわかる。

図１　慶州掛陵の胡人石像

図２　イラク出土のヘラクレス像

ただし、これは、仏教が天竺から伝わってきたことを示すにとどまるが、朝鮮半島からの渡唐僧の中には直接天竺に渡って活躍した者も少なからず存在する。そうした人物の伝は、『梁高僧伝』などの中国編纂の高僧伝や朝鮮半島で編纂された『海東高僧伝』に収録されているほか、新羅僧慧超による天竺の記録『往五天竺記』ものこされている。資料的な問題もあって確定的なことは言えないが、古くは「中印度常伽那大律寺に至」[注11]ったとされる百済の謙益や、[注12]これも資料的に不明な点もあるが、「（新羅）真興王（在位五四〇～五七六年）」の時代に「天竺に往き求法」[注13]したとされる義信が渡竺の早い例とされる。その他記録に見えるものを整理すると、[注14]六～八世紀ごろまで都合一五名の渡竺僧が記録に見えるが、その後については不明な点が多い。天竺の仏教は衰退していったため西域求法については中国でも下火になっており、朝鮮半島からも同様のことが言えるのだろう。しかも、当時の移動は簡単ではなく、那爛陀寺で没したとされる恵業など天竺で生涯を終えた者も多い。また「新羅二僧（中略）、泊を泛べて、室利仏逝国に至り、疾に遇いて倶に亡ず（『海東高僧伝』）[注15]と旅の途中で命を落とした者もいる。

こうしうて見ると、朝鮮半島と天竺は、意識の上だけでなく、実際に訪問する場として存在していたことがわかるだろう。新羅時代の王陵と推測される掛陵（慶州市）の前には、鬚をたくわえた石像が聳えている【図1】[注16]。こん棒を持つその姿はヘラクレスをも連想させ【図2】[注17]、新羅の文化が唐を超えて西域にまで通じていたことを物語っているかのようだ。

3　中国での慈蔵伝

前節でも見てきたように、朝鮮半島の仏教信仰者は、中国と太いパイプで結ばれる一方、一部は天竺に向かうなど、地域的にも大きな広がりを見せていた。そうした中、仏教信仰における天竺はどのような位相を持っていたのか。以下、その問題を、新羅僧慈蔵の伝を中心に考えていきたい。

本論に入る前に、話の前提となる慈蔵に関する諸記録とその略歴を確認しておきたい。まず、中国における記録には次のようなものがある。『続高僧伝』巻二十四「慈蔵」には、その生涯に関する基本的な内容が整理されており、『続高僧伝』巻十五「法常」にも渡唐の経緯や授戒に関する記事が見える。そして『法苑珠林』巻六十四の慈蔵記事は『続高僧伝』からの要約である。韓国の資料としては、『三国遺事』巻四・義解五「慈蔵定律」、『三国遺事』巻三・塔像四「皇龍寺九層塔」、『三国遺事』巻三・造塔四「台山五万真身」、『三国遺事』巻三・塔像四「台山月精寺五類聖衆」に詳しい記事があり、『三国遺事』巻三・塔像四「皇龍寺丈六」、『三国遺事』塔像四「迦葉仏宴坐石」、『三国遺事』巻三・造塔四「前後所将舎利」などにも断片的な記事がある。資料としては先行研究でも繰り返し引用されているものなので[注18]、それぞれを細かく引用をすることはせず、以下では必要な箇所のみ検討を加えていくことにする。

さて、こうした資料を総合して慈蔵の足跡をたどると、おおよそ次のようになる。慈蔵は五九〇年に真骨出身で蘇判の官職にあった金武林の子として生まれ、若くして仏道修行に励み、六三六年あるいは六三八年に唐に渡って大蔵経など様々な文物を新羅にもたらし、六四三年に帰国。善徳女王の時代に活躍し、通度寺、皇竜寺九層塔などを建立し、新羅仏教の興隆に大きく寄与するとともに、唐の服飾制度や暦法を導入した。また、新羅に文殊信仰を伝え、江原道にある五台山に草庵を設けこれが後に月精寺となったともされる。

先にあげた慈蔵伝のうち最も古いのは『続高僧伝』の二つの記事で、編者の道宣（五九六～六六七年）は南山律宗の開祖としても知られる人物だが、活動時期が慈蔵と重なっている。慈蔵の伝を考える上で最も基本とすべきものと考えていいだろう。韓国の資料もこれが出発点となっており、そこに唐五台山や韓国での事蹟が加えられている。

慈蔵伝の中心となる『続高僧伝』「慈蔵」で注目すべきは、全体的に戒律の問題に焦点があてられた記述が多い点である。例えば、誕生の後に「諸の生類を度せんことを願」▼注[19]ったとする部分、新羅で宰相に迎えようとする動きがあるも「吾れ寧ろ戒を持し一日にして死せん。一生戒を破りて生くることを願わず」とそれを拒絶した部分、新羅で修行中に「此の五戒を将て衆生を利益すべし」との夢告を得た部分、その後「一月の間に国中の士女、鹹な五戒を受く」と戒を授けた部分、また唐に渡っても「従て戒を受くる者、日に千計有り」「旦夕、人神、帰戒して又集う」と授戒師として活躍していた部分、帰国した後も「皇龍寺に於て菩薩戒本を講ず」「旧習を増さしめ、更に綱管を置き、監察維持して、半月に戒を説き、律に依て懺除し、春冬は総試して持犯を知らしむ」等、戒律を守る活動をしていた部分などである。また、『続高僧伝』「法常」では、「新羅の王子、金慈蔵」▼注[20]が海路で渡唐し、法常から「因て従て菩薩戒を受け、礼を尽して事う」と受戒したという記事も見える。六六八年成立の『法苑珠林』慈蔵伝も、「乃ち蔵に五戒を授け訖りて曰く。「此の五戒を将て衆生を利益す可し」と。又蔵に告げて曰く。「吾、忉利天従り来れり。故に汝に戒を授く」と。因て空に騰て滅す」▼注[21]と戒律を授けられた場面があり、帰国後も「王、皇龍寺に於て菩薩戒本を講ぜんことを請う。七日七夜、天、甘露を降らす」といったように、戒律に関する箇所を中心に要約されている。慈蔵の創建になる通度寺は新羅で最初の戒壇が設けられた場でもあり、『続高僧伝』などの記事はその背景を伝えた内容であるとも言えるだろう。

一方、『続高僧伝』には、仏教の戒律のみならず、様々な制度を導入して新羅の唐化を進めたとされる記述もある。すなわち、新羅の制度や儀礼を改めるべく、唐の「正朔に帰崇し」▼注[22]、新羅の「辺服を通改」するなど「唐儀に准ず」るようにした結果、新羅は「毎年の朝集」において「上蕃」という地位を得たというのである。慈蔵の中国留学が単なる仏教修学を超えた次元のものであったことを示す内容で、こうした唐の知見をもとに、帰国後、政治改革や外交政策に携わることになったのだろう。この点については、『三国遺事』「慈蔵定律」でも「邦国の服章は諸夏に同じからざりし」▼注[23]ため、「中朝の衣冠を服し」、「正朔を奉じ」たとあり、慈蔵が唐制度の導入と深い関係にあったとしている。

4　朝鮮半島での慈蔵と天竺

前節では中国の慈蔵伝を見てきたが、これと朝鮮半島で編纂された文献を比べていくと、大きな違いがある。その最たるものが、慈蔵の唐五台山参詣である。『続高僧伝』をはじめとする中国の資料ではこれに言及がないのに対し、たとえば『三国遺事』では、慈蔵が「西に学び、乃ち五台に於て文殊に感じて法を授け（「皇龍寺九層塔」）▼注[24]」られ、帰国後、新羅五台山月精寺で「（文殊の）真身を覩んと欲して山麓に茅を結びて住（同「台山月精寺五類聖衆」）▼注[25]」したとされる。慈蔵が唐の五台山に行ったかどうかは先行研究でも議論されているところだが▼注[26]、ここではその真偽については論じない。考えておきたいのは、五台山の記事が持つ宗教的寓意である。これを考えるため、慈蔵と五台山の関係を詳しく伝える『三国遺事』「台山五万真身」の記事を見てみたい。

入唐した慈蔵は「文殊の真身を見んと欲し」[注27]て、五台山のふもとにある「中国の太和池の辺の石文殊の処」において「大聖」すなわち文殊より「四句の偈を授く」という夢を見る。しかし、それが「梵語（呵囉婆佐曩、達嚟哆佉野、曩伽呬伽曩、達嚟盧舎那）」であるので理解できなかった。翌日、一人の僧が来て「緋羅金点の袈裟一領、仏鉢一具、仏頭骨一片」を授け、前日の梵語を「了知一切法。自性無所有。如是解法性。即見盧舎那（一切の法を了知し、自性は所有するところなし、かくの如く法性を解すれば、即ち盧舎那を見る）」であると解した。そして、この体験が発端となり、新羅五台山が文殊の聖地として発展したという。また、同書「皇龍寺九層塔」では、「慈蔵法師は西に学び、乃ち五台に於て文殊に感じて法を授けら[注28]」れ、その時得た「舎利百粒」を新羅にもたらしたとしている。

慈蔵が授けられたという「了知一切法」の句は『華厳経』（六十巻本）には見えず、六九九年に訳出された『華厳経』（八十巻本）に見える。先に見た説話自体の発生がどの時点であるかは不明だが、現行の記事は慈蔵の死後に完成したものであることがわかる。むろん、これがただちに慈蔵の五台山参詣を否定するものではないにしろ、そこに描かれたエピソードに宗教的寓意がこめられているのは明らかだ。本稿で着目したいのはまさにその部分である。

先に見たように、『三国遺事』「台山五万真身」では、唐五台山において慈蔵が文殊から信仰の核心とも言うべき偈を授けられるわけだが、ここで注意したいのは、これが「梵語」で伝えられたという点である。これが意味するところは明確であろう。慈蔵が新羅にもたらした信仰の根源は梵語にあるのであり、漢語は仲介役を果たしているにすぎないというのである。「唐儀」を新羅にもたらしたと高く評価されていた慈蔵であるが、その信仰は、天竺につながるものだったのだ。

そもそも、『三国遺事』の記事は新羅の五台山の由来を伝えるものだが、これが唐の信仰形態と類似することは言うまでもない。五台山信仰は『華厳経』（六十巻本）「菩薩住処品」の「東北の方に菩薩の住処有り。清涼山と名づく。過去の諸菩薩は常に中に住す。彼の現有菩薩。名は文殊師利。一万の菩薩眷属有りて常に説法を為す」[注29]によるもので、文殊が常住する地が五台山であると考えられ、「(唐の五台山）大孚寺にしばしば往きて文殊師利を追尋し、東台の左において再三逢遇（『古清涼伝』)[注30]」したとされるように、実際に文殊と出会える場とされてきた。そして、『三国遺事』「台山五万真身」条でも「初め法師は中国の五台山の文殊の真身を見んと欲し[注31]」と慈蔵が文殊との出会いを求めたとされ、先に見たように、新羅に戻った慈蔵は唐と同じく真身の文殊に出会う場として新羅の五台山に庵を結んでいる。しかし、「万教を学ぶと雖も、未だ此の文に過ぐる有らず（『三国遺事』「慈蔵定律」)[注32]」とされる仏教の秘伝の「偈」を「伝えし老僧は是れ真の文殊（同）」だとし、その偈は、唐の言葉ではなく「梵語」であると説明しているわけである。信仰の核心は唐にあるのではなく、天竺から伝わったものだというのだ。

こうした天竺との結びつきは、慈蔵の将来品に関する記述にも現れている。『続高僧伝』「慈蔵」ではそれを「納一領、雑彩五百段」「蔵経一部、并に諸の妙像、幡花蓋具[注33]」としていたのが、先に見た『三国遺事』「台山五万真身」条では袈裟や仏舎利がそこに含まれていたとされている[注34]。釈迦に由来する遺品が新羅にもたらされたとしているわけである。このように、『三国遺事』では慈蔵に新羅と天竺を結ぶ役割が与えられている記事が現れるが、この点については、慈蔵が関わるものとして、『三国遺事』「皇龍寺九層塔」の一節をあげることもできるだろう。そこでは五台山で慈蔵が文殊から新羅善徳女王について「汝が国王は是れ天竺の刹利種の王なり。預じめ仏の記を受く。故に別して因縁あり」と語ったとされている[注35]。新羅王は天竺につながる一族だというのである。しかも、この文に続けて「東夷共工の族と同じからず」とまで記している。善徳女王を東夷とは異なるとし、天竺に接続することでその位相を高めていることがわかる。

また、『三国遺事』「皇龍寺丈六」にも、慈蔵と天竺に関わる記事がある。唐に渡った慈蔵に文殊が「汝の国の皇龍寺は乃ち釈迦と迦葉仏と講演せるの地なり。宴坐石、猶在り。故に天竺の無憂王は黄鉄若干斤を聚めて海に泛べ、一千三百余年を歴て、然る後、乃ち而の国に到り、成りて其の寺に安んず。蓋し威縁の然らしむる也[注36]」と語ったというのだ。皇龍寺は慈蔵が帰国する以前に真平王（在五七九〜六三二年）が建立した寺院であるが、そもそもそこは釈迦がいた場所だというのである。荒唐無稽と言ってしまえばそれまでだが、ここでも文殊と慈蔵を介して新羅と天竺が結びつけられている点に注意しておきたい。

5　通度寺、慈蔵、そして天竺

前節では、『三国遺事』の慈蔵に関する記事を天竺との結びつきから見てきたわけだが、次に、慈蔵が建立したとされる通度寺（慶尚南道梁山市）の創建縁起から、天竺への視点を読み解いてみたい。

通度寺は七世紀半ばに創建され、新羅で最初の戒壇が設けられたほか、舎利信仰を持つことでも知られる韓国でも有数の大寺院である。ただし、かつての建物は文禄慶長の役などで破壊され、現存するのは朝鮮時代後期の一七世紀以後に再建されたものである。▼注[37] 本堂である大雄殿の内部には仏像が安置されておらず、本来本尊仏がある位置には外が見えるように窓があり、その先に戒壇と舎利塔が見えるようになっている。本寺の信仰がこの戒壇と舎利塔になっていることがわかる▼注[38]【図3】。

ここでは、この舎利に関する諸文献の記事を通して、慈蔵と天竺の関係がどう描写されているかを見ていきたい。まず『続高僧伝』「慈蔵」では、帰国した後の慈蔵の行跡に関する記事があり、それによれば、「別に寺塔十有余所を造り、「若し造る所に霊有れば、希はくは異相を現ぜよ」と「発願」し、ついに「舎利、諸の巾鉢に在るを感ず」▼注[39]とある。ここでは通度寺の名前は出ていないのだが、『三国遺事』「慈蔵定律」では、先に見た「梵語」▼注[40]による偈を授けられたという話を紹介した後、この梵語を漢語に翻訳してくれた「異僧」から「袈裟・舎利等」を授けられたという一節が付け加えられている。そして『三国遺事』同条は割注で「蔵公は初め之を匿す。故に唐の僧伝には載せず」と、

『続高僧伝』に舎利を将来したという内容が含まれていない理由を説明している。実際、将来品に関して『続高僧伝』「慈蔵」には「遂に蔵経一部、并に諸の妙像、幡花蓋具、福利を為すに堪うる者を得て」▼注[41]とあるだけだ。一方『三国遺事』「前後所将舎利」では、「慈蔵法師の将らす所の仏頭骨・仏牙・仏舎利百粒・仏が着たる所の緋羅金点の袈裟一領あり。其の舎利は分ちて三と為し、一分は皇龍の塔に在り。一分は大和の塔に在り。一分并びに袈裟は通度寺の戒壇に在り」▼注[42]と、通度寺に舎利が分蔵され、更には釈迦直伝の袈裟も同寺に収められたとしている。

この通度寺の舎利は人々の関心を集めていたようで、『三国遺事』「前後所将舎利」では「廉使が壇に礼し石の鑊を挙げて之を敬」▼注[43]し、中を覗いて仏舎利を確認しようとしたが、「脩蟒」「巨蟾」がいるのを見てそれ以上の詮索はやめたという記事があり、更に同条では、高麗時代高宗二三年（一二三五）に、二人の官吏が舎利を確認させたところ、「貯ふるに瑠璃筒を以てし、筒中には舎利只だ四粒のみ」あったとしている。この舎利の噂は広く知られていたようで、一四世紀末に活躍した文人、李穡の文集『牧隠文藁』では、「慈蔵、中国に入り、得し所は、釈迦如来の頂骨一、舎利四、毗羅金點の袈裟一、菩提樹の葉若干なり」▼注[44]とあり、「歳丁巳（一三七七年か）四月、倭賊来るに、其の意は舎利を得んと欲するものなり」と倭寇の掠奪対象だったとされている。『朝鮮王朝実録』太祖五年（一三九六）二月二十二日（庚戌）の記事でも、「仏頭骨捨利、『菩提樹葉経』、旧くは通度寺に在るも、倭寇に因り、留後司、松林寺に移し置留き、人を遣し取り来らしむ」▼注[45]とある。松林寺は慶尚北道の古刹ではないかと思われるが、倭寇云々が事実であれば仏舎利の噂は海を越えて日本にも伝わっていたことになる。

そして『朝鮮王朝実録』世宗元年（一四一九）九月一日（癸卯）には、「諺を以て伝うに、釈迦の在世時、歯上の生ずる所、新羅僧慈蔵、西域に入りて文殊を見て、此を得て還り、慶尚道通道（度か）寺に置く。歳は丙子、我が康献王、取りて此に置く」▼注[46]という記事も見える。文中にある「此」に置くとは、一三七九年に朝鮮王朝の開祖李成桂（文中の「康献王」）がソウルに建立させた興天寺のことだが、「諺を以て」とあるように、慈蔵の事蹟に関して、文殊の感応と舎

図３　通度寺大雄殿。矢印の奥が戒壇と舎利塔

利の将来が俗説レベルで広まっていたことがわかる。

一方、この舎利将来説を敷衍させて新たな内容を加えていたのが、通度寺の縁起となる『事蹟記』である。これについては、既に先行研究でも影印が紹介されており、その成立については、跋文により天順四年（一四六〇）九月にこれまで何種類かで伝えられて来たものを記録し（伝書）、万暦八年（一五八〇）九月に再び書き写し（移書）、万暦三十七年（一六〇九）三月に至って行脚沙門学明によって自願真書書写され本寺に収められ、その後、崇徳七年壬午（一六四二）九月に至って退隠敬一によって重書開刊されたとされる。▼注[47]

『事蹟記』の大まかな内容は、先に見た慈蔵の唐での事蹟（梵語の偈など）を記したのち、慈蔵が通度寺を創建したという流れになっている。その中で、慈蔵は、梵語の偈を解釈してくれた僧から「釈迦如来の親に着せし袈裟、真身舎利、仏頭骨等の仏の遺物」▼注[48]を受け取り通度寺に安置せよと告げられるのだが、これが唐の妨害にあったという。すなわち「大唐の僧衆、処処に謀議猜忌して（中略）各宝兵を興し、中途を遮りて謀奪せんと欲す」るも、「船にのり西海に泛びて東に還」ってことなきを得たというのだ。「唐に入り法を求」めた慈蔵ではあるが、実際にもたらされたのは釈迦の遺品であり、それが新羅に渡ったというのが『事蹟記』の主張なのである。天竺を新羅と直結させることで、唐を相対化した内容になっていることがわかるだろう。

更に、この慈蔵と天竺のつながりで興味深い資料が、通度寺聖宝博物館所蔵の『三蔵法師西遊路程記』である。これは玄奘の巡礼地を絵地図にして解説をほどこした、全長六二七㎝の紙本着色絵巻で、跋文から一六五二年の成立であることが知られる。この絵巻の詳細は別稿に譲るが、[注49] 本稿の視点で注目したいのは、その跋文にある「後の人、此の図を以て、慈蔵の西域往返の図たりと云々するは、皆妄なり」[注50]という一節である。ここでは「妄」だと否定されているが、一方で玄奘の事蹟を慈蔵のそれと混同している人々がいたことがわかる。先に見た『朝鮮王朝実録』世宗元年（一四一九）の記事にも、「諺」[注51]では「新羅僧慈蔵、西域に入りて」とされていたとあったが、あるいは一五世紀ごろには慈蔵が天竺まで行ったという俗説が広まっていたのかもしれない。

6　まとめ

本稿では、留学僧として唐に渡った慈蔵の伝記を中心に、そこに見られる天竺の位相を見てきた。『続高僧伝』をはじめとする中国の資料では、唐で修行し戒律を身につけ、仏教以外にも政治制度や儀礼などを新羅にもたらした人物とされていた。

『三国遺事』など朝鮮半島側の資料でも、こうした面は踏襲しつつ、唐を相対化するもう一つの軸、すなわち天竺との関わりが設定されていた。具体的には、慈蔵が文殊より授けられた仏教思想の核心が「梵語」であるとされたり、釈迦の遺品や遺骨が慈蔵の手に渡りそれが新羅にもたらされた、とされていたのである。むろん、釈迦を祖師とする仏教信仰において、その故地である天竺が重要視されるのは当然のことではあるが、こうした説話内容増幅の手法から見えてくるのは、天竺を持ち出すことで、中国（唐）を相対化し、更には中国を飛ばして天竺と直結させるという指向性である。実際の伝来は中国から朝鮮半島へという流れであったわけだが、信仰あるいは意識の上では天竺へとつながっていたわけである。

【注】

［1］小峯和明・増尾伸一郎編『新羅殊異伝』（平凡社、二〇一一年）「解説」二二〇頁。

［2］小峯和明・金英順編『海東高僧伝』（平凡社、二〇一六年）「阿道」解説、一四四〜六頁。

［3］石井公正「仏教受容期の国家と仏教―朝鮮・日本の場合―」（高崎直道・木村清孝編『東アジア社会と仏教文化』春秋社、一九九六年）七一頁。

［4］鎌田茂雄「新羅僧の海外雄飛」（『朝鮮仏教史』東京大学出版会、一九八七年）七二〜三頁。

［5］陳景富『中韓仏教関係一千年』（中国語）』（宗教文化出版社、一九九九年）二一〜五頁。

［6］ムン・ムワン「韓国求法僧たちの活動地域に関する研究（韓国語）」（『仏教研究』〈韓国〉二七、二〇〇七年八月）。

［7］同前掲注4書、八〇〜四頁。

［8］同前掲注4書、一〇二〜七頁。

［9］李成市「新羅僧・慈蔵の政治外交上の役割」（『古代東アジアの民族と国家』岩波書店、一九九八年）。

［10］同前掲注2、一九頁。

［11］李能和『朝鮮仏教通史（上）』（初版、一九一八年。二〇〇二年民俗苑、影印）三三頁。

［12］小玉大圓「求法僧謙益とその周辺（上）」（『馬韓・百済文化』〈韓国〉八、一九八五年）。

［13］李能和『朝鮮仏教通史（下）』（同前掲注11）一二六頁。

［14］同前掲注5、五四頁。

［15］同前掲注2、三二八頁。

［16］筆者撮影。

［17］東京国立博物HP画像検索（画像番号：C0028674。http://webarchives.tnm.jp/）イラク・ハトラ出土。

［18］日本語論文で詳しい資料整理をしているものとして、朴亨国「韓国における五台山信仰について―韓国五台山信仰の開祖とされる慈蔵に関する考察」（真鍋俊照編『仏教美術と歴史文化』法蔵館、二〇〇五年）をあげておく。

［19］以下、『大正新修大蔵経（五〇）』六三九頁を私に訓読。

［20］同前掲注19、五四一頁を私に訓読。

〔21〕以下、『大正新修大蔵経（五三）』七七九頁下を私に訓読。
〔22〕同前掲注19。
〔23〕『三国遺事考証（下之二）』（塙書房、一九九五年）八七頁を私に訓読。
〔24〕『三国遺事考証（下之一）』（塙書房、一九九四年）一八一頁を私に訓読。
〔25〕同前掲注24、三八〇頁。
〔26〕ヨム・ジュンソプ『慈蔵の伝記資料研究（韓国語）』（東国大学校博士論文、二〇一五年）が、先行研究を含めこれを詳しく論じている。
〔27〕同前掲注24、三四六頁。
〔28〕同前掲注24、一八一～二頁。
〔29〕『大正新修大蔵経（九）』五九〇頁上。
〔30〕『大正新修大蔵経（五一）』一〇九五頁下。
〔31〕同前掲注24、三四六頁。
〔32〕同前掲注23、八六頁。
〔33〕同前掲注19。
〔34〕同前掲注24。
〔35〕同前掲注24、一八一頁。
〔36〕同前掲注24、一七〇～一頁。
〔37〕シン・ヨンチョル「通度寺霊山殿の歴史と建築意匠（韓国語）」（『仏教美術史学』（韓国）六、二〇〇八年一〇月）。通度寺伽藍についての日本語の論文として、鎌田茂雄「霊鷲山通度寺」（『朝鮮仏教の寺と歴史』大法輪閣、一九八〇年）、佐藤正彦「通度寺の建築について」（『九州産業大学工学部研究報告』一九、一九八三年一二月）をあげておく。
〔38〕筆者撮影。
〔39〕同前掲注19。
〔40〕以下、同前掲注23、八六頁。
〔41〕同前掲注19、六四〇頁上。

［42］同前掲注24、二四二頁。

［43］同前掲注24、二四二頁。

［44］『牧隠集』巻二〇（国立国会図書館デジタルコレクション）、三九コマ。

［45］『朝鮮王朝実録（一）』（韓国：国史編纂委員会、一九七〇年）八九頁。私に訓読。

［46］『朝鮮王朝実録（二）』（韓国：国史編纂委員会、一九七〇年）三三四頁。

［47］旗田巍「通度寺の『事蹟記』について」（『朝鮮学報』六一、一九七一年一〇月）。

［48］同前掲注47、二二七〜三〇頁。

［49］松本真輔「通度寺における玄奘の絵画—『三蔵法師西遊路程記』と龍華殿西遊記壁画」（小峯和明編『東アジアの仏伝文学』勉誠出版、二〇一七年）。

［50］通度寺聖宝博物館蔵本による。

［51］同前掲注50。

4 『禅苑集英』における禅学将来者の叙述法

佐野愛子

1 はじめに

中国の長きにわたる支配から、独立を果したばかりの大越〈現在の北部ベトナム地域〉は、仏教を尊重していた。たとえば、丁朝〈九六六〜九八〇〉の九七一年には僧官が置かれ、呉真流を僧統に任じ「匡越大師」の号を授け、張麻尼を僧録に任じた。▼注[1]その後の黎朝〈九八〇〜一〇〇九〉も、一〇〇七年に宋に白犀を献上して大蔵経を請い、翌々年に大蔵経を得ている。▼注[2]

続く独立後初の長期政権となった李朝〈一〇〇九〜一二二五〉も、その姿勢は変わらなかった。太祖は若いときに六祖寺の万行禅師のもとで学んでおり、▼注[3]仏教と縁が深い人物といえるが、即位後すぐに多くの寺を建立したり、重修したりした。▼注[4]禅宗が盛んであった李朝では、禅僧となった皇帝も多く二代の太宗、三代の聖宗、六代の英宗、七代の高宗が法を継いでいる。

このように仏教が国策として導入され、厚く尊崇されていた大越において、仏教が自国にどのように伝来し、どのように伝播していったのかを記して、後世に伝えてゆくことは、重要な関心事であったと考えられる。それは、たとえば、一〇九六年に、李朝三代聖宗の妻であり、四代仁宗の母である霊仁皇太后が、都の国寺を訪れて寺の長老たちに大越への仏教伝来を尋ねたり、▼注[5] 無言通派第十三世の神儀禅師が、師の常照（無言通派第十二世）に、大越にどのように法灯が伝わってきたのかを尋ねたり▼注[6]するところからも読みとれる。

なお、霊仁皇太后の問いに答えた通弁の言行は、聖宗の勅命を受けた弟子の弁才によって『照対録』として編修さ▼注[7]れた。常照もまた、『南宗嗣法図』を記した人物である。そして、彼の弟子の神儀は示寂する際に、師の常照から授かった『照対録』および『南宗嗣法図』を、弟子の穏空に託し、「まさに今は国が乱れているから、これが兵火で焼かれないようにして、大越の祖風を保ってほしい」と、頼んだ。▼注[8]

残念ながら、これらは佚書であるが、李朝滅亡の動乱期の際には、無事に焼失を避け、陳朝期（一二二五〜一四〇〇）に、『禅苑集英』として結実する際の基礎資料となった。すなわち、自国で活躍した各僧侶の伝（具体的には、大越の禅の三派である無言通派、毘尼多流支《ビニタルチー》派、草堂派の伝）を通して、自国の仏教史を語ろうとしたのが、『禅苑集英』である。

さて、本論では、『禅苑集英』に記される仏教史の中でも、それを最初にもたらしたとされる僧侶――すなわち、大越に禅学を将来したとされる無言通、毘尼多流支、草堂――に、照準を合わせて、大越の仏教史の特徴を考察してみたい。なお、このような将来者は、実のところ、出自、経歴が不明であったり、実在が危ぶまれたりすることが多く、『禅苑集英』においても、それは例外ではない。▼注[9] つまり、無言通、毘尼多流支、草堂らの伝は多分に創造されたものを含んでいる。とはいえ、創造された伝であるからこそ、そこには大越独自の仏教史に関する特徴が見えてくるとも言えるだろう。

本論では、まず、それぞれの伝を見る前に、簡略ではあるが、『禅苑集英』に関して説明する。次に、『禅苑集英』の無言通、毘尼多流支、草堂の伝の梗概を述べ、最後にそれらの特徴について述べてゆくことにする。

2　『禅苑集英』について

はじめに、本論で扱う『禅苑集英』に関してみてゆきたい。先にも述べたように『禅苑集英』は、大越に禅を将来した無言通、毘尼多流支、草堂の三人、およびその流派の系譜と僧伝を記した書である。それぞれ、唐の元和十五年（八二〇）から李朝建嘉十一年（一二二一）までの無言通派三十八人、陳の太建十二年（五八〇）から建嘉六年（一二一六）までの毘尼多流支派二十九人、そして李朝神武元年（一〇六九）から天嘉宝祐四年（一二〇五）までの草堂派十九人の禅師の伝が載る。ハノイの漢喃研究院に次の三点が所蔵されている。▼注[10]

①VHv.1267
禅苑集英語録、一冊、永盛十一年（一七一五）刊、28×18、序の後に竹林三組（調御聖祖、法螺、玄光）の肖像が挿入

②A.3144
禅苑集英語録、一冊、永盛十一年（一七一五）刊、27×17

③A.2767
大南禅苑伝灯集録、一冊、福田和尚編輯、嗣徳四年（一八五一）刊、27・5×17

書名は、『禅苑集英語録』、『大南禅苑伝灯輯録』と様々だが、本論ではベトナムで一般に通用している『禅苑集英』に統一する。また、引用する本文は①VHv.1267を使用する。

永盛十一年（一七一五）重刊のものが最も古い刊本であるが、成立は十四世紀とされる。本書の成立が十四世紀と

される根拠は、いくつかある。一つには、伝の下限が無言通派第十四世の現光の示寂した李朝建嘉十一年（一二二一）であること、また彼の師である通師居士の伝に、彼の示寂に、「皇朝建中四年（一二二九）」とあること、さらには、「阮覚」（『禅苑集英』無言通派第四世「匡越」）や「阮公常傑」（『禅苑集英』毘尼多流支派第十六世「真空」）など、李姓の阮姓への改姓[注11]が挙げられる。

以上のことから、『禅苑集英』の陳朝期の成立は、ほぼ間違いのないことと思われるが、それが一四世紀の特に開祐年間（一三二九〜一三四一）以降であると考えられるのは、『禅苑集英』の無言通の死に関して、「時唐宝暦二年（八二六）丙午正月十二日。二十八年（五百二十八年カ）、又開祐丁丑二十四年[注12]（一三三七）に至る。我が越の禅学師より始まる」とあることによる。序文のない『禅苑集英』[注13]からは、編者や編纂年代は杳として知れないが、その構成が、大越の地に、はじめて禅をもたらしたとされる毘尼多流支からではなく、無言通からはじまること、またなおかつ無言通派の禅師の伝の多さから、無言通派に関係のある人物が編者であり、十四世紀の開祐年間以降の成立であると考えられる。

さて、この開祐年間には、大越でもう一つ重要な書の成立がある。それが李済川による『越甸幽霊集録《えつでんゆうれいしゅうろく》』（一三二九）である。本書は、重興元年（一二八五）、重興四年（一二八八）のモンゴル撃退、そして興隆二一年（一三一三）の占城（チャンパー）との戦争に勝利をもたらした大越の神々の事績を記した書である。この一三世紀にはじまるモンゴルの侵略にともない、大越国内では、黎文休による『大越史記』（一二七二）の編纂や、民族文字である字喃を使用した国語詩[注14]が作られるようになるなど、民族意識が大いに高まった時期であった。

対外的な危機感により、自国の文化やアイデンティティを見直す機会となったこの時期に成立した『禅苑集英』も、また、おそらく、これらに連なる一書といえよう。特に『禅苑集英』は、北宋の道原による『景徳伝灯録』や南宗の大川普済による『五灯会元』といった書に影響を受けており[注15]、中国を強く意識して編纂された書といえる。

3　『禅苑集英』における禅学の将来者

続いて、『禅苑集英』の記載に沿って、各流派の将来者の伝を見てゆきたい。

・無言通

無言通は、中国広州の人であり、姓は鄭氏、若いときから学問を慕って家業をおさめず、婺州の双林寺で出家した。性格は寡黙であったが、物事に通達していたため、「無言通」と呼ばれたという。ある日、無言通は、ある禅僧に導かれて、南宗禅を大成させた馬祖道一を訪れたが、その時すでに馬祖は没していた。そこで、弟子の百丈懐海に師事した。その後、広州の和安寺に帰って住持した。唐の元和十五年（八二〇）の秋に、北寧の僊遊県、扶董の建初寺にやって来て、長年にわたって面壁して坐禅のみをして、一言も発することはなかった。無言通に仕えた弟子の感誠（無言通派第一世）に法を伝えた。宝暦二年（八二六）に、無言通は合掌して入寂した。弟子の感誠は、師の遺骸を荼毘に附して、僊遊山の舎利塔に舎利を納めた。無言通によって将来された禅学は、宝暦二年から始まり、陳朝の開祐年間まで続いている。▼注[16]

・毘尼多流支

尼多流支は南天竺の婆羅門の出身である。若いときから仏法を求めて西天竺を遍歴したが、それを深く究めることのできないまま錫をもって東南に向かい、陳の太建六年（五七四）に長安に到着した。しかしながら、北周の武帝による廃仏の難にあったため、さらに鄴に行こうとした。同じく難を避けて司空山に隠れ住んでいた三祖僧璨に出会って、その導きに従って悟りを得た。僧璨は彼に南に行くよう示したので、毘尼多流支はそのため広州の制旨寺に着いた。そこで『象頭経』と『業報差別経』を漢訳した。六年後の北周の大象二年（五八〇）三月に、竜編古州の法雲寺にやって来て、そこで『総持経』を訳出する。隋の開皇十四年（五九四）に、僧璨から嗣いだ法を弟子の法賢（毘尼多流支派第一世）に伝えて示寂した。法賢は舎利を塔に納めた。[注17]

・草堂

残念ながら、草堂に関しては、『禅苑集英』は、「昇竜京開国寺の僧（雪竇明覚宗派を伝えた）（昇竜京開国寺草堂禅師〈伝雪竇明覚宗派〉）」であること以外の情報を伝えない。そこで、本論では、参考までに黎崱の『安南志略』[注18]および高熊徴の『安南志原』[注19]に載る「草堂」の伝から、草堂の人物像を紹介する。

草堂は中国人で、李朝の龍章天嗣二年（一〇六九）に、聖宗が占城を攻略した際に、師に従って占城に来ていた。捕虜として都の昇竜に連行され、僧録に与えられて奴僕となった。僧録が語録を作ってそのまま置いて出かけた際に、草堂が文章を改めた。僧録が変更された語録を見て草堂のことをあやしみ、聖宗に奏上したところ、草堂は国師として丁重に扱われた。[注20]

4　仏教の流布と弾圧

これまで禅学の将来者の伝をみてきたが、ここで、毘尼多流支の伝にある、「北周の武帝による廃仏の難にあった（会周武帝除滅仏法）」という一文に注目したい。南天竺出身の毘尼多流支は、西天竺を遍歴後、仏法を求めて北周にやって来るが、そこで仏教迫害に出くわす。

このように、仏教の流布に対して弾圧が語られることは、決して珍しいことではない。それが、特によく現れるのは、仏教伝来である。例えば、秦に仏教をもたらした利方や、後漢に仏教をもたらした摩騰など、仏教迫害に出くわした人物は様々いるが、ここでは、ベトナムとも関係が深い、康僧会を取り上げる。[注21]

康僧会は先祖は康居の人であるが、代々天竺で生活し、父親は商売のために交趾（現在のベトナム北部紅河中下流域地域。当時は後漢王朝の領土）に移住した人物である。十歳余りの時に両親がそろって亡くなり、喪が明けると出家した。その頃、呉の地域は仏法に薫染したばかりで、教化はまだまだ行き届かなかった。僧会は仏道を江南の地に盛んにし、仏教寺院を建立したいと考え、そこで錫杖をついて東に旅をし、呉の赤烏十年（二四七）に、初めて建鄴に到着すると、茅葺きの庵を営み、仏像を設けて仏道修行に励んだ。その時、呉の国では沙門を目にするのは初めてのこととて、その姿を見ても、仏道の何たるかはとても分からず、胡散臭く思った。孫権は、さっそく僧会を呼びつけ、いかなる霊験があるのかと問いつめた。僧会は舎利の功徳について述べ、孫権は舎利を得ることができたら塔を建てることを約束した。七日、十四日と経っても舎利は出現せず、孫権は罪を加えようとしたが、二十一日目にしてようやく、舎利が得られた。孫権は大いに賛嘆感服し、さっそく仏塔を建立した。[注22]呉に仏教が伝来した際に、人々の無理解や孫権からの迫害をあやうく受けかけた康僧会は、見事に舎利を出すことで、呉に仏教を弘めることに成功する。このような仏教伝来時の、その地域の人々との衝突や摩擦は、何も中国に限ったことではない。

たとえば、『禅苑集英』よりもおよそ一世紀前、朝鮮の高麗王朝高宗二年（一二一五）に、王命によって編纂された『海東高僧伝』という書がある。撰者は高麗の都である開京の霊通寺の僧覚訓である。高麗もまた本書成立の三年後に、モンゴルと同盟を結び、やがてその制圧下に置かれるといった大越と同様の苦渋の歴史を歩んでおり、本書の成立とモンゴルとは切っても切れない関係にある。[注23]本書は、高句麗・百済・新羅への仏教伝来にはじまり、続いて新羅王権と仏教が深く結びついていることを語り、新羅の留学僧および天竺に赴いた僧などの伝を語る構成をとる。それぞれの僧の伝を通して、仏教の流通を語ろうとしたのが、『海東高僧伝』といえよう。

さて、本書において、まず注目したいのは、新羅にはじめて仏教を伝えたとされる「阿道」の伝である。伝の最後には、撰者の覚訓が書いた賛があり、そこには「仏教が次第に東へ伝わると、信じたり謗ったりすることが代わる代わる起こった（自像教東漸、信毀交騰）」という一文が記述されている。「阿道」の伝には、新羅への仏教伝来の時期をめぐって、四つの説が挙げられるが、それらの説にはしばしば、新羅に僧がやって来たものの、それを不吉なものだと怪しみ殺されてしまった話や、阿道自身が斬害にあった話[注24]が語られる。また、「法空」の伝にも、先王の徳政を受け継ぎ、阿道以来の仏教の振興を図ろうとした法興王に対して、群臣らは口を揃えて反対するといった状況[注25]が記される。

次に、高句麗への仏教初伝を記した「順道」の伝をみると、順道が仏法を説いて回ったものの、「世は質素で民も淳朴であったため、この教えを裁量する術を知らなかった。師順道はうちに包み蓄えているものは深く、解するところは広かったけれども、まだ多く説き示すことができなかった（世質民淳、不知所以裁之。師雖蘊深解広、未多宣暢）」と、高句麗への仏教の浸透が必ずしも順調に行われなかったことを婉曲的に示唆する表現があり、既存宗教との抵抗や因習との摩擦があったことが推測される。[注26]

もう一つ、日本の例も見ておこう。国内外の文献の翻案を含む説話千余を、天竺、震旦、本朝の三部に分け、仏教の伝来史など全世界の説話集であるという性格を有する『今昔物語集』から例を挙げる。巻十一「聖徳太子於此朝始弘仏法語第一」では、仏教を信奉する聖徳太子や蘇我馬子に対して、大連の物部守屋と中臣勝海王の二人が、天皇に、「わが国は昔から神だけを尊びあがめているのに、蘇我大臣が仏法を信仰しているせいで、国中に病が流行している」と奏上し、仏法の禁止を求める。それを是としたことにより、寺や堂塔や経典は焼かれてしまう。[注27]

このように、仏教伝来時には、仏教は様々な弾圧を受け、それを乗り越えて流布してゆくことが語られる。このような弾圧が、仏教伝来時に限らないことは、次の例から指摘できる。『禅苑集英』の編者が、本書を編纂する際に、『景徳伝灯録』を参考にしたことは、先にも触れたが、ここでその巻三、中国禅の開祖とされる菩提達磨の伝を見てみたい。

達磨は、南天竺国香至王の第三王子として生まれ、第二十七祖の般若多羅尊者の弟子になった。正法が十分インドに広まったのを見届けてから海路で中国へ渡った。梁の普通八年（五二七）九月二十一日に、広州にやって来た。梁の武帝は大師が来たことを知ると、金陵に招き質問した。しかし、武帝は彼の言うことが理解できず、達磨はまだその時ではないと金陵を去って、揚子江を渡り嵩山少林寺に行った。▼注[28]

梁の武帝が、異常といえるほど仏教に傾倒していたことは改めて述べるまでもないが、その武帝すら、はじめて触れる達磨の思想に理解を示さず、達磨は結局、北魏へと向かう。たとえ、禅学の将来者であっても、問題なくその思想を流布できるわけではなく、むしろ、新たな宗教の流入の際に、既存宗教や習俗との衝突・摩擦は少なからず発生し、それを乗り越えて流布したと語ることは、仏教流布を語る一般的な型と言えよう。

5　『禅苑集英』における禅学将来者の特徴

交趾から呉に仏教を伝えた康僧会や、高句麗や新羅に仏教を伝えた順道や阿道、日本に仏教を弘めようとした聖徳太子や蘇我馬子、そして中国にはじめて禅をもたらした菩提達磨はみな、迫害や弾圧に遭っている。それに対して、『禅苑集英』における禅の将来者の伝をみると、大越の地でそのような迫害を受けた描写は見当たらない。唯一、毘尼多流支の伝において、廃仏の難が語られるが、それは中国北周での出来事であり、大越国内においての出来事ではない。つまり、『禅苑集英』には、禅の将来者に対する迫害がみられないのである。

興味深いのは、『禅苑集英』においては、禅学の将来者のみならず、仏教の伝来者に関しても弾圧の記事が見られない点である。「1　はじめに」で触れたように、大越の地に、はじめて仏教が伝来したと、大越の仏教史を語るのは、無言通派第八世の通弁である。彼は李朝の霊仁皇太后が、都の国寺を訪れて寺の長老たちに大越の地への仏教伝来を尋ねた際に、「仏教の歴史は教と禅に分けることができる。教は中国に来てからいろいろと盛大になったけれども、天台宗がその精髄である。また、禅は六祖慧能の系統が最も勝れている。二宗が大越に伝来したのは非常に古い。すなわち教は牟子、康僧会が始めて弘めた。禅は毘尼多流支が最初で、その後、無言通が来て弘めた」[注29]と大越への仏教伝来を述べる。

この通弁の言で、大越への仏教初伝の人物とされるのが、二世紀半ば過ぎから三世紀半ばにかけて活動し、『理惑論』を著わした牟子である。彼が大越の地に仏教をもたらした最初の人物であることは、現在では否定されて[注30]おり、牟子以前から仏教は存在していたと考えられる。

その事実はともあれ、『禅苑集英』においては、牟子が仏教初伝の人物とみなされていた。牟子は、中国南部の蒼悟に住んでいたが、戦乱を避けるために、一八四年頃に母親とともに、平和を保っていた交趾に逃げてきた人物である。つまり、『禅苑集英』には、仏教初伝に関する記述においても、大越の地域は戦乱を避ける、受け入れる場所であって、仏教を弾圧する場ではないのである。その点でも『禅苑集英』の特異性が読みとれよう。

6 おわりに

これまで、『禅苑集英』における禅学の将来者の伝および中国や朝鮮そして日本の仏教伝来の伝を取りあげてきた。そして『禅苑集英』を除く伝には、仏教や禅学への迫害や無理解を経ながらも、それを弘めていったことが語られていた。このように仏教や禅学をもたらした際に、既存宗教や習俗との衝突・摩擦に関する叙述は広く見られる。これはむろん、ある程度、実態を伴ったものでもあったであろうが、困難を克服し、それをもたらした人物の偉大さを際立たせる型として使用されていたともいえよう。

それに対して、『禅苑集英』にみえる禅学の三人の将来者の伝には、中国での迫害記事はあるものの、大越国内で彼らが何らかの迫害を受ける場面は見受けられない。それは、禅学の将来だけでなく、仏教初伝に関しても同様である。このことは、『禅苑集英』の語る仏教史の大きな特徴と指摘できる。本論では『禅苑集英』において仏教伝来時や禅学将来した際になぜ迫害が記述されないのか、その理由に関して述べることができなかった。今後の課題としたい。


【注】


［1］『大越史略』九七一年条「置文武僧道階品」、『大越史記全書』九七一年条「初定文武僧道階品…僧統呉真流賜号匡越大師、張麻尼為僧録」。

［2］『大越史記全書』一〇〇七年条「春、遣弟明昶、掌書記黄成雅献白犀于宋、乞大蔵経文」、同一〇〇九年条「春明昶自宋還、得大蔵経文」。

［3］『大越史記全書』李太祖冒頭。

［4］『大越史略』一〇一〇年条「於城内起興天寺、五鳳星楼、城離方創勝厳寺」、『大越史記全書』一〇一〇年条「於城内起興天御寺、五鳳星楼、城外離方、創造勝厳寺…命諸郷邑所有寺観、已頽毀者、悉重修之」。

［5］「仏之祖義有何優劣。仏住何方、祖居何城、何時而来至此国土。伝授此道、孰先孰後。而念仏名達祖心者、至相遁未知何者是旨」（『禅苑集英』無言通派第八世「通弁」）。

［6］「某甲事和尚有年矣。不知首得此道者誰歟。願豪指示伝法世次、庶令学者知其源流」（『禅苑集英』無言通派第十三世「神儀」）。

［7］「嘗奉勅編修『照対録』」（『禅苑集英』無言通派第九世「弁才」）。

［8］「師以照所授図本、嘱弟子穏空曰、「方今離乱、汝善佩此。慎勿為兵火所壊、則我祖風不堕矣」」。（『禅苑集英』無言通派第十三世「神儀」）。

［9］川本邦衛「『禅苑集英 Thien Uyen Tap Anh』の仮託と虚構― Tran van Giap:Le Bouddhisme en Annam に即して」『慶応義塾大学言語文化研究所紀要』八、慶応義塾大学言語文化研究所、一九七六年）。

［10］三点の書誌情報は、筆者が漢喃研究院で閲覧したコピー本およびVNCHN., Học viện Viễn Đông Bác cổ pháp. *Di sản hán nôm Việt nam: Thư mục đề yếu - Catalogue des livres en han nom*. I-III（『ベトナム漢喃遺産』）. Hà Nội: Nxb KHXH.（1993）、劉春銀・王小盾・陳義主編『越南漢喃文献目録提要（上下）』（台北・中央研究院中国文哲研究所、二〇〇二年）を参考にした。なお、慶應義塾大学附属研究所斯道文庫の特殊文庫であるガスバルドヌ文庫にも、『大南禅苑伝灯輯録』（未見）が所蔵されている。

［11］陳朝（一二二五～一四〇〇）では、『大越史記全書』一二三二年条「頒国廟諱、元祖諱李、因改李朝為阮朝、且絶民之望李」、『陳剛中詩集』巻二安南即事「国諱李字、姓李者、皆易以阮、臨文為字不成」など、李姓は阮姓に改姓されていた。

［12］なお、開祐年間は十三年までしかなく、実際には、紹豊十二年（一三五二）となる。もしくは開祐丁丑年を正しいとみれば、開祐九年（一三三七）となるが、いまだに成立年に関して結論は出ていない。

［13］一七一五年重刊本には、重刊時の序が載る。

［14］『大越史記全書』一二八二年条「詮又能国語賦詩、我国賦詩多用国語実自此始」。

［15］Cuong Tu Nguyen. *Zen in Medieval Vietnam, A Study and Translation of the Thiền uyển tập anh*. Honolulu: University of Hawai'i Press.（1997）、石井公成編『漢字文化圏への広がり』（新アジア仏教史一〇、朝鮮半島、ベトナム、佼成出版社、二〇一〇年）。

［16］「僊遊扶董郷建初寺無言通禅師、本広州人也。姓鄭氏、少慕空学、不治家産、婺州双林寺。受業処、性沈厚、言黙識、了達事槩、故時人号無通言〈伝登日、不語通常〉。一日、礼仏次有禅者、問座主…乃引師同参馬祖及抵江西而祖已示寂。遂往謁百丈懐海禅師。…乃還広州和安寺住持。…唐元和十五年庚子秋九月、師来至此寺、卓錫飯粥之外、禅悦為楽。机坐面壁、未嘗言説。累年莫有識者、独寺僧感誠、尤加礼、敬奉侍左右、密扣玄機尽得其容。一日、無疾、沐浴易服、召感誠曰、昔吾祖南嶽讓禅師帰寂時、有云、一切諸法皆従心生心無所生法無所住若達心地所作無碍非遇上根慎勿軽許。言訖合掌而逝。感茶毘収舎利塔于僊遊山。時唐宝暦二年丙午正月十二日、二十八年。又至開祐丁丑二十四年、我越禅学自師之始」（『禅苑集英』「無言通」）。

［17］「竜編古州法雲寺毘尼多流支禅師、南天竺国人、婆羅門種也。少負邁俗之志、徧遊西竺、求仏心印法縁未契、携錫而東南、陳朝大建六年壬午初、至長安。会周武帝除滅仏法、欲往于鄴。時三祖僧璨以避難、故挈其衣鉢隠司空山。師与之遇見其挙止非凡、心中起敬、乃向前叉手立者三反。祖皆瞑坐無語。師於佇思、次豁然若有所得、展拝三下、祖三点頭而已。…祖曰、汝速南行、交接不宜久住於此。師辞去卓錫、広州制旨寺。大抵六年、訳得象頭、報業差別等経。迨周大祥二年庚子三月、来于我土此寺居焉。復訳出統持経一巻。常一日、召入室弟子法賢謂曰…言訖合掌而逝。法賢闍維収五色舎利、起塔。時隋開皇十四年甲寅也」（『禅苑

集英』「毘尼多流支」）。

［18］全二十巻で一三〇七年にほぼ完成し、その後一三三九年ころに完成したとみられる。

［19］明代の地誌。三巻。

［20］『安南志略』巻十五・人物方外「草堂、随師父客占城。昔李聖王攻占城獲之、与僧録為奴。僧録作語録置上而出、師竊改之。僧録異其奴、聞于王、遂拝為国師」（黎崱撰・武尚清點校『安南志略』中外交通史籍叢刊、北京・中華書局、一九九五年）。『安南志原』巻三・僊釈「草堂禅師。最有道行、精通仏典。李王拝為師。後端座而化」（Aurousseau, Léonard & Gaspardone, É. Ngan-nan tche yuan.〈『安南志原』〉Hanoi : École française d'Extrême-Orient.（1932））。

［21］利方に関しては、『広弘明集』巻一一、『破邪論』巻下、摩騰に関しては、『梁高僧伝』巻一、『法苑珠林』巻十二などを参照。

［22］『高僧伝』巻一。なお訳は慧皎著、吉川忠夫、船山徹翻訳『高僧伝（1）』（岩波文庫、岩波書店、二〇〇九年）を参考にした。

［23］モンゴルと仏教の関係でいえば、モンゴルに対抗するために、国策として大蔵経が制作されたことが著名である。

［24］「〔毛〕礼、出見驚愕而言曰、「曩者、高麗僧正方、来入我国、君臣怪為不祥、議而殺之。又有滅垢玭、従彼復来、殺戮如前。汝、尚何求而来耶。宜速入門、莫令鄰人得見」」、「阿道、再遭斬害、神通不死、隠毛礼家」（『海東高僧伝』「阿道」）など。

［25］「即位已来、毎欲興仏法、群臣噪噪騰口舌、王難之」（『海東高僧伝』「法空」）。

［26］「阿道」鈴木治子解説（覚訓著、小峯和明・金英順編訳『海東高僧伝』（東洋文庫八七五、平凡社、二〇一六年）。

［27］『今昔物語集』巻十一「聖徳太子於此朝始弘仏法語第一」。

［28］『景徳伝灯録』巻三「菩提達磨」。

［29］「伝其教者、至天台為盛、謂之教宗。得其旨至曹渓為明、謂之禅宗。二宗至于我越有年矣。則以牟博、康僧会為始。禅則以毘尼多流支為前派、無言通為後派」（『禅苑集英』無言通派第八世「通弁」）。

［30］中村元、笠原一男、金岡秀友監修編『東アジア諸地域の仏教―漢字文化圏の国々』（アジア仏教史、中国史四、佼成出版社、一九七六年）、石井公成編『漢字文化圏への広がり』（新アジア仏教史一〇、朝鮮半島、ベトナム、佼成出版社、二〇一〇年）など。

5

延命寺蔵仏伝涅槃図の生成と地域社会

――渡来仏画の受容と再生に触れつつ――

鈴木　彰

1　はじめに

愛知県南西部に位置する知多半島の南端域、南知多町師崎に延命寺という曹洞宗寺院がある。『尾張徇行記』が「当寺（延命寺のこと・鈴木注）書上」に基づく「永禄元年（一五五八）戊午創建也」という寺伝を採録するほか、師崎を拠点として尾張藩の船奉行を歴任した千賀家の菩提寺としても知られている。また、大阪の陣の際、豊臣方の御座船にあったとの伝承をもつ延命寺本「洛中洛外図屏風」六曲一双は、同寺所蔵の優品として名高い。

この延命寺に、きわめて印象的な涅槃図が所蔵されている▼注[1]【図1】。涅槃図の周囲に仏伝図を描くいわゆる八相涅槃図で、構図や描かれたモチーフ等、じつに興味深い作例である。本稿では、この延命寺蔵の涅槃図（以下、延命寺本と略称）にあらわれた、他の涅槃図からの影響について検討してみたい。その一部では、中国からの渡来仏画をめぐる図像モチーフの受容と再生の一様相に光を当てることとなろう。

2　延命寺蔵仏伝涅槃図について

延命寺本は、涅槃図を中央に配し、その左右辺と下辺の帯状区画に仏伝図を描いた仏伝涅槃図である。▼注[2] 絹本着色、縦一九三・四cm、横一八〇・五cmの大きさで、周囲の仏伝図部分を除いた涅槃図部分のみの寸法は、縦一六四・七cm、横一一八・七cmとなっている。

この涅槃図を納めた木箱の蓋裏に、次のような一行が墨書されている。

亀翁山延命禅寺涅槃像之絵普請檀那以功力成就者也　于時正保五季戊子二月吉日　葉室代求之

おそらく延命寺の改修などの「普請」が行われたのだろう。それが正保五年（一六四八）年二月、「檀那」の「功力」によって「成就」した際、この「涅槃像之絵」を「葉室」が「求」めたとある。「求」とは、実際には奉納の意かもしれない。二月吉日という時期からして、涅槃会にあわせてさっそく実用することが念頭に置かれていたのだろう。

葉室は、同寺に伝わる歴代住職の位牌のなかに、

（表）前永平当寺四世葉室堯奕大和尚禅師

（裏）明暦二丙申年正月四日道開代改之

と記されたものがあり、明暦二年（一六五六）正月四日に没した延命寺第四世の住職であったことがわかる。前掲箱書との時期的な矛盾もない。

延命寺本の表装裏面の最下方に、次のような修理銘が墨書されている。

観翁宗樹庵主

秋凉空意大姉
悟雲徹水庵主
壽漢孝永大姉
悦参良喜庵主
木海宗源庵主
松岩全久庵主
青山貞松大姉
説岩常演庵主
喚室自應庵主
栢岩妙松比丘尼
再表具施主
　　大橋氏
于時
明和五戌子年
二月十五鳥
現住
　雲程叟代

明和五年（一七六八）二月十五日とあるから、やはり涅槃会にあわせて、施主大橋氏によって表装し直されたことがわかる。十一名の結縁者が列記されていることとあわせて、この涅槃図が長く人々の信仰に支えられてきた品であったことを確認できよう。雲程は延命寺十二代の住職で、やはり同寺にその位牌が伝えられている。

（表）前永平当寺十二世道寅雲程大和尚禅師
（裏）寛政五癸丑（一七九三）八月十五日道閑代改之

次に、涅槃図の概要を確認しておこう。中央に、向かって左側面が見える形式で宝床が描かれている。その上に、上腕まで見える状態で右手枕をした釈尊が横たわり、その周囲には、菩薩・比丘・比丘尼・俗人・天部・八部衆・動物などが参集している。沙羅双樹は、向かって左に二本、奥に三本、右に二本、手前に一本が配置され、向かって左の四本には緑色の葉、右の四本には枯れ葉が描かれている。会衆と木々の背後に、波立つ跋提河がゆるやかな曲線をなすように描き込まれ、画面左上には阿那律に導かれて飛来する摩耶夫人の一行、中央上には瑞雲と月が描かれている。なお、画中には、釈尊のほか、参集者は計三十八体、飛来する摩耶夫人一行は計六体、画面下方で悲嘆する王冠をつけた人物ら一行は計五体、動物たちは（空想のものも含めて）計四十種が描かれている。

涅槃図の周囲には、すやり霞などで場面を区切る形で仏伝図が配置されている。個々の場面の詳細は後述することとして、ここでは、涅槃図の左右だけではなく、下辺にもめぐる形で仏伝図を描く作例は、室町時代以前のものとしてはきわめて珍しいとされていることを▼注[3]確認しておきたい。

延命寺本は十七世紀半ばの作で、尾張地域に限ってみても決して古い作例ではないが、注目すべき作品といえよう。本稿では、この涅槃図を特徴づける仏伝図と、画面下方に描かれた王冠をつけた人たちのモチーフに注目し、検討していくことにする。

3　東龍寺蔵仏伝涅槃図について

延命寺本の仏伝図の性格を考える際、知多半島の中西部、常滑市大野町にある巖松山東龍寺（浄土宗西山深草派）所蔵の仏伝涅槃図（以下、東龍寺本）の存在が注目される【図2】。両者には深い関係があると考えられるからである。

万治二年（一六五九）十一月十五日付けで刻まれた東龍寺の鐘銘には、同寺は応永三十一年（一四二四）に天悦堯誉によって浄土真宗寺院として開基されたとある。また、延宝九年（一六八一）に十七世住職龍空高超が記した『巖松山来迎院東龍寺縁起』（一巻一軸。以下、『縁起』）も天悦堯誉を開山とし、堯誉は三河の碧海郡中嶋庄（現岡崎市中島町）の盧庵山崇福寺の第三世で、伊勢参詣の途上、「当湊」に滞在している間に、ここにあった天台宗寺院を浄土宗に改めて東龍寺とし、以後は三河の崇福寺との間を行き来したとしている。『縁起』にいう「当湊」とは、矢田川河口にあって、中世には伊勢湾の海上交通の要衝であった大野湊のことで、東龍寺は同湊に隣接した位置にある。『縁起』には他に、織田信長から寄進があったことや、本能寺の変のあと伊賀越えをしてきた徳川家康を乗せた御座船が、伊勢湾を渡って「当湊」へ寄港し、家康は東龍寺に三日間身を寄せたとする記事もみえる。これらの話題は、東龍寺が十六世紀以降、この地域の拠点寺院として多くの人々が往来する環境のなかにあったことをものがたっている。[注4]

さて、東龍寺所蔵の仏伝涅槃図については、渡邉里志氏による詳細な研究がある。[注5] 同本は絹本着色で、寸法は縦二一一・〇cm、横二〇三・六cm、涅槃図部分は縦一七五・七cm、横一二七・四cmで、延命寺本よりもひとまわり大きい。渡邉論文では、涅槃図・仏伝図に描かれている内容が詳細に解読されているため、以下、まずは同論文に拠って東龍寺本の仏伝図の内容を整理し、その上で延命寺本との対応関係を確認していくことにしたい。

東龍寺本の仏伝図は、涅槃図の左右と下辺に帯状に配置されているが、場面展開としては、まず右下から下辺を左に進む形で、

場面A（①托胎霊夢、②占夢・夢の報告、③朝賀）
場面B（①藍毘尼園出遊、②誕生・七歩、③七歩・獅子吼・二龍灌水）
場面C（競試武芸のうちの①相撲、②象投げ、③弓術）
が描かれている。そのあとは、左下から上へと進んで、
場面D（①三時殿遊楽、四門出遊のうちの②老人、③病人、④死人を見る）
場面E（①太子が車匿と犍陟を呼ぶ、②出家踰城、③剃髪・別離、④山中訪仙、⑤車匿と犍陟の帰城・出家の報告）
場面F（①毒龍調伏、②釈尊と男、③釈尊と女）
が描かれている。それから再び右下に戻って、そこから上へと、
場面G（牢度叉闘聖変のうち①大樹対大風、②池対白象、③岩対金剛力士、④龍対金翅鳥、⑤牛対獅子、⑥夜叉鬼対毘沙門天）
場面H（降魔）
場面I（従三十三天降下）
場面J（獼猴奉蜜）
場面K（霊鷲山説法・頻毘沙羅王帰仏）
が配置されている。

4　東龍寺蔵仏伝涅槃図との関係

続いて、場面ごとに東龍寺本と比較しながら、延命寺本の性格を概観していこう。

まず、全体に関わる問題として、両本はA～Kすべての場面を、ほぼ共通する構図で描いており、明らかに同系統

にあることを指摘しておきたい。このことは両者の全体を概観しただけでもただちに諒解されるところであるが、以下、少し詳しく見ていきたい。なお、各場面に登場する人々の装束の色や鬼神などの体色は、両本でそれぞれに独自色を打ち出していることもあらかじめ述べておく。

場面Aの構図・構成要素は同じといってよいが、楼閣の屋根の色や床面の模様の描き方などには両本で違いがみられる。

場面Bも、両本で基本的に構図や構成要素が等しい。藍毘尼園出遊の場面を例にすれば、行列の人数・配置・しぐさまで合致している。渡邉論文では、東龍寺本には七歩の場面がなぜか重複して描かれていることに注意を促しているが、この点は延命寺本でも同様で、両本の類似性がよくわかる。ただし、七歩の跡を示す蓮華の色や、画面を区切るように配置される桜・柳の描写やその配置、藍毘尼園の塀の描き方といった細部には、両本の違いがみられる。なお、二龍灌水の場面では、人数と配置が例外的に両本で異なっている。

場面Cでは、相撲、象投げ、弓術の場面が描かれているが、いずれも構図・人数・しぐさが共通している。ただし、投げ上げられた象の高さが、構図的には延命寺本のほうが高く、強調されているといえようか。

場面Dにみえる三時殿遊楽についてだが、渡邉論文はこの説話は四門出遊と同じ宮殿内に表され、東龍寺本のように「単独で描かれていることは珍しい」と指摘している。この場面についても延命寺本は同様に描き込んでおり、ここでも両本の近さが確認される。

また、場面Dでは四門出遊のうちの老人、病人、死人を見る場面だけで、比丘を見る場面がない点も、両本で共通している。加えて注目されるのは、東龍寺本では死人を見る場面には、騎馬人物（馬上の太子）の姿が描かれておらず、渡邉論文でもその点に言及されているのだが、延命寺本にはそれが描かれている【図3】。意図的な加筆であろう。

場面Eでは、やはり楼閣の壁面や床面の描き方や色、山中の樹木の形状が異なっている。

場面Fで、釈尊が頭光をつけた姿で描かれている点も両本で共通する。ただし、楼閣の描き方や、女性が手渡している箱の色などは両本で異なっている。なお、渡邉論文では場面F②③の場面は不明とされているが、②については、帝釈天が草刈人に化して、釈尊に菩提座に敷くための草座を作るための草一把を与えるという、『仏本行集経』にみえる「天人献草」説話を描いたものかと思われる。また、③は同じく修行中の出来事である浄居天に勧められた牧女が、修行でやせ衰えた釈尊に金鉢に入れた牛の乳糜を与えるという『過去現在因果経』にみえる説話かとも思われるが、やや不審が残る。

場面Gには、『賢愚経』に語られる、須達長者が祇園精舎を建立する際、それを妨げようとする六師外道と対立し、精舎建立をかけて舎利弗と牢度叉が六度にわたって法力競べをする場面が描かれている。渡邉論文は、これが敦煌で流行したテーマであり、日本でも幾例かが知られていることを紹介した上で、「本図（東龍寺本・鈴木注）では、舎利弗や牢度叉の陣は描かれず、法力競べのみ描いていることが特徴であろう」とする。こうした特徴的な場面について、両本では、大樹対大風の場面で大樹のみならず見物人まで吹き飛ばされる様子を描く点、龍対金翅鳥の場面で金翅鳥が鳳凰として描かれている点、夜叉鬼対毘沙門天の場面で赤身の鬼神形の者を毘沙門天が鉾で追うややユーモラスな描写などの、とくに印象的なモチーフも含めて、六つの法力競べの図様がすべて重なっている。

なお、延命寺本では、池対白象の場面で、象が水を飲み干す池に蓮華の花が描き込まれている点は目立った相違点である。その他、相違点としては、大風で吹き飛ばされる大樹の描き方、山を崩す金剛力士の体色が東龍寺本では赤色、延命寺本では白色となっている点、力士が破砕する山の色、牛対獅子で牛と獅子の模様などがあげられる。

場面Hの降魔の場面では、菩薩・摩軍の配置は同じだが、それぞれの装束や悪鬼の体色は異なっている。

場面Iは、いわゆる従三十三天降下、すなわち摩耶夫人のための説法を終えた釈尊が、三十三天から金・銀・水晶でできた三道をつたって閻浮提へと下りてくるという説話を描いている。この場面も延命寺本と東龍寺本の構図は等しい。とりわけ、階段のような三道の下で、栴檀像が釈尊を迎えているように描かれている点について、渡邉論文はここに経典離れを指摘しているが、こうした部分も両本は同じ構図をとる。

場面Jの獼猴奉蜜について、渡邉論文は「インドには多くみられるが日本では珍しい」としている。延命寺本では猿が登る一沙羅樹に赤い花が咲き乱れているという相違はあるが、当該場面全体の構図は東龍寺本と合致している。

場面Kも全体の構図は重なっている。ただし、霊鷲山の山容や瑞雲の形は異なっている。

以上に概観したように、延命寺本の仏伝図は東龍寺本の仏伝図ときわめて高い共通性を備えている。前者が描かれる前提に、後者のごとき仏伝図が存在した可能性は高いと考えられる。もちろん、さまざまな絵手本・下絵の流布も想定できるため、ただちに東龍寺本の仏伝図が延命寺本に転用されたとするわけにはいくまい。しかし、いわゆる仏伝涅槃図のうち、左右のみならず下辺にも帯状に仏伝図を描いた室町期以前の涅槃図は、現在のところ東龍寺本と広島・浄土寺本が知られているのみのようであり、浄土寺本の仏伝図部分の内容・図様は、東龍寺本のそれとは大きく異なっている。つまり、東龍寺本のそうした希有な内容・図様が細部に至るまで合致することをも勘案すれば、東龍寺本から延命寺本へと直接的に影響が及んだとみるのが自然なのではないかと思われるのである。

ところで、ここまでは仏伝図部分に注目してきたが、両本の涅槃図部分の構図については、釈尊の右手の描き方が異なるなど、仏伝図部分のような共通性は認められない。東龍寺本の涅槃図に描かれているのは、釈尊を囲む参集者六十一体、飛来する摩耶夫人一行五体、動物類計六十四種とされるが（渡邉論文）、これは延命寺本の構成要素（参集者計三十八体、摩耶夫人一行計六体、画面手前の王とその一行計五体、動物類計四十種）と大きく異なっている。両本の影響関係はまずは仏伝図部分について際立っていることになる。

ただし、涅槃図部分の会衆の描かれ方を個々に見ていくと、たとえば象と牛、番の鹿、馬と駱駝と獅子、番の鳳凰と迦陵頻伽、あるいはまた、阿那律と阿南、純陀、左右二人の力士、龍王とその背後に並ぶ三人の俗形男性などから、両本の各要素がきわめて近い図様であることが確認できよう。つまり、涅槃図部分については、全体の構図としてではなく個々の要素ごとに、延命寺本は東龍寺本のごとき図様から影響をうけていると考えられるのである。[▼注[6]]

延命寺本は東龍寺本よりもひとまわり小ぶりである（寸法は先述）。延命寺本は、そうした寸法のなかに、東龍寺本のもつ要素を取捨選択し、配置し直す形で製作されたものと思われる。その際、延命寺本には細部において独自色が打ち出されていたことも忘れてはならない。とくに、仏伝図の四門出遊場面に、騎馬する太子を補っていたことなどは、単純な図様の引き写しをしたわけではなく、描かれた仏伝の内容を理解した上でなされたものといえようから、そこには新たな仏伝涅槃図を製作しようとする自覚的な意識も読み取れる。それには、涅槃会などの場で絵解きをするという事情も関係していたことだろう。

ちなみに、前掲した東龍寺本の表装の裏に墨書銘があり、同本は「如来八相尊像」と呼ばれて、絵所法眼忍栄筆、明徳三年（一三九二）十月上旬に、美濃国不破郡井頭郷延興寺の僧仁旭が願主となって制作されたものとされている。つまり、東龍寺本は移動の後に、いつからか東龍寺に伝来したという経緯をもっているのである。墨書銘にはこのあと、応永三十三年（一四二六）正月下旬、文明十三年（一四八一）十月十三日、天正七年（一五七九）七月二十四日、貞享五年（一六八八）六月二十三日の修補銘が列記されており、天正期以降には東龍寺に伝来してきたことが確認されている。延命寺本が制作されるころ、東龍寺本が確実に東龍寺に所蔵されていたことを確認しておきたい。

5　中之坊寺蔵涅槃図との関係

延命寺本は先行作例を継承し、再生させた仏伝涅槃図であった。そして、その先行作例とは東龍寺本そのものであった可能性が高い。この点と関連して注目したいのが、延命寺本の涅槃図部分にみえる【図4】のごとき特徴的な図像モチーフである。このモチーフは東龍寺本には見えないのだが、実は、これは常滑市石瀬に所在する中之坊寺が所蔵する涅槃図（現在、とこなめ陶の森資料館寄託。以下、中之坊寺本と略称）の影響を受けたものと考えられる【図5】。

中之坊寺本は国重要文化財に指定されており、絹本着色、縦一五一・一cm、横八三・二cmの寸法。向かって右から二本の沙羅双樹の間に「明州江下周四郎筆」（墨書）という款記があり、貴重な南宋仏画として知られている。表現の特徴から十三世紀制作とされてきたが、近年では、中国浙江省の寧波が明州と呼ばれていた慶元元年（一一九五）以前の制作とみられているようである。[注7] ただし、日本へ渡来した時期や経緯は不明とされている。

画面には、宝床上に右手枕で横たわる釈尊、その周囲に九人の仏弟子たち、向かって左に合掌する梵天、右に柄香炉をもつ帝釈天が配されている。宝床の前には、左右に金剛・密迹力士が腰を落として悲嘆しており、画面左上から摩耶夫人一行の飛来するさまが描かれている。宝床の前には供養台が置かれ、香炉を乗せ、香木が立てられている。画面左下には、大鉢をかかげる純陀と花や珊瑚で供養する在俗信者たちの姿が、そして画面右下には、王冠をつける人物が悲嘆にくれ、獅子とともに腰を落としている。

延命寺本との関係で注目されるのは、この王冠をつけた人物たち一行の図様である【図6】。それらが無関係でありえないことは一目瞭然であろう。この人物は、父殺しの罪を懺悔して釈迦に帰依した阿闍世王かとされる。[注8]

中之坊寺本にみえる阿闍世王一行の図像モチーフは、他に類例がみられない。これが延命寺本に描かれているというのは、中之坊寺本が参照されて、その一部が延命寺本に転用されたと考えるしかあるまい。延命寺本はやはり、近隣地域に伝わる涅槃図のモチーフを利用しながら描かれたのであり、このことは、延命寺本が東龍寺本から直接的な影響を受けたという前節での見通しの妥当性ともかかわろう。延命寺本は、いわば仏伝と仏伝図をめぐる地域交流の結晶ともいえる作例なのである。

6　地域社会のなかの涅槃図・仏伝図

ところで、この中之坊寺本の表装裏面下辺に、次のような墨書銘が存在する。

奉寄進釈迦如来絵像
為輝窓芳清頓証菩提也
　尾州大野庄
　宮山金蓮寺常什
天文二十一年壬子五月日

天文以来二百余霜
其間不加修治甚及
損壊。因茲勧大野
十王堂町吉川氏
夫婦為二世安楽
表補焉伏願寺門
再迎盛運毎歳二
月鎮修法会矣
　宝暦十庚辰仲冬吉旦
知多郡石瀬村中之坊住

通定房慈航謹識

前半部によって、中之坊寺本は天文二十一年（一五五二）五月に、輝窓芳清なる人物の菩提のために尾張国大野庄（現在の常滑市大野を中心とする地域）にあった宮山金蓮寺に、「釈迦如来絵像」として寄進されたものとわかる（それ以前の伝来過程は不明）。当時、この地は佐治氏の勢力下にあり、その居城は宮山金蓮寺の西之坊・北之坊のあった地に築かれた宮山城（大野城）であった。宮山金蓮寺はもと十二坊からなる大寺で、天正十二年（一五八四）の戦乱で宮山城から佐治氏が没落した際、兵火によって滅んだという。▼注[9] 現在、中之坊寺は、金蓮寺十二坊のひとつ中之坊がその始まりとされる。

金蓮寺が佐治氏の祈願寺であったこと（『張州雑誌』巻第七・龍王山宝蔵寺の項）を勘案すると、この寄進にも佐治氏関係者が何らかの形で関与していた可能性があろうか。今日、金蓮寺の遺品とされる仏画が数点現存するが、そのなかに次のような裏銘をもつものがある。

(a)大野庄宮山二楼山金蓮寺什物
天文廿二年壬子五月日中之坊年行事之時
表幅也
（中之坊寺蔵「絹本着色愛染明王座像」一幅・裏銘）

(b)宮山二楼山什物　年行事北之坊
天文十年丑季十月表補之
（同蔵「絹本着色弥勒菩薩座像」一幅・裏銘）

(c)彼表補絵天文十八年己酉於東之坊ニ
増舜仕者也
（同蔵「絹本着色胎蔵界曼荼羅」一幅・裏銘）

これらによれば、天文年間、金蓮寺では年行事役を各坊で回り持ちし、傷んだ仏画を修復していたらしい。それはすなわち、中之坊寺本が寄進された天文二十一年ごろ、同寺がこの地域で相応に繁栄していたこと、そしてこれらの仏画が秘蔵されていたのではなく、実際に法会の場で用いられていたことを意味しよう。

また、(a)には「天文廿二年壬子」とあるが、天文年間の壬子の年は同二十一年であり、「廿二年」の記載は廿一年の誤写である可能性が高い。▼注[10]とすれば、この愛染明王座像はまさに中之坊寺本仏伝涅槃図の奉納と同年月に仕立て直されていたことになる。さらに、中之坊寺本が寄進された天文二十一年の年行事役は、他ならぬ中之坊であったこともわかる。この点は、同本の寄進の事情と少なからず関係する可能性がある。

中之坊寺本裏銘の後半部は、これまでほとんど注目されていないようだが、本稿の関心からすれば、この涅槃図を再び二月の涅槃会で用いるという目的が記されていることが注目される。この裏銘では、金蓮寺滅亡時に受けた損傷については一切言及されておらず、「天文以来二百余霜、其間不加修治、甚及損壊」とは、文字通りの経年劣化とみてよいのではないか。とすれば、中之坊寺本はこの間も秘蔵され続けていたのではなく、法会の場などで掛けられ、巻き戻されるという営みがくり返されてきたことが見通せよう。

本稿にとって重要なのは、この涅槃図が中之坊寺で、少なくとも十七世紀の半ばごろには、多くの人々の目に触れる形で信仰の空間を彩っていたからこそ、そこに描かれたモチーフが延命寺本に影響する道が開けたという点である。もちろん、かかる状況は東龍寺本についても同様である。同本は天正七年には確実に同寺の所蔵に帰していたのであった。

7　おわりに

延命寺からほど近い知多半島の先端にある羽豆岬には、羽豆神社が鎮座する。十七世紀に入って尾張徳川家に仕えて船奉行として水軍を統率するようになった千賀氏は、延命寺を菩提寺とするとともに、同社も厚く尊崇した。この羽豆神社の祭礼について、『張州府志』は「又古、大野村宮山僧徒及岩屋寺之僧、毎祭日来、為管絃、今唯岩屋僧吹笛供奉神輿」という興味深い記事を載せている（同様の記事は『尾張徇行記』『尾張志』『張州雑志』にもあり）。幡豆（羽豆）神社の祭礼の際には、かつては「大野村宮山僧徒」、すなわち中之坊寺本を所蔵していた金蓮寺の僧が大野からやってきて、管絃を担当していたのだという。大野と師崎の間にはこうした人の流れが存在していたのであった。

また、近世の大野湊で廻船総庄屋を務めた中村家は、師崎に拠点を置いていた尾張藩船奉行千賀氏の配下にあった。同家では、その関係を元和三年（一六一七）二代目中村権右衛門のとき以来と伝えており（『大野町史』所収「中村家記」）、両者の関係は近世を通じて続いていった。元禄十五年（一七〇二）五月付の「知多郡大野庄大野村由緒書」に、時の中村権右衛門は、「一、師崎村迄は道法九里南に当」と記しているが（『知多郡史』中巻）、この大野から師崎への道は、その間の野間大坊での休憩を含めて海路で移動する藩主らの決まった一日路でもあった（『知多郡史』中巻所収「千賀家記抄」）。

こうしてみると、東龍寺や中之坊寺のある大野と延命寺のある師崎とは、十七世紀半ばの人々にとっても決して遠い土地ではなく、さまざまな目的をもった人々が往還するなかで、密接に関わっていたことが知られよう。延命寺本の仏伝涅槃図は、そうした地域環境のなかでこそ誕生し得たのである。

本稿では、ここまで延命寺本を軸として論述を進めてきた。しかし、視点を渡来仏画である中之坊寺本に移して本稿で述べてきた事柄を見返してみると、十二世紀の南宋の明州で生み出された図様が、十七世紀に至って日本の知多半島において切り取られ、他の涅槃図の図様とも混ぜ合わされつつ、師崎の一寺院で用いられた涅槃図の一部として転用されていくという大きな流れとして受け止め直すことができよう。東アジアの仏伝の伝播と再生の過程にはこうした系脈も存在していたのであった。

涅槃図・仏伝図の図像モチーフは、絵解きのことばとともに受容され、力を発揮するものである。本稿で扱った三つの涅槃図にも、その場で消えてしまうさまざまな仏伝語りが存在していたに違いない。図像の影響・伝播の様相を把握するのみならず、それを支えた人々がことばを用いて育んでいた空間が、それぞれに存在したことを忘れてはなるまい。

【注】

［1］二〇一三年三月六日に同寺を訪ねた際、偶然にもその存在を知った。本格的な学術調査の対象となったことはないようである。

［2］仏伝涅槃図の概念・呼称は渡邉里志『仏伝図論考』（中央公論美術出版、二〇一二年）による。

［3］渡邉里志「東龍寺所蔵仏伝涅槃図について」（『愛知県史研究』創刊号、一九九七年、のち注2掲載書再録）、愛知県史編さん委員会編『愛知県史　別編文化財2絵画』（愛知県、二〇一一年）等参照。

［4］鐘銘・『縁起』他の所蔵資料は、東龍寺誌編集委員会編『浄土宗西山深草派巌松山来迎院東龍寺誌』（東龍寺、二〇〇六年）に収録されている。

［5］注3掲載論文。なお、本稿でいう渡邉論文はすべてこれを指す。同本は『常滑市誌　文化財編』に紹介されている。カラー図版は、名古屋市博物館編〈展示図録〉『企画展尾張の仏教美術　涅槃図―描かれた釈迦入滅の情景―』（同館、一九九七年）、『東龍寺誌』、注2渡邉氏著書などに収録されている。

［6］桃山期の作とされる稲沢市の性海寺本にも類似した図像が描かれている。注5展示図録参照。

［7］奈良国立博物館編〈展示図録〉『企画展　聖地寧波』（同館、二〇〇九年）資料解説（北澤菜月執筆）、注3『愛知県史』。

［8］注7掲載書。

［9］佐野重造編『大野町史』（大野町役場、一九二九年）所収「宝蔵寺記」。金蓮寺については、『愛知県の地名』（平凡社）、瀧田英二『常滑史話索隠』（私家版、一九六五年）、『常滑市史』（常滑市役所、一九七六年）等参照。

［10］現存するこの銘文は、天保年間に再度改装されたときに写されたものである。

【付記】貴重な資料の調査をご許可くださった、延命寺、中之坊寺、東龍寺、とこなめ陶の森資料館の関係各位に心より御礼申し上げます。

【再校時付記】

延命寺本は、同寺のご意向により、二〇一六年六月から二〇一七年二月にかけて修復がなされ、表装が改められ、箱も新調された。同寺から知らせを受け、あらためて調査のために同寺にうかがった。その際、修復にあたって、真鍮製の軸棒の中に収められた木製の軸木が抜き出されたことを知るとともに、その軸木には、

尾州知多之榎土村

正保四年亥霜月吉日筆者佐原之佐

という墨書があることを確認した【図7】。「榎土」は現在、常滑市内に「榎戸」として残る地名（東龍寺や中之坊寺の南にあたる近隣地域）で、延命寺本の「筆者」は同地在住の「佐原之佐」なる人物であることが明らかとなった。延命寺本に東龍寺本や中之坊寺本からの影響が見られることは、本論中で述べたことと併せ考えるに、やはりこの筆者が活動していた環境に由来するとみるのが妥当であろう。また、延命寺本は正保五年二月に同寺所蔵となったものと考えられるが（箱書）、同本はその前年正保四年霜月に制作され、約三ヶ月後に延命寺にもたらされたという経緯もここから判明する。

図１　延命寺蔵仏伝涅槃図（延命寺本）

図２　東龍寺本仏伝涅槃図（東龍寺本）　写真提供：東龍寺

図5　中之坊寺本涅槃図（中之坊寺本）
写真提供：とこなめ陶の森資料館

図7
延命寺本軸木墨書

図3　延命寺本・仏伝場面D④・
四門出遊で死人を見る場面

図4　延命寺本（部分）王冠をつけた人物たち

図6　中之坊寺本（部分）

【コラム】

能「賀茂」と金春禅竹の秦氏意識

金　賢旭

「賀茂」は、賀茂神社にまつわる神話を題材につくられた能であるが、上賀茂神社の方では、「賀茂」を演じることが禁忌となっている。賀茂の神の誕生神話をのせている祝言性の濃い能を、神社側が禁じるのはどうしてだろうか。その理由を、金春禅竹の「秦氏意識」という視点から考えてみたい。

能「賀茂」の前場では、播磨国室明神の神職が賀茂神社へ参詣し、御手洗川で、水汲みにやってきた女性に出会う。神職は、川辺の祭壇に白羽の矢が祀られているのを不思議に思い、その謂われを尋ねると、女性は、矢は当社の御神体といって賀茂社にまつわる神話を語って聞かせた。後場では、御祖の神が現れ、神徳を賛美する舞を舞い、続いて別雷神が姿を現して五穀成就と国土を祝福するという構成になっている。

能「賀茂」の前場で、水汲み女が語る賀茂の神話は、

昔この賀茂の里に、秦の氏女といひし人、朝な夕なこの川辺に出でて水を汲み神に手向けけるに、ある時川上より白羽の矢一の流れ来たり。この水桶に留まりしを、取りて帰り庵の軒に挿す。主思はず懐胎し男子を生めり。この子三歳と申しし時、人びと円居して、父はと問へばこの矢を指して向かひしに、この矢すなはち鳴る雷となり、天に上り神となる、別雷の神これなり。その母御子も神となりて、賀茂三所の神社とかや。

（新潮日本古典集成『謡曲集』所収「矢卓鴨」）

という内容である。賀茂の里に住む秦の氏女《うじにょ》が川辺で水を汲んでいると、白羽の矢が流れてきて桶に留まったので、持ってかえって家の軒に挿して置いたら、懐妊して男子を生んだ。この子に父を尋ねると、矢を指し、矢はただちに鳴る雷となって天に昇り、神となったという。その矢の正体が別雷神であると、神の来歴を語るのである。このような能「賀茂」の素材となった賀茂縁起、賀茂別雷神の由来は、古来の「丹塗矢伝説」にもとめられる。丹塗矢伝説は、神が丹塗り矢に変じ、川を流れてきて女性と通じるという話である。『古事記』（神武天皇・皇后選定条）に、三輪の大物主神が「丹塗矢に化りて、其の大便為れる溝より流れ下りて、其の美人の富登突きき」とあり、丹塗矢が神婚を物語るための象徴的なものとして用いられている。

能の前場で語られる賀茂の神話には、『山城国風土記』・『袖中抄』に載っている縁起と、『秦氏本系帳』にみられる縁起の二系統があり、「賀茂」の作者である金春禅竹が後者の『秦氏本系帳』、あるいは、その系統の賀茂縁起を依拠していることが知られている。まず、『釈日本紀』所引の『山城国風土記』（賀茂の社）にみえる賀茂社の縁起談を挙げてみると、

玉依日売、石川の瀬見の小川に川遊したまひし時、丹塗矢、川上ゆ流れ下りき。乃ち取りて、床辺に挿し置き、遂に孕みて男子生れませり。人と成りて、外祖父建の角身の命、八尋屋を造り、八戸の扉を竪て、八腹の酒を醸みて、神集へ集へて七日七夜楽遊したまひて、さて子と語らひて言ひたまはく、「汝の父と思はむ人にこの酒を飲ましめよ」といふ。即ち、酒杯を挙げて天に向きて祭らむとして、屋の甍を分き穿ち、天に升りたまひき。乃ち外祖父の名に因りて、可茂の別雷の命と号く。謂ゆる丹塗矢は、乙訓の郡の社に坐せる火雷の命なり。（新編日本古典文学全集『風土記』）

と、賀茂社創建の由来が語られる。玉依日売が川を流れきた丹塗矢を持って帰って床の辺に置いて、火雷神の子「可茂分雷命」を生んだという内容である。同説話とほぼ等しい内容の賀茂縁起が『秦氏本系帳』にみえるが、その後に別伝として、秦氏系の賀茂神話が載っている。それは、

秦氏女子、葛野河に出でて、衣裳を澣濯きし時に、一の矢有りて上流より下りき。女子取りて還り来、戸の上に刺し置く。是に、女子、夫無くして姙む。既にして男子を生む。父母恠しみて、責め問ふ。爰に、女子答へて曰はく、「知らず」といふ。再三詰め問ひ、日月を経ると雖も、遂に「知らず」と云ふ。父母以謂へらく、「然あれども、夫無くして子を生む理無し。我家に往来せる近親眷属、隣里の郷党の中に、其の夫在るべし」とおもふ。茲に困りて、大饗を弁備へて、諸人を招き集め、彼の児をして盃を執らしむ。祖父母命云ひたまはく、「父と思はむ人に献るべし」といひたまふ。時に、此の児、衆人を指さずして、仰ぎ観、行きて戸の上の矢を指す。既便ち、雷公と為りて、屋の棟を折り破りて、天に升りて去にたまふ。故、鴨上社を別雷神と号け、鴨下社を御祖神と号く。戸の上の矢は松尾大明神、是なり。是を以ちて、秦氏、三所の大明神を奉祭る。而あるに、鴨氏の人、秦氏の聟と為る。秦氏、聟を愛びむとして、鴨祭を以ちて譲与ふ。故、今に鴨氏、禰宜として奉る。（沖森卓也・佐藤信・矢嶋泉編『古代氏文集』山川出版、二〇一二年）

という内容である。以上は、神が矢となって女性にやってく

るという神婚説話である点では、『山城国風土記』や『秦氏本系帳』の前の部分に書かれた賀茂縁起と変わりない。しかし、秦氏が聟となった鴨氏に賀茂祭を譲ったといい、本来、賀茂祭が秦氏の信仰習俗であったと語っているところが特徴であろう。大きな違いは、水辺の女として「玉依日売」の代わりに「秦氏女子」が登場する点である。

薮田嘉一郎氏は、このように『秦氏本系帳』の秦氏系賀茂縁起と能「賀茂」の詞章の近似性から、禅竹が吉田兼倶経由で『秦氏本系帳』を直接見ることができ、それに依って能を作った可能性があると述べた。吉田兼倶が禅竹に、手に入れにくい『秦氏本系帳』を見せたのは、賀茂縁起を能楽として作らせて一般に公開することで、当時の賀茂神社の閉鎖主義を攻撃するためであったと、見解を述べている(『能楽風土記』、一九七二年)。一方、伊藤正義氏は、能で語られる賀茂縁起が『秦氏本系帳』の別伝の方に近似しているので『秦氏本系帳』所説が引照されてはいるが、禅竹が直接『秦氏本系帳』に依ったわけではあるまいとし、天台系口伝のうちに流伝している秦氏系の神話を依拠しているとした(伊藤正義『謡曲集』解題)。つまり、『神道雑々集』や『窮源尽性抄』などの天台系口伝から該当箇所をあげているが、能の詞章と照らし合わせてみると、「秦氏女子」や「賀茂三所の祭神説」は、『神道雑々集』の賀茂縁起と一致し、「白羽の矢」を取って帰って「庵の軒」に挿したというあたりは、『窮源尽性抄』に「白羽矢」を「家内墟上」に刺したとあるのと近似しているのである。

禅竹がどのような文献を参照していたかについては、表現の近似という点からすると、伊藤氏の説明の方が説得力はあるが、どちらも秦氏系の賀茂縁起に依っているという点では変わりない。秦氏系の賀茂縁起には、秦氏の女が賀茂の神を孕み、賀茂神社の祭礼がもともと秦氏族の儀礼であると書かれるなど、賀茂神社に伝わる神話とは大きく異なる内容が含まれている。上賀茂神社の田中安比呂宮司は、「当神社に於いて〈賀茂〉は禁じ手とされ、その昔、これを奉納したシテ方に落雷があったという口伝により、近年奉納された記録は残っていない」といい、その理由は、能「賀茂」が『秦氏本系帳』の内容に従っているからであろうと指摘した(「上賀茂神社と〈賀茂〉」『観世』平成二十四年七月号、二四頁)。禅竹が秦氏族に伝来される賀茂神話を全面に打ち出し、能として仕上げたという点に対して神社側が好意をもつことはなかなか難しかっただろう。また、落雷があったという口伝は、秦氏の神話が導入されて創られた能の奉納を許さないという賀茂神社側の主張が出ているのであろう。

秦氏系の賀茂縁起によると、賀茂祭は、もともと秦氏によって行われていたが、鴨氏を婿として迎えた秦氏が鴨氏に譲ったとある。このように秦氏系の賀茂縁起が賀茂祭を秦氏族の信仰習俗として書いていて、賀茂信仰に秦氏が深く関わっていたという点に、禅竹が惹かれたのではないだろうか。能「賀茂」からは、禅竹の強い「秦氏意識」が垣間見られるのである。このような内容が反映された能「賀茂」は、賀茂神社の立場からすると、賀茂信仰と神社の正統性を否定する話であるので、認められないのが当然であろう。

禅竹が秦氏の女を登場させ、秦氏の神話によりつつ賀茂の能を完成させたのは、彼自身が強く秦氏としての意識を持っていたからであろう。禅竹の秦氏としての意識を一番強く表しているのが、彼が執筆した『明宿集』であろう。『明宿集』は、猿楽集団が神聖に思っている芸能神の由来と能の歴史についての神話的解釈が含まれている。そのなかでも、秦河勝により猿楽が始まったとし、同時に芸能の神として崇拝する秦氏神話が語られ、禅竹が持っている秦氏としての意識が明白に示されている。特に、秦氏によって猿楽が始まったという猿楽起源譚が、猿楽座のなかでも由緒深い円満井座に伝わる神話である点も重要である。世阿弥も自ら秦氏と称しているが、禅竹の場合は自分が秦氏の本系だという意識を持っている。それは、禅竹が書き残した「円満井座系図」にはっきりと示されている。「円満井座系図」は、禅竹が所属している円満井座の家系図で、ここには聖徳太子・秦河勝・秦氏安から金春氏安・金春七郎に至るまでが、秦河勝の後裔であることが書かれており、また、秦河勝を祖先として崇めていることがわかる。

禅竹は、秦河勝の直系の後裔であるという意識の中で能「賀茂」を書いたのであり、自分の氏族意識を正面に出して能を構成している。賀茂神社側としては、秦氏系の神話伝承が反映されて創られた「賀茂」は、認められなかったのであろう。

第4部

東アジアの歴史叙述の深層

1　日本古代文学における「長安」像の変遷

――〈実〉から〈虚〉へと――

高　兵兵

1　はじめに

長安は古代中国のもっとも重要な都城であり、文化の中心地として、古代日本人の憧憬の対象となっていた。奈良の都と平安京が、ともに唐の都長安の都市計画をまねて作られ、また、政治制度や仏教などの面においても、日本は唐から学んだことが多かった。

文学の領域においては、嵯峨天皇の唐文化への傾倒、文人たちの『白氏文集』への嗜好などが、唐の都長安や洛陽に対する憧れを示すものと考えられる。別の言い方をするならば、九世紀からの日本漢詩文の隆盛そのものが、長安や洛陽の都市文化の影響下に生じたものと言っても過言ではない。

しかし、古代日本人の長安認識は、当初から一貫としたものでもなかったようである。本稿は、奈良と平安時代の漢詩文を主として、ほかに同時代の和歌や説話をも資料とし、これらの文学作品における「長安」のイメージを考察することによって、古代日本における長安認識の変遷を明らかにするものである。

2　奈良と平安前期

結論から言えば、古代日本文学おける長安のイメージは、比較的実感のあるものからだんだん虚化されていく軌跡がはっきりと窺える。奈良時代から平安前期にかけての文学作品においては、実際の長安が詠まれており、人々の長安認識も実在の経験によるものが多かった。以下、実例を交えながら、三点にわたってまとめてみる。

(1) 遣唐使と学問僧たちは、実際の長安を目にしていた

日本は七世紀の始めから九世紀の末まで、二十回近く遣隋・唐使を出していたが、遣唐使や入唐僧と長安文人との交流の痕跡が、現存の日中両国の詩文集に多少残っている。以下のように整理してみた。

・遣唐使と入唐僧が長安で詠んだ詩

弁正：「在唐憶本郷」「与朝主人」（『懐風藻』）

阿部仲麻呂（晁衡）：「衔命帰日本」（『全唐詩』）

空海：「在唐観詠昶法和尚小山」「留別青龍寺義操阿闍梨」（『弘法大師全集』）

・遣唐使と日本僧侶に詩を贈った長安詩人▼注[1]

藤原清河：玄宗皇帝

阿部仲麻呂（晁衡）：王維、儲光羲、李白、趙驊、劉長卿、包佶

空海：朱千乗、朱少瑞、曇靖、鴻漸、鄭壬
橘逸勢：曇靖、鴻漸、鄭壬
智蔵：劉禹錫
円仁：栖白
円載：皮日休、陸亀蒙、顔萱
東鑑：司空図
敬龍：韋荘

『全唐詩』には、ほかに銭起、張籍、方干、徐凝、貫休、斉己、呉融などの詩人の、日本の使節や僧侶が帰国する際に贈った詩もあるが、ただ「送僧帰日本」などとなっており、贈る対象の名前が分からない。

このように両国それぞれの贈詩がこれだけ見られるかぎり、当時お互いに盛んに詩の唱和を行ったことが容易に想像できる。ここにおいて、日本漢詩文の嚆矢である『懐風藻』に収められている日本僧弁正の詩を一首だけ例としてあげておこう。

日辺瞻日本、雲裡望雲端。遠遊労遠国、長恨苦長安。（『懐風藻』二十七・弁正「在唐憶本郷」）

「日辺」が天子のいるところ、つまり唐の都長安を指し、一句は作者が長安にいながら日本を眺望するという望郷の意を表す。第四句「長く恨みて長安に苦しむ」は、長安の生活に慣れずに苦しむことを言う。一首全体は、題目どおり望郷の思いが溢れているが、一方、句ごとに一文字目と四文字目が重複となっているところが、作者が唐の詩人たちの前で作詩技巧を誇示するような余裕も読み取れる。

漢詩のほかに、遣唐使の長安経歴は、日中両国の歴史書や僧伝、そして円仁の『入唐求法巡礼行記』や円珍の『行暦抄』などの僧侶日記にも記載されているが、ここでは挙げる暇がない。『鵝珠抄』巻六に裔然『在唐記』の逸文と思われる「奝然法橋在唐所会本朝大徳教十人事」があるが、奝然在宋中に、寛建らとともに入唐した日本僧超会の口から「澄覚等、長興年中（九三〇〜九三三）入京、詣五台山及遍礼諸方聖跡、到鳳翔・長安・洛陽城等」と聞いたことが載っている。これはもはや古代日本人が長安に至ったことの最後の記録であろう。

また近年、「漢字文化圏」を網羅する「東亜学」や「域外漢籍」と名づけられる領域の研究が盛んとなり、東アジア諸国で漢文資料が新たに発見されることが多い。たとえば、二〇〇四年に中国西北大学の考古学者によって西安郊外で発見された「井真成」の墓誌が、まさに日本遣唐使の長安滞在に関する新資料である。今後、このような新資料にもっと注目して研究を進めていく必要がある。

（2）奈良の都を長安に見立て、実在の景観をそのまま置き換えた

藤原京が奈良盆地に建てられた日本最古の条坊制都城であったが、その形は、宮殿と都城の中軸線が重なり、建築が左右対称に置かれ、南北と東西を走る道路によっていくつもの区画が分けられ、街全体が碁盤の目のようなものであった。それは、北魏の洛陽城や唐の長安城を手本にして作られたことが定説となっている。▼注[2]

六九四年に藤原京が建てられて以来、奈良盆地において、また平城京（七一〇）、そして恭仁京（七四〇）と、次々と中国の都城をモデルにした条坊制の都城が建てられていた。その位置関係をみれば、南から北へ（山から平野へ）移動されたような経過があり、南北を走る都城の中軸線はほぼ同じ位置にあったと分かる。それは、漢や唐の都長安の位置する渭水平野の場合と極類似している。具体的に言えば、奈良の都にとっての吉野山の意義は、長安にとっての終南山を参考としつつ見い出されたと考えられる。▼注[3]

周の文王が終南山の北麓、灃水の畔に「豊」の都を建てて以来、唐の「長安城」まで、合計十三の王朝が、ほぼこの同じ位置に都を置いていた。そして歴代にわたって、都城と宮殿の中軸線の位置を決める際は、終南山が重要な

参照物であった。秦の始皇帝の場合は、

周文王都豊、武王都鎬、豊鎬之間、帝王之都也。乃営作朝宮渭南上林苑中。（中略）周馳為閣道、自殿下直抵南山、表南山之顛以為闕。為復道、自阿房渡渭、属之咸陽、以象天極閣道絶漢抵営室也。（『史記』「秦始皇本紀」）

とあるように、「渭南」つまり都咸陽の真南の対岸に阿房宮を建てる際には、周文王と周武王が建てた都の位置を参考にしつつ、「南山」つまり終南山の「顛」（いただき）を目じるしにしたことと分かる。引き続き漢の長安城も隋の大興城（唐の長安城）も、またそれぞれ終南山の「子午谷」と「石鼈谷」を、都城の中軸を決める基準点にしていた。▼注［4］

このように、南山つまり終南山が秦・漢・唐の都城位置を決める重要なランドマークであった。一方、奈良盆地において古代日本の都城が建てられた際には、吉野山を終南山に準えたと考えられる。

『万葉集』巻一に「藤原宮の御井の歌」（五十二）があるが、

やすみしし　わご大王　高照らす　日の皇子　荒栲の　藤井が原に　大御門　始め給ひて　埴安の　堤の上に
あり立たし　見し給へば　大和の　青香具山は　日の經の　大御門に　春山と　繁さび立てり　畝火の　この瑞山
は　日の緯　大御門に　瑞山と　山さびいます　見成の　青菅山は　背面の　大御門に　宜しなべ　神さび立てり
名くはし　吉野の山は　影面の　大御門ゆ　雲居にそ　遠くありける　高知るや　天の　御蔭　天知るや　日の御
蔭の　水こそば　常にあらめ　御井の清水

その内容は、以下の図式で示すことができる。

香具山：日の経の大御門（東）
畝傍山：日の緯の大御門（西）
耳成山：背面の大御門（北）

吉野山：影面の大御門（南）

つまり、藤原京が建てられた際に、所謂「大和三山」と南の吉野山がその位置を決める基準となっていたことを言っている。これについて、中西進は「これ（吉野山）こそが、かの始皇帝における終南山ではないか。」と指摘し、「藤原京はよく知られるようにわが国最初の条里制による都城である。長安の都を範として、画期的な都を作ろうとした時、終南山は必須の造都条件だったにちがいない。」と論破していた。▼注[5]

筆者は、中西氏の論を踏まえた上で、日中両国の文学作品において吉野山と終南山とが、「南山の寿」をはじめ、ともに神仙境と隠遁修行の地であることなど、さまざまな面においてイメージが重なっていることを明らかにし、そして、それはけっして偶然ではなく、両者がともに都城の「南山」として機能していたことが明らかであると論じた。▼注[6] ここでは、吉野山と長安終南山の関連を示す事例を二つだけ簡潔に挙げておこう。

『懐風藻』に「吉野遊覧詩」という一群が見られるが、それには、唐の終南山を詠む詩との関わりが看取できる。例えば、藤原史の「遊吉野」詩に「煙光巖上翠、日影湍前紅。」（『懐風藻』三十一）とあるが、それは、唐の太宗皇帝李世民の「望終南山」詩にある「出紅扶嶺日、入翠貯巖煙。」（『全唐詩』巻一）の二句と、語句が高度に相似している。影響関係のあることは明らかであろう。

また、和歌の世界においても、奈良の都を長安に擬する例が確認できる。『古今和歌集』において、「吉野の雪のふるさと」という題材の歌が見られるが、ここでその中の代表的なものを挙げておこう。

夕されば衣手さむしみ吉野の吉野の山にみ雪降るらし（『古今集』三一七・詠み人知らず）

奈良の京にまかれりける時に宿りける所にてよめる

み吉野の山の白雪つむるらし古里さむくなりまさるなり（『古今集』三二五・坂上是則）

是則歌の大意は、「吉野山に雪がつもると、奈良の京では寒さが増す」ということであろうが、吉野山の雪と「ふるさと」

奈良との間に一種の必然的な関連を持つとされている。[注7] このような発想は、実は下記の終南山の雪を読む唐詩と酷似している。

終南陰嶺秀、積雪浮雲端。林表明霽色、城中増暮寒。（『全唐詩』巻一三一・祖詠「終南望余雪」）

南嶺見秋雪、千門生早寒。閑時駐馬望、高処巻簾看。（『全唐詩』巻三五七・刘禹錫「終南秋雪」）

一首目は、終南山に「積雪」があり、「城中」は夕暮れに寒さが増すと言い、二首目は、終南山に「秋雪」が見えると、「千門」つまり長安城中の家々には早く寒さが生じると言う。劉禹錫の詩にある「秋雪」については、それが「秋の雪」という歌語として紀貫之に継承されていったことは、すでに定論となっている。[注8] しかも貫之自身も、

延喜二年左の大臣の北の方の御屏風の歌十首　吉野山

み吉野の吉野の山はもともとせの雪のみつもるところなりけり（『貫之集』八七）

という吉野山のつもる雪の屏風絵を詠んでいる。貫之などの歌人たちは、唐の劉禹錫などの詩に見られる終南山の雪と長安城の寒さの間の必然的な関係を、吉野山の雪と古都奈良に置き換え、新しい歌の題材を生み出したことは、十分考えられよう。[注9]

（３）詩の中で、漢や唐の長安に思いを馳せた

平安前期の「勅撰三集」より、「長安」の用例を五例検出したが、その題材は全部楽府詩である。下記にあげたように、五例中の三例が「王昭君」に関するものである。

行行常望長安月、曙色東方不忍看。（『凌雲集』八十五・滋野貞主「王昭君」）

唯餘長安月、照送幾重山。（『文華秀麗集』六十二・嵯峨天皇「王昭君」）

含悲向胡塞、辭寵別長安。（『文華秀麗集』六十六・藤原是雄「奉和王昭君」）

三首とも、王昭君が漢の都長安を背にして胡地に向かう道中の情景を想像して詠んでおり、「長安」はもちろん歴史上の真実の長安を意味する。

残りの二例も楽府詩で、題目はともに「春閨怨」である。

春苑看花泣長安、宵閨理線憶桑乾。（『文華秀麗集』五十一・菅原清公「奉和春閨怨」）

妾本長安恣驕奢、衣香面色一似花。十五能歌公主第、二十功舞季倫家。

使君南来愛風聲、春日東嫁洛陽城。洛陽城東桃與李、一紅一白蹊自成。（『文華秀麗集』五十二・朝野鹿取「奉和春閨怨」）

二首とも、女性が遠方に嫁いでふるさとを想う気持ちを詠んでいるが、詩中の「長安」はやはり漢か唐の都として詠まれていると思われる。一首目に「長安」と対をなす「桑乾」という地名は、山西省の川の名前であり、ここでは、都「長安」と対照させるような、遠方にある故郷の地として設定されたものであろう。二首目において、「長安」は逆に女性の故郷となっており、嫁いだ先が「洛陽」という設定である。「洛陽城東桃與李」の一句は、唐の劉希夷の「代悲白頭翁」という詩にある「洛陽城東桃李花、飛來飛去落誰家。」を想起させる。また、白居易の「洛城東花下作」（二四〇六）の詩に冒頭二句「記得旧詩章、花多数洛陽」に次いで、「旧詩云、洛陽城東面、今来花似雪。又云、更待城東桃李発。又云、花満洛陽城。」という自注があるように、洛陽の城東が古くから花の名所だと分かる。このように、平安朝の詩人たちは、実際に唐の地へ行ったことがなくても、楽府詩においては、漢や唐の都である長安を詠みこむことによって、憧れの情を馳せていた。

以上の三点から見ると、奈良時代から平安前期にかけての文学における「長安」像は、実体験のものであったり、直に再現されたものであったり、実在の場所設定であったりして、比較的実感のある存在であったと言えよう。

3　平安中期から平安後期

平安前期の楽府詩において、「長安」は実際の漢や唐の都長安を意味したのに対して、平安中後期になると、「長安」は平安京を指すものとなり、あるいは一般的な都城の汎称として用いられ、一虚名でしかなくなっていった。また、以前奈良の都にその景観を再現するまで憧れの地であった長安は、平安後期の説話の世界では、悪人の居る恐怖の場所だと虚構されていく。つまり、時代が下るにつれて、「長安」は実際味がなくなり、イメージが虚化されていった。これについても同様に、三点に分けてまとめてみる。

（1）「長安」は、「平安京＝都」を指す虚名となる

平安中後期の漢詩文に登場する「長安」は、ほとんどが平安京あるいは一般的に都を指している。以下、いくつかの例をあげておく。

長安日近望難辨、碧落雨晴仰可摩。（『本朝麗藻』五十五・具平親王「過秋山」）

家貧親知少、身賤故人疏。唯有長安月、夜夜訪閒居。（『本朝文粋』二十一・橘在列「秋夜感懐敬獻左親衛藤員外将軍」）

見天台山之高岩，四十五尺波白，望長安城之遠樹，百千萬茎薺青。（『本朝文粋』二二八・源順「早春於奨学院同賦春生霽色中」）

一首目は、作者が平安京郊外の山に登って、そこから都城を眺めることを詠んでおり、「長安日近」は、登った「秋山」が都城に近いことを意味する。二首目は、前半において、「だれも顧みてくれない」と自身の不遇を嘆いでいるが、後半では「この都の月だけが、貴賤問わずにおれの家も照らしてくれている」と言い、平安京の一隅に住んでいることを示している。三首目の源順の詩序では、「天台山」と「長安城」が対となって登場しているが、それも実際の地名ではなく、比叡山と平安京の早春の眺めを指していることは明らかである。

もちろん、「長安」は平安京の唯一の代名詞ではない。平安京は「洛陽」とも呼ばれていた。例えば、

長安遠近千家雪、洛邑東西萬井霜。（『本朝無題詩』一六四・藤原忠通「月下有感」）

この詩句は、平安京の月光を詠んでいるが、「長安」と「洛邑」と両方用いている。実は、平安京と「長安」「洛陽」の関係については、古くから一種の固定認識が存在していた。つまり、左右対称の平安京がもともと東西に半分ずつと分かれ、西側（右京）が「西京」・「長安」、東側（左京）が「東京」・「洛陽」と呼ばれていたとされる。この見方を示す史料もある。

東京號洛陽城　西京號長安城（『拾芥抄』「京都坊名」）

しかも、一説によっては、平安京の右京＝長安城、つまり西半分は地勢が低く、水害が多いため、だんだん衰退してしまい、「左京＝洛陽城が発展していったために、しだいに長安の名が忘れられ、洛陽だけが人々に意識され、やがて洛陽が平安京の代名詞のごとくにな」ったと言われるが、▼注[10] しかし、平安京を長安とも洛陽とも呼んでいる時期に、はたして漢詩文の世界では、長安が西半分をさし、洛陽が東半分を意味したか。つまり最初からそうした明確な区別が存在したかと言えば、そうでもなかったようである。例えば、

雍州上腴、洛城南面、有一勝境、蓋乃左相府之別業矣。（『本朝文粋』二七〇・大江以言「七言暮秋陪左相府宇治別業即事」）

長安城外十裏餘、宇治佳名今古同。（『本朝無題詩』四一二・藤原忠通「秋日宇治別業即事」）

この二首とも同じく「宇治別業」の位置を言うのに、「長安」も「洛城」も用いられている。また、

洛城十二衢中曉、秦甸一千里外情。（『本朝無題詩』一五九・藤原敦光「玩月」）

長安十二衢邊宅、都督納言昔引朋。西北龜山郊縣外、東南雁塔兩三層。（『本朝無題詩』四三九・藤原忠通「梅津」）

この二首に出ている「十二衢」という表現は、もともと都城の各城門をつなげる道路の総数を意味するが、転じて都城全体を指す表現でもある。そうすれば、「洛城十二衢」も「長安十二衢」も、どちらも都城の半分ではなく全体を

意味するものとなる。

このように、「長安」も「洛陽」も、当時の文学表現としては、どちらも都城全域を指すものとされていたと言えよう。

確かに、奈良が長安に見立てられることが多かったのに対し、平安中後期になると、白居易の洛陽好みの影響によってか、平安京は洛陽に見立てられることが多かったようである。例えば、

於時嵩嶽之西脚、洛水之東頭、嘯野煙之春光、各吟一句、酌山霞之晩色、皆酔數盃。（『本朝文粋』三五〇・橘在列「春日野遊和歌序」）

嵩山圍繞興溪霧、洛水回流入野煙。（『新撰朗詠集』五八六・慶滋為政「禅林寺遠眺」）

とあるように、平安後期の詩に「嵩山」と「洛水」が数多く詠まれているが、それは「中国の洛陽近郊の嵩山と洛水に東山と鴨川をなぞらえたものであり、また、嵩山と洛水を対語として、嵩山＝東山、洛水＝鴨川と捉える発想が、白居易の詩に拠ったものである」という説がある。▼注[11]

実際、白居易の詩には、「西京長安」と「東京洛陽」の環境を比較し、洛陽のほうが長安より閑静で自然に恵まれている、という内容がしばしば見られる。

還如南國饒溝水、不似西京足路塵。（白居易二三九〇「早春晩歸」）

西京鬧於市、東洛閑如社。（白居易三〇一四「菩提寺上方晩望香山寺寄舒員外」）

水暖魚多似南國、人稀塵少勝西京。（白居易三五五二「和敏中洛下即事」）

このように、「東京洛陽」と「西京長安」は、白居易にとって、ただの地名ではなく、それは、二種の異なるライフスタイルの代名詞ともなっている。そして、彼は「東京洛陽」の方をより好んでいたのである。▼注[12]

ようするに、平安中後期になると、白居易の洛陽好みに影響された結果、平安の詩人たちは、「長安」よりも「洛陽」のほうにより親しみを感じるようになった、という事実もある。

(2)「長安」が読み込まれる詩の題材が類型化する

ただし、「長安」と「洛陽」とを、題材別に用いるような傾向も見られる。中では、一番典型的な例は、「長安月」と「洛陽花」である。

平安時代の漢詩文における「長安」の用例を検出して見れば、いちばん目立つのは、「長安の月」の事項である。前節に触れた平安前期漢詩文の「長安」用例では、すでに「月」が四、五回も登場している。次にまた平安中後期の代表的な用例を二つ挙げよう。

長安一夜千家月、幾処笙歌幾処愁。(『千載佳句』二六四・無名、或作章孝標詩)

長安十二衢、皆踏萬頃之霜、高宴千萬處、各得一家之月。(『本朝文粋』二〇六・三善清行「八月十五夜同賦映池秋月明」)

一首目は、唐の章孝標の詩句とする写本もあるが、多くは無名の作としている。いずれにせよ、この詩句が選ばれたのは、「長安の月」が当時流行っていた題材だったことを示してくれている。二首目の対句は、ほかに『和漢朗詠集』と『新撰朗詠集』にも載っており、やはり「長安の月」が愛玩されたことを示している。ちなみに、「長安の月」が詩人たち愛用の題材となったのは、李白の「子夜呉歌」にある「長安一片月、萬戸擣衣聲。」の詩句に多大な影響を受けていたことは明らかである。数字「一」と「千」か「万」との対照がしばしば見られるのがその証拠となろう。

最後に平安後期の例を一つ取り上げたい。

澄朗海隅皆接白、長安楼上不如舟。(『資實長兼兩卿百番詩合』右長兼「秋・月明水光中」)

「長安の楼上に出る月はここの私が船から見るものに如かず」という意味であるが、このような発想は、平安前期の詩には見られない。それは、日本人の中国に対抗する意識の表れであり、十世紀になって唐が滅びて長安が都でなくなったことと関わりがあろう。この点については、後においてまた詳しく述べたい。

ところで、「長安」と言えば「月」であったのに対し、「洛陽」と言えば「花」だったようである。「洛陽の花」は、前節に取り上げた平安前期の擬楽府詩にすでに見られる事項であるが、その後も平安時代の漢詩文にしばしば登場する。例えば下記の三例がある。

欲辞東閤何為恨、不見明春洛下花。（『菅家文草』一八六「相国東閤餞席」）

既而露井之地、洛陽之城、無処不花。（『本朝文粋』二九一・紀長谷雄「仲春釈殿聴講礼記同賦桃始花」）

白氏文集云、花多数洛陽。旧詩云、花満洛陽城。爰左武衛将軍、有一樹樹紅桜也、色異常花、艶勝他樹。（『本朝文粋』二九九・藤原篤茂「仲春于左武衛将軍亭同賦雨来花自湿」）

これらの作において、「洛陽の花」はいずれも平安京の花々を言う。特に三番目に挙げた詩序は、白居易の詩の注を引用することによって、平安京にはいっぱい桜が咲く中でとりわけ「左武衛将軍亭」の紅桜が別段だと引き立てて讃えている。

このように、平安中後期になると、「長安」が詠み込まれる題材が限られるようになった。「月」のほかに、「長安」がよく登場するのは、平安京周囲の山、特に山寺から都城を一望するという内容の詩句である。前節にあげた「長安日近望難辨」（具平親王「過秋山」）や「望長安城之遠樹、百千萬茎薺青。」（源順「早春於奨学院同賦春生霽色中」）もその例であるが、次にまた二例挙げておこう。

円融古寺思紛紛、地近長安眺望分。（『本朝無題詩』六八二・藤原敦光「冬日遊円融寺」）

屢尋古寺歩匆匆、指点長安望不窮。（『本朝無題詩』七二一・藤原忠通「山寺即事」）

このように、「遊山」して「長安」つまり平安京を一望するのが詩人たちの楽しみの一つであった。[注13]

そこからさらに進んで、平安の詩人たちは、「長安の都」を、都以外の辺鄙な場所の対照項目としてもよく用いるようになる。以下の三例はみなそうである。

塞柳嶺梅争得見、長安城裡素閑人。（『法性寺関白御集』十「遠思郷外花」）

遊子三年塵土面、長安萬里月花西。（『江談抄』巻四・藤原季仲「失題」）

霞消函谷重門下、花萎長安遠樹陰。（『教家摘句』一〇〇・藤原有信「関城春景尽」）

一首目は題詠で、「塞柳嶺梅」を以て題の「郷外花」を表現しているが、いっぽう「長安城」つまり都を「郷」と設定している。つまりこの二句は、「平安人の俺には、遠方の山に咲く梅なんか見る機会がないよ」という意味である。「嶺梅」の「嶺」は、中国江西省と広東省の境目にある「大庾嶺」のことで、唐代において梅の名所として知られる。

二首目は、『江談抄』巻四に、この詩句にまつわる藤原実兼の批評とともに載っているが、それによると、これは藤原季仲が左遷先の「常州」つまり常陸国から実兼に寄せたものらしい。実はこの二句とも白居易の詩を踏まえた表現である。一句目は「山川函谷路、塵土遊子顔。」（白居易四一〇「出関路」）、二句目は「万巻図書天祿上、一條風景月華西。」（白居易二六四一「和劉郎中学士題集賢閣」）から取ったと、実兼は指摘した。そして、季仲は「長安万里花月西」を以て都やそこの月と花は自分の居る常州の遥かの西方にあることを表現するつもりだったが、実兼は「天禄は閣の名、月花は門の名なり。かの閣は月華の西にあるか」と言い、季仲が白居易の原詩の意味を知らないと酷評を出している。しかし、白居易の詩を踏まえたことをさて置けば、季仲の句は「遊子」と「長安」、そして「塵土」と「月花」を対にしているところが、辺境と都城の対照を明瞭に表現したと言えよう。

三首目では、「函谷」と「長安」とを対照的に置いている。「函谷」は、長安の東方にある有名な関所のことで、上の二首目が踏まえた白居易の「出関路」にも詠まれている。唐代においては、東へ函谷関を出れば近畿の地でなくなり、道中がいっそう荒涼となる。

このように、平安朝の詩人は、唐の地理誌や白居易の詩文などから得た地理知識を振舞って、「大庾嶺」や「函谷関」などの名所を都「長安」の対照項にしている。もちろん「長安の月」や「洛陽の花」なども同様な発想によるものであり、いわゆる名所詠の系譜に属する。[注14]これは日本漢詩文の特徴の一つとしても考えられ、とても興味深い課題である。

（3）史実より伝説の世界となっていく

以上のように、奈良と平安前期の漢詩において実際の長安が詠まれていたのに対して、平安中後期の漢詩になると、「長安」はほとんど平安京または都を指す虚名となった。はたして平安中後期にもまた実際の長安を指すものもあったのだろうか。実は、韻文には少ないが、散文にはまだしばしば登場している。しかも、筆者の調べる限り、それは以下のように、僧伝及び仏教関係の文脈に限られるようである。

昔大唐左僕射迎経像於長安萬年之地、今本朝左相府弘佛法於洛陽五月之天。（『江吏部集』「七言夏夜陪左相府池亭守庚申同賦池清知雨晴應教一首并序」）

慈恩大師尉遲氏、諱大乘基長安人。（『本朝続文粋』巻十一・大江匡房「大唐大慈恩寺大師畫讃」）

夫以祖師智証大師、……適依本山三寶之加護、得届長安青龍寺、随法詮闍梨、一一受顕蜜之道。（『本朝続文粋』巻十一・藤原實範「円城寺龍花会縁記」）

彼陳文帝之講妙法、運信力於台岳之雲、唐懿宗之歸釋尊、迎真身於長安之□。（『本朝文集』巻四十五・藤原広実「法成寺金堂供養愿文」）（『扶桑略記』巻二十八「法成寺金堂供養記」にも見る）

これらの例において、「長安」はいずれも現地で発生した事実を述べる際に用いられている。ちなみに、一番上の『江吏部集』の詩序において、「長安」と対をなす「洛陽」は平安京を指す。

以上のように、平安中後期の仏教関係の文書には、漢詩と違って、「長安」は実際の地名として用いられている。それとともに、「長安」は説話の世界にも登場してくる。例えば、上に挙げた「円城寺龍花会縁記」に出ている「智証大師」円珍と「長安青龍寺」にまつわる説話がある。

其後、天皇重ク帰依セサセ給テ、比叡ノ□千光院ニ住給ケル程ニ、俄ニ弟子ノ僧ヲ呼テ、「持仏堂ニ有ル香水取テ持来レ」ト宣ケレバ、弟子ノ僧香水持来レリ。和尚散杖ヲ取テ香水ニ湿テ、西ニ向テ空ニ二度灑キ給ケルニ、弟子ノ僧是ヲ見テ怪ムデ、「是ハ何事ニテ此クハ灑カセ給フニカ」ト問ヒ申ケレバ、和尚ノ宣ハク、「宋ノ青竜寺ハ、物習ヒシ間、我ガ住シ寺也。只今、其寺ノ金堂ノ妻ニ火ノ付タリツレバ、消タムガ為ニ、香水ヲ灑キツル也」ト。弟子ノ僧是ヲ聞テ、何事ヲ宣フトモ不悟シテ、心不得シテ止ニケリ。其次ノ年ノ秋比、宋ノ商人ノ渡リケルニ付テ、「去年ノ四月□日、青竜寺ノ金堂ノ妻戸ニ火付タリキ。而ルニ、丑寅ノ方ヨリ俄ニ大ナル雨降リ来テ、火ヲ消テ金堂ヲ不焼成ニキ」ト云フ消息ヲ、和尚ノ御許ニ彼青竜寺ヨリ奉レリ。其時ニナム、彼ノ香水取テ持来レリシ僧、「和尚ノ香水散シ給ヒシハ、然ニコソ有リケレ」ト思ヒ驚テ、他ノ僧共ニ語テ貴ビケル。「此ニ御シ乍ラ、宋ノ事ヲ空ニ知リ給フハ、実ニ是ハ仏ノ化シ給タルニコソ有リケレ」ト云テナム、皆悲ミ貴ビケル。是ニ非ズ奇異ノ事多カレバ、世挙テ貴ビケル事無限シ。（『今昔物語集』巻十一「智証大師亘宋伝顕蜜法帰来語第十二」）

同じ内容の話は『打聞集』にもあり、また良忠（一一九九〜一二八七）『觀經疏傳通記』（『大正蔵』二二〇九）にも漢文による同話が載っている。大まかな内容は、円珍が宋（唐）から帰朝したのち、ある日西に向かって香水をそそいだが、それは長安に雨を降らせて青龍寺金堂妻戸の火を消したと、明くる年に宋朝からの商人によって証された、という話しである。長安青龍寺は、かつて円珍が仏法を学んだところであったが、説話においては、逆に円珍が不思議な力を駆使して遠方から青龍寺の火を消したという。

雨を降らせる話と言えば、空海が長安青龍寺で学んだ方法で祈雨に成功した話も、同じ『今昔物語集』に載っており、また成尋（一〇一一〜一〇八一）が自分の入宋記『参天台五台山記』において、宋の皇帝の勅命で祈雨し成功した話もある。空海の祈雨は、のちに「雨僧正」と呼ばれる小野寺の仁海に受け継がれた長安密教の正統な筋を持つものであるが、成尋のそれは、自己誇示のための虚構のことであろう。▼注[15] 円珍の青龍寺降雨譚や成尋の祈雨成功の話には、前節に取り上げた「長安楼上不如舟」（長兼「秋・月明水光中」）の例と同じように、本来憧れの地であった「長安」が日本に及ばない、という対抗意識が読み取れる。

仏教に関する説話のほかに、遣唐使をめぐる説話も少なくない。例えば『江談抄』には、阿倍仲麻呂と吉備真備の話がある。

霊亀二年為遣唐使。仲麿渡唐之後不帰朝。於漢家楼上餓死。吉備大臣後渡唐之時、見鬼形與吉備大臣談、相教唐土事。（『江談抄』巻三「安倍仲麿詠歌事」）

安倍仲麿はすなわち阿倍仲麻呂であるが、実際は吉備真備とは同期の遣唐使で、共に七一七年に入唐し、二人とも長安に留まって長く暮らしていた。吉備真備は十六年後に一旦帰国し、七五二年に再び遣唐使に任命され入唐したが、その帰りに阿倍仲麻呂も一緒に帰国の途に着いていた。しかし、その際は吉備真備が無事帰国したのに対し、阿倍仲麻呂は安南に漂着し、のちにまた長安に戻り、七七〇年に長安で亡くなった。だから、阿倍仲麻呂が先に入唐して餓死させられ、吉備真備が後に来て同じ楼上に閉じこめられた時に阿倍仲麻呂が鬼として現れたというのは、まったく虚構された話である。

『江談抄』巻三において、上の話の前に、「吉備大臣入唐間事」という長編の話がある。内容は、やはり餓死した阿倍仲麻呂が現れたところから始まるが、そのあと、唐の役人が次から次へと楼上にやってきて、吉備真備の才能を試す話が延々と続く。最後は、吉備真備が帰国の希望を申したが許可されず、それで彼は秘術を使って唐土の日月を封じたという事が描かれている。同じ伝説は、『扶桑略記』にも簡略の漢文で載っているので、そちらを引用しておく。

由是、大唐留惜、不許帰朝。或記云、爰吉備窃封日月、十箇日間、天下令闇怪動。令占之処、日本国留学人不能帰朝、以秘術封日月。勅令免宥、遂帰本朝。（『扶桑略記』「天平七年四月二十六日」）

『江談抄』の吉備真備の伝説は、のちになって『吉備大臣入唐絵巻』として伝承されていった。絵巻には、長安と言えば必ず登場する「高楼」が描かれているが、それはまったく想像上のものである。

以上のように、平安後期から中世にかけて、長安は説話の世界にしばしば登場してくるが、そこに描かれた長安は、奈良時代や平安時代前半の作品に認められる憧憬と賛美の情緒がなくなり、変わって怖いイメージの所に虚構されていく。これらの説話においては、「漢」「唐」「宋」などの時代の混乱や、登場人物の年代を前後することが多く、大衆による口伝文学の色彩が濃い。注目すべきことは、これらの説話においては、必ず日本人が唐の人より優れた才能を持っていると描かれており、それに「長安」は怖い場所とされている。これもまた、前文に挙げた「長安楼上（の月）が（わが）舟に如かず」という詩句と同じように、日本人の中国に対する対抗意識の目覚めと言えよう。

4　おわりに

以上は、漢詩文をメインとして、奈良時代から平安末期までの「長安」像の変遷を整理してみた。大きな流れを見れば、それは実際の存在として憧れの対象だったものから、平安京を指す一虚名となり、それとともに実際の長安もイメージが一転して恐るべき場所と虚構されていった。

このような、平安後期に生じた長安認識の変化には、以下の原因が考えられよう。

原因一：唐が滅亡し、「長安の都」自体がもう滅びて世に存在しない。宋代に長安で暮らしていた詩人の李復（一〇五二〜一一二八？）が「登青龍寺」という詩を残しているが、そこには「廃井余荒甃、残碑有旧名。幾経兵火劫、禾黍偏新耕。」と、廃れた長安の様子が描かれている。北宋の都は開封、南宋の都は杭州であり、十世紀以降、中国文化の中心地は東南の方に移り、唐が滅びたのちは長安が二度と都城になることはなかった。それによって、平安詩人の長安に対する憧憬が自分たちの暮らしている平安京を賛美するように変わったのかもしれない。

原因二：遣唐使廃止となった十世紀以降、日本人はほとんど長安を目にしていない。八九四年に菅原道真の諫言によって遣唐使が廃止され、そしてまもなく唐が滅びた。それによって、以前のように大量の日本人が長安まで至ることもなくなった。文中に触れたように、「澄覚等が長興年中（九三〇～九三三）に長安に至った」（『鵞珠抄』に見る『在唐記逸文）というのが、もはや古代日本人の残した最後の長安記録であろう。唐が滅びたのち、宋代にわたって中国の北方は、戦乱が続いていた。それによってか、日本人が限られた情報によって怖い「長安」像を作り上げたのかもしれない。

原因三：唐が滅亡の後、古代東アジアの国際情勢が変わり、中国を含め、それまでの東アジア諸国間の秩序や利害関係も転覆された。つまり、いわゆる政権中心の朝貢体制から貿易中心の民間往来に変わっていった。それによって、日本は独自的な道を歩み始め、対中意識も以前の恭しいものから、対等あるいは自分優位のものに変わったと考えられよう。

【注】

[1] 張歩雲『唐代中日往来詩輯注』（陝西人民出版社、一九八四年）による。

[2] 上田正昭編『日本古代文化の探究・都城』（社会思想社、一九七六年）、『古代の日本と東アジア』（小学館、一九九一年）、及び岸俊男編『日本の古代　九　都城の生態』（中央公論者、一九八七年）などによる。

[3] 高兵兵「「南山」考―長安終南山と奈良吉野山を中心に―」（河野貴美子・王勇編『東アジアの漢籍遺産―奈良を中心として』勉誠出版、二〇一二年）。

[4] 秦建明、張在明、楊政「陝西発現以漢長安城為中心的西漢南北向超長建筑基線」（『文物』一九九五年三月号）、愛宕元「隋唐長安城の都市計画上での中軸線に関する一考察」（『唐代史研究』三、二〇〇〇年六月）などによる。

[5] 中西進「終南山と吉野」（『しにか』創刊号、一九九〇年四月）。

［6］同注3。

［7］増田繁夫「「吉野山」と「ふるさと」―平安朝和歌史の一節」（『大阪市立大学人文研究』二九―一、一九七七年十月）。

［8］金子彦二郎『増補平安時代文学と白氏文集―句題和歌・千載佳句研究篇―』（芸林舎、一九七七年五月。一九五五年初版）、渡辺秀夫「紀貫之の和歌と漢詩材」（『平安朝文学と漢文世界』勉誠社、一九九一年）などによる。

［9］高兵兵「「終南積雪」與「吉野の雪のふるさと」―以中日古代都城比較的視角」（周異夫編『日本文学研究和萃』吉林出版集、二〇一二年）。

［10］岸俊男「平安京と洛陽・長安」（『日本古代宮都の研究』岩波書店、一九八八年）。

［11］後藤昭雄「春日野遊の和歌の序」（『本朝文粋抄（二）』勉誠出版、二〇〇九年）。

［12］高兵兵「菅原道真の住まいと白居易―平安京宣風坊邸と洛陽履道里邸」（『白居易研究年報』六、二〇〇五年十二月）。

［13］高兵兵「平安京周辺の「山水景勝」の場における文学活動をめぐって―『本朝文粋』の詩序を手がかりに」（王成・小峯和明編『アジア遊学』一八二、勉誠出版、二〇一五年）。

［14］後藤昭雄「坤元禄屏風詩をめぐって」（『成城国文学』二四、二〇〇八年三月）などによる。

［15］高兵兵「日本古代僧侶の祈雨と長安青龍寺―円珍「青龍寺降雨説話」の背景を考える」（李銘敬・小峯和明編『アジア遊学』一九七、勉誠出版、二〇一六年）。なお、成尋と日中の祈雨に関しては、水口幹記『渡航僧成尋、雨を祈る―『僧伝』が語る異文化の交錯』（勉誠出版、二〇一三年）がある。

2 『古事集』試論
──本文の特徴と成立背景を考える──

木村淳也

1　はじめに

沖縄の伝統的な染色技術である紅型の研究者であり、型絵染の人間国宝であった鎌倉芳太郎《かまくらよしたろう》（一八九八〜一九八三）は、大正一〇年から昭和二年まで、三度にわたって沖縄に滞留し、「沖縄芸術調査」と称する文化・芸術・祭祀の総合的な調査を行った。その際に作成・収集された膨大な資料群は「鎌倉芳太郎資料」と総称され、ガラス乾板一二一九点、調査ノート八一点、写真資料（紙焼き写真）二九五二点、文書資料（原稿・筆写本・他）一七八点ほか、膨大な数にのぼるという。▼注[1]これらは現在、沖縄県立芸術大学附属図書・芸術資料館に所蔵されており、一部は国指定重要文化財となっている。

ところで、この鎌倉資料には『古事集《こじしゅう》』と呼称される、祭祀・地誌に関する資料が含まれている。戦争による資料隠滅が甚だしい沖縄にとっては、文化研究における必須のテキストと思われるが、本書に言及した研究は現在まで殆ど存在しない。しかし、近年、波照間永吉の尽力により、ノート本『古事集』の翻刻が公刊され、[注2]また、鎌倉資料の「文書資料」目録も整備が進み、その全容が明らかとなった。[注3]さらに、波照間が本書に対する詳細な分析を行ったことから、研究の方向性が見えてきたように思われる。[注4]

本稿は、この『古事集』に関して、先行研究を参考にしながら成立年代のより細密な分析を行い、また筆者が現在までに行ってきた琉球地誌に関する研究と、本文の特徴とを絡めながら、その成立事情および製作者に関して考察するものである。なお論者によって本書を『古事集』、もしくは『故事集』として、その表記が別れるが、本稿では尚家御蔵本目録に倣って、表記を『古事集』に統一する。

2　鎌倉資料所収『古事集』に関して

『古事集』は、明治期に作成された尚家の御蔵本目録に「古事集　共十三冊」として、その存在が確認される。[注5]しかし、その後、複数回にわたって行われた尚家の蔵本調査においては、本書の存在は消滅してしまう。戦争による隠滅がその主たる理由と考えられるが、詳細は不明である。つまり『古事集』に類同する書は、現在、鎌倉資料にしか見いだせないのだ。

その鎌倉資料には二種類の『古事集』が確認できる。それぞれの詳細な書誌は先行研究に譲るが、[注6]一つは近代の摸本と思しきもので、墨筆書写された和綴（四目袋綴）の冊子本である。これを便宜上「墨筆本」と呼称しておく。表紙には「首里／泊／那覇／唐榮／島尻／中頭」、「故事集　共二冊」と大書されるが【図1】、巻末部第一四〇丁目が断裂しており、現存一冊の零本である。おそらく二冊目には国頭から諸離島の記事が含まれていたと思われる。二つ

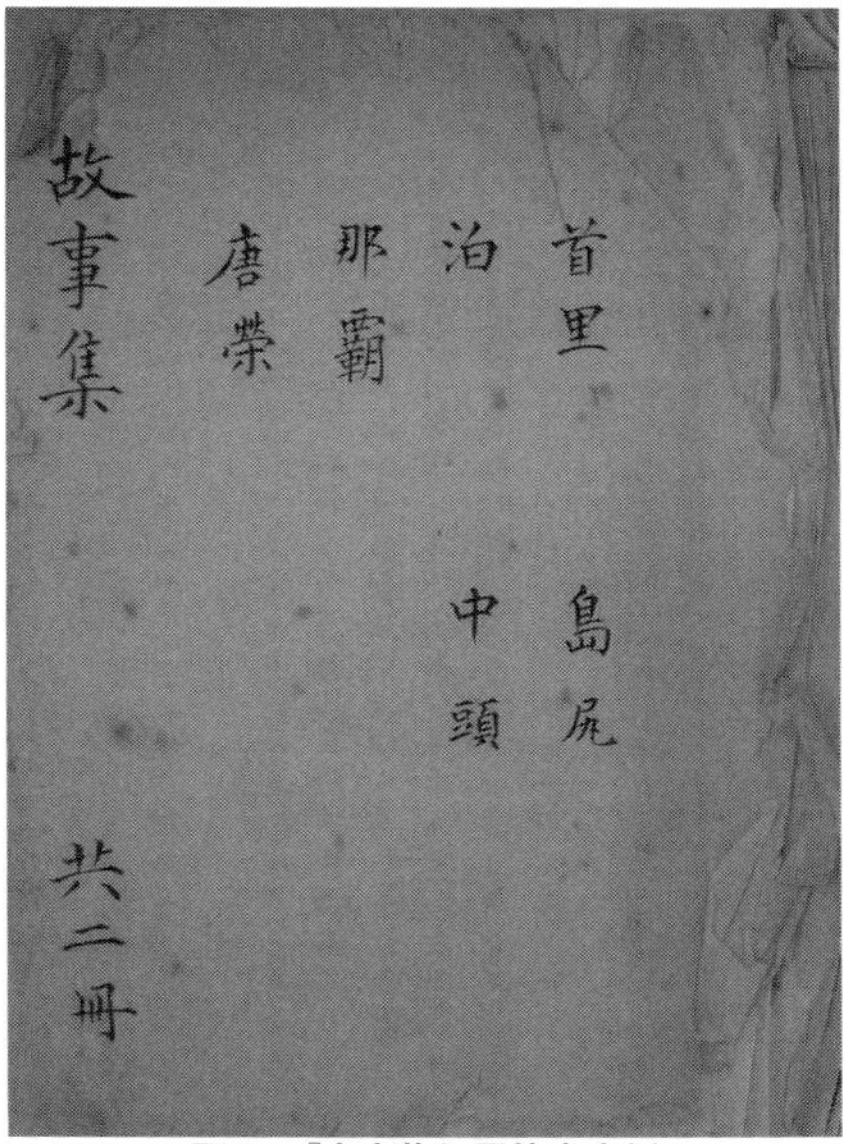

図1　『古事集』墨筆本表紙
（沖縄県立芸術大学附属図書・芸術資料館蔵）

めは「ノート本」と呼ばれるものである。これは八一冊存在する鎌倉の調査ノートの番号37～42の六冊に、ペンで筆写されたものである。37表紙には「古事集／評定所／丑日／尚侯爵家所蔵本」とあり、さらに42に附された鎌倉の手による目録によれば、本書が「共一三冊」からなる尚家所蔵の親本から書写されたことがわかる。

波照間によれば、墨筆本とノート本との大きな違いは、「王命書文」と題された六〇項目におよぶ歴史的事項の列挙が、墨筆本では冒頭に据えられるが、ノート本では首里・那覇といった都市部の記述の後に挿入されている点及び、墨筆本の欠落した二冊目に存したと思われる諸離島の記述が、ノート本では島尻地域の前に挿入されている点である。▼注[7]このような構成上の相違は、『古事集』の本来的な姿がいかなるものであったのか、という問題を投げかけるが、本稿では記事内容が充足しているノート本の記述をもって、『古事集』の総体的な特徴を考察することとする。▼注[8]

3　『古事集』の特徴

そもそも、琉球には『琉球国由来記《りゅうきゅうこくゆらいき》』ならびに『琉球国旧記《りゅうきゅうこくきゅうき》』という二つの地誌が存在している。『古事集』との違いを考えるために、これらの二つの地誌に関して簡潔に述べておきたい。

まず『琉球国由来記』（以下『由来記』と略称）であるが、本書は康熙五二年（一七一三）、首里王府・旧記座によって編纂された琉球最古の体系的な地誌であり、巻一「王城之公事」（王府の公式行事）、巻二「官職列品」（官職制度）、巻三・四「事始　乾坤」（諸事の由来）、巻五「城中御嶽併首里中御嶽年中祭祀」（王城と首里の御嶽・祭祀）、巻六「國廟・玉陵」（王陵）、巻七「泊村由来記」、巻八「那覇由来記」、巻九「唐榮舊記全集」、巻一〇「諸寺舊記」（臨済宗寺院の縁起・沿革）、巻一一「密門諸寺縁起」（真言宗寺院の縁起・沿革）、巻一二～二一「各処祭祀」（都市部以外の地域の御嶽・祭祀の詳細）の全二一巻から成っている。

一方、『琉球国旧記』（以下『旧記』と略称）は、本巻九、附巻一一、計二〇巻からなる地誌である。『球陽《きゅうよう》』、『遺老説《いろうせつ》伝《でん》』の編纂者でもある久米村の鄭秉哲《ていへいてつ》によって、雍正九年（一七三一）に成立している。その構成は巻之一「首里・泊・那覇・唐榮」の各記、巻之二「官職・廃官・知行」、巻之三「公事」、巻之四「事始」。巻之五は「古城・關梁」で、『由来記』では各間切の「旧跡」とされた古城、橋などの記事を一箇所に纏めている。巻之六「島尻・中頭・国頭」（本島の旧跡・御嶽由来譚）、巻之七「寺社」、巻之八と巻之九には離島の旧跡・御嶽由来が記されている。また附巻は、『由来記』「各処祭祀」に記された聖地を、一「神殿」、二「神軒」、三「山川」（御嶽）、四「泉川」、八「火神」に分類して島尻、中頭、国頭、諸島の順で記載し、巻五「江港」、九「鐘銘」、一〇「郡長・郡邑長」、一一「風俗」（一般的年中行事を総合的に記載したもの）を整理している。

これらの地誌と比較したとき、『古事集』は、先行論においてどのように捉えられているのか。波照間は次のように本書を評価する。▼注[9]

・『由来記』の「各処祭祀」を基本として、その記事を漢訳した文献として、首里王府の修史事業の一つの成果に加えるべきものであることは間違いない。（中略）琉球における漢文作成について考える時にも、数々の興味深い事例を提供する文献であり、『由来記』と『旧記』の間をつなぐものとして評価すべきものであると思う。

・『古事集』は『由来記』の全体を漢訳することを目指したものではなく、巻五・六・八・九、巻一二〜二一の「各処祭祀」の記事を漢訳し、これを『旧記』とも共通する独自の項目立てに従って「再配列」しようとしたもの、といえるだろう。

島村幸一もこの波照間論を承け、「一七〇〇年前後から集中的に始まる琉球王府の編纂事業をみる際に重要な書である『琉球国旧記』を考えるにあたって、『琉球国由来記』と『琉球国旧記』の間にあると思われる『古事集』をどのように位置づけるかは、今後の課題である。」と述べている。注[10]

さらに『古事集』の紙面構成についても簡単に触れておきたい。【図2】から解るように、『古事集』は間切や島（現在の市町村レベル）をひとつのまとまりとして記述がなされる。また、それぞれの地域記述ごとに細密・詳細な項目立てをしている部分に特徴がある。各地域の立項状況に関しては、後掲の表1を参照して頂きたいが、各項目の内容についいては先行研究に詳しいので、本稿では詳述を避ける。注[11]

各間切・島に掲げられた項目を並べて比較してみると、表1に明らかであるように、「本島都市部」「諸離島」「本島非都市部」の三つの地域で偏差と特徴がみられる。まず、本島都市部（首里、泊、那覇、唐栄〈久米村〉）だが、首里の記載項目は王都ということであるためか、「城池」「国門」「宮殿」など特殊項目が存在する。また「祠廟」「列女」は都市部に特有のものといえよう。「流寓」「名宦」に関しては唐栄にしか見られないが、項目名のみで記事内容が存在しない点は注目される。

つぎに諸離島だが、「沿革」「勝形」「山川」「土産」「関梁」「風俗（年中祭祀記事）」の各項目は、ほぼ全島にみられるが、「勝形」に関しては項目を立てているものの、その半数近くの記事内容が存在しない。「土産」「関梁」に関しても同様である。また「風俗」とあるが、その項目内容は年中祭祀の記述となっている。さらに、本島の各間切が「建置沿革」としているところを、「沿革」という項目名で統一しており、内容も、本島各間切の属村名を挙げるのに対し、諸離島にお

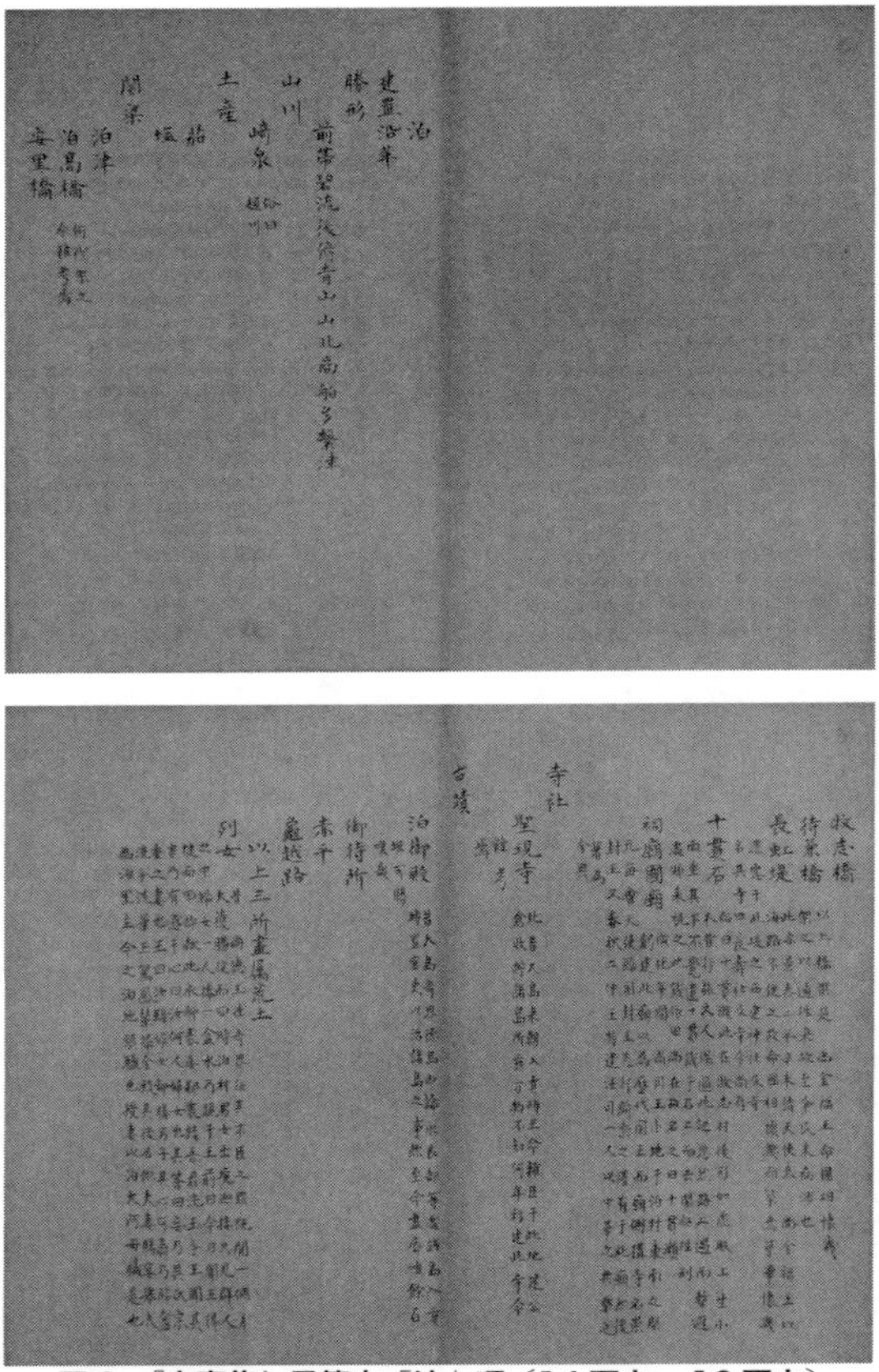

図２　『古事集』墨筆本「泊」項〔14丁ウ―16丁ウ〕
（沖縄県立芸術大学附属図書・芸術資料館蔵）

いては属島名のみが挙がり、村名の記載はない。

本島非都市部（島尻・中頭・国頭）は、殆ど統一的に「建置沿革」「勝形」「山川」「火神」「土産」「関梁」の項目立てを行っているが、「勝形」「土産」に関しては項目名のみで内容が記されないものがほとんどである。また、「陵墓」や「馬場」は非都市部特有の項目であるといえる。

右に見たとおり、『古事集』は各間切・島ごとに「建置沿革」「勝形」「山川」「火神」「土産」「関梁」の項目を立ててこれを基本形とし、統一的に記そうとする意思が感じられる。しかし、離島に関しては、「風俗」として年中行事の進行をわざわざ掲げており、また、立項する項目も、本島間切との間に偏差が存在する。このことについての私見は後述する。

4　『古事集』の成立年代と王府の修史事業

ところで、この『古事集』はいつ頃成立した書なのだろうか。波照間は「王命書文」の記事に着目し、ここに「順治六年（一六四九）〜雍正四年（一七二六）までの歴史的事項が、六〇項目の記事として年表的に記されていることから（一部年代が前後する例がある）、『古事集』の成立は一七二六年から遡ることはない、ということになるだろう」と述べている。▼注[12] ただ、地誌である本書の性格にはそぐわない「王命書文」は、後代の竄入である可能性も残されるため、他の地誌的な本文から成立年代推測の証拠を集める必要がある。

〇『古事集』首里州・南風

寺社　知足院　在赤田村雍正二年甲辰廊潭長老創構此院

右には、赤田村にあった知足院という寺院が、雍正二年（一七二四）に廊潭長老によって創建されたとある。簡単な記述だが、つまりこの記事は一七二四年以降にしか記すことができない、ということを端的に示している。

〇『古事集』大里郡

関梁　石橋在宮城村之　木橋在宮城村下

また、大里郡には、宮城村に石橋、宮城村下に木橋が存している、とある。これに対し、一七三一年成立の『旧記』巻之五「古城」の「宮城橋」項には「自古。西設建一座木杠。東築一座石橋。以渡人民。然歴年久遠。雍正六年戊申八月。尚敬王世代。廢東西兩橋。中間新築石橋一座。以通往來也。」とあって、▼注[13] 宮城村に木橋、石橋の二つが存したことは『古事集』の記述と連動するが、雍正六年（一七二八）の八月にこれらの橋を廃して、その中間に新たに石橋を築いたとある。つまり、『古事集』は一七二八年当時の事実を拾えていないということになる。これらに鑑みれば、本書の制作年代は一七二四年以降〜一七二七年頃と限定されよう。

ところで、『古事集』の推定成立年代より少々遡る十八世紀初頭には、王府の修史事業が隆盛を極めている。例えば、一六八九年、諸士「家譜」編纂のため系図座が設立された。また、琉球史書の嚆矢である『中山世鑑《ちゅうざんせいかん》』（一六五〇年）の改修が行われ、新たに漢文で蔡鐸《さいたく》本『中山世譜《ちゅうざんせいふ》』（一六九七年）が編纂される。さらに、一七〇三年には『由来記』

作成のために旧記座も設置されている。『由来記』巻一二「各処祭祀」冒頭の序を見ると、『由来記』作成に際し、旧記座が各地域に対して、名山、大川という祭祀対象となるべき自然物のほか、御嶽、神社、祭壇などの由来の提出を求めたことが解る。[注14] なお『那覇由来記《なはゆらいき》』（一七〇九年）や『仲里間切旧記《なかざとまぎりきゅうき》』（一七〇三年頃）などの地方旧記が現存しており、これらはその成立年から考えて『由来記』作成のための粉本であったと推測されるのだ。

ただ、『由来記』成立後の雍正三〜五年にも、『渡嘉敷間切由来記《とかしきまぎりゆらいき》』（一七二五年）、『雍正旧記《ようせいきゅうき》』（宮古島・一七二七年）、『八重山島諸記帳《やえやまじましょきちょう》』（一七二七年）など、地方旧記が相次いで王府に提出されている。これはどういうことなのか。

このことに関して、『渡嘉敷間切由来記』（一七二五年）に付された「覚」を検討してみたい。[注15]

○『渡嘉敷間切由来記』（一七二五年）

一各間切中往古より有来候、城主何某何代相保為何某滅されたる段、又者嶽々村中之旧式由来等、委細可被書出候事／一旧式又者由来有之候、井川右同断／一間切中の為勲功有之人右同断／一跡々より間切中に新敷出来、又者奇妙成事共右同断。

右を『由来記』の序文と比較してみると、「間切中の為勲功有之人」、「跡々より間切中に新敷出来又者奇妙成事」が新たに追加され、城（グスク）の由来に関する報告義務も明文化されている。つまり、この時代に新たな目的のもと記事収集が企図されたようであり、これに応じて地方から提出されたのが、雍正年間の旧記類であったということになる。

筆者は以前、『由来記』から『旧記』への改修において、その記事が微妙に増加していることに言及し、『旧記』巻六の真和志郡「眞嘉戸井」、北谷郡「無漏溪」「轟溪」「古洞」が、雍正年間の旧記類をもとにした新出記事であった可能性を指摘したことがある。[注16] 一例を左に掲げる。

○『旧記』巻六　七　眞嘉戸井（在眞和志郡識名村）

往昔之世。此井之北。有一婦女。質資聰明。姿色傾國。一日王見之。心深慕焉。終召爲妾。後賜號。曰眞嘉戸樽按司。因名其井。曰眞嘉戸井。至于近世。改名眞川。

一方『古事集』を見ると、この「真嘉戸井」に関して、右と同様の記事が見つかるのである。

○『古事集』真和志郡〈山川〉

真嘉戸井〈昔此井之北有一婦女、生而姿色、一日王見之降雨露、終召為妾賜号曰真嘉戸樽按司、故名之曰云云、後改真川〉

本文の表現に微妙な違いはあるものの、両記事の近さは疑い得ない。北谷郡の一連の新出記事に関しても同様で、これらは既に『古事集』に記載があるのだ。つまり、先に検討した『古事集』の推定成立年が是とされるのであれば、『渡嘉敷間切由来記』記載の「覚」は、『旧記』作成に関わるものではなく、『古事集』作成のためになされたと考えた方がよい、ということになる。

5　『古事集』の離島表記と項目の来由

ここまでの考察のなかで、『古事集』の作成目的と制作者に関してはまだ曖昧なままである。そのことを考えるために、宮古・八重山項の冒頭に掲出される属島の表記を検討してみたい。

○『古事集』

・「麻姑島」沿革　領島七座／庇郎喇　姑李麻　烏噶弥　伊奇麻　面那　伊良保　達喇麻

・「八重山」沿革　総称之曰八重山又曰太平山領村九座／伊世佳奇　如（姑カ?）弥　烏巴麻　阿喇斯姑　達奇度奴　巴梯呂麻　姑呂世麻　巴度麻　由那姑尼

右で問題なのは、なぜ冒頭の領島記載が漢字音表記となっているのか、という点である。各離島の「沿革」項も同様で、久米島には「総言之曰久米又曰姑米」、粟国には「俗言之曰粟国島又曰阿姑尼」、渡名喜には「俗称之曰渡名喜雅称之曰度那奇」などとある。

この点に関して結論を述べれば、右の表記は、蔡温《さいおん》本『中山世譜』（一七二四年）の首巻に収められた「琉球輿地名號會紀」と関連するものと言える。▼注[17]

○蔡温本『中山世譜』首巻「琉球輿地名號會紀」三十六島

庇郎喇（俗称平良）／姑李麻（俗称来間）／烏噶彌（俗称大神）／伊奇麻（俗称池間）／面那（俗称水納）／伊良保（俗称惠良部）／達喇麻（俗称多良間）／以上七島。総称之曰宮古島。又曰麻姑山。

伊世佳奇（俗称石垣）／姑彌（俗称古見）／烏巴麻（俗称小濱）／阿喇斯姑（俗称新城）／達奇度奴（俗称武富）／巴梯呂麻（俗称波照間）／姑呂世麻（俗称黒島）／巴度麻（俗称鳩間）／由那姑尼（俗称與那國）／以上九島。総称之曰八重山。又曰太平山。

右に明らかな通り、その表記および記載順からみて、両者に何らかの連動する意識があったことは疑い得ない。

蔡温本『中山世譜』とは、当時、三司官座敷にあった蔡温の強い意志によって編集が開始されたもので、父・蔡鐸が編纂した『中山世譜』を合理的解釈によって改訂したものである。また一七一九年に尚敬王の冊封に際して来琉した冊封副使・徐葆光《じょほうこう》から『中山沿革志《ちゅうざんえんかくし》』（一六八三年）を得、これを使用して新たな記事の追補・改修が行われており、▼注[18]この「琉球輿地名號會紀」も蔡温本で新たに付された項目なのである。ここに両書の成立年の近さを加味すれば、本『古事集』が蔡温本『中山世譜』との関わりの中で生み出された可能性が十分に考えられる。

さらに『古事集』の作成者と作成目的を推測しうる本文上の特徴がある。それは、間切の記載ごとに立てられた「建置沿革」や「勝形」「関梁」等の項目名、およびその配列順である。

このことに関して端的に述べれば、それは恐らく『大明一統志《だいみんいっとうし》』の記述方法を参観したのではないかと思われる。『大明一統志』とは、明の英宗が八代皇帝として重祚した天順二年（一四五八）に作成された中国の総志である。原刊本の成立は天順五年（一四六一）。嘉靖四三年（一五六四）には朝鮮刊本が、元禄一二年（一六九九）には弘章堂和刻本がそれぞれ成立している。▼注[19]

試みに、琉球と関連が深い「福州府」の記述を例として、その項目を掲げる。

1、府名　2、建置沿革　3、郡名　4、形勝　5、風俗　6、山川　7、土産　8、公署　9、学校　10、書院　11、宮室　12、関梁　13、寺観　14、祠廟　15、陵墓　16、古蹟　17、名宦　18、流寓　19、人物　20、列女　21、仙釋

これらを『古事集』のなかで最も項目数の多い「那覇・唐栄」と対照してみる。

1、建置沿革　2、勝形　3、山川　4、火神　5、土産　6、関梁　7、祠廟　8、寺社　9、古蹟　10、人物　11、名宦　12、流寓　13、列女

項目の数は三分の一程度となり、一部に多少の異同が見られるが、その配列順や項目名などは、明らかに『大明一統志』の影響を受けていると考えられよう。また『大明一統志』には、日本や琉球、朝鮮などの外夷の記述があるが、「沿革」「風俗」「山川」「土産」の四項目しか立項されず、中国本土内の各州の表記と比べて偏差がある。これは『古事集』において、本島間切の記述と離島との記述に微妙な偏差があることと類同するとは言えまいか。つまり、周辺離島を琉球にとっての外夷と仮想した作りを行っているのだ。

このように、『古事集』が『大明一統志』の項目を参観したと思われる背景の一つとして、日本の各藩が一七世紀中頃から「藩撰地誌」を次々と作成している、という事実が少なからずあると考えられる。寛文六年（一六六六）、『会津風土記《あいづふどき》』を嚆矢とする各藩の地誌編纂の動きは、印地改に端を発したものであると言われるが、これが全国的

に展開するのが一八世紀以降である。これらの藩撰地誌は、中国方志および『大明一統志』の記述を範としていたことが知られており、▼注[20] そのような琉球を取り囲む時代の流れが、薩摩藩を介して地誌編纂に影響を与えた可能性は十分に考えられよう。

6　おわりに――『古事集』の作成者と成立背景

ここで改めて、『古事集』は何のために、誰によって作成されたのかということに関して、今までの検証を元に仮説を立ててみたい。ノート本表紙から、『古事集』の親本が「評定所丑日」番の所管するところであったことが解る。しかし、慶嘉二一年（一八一六）の馬《ば》氏《し》内《うち》間《ま》里之子《さとぅぬ》親雲上《ぺーちん》良倉《りょうそう》の譜に、王府の史書、地誌である「世鑑六冊、旧記十六冊、遺老伝四冊、記事二十二冊」等を書写した、とあるように、▼注[21] 定期的に筆写が繰り返されていた王府の典籍類において、その管理者は作成者とイコールとはならない。

『古事集』の作成者を推定する一つの鍵は、先に検討したように、本書が漢文体で一七二四〜二八年頃に作成されていた、と推測される点である。王府の典籍作成において、特に漢文を中心とした史書・地誌・外交文書の作成に携わったのは久米村士族である。そのことは先行論でも説かれており、▼注[22] 筆者も『球陽』や『遺老説伝』の作成という部分で触れたことがある。▼注[23] また先述したように、王府の漢文による修史事業は一七〇〇年代初頭から約五〇年間に集中している。その修史事業の真中に本書が成立したという推定が正しいのであれば、『由来記』の漢文化は『古事集』ですでに達成されていたということである。この事実は大きく取り上げられるべきであり、本書の作成に久米村士族が主体的に関わっていた可能性が益々高くなるといえよう。さらに『古事集』の項目（表1）を見ても、唐栄（＝久米村士族の項目数が圧倒的に多いことが指摘されるうえ、その項目名においても、「名官」や「流寓」など、他の地域には見られないものが現れていることがわかる。もちろん唐栄の記述を充実させる存在は、そこを居付とした久米村士族をおいて他にはいない。

琉球の地誌が次々と作成されたこの一八世紀初頭という時代については、もう少し説明を要するだろう。琉球の地誌類の作成は、羽地《はねぢ》朝秀《ちょうしゅう》の改革（一六七〇年前後）と蔡温の改革（一七三〇年前後）との間に行われている。いずれの改革も、「古琉球」的旧制の打破という目的のもと、儒教思想を背景にした合理主義によって断行されたものである。糸数兼治によれば、特に蔡温が首里王府の要職に任ぜられ活躍した時代（国師就任〈一七一二年〉～三司官致仕〈一七五二年〉）とは、「琉球の薩摩化日本化が一応終りを告げ、国家秩序も回復して、琉球がようやく安定化に向かって動き出す」時期であり、同時に「幕藩体制の枠組みのなかで琉球の独自性が模索され始める重要な時期」であったという。▼注[24]

そのような時代に先駆けて編まれた王府の地誌の嚆矢である『由来記』は、薩摩との関係が安定期を迎えた時代、自らの国家とその文化事象の由来を問うため、琉球国内に存在する官職、事物、聖所、祭祀などの来歴を明らかにする、という目的を持ったものであったと考えられる。巻三・四「事始　乾坤」が『中華事始』『大和事始』の記述を大量に引用しているのは、自らの存在を、日本・中国との比較をもって確認するためであったと言えよう。▼注[25]

それに対して『旧記』は、『由来記』の地誌的な各地ごとのまとまりを解いて、項目ごとに記事を整理しなおし、記述の合理化を進めたものである。しかしその一方で、そういった中から所謂「由来譚」を析出し、またそれらに拘泥しながら、これを「正巻」として編んでゆくということを行っている。「由来譚」とはこの場合、一定の基準で合理化出来ないもの、と考えてよい。そして、その合理化できないという性格ゆえに、琉球という国家の主体性を担保する、という価値を生み出し、自らを中国や日本から差別化するものとして機能するのである。▼注[26]

しかし、『古事集』は、波照間のいうように、『由来記』の各処祭祀をベースにし、王府の官制や事始などを全く削除している。これは、よりグローバルスタンダードな「地誌」作成という方向へと、大きく舵を切ったものといえるだろう。もちろんここでいう「グローバル」とは、日本・韓国なども含む東アジア圏という意味である。ゆえに『大明一統志』に範をとって、『由来記』からなるべく地誌的な部分を抜き出し、これを漢文で書き換え、整理していったものと思われる。

ところで、先に少々言及した冊封副使・徐葆光が、琉球から帰国したのち、一七二一年に中国で出版した『中山《ちゅうざん》伝信録《でんしんろく》』の巻四「琉球地図」項には、「葆光咨訪五六月、又與大夫蔡温遍遊中山山南、諸勝登高四眺東西皆見海本國里数皆以中国十里為一里、今皆以中国里数定之、乃南北長四百四十里東西狭無過数十里而巳、再三討論始定此図備録三十七間切下諸縣村名如右或更有悞以俟再考云」とある。これを簡潔に訳せば、徐は琉球に滞在している五、六ヶ月の間に、大夫である蔡温とともに中山や山南に出遊し、山に登って四方を眺望することで、琉球の地形がどのようなものかが解ったという。その上で再三にわたり討論をして琉球本島の地図を定め、また三七の間切に属する諸村の名前を記録した、というのだ。その討論を重ねた相手として、この附言で名前が挙がる蔡温が含まれていることは当然予想されるだろう。

蔡温に関して言えば、先にも述べたとおり、『中山世譜』の改訂にあたって、徐から手に入れた『中山沿革志』を参考にし、その記述を大幅に取り入れていることが指摘される。であるならば、彼の治政下で、蔡温本『中山世譜』との関連を持ちながら作成されたと思われる『古事集』が、中国の地誌である『大明一統志』に範をとっていることも納得されるのである。

さらに、『中山伝信録』巻四の「琉球三十六島」項の附言を見ると、琉球の三十六に関しては前使録に指摘があったものの、具体的な島名の詳細がわからなかったため、王に地図を請求したところ、程順則《ていじゅんそく》に命じて図を作成してくださった、とある。しかし、三十六島の土名を注しただけで、その水程の遠近や土産の多少などは未詳であったため、様々に調査を行い、それを中山の人士らと反復確認することで、やっと基準的なものを作成するにいたった、という。さらに徐葆光は続けて、具体例として『大明一統志』の誤りを挙げ、これを批正している。[注27]歴代の冊封使録においても『大明一統志』はたびたびその誤りが指摘されているが、このような誤謬が多い『大明一統志』の項目記載をわざわざ真似て『古事集』が作成された背景には、日本の近世地誌作成の動きに連なりつつも、琉球の人々自らの手によって、これを修正しようとする意識なども同時にあったためではないかとも考えうる。

ただ、この『古事集』作成の取り組みは、立項のみで記事が伴わない部分が多く見受けられるなど、不十分かつ未完成なものであり、途中でその編纂作業が放棄された可能性が高い。しかし、このことが『旧記』作成の動きへと直接的に繋がってゆくのか否かについては、本稿では考察が及ばなかった。他にも、例えば雍正四年で記述が止まってしまう「王命書文」の位置付けや、全体の記事の配列など、構成上の大きな問題点の考究が残されている。また一方で、『由来記』・『旧記』と『古事集』とを付き合わせた、より細密な本文比較も向後必要となる。『古事集』研究の歩みはまだ始まったばかりと言えよう。

【注】

[1] 高草茂「沖縄県立芸大に収蔵の鎌倉資料―その経緯」(『沖縄芸術の科学』二〇号、沖縄県立芸術大学附属研究所、二〇〇八年三月)、波照間永吉「鎌倉芳太郎収集の沖縄文化関係資料」(『麗しき琉球の記憶―鎌倉芳太郎が発見した美―』沖縄県立博物館・美術館美術館企画展目録、沖縄文化の社、二〇一四年)ほか。

[2] 沖縄県立芸術大学附属研究所編『鎌倉芳太郎資料集』ノート篇二　民俗・宗教(沖縄県立芸術大学附属研究所、二〇〇六年)。

[3] 沖縄県立芸術大学附属研究所編『鎌倉芳太郎「文書資料」目録』(沖縄県立芸術大学附属研究所、二〇一四年)。

[4] 波照間永吉「『古事集』―『琉球国由来記』と『琉球国旧記』の間にあるもの」(『沖縄文化』一一六号、沖縄文化協会、二〇一四年五月)。

[5] 法政大学沖縄文化研究所編『御蔵本目録(尚侯爵家)』(沖縄研究資料三、沖縄文化研究所、一九八三年)。

[6] 前掲注4参照。

[7] 前掲注4参照。

[8]なお『古事集』の本文引用は原則的に注2に拠ったが、適宜、墨筆本を対照して校正した。
[9]前掲注4参照。
[10]島村幸一『琉球文学の歴史叙述』(勉誠出版、二〇一五年)。
[11]前掲注4参照。
[12]前掲注4参照。
[13]『琉球国旧記』の本文引用は横山重他編「琉球史料叢書」巻三(東京美術、一九七二年)による。以下の本文引用も同様とする。
[14]『由来記』巻一二・各処祭祀・序「凡国中諸島。各所名山大川。其外復有神霊者。必能祭焉。是天下所共行也。我国所有。各所林嶽。及神社祭壇。毎年皆能祭之者。真可謂大禮矣。雖然。各所林嶽及神社祭壇。何世何年。肇能建之祭之。全不可考焉。亦文献不足故也。於茲今奉王命。遍尋遺老隠士。悉詳問咨。闕其所疑。存其所信。而清冊十巻。恭具上覧。伏願。神威烜赫。護国庇民。則祭祀之盛。将與国祚共千古矣」。なお本文は外間守善・波照間永吉編著『定本琉球国由来記』(角川書店、一九九七年)によった。
[15]本文は、神道大系編纂会編『神道大系　神社編五十二　沖縄』(神道大系編纂会、一九八二年所収『渡嘉敷間切由来記』小島瓔禮校注)を使用した。
[16]木村淳也「『球陽外巻　遺老説伝』本文と研究」第二部第二章「「由来」から「旧記」へ—地方記事編纂における『琉球国旧記』の態度—」(学位請求論文、二〇一一年)。
[17]『中山世譜』の本文引用は横山重他編「琉球史料叢書」巻四(東京美術、一九七二年)による。
[18]田名真之「史書を編む—中山世鑑・中山世譜」(『沖縄近世史の諸相』ひるぎ社、一九九二年)、木村淳也「琉球史書の特質と問題—東アジア国際関係を軸として—」(増尾信一郎・松崎哲之編『交響する東方の地—漢文文化圏の輪郭—』知のユーラシア五、明治書院、二〇一四年)ほか。
[19]山根幸夫『明清史籍の研究』(研文出版、一九八九年)。
[20]白井哲哉『日本近世地誌編纂史研究』(思文閣出版、二〇〇四年)。
[21]田名真之「首里王府の史書編纂をめぐる諸問題」(『沖縄近世史の諸相』ひるぎ社、一九九二年)。
[22]田名真之「近世久米村の成立と展開」(琉球新報社編『新琉球史—近世編(上)—』琉球新報社、一九八九年)、池宮正治・小渡清孝・田名真之編『久米村—歴史と人物—』(ひるぎ社、一九九三年)ほか。
[23]木村淳也「琉球における漢文テキストの作成者—その概要とテキスト研究への可能性—」(『淵民学志』一六輯、二〇一一年八月)。
[24]糸数兼治「蔡温の思想とその時代」(『新琉球史』—近世編(下)—、琉球新報社、一九九〇年)。

［25］島村幸一「『琉球国由来記』巻三・四『事始　乾坤』について―特に、『中華事始』『大和事始』の引用に関連して―」（山本弘文先生還暦記念論集刊行委員会編『琉球の歴史と文化』本邦書籍株式会社、一九八五年）。
［26］前掲注16参照。
［27］『中山伝信録』巻四「琉球三十六島」附言「〈臣〉葆光按舊傳島嶼悞謬甚多前人使録已多辨之前明一統志云黿鼊嶼在國西水行一日高華〈一作英〉嶼在國西水行三日今考二嶼則皆無有又云彭湖島在國西水行五日按彭湖與臺湾泉州相近非琉球属島也崑山鄭子若曾所著琉球図一仍其悞且以針路所取彭家山釣魚嶼花瓶嶼雞小琉球等山去琉球二三千里者俱位置在姑米山那覇港左近舛謬尤甚太平山遠在國南二千里鄭図乃移在中山之巓歓会門之前作一小山尤非是」。

【付言】本稿作成において、沖縄県立芸術大学附属図書・芸術資料館さま、および同館学芸員の川島祥子さま、古謝茜さまには資料閲覧および画像掲載等で格別なご配慮を賜りました。この場を借りて御礼申し上げます。

【付記】二〇一七年三月、島村幸一氏が「『古事集』（鎌倉芳太郎資料）の叙述―『琉球国由来記』と『琉球国旧記』にふれながら―」を、『立正大学大学院文学研究科紀要』第三三号に発表されたが、原稿入稿後に当該論文を目にすることになったため、氏の研究成果を拙論で述べることが叶わなかった。ここで附記として、島村論の概要を採り上げておきたい。

島村氏の論は、主として鎌倉ノートの『古事集』を取り扱うもので、その本文の構成と内容とを、『琉球国由来記』、『琉球国旧記』との比較を通して詳細に考察し、『古事集』が『由来記』と『旧記』をつなぐ中間項であることを確認している。さらに、『古事集』の項目と本文内容の細密な分析を通して、『古事集』における寺院関連記事、人物関連記事等の新出記事の存在を指摘し、その原資料として「家譜」が採用された可能性を考えているが、この点は首肯すべきであろう。また、「古蹟」記事において「城《グスク》」関連記事が頻出することを確認し、これが、後の『旧記』においてグスクの歴史を描く「枠組み」を与える契機として働いており、琉球の歴史叙述に「新たな眼差し」を導入したもの、とされている点は評価される。加えて、拙論においては『古事集』の編者を、王府の漢文修史事業との関わりから、大きく「久米村人」と推定したが、島村論がこの点をより焦点化し、『旧記』や『球陽』の編者である鄭秉哲であった可能性を指摘している点は興味深い。

島村論は、本文内容の詳細と、周辺地誌との比較にまで踏み込んだものとして評価できるであろう。対して拙論は、『古事集』の成立背景と意義に考察の主眼をおいたものであるため、自ずとその目的とするところが異なるものと言えるが、本文自体のより詳細な考察は、『古事集』の地誌としての自律性に関わる問題であると認識している。この点に関しては別稿を期したい。

表1　『古事集』所収各地域の項目一覧

○＝項目および記事アリ　●＝項目のみ　▲＝記事アリ、項目名ナシ　★特殊記事

地域名／項目	城池	国門	宮殿	殿陵	苑囿	建置沿革	勝形	山川	火神	土産	関梁	祠廟	寺社	陵墓	古蹟	馬場	人物	名宦	流寓	列女	風俗	特殊項目
【都市部】																						
首里三州	○	○	○	○	○																	
首里真和志						○	○	○	○		○		○		○					○		
首里南風						○	●	○	○	●	●		○									
首里西						○	○	○	○	●	●		○				○					
泊						●	○	○		○	○	○	○		○							
那覇						○	○	○			○		○		○							
泉崎						○	○	○		○	○		○		○							
若狭町邑						○	●	○		○	○		○		○							
唐榮						○	○	●			●	○	○		○		○	●	●	○		
【諸離島】																						
馬歯山・座間味						○	○	○		○	○										○	
馬歯山・渡嘉敷						○	○	○													○	
粟国島						○	●	○		○	●										○	
渡名喜						○	●	○													▲	
出砂								○													○	
鳥島						○	○	○		○	●										▲	
姑米・具志川						○	●	○		●	○				○		○				○	
姑米・仲里						○	●	○									○				○	
麻姑島						○	○	○		●	●		○		○		○				○	★神遊 ★公倉
八重山						○	○	○		●	●		○								○	★公倉 ★造船
【島尻】																						
真和志						○	●	○	○	●	○											
豊見城						○	○	○	○	●	○			○	○							
小禄						○	○	○	○	●	○		○									
兼城						○	●	○	○	●	○											
高嶺						○	●	○	○	●	○				○							

地域名／項目	城池	国門	宮殿	殿陵	苑囿	建置沿革	勝形	山川	火神	土産	関梁	祠廟	寺社	陵墓	古蹟	馬場	人物	名宦	流寓	列女	風俗	特殊項目
真壁						○	●	○	○	●	○											
摩文仁						○	●	○	○	●	○				○							
喜屋武						○	●	○	○	●	○											
南風原						○	●	○	○	●	○											
大里						○	●	○	○	●	○				○							
東風平						○	●	○	○	●	○											
佐敷						○	●	○	○	●	○											
知念						○	●	○	○	●	○		○									
玉城						○	●	○	○	●	○											
具志頭						○	●	○	○	●	○											
【中頭】																						
西原						○	●	○	○		○		○									
浦添						○	●	○	○	●	○		○	○	○							
宜野湾						○	●	○	○	●	○											
中城						○	●	○	○	●	○				○							
越来						○	●	○	○	●	○											
美里						○	●	○	○	●	○			○								
北谷						○	●	○	○	○	○			○	○	○						
具志川						○	●	○	○	●	○											
勝連						○	●	○	○	●	○				○	○						
与那城						○	●	○	○	●	○											
読谷山						○	●	○	○		○											
【国頭】																						
恩納						○	●	○	○	●	○											
金武						○	●	○	○	●	○		○		○							
名護						○	●	○	○	●	○				●							
本部						○	●	○	○	●	○				○		○					
今帰仁						○	●	○	○	○	○			○	○							
羽地						○	●	○	○	○	○				○							
久志						○	●	○	○	●	○		○									
大宜味						○	●	○	○	●	○											
国頭						○	●	○	○	○	○				○							

※地域名の掲出順はノート本による。

3

『球陽』の叙述

――「順治康熙王命書文」(『古事集』)から――

島村幸一

1　はじめに

『球陽』(一七四五年)は、『中山世鑑』(一六五〇年)、蔡鐸本『中山世譜』(一七〇一年)、蔡温本『中山世譜』(一七二五年)に次いで編纂された琉球王府の「正史」と考えられる。しかし、これには「序」や「凡例」等がなく、正式に王府へ提出された書であったのかは不明である。『球陽』には「序」がないために、成立年代も正確には分からない。一応、一七四五年を成立年とするのは、『球陽』の編者と考えられている鄭秉哲、梁煌、毛如苞等の家譜記事があるからである。[注1] 梁煌の家譜には、「同(乾隆)八年(一七四三)癸亥十月二十六日、奉憲令為記事編集役、館于首里務之(同職者鄭秉哲・蔡宏謨・毛如苞・煌等四人勤職三年)」とあり、「記事編集役」は梁煌の外に鄭秉哲・蔡宏謨・毛如苞がいて、その「役」にあったのは「同(乾隆)八年(一七四三)」から「三年」とある。毛如苞の家譜にも「乾隆八年(一七四三)

癸亥三月二十三日、始纂修球陽記事、時奉憲令為筆者、如苞雖為筆者、又転奉令同鄭秉哲・蔡宏謨等編修此録、越至乙丑（一七四五）年全告其成」とあり、如苞は初め『球陽』の筆者であったが編者になり、一七四五年に編纂を完成させたとある。しかし、二人の家譜記事で一応『球陽』は一七四五年に編纂を終えたことは確認できるが、秉哲の家譜には「乾隆七年壬戌（一七四二）十月、任著作漢字公文職（俗称漢文組立役）、唐栄原無此職（途中省略）、癸亥（一七四三）二月朔日、旅寓首里、続集中山世譜及世系、自雍正八年迄于今年共計十三年、且亦改正王妃姫紀一本、季秋告成、自翌月起纂修球陽会紀、甲子（一七四四）之冬、該応交代回郷而、会紀未為告成、御系図座官員題請留任一年、乙丑（一七四五）季冬、長史司亦為題奏留任一年、丙寅（一七四六）十二月間交代辞任、同十一年丙寅六月十七日任総与頭職」とあり、秉哲はもう一年『球陽』の編纂にあたっている。秉哲の再留任の願いが「長史司」からの「題奏」であることから、最後の一年は首里から久米村に戻り、その年一杯、『球陽』にかかわる仕事を継続したのか。ただ、その年の「六月」に「総与頭職」に就いており、半年程は兼任したと考えられる。これを踏まえれば、『球陽』の編纂は一七四五年に終わったが、秉哲は残務的な仕事を久米村から系図座に時々通って行っていたと思われる。このほかに『球陽』の編纂にかかわる家譜記事は、『東姓家譜（津波古家）』の「九世諱日升　安仁屋里之子親雲上」に「同（乾隆）十年乙丑四月二十一日始纂修球陽記事時奉　憲令為加勢筆者」がある。▼注[2] 乾隆十年（一七四五）に「加勢筆者」となったとあるから、『球陽』を仕上げる最終段階に東日升が携わったということであろう。東日升は「加勢筆者」ではあったが、首里士族である。『球陽』編纂がすべて唐栄だけでなされたというわけではなかったのである。

やや奇異に感ずるのは、一七四五年で『球陽』の編纂が終わっていれば、そこで巻がひとまず閉じられ（巻十四尚敬王三十三年の記事にあたる）、それ以降が仕次されて続巻が編まれるという編纂になりそうだが、実際はそうなってはいないことである。これは『球陽』の巻一が英祖王統の最後の王、武寧で閉じられ、巻二が第一尚氏の最後の王、尚泰久王代、巻三が尚真王代、巻四が尚寧王代、巻五が尚豊王代、巻六が尚質王代、巻九が尚貞王代でそれぞれ閉じられている。これを考えると長い在位の王は別として、多くの巻は新たな王が襲位した年に巻を新たにするかたちになっている。巻十四の最後が尚敬王代最終年の三十九年まで続くのは、この『球陽』の体裁によっていると理解される。特に『球陽』は、王代紀で編纂されている。王代で区切る編纂は、当然ともいえる。また、『球陽』と同じく仕次されて記された蔡温本『中山世譜』は、その編纂年の雍正三年（巻九にあたる）で巻を閉じていなく、記事はそのまま続く。『球陽』はこれに倣ったと考えられる。

しかし、理解が難しいのは鄭秉哲等の四人の編者がその任を終えた一七四五年以降の記事にも、巻十五までの記事（一七七〇年まで）にその名が記されていることである。これはどういうことか。しかも、家譜によれば、鄭秉哲は「乾隆二十五年（一七六〇）」、梁煌は「乾隆三十六年（一七七一）」、毛如苞は「乾隆二十六年（一七六一）」に亡くなっている。それにもかかわらず、「鄭」の記載が尚穆王十五年（一七六六）の記事（一二四〇）に、「梁」の記載が尚穆王十四年（一七六五）の記事（一二二六）に、「毛」の記載が巻十五の最後の記事である尚穆王十九年（一七七〇）の記事（一二八一）にまである（「蔡」の記載は、一七四五年以降の記事にはない）。秉哲や如苞は、死亡後の記事にまで名が記されている。『球陽』の編者は四人とも唐栄であることを考えると、別の唐栄がその後を引き継いだとも考えられるが、それが偶々別の「鄭」「毛」「梁」であったとは考えにくい。[注3] さらに注目されるのは、本巻十五と附巻三の記事には「王」の記載もあり、『球陽』編纂の最終部分では「王」がかかわったと推測される。王氏は秉哲等と同じく久米村士族であり、五人目の『球陽』編者がいたと思われる。そもそも、『球陽』には巻十五、附巻三の「尚穆十四年（一七六五）」一二一一までの記事のほとんどに編者の名が記されており、そのこと自体が理解し難い。これと「序」がないことをもって、『球陽』が草稿段階の書であり、正式に王府へ上程された文書ではないとする見方があるが、[注4] 妥当な見解であろう。それにしても、『球陽』の記事にそれを記したと思われる人物の名を何故記載したのか、また、一七四五年以降の記事に記された「鄭」「毛」「梁」とは誰を示すのか、『球陽』は謎が多い。今日『球陽』といわれる書は、その編者の家譜記事から「球陽会紀」（鄭秉哲家譜）、あるいは「球陽記事」（東日升家譜、毛如苞家譜）[注5]、ないしは単に「記事」（梁煌家譜）と呼ばれていたことが分かる。それが、いつ頃から『球陽』になったのかもよく分からない。

『球陽』には謎が多いが、本稿は『球陽』の資料のひとつになったと考えられる「順治康熙王命書文」と『球陽』について考えてみたい。「順治康熙王命書文」は、『古事集』（鎌倉芳太郎資料、ノート37）の「首里三州」と「馬歯山」の間に記されている資料であるが、これがなぜ『古事集』の間に入っているのか、本来これがどのような文書であったのか、またいつ編纂されたのかも不明である。「王命書文」は全体で六十条。この多くが『球陽』の記事と対応しており、『球陽』の資料になっていると推測される。本稿は、「王命書文」と対応する『球陽』記事、および『球陽』が採らなかった「王命書文」等を考察して、『球陽』という書の叙述の一端を探ってみたい。

2　「順治康熙王命書文」と『球陽』

以下は、「王命書文」の冒頭部に便宜的に番号を付けて見出し風に簡略にまとめ、対応する『球陽』記事を示して＊を付し、『球陽』との違いを記した（「球」の略称を使う）[注6]。「順治康熙王命書文」六十条のうち、四十四条は『球陽』と対応しており、これが『球陽』の資料のひとつになっていると考えられる。それぞれの「王命書文」と該当する『球陽』との比較によって、『球陽』の叙述の特徴が知れる。また、『球陽』が採らない「王命書文」十六条からは、『球陽』の記事の選定規準の一端が見えてくると思われる。

1．順治六年 王始定夏冬衣服（7—四二四　鄭　尚貞元年＊球と年紀がずれる）

2．順治十二年 大旱田野如焦　王令各処官民等祷雨

3．順治十五年二月 王始懸鐘鼓（7—三三五　毛　尚質十一年＊球は簡略）

4. 順治十五年四月 王始許諸按司挿金簪（6—三三三 鄭 尚質十一年＊球は簡略）

5. 順治十五年八月 両日並出（6—三三四 鄭 尚質十一年＊球と同文）

6. 順治十六年 王始令用瓦蓋金御殿

7. 康熙三年十月 鳥島一処忽然地裂（6—三五二 鄭 尚質十七年＊球とほぼ同文）

8. 康熙三年十一月 客星侵斗座（6—三五三 鄭 尚質十七年＊球は簡略）

9. 康熙四年三月 地大震山岳尽響 王恐使問安（6—三五五 鄭 尚質十八年＊球は簡略）

10. 康熙四年六月 夜雷落于太守館

11. 康熙五年 王令小赤頭花当職者許挿銀簪（6—三六一 鄭 尚質十九年＊球とほぼ同文）

12. 康熙五年六月 鳥島酋長請重給糧食（6—三六二 鄭 尚質十九年＊球とほぼ同文）

13. 康熙五年十二月 王為続貢典事親自行幸

14. 康熙五年十二月 王新制典礼令世子王子等詣各処諸寺（6—三六五 鄭 尚質十九年＊球と異なる）

15. 康熙六年 麻姑八重山人之陞官者得于麻姑倉 王而不敢進城（6—三九〇 鄭 尚質二十年＊球が詳しい）

16. 康熙八年 王為新墾土地事特遣按司向象賢往日本請之（附2—六六 鄭 尚貞元年＊球と異なる）

17. 康熙九年 王命輔臣用瓦蓋国殿（7—四三六 鄭 尚貞二年＊球と異なる）

18. 康熙十六年 男女二人為浣布往井忽然井中出怪物（7—四八〇 無 尚貞八年＊球が詳しい）

19. 康熙十八年 薩洲有欲観中山世譜之故再書之令人（附2—八二 鄭 尚貞三十年＊球と年紀がずれる）

20. 康熙十九年三月 具志川郡宇堅村婦女一人偶過田場橋忽然為雷打裂頭（7—四九五 鄭 尚貞十二年＊球に人名があり全体は簡略）

21. 康熙十九年三月 浦添郡城間村百姓一人在海上為雷被撃死（7—四九六 鄭 尚貞十二年＊球に人名があり全体が異

なる）
22. 康熙二十一年 客星侵于丑寅之会　王遂差使往唐栄問之（7―五一二　鄭　尚貞十四年＊球と異なる）
23. 康熙二十六年八月 王差使臣往葉壁重築玉陵（8―五四三　鄭　尚貞十九年＊球は簡略）
24. 康熙二十六年九月 与那城等処海水一夜三次長退（8―五四二　鄭　尚貞十九年＊球と異なる）
25. 康熙三十年三月 王以朔日創建学斎于汀志良次村
26. 康熙三十二年 王命国中尊中城按司及佐敷按司称王子（8―五八三梁　尚貞二十五年＊球と異なる）
27. 康熙三十三年 旱魃肆虐農事失時　王大懼謹択吉日登弁嶽
28. 康熙三十四年 彗星忽見　王驚懼遂差使往唐栄問之（8―五九五　鄭　尚貞二十七年＊球と異なる）
29. 康熙三十五年三月 王行幸于知念玉城虔誠禱雨而終不雨　王令人来唐栄問中華祷雨（8―六〇一　鄭　尚貞二十八年＊球は簡略）
30. 康熙三十五年十一月 王命輔臣重修天尊之廟
31. 康熙三十六年 王命唐栄臣僚令用漢字校正中山世譜（8―六〇七　鄭　尚貞二十九年＊球と異なる）
32. 康熙三十七年 有異獣出于馬歯海中坐于山頂（9―六一八　鄭　尚貞三十年＊球が詳しい）
33. 康熙三十八年 因鳩目銭漸少刻印封之（9―六二六　鄭　尚貞三十一年＊球と異なる）
34. 康熙四十一年四月 王命輔臣禁用寛永通宝之銭（附2―八八　鄭　尚貞三十四年＊球と異なる）
35. 康熙四十一年八月 因盗賊熾起侵掠甚多　王調精兵
36. 康熙四十八年 旱魃肆虐田野如焦（9―六五四　鄭　尚貞四十一年＊球に具体的な数があり異なる）
37. 康熙四十九年 因連年凶荒盗賊四起士民失節
38. 本年（康熙四十九年）五月 王遣使于御奉行与他相議曰日本商民勿私糴米

39. 康熙五十四年 王命輔臣広闢地址于首里町之南創置小店（10―七〇〇 鄭 尚敬三年＊球は簡略）
40. 康熙五十五年 因隣家失火復恐変生不測遂築石倉于御物城（10―七一二 鄭 尚敬四年＊球とほぼ同文）
41. 康熙五十六年二月 因鳩目漸減通用不足復鋳（附3―一〇一 鄭 尚敬五年＊球が詳しい）
42. 康熙五十六年六月 三個木仏被漂至真壁浜 王遣使于御奉行館細将此事告之（10―七一九 蔡 尚敬五年＊球は簡略）
43. 康熙五十七年正月 王命輔臣築小堤于円覚寺之前
44. 康熙五十七年正月 王命輔臣開小路于崇元寺前（10―七二二 鄭 尚敬六年＊球が詳しい）
45. 康熙五十九年四月 国殿内有異光（10―七四五 鄭 尚敬八年＊球が詳しい）
46. 康熙六十一年十二月 王命始定令諸臣入円覚寺拝先王之礼（11―七五八 鄭 尚敬十年＊球が詳しい）
47. 康熙六十年六月 大雪于川田平良二村（11―七五七 鄭 尚敬九年＊球が詳しい）
48. 雍正三年十二月 鶴雁数百来姑米山遊于田野数月不去（11―七九六 鄭 尚敬十四年＊球は簡略、年紀がずれる）
49. 雍正四年 南風驟起大雪于島尻（11―七九八 鄭 尚敬十四年＊球とほぼ同文）
50. 康熙三十四年 王命輔臣闢地于平良真和志以為戯馬場焉（8―五九六 鄭 尚貞二十七年＊球が詳しい）
51. 康熙四十九年 王命輔臣建御用意倉収貯銭穀（9―六五七 鄭 尚益元年＊球と異なる）
52. 康熙四十九年 人始造馬艦為渉諸島之航梯
53. 康熙五十三年 若狭町人名曰長嶺仁也者始造硯与礪（10―六九四 鄭 尚敬二年＊球とほぼ同文）
54. 康熙五十四年 王命輔臣創造給地倉于宮古倉之前（10―七〇九 鄭 尚敬三年＊球は簡略）
55. 康熙五十四年 安里筑登之始造桃灯与傘（10―七〇四 鄭 尚敬三年＊球は簡略）
56. 康熙五十六年 王命輔臣栽櫨樹于真和志村
57. 康熙五十六年 欽氏惣慶筑登之親雲上取芭蕉皮温之于水中取而晒之以為紙

58. 康熙五十八年 王命輔臣砍去池上松木闢隙地于其間栽櫨樹
59. 雍正三年 人始造鉄轡并諸様刀（11―七九七　鄭　尚敬十四年＊球が詳しい、年紀がずれる）
60. 雍正三年　人始造銅鉄鐙好飾

「王命書文」六十条は、一部（46と47）を除いて冒頭の年紀から年代順に記されていることが分かる。それにより「王命書文」は1〜49と50〜60の二群になっているようにみえるが、二群には内容上の明確な違いはみられないと思われる。「王命書文」は「順治康熙王命書文」といいながら、雍正年代が四条（48・49・59・60）ある。年紀は古い条が1の「順治六年（一六四九）」、最も新しい49は「雍正四年（一七二六）」である。この「雍正四年」という年紀は、『琉球国由来記』（一七一三年）と『琉球国旧記』（一七三一年）の間にあたり、「王命書文」が入る『古事集』の性格が、『琉球国由来記』と『琉球国旧記』の間に位置する資料であることと矛盾しない。▼注[7]

3　『球陽』と「王命書文」とが対応する叙述

「王命書文」は、その名が示すごとく国王が命じた「書文」を抜き出した文書だと考えられる。その記事の多くは「王始〜」（1・3他）、「王命〜」（17・26他）、あるいは「王令〜」（2・11他）、「王為〜」（13・16）、「王差使〜」（22・23）、「王遣使〜」（38・42他）また単に「王〜」（15・25他）と記され、国王が主体になった叙述である。これが「王命書文」たる所以であろう。ところが、それらが『球陽』の記事になると記事の主体者である「王」の記載がみえなくなる。ここに、それぞれの叙述の特徴の一端が既にあらわれている。例として、9や28の記事を省略しないかたちで以下に示す。

「王命書文」9. 康熙四年乙巳春三月十三日、地大震山岳尽響由是、王恐太守致驚使問安焉。

『球陽』6―三五五（尚質王）十八年春三月、地震甚大山岳尽響。

「王命書文」28．康熙三十四年乙亥冬十月初四日夜、彗星忽見是時、王驚懼遂遣使往唐栄問之、唐栄臣僚画古書所有之図　聖覧。

『球陽』8—五九五（尚貞二十七年）冬十月初四日、彗星出見群黎大驚懼之、遂遣使往問唐栄、唐栄尽画古図竝紀書以呈聖覧、而其図竝文今不可考焉。

9は地が大いに震えたことにより、「太守」（在番奉行か）が驚いていることを国王が恐れて、「安」（安否、安全）を問わしめたという記事である。それに対して、『球陽』は9の後半の記事「由是、王恐太守致驚使問安焉」を削り、天変地異を記録したような叙述になっている。28は「彗星」出現にまつわる記事。「王命書文」は国王自身が「驚懼」して、遂に使いを派遣して唐栄に問わせたという記事だが、『球陽』は「彗星」の出現に「群黎」（万民）が「大驚懼」したと記し、遂に使いを遣わして唐栄に問わせたという記事である。『球陽』にしても使いを遣ったのは、つまるところ国王だということになろうが、記事の表面からは国王の姿が消えた叙述になっている。「王命書文」を資料にして『球陽』が記されたと考えられるこのような叙述の変化は、例えば「王命書文」の「王始～」から始まる1（7—四二四と対応）、3（7—三三五と対応）、あるいは4（6—三三三と対応）でも、『球陽』では単に「始～」という叙述であり、行為者（命令者）である国王を略した叙述になっている。これは「王命～」で始まる叙述でも同様で、「王命書文」の17（7—四三六と対応）、26（8—五八三と対応）、あるいは31（8—六〇七と対応）、39（10—七〇〇と対応）他でも、『球陽』は王を略した叙述である（ただし、44に対応した『球陽』10—七二一は例外）。『球陽』が「彗星」の出現を「群黎」が「大驚懼」したと叙述し直すのは、「王恐」以下を略した9の叙述と同一の叙述の規範があると理解される。それは「王命書文」が「王始～」や「王命～」と記すのを、『球陽』では行為者を略す叙述にしたのと同一の叙述の文法によっていると推測される。『球陽』には「始～」というかたちで始まる叙述が非常に多いが、これらも「王命書文」のような資料によっているとすれば、『球陽』の叙述の規範によって叙述し直された記事であると考えられる。

ここで注目されるのは、9のような天変地異にかかわる記事である。「王命書文」は当然のことながら、記事は天変地異が起こったことによる国王の恐れ驚きと、その対応や原因を探ろうとした王の命令を記した「書文」である。しかし、王の行為を略した『球陽』になると、それは天変地異を記した記録となる。『球陽』には夥しい「雷」の記事があるが、「王命書文」でも20（7—四九五と対応）、21（7—四九六と対応）にそれがある。20を略さないで記す。

「王命書文」20．康熙十九年庚申春三月二十九日、具志川郡宇堅村婦女一人偶過田場橋、忽然為雷打裂頭分為両段、蓋其人行状雖不可知拠今視之、其人之有罪被撃也無疑矣。

「王命書文」と『球陽』との大きな違いは、傍線を付した箇所を『球陽』は削っていることである。その外は、『球陽』が「婦女」の名（「蒲戸」）を具体的に記している以外は、ほぼ同じ叙述といってよい。これは21でも同様である。これまで言及してきた「王命書文」とは違って、20や21には「王」は登場しない。しかし、これが「王命書文」にあるのは、「雷」の報告を受けて国王は「婦女一人」に落雷した「理由」を問うたということではないか。あるいは、当初から「雷」の報告にはその者に何故落ちたのかという「理由」を含めた報告を要求していたか。いずれにしても、その「理由」にあたるものが、傍線箇所であると想像される。国王は天変地異に対してそれを恐れ、その「理由」を知る必要があったのではないか。『渡嘉敷間切由来記』（一七二五年）の冒頭に記された「覚」には系図座が「地方旧記」を作成する指針を記しているが、そのひとつに「跡々より間切中に新敷出来、又者奇妙成事共」を報告することが記されている。▼注[8] 系図座が報告を求めた背景に存在するものは、王国の版図の「奇妙成事共」の出現を恐れ、その「理由」を知ろうとする王の意志が想像される。「王命書文」の叙述はそれを窺わせる。28などは中国の「天文」の知識を持つ「唐栄」にその「理由」を王が問うたということだろうが、「雷」に対してはそれが落ちた地方の役所が、それを問われたのか。ただ、「王命書文」は落雷が落ちた人物を「婦女一人」としか記さないが、『球陽』は具体的な人名を記している。これは前述したように、21も同じで、18の記事でも『球陽』は具体的な人名を記している。これも『球陽』の叙述の論理があるということだろう。それはともかく、『球陽』の具体的な叙述は、「王命書文」だけを資料にして書かれたわけではないということか。▼注[9]

もう一例、珍鳥の飛来を記した48(11―七九六に対応)を記す。

「王命書文」48．雍正三年乙巳冬十二月、鶴雁数百来姑米山遊于田野、数月不去至越明年春正月、鶴十余舞于読谷山琉球原、是非鶴雁能遊之地、豈真鶴雁耶、抑亦別鳥耶未詳其実与否也。

記事は久米島に「鶴雁数百」が飛来して数ヶ月止まっていた、また翌年には「鶴十余」が読谷に舞ったという記事である。『球陽』はこれを翌年の「尚敬王十四年」(雍正四年)の記事にし、久米島に鶴雁がやってきたのもその年の記事にしているが、大きな相違は傍線を付した箇所を略していることである。『球陽』は、「王命書文」が記す珍鳥飛来の戸惑い、困惑を示す記事を略して、珍鳥飛来の記録になっている。注目されるのは、蔡温本『中山世譜』巻九にこれにかかわる記事が載ることである。▼注[10]

三年乙巳冬雹霰大降、白鶴三百余隻翔集、而遊越年春梢駕雲飛回、国人称賀遺老僉曰、往昔之所未聞也。王曰、見禎祥而不可喜、愈勤修徳為貴見災異、而不可懼改過行善為要。

『中山世譜』には「雹霰大降」もあって珍鳥の飛来だけの記事ではないが、「国人」はこれを「称賀」したこと、国王もこれを「禎祥」としていることが分かる。ただ、これを「災異」ではないかとする疑念も窺える。「王命書文」が「鶴雁」の飛来について、それが本当に「鶴雁」であるのかどうかの「実否」を記した戸惑いは、これが「禎祥」か「凶兆」かという困惑であったことが想像される。▼注[11]

4　『球陽』が採らない「王命書文」記事

『球陽』が採らない「王命書文」記事は、十四条である。その全てにわたる理由はよく分からない。ただし、『球陽』に採られないもののなかには、注目される記事がある。

「王命書文」35．康熙四十一年壬午秋八月、因盗賊熾起侵掠甚多、王調精兵于○○○○捕之

「王命書文」37．康熙四十九年庚寅、因連年凶荒盗賊四起士民失節、或入人家盗器用、或于道路奪衣服以為免死亡之業、由比観之無恒産而有恒心者、天下鮮矣、鳴呼恒産豈可不治乎。

二条とも、それぞれの年に深刻な飢饉があったことが考えられ、「盗賊」が「熾起」したというより、暴動が起こったという記事である。37でも当然「王調精兵」したはずである。37には、なす術を失った王の嘆きともとれる「無恒産而有恒心者、天下鮮矣、鳴呼恒産豈可不治乎」が記されている。実は、35と37の間に挟まれる36も「丑年の大飢饉」といわれる深刻な飢饉を記す記事で、こちらは『球陽』9―六五四に採られている。それには、正確には37の一部の記事も採られている。36を以下に記す。

「王命書文」36．康熙四十八年乙丑、旱魃肆虐田野如焦禾、稲枯槁更兼、加之以大風由是新穀不秀旧穀、已竭民人失食或採薇菜、或剥木皮以為食、致冬末山薇海菜収拾、已尽死于道塗者不可勝数、鳴呼此豈非千古不常之凶荒也哉。

『球陽』9―六五四は36及び37の一部とほぼ重なる叙述であるが、『球陽』は王の嘆きと思われる傍線部分を採っていない。これは、今まで述べてきた『球陽』の叙述の規範に則っている。一方、『球陽』は「死于道塗者」の数を「三千百九十九名」と具体的に記している。これは、20・21等に対応する『球陽』記事に具体的な人名を記す叙述の姿勢と通底していると考えられる。『球陽』の叙述のひとつの態度には、記事をより具体的に記す姿勢があることが

窺える。しかし、そうだとしても『球陽』は王国にとってその存亡にかかわるような深刻な飢餓の記録を積極的に記そうとする態度が十分にあるようには感じられない。『球陽』は35に対応する記事を記していないが、9—六五四以外には旱魃の記事はあっても飢饉による暴動・争乱の記事はみられない。しかし、これ以外に、琉球に暴動・争乱はなかったのか。『大島筆記』（一七六二年）には、琉球船の「頭役」潮平親雲上が「具志川間切下知役」として対処にあたった「皆髪ウツサバキ」（皆髪を結わず）「十二間切ノ百姓五千人程訴訟」についての事件が記されるが、『球陽』にはこれを記した記事はない。この事件は、潮平への「聞書」から潮平が土佐国に漂着する前年（一七六一年）に起こったことが知れる。潮平は「百姓」に対し、「髪ヲ結鎌ヲ研ナドシ田へ出可申ト」と諭したというから、「百姓」は髪を振り乱して農具を持って威勢行動を起こした「訴訟」だったのである。▼注[12] これを、『球陽』は記さない。『球陽』が9—六五四を記すのは、36の記事が載るその年に王城が炎上し、さらにその翌年（つまり、37の記事の年）に尚貞王が亡くなる。その中で、さらに翌年には王府にとっては財政負担が大きい新将軍徳川家宣の襲封を祝う慶賀使と、新王尚益の即位を報ずる謝恩使とを同時に江戸に派遣している。王府はまさに存亡の危機に立たされたに違いない。▼注[13] これが、例外的に飢饉による暴動を叙述した理由ではなかったか。

『球陽』には「尚穆王二十年」（一七七一）を過ぎた頃（巻十六）より、地方へ「検者・下知役」を派遣する記事が度々載る。興味深いことは、それと期を同じくするかのように、頻繁に「民」を「褒賞」する記事がでる。地方への「検者・下知役」派遣は、間切・島の深刻な経営危機があり、それを立て直す目的があったと思われるが、「検者・下知役」は「褒賞」すべき「民」を見出して、その経営危機に対処したひとつとしたのではなかったか。『球陽』が記載する「検者・下知役」派遣と「民」の「褒賞」は、相関するように叙述されている。『球陽』は、巻十六からそれぞれの記事に付される「鄭」「毛」「梁」「蔡」、そして「王」の名の記載がなくなる。特に「褒賞」記事は、巻十五までの記事には多くはみられない。多くは巻十六以降の記事である。これは、偶々王府の政策が反映した結果であると理解されるが、『球陽』の叙述の観点からは、編者の交代による叙述の規範の変化とも考えられる。『球陽』の叙述の問題として検討の余地がある。

5　まとめ

『球陽』は琉球文学の対象として、興味が尽きない素材である。今後のテーマについては、注2に記した田名論文、及び同じく田名の「球陽」（古橋信孝・三浦佑之・森朝男編『古代文学講座11　霊異記 氏文 縁起』勉誠社、一九九五年）、あるいは注1で記した嘉手納論文、球陽研究会「球陽解説」（『球陽』角川書店、一九七四年）、また、樋口大祐「『球陽』の歴史叙述」（『国文学　解釈と鑑賞』七十一巻十号、至文堂、二〇〇六年）で、多くの問題は提示されている。それらを踏まえながら簡潔に課題を記せば、第一に『球陽』が編纂されてもその仕次を止めなかった蔡温本『中山世譜』の叙述との比較がある。『球陽』は前述したように、一七四五年に編纂が一区切り付けられたと考えられるが、その後も仕次されていく。琉球は二つの「正史」を仕次して、明治の「琉球処分」を迎えたのである。この在り方は不思議だが、それぞれの書の在り方を考察する必要がある。大きくいえば、『中山世譜』は外交関係の叙述に大きな比重がある。それに対して、『球陽』は王代紀であり王国内の叙述に比重をおいている。船舶関連の記事でいえば、『中山世譜』は漂流を含めた琉球を出帆した船舶の記事、『球陽』は琉球にやってきた船舶の記事が多く記されている。そして、二書に共通するのは、冊封使節の記事ということになる。しかし、後から編纂が始まった『球陽』は、それを当初から意識したのかどうか。課題は、二書に共通する記事の比較、二書が単独でそれぞれ記した記事の考察等である。その他、『琉球国旧記』から採った記事との比較、またどのような資料が『球陽』に使われたのかの探索、『球陽』の四人の編者「鄭」「毛」「梁」「蔡」の役割、『球陽』の外巻である『遺老説伝』の叙述との比較等も課題になる。▼注[14]

本稿は、「順治康熙王命書文」から垣間見える『球陽』の叙述の在り方の一端をみようとした論である。歴史はひとつの物語であり、琉球王府の「正史」である『球陽』が、いかに「正史」としての物語を作っているかを探ることが、本稿のテーマである。これが、文学研究から『球陽』を扱う所以である。「順治康熙王命書文」と『球陽』の叙述を比較すると、『球陽』は天変地異に対する国王の「恐れ」や「驚き」、またそれが瑞兆なのか凶兆なのかを知ろうとする王の「思い」の叙述を削り、具体的な人名や数字を記した「記録」を示そうとする姿勢が窺える。しかし、それは一見『球陽』が具体的な「記録」を記して史書としての叙述を目指そうとしているようにみえるが、『球陽』の叙述はあくまでも選択された記事が載せられているのである。「王命書文」が記した騒動にかかわる記事を採っていないこともそうだが、例えば、『球陽』「22—一九四七 本年（尚泰王五年）、八重山島有他国杉板一隻・空船二隻漂来」というような「漂来」記事は、巻二十二に俄にみえる「夷船到来」の記事と併存してみられ、いずれも八重山と久米島への「漂来」に集中する。「漂来」は、それまでも琉球のどの地域にもあったはずである。しかし、記事は巻二十二に限られ、しかも八重山と久米島に集中する。これは、近世末期に頻繁にやってきた異国船到来と関連して、編纂者が選択的に叙述した記事に違いない。それが八重山と久米島に集中するのは、やはりこの島が異国（異郷）と接する境界の島だからであろう。『球陽』には記録を記す姿勢が窺えるものの、それは選択された記録である。ここに、物語としての歴史の一端が垣間見える。

【注】

［1］那覇市企画部市史編集室『那覇市史　家譜資料（二）久米村系』（那覇市企画部市史編集室、一九八〇年）、嘉手納宗徳『球陽外巻　遺老説伝』（角川書店、一九七八年）。なお、蔡宏謨の家譜は不明である。

［2］那覇市企画部市史編集室『那覇市史　家譜資料（三）首里系』（那覇市企画部市史編集室、一九八二年）。

［3］田名真之は「鄭」について、「乾隆十年以降の〔鄭〕は鄭秉哲ではなく、後に仕次をなした別の〔鄭〕を想定すべきであろう」

としている（「首里王府の史書編纂をめぐる諸問題—「球陽」を中心に—」、『沖縄近世史の諸相』ひるぎ社、一九九二年所収）。

［4］注3の田名論文。

［5］「毛氏家譜（一世毛国鼎）」「五世維基」にも「乾隆八年（一七四三）癸亥三月七日、始纂修球陽記事、時奉　憲令為加筆者、奈至同二十二日得病其役」があり、『球陽』を「球陽記事」としている。なお、嘉手納（注1の「解説」）が指摘するように毛維基の後任は一門の毛如苞がなったと推測される。

［6］沖縄県立芸術大学附属図書館『鎌倉芳太郎資料集（ノート篇Ⅱ）民俗・宗教』（沖縄県立芸術大学附属図書館、二〇〇六年）。

［7］島村幸一「『古事集』（鎌倉芳太郎資料）の叙述—『琉球国由来記』と『琉球国旧記』にふれながら—」（『立正大学大学院文学研究科紀要』三三号、立正大学大学院文学研究科、二〇一七年）。

［8］小島瓔禮『神道大系　神社編五十二　沖縄』（神道大系編纂会、一九八二年）。

［9］21では「百姓一人」を『球陽』では「男丁加那」とある。18も「怪物」の目撃者は「王命書文」が「男女二人」とするが、『球陽』は「一男加那・一婢牛」とある。あるいは、32に出る「異獣」も『球陽』（9—六一八）はその姿を具体的な寸法を記して叙述している。ただし、22の「客星」出現の記事では、国王に「転達」した人物を「越来親方」とするが、『球陽』では「国書院官」としている。ここには、また別の『球陽』の叙述の規範があるか。

［10］沖縄県教育委員会『蔡温本　中山世譜　正巻』（沖縄県教育庁文化課、一九八六年）。

［11］『球陽』16—一三三四の記事には、「麻姑山田上地方」に「鶴四翅」が飛来した記事を記すが、19—一五一〇は「高嶺間切国吉村」に「大鳥一隻」が飛来して「時々刻々」「童子」を「挺衝」し「斃死」とする記事がある。『球陽』はそれ以上なにも記さないが、前者は瑞兆に繋がる記事、後者は凶兆に繋がる記事であろう。「鶴雁」の「実否」を問題にしたのは、重要だったのである。

［12］島村幸一「「土佐漂着の「琉球人」—志多伯親雲上・潮平親雲上・伊良皆親雲上を中心に—」（『沖縄文化研究』三四号、法政大学沖縄文化研究所、二〇〇八年）、同「『大島筆記』に関連する資料」（『立正大学文学部論叢』一三四号、立正大学文学部、二〇一二年）。

［13］「康熙四十九年（一七一〇）」の『おもろさうし』の再編纂は、そのような危機の中でわずか七、八ヶ月の短い期間で行われた。王城が炎上し、『おもろさうし』が焼失したためである。

［14］木村淳也「王府の歴史記述—『球陽』と『遺老説伝』—」（島村幸一編著『琉球—交叉する歴史と文化—』勉誠出版、二〇一四年）は、それを考察した論である。

4

古説話と歴史との交差

――ベトナムで龍と戦い、中国に越境した李朝の「神鐘」――

ファム・レ・フイ

1　はじめに

ベトナムで現存する多くの古説話は、特定の地域で口伝されてきた伝承が特定の時代に文章化され、伝来してきたものである。口伝が誕生する際に、また口伝が文章化される際に周辺の地域から多くのモチーフやディテールが借用された可能性がある。古説話を歴史と文化が重層的に交差している集成として分析すると、様々な時代の地域・文化の諸相を明らかにすることが可能である。本稿ではこうした視点でベトナムで龍と戦い、中国に越境した「神鐘」の説話を分析したい。

2　勅撰地誌に記された辺境地帯の説話

ベトナムの首都ハノイから旧国道三号線を約二七〇㎞北上すると、中華人民共和国と国境を接しているカオバン（高平）省に入る。一九七九年の中越戦争に激しい戦闘が繰り広げられたこの辺境地帯では、古くから龍と戦い、中国に越境した「神鐘」の説話が流布している。様々なバージョンがあるのだが、もっとも知られているのは、ベトナムの最後王朝・阮朝（一八〇二〜一九四五）の勅撰地誌『大南一統志』に載せられているものであろう。

「神鐘」の説話は『大南一統志』（高平省・寺観）に次のように記されている。高平省の「下琅県・令禁社」の「輔乾山」に「崇福寺」という仏教寺院があった。原名が「崇慶寺」であった当寺には、もともと高さ四尺五寸・口径三尺の梵鐘があったが、ある夜、その梵鐘は自ら寺の側の潭《ふち》に飛び込んだ。住僧が様子を窺ってみると、梵鐘は潭に居る「蛟龍」に巻かれながら、浮沈しており、潭水も騒然となり、しばらくして梵鐘が寺に戻ってきたことを目撃した。同じ現象は八、九ヶ月も続き、その後梵鐘も「蛟龍」も一緒に姿を消した。それ以降、村人は「蛟龍」に迫害されなくなった。潭はそれに因んで「鐘潭」と名付けられた。以上は黎朝の永祚年間（一六一九〜一六二九）の出来事であった。正和年間（一六八〇〜一七〇五）に入ると、中国の太平州（今は中国の広西省崇左市一帯）から高平に商いにやってきた人は次のように教えた。「以前、ある銅製の梵鐘は龍州江を逆流して太平州の里河の津に辿り着いた。州官が職人たちに梵鐘を溶かせようとしたが、梵鐘から雨のように汗が流れ、また雷のような音もした。懼れた州官は破棄するのをやめ、「太牢」という牛・羊・豚などの供え物をもって祀ることにした」という。▼注[1] その話を聞いた地元の人たちは太平州を訪ねて確認したところまさに「崇慶寺」の梵鐘であった。

『大南一統志』は阮朝の国史館が一八四九年に嗣徳帝の勅諭をうけて清国の『大清一統志』に倣って編纂を開始したベトナムの全国地誌である。その草稿が一八六五年にようやく出来上がり、一八八二年に献上された。結果的に帝の満足をえられずに刊行を裁可されなかった［八尾、二〇〇四］が、上記に紹介した説話は、一八六五年の草稿本とみられる写本にみられるため、当時嗣徳帝の目に一応触れたと考えられる。同慶年間（一八八五〜一八八九）に入ると、当説話は「同慶勅制御覧」とも称される『同慶地輿志』（高平省・石安県）に再び収録され、別の皇帝・同慶帝の御覧に献上された。このように、もともと北部の辺境地帯の住民たちの間でしか流布しなかった「神鐘」の説話は、一九世紀後半に全国規模の勅撰地誌が編纂されるとともに、地方官によって朝廷に報告され、都で当時第一級の知識人である国史館の文官たちから皇帝まで広く読まれるものとなった。なお、『大南一統志』が一九七〇年代初に、『同慶地輿志』が二〇〇三年に現代語訳・出版されて以降、「神鐘」の説話はより広く一般読者に知られるようになっている。

3　私選地誌に記された説話

ところが、「神鐘」の説話が文章化されたのは、十九世紀後半よりもっと早い時期である。現在、ベトナム全国の文献史料を収集・保存している漢喃研究所に『高平実録』や『高平事跡』という私選地誌が所蔵されている。前者の撰者・阮祐恭（生没年不詳）は中越の国境地帯で広く分布するタイー族（中国では岱依族）の閉氏出身で、黎朝末期に高平鎮の長官「高平督鎮」を勤めた人物である。一七八九年、西山党の攻勢で閉祐恭は眷属を連れて黎朝の最後皇帝・黎愍宗に付いて清国に亡命したが、阮朝が西山朝を破って全国を統一すると、閉祐恭は一八〇四年に帰国し、嘉隆帝から「公姓」を下賜され、阮氏に改姓したのである［T.V. Giáp 一九六七］。高平督鎮の経験をもとに阮祐恭は「諸神」「奇事」「山川」「境界」「風俗」「歴朝任鎮」など幅広く地元の事跡を集め、嘉隆九年（一八一〇）に『高平実録』を書き上げた。本稿で触れた説話は「奇事録」のなかに「神鐘事録」と題して収録されている。なお、やや時代が下るが、一八九七年に阮徳雅（生没年不詳）が撰した地方誌『高平事跡』の「八宝神鐘」条及び「佗郡寺」条にも当説話が言及されている。

これらの私選地誌をひもとくと、『大南一統志』や『同慶地輿志』などの編纂段階で省略された内容を見出すことができ、説話をより一層理解することができる。勅撰地誌で梵鐘は生き物のように龍と激戦したと描写されているが、一体どんな生き物なのかいくら読んでもわからなかった。ところが、『高平実録』の「神鐘事録」を読み込むと、龍と戦った八日目から「華鯨微裂す（華鯨、即ち蒲牢なり）」とあるように、「華鯨《かげい》」（梵鐘）の「蒲牢《ほろう》」という部分にヒビがでてきたということが注目すべきである。

「蒲牢」というのは、唐代の文学に登場した怪獣のことである。七世紀に李善（六三〇〜六八九）は、『文選』で漢代の「両都賦」を注釈する際に次のように蒲牢について解説した。「海中に鯨という巨大な魚がいる。海辺にはまた蒲牢という怪獣がいる。「蒲牢」はもともと鯨を怖がっているから、鯨に襲われると、大きく吼える。人間は鐘を作り、その音を大きくするために、鐘の上に蒲牢の飾りを作る。所以に撞くものを鯨魚とする。鐘は篆刻の文がある故、華（鯨）と呼ばれる」▼注［2］という。明代に入ると、「蒲牢」と龍との関係はまた別の形で強調されるようになった。李東陽（一四四七〜一五一六）撰『懐麓堂集』や楊慎（一四八八〜一五五九）撰『升庵外集』などの書物で、「蒲牢」は「龍生九子」伝説に盛り込まれ、龍の一種の子として取り上げられた。つまり、龍に挑んで戦ったのは鐘に飾られた「蒲牢」という怪獣だとした説話の論理が、私選地誌の記録を通じて読み取れるのである。

4　説話が展開された空間──「崇慶寺」説と「円明寺」説

ところで、興味深いことに嗣徳帝が目にした説話と同慶帝が目にした説話との間には、実は根本的な違いがある。それは説話が展開された空間・寺院のことである。上記に説明したように、『大南一統志』でその空間は「下琅県・令禁社」の「崇慶寺」（後に「崇福寺」に改称）とされている。それに対して『同慶地輿志』では「石安県・春嶺社」の「円

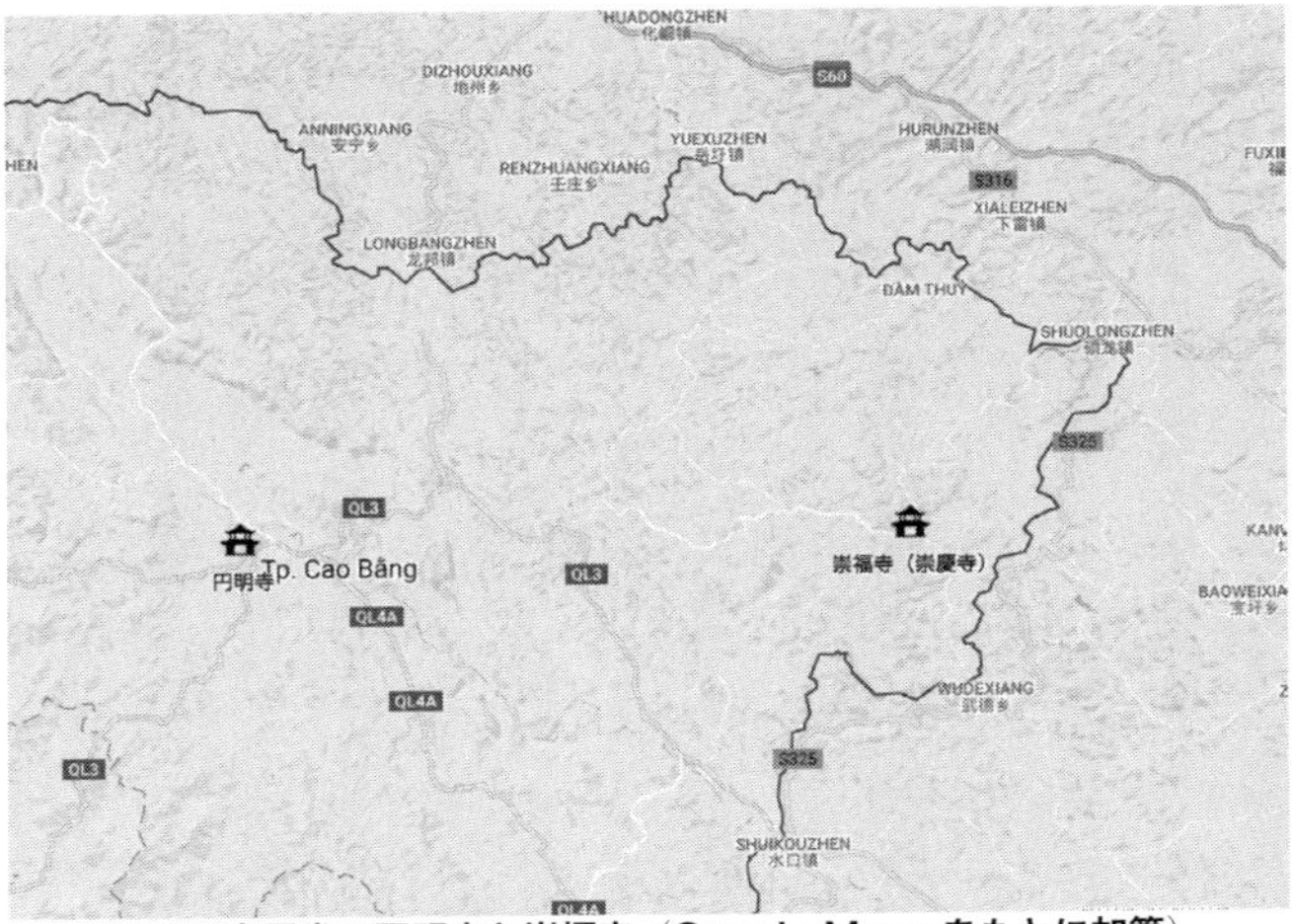

図１　高平省の円明寺と崇福寺（Google Mapsをもとに加筆）

明寺」（俗称は「茶嶺寺」や「陀郡寺」）と記されている。両者とも今なお残っている実在の仏教寺院であるが、地理的に五十㎞も離れている【図1】。このようにみると、同じ勅撰地誌だが、『大南一統志』と『同慶地輿志』はそれぞれ違う地方の伝承を採択したということがわかる。言い換えれば、一九世紀の高平省において、「崇慶寺」の説話と「円明寺」の説話は同時に伝承されていたのである。

従来「円明寺」の説話のほうがより広く支持されてきた。『高平実録』や『高平事跡』をみると、これらの私選地誌も『同慶地輿志』と同様、「円明寺」の説話を採択した。『同慶地輿志』の記述によると、円明寺に本来「雄《おす》」の梵鐘と「雌《めす》」の梵鐘が二つあり、龍（＝水神）と戦った後、中国の太平州に行き渡ったのは「雄」の梵鐘で、「雌」のほうはそのまま寺院に残っているという。▼注[3] 現在、円明寺には「乾統十九年辛亥年」（一六一一年）という銘文をもつ巨大な梵鐘が残っているため、これは「雌」の梵鐘に当たるものだと地元ではみなされている。さらに、『同慶地輿志』や『高平実録』では、太平州にある梵鐘の胴部に「円明寺鐘」という四文字があったとあるから、「円明寺」の説話がさらに現実味があるように見られた。このほか円明寺は漭《まん》江という江の畔に立っているが、『同慶地輿志』（石安県・山川）をみると、漭江は清国の「龍州水口関」に達しており、また春嶺社を流れる江の部分は「鐘潭」という俗称が残っていたという。▼注[4] 要するに、梵鐘が漭江で龍と戦った後、その流れを遡って「龍州」に行ったという論理が成り立つわけである。このようにどの角度からみても、「崇慶寺」の説話より「円明寺」の説話のほうが説得力があるように見え、従来一般の人のみならず、研究者の間でも考証されないまま漠然と認められていた。

5　中国の地方誌に記された「飛来鐘」の説話と実物

筆者自身も長い間、「円明寺」の説話が正しいと信じていた。ところが、二〇一二年に『粤西金石略』（以下『金石略』）という中国の地方誌をめくっていく途中で、その信念をひっくり返すある記述が目についた。『金石略』は、もともと清代の著名な地方誌学者である謝啓昆（一七三七～一八〇二）が編集を監督した『広西通志』の一部である。『広西通志』自体は一八〇一年四月に成書したのだが、謝啓昆はそれに先だって「金石文」の部分を抽出し、『金石略』と題して刊行したのである。

『金石略』に明代の太平州で伝承された「飛来鐘」の説話が紹介されている。それによると、明代の朱国禎（一五五八～一六三二）撰『湧幢小品』に次のようなことが書いてあったという。広西の太平州に「交趾」の「思琅州」から飛んで来た梵鐘がある。その梵鐘は夜になると「水」に入って「龍」と戦い、夜が明けると元の場所に戻っているのであった。ところが、明の正徳年間の「己卯年」（一五一九）に、梵鐘の「紐」（胴部に縦横に隆起した線の部分）及び「唇」が盗人に切断された。それ以降、怪異なことがなくなったという。『金石略』に引用されたこの記載は現存する天啓年間（一六二一～一六二七）の朱氏家蔵刻本『湧幢小品』（巻四・鐘鼎）でその存在を再確認できる。▼注[5]『金石略』はさらに鄺露（一六〇二～一六四八）撰『赤雅』も引用して、梵鐘が太平州に飛んで来た後、「沈希儀」という人物は舎人劉勲を派遣して、梵鐘を溶かし兵器を造ろうとしたのだが、劉勲は梵鐘を見た瞬間、地に伏して死んでしまったというエピソードを紹介した。『金石略』によるこの引用も光緒年間（一八七五～一九〇八）の嘯園叢書本の『赤雅』（巻三・飛来鐘）で確認され

食邑一萬戸食實封伍千戸楊景通特捨精銅柒阡餘觔造
洪鐘一口置通供養眞書徑四分　原夫洞達陰陽貫暢蠕蝡入
肌膚而藏骨髓流血脈以蕩精神庶尹允諧萬彙咸化不離
妙本動而常寂莫大於聲乾坤以震冠乎六子奮啟潛龍聖
人以樂調乎四時悅豫蚩蠢雄□以鐘戒乎萬務省覺邪僻
亘浹三千之界宣該十二之和顯爾晦迹含□法運孔有旨
哉鑄鐘主附□郎虢國之所郷也公戸屬太平之□族本貴
勢奮勳前烈垂休積慶顯□兵部尚書道駕郡彥威攝四陲
高祖太傅輸忠懿謹節操恭潔而生定□諱日登耿介方直
深謀遠慮位至太保太王父諱匡宿修勝因職終少傅王父
諱悊盈文辭華麗歷掌圖籍述作淵懿勳絕阿嶭而生三子

交阯崇慶寺鐘款文
思琅州崇慶寺鐘銘并序眞書徑六分　撫忠保節佐理功臣富良
州刺史兼廣源思琅等州節度觀察使金紫光祿大夫檢校
太傅兼御史大夫同中書門下平章□□□弘農郡開國公
粵西金石略卷三　十五

図２『金石略』に記されている崇慶寺鐘銘文

ている。[注6] 沈希儀（一四九一〜一五五四）は十六世紀前半に広西省で数次にわたって勃発した岱依族、儂族などの蜂起を鎮圧した明朝の将軍である。[注7] かの部下劉勲が梵鐘の霊力で殺されたというエピソードに、沈希儀の邪悪な勢力を超越できる存在を期待する地元の人々の感情が込められていると考えられる。

さらに興味深いことに『金石略』に説話のみならず、「飛来鐘」の銘文も一緒に記録されている【図２】。それを読み込んだら、従来ベトナム国内で全く知られていなかった李朝期の会祥大慶四年（一一一三）の銘文であることがわかった。ベトナムで二〇一〇年に刊行された『李朝銘文』という資料集を開くと、李朝期の石碑十三点、墓誌三点、鐘銘一点、仏象台座銘一点、合計十八点の銘文が統計されているものの、当銘文が全く言及されていなかった。また後に調べたところ、当銘文は、中国の学者・黄権才氏の「従《粤西金石略》看唐宋広西仏教文化」（二〇〇七）や杜樹海氏の「北宋儂智高起事與中越辺境左江上游区域歴史的転変」（二〇一二）の論文にすでに言及があった。ところが、両氏の研究は、銘文の文字の校合や句読点の付け方に関して問題が多々あるため、筆者は雲齋學苑講師のチャン・クァン・ドック氏と協力して録文を再校合し、史料価値を検討することにした。

6　「飛来鐘」の正体

「飛来鐘」本体は少なくとも一九四六年まで中国で存続してきた。それがわかったのは、民国三十五年（一九四六）に出た地方誌『雷平県志』に、当銘文は「金鐘銘序」として手書きで書写され、さらに同書の「金石古物」条に「所在地」が「（雷平）県城南街」、「現在状況」が「尚良《なおよ》」しと記録されているからである。杜樹海氏によると、梵鐘は雷平鎮大新県（今は広西省崇左県）の古廟に懸垂されていたが、文化大革命の災禍を免れず破壊されてしまった［杜樹海　二〇一二］。実物が残っていないため、筆者は『金石略』（粤本）を底本として『雷平県志』（雷本）に比較しながら文字を校合した。その作業を進めているうちに、銘文に唐の僧法琳（五七二～六四〇）撰『弁正論』や道宣（五九六～六六七）撰『続高僧伝』の文章が多く借用されていることに気づき、逆に『弁正論』や『続高僧伝』をもって粤本や雷本の誤字を訂正することができた。校合結果をベトナムの『漢喃雑誌』に共同研究として発表したが、不思議なことに雑誌を印刷する直前に漢字のフォントが変更されたため、録文の文字が脱落したり、文字化けが生じた。そのため、本稿で正確な校合本を付録に研究資料として提供するとともに、校合作業を通じて得られた「飛来鐘」に関する知見をまとめたい。

『金石略』に文字のみならず、寸法や体裁も詳細に記録されている。そのおかげで失われた「飛来鐘」の本来の姿をある程度復元することができる。梵鐘自体の寸法は高さ四尺二寸（清代の度量衡〈一尺＝三二cm〉で換算すると約一三四・四cm）・口径三尺一寸（約九九・二cm）である。また、文字の寸法と書体から考えると、銘文は本来意図的に四つの部分から構成されたことがわかる。

第一に「径六分」（約一九・二mm）の「真書」（楷書体）で「思琅州崇慶寺鐘銘并序」という表題がある。第二に「径四分」（一二・八mm）の「真書」で計八十七字の冒頭説明があり、そこに「楊景通」という人物（詳しくは後述）は「柒阡餘觔」

（七千余りの斤）の「精銅」を使い、「洪鐘一口」を鋳造させて崇慶寺に供養したことが紹介された。第三に「径六分」（約一九・二㎜）の「真書」で約七五〇字の本文が刻まれた。第四に「会祥大慶肆年正月拾伍日」という「記」の年号が「径五分」（一六㎜）の「真書」で、文字を「刊《きざ》」んだ「広教円明寺洪讃大師釈延寿」、「書」した「丞務郎校書省（臣）楊文挺」、銘文を「撰」した「戸部員外郎充集賢院学士、賜紫金魚袋（臣）曹良輔」という銘文作成に関わった四名が連なって「径四分」（一二・八㎜）の「真書」で刻まれた。

　銘文から「飛来鐘」の由来を次のように確認することができた。梵鐘は、ベトナム李朝の会祥大慶四年（一一一三）に「撫忠保節、佐理功臣、富良州刺史、兼広源思琅等州節度観察使、金紫光禄大夫、検校太傅、兼御史大夫、同中書門下平章［事］□□弘農郡開国公、食邑一万戸、食実封伍千戸楊景通」という人物によって建立された「思琅州崇慶寺」のものである。楊景通は「顕祖」（氏名不詳）が兵部尚書、「高祖」（曽祖父の父親・氏名不詳）が太傅、曽祖父楊「日登」が太保、「太王父」（祖父）楊「匡」が少保を歴任したという名族出身の人間である。父親（「王父」）楊「恵盈」も文才があり、李朝の「経籍」を掌った。楊景通は恵盈が生んだ三子の「季少」（末っ子）にして、容姿が「奇偉」（立派）な人物である。「先后」（前代の皇帝・李聖宗、在位一〇五四～一〇七二）に謁見する機会を得た楊景通は李朝の「皇姫」（皇女）・「寿陽公主」を降嫁された。「今上」・李仁宗の御代（一〇七二～一一二八）になると、楊景通はさらに朝廷に重用され、「栄秩」を加えられ、辺境地帯を守備する重責に当てられた。「朔塞」（辺境）で威を振るい、「玉関」を静かにし、重責を「万全」に果たした楊景通は、思琅州の官庁を見渡る「司凛山」に「崇慶寺」という寺院を建立することを決めた。これを機に七千余り斤の「精銅」を供養し、梵鐘を鋳造させて嗣子（「嗣郎」）以下の眷属とともに「当今聖上」（李仁宗）、「聖善皇太后」（霊仁皇太后倚蘭）、「考妣二親及諸眷」（両親及び眷属）が極楽往生できるように祈りを捧げたという。

7 「鋳鐘主」楊景通と「書」者の「曹良輔」

銘文に記された楊景通の曽祖父楊日登・祖父楊匡・父親楊恵盈三人は現存史料で確認できないが、「鋳鐘主」楊景通はベトナムや中国の文献史料に断片的でありながら、記録されている李朝期の実在人物である。十四世紀成立とみられる『大越史略』（以下『史略』）によると、会祥大慶八年（一一一七）「諒州牧楊景通」は李仁宗に白鹿を献上した。それをきっかけに群臣は楊景通を太保に任じるように上表したという。同様の内容は十五世紀末成立の『大越史記全書』（以下『全書』）にもみられるが、そこに楊景通は「駙馬郎」として記述されている。▼注[8]「駙馬郎」とは皇女の婿のことだから、「寿陽公主」を降嫁されたという銘文の内容に一致している。

一方、李燾（一一一五〜一一八四）撰『続資治通鑑長編』という中国側の史料に目を向けると、楊景通に関する記事が二つ見られる。まず、元祐元年（一〇八六）前後に安南の「知広源州」（李朝期の広源州は現在のベトナムの高平省一帯に当たる）の楊景通が宋の辺民を虜掠したという事件が発生した。そのため、広西経略司は宋哲宗の詔を奉じて、安南に「移牒」（公文書）を送り、詔勅を遵守しなかった理由を責問した。▼注[9]他に宋李の国境にあった邕州の「任峒」の管轄権をめぐって儂順清や梁賢智という在地首領が争った際に「知広源州楊景通」は儂氏に味方して関与していたという情報は宋の枢密院に報告され、また哲宗に取り次がれた。▼注[10]

こうした断片的な記録から、楊景通は十一世紀後半から十二世紀前半にかけて宋李の国境争いの第一線で活躍した人物であったことが窺える。その背景には宋李戦争（一〇七五〜一〇七七）を経て、李朝の辺境一帯が大混乱の状態に陥っていたことがある。諒州（今はベトナムのランソン［諒山］省）の甲峒申景福をはじめ戦前に李朝に味方して、宋の邕州城（今は広西省南寧市）まで攻め込んだ多くの在地首領は、戦時中に戦死したことや宋軍に捕虜にされたことなど一斉に没落した。一〇七七年の戦況で、宋将郭逵は李軍の防衛線を突破することができず、余儀なく交趾（大越）から撤兵をせざるをえなかったが、広源・思琅・蘇茂・門・諒各州及び桄榔県という李朝の「五州一県」を占領した。それを奪還するために、李朝は宋側が現地に派遣した役人を毒殺したり、馴象を朝貢して交渉するなど様々な手段を駆使した。その結果、一〇七九年にようやく宋から広源・思琅・文・蘇茂の四州を返還されることとなった［H.X.Han 一九四九］。李朝が楊景通を申氏のかわりに「諒州牧」に任命したのは、こうして戦後に混乱した状況を収拾し、宋側との領土を争奪するためだったと解すべきであろう。それは、銘文に記された、「広源思琅等州節度観察使」という楊景通の官職や「威怯朔塞，玉關靜柝，兵戎寞枕」という本人の業績にも反映されている。

なお、『史略』や『全書』に十二世紀前半の李朝の辺境地帯で楊景通以外の楊氏の活躍を示す記述が大量に見られる。天符睿武五年（一一二四）、「広源州首領楊嗣興」は李仁宗に一一一七年の楊景通と同様の祥瑞「白鹿」を献上した。▼注[11] その三年後（一一二七）、同じ「広源州首領」「揚嗣明」という人物は「延平公主」を降嫁された。▼注[12] 大定三年（一一四二）に入ると、揚嗣明は「富良府首領」として広源州に州人を招集するために派遣された。▼注[13] 翌年に揚嗣明は「陸路諸沿辺溪峒公事」とあるように、宋との国境線沿いの「溪峒」の最高責任者に任命された。▼注[14] 揚嗣明は大定五年（一一四四）にさらに「韶容公主」という李朝の皇女を降嫁され、第二回の「駙馬郎」となったのである。▼注[15] 翌年に宋人譚友諒は思琅州に進入し、広源州などの辺境各州を攻略したが、駙馬郎揚嗣明はその鎮圧に加わった。▼注[16] 大定十一年（一一五〇）、揚嗣明は他の重臣と手を組んで太尉杜英武の専権を打破する陰謀に参加したが、その失敗で「悪所」に流刑に処された。▼注[17] このような一連の記述をみると、一一二四年の楊嗣興は崇慶寺鐘銘に触れられた楊景通の「嗣郎」（嗣子）に当たる可能性が高く、また楊景通をはじめとする楊氏は、十二世紀に宋李戦争後動揺した李朝の辺境一帯を安定化する上で非常に重要な役割を果たしたと考えられる。

一方、銘文作成に関わった四名のうち、「丞務郎校書省（臣）楊文挺」と「広教円明寺洪讃大師釈延寿」の二人は現存史料で確認できない。銘文を「撰」した「戸部員外郎充集賢院学士、賜紫金魚袋（臣）曹良輔」も『史略』や『全書』

の本紀部分にはみられないが、「越鑑通考総論」という史料でその存在が確認できる人物である。「越鑑通考総論」とは、一五一四年に東閣大学士黎嵩（本名は楊邦本）が黎朝の第九皇帝・襄翼帝の命をうけてその四年前に出来た国史『大越通鑑通考』（二十六巻）を要約した一文である。『大越通鑑通考』自体は現在残っていないが、「越鑑通考総論」は『全書』の正和刊本（一六九七）の巻首に載せられたため、伝来している。その一文に詳細な記述がないが、「曹良翰《ママ》」は「楊景通」と共に李朝の重臣として名前が綴られている。▼注[18] つまり、十六世紀初頭に陽邦本の手元に曹良翰や楊景通に関する資料がまだ相当残っていたことが窺える。正史の表に出なかった曹良翰が銘文に記されたのは、まさに「崇慶寺鐘銘」の史料としての価値を裏付けていることである。

8　越境した梵鐘、越境した説話

ベトナムの「神鐘」の説話と中国の「飛来鐘」の説話は、このように全く架空の話ではなく、ベトナムから中国に越境した実在の梵鐘の話を素材にして造作されたものである。その梵鐘は十二世紀に建立された「崇慶寺」の梵鐘（以下「崇慶寺鐘」）である。

それでは李朝期の「崇慶寺」はどこにあったのだろうか。『大南一統志』の記述を拠り所にして、二〇一四年末に筆者は阮朝の「下琅県・令禁社」に当たるハー・ラン〔下琅〕県タイン・ニャット〔青日〕社の「崇福寺」（原名「崇慶寺」）を訪ねてみた【図２】。タイン・ニャット社は、崇慶寺鐘が一九四六年まで懸垂された広西省雷平県（今は崇左市大新県）と中越国境線を挟んでいる地域である。カオバン市から僅か七〇kmしか離れていないが、車で四時間もかかり、車が何回か沼地にはまった険しい道であった。

崇福寺は「輔乾」（または「莆乾」、タイー語で「ポー・キェン」）山の東に広がっている平地に立っている。寺内に景興

図3　高平省の崇福寺

四十三年（一七八二）の「崇福寺碑記」及び成泰乙巳年（一九〇五）の「重建観音城隍二廟」という二枚の石碑が残っている【図4】。前者によると、崇慶寺は本来「輔乾山」の上にあり、「金鐘」が二つ吊されていた。長い年月が経つにつれて「金鐘」が「精霊」となり、太平州に飛び去ったという。つまり、『高平実録』が成立した一八一〇年より三十年前に「神鐘」の説話はこうして「崇福寺碑記」で文章化されたのである。黎朝期に崇慶寺は現在地に移転され、「崇福寺」に改号された。[注19] 輔乾山の山頂でこれまで発掘調査が行われていないが、地元で旧寺の跡がなお残っていると伝えられている。このようにみると、現在の輔乾山は李朝期の「司凛山」に当たり、楊景通が十二世紀に建立した「崇慶寺」はその山頂にあったと考えられる【図5】。

輔乾山の麓に比較的小さな河川が流れている。『同慶地輿志』にも記されている当河川は令禁社の「石山」に発源し、北から南に流れ、阮朝期の永寿・福平・廉水各社を経て、清国の「上龍州含石峒」に達している[注20]【図5】。清代の「上龍州」は明代の太平府龍州から雍正三年（一七二五）に分割された県である。つまり、梵鐘がこの河川で龍と戦い、その流れを泳いで明国の龍州に渡って行ったという『大南一統志』に記された説話の論理がここで読み取れるのである。

それでは、崇慶寺鐘はいつから太平州に越境したのだろうか。ベトナム側の説話で崇慶寺鐘が川を泳いで太平州に渡ったとあるのに対して、中国側の説話では梵鐘が交趾から太平州に飛んで来たと伝えられている。ところが、謝啓昆は『金石略』にこの「飛来」の伝承に疑問を持ち、『明史』を調べた上で正統年間（一四三六～一四四九）安南の思琅州土官はしばしば広西安平・思陵各州と戦っていたとあるから、崇慶寺鐘はこの時期（十五世紀）に中国の内地に「転入」したのではないかという仮説を提起した。▼注[21] 他方ではすでに触れたように、明代の『湧幢小品』や『赤雅』には、一五一九年に梵鐘の「紐」が盗人に切断された事件や十六世紀初頭に活躍した「沈希儀」関係のエピソードが書かれている。ところが、これらの話は後世に潤色された可能性があり、直ちにそれをもって梵鐘が越境したタイミングを断定することはできない

図4　景興43年（1782）の「崇福寺碑記」及び成泰乙巳年（1905）の「重建観音城隍二廟」

図5　崇福寺と輔乾山（Google Maps をもとに加筆）

だろう。ただ一つ断言できるのは、『湧幢小品』や『赤雅』が成書する前に当鐘がすでに太平州にあったということである。『赤雅』の成立年代は不詳だが、その撰者鄺露が亡くなった一六四八年以前に出来上がったことは確実である。それに対して『湧幢小品』は朱国禎によって天啓元年（一六二一）に完成された。つまり「飛来鐘」の伝承は一六二一年以前に存在したと考えられる。ベトナム側の伝承に目を転じると、各種地誌で統一的に梵鐘がなくなったのは黎朝の永祚年間（一六一九～一六二八）だと記述されている。『高平実録』だけは永祚の甲子年（一六二四）と主張したが、上記の『湧幢小品』が成立した一六二一年より三年後のことだから、信憑性の問題がある。

以上、各情報を擦り合わせて考えると、崇慶寺鐘は一六一九年（永祚元年）～一六二一年（『湧幢小品』成立年）の間に太平州に越境したと考えられる。

注目すべきこととして、ベトナム側の説話と中国側の説話との間で、水に入って龍に戦うというディテールが共有されている。両国の人々がたまたま全く同じディテールを考え出したという可能性がないことはないが、それよりむしろ国境を越えて伝承が共有されたと考えたほうが合理的である。そのルートを考える際に「崇慶寺」の説話にしても「円明寺」の説話にしても、清国から商いにやってきた人（「清客」）は太平州にある銅製の梵鐘の存在を伝えたという共通点に着目すべきである。つまり、十七世紀に太平州と高平省を行き来するヒトやモノ、それに伴う「情報」の流れが存在していたのである。清国の人は太平州に鐘が漂着したという情報を伝えた後、逆に梵鐘が龍と戦っていたという高平省の伝承をもって帰国して、太平州でそれを広めたと思われる。

さらに「円明寺」の説話が誕生した背景も地方誌の記述から推測することが可能である。「崇慶寺」の説話を伝えた『大南一統志』を読むと、清国の商人の情報をもとに崇慶寺の人は太平州を訪ね、「崇慶寺」の梵鐘であることを確認したという。▼注[22] それに対して、「円明寺」の説話を採用した『同慶地輿志』を見ると、「清客」の話に太平州の梵鐘の胴部に「円明寺鐘」という四字があったということである。さらに「問鎮官経寺僧往処探果」とあるように、朝廷が鎮官に問いたところ、円明寺の僧侶は太平州を訪ね、確かに「円明寺」の文字を確認できたという。[注23] ところが、崇慶寺鐘銘をみると、そこに刻まれた「円明寺」が梵鐘の所在寺ではなく、銘文を「刊」んだ「広教円明寺洪讃大師釈延壽」が修行した寺院のことであったことがわかる。つまり、梵鐘に「円明寺」の文字が刻まれているから、円明寺の僧侶は自分たちの寺院のものだと勘違いし、梵鐘が龍と戦うという当時高平省で流布した「崇慶寺」の説話を借用し、「円明寺」の説話を作り上げたと考えられる。

9　おわりに

「神鐘」の説話は、前近代に説話がどのように誕生し、地域を越境して広がり、各地方で地元の説話として定着し、またどのように文章化され、普及したのかという流れを考える上で、史料を追跡することによって確認できる貴重な事例である。崇慶寺鐘という実物をもとに「神鐘」の説話が高平省で創出され、人の移動や貿易活動を通じてその梵鐘に関する情報や伝承が共有されたのである。また「円明寺」や「沈希儀」のディテールにみられるように各地域の人々は、本来の説話を基盤にして地元の地形や共同体の政治的な観点を補い、地元ならではの説話を再構築したのである。

ベトナム各地でこうした古説話が数多く伝承されている。たとえば、本稿で触れた首領楊嗣明に関して「不可視的衣」という伝承もあるが、紙幅の制限があるため、その歴史考証を別稿に譲りたい。筆者は今後引き続き現地調査とともに、地域の境界を越える資料を収集・分析し、各地方の古説話に蓄積した歴史・文化の諸相を明らかにしていきたい。

【注】

[1]「崇福寺、在下琅県令禁社、原名崇慶、在輔乾山之嶺、有銅鐘一、高四尺五寸、闊二尺、忽一夜落于寺側之潭、禅僧窺見蛟龍纏繞鐘身□沈浮、潭水沸動、俄而復回原所、夜々如之、八九月後失鐘所在、而此潭亦無蛟患、因号鐘潭、事在黎永祚年間、至正和中、有太平州人、来商高平共言、前有銅鐘移徙龍州江逆流至太平州里河之津、州官令匠鋳之、其鐘流汗如雨、怒声如雷、州官懼不敢毀、懸之□□□□太牢（後略）」（『大南一統志』高平省・崇福寺・寺観）。

[2]「海中有大魚曰鯨、海辺又有獣名蒲牢、蒲牢素畏鯨、鯨魚撃蒲牢輒大鳴、凡鐘欲令声大者、故作蒲牢於上、所以撞之者為鯨魚、鐘有篆刻之文、故曰華也」（『文選註』巻一）。

[3]「春嶺寺、寺名円明、相伝古有雌雄鐘二顆、偽莫抛辰、其鐘常夜出涍江与水神闘、一夜聞江潭処鐘声与水声交吼甚震、朝視之、則雄鐘失了、不知所去、其潭因名鐘潭」（『同慶地輿志』高平省・石安県・名勝）。

[4]「一条涍江、自石林県河譚社注下、自西而東、経春嶺、薪寨、河隍、春珀、匠勤、嘉恭、宝坡、峨址、春光、岑川、復和、俗美等社、至芹泮社達于清国龍州水口関、長玖拾五里（内春嶺江分深柒丈・俗号鐘潭）（後略）」（『同慶地輿志』高平省・石安県・山水）。

[5]「広西太平州有一鐘、自交趾思琅州飛来、夜常入水與龍闘、天明復旧所、正徳己卯、盗断其鈕及唇、霊怪遂滅」（『湧幢小品』巻四・鐘鼎）。

[6]「太平飛来鐘、自交趾思琅州飛至、沈希儀遣舎人劉勳相之、揎造軍器、目未及視、仆地而死」（『赤雅』巻三、飛来鐘）。

[7]『明史』巻二十一・沈希儀伝。

[8]「諒州牧楊景通献白鹿、群臣上表称賀拝楊景通為太保」（『史略』巻中・仁宗）。「駙馬郎楊景通獻白鹿」（『全書』本紀巻三、会祥大慶八年夏五月条）。

[9]「元祐元年春正月庚寅朔改元（中略）辛卯、詔広西経略司體量知広源州楊景通遣覃安等劫虜辺民、仍移牒安静海軍、問不遵詔敕端由」（『続資治通鑑長編』巻三六四、哲宗元祐元年正月条）。

[10]「権知桂州兼管勾広南西路経略司苗時中奏、儂順清占奪任峒、與梁賢智父子互相賊害、請将順清并家属就湖南近裏州軍編管、依例給田土令耕、樞密院言、任峒元係儂順清父子管勾、雖因梁賢智父子占奪、不當私相讎殺、及與広源州楊景通交通」（『続資治通鑑長編』巻四百二〆元祐二年正月六月壬寅条）。

[11]「広源州首領楊嗣興献白鹿」（『全書』本紀巻三・天符睿武五年夏四月条）。

［12］「以延平公主嫁富良府首領揚嗣明」（『全書』本紀巻三・天符慶壽元年条）。

［13］「冬十月、遣富良府首領楊嗣明如広源州、招集州人」（『全書』本紀巻三・大定三年条）。

［14］「秋八月、詔楊嗣明勾管陸路諸沿辺溪峒公事」（『全書』本紀巻三・大定四年条）。

［15］「春二月、以韶容公主嫁楊嗣明、封嗣明為駙馬郎」（『全書』本紀巻三・大定五年宋条）。

［16］「八月、宋妖人譚友諒竄入思琅州、自号召先生、詐称奉使論安南、沿辺溪峒多従之、友諒遂率其徒入寇広源州（中略）詔駙馬郎楊嗣明、文臣阮汝枚、李義栄討之」（『全書』本紀巻三・大定六年条）。

［17］『全書』巻三・大定十一年条。

［18］「至於陶甘沐、陶碩輔、梁任文、陶處中、李道紀、廖嘉貞、金英傑、曹良翰、楊景通、魏仲弘、劉禹㒜、李公平、黄義賢、李敬脩之諸彦、不正其君以成俗、宜其治之不古若也」（『全書』巻百、越鑑通考総論）。

［19］「崇慶寺在莆乾山、有金鐘二座、日久精霊、飛去太平州、至今猶存、迄黎朝盛世、遷来斯地、改号崇福」（重建観音城隍二廟碑）。

［20］「一条自令禁社石山発源、自北而南、経永寿、福平、廉水等社達于清国上龍州含石峒、長参拾里（広弐丈弐尺、深参肆尺不等）」（『同慶地輿志』高平省・下琅県・山水）。

［21］「二説事皆不経考、明史正統間、安南思琅土官数与広西安平思陵二州相攻掠鐘、或以此時転入内地耳」（『金石略』巻三）。

［22］「太平土人随即至処、細認的是崇慶寺鐘」（『大南一統志』高平省・寺観・崇福寺）。

［23］「後三年有清客云、太平江畔得巨鐘一顆、無螭頭、身刻円明寺鐘肆字、問鎮官経寺僧往処探果」（『同慶地輿志』高平省・石安県・名勝）。


【参考文献】


黄権才「従《粤西金石略》看唐宋広西仏教文化」（『広西文史』二〇〇七年第二期）。

杜樹海「北宋儂智高起事再研究―以起事前後広西左・右江上游区域歴史的転変為中心」『広西民族研究』二〇一二年第一期）。

八尾隆生「『大南一統志』編纂に関する一考察」（『広島東洋史学報』九号、二〇〇四年十二月）。

Trần Văn Giáp, "Hai tài liệu lịch sử có giá trị dân tộc học về tỉnh Cao Bằng do người địa phương viết"〔地元の人による高平省の民俗学についての二つの歴史資料〕, *Tạp chí Nghiên cứu Lịch sử*〔歴史研究雑誌〕一〇一号、一九六七年。

Hoàng Xuân Hãn, *Lịch sử ngoại giao và Tông giáo triều Lý*〔李朝の外交史・宗教史〕, Nxb. Sông Nhị〔ソン・ニー出版社〕、一九四九年。

Nguyễn Văn Thịnh, *Văn bia thời Lý*〔李朝銘文〕, Nxb. ĐHQG HN〔ハノイ国家大学出版社〕、二〇一〇年。

【資料】思琅州崇慶寺鐘銘并序

ファム・レ・フイ
チャン・クァン・ドック

［凡例］

①テキストは、『粤西金石略』（以下「粤本」）を底本とし、『雷平県志』（以下「雷本」）に比べ、さらに『弁正論』や『続高僧伝』を参照しながら校訂を行った。

②録文は極力テキストの文字を忠実に写し、一部の異体字を本字に改めた。語注見出しの字体は録文に従い、それ以外は常用漢字を使用した。□は一文字分の欠損、■は『雷本』で確認できる闕字、［　］は文脈により補訂した個所を示す。

③闕字に関して雷本に見られる改行や文字の空白は平出や闕字を示す痕跡だと考えられる。具体的に「先后」「壽陽公主」「今上」「考妣二親」の四箇所に改行が確認されている。これらは「平出」だと一般的に解釈されているが、「當今皇帝」や「寶祚」の前に改行ではなく、一文字分があけてあったことに注目すべきである。一〇八五年の「仰山霊稱寺碑銘」や一一一三年の「古越村延福寺碑銘」という現存する同時代の石碑を参考にすると、当時金石文に平出があまり利用されなかったことが窺える。そのため、雷本に見られる四箇所の改行は、元々平出ではなく、闕字であったが、鐘に刻む際にたまたま敬意を示す語句が行末に来て、闕字を一文字分空けたら、行末に残る空白でその語句を埋めることができず、仕方なく改行した可能性がある。要するに雷本に見られる改行は平出ではなく、上

記の現象を忠実に書写されたものだと推定される。そのため、雷本にみられる改行や闕字を録文ですべて闕字と表記した。

［録文］

思琅州崇慶寺鐘銘并序

撫[*1]忠保節佐理功臣富良州刺史兼廣源思琅等州節度觀察使、金紫光祿大夫、檢校太傅、兼御史大夫、同中書門下平章［事］□□[*2][*3]弘農郡開國公、食邑[*4]壹萬戸、食實封[*5][*6]伍千戸楊景通[*7]、特[*8]捨精銅柒阡餘觔[*9]、造[*10]洪鐘一口、畱通[*11]供養。原夫洞達陰陽、貫暢蠕蝡[*12]。入[*13]肌膚而藏骨髓、流血脈以蕩精神。庶尹允諧、萬彙咸化、不離妙本、動而常寂。莫大於聲[*14]、乾坤以震、冠乎六子；奮啟潛龍[*15]、聖人以樂、調乎四時。悅豫蚩蠢、雄[*16]□以鐘、戒乎萬務、省覺邪僻。亘浹三千[*17]之界[*18]、宣該十二之和。顯爾[*19]晦迹、含注[*20]法運、孔有旨哉！

鑄鐘主附［馬］郎[*21][*22]號國之所郴也。公戸屬太平之□、族本貴勢、舊[*23]勳前烈、垂休[*24]積慶。顯□［祖］兵部尚書、道駕郡彥[*25]、威攝四陲。高祖[*26]太傅輸忠慤謹、節操恭潔而生定□[*27]、諱日登、耿介方直、深謀遠慮、位至太保。太王父諱匡、宿修勝因、職終少傅。王父諱惠盈、文辭華麗、歷掌圖籍、述作淵[*28]懿、勳絶阿黨而生三子。公居季少而姿彩奇偉、儀表丰[*29]妍、伏遇■先后[*30]、雖有皇姫之崇重、禮當下嫁於便藩[*31]、遂詔[*32]公入覲、默中宸衷、俯膺眷顧、可作[*33]東祖、涓晨[*34]滌吉、禮尙■壽陽公主[*35]、顯承優渥。鄉閭欽美、族閈增輝、仍蒙■今上[*36]禮待殊異、薦[*37]加榮秩。總轄陬陲、嘉謀碩畫、萬舉萬全、威怯朔塞、玉關靜柝、兵戎奠枕、□庶息肩、治定功成[*38]、務修勝果、內詳[*39]妙理、外賁梵宮[*40]、思報四恩、默起弘願。乃於司凜山之間、周圍峭峨[*41]、繳遶嵐煙、氣爽物妍、源虛[*42]景媚、藴崇莽蔓[*43]、芟削荊榛、忖度延袤、倩賃班輸、治斲杞梓、定矢方中、精而擇向、凴危跨谷、接棟連霄、香閣禪龕、依巖架岊[*44]、花[*45]蘂之芳掩被錦、丹靑之飾亂朝霞[*46]、玉題含翠、璧璫耀彩、丹櫨捧日、畫栱承雲[*47]、林開七境之花、池注八功之水[*48]、壹壹[*49]靡侈、種種莊嚴、妙相金容、若如來在西天[*50]、儂先之踞東朔[*51]。瞻思琅[52]之宇衙、便□氏[53]之護持[54]、獲旦夕之敬禮、必彰梵醮[55]、庸警輿迷、遂乃和將[56]泉布、散鬻辛□、速髡氏[57]之運謀、稽陶治[58]之彝範[59]、飛廉敷揚[60]、回祿威熾、庚物液轉以滚沸、商金踴躍而敻流[61]、均薄中規、侈弇合度、妙葩發其脣脟、雙[62]虯挐其頂巓、扛綽[63]寶樓、無庸鬩隙、鯨魚啟擊[64]、鍧然飛韻[65]、洋溢[66]萬壑、亘浹六虛、窅窱清涼、釼輪消弭、援拯塗炭、祛屏饕餮、傳於後裔、用至追蠡。儻非妙法焉如是哉、上祝■當今皇帝、蘿圖綿茂、■寶祚[67]恬昌、坤厚博臨、乾剛永運。次爲聖善皇太后[68]、道邁握登、壽逾附寶。仍薦壽陽公主[69]、寶花臺上、永證於菩提、善法堂中、同登於王覺。兼祝■考妣[70]二親及諸眷等、沐此良緣、永超淨土[71]。欽禱鐘主太傅楊公洎令嗣郎□而降[72]、宄辜消釋、戩穀駢臻。鐘成、宜製文以彰於後。僕自量孱瑣、不知所裁、輒敢銘曰：

寶坊虔構已精鐲、法相金容極妙妍、梵韻[73]宣揚警大千、咸激沈潛仍幽淵、心勦形瘵皆忻然、憔悴弛擔兼息肩、解脫面縛與倒懸、鑊湯熾爨消沸煎、鑄鐘之主福無邊、延齡千載守藩宣、

會祥大慶肆年正月拾伍日記

廣教圓明寺洪讚大師釋延壽刋

丞務郎校書省臣楊文挺書

戸部員外郎充集賢院學士 賜紫金魚袋臣曹良輔撰

【注】

＊1「撫」…雷本は「日」。

＊2「□□□」…雷本は「□□□□」。

＊3「弜」…「弘」の異体字。

＊4「壹」…雷本は「壹」。粤本は「一」。雷本に従う。

＊5「食實封」…雷本は「食邑定封」。大定十八年（一一五七）の「古越村延福寺碑銘」にも「食實封」とあるから、粤本に従う。
＊6「伍」…雷本は「五」。
＊7「楊景通」…雷本は「楊公洎」。「楊公洎」は銘文末にも登場したから、雷本は誤ってここに持ってきたと思われる。
＊8「捨」…雷本は「舍」。
＊9「勈」…「斤」の異体字。
＊10「洪」…雷本は「此」。
＊11「一口、畱通」…雷本は「只留通」。
＊12「□蝡媸」…雷本は「嚅蝼」。
＊13「入」…雷本は「□」。『漢書』（巻二二、礼楽志）に「浹肌膚而藏骨髓」とあるから、粤本は「浹」を「入」に間違えた可能性がある。
＊14「動而常寂莫大於聲」…雷本は「動寂莫□□□」。
＊15「龍」…雷本は「蟄」。
＊16「雄」…雷本は「佛」。
＊17「三千」…雷本は「之子」。
＊18「三千之界」…雷本は「之子之界」。
＊19「爾」…雷本は「□」。
＊20「注」…粤本は「□」。雷本により補う。
＊21「附［馬］郎」…粤本は「附□郎」。雷本は「之□郎」。『全書』に「附馬郎楊景通」との記述があるから、『全書』に従って補う。
＊22「號」…雷本は「□」。
＊23「舊」…雷本も粤本も「奮」とあるが、意味が通じない。この一文は許堯佐撰「廬山東林寺律大徳熙怡大師碑銘」の「舊動前烈、垂休積慶」との文章を借用した可能性がある。「廬山東林寺律大徳熙怡大師碑銘」は『唐文粋』（巻六二）や『文苑英華』（巻四六九）に収録された唐代の有名な文章である。「奮」と「舊」の字体が似ているから、雷本も粤本も間違えたと思われる。よって「舊」に校訂する。
＊24「垂休」…雷本は「休」のみ。

＊25「郡」…雷本は「群」。
＊26「祖」…雷本は「福」。
＊27「定□」…雷本は「足□」。
＊28「淵」…雷本は「渊」。
＊29「丰」…雷本は別字を記したが、雷本の印刷が悪かったため、解読できない。
＊30「伏遇先后」…雷本は「先」の前に改行したが、凡例で説明したように平出ではなく、闕字である可能性が高い。
＊31「便」…「偃」の誤字か。
＊32「詔」…雷本は「召」。
＊33「可作」…雷本は「可」。
＊34「晨」…雷本は「辰」。
＊35「禮尚壽陽公主」…雷本は「壽陽公主」の前に改行したが、凡例で説明したように平出ではなく、闕字である可能性が高い。
＊36「蒙今上禮待」…雷本は「今上」の前に改行したが、凡例で説明したように平出ではなく、闕字である可能性が高い。
＊37「薦」…雷本は「□」。
＊38「功定」…雷本は「功功」。
＊39「妙」…雷本は「□」。
＊40「梵宮」…雷本は「梵」。
＊41「周圍峭媠」…雷本は「周圍岐」。
＊42「虛」…雷本は「靈」。
＊43「薀崇莽蔓」…雷本は「崇莽蔓」。
＊44「憑危跨谷、接棟連雲、香閣禪龕依巖架岊」…「棟」は粵本が「桂」とする。「禪」は粵本「禪」、雷本が「神」とする。『弁正論』（巻三）の「憑危跨谷、接棟連雲、香閣禪龕依巖架岊」との一文を借用した可能性がある。『弁正論』によって校訂する。
＊45「藥」…雷本は「葯」。
＊46「花藥之芳掩被錦、丹青之飾亂朝霞」…粵本は「波」を「波」とする。雷本は「波」を「彼」とする。この一文は『続高僧伝』（巻

九〇）の「丹青之飾亂發朝霞、松竹之嶺奄同被錦」を借用した可能性があるため、『続高僧伝』に従って「被」とする。

＊47「玉題含暉、璧瑠曜彩、丹櫨捧日、畫栱承雲」…「玉」は粵本が「玉」、雷本が「至」とする。「暉」は粵本が「翠」とし、雷本の文字が掠れている。『弁正論』（巻三）の「璧瑠曜彩、玉題含暉、畫栱承雲、丹櫨捧日」を借用した可能性が高いから、『弁正論』によって校訂する。

＊48「林開七境之花、池注八功之水」…「林」は粵本が「林」、雷本が「樹」とする。「境」は粵本が「境」、雷本が「竟」とする。「池」は粵本が「池」、雷本が「河」とする。『弁正論』（巻五十二）の「林開七覺之花、池漾八功之水」との一文を借用した可能性がある。『弁正論』によって校訂する。

＊49「壹壹」…雷本は「一一」。

＊50「西天」…粵本は「□天」。雷本は「西天」。雷本に従う。

＊51「踞東」…粵本は「翜授」。雷本は「踞東」。文脈によって雷本に従う。

＊52「琅」…雷本は「雲」。

＊53「便□氏」…雷本は「萬民」。

＊54「持」…雷本は「佑」。

＊55「醮」…雷本は「韻」。

＊56「和」…雷本にこの字がない。

＊57「氏」…雷本は「民」。

＊58「治」…雷本は「治」。意味によって雷本に従う。

＊59「彝範」…雷本は「典（?）範」。

＊60「回」…雷本は「為」。

＊61「夐」…雷本は「泛」。

＊62「雙」…雷本は「双」。

＊63「綽」…雷本は「縛」。

＊64「啟擊」…雷本は「啟専（?）」。

＊65「韻」…雷本は「韵」。
＊66「溢」…雷本は「隘」。
＊67「寶祚」…雷本は「寶祚」の前に一字を空けたから、銘文に闕字があったと推測できる。
＊68雷本で皇帝、皇后、公主関係の言葉に闕字が用いられているが、「聖善皇太后」の前に闕字がみられない。雷本は書き漏らしたと推測し、本文に闕字を補う。
＊69「壽陽公主」の前にも闕字が雷本に見られないが、右の注で説明したように雷本は書き漏らしたと判断して、闕字を補う。
＊70「考妣二親」…雷本は「考妣二親」の前に改行したが、凡例で説明したように平出ではなく、闕字である可能性が高い。
＊71「沐此良緣、永超淨土」…粤本に「永超」の二字がないが、雷本に従って補う。
＊72「□而降」…雷本は「□降」。
＊73「韻」…雷本は「韵」。

5 日清戦争と居留清国人表象

樋口大祐

1 はじめに

中勘助（一八八五〜一九六六）の自伝的小説『銀の匙』[注1]後篇第八章に、彼が少年の頃、日清戦争の影響で学校で戦争ごっこが大流行し、その雰囲気に同調しなかった主人公が先生にまで疎外される結果になった顛末が生々しく記述されている。

戦争が始まって以来仲間の話は朝から晩まで大和魂とちやんちやん坊主でもちきつてゐる。それに先生までがいつしょになつてまるで犬でもけしかけるやうになんぞといへば大和魂とちやんちやん坊主をくりかへす。私はそれを心から苦苦しく不愉快なことに思つた。先生は予譲や比干の話はおくびにも出さないでのべつ幕なしに元寇と朝鮮征伐の話ばかりする。（中略）また唯さへ狭い運動場は加藤清正や北条時宗で鼻をつく始末で、弱虫はみんなちやんちやん坊主にされて首を斬られてゐる。（中略）

ある時また大勢がひとつところにかたまつてききかじりの噂を種に凄じい戦争談に花を咲かせたときに私は彼ら

と反対の意見を述べて　結局日本は支那に負けるだらう　といった。この思いがけない大胆な予言に彼らは暫くは目を見合はすばかりであつたが、（中略）彼らは次の時間に早速先生にいつけて「先生、□□さんは日本が負ける、つていいます」といつた。先生はれいのしたり顔で

「日本人には大和魂がある」

といつていつものとほり支那人のことをなんのかのと口ぎたなく罵つた。それを私は自分がいはれたように腹にするゑかねて

「先生、日本人に大和魂があれば支那人には支那魂があるでせう。日本に加藤清正や北条時宗がゐれば支那にだつて関羽や張飛がゐるぢやありませんか。それに先生はいつかも謙信が信玄に塩を贈つた話をして敵を憐れむのが武士道だなんて教へておきながらなんだつてそんなに支那人の悪口ばかしいふんです」

そんなことをいつて平生のむしやくしやをひと思ひにぶちまけてやつたら先生はむづかしい顔をしてたがややあつて

「□□さんには大和魂がない」

といつた。私はこめかみにぴりぴりと癇癪筋のたつのをおぼえたがその大和魂をとりだしてみせることもできないのでそのまま顔を赤くして黙つてしまった。

忠勇無双の日本兵は支那兵と私の小慧しい予言をさんざんに打ち破つたけれど先生に対する不信用と同輩に対する軽蔑をどうすることもできなかつた。

この小説の後編は発表されたのは一九二一年という、第一次大戦が終結して、世界平和やコスモポリタニズムが肯定的に語られる時代においてであった。▼注[2] 日露戦争から十数年、日清戦争からは二十年以上が経っており、その意味で作者の記憶や自己語りに若干のバイアスがかかっている可能性は否定できない。しかし、仮に上記の引用部分の

記述が事実通りでなかったとしても、これらの記述は学校という権力関係の作動する現場において、戦争とそれに関わる大人たちの言説がいかに子供たちを洗脳し、敵・味方の分断を成し遂げるかということを生々しく描いている。「大和魂とちゃんちゃん坊主」の話でもちきりだったのはまずもって大人の世界、新聞や演劇を軸とする当時の公共圏においてであった。▼注[3] 子供たちは博文館『少年世界』▼注[4]や、教室における先生の話からその風潮を確実に学び取り、「唯さへ狭い運動場は加藤清正や北条時宗で鼻をつく始末で、弱虫はみんなちやんちやん坊主にされて首を斬られてゐる」という形で彼ら自身の攻撃衝動を満足させたわけである。日清戦争は朝鮮半島における清国との戦争として始まっており、その意味で加藤清正（壬申倭乱）や北条時宗（元寇）の記憶が呼び出されることはある意味で自然な成り行きであった。

しかしここで重要なのは、「大和魂」の定義について主人公が先生に疑問を提出し、先生がそれに答えられないまま、権力的に少年を他者化することで強引にその疑問を封殺したことである。主人公は先生の過去の発言を引用し、上杉謙信の例をひいて「敵を憐れむのが武士道だ」との基準に照らして、「なんだつてそんなに支那人の悪口ばかしいふんです」と、大人である先生が友／敵分断のポリティクスの虜になっている事実を暴露する。それにこたえられない先生は、結局「□□さんには大和魂がない」と、「大和魂」の何たるかの説明をぬきに、主人公を権力的に排斥して自らの権威を維持しようとする。ここで「大和魂」は、「武士道」とは異なり、「支那人の悪口ばかしいふ」ことへの同調を迫る大義名分にまつりあげられている。日清戦争下の学校教育の現場においては、「敵を憐れむ」武士道ではなく、「支那人の悪口ばかしいふ」大和魂こそが、統合原理としての機能を果たし、「ちゃんちゃん坊主」を対象に攻撃本能を満たそうとした者同士の「共犯的連帯」を、先生と生徒たちの間に作り上げていたのである。「大和魂」が「支那人の悪口ばかしいふ」ことを正当化する用語に頽落したのはそう古い話ではない。『源氏物語』の昔はいうまでもなく、▼注[5]百年前の本居宣長でさえ、そのような排外的な意味で大和魂という言葉を使用した例は少なかったが、彼の「漢意」と「大和だましひ」を対立的に理解する傾向には、戦時下ともなればこのように無類の攻撃性を発揮するような可能性に道を開くような要素が、確かに埋め込まれていたと言えるかもしれない。▼注[6]

しかし本論の関心は、平時（あるいは戦前）においては推奨される「武士道」的な建前が、戦時下においても建前として維持されつつ、同時に上記の様な身もふたもない攻撃性に道を譲ってゆく過程の分析にある。このような戦時の横滑りの最大の潜在的に最大の犠牲者は、『銀の匙』の主人公のような群集心理に同調できない日本人である以上に、実際にその攻撃本能の対象にされる外国人、特に日清戦争の場合は居留清国人であろう。たとえば日中戦争下の華僑の苦難と特高警察による迫害については、当事者の家族の証言等もあり、▼注[7]日本が結局敗戦したことによって、その実態もある程度明らかにされている。しかし日清戦争時において亢進した清国人への迫害や差別については、戦勝者が日本であったこと、敗戦国の清国が雪辱することなく十数年後に崩壊したこと等、数々の外的要因も重なってほとんど注目されていない。しかし私見では、日清戦争は東アジアにおける日本と中韓のその後の位置づけを大きく規定し、現在の我々自身もまたその影響から脱していないという意味で、今後の東アジアを考える上で避けて通る事の出来ない大きな事件だったのである。以下、当時支配的だった幾つかの言説を意識しつつ、近代日本の戦争が拡張して示した上述の二重構造の様相について、検討していきたい。

2　日清戦争をめぐる建前と本音

日清戦争は東洋平和のため、朝鮮の独立を助けるための正義の戦争として喧伝された。明治二十七年八月一日の明治天皇の開戦の詔勅に、その趣旨が以下のように表現されている。▼注[8]「朕ガ即位以来、茲ニ二十有余年文明ノ化ヲ平和ノ治ニ求メ、事ヲ外国ニ構フルノ極メテ不可ナルヲ信ジ、有司ヲシテ常ニ友邦ノ誼ヲ篤クスルニ努力セシメ（中略）

何ゾ料ラム、清国ノ朝鮮事件ニ於ケル我ニ対シテ、著著臨交ニ戻リ信義ヲ失スルノ挙ニ出デムトハ」「清国ノ計図タル明ニ朝鮮国治安ノ責ヲシテ帰スル所アラザラシメ、帝国ガ率先シテ之ヲ諸独立国ノ列ニ伍セシメタル朝鮮ノ地位ハ、之ヲ表示スルノ条約ト共ニ之ヲ蒙晦ニ付シ、以テ帝国ノ権利利益ヲ損傷シ、以テ東洋ノ平和ヲシテ永ク担保ナカラシムルニ存スルヤ疑フベカラス」「熟々其ノ為ス所ニ就テ深ク其ノ謀計ノ存スル所ヲ揣ルニ、実ニ始メヨリ平和ヲ犠牲トシテ其ノ非望ヲ遂ゲムトスルモノト謂ハザルベカラズ」「事既ニ茲ニ至ル朕平和ト相終始シテ、以テ帝国ノ光栄ヲ中外ニ宣揚スルニ専ラナリト雖、亦公ニ戦ヲ宣セザルヲ得ザルナリ」

戦争の責任は朝鮮の独立を妨害し、平和を乱す意図を隠し持ってきた清国にあるのであり、日本は止むを得ず立ち上がるのだ、という論理が示されている。実際に戦争を望んだのは帝国議会に於ける野党の攻撃によって崩壊寸前であった伊藤内閣、特に野心家の陸奥宗光外相と陸軍参謀総長川上操六である。▼注[9] 東学農民運動の収集のため、朝鮮政府が清国軍の駐留を要請したのに対抗して朝鮮に出兵した日本軍は、七月二十三日に朝鮮王宮を襲撃し、国王を連行して清国軍の討伐令を出させ、開戦の名分を作り上げた。▼注[10] 情報を遮断される中で突如開戦の詔勅への同意を求められた明治天皇は憤激し、この戦争は朕の戦争ではなく大臣達の戦争である旨を側近に語ったと伝えられている。▼注[11] しかし十年前の甲申事変の失敗後、朝鮮経略の雪辱を望んでいた国民世論▼注[12]は、七月二十三日事件の背景にある陰謀を知ることなく、世紀の大戦争の予感に興奮した。比較的冷静さを保持していた内村鑑三も、「日清戦争の義」を書き（『国民之友』一八九四年九月）、「吾人の朝鮮政治に干渉するは、彼女の独立今や危殆に迫りたればなり。世界の最大退歩国が其麻痺的蟠屈の中に彼女を抱懐し、文明の光輝已に彼女の門前に達するにも関せず、惨虐妄行の尚ほ彼女を支配すればなり。吾人は隣人の健全なる平和を妨ぐるの権利を有せず、然れども彼女を救はんが為には、白昼日を見るよりも明かなる弊害より、彼女を脱せしめんが為には、吾人の強く彼女に干渉するは、吾人の有する神聖なる隣友の権利なりと信ずるなり。」「吾人は朝鮮戦争を以て義戦なりと論定せり。其然るは戦争局を結びて後に最も明白なるべし。吾人は貧困に迫りし吾人の隣邦の味方となりたり。其物質的に吾人を利する所なきは勿論なり」[注13]と主張した。ここには朝鮮国の主権の頭越しに「正義」による「干渉」を行うことが肯定されているが、その背景に日本の報道へのリテラシーの欠如と戦後の人心に対する見通しの甘さが露呈してしまっているといえよう。

しかし、この「善人」内村に比較すると、明治期最大の啓蒙思想家であり、現在も一万円札の肖像として国家公認の偉人と認定されている福沢諭吉の新聞『時事新報』の論説は、前述の「武士道」的言説の裏に「大和魂」的本音が共存しているという意味で、より示唆的である。[注14]「日清の戦争は文野の戦争なり」（『時事新報』一八九四年七月二十九日）は、戦争を以下のように定義づけている。

「戦争の事実は日清両国の間に起りたりと雖も、其根源を尋ぬれば文明開化の進歩を謀るものと其進歩を妨げんとするものとの戦にして、決して両国間の争に非ず。本来日本人は支那人に対して私怨あるに非ず、敵意あるに非ず。之を世界の一国民として人間社会に普通の交際を欲するものなれども、如何せん、彼等は頑迷不霊にして普通の道理を解せず、文明開化の進歩を見て之を悦ばざるのみか、反対に其進歩を妨げんとして無法にも我に反抗の意を表したるが故に、止むを得ずして事の茲に及びたるのみ。（中略）苟も文明世界の人々は、事の理非曲直を云はずして一も二もなく我目的の所在に同意を表せんこと、我輩の決して疑はざる所なり。」

にもかかわらず、その文明世界の戦士が敵兵を殺戮することの是非について、彼は以下のように言ってはばからない。[注15]「彼の政府の挙動は兎も角も、幾千の清兵は何れも無辜の人民にして之を鏖にするは憐れむ可きが如くなれども、世界の文明進歩の為めに其妨害物を排除せんとするに多少の殺風景を演ずるは到底免れざるの数なれば、彼等も不幸にして清国の如き腐敗政府の下に生れたる其運命の拙なきを自ら諦むるの外なかる可し。」

ここでは、文明の伝播の為には無辜の人民が殺戮されることをあらかじめ想定し、かつ肯定する論理が示されている。これは昨今のアメリカ合衆国による対テロ戦争で殺された市民・非戦闘員に対する「コラテラル・ダメージ」（付随的被害）論と同型である。▼注[16] 彼はもともと戦前から清国兵に対する侮蔑的言辞を積極的に使用することに躊躇しなかった（「降参の旗章」（七月八日）「昨今京城は日本の兵を以て充満して草も木も靡く其中に、聶将軍殿が二重腰に成つてヨチヨチ出て来たからとて何の用を為す可きや。唯二千の乞食の行列を青天白日に晒らして見物人のお慰みに供するまでのことなり。日本の軍隊もこんな乞食を相手にして戦ふては虱の移る恐れもあれば大抵は大目に見て見遁すことならん。」▼注[17]）。が、戦争が進行するにつれ、文明の名分の下に北京まで侵攻することや（「直に北京を衝くべし」（明治二十七年八月五日）▼注[18]）、現在の清国の主権を漫然に無視して好条件の土地を割譲させる欲望を臆面なく語り始めるようになる（「眼中清国なし」（明治二十七年十二月十三日）▼注[19]「日本は今回の戦争に就て其機会を促したる主動者の地位に在るのみならず、東洋の位置形勢より見るも、いよいよ分割の場合には最も要勝にして最も利益ある部分を占むるの権利を有するものなれば、今回の結局に際しては種々の条件ある其中にも、土地の割領に就ては他日四百余州分割の時機に当り、彼の中原に向て大に力を伸ばすに足る可き立脚の地を撰ばざる可らず。是れ即ち我輩が支那帝国を眼中に置かずして今後の大勢に就て大に考ふる所あらんことを希望する所以のものなり。」）。「支那帝国を眼中に置かず」というのは、清国の主権を完全無視することの言い換えである。一見東洋平和の維持と矛盾するこの侵略主義は、清国は文明の基準に到達していないが故に、無視して構わないのだという論理によって巧妙に守られる。天下のクオリティペーパーであり、日本を文明国に押し上げる指導的役割を自認する『時事新報』のこのような言説が、侵略に対する日本人の自重心を一気に押し流してしまう役割を果たし得ただろうことは否定し得ないと思う。

3　在留清国人の処遇

しかし他方、福沢は居留清国人の待遇については、以下のように文明的な基準を適用すべきことを主張している。

（「居留清国人の保護」（七月二十四日）[注20]「不幸にして今回日清の間に戦端を開くことあるも、日本政府並に人民は居留支那人に対して寸毫の損害を加へざるのみか、却て出来る限りの力を尽して其保護を怠らざるは万々疑ある可らず。是れ即ち我輩が昨今彼等の帰国を見て其軽率に失するを憾む所以なり。唯この際我輩が特に政府に望む所のものは、平日に比して尚ほ一層親切に居留支那人を保護して、以て其心身の運動を安からしむるの一事なり。過般来日清葛藤の噂次第に世間に喧しきより、血気の少年輩は或は前後の考もなく漫に彼等に無礼を加へて一時の快を取る者あるやも知る可からず。斯の如き輩は文明国たる日本の面目を毀損する者どもなれば、政府の当局者に於ては厳重に警察法を厲行して其取締を勉め、一は以て居留人の安全を固くし、一は以て我国人の義侠心に富めるの事実を世界万国に知らしめんこと、我輩の切に勧告する所なり。」）。

ここには差別的言辞が見られないばかりか、居留清国人が戦争の勃発により生活手段を失い、帰国し始めたことに対しても、遺憾の意を表している。ここには日本政府の居留清国人に対する建前が良く示されていると言えよう。横浜で育った荒畑寒村の自伝によれば、横浜の市民の間では居留清国人は親しみをもって見られており、少なくとも戦争までは決して排斥の対象ではなかったという。[注21]しかし戦争はそのような状況にも変化をもたらす。たとえば『東京朝日新聞』の七月五日付記事「支那の秘密探偵」は、「清国政府が今回の事件に就て、我国の内情を探らんが為め秘密探偵を諸方に放ち置けることハ、已に世人の知る所なるが事端益々切迫するに従ひ、秘密探偵の数も増加し、今や各停車場各汽船停泊場等にハ幾百となき探偵を遣し、各列車各汽船にハ必ず一二の探偵を載せ、邦人の談話挙動等を偵察せしむると云ふ」と記述している。当時の清国がこのような大規模かつ組織的な諜報活動を行ったとはとても考えられないが、このような記事を生み出すような疑心に満ちた空気が居留清国人に対する眼差しを変質させたであろうことは想像に難くない。

また、戦後の『神戸又新日報』明治二十八年六月十六日付記事「平和後の南京街」[注22]は、講和後の神戸南京街の状況について、戦前の状況に遡りつつ、以下のように記述している。「昨年日清開戦以来当港在留の支那人は吾れも吾れもと妻子あるものは妻子を携へ、妻子なきものは最愛の南京娘に別れを告げ、住み慣れし神戸の土地を跡に帰国したる者多ければ、一時は俗に南京街と唱ふる栄町一丁目、内海岸通り一二丁目辺は何れも不潔なる青ペンキに支那街の名残りを留しのみにて、貸家の札斜めに貼つてあれど、支那人の住んだ跡は汚らはしい、第一南京虫の居残りが怖い真平御免だと潔癖の日本人誰あつて借りる者なければ、持主は何れも持てあましどうしたものかと思案投首中にはボツボツ日本家屋に改築するもありて、頗る寂寥の観を呈し、在留の支那人も僅かに男女合せて百五六十人までに減じたるが、本年四月下関の談判纏まり次で条約批準以来続々帰来する者多く、其筋に於て最近の調査にかかる支那人の現在数を聞くに、戸数居留地に於て廿五戸、雑居地に於て百四十一戸、総計百六十六戸にして在留人は居留地は男百十二人、女九人、雑居地に男四百八十四人、女九十四人、合計六百九十六人なりといふ、斯る多人数が舞戻りして前に記す通り南京街の家屋は持主に於て半ば改造し日本風となせしより元住んで居つた家へ直ぐ入るといふ訳に行かねば、家の見付かるまで同国人の家に雑居する者多きよし扨て再来支那人の行為如何にといふに、以前居りし時とは丸で反対にて往来を歩くにさへ少さくなり犬の吠るにも胆を冷やすといふ体裁なれば、随つて先きに抱へられて居つた南京娘も世間に対してオヤ旦那はんよう帰つて来下したなとさっそく出かけて行く訳にも行かず、又行かれるにしても之れまでの給料では日本の価値《ねうち》にかかはると乙に国権を重んじて給料の値上げを請求する者などもありて、日本婦人が支那人に対する感状も幾分か変りたる様なれば、南京街も以前の如き景気はみゐざるも、戦争最中の同町とは天地の差ある者にして、則ち一時に百五六十名に減ぜし同国人が昨今七百名になんなんとするを見ても、比較的繁昌し居る事は知るべきなり」

「乙に国権を重んじて」等と、「南京娘」の現金なふるまいを風刺するような複眼性も見られるが、「支那人の住んだ跡は汚らはしい、第一南京虫の居残りが怖い真平御免だと潔癖の日本人」等と、「支那人」に対する軽侮表現が日常的にまかり通っていた状況、それに特に違和感を抱かない空気が存在したことが見て取れる。戦前においても、清国人に対する軽侮感情はなかったわけではないが、大国清国とその居留民に対するリスペクトの念もしばしば紙面から見いだされる。▼注[23] しかし、戦争とその結果は日清両国人の相互尊重に基づく共存の伝統を大きく狂わせてしまったのである。

4　『会津産明治組重』の在留清国人表象

その状況についてより深く考えさせる演劇に『会津産明治組重』がある。明治二十七年十月に落成間もない明治座で上演された。▼注[24] 戊辰戦争当時の会津と江戸の人々の苦難を、二十七年後の日清戦争当時の状況と重ね写しにした筋書きで、あくまでも主眼は会津戦争で落魄した敗残者の家族や兄弟のその後への興味であろうが、七段目に入船町裏長屋に住む清国人道昌恵とその妻ギン、混血の息子双種との別れの場面がある。当時の劇評には、たとえば「支那人道昌恵は左団次丈平素の舞台振りとは打て替り、ぼんやりと間のぬけたる顔にて出て来る工合、拵へも仕打も下等支那人を写し得て妙なり、セリフも支那人の日本詞で、飽く迄日本に蔑視さるるかとノロキ調子で憤慨する所上出来なり、▼注[25]」などが存在する。日本人観客のレイシズム的な視線に基づく期待の地平にこたえる演技を行うことで、左団次自身がレイシズムを促進してしまっているさまが読み取れよう。私見ではこの短い第七幕の中には、居留清国人の表象をめぐる複雑な政治が錯綜して埋め込まれている。以下その状況について具体的に検討していきたい。▼注[26]

まず、序幕が挙がって間もなく、日清混血の息子双種が悪夢を見て泣く場面がある。母に訳をきかれた息子は、「今南京の国の蒸気船と、日本の蒸気船と大砲を打ち合ツて、南京の船が打たれると直ぐ、海へ沈んでしまつたが、それに乗つてゐた人が、やつぱり南京だから、おいらはこはく成つて来た」「おとつさんに、似た人が乗つてゐて、皆んな死んでしまつたから、おいらァ悲しくなつたのよ」という。ここには、大人の世界の戦争の影が、子供の無意識にも深甚な影響を与え、清国にルーツを持つ子供が、言い知れぬ不安にさいなまれている様子が描出されている。

また、気晴らしに外で遊んでくるようにという母に対して、彼は「おいらァ表へ行くのはいやだ、みんながチャンチャン坊主、チャンチャン坊主とはやすから、モウどつこへも出ねえ積りよ」という。日本人である母親は、外で遊んでくるようにというところから見ても、子供の言い知れぬ不安を深く理解していない可能性がある。この場面は母子とはいいながらも、そのような属性からくる分断が存在していることも描いているのである。

他方、ぎんの知人の女房たちの会話には、「どうせ混雑の中だから、支那でも日本でも四ツ谷でも、麹町でも大した違はないではないか」「昔ならお触が来るからいいが、当時は新聞を読めのかんこうを見ろのと、天保時代では仕方ないね」等と、半分はこの芝居を見続けてきた観客へのサービスでもある冗談やダジャレが披露される。この部分は観客に「天保時代の記憶を留める我々日本人」の共同性を再確認し、強化する効果を持っている。他方、彼女等から食べものをもらったぎんの述懐「「支那の国では罪もなき、日本人を見る度毎、むごい事をするといふに、かうして此の子に喰べものまで」との言葉は、前述の双種がいじめられて表に出られない状況を認識しているとは思えないのんきな言葉である。これは日本人の女房達に自分の本心を悟られないための御世辞と見るより、やはり日本の「義侠心」が厚いことを観客に確認させる、自慰的な効果を狙った場面と見ることが正確であろう。ぎんは帰宅した嫌味を言う隣人が去ったのち、「追々開ける世の中に、進められて此の家へ来り、子まで設けし中なるに、思ひがけない今度の戦争、それ故こそかくまでに、世間の人に見下げられ、穢多か、非人かなんぞのやうに、人交わりの出来ぬのは、何んたる事の因果ぞいなア」と嘆くが、帰宅した昌恵と嘆き合う場面では、「戦をせねばよからうに、かういふ嘆きをさするのも、身の程知らぬ南京の。（ト言ひかけ心付き思入あつて。）サ、お前の前では言ひ憎いが、私どもの思ひでも、戦に勝てはせぬわいナア」と、清国を貶める眼差しは固定している。ぎんはこの居留清国人家族の一員であると同時に江戸育ちの日本人であり、観客が最も感情移入しやすく、かつそのフィルターを通して清国人の生態を眺めるのに都合のよい人物として、演劇的な要請に基づいて形象されている。その存在が観客の同情を曳くと同時に、彼等の清国理解を皮相極まりないものにしてしまった面も否定できない。

また、この場には日本人男性が三人登場する。最初に登場する隣人の男は、ぎんのところに道昌恵が留守であることを確認してからその家に入ろうとし、女房達から「お前亭主の居ない所へ入るとは、そりゃア罪になるよ」と言われて、「ええ余計な事を言ひなさんな、亭主が居ねえから爰へ這入るといふのは、チャンチャン坊主だから、癪に障るのだ。」と切り返す。ここは冗談の中にも、彼が清国人と顔を合わせるのも忌避していることが伝わってくる。また彼は辞去するにあたっても、「是から大蔵組へ行くのに、爰の敷居をまたいぢやア、出がけに縁起が悪いからよ。」という。ここでは清国人忌避が、身体文化的・呪術的なレヴェル―被差別部落に対する差別とも通底する▼注[27]―にまで達していることが読み取れる。

二人目の男性はぎんの兄だが、借金の依頼に対して、手紙で以下のような悪態をつく。「手めえ達は、のめつてもくたばつても構やアねえ、是れよく聞けよ、幾年たつても日本は甘いと思やアがつて、のめのめ戦を初めたらうが、モウ軍艦も上等が出来れば、軍人ときたら兵隊まで強勇揃ひで、それで足りざア跡にいくらも控へて居るのだ、しとをツケ」「手めえに貸す銭があるなら、陸海軍へ献金すらア」。ここからは、大国清国に頭のあがらない状況を続けてきた日本人が、ようやく自らの軍事力に自信を持てるようになり、これまでの怨みを晴らす機会が来てわくわくしている心情がうかがえる。このあたりも当時の観客の共通感情に訴える箇所なのであろう。

三番目の男である長兵衛は、義侠心に富んでおり、居留清国人を日本政府が保護する方針を決めたことを知らせにやってくる（「どうだえ、敵となつた支那人でも、こなた衆に科はないと、登録書まで下げて下され、政府の保護に預かるとは、文明国の有難さ、なんと日本政府は、大きな料簡ぢやアないか。此の大ッ腹の長兵衛も、実に今度は驚いたよ」）しかしその保護は文明国日本の清国に対する優位を前提としたものとして理解されている。また、彼は道昌恵が現在無職であることを知って彼を援けようとする気持ちを失う。さらに、道昌恵の荷物を運搬する専門の車引きが見つからなかったことを知り、「あああそれでは支那人と聞いては、車を曳くのもいやがるのか、成程こいつア日本は、大和魂に違えねえなア」と感嘆する。ここで「大和魂」はほぼ「敵愾心」▼注[28]と同義語となっており、しかもそれが批判の対象ではなく賛美の対象として位置付けられているのである。

最後に近く、息子を連れて帰国をしようとする道昌恵に対して、息子の双種は「おいらァ南京の国へ、行くのはいやだ」「日本の内ならいいが、もし南京へ行く時は、入船町のお友だちに、あの南京は逃げて行くと、はやされるのが悲しいもの。おいらの此の毛を剃落し、散切天窓になつたら、弱い奴だと言はれもせず、爰に残つて居られよう。」という。息子は弁髪をやめて「散切天窓」にすることを通じて、父親の祖国清国を棄て、母親の祖国日本を選んだのである。大人の男のうち唯一道昌恵に同情的だった長兵衛も、第二幕の最後で、出征する知人を見送りながら、「ああ行きてえな、チャンチャンの首をかういふあんばいに、引ツこぬいて、毛でいはえては又つなぎ、珠数玉のやうにつなぎ附けて、芋洗ひの弁慶の所へ、遣ひ物に仕てえもんだなア」と表白する。そしてこの脚本は、「此処へ六兵衛西瓜を一ツはふり出し、胴中へ竹槍を突通して、そのまま建てる、此の西瓜のへたに赤い紙と、縄が付きゐて支那人の天窓と見える。「こいつア南京の、」「首のやうだ」「日本帝国万歳」「天皇陛下万歳」一同帽子を取つて、提灯をさし上げる。「やアイ…」」との場面で幕を閉じるのである。

縄つきの西瓜を清国人の首に見立てる悪趣味がどこまで当時の観客の共感を呼んだか定かではない。しかし知人である道昌恵に対しては同情的だった長兵衛が、面識を持たない「清国兵一般」に対してはかくも残酷になることにこそ、戦争状態がもたらす分断の暴力が示されている。日清戦争は「武士道」的な建前ではなく、個人としては怨みのない相手を憎悪し、殺害することを「大和魂」の名のもとに正当化した。この「大和魂」の凶暴性は、日清戦争下においては例えば一八九四年十一月の旅順において顕在化し、戦争終結後は「武士道」や「文明」の下に抑圧されるものの、関東大震災や日中戦争のような非常時の文脈において再度露出することになる。▼注[29]日本人がその歴史的経緯の中で保存してきたそのような感情を分析し、その今後の発露をいかに抑止するかということを考えることが、二十一世紀の戦争を目前としている我々が考えるべき重要な課題の一つになるだろう。

【注】

[1] 中勘助『銀の匙』の引用は『中勘助全集』第一巻（岩波書店、一九八七年）による。
[2] 注1書の解題参照。
[3] 檜山幸夫編『近代日本の形成と日清戦争』（雄山閣、二〇〇一年）、佐谷真木人『日清戦争』（講談社、二〇〇九年）等参照。
[4] 鳥越信『近代日本児童文学研究』（一九九四年、おうふう）等参照。
[5]『源氏物語』「少女」巻、『今昔物語集』巻二十九「明法博士善澄被殺強盗語第二十」、『愚管抄』巻四「堀河鳥羽」等に見られる「大和魂」は、現実的・世俗的な判断・処理能力のことを指している。鈴木一雄監修・針本正行編『源氏物語の鑑賞と基礎知識』27「少女」（至文堂、二〇〇三年三月）等参照。
[6] 島内景二『大和魂の精神史』（WEDGE、二〇一五年）、森正人『展示される大和魂』（新曜社、二〇一七年）等参照。
[7]『関西華僑のライフヒストリー』第一集（神阪京華僑口述記録研究会、二〇〇四年）等。
[8]『明治天皇実記』第八編（吉川弘文館、一九七三年）。
[9] 藤村道生『日清戦争』（岩波新書、一九七三年）、中塚明『蹇蹇録の世界』（みすず書房、一九九二年）等参照。
[10] 中塚注9書。
[11] 但し明治天皇は戦争そのものに反対していたとは言えない。中塚注9書。
[12] 佐谷前掲書等。
[13]『内村鑑三全集』第三巻（岩波書店、一九八二年）所収。

[14] 平山洋『福沢諭吉』(ミネルヴァ書房、二〇〇八年)は従来昭和版全集に収録されている日清戦争関連の社説を、福沢ではなく水戸藩出身の門人であり、『時事新報』論説担当であった石河幹明の執筆になるものとしている。しかし福沢が創刊した『時事新報』の論説である以上、この論説が彼にとって承認可能なものであったことは否定できない。

[15]『福沢諭吉全集』第一四巻(岩波書店、一九六一年)所収。

[16]『現代思想』二〇一四年十一月号「戦争の正体―虐殺のポリティカルエコノミー」参照。

[17] 注15に同じ。

[18] 同上。

[19] 同上。

[20] 同上。

[21]『荒畑寒村自伝』上(岩波書店、一九七五年、初出一九六五年)。

[22]『神戸又新日報』明治二十八年六月十六日付記事。

[23] 奥村弘「神戸開港と都市イメージ」(歴史資料ネットワーク編『歴史のなかの神戸と平家』、神戸新聞総合出版センター、一九九九年)等参照。

[24]『都新聞』明治二十七年十月日付記事、『朝日新聞』同年同月日記事等。

[25]『日本戯曲全集』第三十四巻「河竹新七・竹柴其水」解説。

[26] 本文は『日本戯曲全集』所収のものによる(早稲田大学演劇博物館所蔵の諸台本を参照した)。なお、当戯曲を詳論した研究として、矢内賢二『明治の歌舞伎と出版メディア』(ぺりかん社、二〇一一年)第三章第二節「歌舞伎における日清戦争物」、日置貴之『変貌する時代の中の歌舞伎』(笠間書院、二〇一六年)第二章第三節「「会津産明治組重」考」等があり、それぞれに意義があるが、在留清国人の表象について本格的に検討したものではない。

[27] 安保則夫『近代日本の社会的差別形成史の研究』(明石書店、二〇〇七年)等参照。

[28] 近代日本における「敵愾心」の存在形態や発露構造については管見のところ特に専論がない。しかし本論の趣旨に基づき、あらためて重要な研究課題であることを指摘しておきたい。

[29] 井上晴樹『旅順虐殺事件』(筑摩書房、一九九五年)、姜徳相ほか『関東大震災と朝鮮人虐殺』(論創社、二〇一六年)、笠原十九司『南

京事件』（岩波新書、一九九七年）同『南京事件論争史』（平凡社新書、二〇〇七年）、一之瀬俊也『旅順と南京』（文春新書、二〇〇七年）等参照。

【コラム】

瀟湘八景のルーツと八景文化の意義

冉　毅

1　はじめに

「瀟湘」とは、湖南省九嶷山の紫良瑶族郷野狗灘を水源とした瀟水と、広西省の陽海山を水源とした湘江（二〇一五年四月に社会科学院地理学者が考察した新説は同様に九嶷山を水源とする）の二本の川を指すが、この二本の川は、零陵（現の永州）の芝山から流れ出て、蘋島の所で合流し、さらに北流して、長沙に至り、終に洞庭湖に注ぎ込まれていくといった風景の良い所で、「湖の南は皆瀟湘を以て名づくべし」と宋の時代の書家米芾が指摘しているように、それは洞庭湖とその南に広がる長江支流の流域全体を指している。

詩語として「瀟湘」が盛んに用いられたのは盛唐、中唐期であるが、瀟湘の意味、瀟水・湘江の発祥、地理文献に載る初出の根拠についての研究は、松尾幸忠教授「瀟湘考」[注1]、松原朗教授『唐詩の旅―長江篇』[注2]、内山春夫教授「「湘南（瀟湘）」考―文学作品と宋廸の八景図」[注3]、植木久行教授「名詩のふるさと」[注4]の論文があり、瀟湘の奥地を考察した中村渓男教授の論文もあるが、写真はなかった。洞庭湖の意象はいかなるものか、清朝時代の乾隆四十三年（一七七八）に文人の姚雪門氏は岳陽県（洞庭湖の畔り）に臨み、「古来、科挙試験にて「日影、月影、雲影、雪影、山影、塔影、帆影、漁影、鴎影、雁影[注5]」」という「十影」の詩題があると考証した結論を出している。この「十影」は瀟湘の複数イメージが含まれており、まさに八景の原風景であると言える。瀟湘の風景は、瀟湘・洞庭湖に関わる有名な故事を詠じている。ここでは具象的かつ抽象的なイメージの両方を兼ねる代表詩を挙げる。

例1　洞庭湖に関わる故事

屈原（紀元前三三九～二七八）『九歌（九つの祭りの歌）』「湘夫人」「帝子は北の渚に降りたまい、目も眇眇にして予を愁えしむ。嫋嫋に吹きわたる秋の風に、洞庭は波だちて木の葉は下る。【帝子降兮北渚、目眇眇兮愁予。嫋嫋兮秋風、洞庭波兮木葉下】[注6]」と。

（帝堯のひめみこ湘夫人は、はるか遠方の北渚に天降り、早くも会うことのかなわぬ意を暗示している）【図1・2】

例2　広々とした洞庭湖

范仲淹（九八九〜一〇五二）の『岳陽楼記』「…洞庭の一湖に在り。遠山を銜み、長江を呑み、浩浩湯湯として、横に際涯無く、朝暉夕陰、気象萬千なり。これ則ち岳陽楼の大観なり。…北は巫峡に通じ、南は瀟湘を極めしむ…【在洞庭一湖。銜遠山、呑長江、浩浩湯湯、横無際涯、朝暉夕陰、気象萬千。此則岳陽楼大観也。…北通巫峡、南極瀟湘】▼注[7]」と。

（それは洞庭湖のうちにすべてふくまれている。湖は遠くの山を口に銜みいれたように広がり、長江の流れを湖水が呑み込んで、広々と果てしない水の広がり、大きく盛んに動き流れる波の有様が、南北に横に広がて果てしがないのである。朝日の光や夕ぐもりに、雲や風の変化は、千差萬別、様々で美しい。これが岳陽楼の大きく見渡した眺めである。…そのように巴陵の勝景は、この洞庭湖を中心に広がっているから、北の方は巫峡の急流に達し、南の方は遠く瀟水や湘水のはてに及ぶ…）【図3・4】

例3　満目蕭条たる雪景色の厳しい美しさ

柳宗元（七七三〜八一九）『江雪』「千山鳥飛ぶこと絶え、万径人踪《しょう》滅す。孤舟蓑笠の翁、独り釣る寒江の雪【千山鳥飛絶、

図1　虞帝二妃の墓所（洞庭湖の君山にある）

図2　屈原祠（明代の建築）

図3　北は巫峡に通じ、南は瀟湘を極めしむ

図4　洞庭湖君山の遠景

図5　湘江中流の長沙の橘子洲旧照

万径人踪滅。孤舟蓑笠翁、独釣寒江雪。▼注[8]」と直接的な詩人の抒情は、感受しないが、詩語によって再生産された「二次的自然」は、ある種の清潔で鮮明な感動を引き起し、短く促った韻字「絶」「滅」「雪」の入声が人間の心に溶け込んだ景色は、詩的心象のありかたを形式の面から支えている。

（どの山からも鳥の飛ぶ姿が消え、どの道からも人の足あとが消えてしまった。ぽつんと小舟が一艘。蓑と笠をつけた老人が、ただひとり、寒々とした川辺の雪景色の中で、釣糸を垂れている）【図5】

2　瀟湘八景のルーツ

永州に一〇年間も左遷された柳宗元が現地の風景を満喫して著した名作『永州八記』は、ある意味で、瀟湘八景のルーツだとされている。『永州八記』の原風景が見て取れる【図6】。

図6　愚溪（旧名は冉渓）、钴鉧潭、西小丘、小石潭
（柳宗元著『永州八記』より）

乾道年間（一一六五～七三）に雲谷円照は瀟湘の辺に来たが、奥地は訪れずに帰省した。老年に深く残念がって舒城の李生という画家に描かせた「瀟湘臥遊図巻」（国宝・東京国立博物館蔵）があることで、瀟湘は「北宋末から、中国の名勝となっていた。▼注[9]」という説があるが、前掲した『楚辞』以来、「唐詩」には「水碧沙明」と歌われていて、単に景色のよいばか

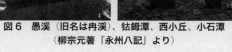

りではなく、いろんな伝説に纏わる古蹟にも富んでいるわけで、歴史的古さ、地域的な広さから、名高い勝地として、最も早い時期から詩材化・詩跡化されている。複数のイメージ融合した特独な風土、湿潤で雲霧繞り・靄立ち消えたりする瀟水と湘江の風景を、荊湖転運司判官〈嘉祐六年代〈一二六四〉〉で深い内面的な教養を湛えた尚書都官の宋廸は、存分に満喫し、醸された文学情緒に掻き立てられ、筆を颯爽に運こんで、瀟湘山水の風景を墨絵に描きだした八景図▼注[10]は想像するのに難しくない。宋廸が瀟湘の奥地に踏み込んだという根拠は、永州南の方にある淡山巖に刻まれた宋廸題字の拓本によって、検証できる【図7】。

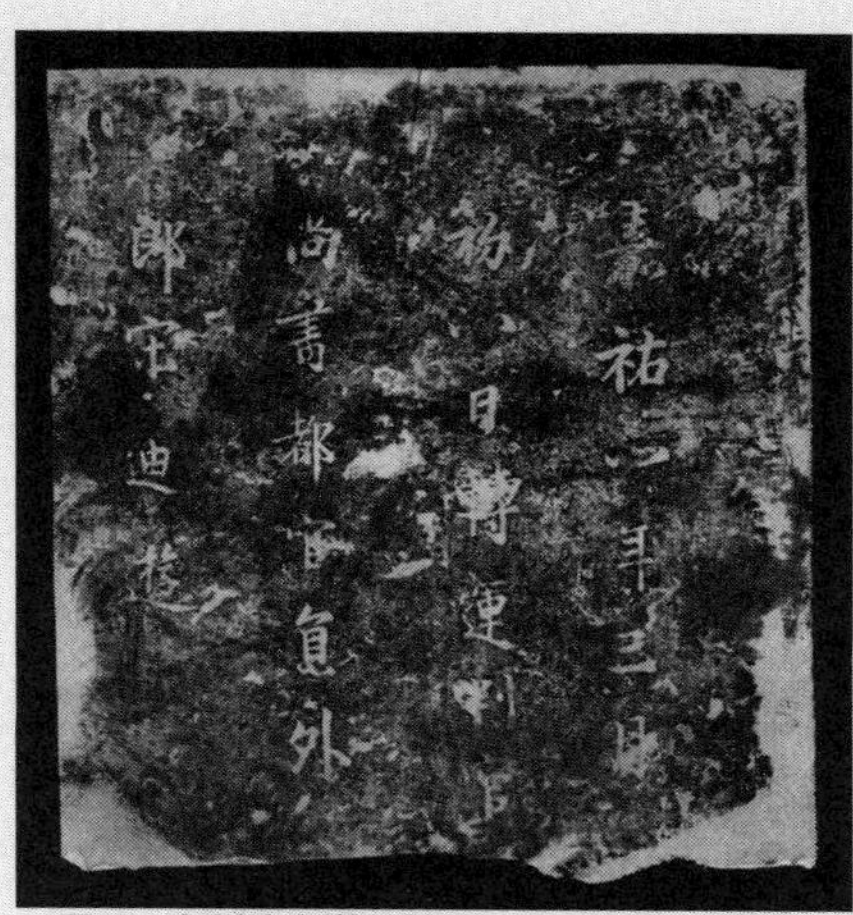

図7　永州淡山巖に刻まれた宋廸題字の拓本
右下に北京大学金石蔵の印があり、右上に嘉定翟木夫、左下に東武劉喜海蔵印もある（湖南科学技術学院歴史研究の張京華教授提供）。

3　「瀟湘八景」四文字の出典及び地名明記の「瀟湘大八景詞」

宋の時代の江少虞が編した『皇朝類苑』（北宋九六〇～一一二六年）▼注[11]「八景は宋廸に始まる」と、宋の沈括（一〇二九～一〇九三）が著した『夢渓筆談』▼注[12]巻十七に「度支員外郎宋廸画に工みなり。尤もよく平遠山水を為す。其の得意なる者、平砂雁落・遠方帆帰・山市晴嵐・江天暮雪・洞庭秋月・瀟湘夜雨・遠寺晩鐘・漁村落照有り。これを八景と謂ふ。▼注[13]」とある。上掲した文献の題は「八景」のみである。もしあれば、下項目の「瀟湘夜雨」の「瀟湘」と重複になるわけで、宋廸の八景図が散佚してしまったために、「瀟湘八景」の題があったかは知る術もない。北宋末の書家米芾は、宋廸の八景図を礼部侍郎燕穆之、直龍図閣劉明復等の士大夫画家の絵画と対比し、「これら三家はみな李成を師とするが、復古（宋廸の号）はほかの二公に比べて特に細秀で、松枝を画いても向背なく、荊楚の景は細やかで甚だ秀でている▼注[14]」と指摘した。無論「荊楚」に瀟湘を含んでいる、この地方は煙霧の多い明晦の激しい地であり、湿度の高い大気によって視界がしばしば遮断されるほどである。後世にこのような瀟湘景致を書いた名画には、瀟湘図巻（董源）・瀟湘奇観図・楚山清暁図・楚山新霽図巻（米芾）・瀟湘図・湖南煙雨図・瀟湘妙趣味図・瀟湘八景巻・瀟湘白雲図・楚山清暁巻・楚山秋霽巻等がある。瀟湘の風物がいかに魅力があったかは、「瀟湘」の二字がついた絵画名手の図巻を見ると氷解できる。これらは、瀟湘八景の再生高くて文芸意義の深かったことを物語っているといえる。日本国に保存さている真跡の八景図に地名の記入がないどころか、墨絵の芸術視点から鑑賞すれば、まったく真に胸中の山水というようなものであり、私たちの胸に迫る強い気迫に満ちたものを描いたと言えよう。牧谿・玉澗が描いた瀟湘八景は、中国の山水画として最も抽象的な代表作といってもよい。あらゆる捨象しうるものは、すべてを捨象しつくし、その真の精神を表現しようとした作品である。禅僧の釈覚範（恵洪）は、宋廸の八景図を八首の七律で詠じた。八景を「八境」に変えられて、禅を修練している自覚か、この詩を『石門文字禅』[注15]に載っているので、当時、湖湘遊（一〇九九～一一〇四年）にあたっての賦詩なので、「瀟湘八景」の題を付けたかもしれない。朝倉尚教授は「日本禅僧が最初に読んだ瀟湘八景詩は釈覚範の作だろう」[注16]と指摘している。後に歐陽玄（一二七二～一三五七、諡号楚国公）の「八景台」詩に初めて「瀟湘八景」の四文字の言葉が用いられたのである。[注17]

八景台

山幾層兮水幾重　晴嵐夕照有帰鴻　瀟湘八景丹青画
尽在高台指顧中

山も幾層に水も幾重し、晴嵐夕照に帰鴻有りし。
瀟湘八景は丹青画であり、尽くして高台に在って指顧の中を。

「山幾層兮水幾重」の句は、瀟湘の原風景を写実的に表している。「高台」は、『長沙府志』に記している「八景台が城西高台にある」と一致している。この詩は、瀟湘八景図のモチーフに合わせていて、早期の八景詩でもある。以後、中国において、詩画題としての「瀟湘八景」という言葉は定着され、広く使われるようになった。

元時代に、各地に「八景」を選定し、詩を賦したりしてその地方文化のシンボルとされる風潮が興った。湘地の衡陽出身の王船山（一六一九～一六九二）の「瀟湘怨詞」を八景の実地化の例にして見てみよう。

王夫之著『王船山詩文集』[注18]には「瀟湘小八景詞　寄調摸魚児」（乙未春）、「瀟湘大八景詞　寄調摸魚児」、「瀟湘十景詞　寄調蝶恋花」が収録されている。船山によれば、「瀟湘は江南五千平方キロにも亘り、水に富む江南は皆「瀟湘」と言うべし」と。「瀟湘怨詞」に出た地名は、地図で確認できるのが、瀟水、営浦、湘水、興安、海陽山、漓水、巴陵、湘霊、舜嶺、江華、寧遠、九嶷山、蒼梧、黄陵、沈香塘、朝陽岩、零陵、愚渓、湘口、浯渓、祁陽、石鼓、衡陽、蒸水、朱陵、嶽峯、湘潭、昭山、暮雲灘、銅官、長沙、松陰、青草湖、君山、洞庭湖、湖南のとおりもあり、みな瀟湘の代表的な佳景である。紙幅の制限のため、拙論では「瀟湘大八景詞　寄調摸魚児」のみを読み解く。

瀟湘大八景詞　寄調摸魚児

【題意】大八景の「大」は、詞の序文に「乙未春（一六五五、桂王永暦九年）に「瀟湘小八景詞　寄調摸魚児」を吟したが、十六年間後（一六七一）、「瀟湘大八景詞　寄調摸魚児」をも歌った」の「瀟湘小八景詞」に対して言う。「寄調」は決まった旧体詞の曲調に従って、字数、仄韻を押すと同様に書くのである。元微之（七七九～八三一）の「楽府古題序」に「音声を以て詞を度し、調を審かにして以て唱を節す。句は短長の数を度り、云々。すべてこれを歌曲詞調と謂うことを得。これ皆樂によって詞を定む。詞を選んで以て樂を配するに非ず。」とある。「摸魚児」は唐代以降宮廷の音楽・歌舞の教習を司った教坊の曲名だが、後で、「詞牌名」とされている。「摸魚子」とも謂い、決まりは双調にし一一六字、仄韻を押す。

【跋】情という者は区宇が有る者に非ざるなり。情を易すべき一の区が有り、傺侘を移して蘇の之を昭かにし、何為れぞ此の都を懐かしむかや。余が「小八景」を歌い来りて十六年なり。雲中は眇々かなり、北渚は予を愁えしむ。九嶷は愁眉し、煙秋は展せぬ。里を望めば千を盈し、目が飛せば寄るなし：歌を続せんと爰に九とし、魂が授くは尤も勤しむ。張樂の簫鍾を惘れて哀琴を在御す。涙筠の粉翠を追せんと、香酒が尊しを忘るる。然るに則ち迷うは一方ならずに、思うは三楚にも横る、固むはその所なり。重ねて「大八景詞」を吟すは、復た瞿（宗吉）・辛（稼軒）の原体を用いて初志を旌すなり。とは言うものの、北は冥阨を逾え、南は秦城を度り、西は雨雲の浦を望み、東は日夜の江に臨む。豈此のみならずや、而して祇に畔の岸に於いて情に寄せるを以てすのみや！行うは且つ紫塞の帰禽を怨み、蒼山の弔鳥を唁う、斯に於いて始るなり。（情者、非有区宇者也。有一可易情之区、移傺侘而昭蘇之、何為懐此都哉。余歌小八景来、十六年矣。雲中眇々、北渚愁予。九嶷愁眉、煙秋不展。望里盈千、目飛無寄：続歌爰九、魂授尤勤。惘張楽之簫鐘、哀琴在御。追泪筠之粉翠、香酒忘尊。然則迷不一方、思横三楚、固其所矣。重吟大八景詞、復用瞿辛原体、旌初志也。虽然、北逾冥阨、南度秦城、西望雨雲之浦、東臨日夜之江、豈但此哉、而祇以寄情於畔岸耶！行且怨紫塞之帰禽、唁蒼山之弔鳥、於斯始矣。）

その一　瀟湘夜雨

九嶷を望みて鑪煙が飛び黛くなり、遠く玄雲（流動雲）を千里に送る。斜陽は楓の岸に平に沈んだ後、木の末は驚飆して水を拂う。蘭舟が艤し、新涼を薦め、銀釭の影が顫れ、篷の声が起こる。窓を推いて閑に眇め、見わたせば、幅幅の軽綃・層層たる（とえはたえ）珠瀑（珠暖簾）は駘宕たりて空が青裏になり。青の絶やさない地は、故是れ蕙蘭汀沚なりし、浅い碧に古くは芳芯が含まるる。朝が来り、潤浥して霊苗が発うし、共に天香雲髄を戴こうとし。君よ、擬すな、君よ、見えんか、楚騒の歌も闕き、蘭蘅も死し、靈修も邈かなりし。怕るるは、砕玉が鏦錚し、金鈴が淋漓して、愁える人の耳に吹き入るをや。（望九疑鱸烟飞黛、远送玄云千里。斜阳枫岸平沈后、木末驚飙拂水。兰舟舣、荐新凉银缸影颤篷声起。推窗闲盼、看幅幅轻绡、层层珠瀑、骀宕空青裏。青绝地、故是蕙汀蘭沚、浅碧旧含芳芯。朝来润浥灵苗发、共戴天香云髓。君莫拟、君不见楚骚歌阕蘭蘅死、灵修邈矣。怕碎玉鏦铮、金铃淋漓、吹入愁人耳）。▼注[19]

つづいて地名を明記した「瀟湘八景図」（清朝時代）の例を見てみよう【図8～15】。

4 「瀟湘八景」の美育的な意義

風景というのは、ただそこにあるだけの自然ではなく、あくまで人間の文化的な枠組みにおいて認識され共有されている観念であるはずで、そういった認識、共有は、言葉によって行われるしかないものである。人間の生活にとって風景が与える安らぎや潤いといった、現実的・社会的な問題との関わりを研究し、四文字熟語などで名付けること、詩歌に詠まれることによって、それは風景として新たな価値を帯びるのである。その時、その場所が自らの所有物それとも支配に属するものであったとき、人間が自然を引き寄せ、山水の美しさに浴されて、心は何のわだかまりもなく広く、精神の働きも快くて、煩悩を忘れ、風に向かって景色を眺めたりして、そのような喜びは崖もなくなるように、つまり、野生の自然を知的な言葉によって再生産したという意味での「二次的自然」が文学に深い影響を及ぼすと同時に、文学から生み出されてきた「二次的自然」が詩的名勝となり、そのような「特色ある地名や、それに関わる故事を発想の中心として詠まれた詩跡関係の作品は、そこに賦与された文化性、時代性が独特の表現効果を生みつつ、…例えば、長安、洞庭湖、瀟湘といった著名な詩跡に関わる多くの名作の詩情によって我々の心を揺り動かします▼注[20]。」

特に古典文学によって、四季おりおりの景色を織りなした作品に込められた詩韻、及び文学から生み出されてきた「二次的自然」に賦与された意象は、絵画の芸術的源泉ともなり、人間の心を豊かにし高尚たる趣きへと導く教化機能の役割を果たしている、一例をあげれば、『二十四孝』は、中国で古くから流布していた孝子説話、儒教の啓蒙的な教訓書を元の時代に纏めたものであるが、室町時代になると、「玉澗の瀟湘八景詩」挿絵付きが『二十四孝』▼注[21]にも載った（李銘敬教授ご教示）。「この事実は、宗教的・倫理的な意図によるもので

図 8　瀟湘夜雨（永州城）
図の左の山の右上に明記している「芝山」は、零陵の旧称で、1995 年に零陵地区を廃止し、芝山区を新設したが、2005 年に芝山区を零陵区に復元。

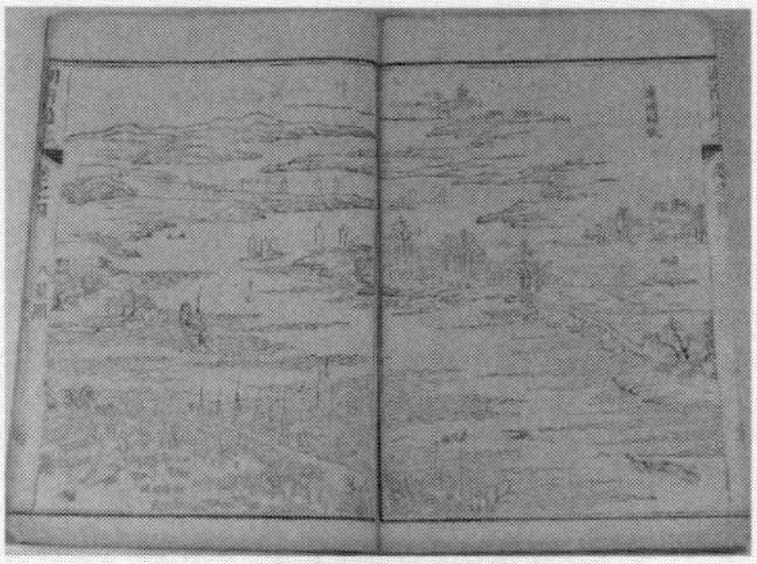

図 9　遠浦帰帆（湘陽県城）

図 10　平沙落雁（衡州府城）

図 11　山市晴嵐（昭山寺）

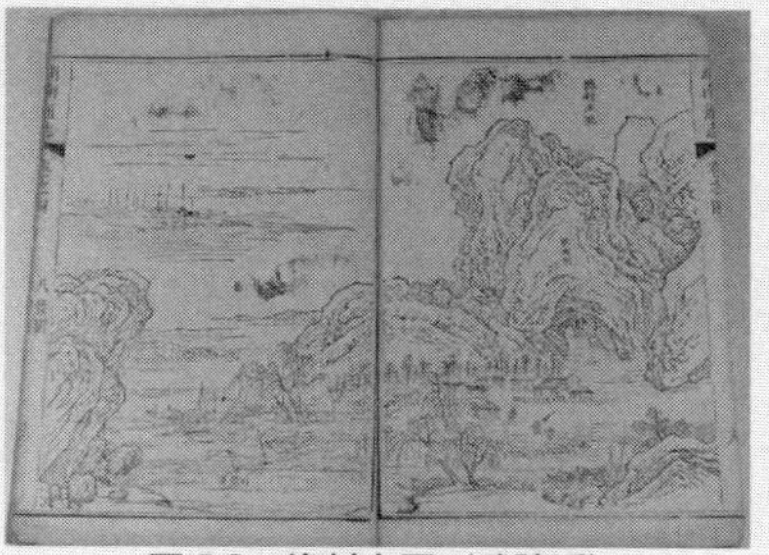

図 12　漁村夕照（武陵溪）

図 13　烟寺晩鐘（衡山県城清凉寺）

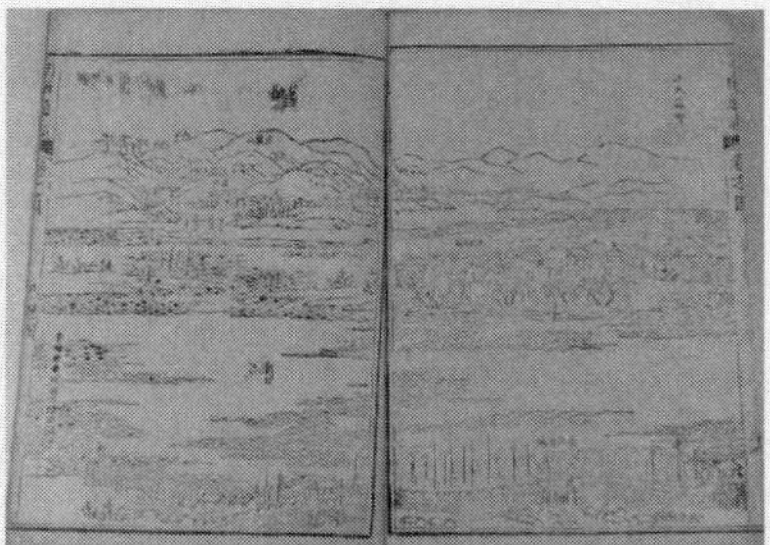

図 14　江天暮雪（長沙府城）

図 15　洞庭秋月（岳州府城）

はないが、これは結果として八景詩文の文雅の教えを通した教養昇華を狙っている」[注22]と言える、このような意味からすれば、自然の環境と文学の研究は、現実的・社会的な意味において重要な意義があるのである。

【注】

[1]『中国詩文論叢』第十四集（一九九五年十月）。

[2]現代教養文庫一六一二（社会思想社、一九九七年）一三六頁。

[3]『風花　中国古典詩論抄』（彙文堂書店、一九九二年）。

[4]松浦友久編『漢詩の事典』（大修館、一九九九年）四六六頁。

[5]陶大中丞督修《洞庭湖志》巻之八、六安直隶、州丞署藏版。清道光八年（一八二八）綦世基夏大观万年淳纂修、三五頁。

[6]竹治貞夫『憂国詩人屈原』（集英社、一九八三年）九頁。

[7]星川清孝『古文真宝選新解』（明治書院、一九五六年）二七九頁。

[8]松浦友久著『中国詩選三―唐詩―』（社会思想社、一九七二年初版）五四頁。

[9]中村渓男「瀟湘八景の画風―中国の真景描写と日本画風の諸問題」（『古美術』二、特集「瀟湘八景図とコプト綴織」季刊〈夏の号〉、三彩社、一九六三年六月）四六頁。

[10]南宋の趙希鵠が「宋廸の八景図は初めから筆者が命名したものではなく後人が彼の瀟湘写景の八図に対して、洞庭秋月など八景の名を当てはめたとする。」と指摘した。

[11]一九八一年、台湾・文海出版社、宋史資料萃編。日本では、江戸初期に御水尾天皇の勅令によって活字版として出版せられた。

[12]胡道静校注『夢渓筆談校證』（中華書局、一九六二年）。

[13]宋代の書類『錦繍万花谷』前編三十三に引用されている本文では「雁落」が「落雁」、「帆帰」が「帰帆」としている。「落照」は普通「夕照」である。日本では、近世以降「煙寺」ではなく、「遠寺」としている。

[14]鈴木敬「瀟湘八景図と牧谿・玉澗」（『古美術』二、特集「瀟湘八景図とコプト綴織」季刊〈夏の号〉、三彩社、一九六三年六月）四二頁。

[15]覚範はその詩の序において「宋廸の作った八景は絶妙で世人之を無声句と謂う。演上人が自分に戯れてあなたはよく有声の画を作りになるんか」と言われたのでここに八景に因んで各一首賦詩した」とある。

[16]朝倉尚「禅林の文学―中国文学受容の様相」（清文堂、一九八五年）四頁。

[17]《楚风补》巻十六、长沙太守吕南村氏鉴定、长沙廖元度大隐甫汇辑、际恒堂、第3页。欧阳玄、字元功、号圭斋。浏阳人、延祐初举进士、授岳州路平江府同知调太平路芜湖县尹抚安峒贼历国子祭酒、入翰林三拜承旨、修《实录大典三史》。卒封楚国公谥曰文所。著有《圭斋文集》。

[18]『王船山詩文集』（中国古典文学基本叢書、中華書局、一九六二年初版）六一八～六三〇頁。

[19]『湖南通志』巻之四「輿図」に乾隆二十二年（一七五七）仲冬月刻本、湖南省図書館古籍室蔵、寄梅人陈筆。

[20] 植木久行「名詩のふるさと（詩跡）」の冒頭解説に「詩跡への誘い」所引の関連文献には、詩跡形成の具体例洛陽、金陵をも取り上げている（松浦友久『漢詩―美の在りか』岩波新書、二〇〇二年）二頁。

[21] 二十四孝詩選／[(元) 郭居敬撰]：禿氏祐祥［解説］、龍谷大学図書館蔵。

[22]「慶応本の「玉澗八景詩の抄物」に「『二十四孝』は、五山において受容され、屏風絵に仕立てられたりもしたことを述べています。」：「貞享三年（一六八六）平野屋清三郎・三郎兵衛刊『二十四孝諺解』に瀟湘八景詩と挿絵づきで刊出」。これらは、瀟湘八景とは大きく異なっていますが、絵によって直感的に理解させ、和文によって丁寧に解説することで分析的な理解を深められます。」と堀川貴司著『瀟湘八景―詩歌と絵画に見る日本化の様相』（臨川書店、二〇〇二年）一八〇～一八一頁。

Misumi Yōichi 三角洋一, "Kanbun-tai to wabun-tai no aida: Heian chūsei no bungaku sakuhin" 漢文体と和文体の間：平安中世の文学作品. In *Koten Nihongo no sekai: Kanji ga tsukuru Nihon*, 99-123. Tokyo: Tokyo Daigaku shuppansha, 2007.

Oda Sachiko 小田幸子. "'Kō U' enshutsu to sono rekishi'『項羽』演出とその歴史. *Kanze* (October 1999): 24-28.

Ogawa Takeo 小川剛生. "Fujiwara no Shigenori-den no kōsatsu—'Kara kagami' sakusha no shōgai" 藤原茂範伝の考察—『唐鏡』作者の生涯. *Wa-Kan hikaku bungaku* 12 (1994): 27-38.

Rein Raud. "An investigation of the conditions of literary borrowings in late Heian and early Kamakura Japan." In *The Culture of Copying in Japan—Critical and historical perspectives*, Rupert Cox, ed., 143-155. London and New York: Routledge, 2008.

Tonomura Hisae 外村久江. "Kamakura bushi to Chūgoku koji" 鎌倉武士と中国故事. In *Kamakura bunka no kenkyū—sōka sōzō o megutte* 鎌倉文化の研究—早歌創造をめぐって, 103-119. Tokyo: Miyai shoten, 1996.

Varley, Paul. *Warriors of Japan as Portrayed in the War Tales*. Honolulu: University of Hawai'i Press, 1994.

----. "Cultural Life in Medieval Japan." In *The Cambridge History of Japan, Volume 3*. Kozo Yamakura, ed., 447-499. Cambridge: Cambridge University Press, 1990; online edition 2008.

Yamada Naoko 山田尚子. "Kara kagami-kō — rekishimonogatari to shite no sokumen o megutte"『唐鏡』考—歴史物語としての側面をめぐって. *Kokugo kokubungaku kenkyū (Kumamoto Daigaku)* 43 (2008): 29-43.

藤亮一 , eds., 61-70. Tokyo: Shinchōsha, 1986.

WORKS CONSULTED (Secondary)

Bialock, David T. *Eccentric Spaces, Hidden Histories: Narrative, Ritual, and Royal Authority from* The Chronicles of Japan *to* The Tale of the Heike. Stanford: Stanford University Press, 2007.

Brightwell, Erin L. "'Kara monogatari' to 'Kara kagami' in okeru 'kara' no yōsō: Chūgoku koji no kiso chishiki"『唐物語』と『唐鏡』に於ける「唐」の様相—中国故事の基礎知識 . *Rikkyō Daigaku Nihon bungaku: Komine Kazuaki teinen ki'nen tokushūgō* 111 (2014): 216-225.

Brown, Delmer M. and Ichirō Ishida. *The Future and the Past: A translation and study of the Gukanshō, an interpretive history of Japan written in 1219*. Berkeley and Los Angeles: University of California Press, 1979.

Conlan, Thomas D. "Two Paths of Writing and Warring in Medieval Japan." *Taiwan Journal of East Asian Studies* 8.1 (June 2011): 85-127.

Gomi Fumihiko 五味文彦 . "Kyō, Kamakura no ōken" 京・鎌倉の王権 . In *Kyō, Kamakura no ōken*, Gomi Fumihiko, ed., 7-113. Tokyo: Yoshikawa kōbunkan, 2003.

Hattori Kōzō 服部幸造 . "Gunki monogatari no busō hyōgen (jo)" 軍記物語の武装表現 (序). In *Gunki monogatari no seisei to hyōgen* 軍記物語の生成と表現 , Yamashita Hiroaki 山下宏明 , ed., 17-30. Osaka: Izumi shoin, 1995.

Hare, Thomas Blenman. *Zeami's Style: The Noh Plays of Zeami Motokiyo*. Stanford: Stanford University Press, 1986.

Hongō Keiko 本郷恵子 . "Kuge to Buke" 公家と武家 . In *Iwanami kōza: Tennō to ōken o kangaeru* 岩波講座天皇と王権を考える , Amino Yoshihiko 網野義彦 et al, eds., 107-126. Tokyo: Iwanami shoten, 2002.

Kōchiyama Kiyohiko 河内山清彦 . "Ima monogatari/Yotsugi monogatari no sekai" 今物語・世継物語の世界 . In *Nihon no setsuwa 4: chūsei II*. Tokyo: TokyoBijutsu, 1974: 260-288.

Komine Kazuaki 小峯和明 . *Inseiki bungaku-ron* 院政期文学論 . Tokyo: Kasama shoin, 2006.

Kusaka Tsutomu 日下力 . "Teika to senran—bungaku hyōgen no teihan o saguru" 定家と戦乱—文学表現の底辺を探る . *Meigetsuki kenkyū* 3 (November 1998): 97-109.

Lachaud, François (as ラショ・フランソワ). "Hangonkō ni tsuite" 反魂香について . In *Yūrashia ni okeru bunka no kōryū to tenpen*. Yabe Masafumi 家辺勝文 , trans. (March 22, 2007): 35-56.

Lammers, Wayne P. *The Tale of Matsura: Fujiwara Teika's Experiment in Fiction*. Ann Arbor: Center for Japanese Studies, the University of Michigan, 1992.

McCarty, Michael. *Divided Loyalties and Shifting Perceptions: The Jōkyū Disturbance and Courtier-Warrior Relations in Medieval Japan*. Ph.D. diss., Columbia University, 2013.

McCullough, Helen Craig. *The Tale of the Heike*. Stanford: Stanford University Press, 1988.

We might also bear in mind that this "mismatch" is not limited to Noh: François Lachaud, in his article on the "soul-summoning fragrance," reveals the virtual lack of presence thereof in *Kara kagami*. Lachaud, François (as ラショ・フランソワ), "Hangonkō ni tsuite" 反魂香について, in *Yūrashia ni okeru bunka no kōryū to tenpen*, Yabe Masafumi 家辺勝文, trans. (March 22, 2007): 35-56 (mention on 38). While Lady Li does appear in *Kara kagami* and the hall in which her apparition materializes is christened "Hall of the Fragrant Dream," there is no mention of the legendary incense itself.

32 Shigenori, 84-99.

33 The following discussion of "Kō U" is based on the Shinchōsa edition of the play. "Kō U" 項羽, in *Yōkyokushū (chū)* 謡曲集(中), Itō Masayoshi 伊藤正義 and Satō Ryōichi 佐藤亮一, eds., 61-70 (Tokyo: Shinchōsha, 1986).

34 Needless to say, the entire plant-manifestation that forms the core of Oda's discussion is nowhere to be found in Shigenori's work.

35 マシテ美女袖モシホリアヘヌ Shigenori, 95.

36 This mismatch, moreover, is not limited to "Kō U." Thomas Hare has pointed out two allusions to Xiang Yu in Zeami's play "Aridōshi." Thomas Blenman Hare, *Zeami's Style: The Noh Plays of Zeami Motokiyo* (Stanford: Stanford University Press, 1986), 105 and 121. Hare identifies "an allusion to Xiang Yu's song in the *Shi ji*..." Ibid., 121. Curiously, there are lines in *The China Mirror* that dovetail with Hare's rendering of said song; however, they are not presented as verse, per se, opening instead with a very unpoetic「項羽語テ云ク」, Shigenori, 95.

37 See Note 27.

38 Tonomura Hisae has gone so far as to make the tantalizing suggestion of the involvement of Shigenori's 'house' in the composition of *Azuma kagami*. Tonomura Hisae, 115.

WORKS CONSULTED (Primary)

Fujiwara no Nobuzane 藤原信実. "*Ima monogatari*" 今物語. In *Ima monogatari, Takafusashū, Tōsai zuihitsu*, Kubota Jun 久保田淳 et al., eds., 119-167. Tokyo: Miyai Shoten, 1979.

Fujiwara no Shigenori 藤原茂範. *Kara kagami: shōkōkanbon* 唐鏡:彰考館本. In *Koten bunko*, Hirasawa Gorō 平沢五郎 and Yoshida Kōichi 吉田幸一, eds. Tokyo: Koten Bunko, 1965.

----. *Kara Kagami* 唐鏡. Manuscript 108-67. Property of Hōsa bunko 蓬左文庫, attributed to Fujiwara no Tameuji 藤原為氏 (1222 – 1286).

Fujiwara no Teika 藤原定家, Higuchi Yoshimaro 樋口芳麻呂, and Kuboki Tetsuo 久保木哲夫, eds. *Matsuranomiya monogatari* 松浦宮物語. Tokyo: Shogakkan, 1999.

Jien 慈円. *Gukanshō* 愚管抄. In *Nihon koten bungaku taikei* 86. Okami Masao 岡見正雄 and Akamatsu Toshihide 赤松俊秀, eds. Tokyo: Iwanami Shoten, 1967.

"Kō U" 項羽. In *Yōkyokushū* (*chū*) 謡曲集(中). Itō Masayoshi 伊藤正義 and Satō Ryōichi 佐

Keen awareness of a classical Japanese past was a major feature of the efflorescence of *waka* that occurred, ironically perhaps, during the twelfth and thirteenth centuries, when the court was a declining governmental institution." Paul Varley (1990; online edition 2008), 453. This presumes, of course, a clear distinction between Chinese and Japanese. But whether the past referenced was Chinese or Japanese, Thomas Conlan's article noted earlier supports an argument that in the thirteenth century, at least from a courtier perspective, the idea of a man who had both literary and martial prowess as an ideal would have resonated. Conlan in fact cites a passage by Shigenori as an example of a medieval intellectual familiar with the interdependence of *bun* and *bu* in the Chinese tradition. Thomas Conlan, 88.

25 「漢字・平仮名交じり文」These categories are borrowed from Misumi Yōichi 三角洋一, "Kanbun-tai to wabun-tai no aida: Heian chūsei no bungaku sakuhin" 漢文体と和文体の間：平安中世の文学作品, in *Koten Nihongo no sekai: Kanji ga tsukuru Nihon*, 99-123 (Tokyo: Tokyo Daigaku shuppansha, 2007), 103. This discussion is based on the Hōsa Bunko manuscript, number 108-67.

26 「漢字交じり平仮名文」Misumi Yōichi, 103.

27 I borrow this characterization from Komine Kazuaki 小峯和明, *Inseiki bungaku-ron* 院政期文学論 (Tokyo: Kasama shoin, 2006), 808 and 831-832.

28 Tonomura Hisae, 110.

29 This notwithstanding, Hirasawa Gorō proposes that "*Kara kagami* was widely read, [circulating] as far as the palace."「…『唐鏡』が広く殿上にまで閲覧された」. Hirasawa Gorō (1965.3), 311-312. Nonetheless, while *Kara kagami* may have been, in a sense, an "upwardly mobile" text, the fact remains that few works cite *Kara kagami* and this, coupled with its but partial preservation, suggests to me limited audience appreciation.

30 In this attribution, I follow Oda Sachiko 小田幸子, who draws on the work of Nakatsuka Yukiko 中司由起子. Oda Sachiko 小田幸子, "'Kō U' enshutsu to sono rekishi'『項羽』演出とその歴史, *Kanze* (October 1999), 24.

31 Both in my dissertation and at a presentation in Bucharest delivered Aug. 30, 2011: "Captured Again: Wang Zhaojun in Barbarian Drama." It is worth noting, however, that the ways in which Shigenori's content does not fit well with either play's differ: in the case of "Shōkun," it is in the surfeit of historical data, in particular the note of her marriage to and children with the Xiongnu leader. On the impact of such information, see Erin L. Brightwell, "'Kara monogatari' to 'Kara kagami' in okeru 'kara' no yōsō: Chūgoku koji no kiso chishiki"『唐物語』と『唐鏡』に於ける「唐」の様相：中国故事の基礎知識, *Rikkyō Daigaku Nihon bungaku: Komine Kazuaki teinen ki'nen tokushūgō* 111 (2014): 216-225. Oda also mentions another play that features Gaozu and Xiang Yu: 高祖 "Kōso." While I have not read it, since said mention features Xiang Yu being run through by a sword at the hand of a war god, it seems unlikely that the play was based on historical events. Cf. Oda Sachiko, 27.

22 Jien, for one, is explicitly condemnatory of *nenbutsu* movements. Following his discussion of Hōnen, he adds: "Many others [among the '*nenbutsu* priests'] received names that were made up of 'Amitābha Buddha' preceded by a Chinese character [denoting some Buddhist truth], producing names like Kū Amida Butsu (Void Amitābha Buddha) and Hō Amida Butsu (Law Amitābha Buddha). Many priests and nuns had such names. In time, the activity of persons who called themselves the disciples of Hōnen left no doubt but that the Buddhist law had really reached its 'deteriorating phase.'" Translated in Delmer M. Brown and Ichirō Ishida, *The Future and the Past: A translation and study of the Gukanshō, an interpretive history of Japan written in 1219* (Berkeley and Los Angeles: University of California Press, 1979), 172. For the original, see Jien 慈円, *Gukanshō*『愚管抄』, in *Nihon koten bungaku taikei* 86, Okami Masao 岡見正雄 and Akamatsu Toshihide 赤松俊秀, eds. (Tokyo: Iwanami Shoten, 1967), 295.

23 Rein Raud's essay on poetic techniques offers a glimpse of how courtiers may have been as eager to keep "culture" beyond the reaches of the warriors as the latter were to attain access to it. Rein Raud, "An investigation of the conditions of literary borrowings in late Heian and early Kamakura Japan," in *The Culture of Copying in Japan—Critical and historical perspectives*, Rupert Cox, ed., 143-155 (London and New York: Routledge, 2008).

On the warriors' potential disruption of previously dominant worldviews, see David T. Bialock, *Eccentric Spaces, Hidden Histories: Narrative, Ritual, and Royal Authority from* The Chronicles of Japan *to* The Tale of the Heike (Stanford: Stanford University Press, 2007), 185-190.

For a concise look at the warrior rise to power and the ways that undermined or challenged authority previously in the hands of the nobility, see Hongō Keiko 本郷恵子, "Kuge to Buke" 公家と武家, in *Iwanami kōza: Tennō to ōken o kangaeru* 岩波講座天皇と王権を考える, Amino Yoshihiko 網野善彦 et al, eds., 107-126 (Tokyo: Iwanami shoten, 2002). Her work, which follows surplus "energy" across social and cultural transformations, does not focus on how warriors and nobles perceived each other; however, the portrayal of changing power dynamics and conceptions of legitimacy provides a useful background for thinking about issues of mutual apprehension. Hattori also notes the scarcity of detailed enumerations of warrior garb in both *Ima kagami* and *Masu kagami*. Hattori Kōzō, 26. Given this, *Matsura* and *Ima monogatari* can hardly be taken as anomalies.

24 Paul Varley's work implies that had Shigenori thought so, he would have been behind the times. "In earlier times the 'classical past' had been essentially a Chinese past; now the Japanese looked back increasingly to the mid-Heian period of their own history for artistic guidance and inspiration.

Michael McCarty, writing on the notion of the Jōkyū Disturbance as a turning point in conceptualizations of courtiers and warriors, notes: "As we move closer to the fourteenth century, increasing hostility and disappointment mark the writings of later generations, and perceptions of warriors and courtiers become more complicated and polarized." Michael McCarty, *Divided Loyalties and Shifting Perceptions: The Jōkyū Disturbance and Courtier-Warrior Relations in Medieval Japan* (Ph.D. diss., Columbia University, 2013), 10. Thus, we might infer that Teika's view might have been relatively extreme for its time, but that it would have seemed much more mainstream by the time *Tales of Today* and *The China Mirror* were composed. For a longer discussion of warrior and courtier imagery, see ibid., 180-212.

17 Proposing that in the tale, the Taira are "surrogates for the courtier class," Varley calls attention to their depiction as having (among other things) "refined courtly tastes in music, poetry, and the like..." Paul Varley, "Cultural Life in Medieval Japan," in *The Cambridge History of Japan, Volume* 3, Kozo Yamakura, ed., 447-499 (Cambridge: Cambridge University Press, 1990; online edition, 2008), 451-452. The incident also features in *Heike monogatari*. For a translation, see Helen Craig McCullough, *The Tale of the Heike* (Stanford: Stanford University Press, 1988), 185.

Kōchiyama Kiyohiko cites this tale as an exemplar of *Ima monogatari*'s valorization of '*yasashi*' (refinement); to my knowledge, the work does not accord contemporary Kamakura warriors the same sensibility. Kōchiyama Kiyohiko 河内山清彦, "Ima monogatari/Yotsugi monogatari no sekai" 今物語・世継物語の世界, in *Nihon no setsuwa 4: chūsei II* (Tokyo: TokyoBijutsu, 1974), 260-261.

18 「薩摩守忠度といふ人ありき。宮ばらの女房に物申さむとて、つぼねのうへざままで、ためらひけるが、事のほかに夜ふけにければ、あふぎをはら々とつかひならして、きゝしらせければ、このつぼねの心しりの女房、「野もせにすだくむしのねや」とながめけるをきゝて、あふぎをつかひやみにける。人しづまりて、いであひたりけるに、此女房、「あふぎをばなどやつかひたまはざりつるぞ」といひければ、「いさ、かしかましとかやきこえつれば」といひたりける、やさしかりけり。かしかまし野もせにすだく虫のねやわれだに物はいはでこそおもへ.」Fujiwara no Nobuzane 藤原信実, "Ima monogatari" 今物語, in *Ima monogatari, Takafusashū, Tōsai zuihitsu*, Kubota Jun 久保田淳 et al., eds. 119-167 (Tokyo: Miyai Shoten, 1979), 123. Gomi, too, has looked at this collection, though neither of the above tales is mentioned in the essay cited earlier. Cf. Gomi Fumihiko, 102.

19 Helen Craig McCullough, 185.

20 Nobuzane, 153-154.

21 天魔のしわざか、又女の恋しとおもひけるがゆゑにか、いとふしぎなり。..」Nobuzane, 155. Kōchiyama interprets the story as assessing the "attachment" as bizarre, but offers little beyond that. Kōchiyama Kiyohiko, 266.

discussion.

10 「我国にして弓矢の向かへるかたを知らざりき。…」Fujiwara no Teika 藤原定家 (1162 – 1241), Higuchi Yoshimaro 樋口芳麻呂 , and Kuboki Tetsuo 久保木哲夫 , eds. *Matsuranomiya monogatari* 松浦宮物語 (Tokyo: Shogakkan, 1999), 59.

11 「... ただ同じさまなる人、また五人、宇文会がうしろに馳せかけて、並べる八人が太刀抜きたる右も肩より、竹などをうち割るやうに、馬、鞍まで一刀に割り裂きつる時に、遠く見るものの、またこの人に弓を引き、刀を抜きて、向かはむと思ふなし。」Teika, 62-63. Translation from Wayne Lammers, 105, with Chinese names modified to reflect *pinyin* Romanization.

12 Teika, 70-71. Wayne Lammers, 110.

13 「身ならはず長き矢を放つに、賢き固めと頼める厚き板を、枯れたる木の葉などのごとくに通りて、内なる人に当たる...」Teika, 72. Wayne Lammers, 111.

14 Looking at many of the same passages referenced above, Kusaka Tsutomu examines *Matsuranomiya*'s images of violence vis-à-vis Teika's life. The opening sections of Kusaka's essay attempt to establish that Teika had at least some active interest in things martial; however, "at heart, he was a man of letters."「... 本質的に『文』の人であった」。Kusaka Tsutomu 日下力 , "Teika to senran—bungaku hyōgen no teihan o saguru" 定家と戦乱 — 文学表現の底辺を探る , *Meigetsuki kenkyū* 3 (November 1998): 97-106; citation from 106. He then moves on to look at the ways in which Teika depicts armed conflict in *Matsuranomiya*, looking in particular for the historical events that might have inspired Teika's descriptions or the ways the author's own life might have informed certain passages or narrative positions; Kusaka concludes that Teika "had a fundamental discomfort with martiality."「... 武に対する違和感が、根源的にあった ...」。Ibid., 106-109; citation from 109. Our observations regarding the text itself are not without some similarity; where the concern for Kusaku, however, is to trace apparent incongruities to Teika's life and times, my own concern is with the implications of a non-martial conquering hero as a constructed character within a tale.

15 Paul Varley, *Warriors of Japan as Portrayed in the War Tales* (Honolulu: University of Hawai'i Press, 1994), 51.

16 This sense of a geographical aspect to warrior qualities is not unique to Nobuzane. Paul Varley likewise notes (albeit with more positive connotations, since his work is valorizing the warrior): "In the ancient and medieval war tales it is almost always eastern warriors who are shown as exemplars of such idealized qualities as self-sacrificing loyalty, extreme aggressiveness, and legendary equestrian skills." Paul Varley, 32. However, if the Taira were "merging the *bun* and the *bu* and becoming courtier-warriors" in *The Tale of the Heike*, as Varley suggests, Nobuzane and his ilk seem to have been trying quite clearly to re-separate the two. Cf. Paul Varley, 178.

no Shigenori-den no kōsatsu—'Kara kagami' sakusha no shōgai" 藤原茂範伝の考察 — 『唐鏡』作者の生涯 , *Wa-Kan hikaku bungaku* 12 (1994), 32. This works if one accepts his earlier argument that Shigenori was born in the early 1200's, not 1236, as the *Kugyō bu'nin* 公卿補任 would suggest, and believes that the work was composed while he was in Kamakura (1253-1264). Ibid., 28-29 and 31; conclusion regarding the warrior houses, ibid. 36. Following Ogawa's dating, the work's interest in both martial and literary events would not be inconsistent with a thirteenth-century courtier *mentalité* described by Thomas Conlan in his survey of the notions of *bun* 文 and *bu* 武 in pre-modern Japan. He suggests that post-Jōkyū rebellion, the notion that the shogun should embody both values gained currency. Thomas Conlan, "Two Paths of Writing and Warring in Medieval Japan," *Taiwan Journal of East Asian Studies* 8.1 (June 2011), 96-97. In fact, Conlan cites Hōjō Tokiyori 北条時頼 as specifically reminding Munetaka of the importance of *bun* and *bu*. Ibid., 97.

5 Ogawa Takeo, 36.

6 See, for instance, Tonomura Hisae 外村久江 , "Kamakura bushi to Chūgoku koji" 鎌倉武士と中国故事 , in *Kamakura bunka no kenkyū—sōka sōzō o megutte* 鎌倉文化の研究 — 早歌創造をめぐって , 103-119 (Tokyo: Miyai shoten, 1996).

7 日本文化の正しい継承を考えなくては、京都朝廷並びに公家貴族に対し、またはこれを包含する新しい政治の主権の確立はありえないことである」。Tonomura Hisae, 103-107 (broader discussion) and 106 (quotation). Tonomura later conjectures that『唐鏡』specifically was written for「関東の武士の社会」. Ibid., 112. Most of Tonomura's coverage of『唐鏡』is concerned with Shigenori's dates and locating the work's composition in Kamakura, and there is little discussion of the work's actual content, other than a short exploration of the preface. Ibid., 111-115. For a similar depiction of the warrior desire for knowledge, see Ogawa Takeo, 36.

8 Consider, for instance, Hōjō Masako's commissioning of *kana* "translations" of Chinese works. Per Gomi Fumihiko 五味文彦 , "Kyō, Kamakura no ōken" 京・鎌倉の王権 , in *Kyō, Kamakura no ōken*, Gomi Fumihiko, ed., 7-113 (Tokyo: Yoshikawa kōbunkan, 2003), 75.

9 In an article seeking the origins of the rhetorical device of detailed armor and weapon descriptions, Hattori Kōzō suggests that Teika "exhibits no interest" in Ujitada's armor of divine provenance and that he was "incapable" of providing a detailed description of Ujitada's armaments. … それらがどのようなものであったか、作者は興味を示していない。… 弁少将の戦場での働きを描くことはできても、武器などを具体的に描くことはできなかった。 Hattori Kōzō 服部幸造 , "Gunki monogatari no busō hyōgen (jo)" 軍記物語の武装表現 (序), in *Gunki monogatari no seisei to hyōgen* 軍記物語の生成と表現 , Yamashita Hiroaki 山下宏明 , ed., 17-30 (Osaka: Izumi shoin, 1995), 22. While it is possible to argue that Teika simply did not write about such things because they were beyond his ken, I find considering such omission a deliberate maneuver to be more conducive to

Japanese imperial household—it makes sense that the history of the Kamakura *bakufu* itself would be written as a *Mirror*: *Azuma kagami*『吾妻鏡』(The Mirror of the East).[38] We might see *The Mirror of the East* as the result of the application of some very powerful formal (as opposed to content-based) teachings from *The China Mirror*.

By way of conclusion, a brief reflection on *The China Mirror* in the context of pedagogy and the transmission of court culture affords an intriguing look at how texts can pass on far more than "data" or "knowledge," as well as how their reception itself is always a site for potential audience interventions. It is, after all, difficult to imagine that Shigenori set out to write a work that in some ways subverted the remnants of the very culture that supported him. Yet regardless of the failure of the "China knowledge" he offered, in providing a discourse that derives its authority from outside of Japanese high court culture, he did precisely that. His probable readers in turn, seem to have eschewed the "China data" while recognizing the possibilities Shigenori's genre innovations created. The result is a transformation of the "teachings" from a work that presupposed its readers' intellectual and cultural shortcomings to one that could provide grounds for warrior-reader legitimation.

1 An earlier version of this paper was presented as part of the panel "Pedagogy and High Culture in Medieval Japan" at the 2014 AAS meeting in Philadelphia. I would like to thank our discussant, Tom Hare, as well as the audience members for suggestions, questions, and feedback.

2 「名残ノ惜サ無為方、震旦ノ賢王、聖主ノ御政、治世、乱代ノ云為（アリサマ）、目出タキ事モアリ、浅猿シキ事モアリ、不知人ニ語申サマホシケレトモ、朝聞テ、暮ニ忘ルル、老ノ習ナレハ、ツヤツヤオホヘ侍ラネトモ、百分カ一端ヲ、春木ニ記ス事、秋毫計也、才人為ニハ、嘲ラレヌヘシ、児女子ノ為ニハ自見トカ［ママ］レナン、古ヲ以テ、鏡トスル事アリトカヤ、キコヘ給シカハ、唐鏡トヤ申侍ヘキ、」Fujiwara no Shigenori 藤原茂範 (ca. 1204 – ca. 1294), Kara kagami: *shōkōkanbon* 唐鏡：彰考館本, in Hirasawa Gorō 平沢五郎 and Yoshida Kōichi 吉田幸一, eds., *Koten bunko* (Tokyo: Koten Bunko, 1965), 10-11. I have removed the *kundoku* markings and spelled out those sounds originally indicated by vertical reduplication marks for horizontal typing.

3 See, for instance, Yamada Naoko 山田尚子, "'Kara kagami'-kō— rekishimonogatari toshite no sokumen o megutte"『唐鏡』考 — 歴史物語としての側面をめぐって, *Kokugo kokubungaku kenkyū (Kumamoto Daigaku)* 43 (2008): 30-31.

4 「こういう啓蒙的な書物はしかるべき貴人の教育のためか、その依頼によって執筆されたと考えるのが自然であろう。… あるいは、『唐鏡』執筆の対象として宗尊親王を想定してもよいかも知れない。」Citation, Ogawa Takeo 小川剛生, "Fujiwara

cultural wheat from the chaff. It does not teach one how to be an active participant in elite culture—it simply gives the background information to recognize that something "cultural" is afoot. As such, it is not surprising that in this regard, at least, it does not seem to have had much appeal for readers seeking socio-cultural mobility. Or those, such as wealthy warrior patrons of the Noh, who in all likelihood felt that they already *had* the cultural basics down. In short, it may have been a useful tool for Kamakura readers playing "catch up" in the cultural game, but by the time that Noh had come into its own, the basics that *The China Mirror* offered may well have been obsolete.

Other Lessons Learnt

This is not, however, to say that *The China Mirror* did not contain other valuable and appreciated lessons. Even as it seems to fall short in terms of the "China" that it offers, in its capacity as a *Mirror,* we can locate "teachings" of a sort that open up the genre of *Mirror*-writing itself to powerful effect. The earliest *Mirrors* were a group of two or three vernacular historical tales about Japan that centered on imperial, regent, or courtier affairs. *The China Mirror*, however, teaches that *Mirrors* can be adapted to new ends and to serve new types of writers and readers. First of all, in drawing on a range of written forms, *The China Mirror* demonstrates that as a genre *Mirrors* no longer need be written in an exclusively vernacular register. This is a pronounced change from most of the earlier Heian works in the genre. Secondly, *The China Mirror* reveals that a *Mirror* can overtly engage with political, public, and martial concerns. This, too, is in marked contrast with the poetry contests, seasonal events, and courtier contretemps that dominate the first two Heian *Mirrors*. Furthermore, in shifting the focus to China, *The China Mirror* establishes that a subject can be valid without in any way being contingent upon the Japanese imperial court, and more importantly still, that the divine mandate to rule can move. In other words, in *The China Mirror*, authority rests in an institution rather than a bloodline.

I suspect that even as the China content itself seems to have failed to garner readers, these latter lessons did take hold with a warrior readership. Though at this point I enter the realm of conjecture, it is not illogical to suppose that the idea that the heavenly mandate to rule was not the exclusive purview of a genetically predetermined group ought to have held appeal. Keeping this and the changes that *The China Mirror* has effected vis-à-vis *Mirror* writing—the possibility of a non-vernacular register, a focus on political and martial concerns, and the validation of a perspective completely outside of that of the

If one turns, however, to the Noh play, one finds a narrowly focused portrayal.[33] To "get it," an audience member should know that Xiang Yu died at the WuRiver, since this is the play's setting. The exchange with the ferryman is also important, as the Noh itself is patterned on an exchange with a boatman. And both works cite roughly seventy clashes between Xiang Yu and Gaozu. Lastly, the self-decapitation and offering of the head to Lü Matong are significant elements of both. What we see in the Noh that was scarcely addressed in the *Mirror* account, however, is Xiang Yu's queen, Yu-shi 虞氏 . In the Noh, Xiang Yu's last stand is motivated by his sorrow at the loss of his wife, who has jumped from a tower in grief over him, together with the realization that his own life has run its course; the entire narrative is driven by this romantic relationship. (This being said, his sorrow is exacerbated by the crippling of his favorite horse, a point the play mentions more than once.)[34]

To anyone who knew the circumstances of Xiang Yu's life solely from *The China Mirror*, this would make very little sense. Xiang Yu's wife appears only briefly there, when he is temporarily surrounded by Gaozu's troops, and they have a tearful farewell, at which he also mourns the loss of his horse. There is, in fact, no mention of her death, and the last the reader sees of her are the lines in which Xiang Yu, despite being a great warrior, is unable to staunch his tears, while "How much the more so was the beauty unable to wring the tears from her sleeves?"[35] In short, for whatever reason, Shigenori's account provides plenty of dramatic moments, but seemingly without giving much space to one of the moments that would come to most captivate later medieval audiences' attention.[36]

This apparent discrepancy is not unique to the way events are staged in the Noh version. Rather, it continues a seeming pattern of divergence from other China-themed works. It would be an underestimation, I suspect, to simply attribute Shigenori's atypical (and seemingly unpopular) China to a misapprehension of lasting audience demand, although that may have been a part of it. One should also note that his resolutely public, political, and violent account of the continent is certainly not going to undermine elite claims to privileged cultural know-how: his is, in the end, an impossible task—to make elite cultural knowledge accessible while keeping it elite.

These contradictory impulses result in a work that was unlikely to satisfy a reader of *The China Mirror* who sought cultural capital or the means to understand literary and artistic allusions. To be sure, the work provides extensive background, but it cannot function as a stand-alone guide for how to deploy knowledge or allusions.[37] In other words, in terms of data supplied, *The China Mirror* does not subvert a separation of the marked discrepancy between what Shigenori presents as foundational knowledge and what an audience might need to appreciate the dramatic restaging of the events in question.

Since the Tang and presumably Song scrolls of *The China Mirror* have been lost, one can only imagine the ways in which Shigenori's treatment of the Tang might have differed from that of plays such as Konparu Zenchiku's 金春禅竹 (1405-1470) Yō Kihi『楊貴妃』(Yang Guifei) or Kanze Nobumitsu's 観世信光 (1435-1516) "Kōtei"『皇帝』(Huang di). However, scrolls three and four, which survive, also feature figures who later appear in Noh works: the Chu king Xiang Yu 項羽 and the beloved concubine of Emperor Wu married off to appease the Xiongnu, 王昭君 Wang Zhaojun. The latter is the center of a play of the same name, Shōkun, attributed to Konparu Gonnokami 金春権守 (dates unknown, active fourteenth century), and the former is the subject of the play "Kō U"『項羽』, attributed to Zenchiku's grandson, Konparu Zenpō 金春禅鳳 (1454-1532).[30]

Both plays are revealing for how little of the type of information Shigenori provides would actually be useful for enhancing the audience experience, providing clear instances of a potential misalignment between imagined and actual reader expectations. As I have discussed "Shōkun" at length elsewhere,[31] and since Xiang Yu himself is one of the most prominent figures in *The China Mirror*, let us focus here on his depiction in *The China Mirror* and the drama that bears his name.

In *The China Mirror*, Xiang Yu's exploits are recounted at great length. He arrives on the narrative scene at the end of the Qin, killing, pillaging the Qin tomb, and razing the palace. He returns as an ally and rival of Gaozu in the struggle for the throne, and when Gaozu claims the kingship for himself, Xiang Yu and his intimates conspire to kill him at a banquet at Hongmen. Gaozu manages to escape only with the assistance of some of Xiang Yu's apparent allies and the arrival of his trusted companion Fan Kuai. Their subsequent struggles are also related in detail, with dramatic highlights that include Xiang Yu's troops being stopped by a giant tornado (an act they interpret as divine punishment) and his attempt to execute Gaozu's father in front of him. The tide then turns against him, and Xiang Yu is imprisoned, although he manages to escape for one final stand, stopping en route at the WuRiver, where an elderly man offers to ferry him across. After a lengthy speech in which he releases most of his remaining troops, Xiang Yu dashes off to meet his pursuers, killing several, before offering his own head to Lü Matong that he (Lü) might be able to claim any reward. Lü, as a friend of Xiang Yu, is unable to do so, but one Wang Yi does so instead, and the rest of the body is dismembered by nameless followers of Gaozu. Thus ends the erstwhile King of Chu.[32]

that of "character-interspersed *hiragana*."[26] The presence of the two visually distinct forms suggests an intentional negotiation between registers of "official" and "unofficial" writing in the work.

In terms of content, the sprawling work features a wealth of information arranged within the context of imperial biographies. Fortunately, the inclusion of scattered subheadings (the frequency of which varies across manuscripts) suggests a typological perspective, allowing a better sense of what *kinds* of knowledge the work was believed to contain. Some of the most oft recurring matters are those of the origins of customs or inventions, the occurrence and interpretation of portents, outstanding physical characteristics (imperial and anomalous), examples of good and wicked behavior, and things related to Buddhism: both its arrival in China and its transmission to Japan. The more readily apparent lessons one can abstract from this are unsurprising: one should be a thoughtful, moral, and frugal ruler who does not unduly burden one's subjects and heeds one's ministers and tutors. Moreover, regents are often necessary, but should remember their role as temporary stewards of power. Women should never rule. Though the lessons in and of themselves are normative, the text's lack of overlap with other Chinese or China-themed didactic works (most notably the *Meng qiu*『蒙求』and the late twelfth-century collection of *setsuwa*, *Kara monogatari*『唐物語』) indicates that *The China Mirror* offered plenty of material that had not previously circulated in primer form.[27] Moreover, Shigenori has provided a wealth of information on statecraft and battles, politicians and generals—topics that might, it seems, register with a stereotypical, rougher, less sophisticated Kamakura warrior readership, particularly one as interested in Chinese history and precedent as Tonomura has suggested.[28] However, the paucity of records that reference *The China Mirror* also implies that the work somehow failed to make its mark in the long term.[29] Clearly if Shigenori was writing with an eye to a readership that lasted beyond the immediate, something went awry.

Writer/Reader Mismatch

Indeed, regardless of whom Shigenori had in mind as his ideal reader, there is little evidence that his work met with substantial interest or appreciation. One reason for this may be a mismatch between the types of knowledge he perceived his readers as requiring and those that they themselves might have deemed useful. If, for instance, one considers Noh versions of some of the most prominent events in *The China Mirror* (which seems appropriate, given shogunal and later broader warrior patronage of Noh), there is a interests as inclined towards the former.[22]

Two tales alone would be scant evidence for a more popularly perceived (or desired) division between cultured and un-cultured types of warrior; however, when taken in conjunction with the depictions in *Matsuranomiya monogatari* (or the apparent sympathies Paul Varley locates in the *Heike*), the imagery is consistent. We see a courtier imagination in which "good" culturally polished, court-oriented warriors are things of the past, à la the Taira warriors from the *Heike*, while contemporary warriors are to be contained and subordinated in the manner done in *Matsuranomiya*, or identified with the rustic, uncultured, and eastern.

Whether this dovetailed with reality is not really the issue—it is more significant here that at least some courtiers or cultural elite perceived (or wanted to perceive) warriors in this way.[23] One can imagine that Shigenori might have conjectured that a certain type of warrior might wish to be seen more as the urbane "Ujitada" or "Taira" model than as the slightly comical "Kamakura *bushi*," desiring to be thought of as capable of wielding both cutting sword and wit. Perhaps he saw an expeditious means to basic familiarity with things Chinese as a competitive product in this kind of environment.[24]

The Teachings

In terms of the content itself, *The China Mirror* was once ten scrolls that spanned from the time of the sage emperors through (presumably) the Song: of these, the first six (i.e., those that run through the end of the Jin) survive. Superficially, the scrolls provide an overview of Chinese history. At the same time, by virtue of the work's designation as a *Mirror*, it also participates in a longer tradition of cosmological writing. This sort of dual capacity grants the work a more complicated "educational purpose" than the vague and formulaic "reflection on the past" might suggest to present-day readers. Thus, the subsequent discussion will address its teachings from two different positions: the first being the type of information about continental culture that is supplied, and the second being the work's genre-related implications.

The China Mirror is an arrayal of biographies of Chinese emperors that proceeds in roughly chronological order. In terms of form, the oldest manuscript is written in a mix of styles: most entries open with a line (or lines) in "mixed character and *hiragana*" that is visually similar to Classical Chinese.[25] These segments are mostly in Chinese characters with Japanese readings and word order indicated through glosses. Yet the bulk of the remaining text is in a distinct cursive script much closer to that of "literary" manuscripts,

There was a person called Governor of Satsuma [Taira no] Tadanori. Having something he wished to say to a palace lady-in-waiting, he had gotten as far as the entrance to the pavilion when he hesitated; since the night was already unimaginably late, he [tapped] *rat-a-tat-tat* with his fan as was his custom. When he listened, he heard the familiar lady-in-waiting of the pavilion sigh, "An entire field a-chirp with insects," and he stopped using his fan. The person fell silent, and upon her emergence to meet him, this lady-in-waiting said, "Why aren't you using your fan?"—at this, he said "Well, I heard it was 'noisy' or something," and it was charming.

How noisy—an entire field a-chirp with insects.
I alone smolder with things unspoken.[18]

Tadanori, whom we know from the *Heike* to have been "Deputy Commander" of "[m]ore than thirty thousand horsemen,"[19] is shown as praiseworthy here precisely because of his courtier-like sensibilities. (Indeed, no mention of his martial responsibilities is made.) One can envision Nobuzane and his literati friends (including Teika) appreciating the level of cultural literacy that enables Tadanori to grasp the lady-in-waiting's half-spoken reproach and secure the tryst.

That the typical Kamakura warrior was envisioned by courtiers as falling short of this is suggested by the thirty-sixth tale, *Rengedani no semenenbutsu*「蓮花谷の責め念仏」(The Urgent *Nenbutsu* of Lotus Valley).[20] The warrior protagonist, who ostensibly has taken vows, is visited nightly by his wife to discuss practical household matters and worldly affairs. Some of his companions find the matter strange and report him to their leader, Kū-amidabutsu, who concludes that the warrior is being pursued by his wife's excessively enamored spirit. The priest orders a public exorcism of sorts, and the nocturnal visitor is revealed to have been a spirit that in turn is driven away by the power of the *nenbutsu*. The account closes with the observation: "It might have been the handiwork of a demon, or then again, perhaps it was due to the wife's ardent longing? It was very bizarre."[21]

Nobuzane's Kamakura warrior stands at quite a remove from his graceful Taira predecessor. He is engaged in a popular cult and is preoccupied with his wife and business both domestic and societal. While the image of his exorcism, in which he is surrounded by "thirty or forty people" chanting the *nenbutsu*, is powerful, it is not a predicament in which a reader is able to picture one of Nobuzane's courtier protagonists from the other stories finding himself. If there can be said to be notions of popular and elite culture in the Kamakura period, then Nobuzane's account suggests courtiers favored representing warrior

> men from behind, cutting all eight of them down as though they were but bamboo stakes, slashing each of them with a single stroke from raised sword arm through saddle and horse. Having witnessed what happened to their great general, no longer did any of the insurgents have the courage to draw a bow or lift a sword against Ujitada.[11]

Ujitada appears to do nothing while the enemy is felled around him. Though he does draw his sword immediately prior to the excerpt here, he does not use it. And when he marches forth to the capital, it is his troops who display the severed heads of the late rebels affixed to lances.[12] Indeed, the only time we actually see Ujitada use a weapon is when he fires a solitary arrow upon the capital that "pierced through the heavy plank of the newly built parapet as though it were nothing more than a withered leaf, and struck down one of the defenders."[13] Here, yet again, any suggestion of martial skill is deflected from the courtier—the arrow strikes the structure, and it is only because it passes through it that someone is slain. Thus, even while the noble manifests the requisite power and strategic savvy to defeat an enemy, the physical violence of the act is always displaced. At the immediate level, this is achieved through implicitly delegating his authority to kill to his supernatural aides, and at a larger level, in the very act of removing the civil war to China. The martial, in summary, is literally subordinate to the artistically accomplished and strategically astute Ujitada: Teika's creation suggests the incommensurability of martial prowess with high culture and a subordination of "warrior" activity to courtier authority.[14]

Fujiwara no Nobuzane's 藤原信実 *setsuwa* collection *Ima monogatari*『今物語』(Tales of Today, 1239/1240) offers hints of a courtier perspective on warriors contemporary with *The China Mirror* that is strikingly similar to the position evinced in Teika's earlier creation. On the whole, Nobuzane's collection includes anecdotes about his peers and often reads as though a mid-thirteenth-century tabloid. While it has little space for warriors as such, it does suggest a sensibility that sought to draw distinctions between "cultured" Kyoto-based warriors, or "courtier-warriors," to borrow Paul Varley's term,[15] and an unsophisticated counterpart in the east.[16]

There are two anecdotes (out of a total of 53) in the work with two very different images: one of warriors past in Kyoto, and the other of warriors present in Kamakura. The former is the type of figure we see in entry two (2) of the collection, *No mo se ni sudaku*「野もせにすだく」(An entire field a-chirp)—a romanticized warrior-cum-courtier of the type Paul Varley has noted as popularized by the *Heike monogatari*『平家物語』(The Tale of the Heike).[17]

period Japan.[6] In a brief chapter, Tonomura Hisae 外村久江 paints an image of a Kamakura audience eager for rapid access to the cultural accouterments of the nobility, above all in the area of attainment of poetic skill and the requisite familiarity with Chinese and Japanese history to versify well. She argues: "If they paid no mind to the correct inheritance of Japanese culture, it would be impossible to position [themselves] vis-à-vis the Kyoto court and nobility or to establish a new governmental authority that contained the same."[7] *The China Mirror*, as a relatively readable text (or at least more readable than a Chinese-language work) that includes many of the more famous episodes of Chinese history, looks positioned to try to meet such needs. After all, even if it was originally "intended" for Munetaka, as a work written in Kamakura, the seat of the warrior government, Shigenori can hardly have been unaware of this rising and eager potential audience.[8]

Yet what were their needs more precisely? Or rather, what did Shigenori perceive them to be? Since, to my knowledge, there is nothing in Shigenori's own hand to attest to his assessment of his potential warrior readers, we might instead look to roughly contemporary accounts written by the court nobility that include warrior depictions. Not that we should expect these to show us accurate depictions of warriors aspiring to cultural savoir faire, but rather because they suggest stereotypes that may have similarly informed Shigenori's ideas of his extended audience.

Fujiwara no Teika's *Matsuranomiya monogatari*『松浦宮物語』(ca. 1192) is perhaps the example par excellence of a literatus' envisioning of the role of a warrior. Written in the wake of the Genpei Wars, it predates *The China Mirror* by some fifty years, but it offers a literary frame of reference that suggests a sort of ultimate courtier fantasy of the relationship between power, civility, and military prowess. The hero, one Ujitada 氏忠, is a poet, a musician, and a diplomat of sorts, but certainly not a warrior,[9] even going so far at one point as to claim: "At home, in my country, I never even learned to tell which way an arrow should fly."[10] Yet in the end, he manages to save the entire Chinese empire almost without breaking a sweat, despite this almost complete lack of military experience.

This separation from any notion of warrior sensibilities is further embodied in the displacement of his most significant martial exploits onto the nine identical warriors who appear at his side in the thick of things. It is they who do any actual killing, though even that is largely glossed over. This holds true even in the most graphic slaughter, which occurs in the face-off with the rebel Chinese general, Yuwen Hui 宇文會:

At that moment, five more identical warriors descended upon Yuwen and his

The China Mirror and, by implication, the anticipated demands of said readership. Next, it examines some of the ways the work does or does not meet the needs and expectations of its probable actual primary audience (or the heirs thereto). It then concludes with brief speculation on how *The China Mirror*, despite its lack of apparent enduring pedagogical influence, may, in fact, have left a lasting mark on medieval historiography.

Audiences Real and Imagined

The work's preface, which promises an abridged account of 15,132 years of Chinese history from prehistory through presumably some time fairly close to the present, closes with a nod to its imagined target audience:

> In the matters of the worthy kings of Cīnasthāna and the governments of the Sage Emperors, the ages of governance and those of chaos, there are things outstanding and ignoble. Much as I might like to tell [these things] to the ignorant, when I hear something in the morning, I've forgotten it by evening. Such is the way of old age, and even though I don't remember things at all, I've recorded one hundredth of [what I heard]; [of the matters profuse as] spring trees that were to be recorded, [what remains] is a trifling amount—about as much as 'a dog molts in autumn.' While I will surely be mocked by men of talent, young boys and girls might perchance read and understand [this work]. Since I have heard that there is a practice whereby one takes the past and uses it to reflect on things, I should call this *The China Mirror*.[2]

As the final lines—"While I will surely be mocked by men of talent, young boys and girls might perchance read and understand [this work]"—indicate, this is a work with an instructional purpose. The means of instruction—"taking the past and using it to reflect on things"—is one of established continental and Japanese precedent.[3] However, just what it is that is to be taught or to whom—claims that the work is something about China that might be "read and understood" by "young boys and girls" notwithstanding—is not immediately apparent.

Ogawa Takeo 小川剛生 has suggested that this particular work "could have been for the education of the nobility" or "written at their behest,"[4] with Prince of the Blood/Shogun Munetaka as a potential original target audience, before concluding that *The China Mirror* was a tool ultimately for the edification of "warrior houses."[5] Certainly, the image of an emergent medieval Japanese warrior elite in search of enhanced prestige through the acquisition of cultural capital is a familiar one in discussions of Kamakura-

6

Constructing the China Behind Classical Chinese in Medieval Japan: The China Mirror[1]

Erin L. Brightwell

In a volume dedicated in part to the issue of the *kanbun* cultural sphere, it seems only fitting to also consider as a corollary what the images were of China that were being transmitted part and parcel with Chinese culture and writing. In the present essay, I would like to investigate this question: what is the "China" *behind* "Classical Chinese" culture as it was portrayed in a mid-thirteenth-century pedagogical text, *Kara kagami* 『唐鏡』 (The China Mirror)?

While pedagogical texts presuppose both teachers/authors and students/readers, investigations of what it is that is being taught or why (in terms of an educational agenda)—in other words, transmission- or teacher-centered questions—tend, I suspect, to be the more common approach to the interpretation of such works. The present essay represents, in contrast, an attempt to explore the impact and opportunities a pedagogical text can create from a reader- or student-centered point of view. It suggests that those instances in which authors have mis-assessed the needs or demands of their audience can in fact offer sites for powerful reader interventions; and that what student-readers take away, though different from the original "intended" teachings, can have a significant and lasting legacy. Focusing on "lessons" extracted from *The China Mirror*, it proposes that even as readers evinced little interest in said work's informational content, they may nonetheless have taken from the text abstract "teachings" that they applied elsewhere to enduring effect.

The question of readership itself can be treated from at least two angles: that of an imagined or constructed readership for whom an author writes and that of an actual readership who engages with a work. This essay explores an apparent mismatch between these two types with regards to *The China Mirror*—both the manifestations and ramifications thereof. First, it considers the context in which this work appeared in order to ascertain the perceived intellectual and cultural contours of *The China Mirror*'s imagined target readership. Then, it provides an overview of the "educational" content of

あとがき

小峯和明

日本文学とは何か、日本文学をどう読み、どう考え、どう伝えるか、研究者はそれぞれの立場から、それぞれの問題意識や方法で日々追究し続けている。それらが一堂に会したなら、どのような日本文学のあらたな世界が拓けてくるか、新しい見取り図が描けるであろうか。いつもそのような夢想を懐いていたが、この度の企画のお蔭でようやくその一つの端緒が開けてきたように想う。お忙しいところ執筆して頂いた方々や推進役の鈴木彰氏をはじめとする編者の面々にまずは篤く御礼申し上げたい。

自らのテーマをふりかえると、おのずと、東アジア、絵画とイメージ、宗教、文学史（古典と近代の架橋）、資料学といった枠組みが形作られた。それらは個別に切り離されてあるのではなく、有機的につらなり合って大きな潮流となっていく。本シリーズの各巻の配置構成をご覧頂ければ明らかなように、このテーマだったら、別の巻にあってもいいだろうに、と思える論文が随所に見いだせる。しかも、それに見合うように配置換えをしても、結局はまた同じような問題が出てきて、収拾がつかなくなることは明白である。それだけ個々の論考がそれぞれの要素をおのずと内包している証しであり、そもそも五つに分ける分節化自体が無理だともいえるだろう。個々の論考は、時としてゆるやかに、時として緊密に、他の論考と響き合い、連携し合って、また分流していく、そういう流れや運動としてある、といえよう。

かつてシラネ・ハルオ氏との対談で受けた示唆が今も忘れられない（『文学』特集「日本文学研究の百年」二〇一三年）。シラネ氏は「日本文学」を英語で言えば、「Japanese Literature」だが、"Japanese"をさらに日本語に置き換えれば、「日本人の文学」、「日本語の文学」、「日本についての文学」の三つになる。とすれば、「日本人が日本語以外で書いた文学」、「外国人が日本語で書いた文学」はもとより、「人も言語も問わず、日本に関する文学」なら、すべては「日本文学」たりうることになる。そのように「日本文学」の枠組を拡げて考えるべきだ、という主張であった。

以来、この提言を金科玉条として、内外を問わず講義や講演の初めに必ずこの話をして、例の日本列島を反転させた「逆さ日本図」をもとに解説するのが恒例となっている。いわば、かつての国文学が「日本人による日本人のための日本語の文学」だったことの反措定にほかならない。文学研究がそれだけ国際化したことを示しているだろう。

かような前提から東アジアを主題とする本巻をみわたすと、おおよそ以下の三つに要約できるであろう。

1、日本文学の中の東アジア文学もしくは異文化（引用、形象化、描かれた世界、再創造）

2、日本文学と東アジア文学の比較、対比（比較文学・文化）、典拠、翻訳

3、東アジア文学・異文化そのものの対象化

1は日本文学に描かれた異国・異文化表象で、『竹取物語』にみる異文化交流や『源氏物語』にみる「高麗」、『万葉集』の「方便海」の仏典からの読み直し、『平家物語』以下の軍記の「文事」など、名だたる古典の検証をはじめ、「長安」像の変遷、渡来仏画、近代の日清戦争をめぐる異国表象論等々が並びたつ。

2はいわゆる比較文学研究、『百喩経』をめぐる東アジア間の変容、『弘賛法華伝』と『今昔物語集』の関係、『剪燈新話』に対する『剪燈叢話』の意義、佐藤春夫『車塵集』の漢詩翻訳、ベトナム僧伝『禅苑集英』と中国・朝鮮との比較、日中近代の図書分類の比較論もこの範疇に入るであろう。

3は日本語による外国文学・異文化を対象化した研究で、『楚辞』の楚簡からの読み直し、朝鮮の聖地金剛山の縁起、新羅僧の伝記、『九雲夢』の曼荼羅による分析、ベトナムの古説話と歴史叙述との関連、『古事集』を鍵にする琉球文学の資料学、瀟湘八景のルーツ等々、実に多岐に亘る。東アジアの基軸がなければまとまりを見出しにくく、裏返せば、東アジアを軸にするからこそこのような論集の結実がかなったともいえる。

要は東アジア文学及び異文化を基軸に日本文学・文化をあらたにとらえ、読み直そうとする方位で共通する。訓読、翻訳、

翻案等々の移し替えの変換操作が必須であり、それが日本語と日本文学を異化させる触媒となっている。異文化もしくは多文化を媒介しない研究はこれからの時代、もう通用しなくなるのではないだろうか。要するに、研究には常にステージを上げる強力な触媒が必要なのである。触媒のともなわない、異化作用のない研究は結局、収縮し、閉塞するしかないだろう。

東アジアを標榜するのもこの観点に大きくかかわり、「東アジア」即「漢字漢文文化圏」の構図が基本となる。アジア世界を漢字漢文だけに限定する見解にはおのずと批判があるが、日本語は今もこの漢字とそこから派生した仮名を使いこなしているわけで、まずは漢字漢文を読み書きする文化共有圏の長く厚い歴史が問題となる。「訓読」は漢文という外国語を自土の言語に読み替えてしまうアクロバティックな行為であり、実に有効な手立て（武器）、技芸といえる。訓読のお蔭で、外国語ができなくても異国の漢文が何とか読める、という不可思議な事象がある。外国語ができないからそうなったのか、訓読ができるから外国語ができないのか、はともかくとして、私など今まさにその恩恵に浴している。

我々が日常意識しないで用いている漢字と仮名の文化そのものを見つめ直し、対象化するところから始めなければならないだろう。

私の東アジア文学圏探索の起点は沖縄・琉球に始まる。一九九〇年、琉球大学の集中講義を契機に、国文学研究資料館在任中に沖縄も調査対象に加え、池宮正治、関根賢治両氏の導きで琉球大学、沖縄県立図書館、県立博物館、石垣島の八重山博物館等々に赴き、琉球の資料に出会うことができた。当初、琉球文学は日本文学か否かという二項対比に陥って閉塞感があったが、沖縄が今も米軍の極東戦略の拠点とされているごとく、座標軸をずらせば、琉球が東アジアのむしろ要石に位置することに気づかされ、以後、東アジアから琉球をとらえる視野が豁然と拓かれてきた。調査にあわせて琉球の会が始まり、まずは袋中の『琉球神道記』を読み、ついで『遺老説伝』に移り、さらには〈薩琉軍記〉にもひろがった。日本や中国、朝鮮からみた琉球をも琉球文学として位置づける地点に到ったといえる。琉球の会は現在休会中であるが、再度復活させる動きも始まりつつある。

これについで朝鮮半島に視野が及ぶのはやや遅れた。一九九四年に今昔の会で韓国に行くことになったが、直前に病気になって断念せざるをえなくなった。それがトラウマになり、長らく韓国は近くて遠い国であったが、趙ウネ、金英順氏ら留学生との出会いから二〇〇〇年に初めて赴くことができ、以後毎年欠かさず出かけ、多い時には年数回行くようになった。

全羅南道の馬耳山のお堂の壁画に、昔書いた論文の「月の鼠」(二鼠譬喩譚)の図像を見出した時の衝撃は忘れがたい。今まで朝鮮半島の文学・文化に全く無知であったことに、その時初めて気づかされた(拙著『東奔西走』笠間書院)。これもまさしく豁然と視野が拓かれた感があり、そこから朝鮮漢文を読む会が始まり、『新羅殊異伝』、『海東高僧伝』と読み進めて、いずれも平凡社の東洋文庫として訳注を公刊できた。今は、十七世紀の野談ジャンル(日本でいえば説話集)の嚆矢ともいうべき『於于野談《おうやだん》』を読んでいる。国立中央図書館、ソウル大学奎章閣、仏教系の東国大学図書館等々の資料調査と各地の寺院や遺跡めぐりが今も韓国行きの中心である。最近は韓国古典の研究者と交流しつつある。

二〇〇〇年に渡辺憲司・荒野泰典氏を中心に立教大学日本学研究所が開設、幸いにも大型科研がついて、翌年に大がかりな国際シンポジウムが開催できた。この活動には、荒野氏をはじめ、村井章介、桃木史朗氏ら国際関係史、対外交流史のメンバーが多く参画し、その影響が大きかった。特に二〇〇一年の中国の青島、赤山など山東半島からフェリーで韓国の仁川に渡り、木浦から半島南部の多島海を行政船でめぐり、最後は釜山に出るという一大踏査で、おのずと円仁の巡礼記の旅に重なり、最も思い出深い旅である。

研究所のプロジェクトで同じ二〇〇一年に初めてベトナムを訪れることもできた。その時、ハノイの漢喃研究院でグエン・ティ・オワインさんに会い、近年は研究院の資料調査とハノイ大学の集中講義に毎年のように出かけている。これも二〇一三年からベトナム漢文を読む会が始まり、一四、五世紀の神話、伝説集の『嶺南摭怪』を読んでいる。漢喃研究院は漢字喃字の資料センターで、日本でいえば国文学研究資料館のような機関であるが、一般のベトナムの人達には漢字は忘れられてしまっている。しかし、漢語そのものはそれと意識されないまま言語生活に生き続けていて、仏教寺院にはまだ漢字が残っている。近代に失われた漢字漢文文化をいかに復元するか、まさに東アジアからの視座が問われていよう。

そして、中国では、二〇一二年の北京の人民大学での学会を契機に、日本に留学して学位を取得して中国の大学教員になったメンバー（張龍妹、李銘敬、馬駿、高陽等々）を中心に東アジア古典研究会が発足し、一五世紀の挿絵付の仏伝・僧伝『釈氏源流』を読んでいる。私も立教大学定年後、中国人民大学の客員となった前後から、毎月のように参加している。

東アジア研究は琉球が発端になったと先に述べたが、初期の頃の嘉手苅千鶴子氏との出会いが記憶に残る。池宮正治氏の薫陶を受け、温厚篤実な人柄で、沖縄国際大学の集中講義に呼ばれたのを皮切りに、ハワイ大学のホーレー文庫の調査にも同行頂いたり、沖縄に行く度にお世話になったが、残念ながら早世されてしまった。郷里の久米島に御一緒しようという約束もはたせなかった。遺著『おもろと琉歌の世界―交響する琉球文学』（森話社、二〇〇三年）が形見となっている。洒落た装幀と内容でいかにも嘉手苅さんにふさわしい。お元気でいたなら、どんな論文を寄せて頂けたかと思うと、残念でならない。

本書を通覧して、益々、日本文学研究が東アジアに向って拓いていく先駆けとして本書がある、との思いをあらたにしている。いつの日か日本文学といえば、東アジアを問題にするのが当たり前になる時代の到来を夢想している。

全巻構成（付キーワード）

第一巻「東アジアの文学圏」（金　英順編）

緒言——本シリーズの趣意——（鈴木　彰）

総論——交流と表像の文学世界——（金　英順）

第1部　東アジアの交流と文化圏

1　東アジア・〈漢字漢文文化圏〉論（小峯和明）
＊東アジア、漢字漢文文化圏、古典学、類聚、瀟湘八景

2　『竹取物語』に読む古代アジアの文化圏（丁　莉）
＊『竹取物語』、古代アジア、遣唐使、入竺僧、シルクロード

3　紫式部の想像力と源氏物語の時空（金　鍾徳）
＊紫式部、記憶、時空間、高麗人、作意

【コラム】漢字・漢文・仏教文化圏の『万葉集』——「方便海」を例に——（何　衛紅）
＊仏教文化圏、漢文文化圏、日本上代文学、万葉集、方便海

【コラム】軍記物語における「文事」（張　龍妹）
＊軍記物語、文芸、和歌、漢詩文、文以載道

4　佐藤春夫の『車塵集』の翻訳方法——中日古典文学の基底にあるもの——（於　国瑛）
＊佐藤春夫、車塵集、翻訳方法、古典文学、和漢的な表現

【コラム】「山陰」と「やまかげ」（趙　力偉）
＊子猷尋戴、蒙求、唐物語、山陰、本説取り

第2部　東アジアの文芸の表現空間

1　「離騒」と卜筮——楚簡から楚辞をよむ——（井上　亘）
＊占い（と文学）、通仮字、楚文化、簡帛学、校読

2　『日本書紀』所引書の文体研究——「百済三書」を中心に——（馬　駿）
＊百済三書、文体的特徴、正格表現、仏格表現、変格表現

3　金剛山普徳窟縁起の伝承とその変容／【資料】保郁「普徳窟事蹟拾遺録」（一八五四年）（龍野沙代）
＊朝鮮文学、仏教説話、金剛山、観音信仰、普徳窟

4　自好子『剪灯叢話』について（蒋　雲斗）
＊剪灯叢話、自好子、十二巻本、十巻本、浅井了意

5　三層の曼荼羅図——朝鮮古典小説『九雲夢』の構造と六観大師——（染谷智幸）
＊九雲夢、金萬重、曼荼羅、法華経、六道輪廻

6　日中近代の図書分類からみる「文学」、「小説」（河野貴美子）
＊図書分類、目録、図書館、文学、小説

【コラム】韓流ドラマ「奇皇后」の原点（金　文京）
＊東アジア比較文学、「釈迦如来十地修行記」、奇皇后

第3部　東アジアの信仰圏

1　東アジアにみる『百喩経』の受容と変容（金　英順）

*仏教、譬喩、説話、唱導、仏伝
2 『弘賛法華伝』をめぐって（千本英史）
*『今昔物語集』、『弘賛法華伝』、高麗、覚樹、俊源
3 朝鮮半島の仏教信仰における唐と天竺——新羅僧慈蔵の伝を中心に——（松本真輔）
*天竺、新羅、慈蔵、通度寺、三国遺事
4 『禅苑集英』における禅学将来者の叙述法（佐野愛子）
*東アジア、仏教、漢文説話、ベトナム
5 延命寺蔵仏伝涅槃図の生成と地域社会——渡来仏画の受容と再生に触れつつ——（鈴木　彰）
*仏伝涅槃図、延命寺本、東龍寺本、中之坊寺本、渡来仏画の受容
【コラム】能「賀茂」と金春禅竹の秦氏意識（金　賢旭）
*賀茂縁起、丹塗矢伝説、秦氏、金春禅竹、『秦氏本系帳』
第4部　東アジアの歴史叙述の深層
1 日本古代文学における「長安」像の変遷——〈実〉から〈虚〉へと——（高　兵兵）
*長安、奈良、平安京、漢詩文、遣唐使
2 『古事集』試論——本文の特徴と成立背景を考える——（木村淳也）
*古事集、琉球、地誌、鎌倉芳太郎、修史事業
3 『球陽』の叙述——「順治康熙王命書文」（『古事集』）から——（島村幸一）
*古事集、球陽、順治康熙王命書文、中山世譜、鄭秉哲
4 古説話と歴史との交差——ベトナムで龍と戦い、中国に越境した李朝の「神鐘」——（ファム・レ・フイ）／【資料】思琅州崇慶寺鐘銘并序（ファム・レ・フイ／チャン・クァン・ドゥック）
*ベトナム、古説話、崇慶寺、円明寺、鐘銘
5 日清戦争と居留清国人表象（樋口大祐）
*日清戦争、大和魂、居留清国人、レイシズム、中勘助
【コラム】瀟湘八景のルーツと八景文化の意義（冉　毅）
*瀟湘景、淡山巌、宋迪題字、環境と文学、風景の文化意義
6 *Constructing the China Behind Classical Chinese in Medieval Japan: The China Mirror*（Erin L. Brightwell）
*Medieval Japan（中世日本）、cultural literacy（文化的な教養）、China images（中国のイメージ）、warriors（武士）、Mirrors（「鏡物」）
あとがき（小峯和明）

第二巻「絵画・イメージの回廊」（出口久徳編）

緒言——本シリーズの趣意——（鈴木　彰）
総論——絵画・イメージの〈読み〉から拓かれる世界——（出口久徳）
第1部　物語をつむぎだす絵画
1 絵巻・〈絵画物語〉論（小峯和明）
*絵巻、絵画物語、画中詞、図巻、中国絵巻
2 光の救済——「光明真言功徳絵詞（絵巻）」の成立とその表現をめぐって——（キャロライン・ヒラサワ）

＊光明真言、浄土思想、極楽往生、霊験譚、蘇生譚

3　百鬼夜行と食物への供養――「百鬼夜行絵巻」の魚介をめぐって――（塩川和広）

＊百鬼夜行、魚介類、食、狂言、お伽草子

4　『福富草紙』の脱糞譚――『今昔物語集』巻二八に見るイメージの回廊――（吉橋さやか）

＊福富草紙、今昔物語集、ヲコ、脱糞譚、お伽草子

【コラム】挿絵から捉える『徒然草』――第三二段、名月を「跡まで見る人」の描写を手がかりにして――（西山美香）

＊徒然草、版本、挿絵、読者、徒然草絵巻

第2部　社会をうつしだす絵画

1　「病草紙」における説話の領分――男巫としての二形――（山本聡美）

＊病草紙、正法念処経、男巫（おとこみこ／おかんなぎ）、二形（ふたなり）、梁塵秘抄

2　空海と「善女龍王」をめぐる伝承とその周辺（阿部龍一）

＊善女（如）龍王、神泉苑、龍女、神泉苑、弘法大師信仰、真言

3　文殊菩薩の化現――聖徳太子伝片岡山飢人譚変容の背景――（吉原浩人）

＊文殊菩薩、化現、聖徳太子伝、片岡山飢人譚、達磨

4　『看聞日記』にみる唐絵の鑑定と評価（髙岸　輝）

＊看聞日記、唐絵、貞成親王、足利義教、鑑定

【コラム】フランス国立図書館写本部における日本の絵巻・絵入り写本の収集にまつわる小話（ヴェロニック・ベランジェ）

＊奈良絵本、絵巻、フランス国立図書館、パリ万国博覧会、収集家

第3部　〈武〉の神話と物語

1　島津家「朝鮮虎狩図」屏風・絵巻の図像に関する覚書（山口眞琴）

＊島津家、朝鮮虎狩図屏風、曾我物語図屏風、富士巻狩図、関ヶ原合戦図屏風

【コラム】武家政権の神話『武家繁昌』（金　英珠）

＊海幸山幸、武家繁昌、武家政権、神話、中世日本紀

2　根津美術館蔵「平家物語画帖」の享受者像――物語絵との〈対話〉を窺いつつ――（鈴木　彰）

＊根津美術館蔵「平家物語画帖」、『平家物語』、『源平盛衰記』、享受者像、物語絵との〈対話〉

【コラム】猫の酒呑童子と『鼠乃大江山絵巻』（ケラー・キンブロー）

＊英一蝶、パロディー、お伽草子、『酒呑童子』、『鼠の草子』

3　絵入り写本から屏風絵へ――小峯和明蔵『平家物語貼交屏風』をめぐって――（出口久徳）

＊平家物語、メディア（媒体）、屏風絵、絵入り写本（奈良絵本）、絵入り版本

第4部　絵画メディアの展開

1　掲鉢図と水陸斎図について（伊藤信博）

＊鬼子母神、仏陀、擬人化、宝誌、草木国土悉皆成仏

2　近世初期までの社寺建築空間における二十四孝図の展開——土佐神社本殿蟇股の彫刻を中心に——（宇野瑞木）

＊二十四孝図、建築、五山文学、彫物（装飾彫刻）、長宗我部氏

3　赤間神宮の平家一門肖像について——像主・配置とその儀礼的意義——（軍司直子）

＊赤間神宮、阿弥陀寺、安徳天皇、平家、肖像

【コラム】詩は絵のごとく——プラハ国立美術館所蔵「扇の草子」の翻訳本刊行の意義——（安原眞琴）

＊扇、奈良絵本、歌仙絵、遊び（またはなぞなぞ）、和歌

【コラム】鬼の「角」と人魚の「尾鰭」のイメージ（琴　榮辰）

＊鬼、角、人魚、尾鰭、形

【コラム】肥前陶磁器に描かれた文学をモチーフとした絵柄（グェン・ティ・ラン・アイン）

＊肥前磁器、陶磁器、文様、モチーフ、絵柄

4　デジタル絵解きを探る——画像、音声、動画からのアプローチ——（楊暁捷）

＊デジタル公開、学術利用、生活百景、朗読動画、まんが訳

【コラム】『北野天神縁起』の教科書単元教材化について（川鶴進一）

＊北野天神縁起、教科書、菅原道真（天神）、絵巻（絵画資料）、怨霊・御霊

あとがき（小峯和明）

第三巻「宗教文芸の言説と環境」（原　克昭編）

緒言——本シリーズの趣意——（鈴木　彰）

総論——宗教文芸の沃野を拓くために——（原　克昭）

第1部　宗教文芸の射程

1　〈仏教文芸〉論——『方丈記』の古典と現代——（小峯和明）

＊仏教文芸、方丈記、法会文芸、随筆、享受史

2　天竺神話のいくさをめぐって——帝釈天と阿修羅の戦いを中心に——（高　陽）

＊『今昔物語集』、阿修羅、帝釈天、戦さ、須弥山

3　民間伝承における「鹿女夫人」説話の展開（趙　恩馤）

＊鹿足夫人、光明皇后、大宮姫、浄瑠璃御前、和泉式部

4　中世仏教説話における遁世者像の形成——高僧伝の受容を中心に——（陸　晩霞）

＊遁世者像、澄心、高僧伝、摩訶止観、受容

5　法会と言葉遊び——小野小町と物名の歌を手がかりとして——（石井公成）

＊古今和歌集、掛詞、六歌仙、仏教、大伴黒主

第2部　信仰空間の表現史

1　蘇民将来伝承の成立——『備後国風土記』逸文考——（水口幹記）

＊蘇民将来、備後国、風土記、洪水神話、祇園社

2　『八幡愚童訓』甲本にみる異国合戦像——その枠組み・論理・主張——（鈴木　彰）

＊『八幡愚童訓』甲本、異国合戦、歴史叙述、三災へのなぞらえ、殺生と救済

3 『神道集』の「鹿嶋縁起」に関する一考察（有賀夏紀）
＊『神道集』、鹿嶋大明神、天津児屋根尊、日本紀注、古今注

4 日本における『法華経顕応録』の受容をめぐって——碧沖洞叢書八・説話資料集所収『誦経霊験』の紹介を兼ねて——（李　銘敬）
＊『法華経顕応録』、受容、『弥勒如来感応抄』、『諡号雑記』、『誦経霊験』

5 阿育王塔談から見た説話文学の時空（文　明載）
＊説話、今昔物語集、三国遺事、阿育王塔、仏教伝来史

6 ベトナムの海神四位聖娘信仰と流寓華人（大西和彦）
＊神霊数、流寓華人、ベトナム化、技術継承、交通要地

第3部　多元的実践の叡知

1 平安朝の謡言・訛言・妖言・伝言と怪異説話の生成について（司志武）
＊讖緯、怪異、詩妖、うわさ、小説

【コラム】相人雑考（マティアス・ハイエク）
＊人相見、予言文学、占い、観相説話、三世観

2 虎関師錬の十宗観——彼の作品を中心に——（胡　照汀）
＊虎関師錬、十宗観、中世禅僧、『元亨釈書』、『済北集』

3 鎌倉時代における僧徒の参宮と仏教忌避（伊藤　聡）
＊伊勢神宮、中世神道、仏教忌避

4 『倭姫命世記』と仏法——諄辞・清浄偈を中心に——（平沢卓也）
＊伊勢神道、中臣祓訓解、倭姫命世記、清浄観、諄辞、祝詞

5 神龍院梵舜・小伝——もうひとりの『日本書紀』侍読——（原　克昭）
＊梵舜、梵舜本、『梵旧記』、吉田神道家、日本紀の家

第4部　聖地霊場の磁場

1 伊勢にいざなう西行（門屋　温）
＊伊勢神宮、参詣記、西行、聖地、廃墟

【コラム】弥勒信仰の表現史と西行（平田英夫）
＊西行、高野山奥の院、山家心中集、弥勒信仰、空海

2 詩歌、石仏、縁起が語る湯殿山信仰——室町末期から江戸初期まで——（アンドレア・カスティリョーニ）
＊湯殿山、一世行人、板碑、不食供養、縁起

【コラム】物言う石——E・A・ゴルドンと高野山の景教碑レプリカ——（奥山直司）
＊E・A・ゴルドン、景教碑、高野山、キリスト教、仏耶一元論

3 南方熊楠と水原堯栄の交流——附〈新出資料〉親王院蔵　水原堯栄宛南方熊楠書簡——（神田英昭）
＊南方熊楠、水原堯栄、高野山、真言密教、新出資料

あとがき（小峯和明）

第四巻「文学史の時空」（宮腰直人編）

緒言——本シリーズの趣意——（鈴木　彰）

総論——往還と越境の文学史にむけて——（宮腰直人）

第1部　文学史の領域

1　〈環境文学〉構想論（小峯和明）
　＊環境文学、文学史、二次的自然、樹木、生命科学
2　古典的公共圏の成立時期（前田雅之）
　＊古典的公共圏、古典注釈、源氏物語、古今集、後嵯峨院時代
3　中世の胎動と『源氏物語』（野中哲照）
　＊身分階層流動化、院政、先例崩し、養女、陸奥話記
【コラム】中世・近世の『伊勢物語』――「梓弓」を例に――（水谷隆之）
　＊『伊勢物語』、絵巻、和歌、古注釈、パロディ
4　キリシタン文学と日本文学史（杉山和也）
　＊キリシタン文学、日本語文学、言語ナショナリズム、日本漢文学、国民性
【コラム】〈異国合戦〉の文学史（佐伯真一）
　＊異国合戦、異国襲来、侵略文学、異文化交流文学史、敗将渡航伝承
5　近代日本における「修養」の登場（王　成）
　＊近代日本、修養、修養雑誌、伝統、儒学
6　『明治往生伝』の伝法意識と護法意識――「序」「述意」を中心に――（谷山俊英）
　＊中世往生伝、明治期往生伝、大教院体制、中教正吉水玄信、伝法意識・護法意識

第2部　和漢の才知と文学の交響

1　紫式部の内なる文学史――「女の才」を問う――（李　愛淑）
　＊女の才、諷刺、二つの文字、二つの世界、雨夜の品定め
2　『浜松中納言物語』を読む――思い出すこと、忘れないことをめぐって――（加藤　睦）
　＊後期物語、日記、私家集、平安時代、回想
3　『蜻蛉日記』の誕生について――「嫉妬」の叙述を糸口として――（陳燕）
　＊『蜻蛉日記』の誕生、女性の嫉妬、和歌、日記、叙述機能
【コラム】〝文学〟史の構想――正接関数としての――（竹村信治）
　＊文学史、正接関数、翻訳、心的体験の深度、文学
4　藤原忠通の文壇と表現（柳川　響）
　＊藤原忠通、和歌、歌合、漢詩、連句
5　和歌風俗論――和歌史を再考する――（小川豊生）
　＊和歌史、風俗、国風文化、古今集、歌枕
【コラム】個人と集団――文芸の創作者を考え直す――（ハルオ・シラネ）
　＊個人、集団、作者性、文芸、芸能

第3部　都市と地域の文化的時空

1　演戯することば、受肉することば――古代都市平安京の「都市表象史」を構想する――（深沢　徹）
　＊都市、差図、猿楽、漢字・ひらがな・カタカナ、象徴界・想像界・

現実界
2 近江地方の羽衣伝説考（李 市埈）
＊羽衣伝説、天人女房、余呉の伝説、菅原道真、菊石姫伝説
【コラム】創造的破壊――中世と近世の架け橋としての『むさしあぶみ』――（デイヴィッド・アサートン）
＊仮名草子、浅井了意、むさしあぶみ、災害文学、時代区分
3 南奥羽地域における古浄瑠璃享受――文学史と語り物文芸研究の接点を求めて――（宮腰直人）
＊語り物文芸、地域社会、文学史、羽黒山、仙台
4 平将門朝敵観の伝播と成田山信仰――将門論の位相・明治篇――（鈴木 彰）
＊平将門、成田山信仰、明治期、日清戦争、霊験譚の簇生
5 近代日本と植民地能楽史の問題――問題の所在と課題を中心に――（徐 禎完）
＊植民地能楽史、近代能楽史、能・謡、文化権力、植民地朝鮮

第4部 文化学としての日本文学

1 反復と臨場――物語を体験すること――（會田 実）
＊反復、臨場、追体験、バーチャルリアリティ、死と再生
2 ホメロスから見た中世日本の『平家物語』――叙事詩の語用論的な機能へ――（クレール＝碧子・ブリッセ）
＊『平家物語』、ホメロス、語用論、エノンシアシオン、鎮魂
3 浦島太郎とルーマニアの不老不死説話（ニコラエ・ラルカ）
＊浦島太郎、不老不死、説話、比較、ルーマニア
4 仏教説話と笑話――『諸仏感応見好書』を中心として――（周 以量）
＊仏教説話、笑話、『諸仏感応見好書』、仏典、『今昔物語集』
5 南方熊楠論文の英日比較――「ホイッティントンの猫――東洋の類話」と「猫一疋の力に憑って大富となりし人の話」――（志村真幸）
＊南方熊楠、比較説話、猫、雑誌研究、イギリス
6 「ロンドン抜書」の中の日本――南方熊楠の文化交流史研究――（松居竜五）
＊南方熊楠、ロンドン抜書、南蛮時代、平戸商館、文化交流史
【コラム】南方熊楠の論集構想――毛利清雅・高島米峰・土宜法龍・石橋臥波――（田村義也）
＊南方熊楠、毛利清雅、高島円（米峰）、土宜法龍、石橋臥波
【コラム】理想の『日本文学史』とは？（ツベタナ・クリステワ）
＊文学史の概念化、ロスト・イン・トランスレーション、「脱哲学的中心的」な「知の形態」、パロディとしての擬古物語、メディアとしての和歌
あとがき（小峯和明）

第五巻「資料学の現在」（目黒将史編）

緒言――本シリーズの趣意――（鈴木 彰）
総論――〈資料〉から文学世界を拓く――（目黒将史）

第1部 資料学を〈拓く〉

1 〈説話本〉小考――『印度紀行釈尊墓況 説話筆記』から――（小峯

和明）

＊説話、説話本、速記、印度紀行、北畠道龍

2 鹿児島県歴史資料センター黎明館寄託・個人蔵『〔武家物語絵巻〕』について――お伽草子『土蜘蛛』の一伝本――（鈴木 彰）

＊鹿児島県歴史資料センター黎明館寄託、お伽草子『土蜘蛛』、絵巻、資料紹介、翻刻・挿絵写真

3 国文学研究資料館蔵『大橋の中将』翻刻・略解題（粂 汐里）

＊古浄瑠璃、説経、扇面画、お伽草子、法華経

4 立教大学図書館蔵『〔安珍清姫絵巻〕』について（大貫真実）

＊道成寺縁起、絵解き（絵解き台本）、在地伝承、宮子姫（髪長姫）説話、伝承の流布・享受

5 『如來在金棺囑累清淨莊嚴敬福經』の新出本文（蔡 穂玲）

＊『敬福経』、造像写経の儀軌、仏教の社会史、仏教の経済史、新出本文

第2部 資料生成の〈場〉と〈伝播〉をめぐって

1 名古屋大学蔵本『百因縁集』の成立圏（中根千絵）

＊今昔物語集、類話・出典、談義のネタ本、禅宗・日蓮宗、孝・不孝

2 『諸社口决』と伊勢灌頂・中世日本紀説（高橋悠介）

＊中世神道、中世日本紀、伊勢灌頂、称名寺聖教、釼阿

3 圓通寺藏『血脈鈔』紹介と翻刻（渡辺匡一）

＊真言宗、醍醐寺、聖教、東国、三宝院流

4 澄憲と『如意輪講式』――その資料的価値への展望――（柴 佳世乃）

＊澄憲、講式、法会、表白、唱導

5 今川氏親の『太平記』観（和田琢磨）

＊『太平記』観、守護大名、今川氏、室町幕府の正史、抜き書き

6 敷衍する歴史物語――異国合戦軍記の展開と生長――（目黒将史）

＊異国合戦、薩琉軍記、近松浄瑠璃、難波戦記、歴史叙述

第3部 資料を受け継ぐ〈担い手〉たち

1 『中山世鑑』の伝本について――内閣文庫本を中心に――（小此木敏明）

＊中山世鑑、琉球史料叢書、横山重、内閣文庫本、松田道之

2 横山重と南方熊楠――お伽草子資料をめぐって――（伊藤慎吾）

＊横山重、南方熊楠、お伽草子、『室町時代物語集』、『いそざき』

3 翻印 南部家旧蔵群書類従本『散木奇歌集』頭書（山田洋嗣）

＊源俊頼、小山田与清、散木奇歌集、群書類従、注釈

4 地域における書物の集成――弘前藩主および藩校「稽古館」の旧蔵本から地域の「知の体系」を考える――（渡辺麻里子）

＊藩校・稽古館・奥文庫・文献通考・御歌書

5 漢字・字喃研究院所蔵文献をめぐって――課題と展望――（グエン・ティ・オワイン）

＊漢字・字喃研究所、漢字・字喃文献、文献学、底本、写本

あとがき（小峯和明）

執筆者プロフィール（執筆順）

鈴木 彰（すずき・あきら）
立教大学教授。日本中世文学。『平家物語の展開と中世社会』（汲古書院、二〇〇六年）、『いくさと物語の中世』（編著、汲古書院、二〇一五年）、『島津重豪と薩摩の学問・文化 近世後期博物大名の視野と実践』アジア遊学一九〇（編著、勉誠出版、二〇一五年）。

金 英順（Kim Youngsoon）
→奥付参照

小峯和明（こみね・かずあき）
→奥付参照

丁 莉（Ding Li）
北京大学教授。日本中古文学。『伊勢物語とその周縁―ジェンダーの視点から』（風間書房、二〇〇六年）、『永遠的「唐土」―日本平安朝物語文学的中国叙述』（北京大学出版社、二〇一六年）。

金 鍾徳（Kim Jongduck）
韓国外国語大学校教授。日本中古文学。『源氏イヤギ（源氏物語）』（ジマンジ、二〇〇八年）、『源氏物語の伝承と作意』（ジェイエンシ、二〇一四年）、『平安時代の恋愛と生活』（ジェイエンシ、二〇一五年）。

何 衛紅（He Wei Hong）
北京外国語大学准教授。日本古典文学・比較文学。「大伴旅人と梅花の歌」（『神戸松蔭女子学院大学研究紀要 人文科学・自然科学篇』四七号、二〇〇六年三月）、「人麻呂歌集七夕歌における『月人をとこ』」（『神戸松蔭女子学院大学研究紀要文学部篇』JOL(4)、二〇一五年三月）、「七夕歌の発生―人麻呂歌集七夕歌の再考」（『アジア遊学』一九七、勉誠出版、二〇一六年）。

張 龍妹（Zhang Longmei）
北京日本学研究センター教授。『源氏物語』を中心とする平安仮名文学。『源氏物語の救済』（風間書房、二〇〇〇年）、『日本文学 古典篇』（高等教育出版社、二〇〇八年）、『今昔物語集 本朝部』（翻訳、人民文学出版社、二〇〇八年）。

於 国瑛（Yu Guoying）
中国北京林業大学准教授。日中比較文学・平安文学研究。『異彩紛呈的物語世界』（知識産権出版社、二〇一三年）、『中国古代舞楽域外図書舞楽図説』（訳書、文化芸術出版社、二〇一四年）、「『源氏物語』松風巻の中の明石君と七夕伝説再考」（『アジア遊学』一九七、勉誠出版、二〇一六年）。

趙 力偉（Zhao Liwei）
対外経済貿易大学助教授。和歌文学・日本中世文学・和漢比較文学。「俊成の植物比喩表現とその方法―歌ことば「藤袴」と「蘭」とを中心に」（『国語と国文学』八一巻八号、二〇〇四年八月）、「『為忠家初度百首』の俊成歌について―漢詩文摂取を中心に」（『国語と国文学』八二巻九号、二〇〇五年九月）、「『蒙求和歌』の増補について」（『アジア遊学』一九七、勉誠出版、二〇一六年）。

井上　亘（いのうえ・わたる）
常葉《とこは》大学教授。日本古代史・出土文献研究。『虚偽的「日本」』（中国・社会科学文献出版社、二〇一二年）、『偽りの日本古代史』（同成社、二〇一四年）、『古代官僚制と遣唐使の時代』（同成社、二〇一六年）。

馬　駿（Ma Jun）
北京第二外国語学院教授。上代文学。『万叶集「和習」問題研究』（知識産権出版社、二〇〇四年）、『日本上代文学「和習」問題研究』（国家哲学社会科学成果文庫、北京大学出版社、二〇一二年）、「『風土記』の文体と漢訳仏典の比較研究—四字語句と句式を中心に」（『仏教文学研究』一八号、二〇一五年一月）。

龍野沙代（たつの・さよ）
早稲田大学・長野大学非常勤講師。朝鮮半島の古典文学。「『金剛山楡岾寺事蹟記』にあらわれた元干渉期の護国思想」（『朝鮮学報』二〇八輯、朝鮮学会、二〇〇八年）、「閔漬と金剛山」（『昭和女子大学文化史研究』一三号、昭和女子大学文化史学会、二〇一〇年）、「皆骨山から金剛山へ」（『聖地と聖人の東西』勉誠出版、二〇一一年）。

蔣　雲斗（Jiang Youdou）
東北財経大学講師。近世文学。「『伽婢子』における漢詩摂取の方法」（『国語国文学』五三号、二〇一四年三月）、「『伽婢子』における時代的背景と舞台の設定に関して—『剪灯新話』の受容という視点から」（『アジア遊学』一九七、勉誠出版、二〇一六年）、「『伽婢子』中浅井了意仏教思想初探」（『寧夏大学学報』（人文社会科学版）三八巻、二〇一六年七月）。

染谷智幸（そめや・ともゆき）
茨城キリスト教大学教授。日本近世文学・日韓比較文学。『西鶴小説論—対照的構造と〈東アジア〉への視界』（翰林書房、二〇〇五年）、『韓国の古典小説』（共編、ぺりかん社、二〇〇八年）、『冒険 淫風 怪異—東アジア古典小説の世界』（笠間書院、二〇一二年）。

河野貴美子（こうの・きみこ）
早稲田大学教授。和漢古文献研究。『日本霊異記と中国の伝承』（勉誠社、一九九六年）、『日本「文」学史　第一冊　「文」の環境—「文学」以前』（共編著、勉誠出版、二〇一五年）、『日本「文」学史　第二冊　「文」と人びと—継承と断絶』（共編著、勉誠出版、二〇一七年）。

金　文京（Kim Moonkyong）
鶴見大学教授。中国文学。『漢文と東アジア—訓読の文化圏』（岩波新書、二〇一〇年）『李白—漂泊の詩人その夢と現実』（岩波書店、二〇一二年）、『水戸黄門漫遊考』（講談社学芸文庫、二〇一二年）。

千本英史（ちもと・ひでし）
奈良女子大学教授。中古中世散文文学。『験記文学の研究』（勉誠出版、一九九九年）、『日本古典偽書叢刊〈第二巻〉須磨記・清少納言松島日記・源氏物語雲隠六帖』（共編著、現代思潮新社、二〇〇四年）、『高校生からの古典読本』（共著、平凡社ライブラリー、二〇一二年）。

松本真輔（まつもと・しんすけ）

長崎外国語大学准教授。中世説話。『聖徳太子と合戦譚』（勉誠出版、二〇〇七年）、『鄭鑑録―朝鮮をゆるがす予言の書』（翻訳、勉誠出版、二〇一一年）、「『三国遺事』の護国思想と万波息笛説話の「波」―新羅を襲った津波と神功皇后説話」（『アジア遊学』一六九、勉誠出版、二〇一三年）。

佐野愛子（さの・あいこ）

明治大学大学院博士後期課程。東アジア漢文文学・ベトナム文学。「公益財団法人東洋文庫蔵『粤甸幽霊集録』翻刻と解題」（『紀要日本古代学』八号、二〇一六年三月）、「『粤甸幽霊集録』における神―モンゴルの侵略を通して」（『立教大学日本学研究所年報』十三号、二〇一五年八月）。

金　賢旭（Kim Hyeonwook）

国民大学校助教授。能楽・日韓比較文化。『翁の生成―渡来文化と中世の神々』（思文閣、二〇〇八年）、「牛の説話と渡来文化」（小峯和明編『漢文文化圏の説話世界』竹林社、二〇一〇年）。

高　兵兵（Gao Bingbing）

西北大学文学院教授。日本漢文学・日中比較文学。『雪・月・花―由古典詩歌看中日審美之異』（三秦出版社、二〇〇六年）、「菅原道真の〈贈物詩〉をめぐって」（『中古文学』七八巻、二〇〇六年一二月、中古文学会賞受賞論文）、『長安文化国際研究訳叢』七冊（編著、三秦出版社、二〇一二～二〇一四年）。

木村淳也（きむら・じゅんや）

明治大学助教。琉球文学・日本古典文学・東アジア文化。「島津重豪の時代と琉球・琉球人」（『アジア遊学』一九〇、勉誠出版、二〇一五年）、「琉球の守護神・航海神としての「弁財天」―その重奏と変奏を薩琉関係からよむ」（『立教大学日本学研究所年報』一二号、立教大学日本学研究所、二〇一四年七月）、「王府の歴史記述―『球陽』と『遺老説伝』」（島村幸一編『琉球　交叉する歴史と文化』勉誠出版、二〇一四年）。

島村幸一（しまむら・こういち）

立正大学教授。琉球文学。『『おもろさうし』と琉球文学』（笠間書院、二〇一〇年）、『コレクション日本歌人選　おもろさうし』（笠間書院、二〇一二年）、『琉球文学の歴史叙述』（勉誠出版、二〇一五年）、『おもろさうし研究』（角川文化振興財団、二〇一七年）。

ファム・レ・フイ（Pham Le Huy）

ベトナム国家大学ハノイ校講師。日本古代史・ベトナム古代史。「同時代史料からみる李陳朝期の研究部材及び建築技法」（友田正彦研究代表『考古遺物等を通じたベトナム木造建築様式の形成過程に関する研究』平成二十五～二十七年度科学研究費助成事業・基盤研究（B）報告書、二〇一六年）、「新発見の仁寿元年の交州舎利塔銘について」（新川登亀男編『仏教文明と世俗秩序』勉誠出版、二〇一五年）、「賦役令車牛人力条からみた逓送制度」（『日本歴史』九号、二〇〇九年九月）。

チャン・クアン・ドック（Tran Quang Duc）

ベトナム雲齋學苑講師。『Ngàn năm áo mũ（千年衣冠）』（Nhã Nam 出版社、二〇一三年）。

樋口大祐（ひぐち・だいすけ）

神戸大学教授。日本中世文学、東アジア比較文学。『「乱世」

のエクリチュール』(森話社、二〇〇九年)、『変貌する清盛―『平家物語』を書きかえる―』(吉川弘文館、二〇一一年)、「一八七四年の「台湾危機」―「回避した戦争」をめぐる諸言説について」(井上泰至編『近世日本の歴史叙述と対外意識』勉誠出版、二〇一六年)。

冉　毅 (Ran Yi)

湖南師範大学教授。中日文化比較研究、日本言語文化。『瀟湘八景—詩歌与絵画中展現的日本化形態』(翻訳書、作者堀川貴司、二〇〇六年)、「清朝册封使臣琉球八景詩之取境渊源与文化意義」(『湖南師範大学社会科学学報』中国人文社会科学核心期間・CSSCI 期刊、二〇一七年一月)、「中日禅宗文化交流中牧溪八景図東漸及評价正声」(『湖南師範大学社会科学学報』中国人文社会科学核心期間・CSSCI 期刊、二〇一四年五月)。

エリン・L・ブライトウェル (Erin L. Brightwell)

ミシガン大学助教授。日本の中世文学、日中比較文学・文化、日独比較文学・文化。Refracted axis: Kirayama Jun'yū and writing a German Japan. *Japan Forum* 27.4 (2015): 431-453.、「『唐物語』と『唐鏡』に於ける「唐」の様相：中国故事の基礎知識」(『立教大学日本文学』一一一号、二〇一四年一月)：216-225.、Discursive Flights: Structuring Stories in the Shuyi ji. *Early Medieval China* 18 (2012): 48-68.。

索引凡例

・本索引は、本書に登場する固有名詞の索引である。人名、作品・資料名の二類に分かち、各類において見出し語を五十音順に配列し、頁を示した。
・人名は基本として姓名で立項した。例えば、「道長」の場合、「藤原道長」で立項した。
・人名には、固有名詞的機能をもつ、仏、菩薩などの名称も含めた。
・通称・別称・注記等については（　）内に示した。
・異本がある場合は、下位項目で立項した。例えば、『平家物語』が親項目の場合、「延慶本」「覚一本」「流布本」などをその下位項目とした。
・近代の研究者、研究書・資料集・史料集などは、論文の中で考察の対象になっているもののみ採用した。
・本巻の索引は、石田礼子が担当した。

人名索引

【あ】

阿道　250, 272, 273, 277
阿南　286
Arthur E. Bostwick　203
哀帝（漢）　252
芥川龍之介　74
浅井了意　165, 174 ～ 177
朝野鹿取　312
足利基氏（左馬頭基氏・鎌倉殿）　70
足利義詮　70
阿闍世王　288
敦成親王　55, 56
阿那律　286
阿倍仲麻呂（晁衡）　306, 321
阿部御主人　36, 41
愛猷識理達臘　213
新井白石　24
荒畑寒村　393
阿礼奴跪　134
安軸　157, 158
安敦　44
安原王（高句麗）　144, 151
安徳天皇　71

【い】

韋荘　307
伊吉連博徳　30
石河幹明　400
千代（石川千代）　74, 77
石作りの皇子　33, 35
伊勢　54, 60
一条天皇　48
壱万福　50
威徳王（百済）　134
伊厲王梯　213
尹氏　187

【う】

宇文會（Yuwen Hui）　428
上杉謙信　388
上田秋成　199
上田敏　76
宇多帝　52, 53, 60
内村鑑三　390
月婆首那　129
雲谷円照　404
雲程　280, 281

【え】

慧覚　128
慧覚　128
恵暁　245
恵業　252
慧光　9
慧祥　235
慧超　252

慧能　274
栄心　228
瑩岑　157
英祖（朝鮮）　20
英宗（ベトナム李朝）　265
英宗（明）　335
永蘇景　245
英陽公主（鄭瓊貝）　189
益謙　180
越王　183
円光　251
円載　307
円測　251
円珍　307, 319, 320
円仁　30, 36, 307
袁宏道　224
袁晁　44
延壽　375
延平公主　370

【お】

王維　306
王逸　98, 100 ～ 107, 111 ～ 113, 115
王引之　100
王琰　198
王羲之　91
王けい　36, 39, 41
王建　50
王粲　131
王械　166
王子猷（王徽之）　91, 92
王昭君（Wang Zhaojun）　311, 312, 423
王世貞　173
王船山　107, 112, 120, 406
王念孫　106
王夫之　406
王勃　8
汪瑗　103, 111, 112, 119
応劭　98, 120
応神天皇　53, 126, 127
歐陽玄　406
大江匡衡　94
大江匡房　319
大江以言　314
大関定祐　70
大伴旅人　63
大伴御行　31 ～ 33
大神巳井（大神宿禰巳井・神一郎・神御井）
　36
大物主神　298
岡島冠山　199
岡白駒　199
岡部六野太　68
織田信長　282
小野のふさもり　36, 37, 39
朧月夜　52
穏空　266

【か】

迦葉　257
嘉隆帝（ベトナム阮朝）　362
懐王　107, 115
懐正　141 ～ 143, 146, 147, 148, 151, 153, 154
懐静　148
蓋蘇文　143
貝原益軒　25
解明方　146
海明方　153
海龍王　32, 33
蓋鹵王　133, 134
賈逵　100, 101
賈善翔　173
賈春雲　182
郭逵　369
郭鍾錫　160
郭璞　42, 43
覚訓　250, 271
覚樹　241 ～ 244, 246, 247
覚範　406, 410
覚法　246
学山　157
学明　260

かぐや姫　30, 33, 35, 37, 39, 42, 52
春日宅成（春日朝臣宅成・春大郎）　36
葛飾北斎　15, 16
加藤清正　71, 386 ～ 388
鎌倉芳太郎　325
亀津比女　105
可茂分雷命　299
川上操六　390
関羽　387
貫休　307
元暁　147, 160
顔萱　307
漢高祖（Gaozu）　422, 423
感誠　269
観世信光（Kanze Nobumitsu）　423
桓帝（後漢）　39, 44
観音菩薩　141, 143 ～ 155
干宝　198
桓武天皇　50
韓愈　68

【き】

奇皇后（奇氏・名完者忽都）　212 ～ 215
紀貫之　11, 54, 60, 311
紀長谷雄　317
義淵　251
義湘　145, 147, 158, 251
義浄　129
義信　252
義天　244, 245
輝窓芳清　290
輝窓芳清頓　289
吉蔵　223
吉迦夜共曇曜　134
吉備真備　321
裘開明　207
魚玄機　80
堯　186, 402
姜再恒　20
姜亮夫　107, 113, 119
玉澗　406
清原俊蔭（俊蔭）　29, 53, 54
桐壺帝　52 ～ 54, 60, 61
桐壺更衣　53, 54, 60, 61
宜湾朝保　16
ギン　395 ～ 397
錦園　160
金煕周　160
金義琮　251
金牛太子　214
金時習　148, 151, 159, 166, 195
金寿増　158
金相休　157
金泰洽　154, 155
金台俊　154
金珍　36
金富軾　158, 250
金武林　254
金萬重　180, 181, 187, 191, 193
欽明天皇　134, 135

【く】

虞氏（Yu-shi）　422
虞淳熙　166
空海　11, 306, 307, 320
九条兼実　92
屈原　98, 100, 107, 111, 402
求那毘地　219
熊谷直実　67
鳩摩羅什　7, 41, 130
瞿佑　165, 166, 201
くらもちの皇子　29, 30, 33, 42, 43

【け】

桂蟾月　182, 183, 189
継体天皇　134, 135
契沖　33, 37
景翩翩　87
敬龍　307
玄恵　68
玄叡　225

玄光　251
玄奘　131, 251, 260
玄宗（唐）　54, 306
謙益　251, 252
賢覚　246
厳寛　246
権喋　159
顕昭　242
元微之　407
阮嶼　166
阮祐恭　362

【こ】

顧実　203
呉真流　265
呉融　307
項羽（Xiang Yu）　422, 423
江盈科　224
洪興祖　119
洪百昌　159, 160
洪讃大師釈延寿　370
香至王　273
黄氏女　81
黄霊庚　124
鴻漸　307
高儒　209
高宗（高麗）　17, 259, 271
高宗（ベトナム李朝）　265
康献王（朝鮮太祖）　259
康僧会　271, 273
康孟詳　136
光仁天皇　50
孝謙天皇　50
孝明　251
高熊徴　270
高麗一然　130, 250
酈露　365, 374
後光厳天皇　69
後醍醐天皇　68, 69
小西行長　71
己本早岐　129
御水尾天皇　410
顧野王　11
惟宗直本　11
惟宗允亮　11
金春氏安　301
金春権守（Konparu Gonnokami）　423
金春七郎　301
金春禅竹（Konparu Zenchiku）　298, 299, 423
金春禅鳳（Konparu Zenpō）　298, 299, 423

【さ】

西行　93
崔瑗　157, 159
崔鉉九　157, 159
崔有海　148, 159
蔡温　334, 337, 338, 344
蔡宏謨　334, 337, 338, 344, 345, 358
蔡鐸　334, 344
最厳　246
彩鳳　189
済愉　246
嵯峨天皇　305, 311
坂上是則　310
沙至比跪　129, 131, 132
佐藤春夫　74 ～ 77, 84, 85, 88, 89
三郎兵衛　411
沢田一斎　199
僧伽斯那（さんがせな）　137, 219, 220
三遊亭円朝　7

【し】

慈円（Jien）　93, 416
慈航　290
慈蔵　249 ～ 251, 253 ～ 259, 261
司空図　307
竺法護　130, 131, 137
支謙　129, 219
自好子　164, 168, 172
子夜　84, 85
潮平親雲上　356

滋野貞主　11, 311
始皇帝（秦）　309, 310
地蔵　251
実叉難陀　128
実増　246
嗣徳帝（ベトナム阮朝）　363
釈迦（釈尊・釈迦仏・釈迦如来・仏・太子）　9, 34, 39, 195, 213, 214, 249, 250, 252, 257 ～ 261, 281, 285, 286, 283, 284, 287, 288, 289
謝啓昆　365, 373
車匿　283
舎利弗　285
謝六逸　205
朱冀　103, 120
朱憙　102, 112, 119
朱季海　103, 113
朱元璋　213
朱国禎　365
朱淑真　80
朱少瑞　307
朱千乗　307
殊勝　214
周去非　119
周煌　15
周四郎　288
周密　38
住信　226
宗密述　137
粛宗（朝鮮）　20, 180, 181, 193
須達長者　285
寿陽公主　368, 369, 379
舜　186
春雲　189
俊恵　246
俊源　244 ～ 247
順祖（朝鮮）　20
順帝（元）　213 ～ 215
順道　250, 272, 273
純陀　286
狄鷲鴻　182, 183, 189
徐凝　307
徐居正　18
徐元太　223
徐葆光　334, 338
正則　102
邵柁　108
尚益　356
尚敬王（琉球）　334, 346
尚質王（琉球）　345
尚真王（琉球）　345
尚泰久王（琉球）　345
尚貞王（琉球）　345, 356
尚徳王（琉球）　13
尚寧王（琉球）　345
尚豊王（琉球）　345
蒋驥　120
章孝標　316
浄居天　285
小獣林王（高く麗）　250
常照　266
性真　181, 182, 184 ～ 187, 190 ～ 192
勝真　246
成尋　320
章帝　100
浄徳　214
聖堅　130
聖徳太子　59, 272, 273, 301
湘夫人　402
承奉　213
少游　183
白河法皇　245
支婁迦讖　129
稹意　246
信永　245
信慶　245
神清　223
神昉　251
神儀禅師　266
神功皇后　126, 127
秦景　252
秦彩鳳　182, 183
申叔舟　18
申翊聖　144, 157, 158

仁旭　287
仁敬王妃　180
仁顕王后　181
仁祖（朝鮮）　20
仁宗（朝鮮）　145, 266
仁祐　246
清戴延年　166
真興王　252
真表　144
真平王（新羅）　258

【す】

垂胡子　166
隋闍那崛多　128
菅原梶成　32
菅原清公　312
菅原道真　11, 29, 68, 69, 323
朱雀天皇　51
鈴木春信　24
住吉大神（住吉の大御神）　32, 33
陶山南濤　199

【せ】

斉己　307
晴縁　246
晴諶　246
聖宗（ベトナム李朝）　265, 266, 270
栖白　307
世祖（朝鮮）　19, 195
世宗（朝鮮）　259, 261
薛涛　76, 87
銭起　307
銭杲之　103
千手前　67
宣祖（朝鮮）　20
禅竹　300, 301
善徳女王（新羅）　254, 257

【そ】

祖詠　311
宋玉　173
宋時烈　180
宋迪　17, 405, 406, 410
双種　395, 396, 398
滄洲　166
増舜　290
草堂　266, 267, 270, 277
曹良翰　371
曹良輔　370
僧璨　269
僧法琳　367
僧朗　251
僧録　270
蘇我馬子　272, 273
蘇子瞻　173
孫詒譲　114, 121
孫権　219, 271
尊継　246
尊実　246

【た】

戴安道　92
戴逵　91
戴震　102, 104
退隠敬一　260
太祖（ベトナム李朝）　265
太祖（朝鮮）　19
太宗（ベトナム李朝）　21, 265
袋中　14
大川普済　268
大弐三位賢子　55
大欽茂　50
醍醐天皇（敦仁親王）　51, 52, 54, 60, 69
帝釈天　214, 285, 288
平敦盛　67
平重衡　67
平忠度（Tadanori）　68, 417, 426
平康頼　225
橘在列　313, 315
橘逸勢　307

谷崎潤一郎　74, 77
玉鬘　48, 49, 56, 57
玉依日売　299, 300
段玉裁　103
丹波康頼　11
譚友諒　370

【ち】

智顗　191
智晃　251
智蔵　307
智忍　251
智明　251
千種忠顕　69
適稽女郎　134
チャンドラ・グプタ二世（超日王）　41
中宮彰子　55
冲止　145, 158
忠烈王（高麗）　211
丁渥妻　80
超会　308
張華　198
張玉貞（禧嬪張氏）　181
張儼　173
張鷟　198
張師錫　181
張籍　307
張飛　387
張文姫　80
張麻尼　265
趙希鵠　410
趙今燕　80
趙璥　150 ～ 152, 160
趙載道　158
趙徳鄰　159
趙秉鉉　150, 151, 160
趙曄　173
趙用賢（趙定宇）　167, 172, 176
趙容和　157
奝然　307
長兵衛　397, 398
儲光義　306
沈括　405
沈希儀　365, 366
沈曇煙　183, 189
沈満願　80
枕流王（百済）　250
珍海　245
陳澤　17
陳夢雷　225
椿山　76

【つ】

通弁　266, 274
都賀庭鐘　199
堤中納言兼輔　55

【て】

鄭基安　159
鄭瓊貝　182, 183
鄭玄　109, 113, 121
鄭司徒　182
鄭幹　20
鄭壬　307
鄭振鐸　204 ～ 207, 209
鄭秉哲　328, 344 ～ 346, 358
亭子院　54, 60
程順則　16, 338
哲宗（宋）　369
天悦堯誉　282
天悟　213

【と】

杜英武　370
杜定友　203, 204
杜秋娘　86
東鑑　307
東日升　345, 347
東方朔　46
董康　176

陶弘景　44
同慶帝（ベトナム阮朝）　362, 363
道閑　281
道原　268
道昌恵　395, 396, 397, 398
道世　223
道宣　34, 223, 254, 367
徳縁　244
徳川家宣　356
徳川家康　282
徳寧公主　145
訥祇王（新羅）　250
鳥羽上皇　246
具平親王　313, 317
豊臣秀吉　70, 71, 211
曇育　251
曇果　136
曇恵　251
曇景　128
曇靖　307
曇徵　58
曇曜　129

【な】

内藤如安　71
中勘助　386
中臣勝海王　272
中村権右衛門　292
永井荷風　76
長兼　321
南孝温　148 ～ 151, 159
南嶽魏夫人　181, 185, 192
蘭陽公主　182, 183, 189

【に】

日昇　141, 153, 154
仁海　320
任弘亮　148, 149, 159
忍栄　287

【ね】

寧宗（宋）　18

【の】

儂順清　369

【は】

裴啓　91
裴松之　39
萩原広道　58
白起　101, 115
白居易（白楽天）　42, 68, 84, 85, 173, 312, 315, 318
百久氐　129
長谷部信連（長兵衛尉信連）　67
馬氏内間里之子親雲上良倉　336
馬祖道一　269
馬致遠　86
秦氏安　301
秦氏女　298
秦河勝　301
羽地朝秀　337
波利国王　214
藩栄　13
範延　246
班固　100, 101, 140
范師孟　22
范仲淹　403
般若　251
般若多羅尊者　273

【ひ】

光源氏（源氏）　48, 49, 51 ～ 54, 56 ～ 60, 68
皮日休　307
非濁　243
毘沙門天　285
毘処王　250
毘尼多流支　266, 267, 269, 270, 273, 276

白凌波　183, 189
百丈懐海　269
平野屋清三郎　411
閔漬　147, 152, 158

【ふ】

苻堅　41, 250
普賢菩薩　9, 141, 146
普徳仙女　160
普徳比丘　141, 142, 144, 145, 146, 152 ～ 156, 158
普満　214
宓妃　102
福沢諭吉　391, 392, 400
浮雪居士　160
藤原敦光　314, 317
藤原有信　318
藤原氏忠（Ujitada）　425, 427, 428
藤原清河　306
藤原研子（内侍の督）　56
藤原公任　48, 56, 78
藤原是雄　311
藤原実兼　318
藤原実範　319
藤原茂範（Fujiwara no Shigenori）　420, 422, 423, 424, 425, 428
藤原俊成　68, 92 ～ 94
藤原季仲　318
藤原忠通　314, 317
藤原為時　55
藤原定家（Fujiwara no Teika）　93, 94, 418, 426, 427, 428
藤原時平　69
藤原仲実　92
藤原信孝　55, 60
藤原広実　319
藤原信実（Fujiwara no Nobuzane）　417, 418, 426, 427
藤原良経　93
藤原道長　48, 55 ～ 57
ブェルヌ　201
武王（百済）　130
武王（周）　309
武帝（漢）　44
武帝（晋）　100
武帝（北周）　269, 270, 273
武帝（梁）　9, 222
武寧（琉球）　345
武寧王（百済）　133
武烈天皇（百済）　133
仏陀跋陀羅（仏駄跋陀羅）　41, 130
仏陀耶舎　41
文王（周）　308, 309
文成帝（北魏）　39
聞一多　106, 107, 113, 114, 119, 120

【へ】

米芾　405
平群広成　31
ヘラクレス　253
弁才　266
弁正　306, 307

【ほ】

保郁　141, 143, 153 ～ 155, 161, 162
方干　307
包佶　306
牟子　274
北条時宗　386 ～ 388
北条時頼（Hōjō Tokiyori）　419
宝唱　222
宝成　8
宝川　251
宝蔵王（高句麗）　143
朴不花　213
菩提達磨　273
法常　253
法顕　35, 41
堀口大学　76
梵天　288

【ま】

前田寛　154, 161
松尾芭蕉　85
摩騰　271, 277
摩耶夫人　281, 285, 286, 288
摩羅難陀　250
萬基　180
万行禅師　265

【み】

味鄒王（新羅）　250
源順　11, 313, 317
源為憲　61, 225
源俊頼　242
源頼朝　67
美濃部金太夫　71
御室戸斎部の秋田　52
三善清行　316
明観　251
明慶　244
明邱燧　165
明自好子　165
明周礼　165
明邵景瞻　165
明無名氏　165
明李昌祺　165

【む】

無憂王　257
無言通　266, 267, 269, 274, 276
無住　227
無染　251
無相　251
無漏　251
陸奥宗光　390
慕尼夫人　134
宗尊親王（Munetaka）　420, 428, 429
村上天皇　51
紫式部　48, 49, 51, 54 ～ 57, 59 ～ 61

【め】

明治天皇　389, 390
明宗（高麗）　17
明朗　251
馬郎　154

【も】

毛如苞　344 ～ 347, 359
孟昶　132
孟良妃　71
木満致　130
木羅斤資　130
目連　252
以仁王　67
牧谿　406
没骨翁　146, 153
本居宣長　53, 58, 62, 388
物部守屋　272
森鷗外　76
文殊菩薩　9, 141, 146, 252, 255 ～ 259, 261

【や】

矢野龍渓　201
山上憶良　63

【ゆ】

雄略天皇　126, 127, 133
靫負命婦　54

【よ】

陽信　245
揚嗣明　370, 375
煬帝（隋）　38
姚燧　211
楊維楨　165
楊貴妃　42, 54

楊匡　368, 369
楊恵盈　368, 369
楊景通　367 ～ 372
楊守敬　204
楊承慶　50
楊少游　184, 186 ～ 190
楊処士　182, 193
楊慎　363
楊日登　368, 369
楊孚　46
楊文挺　370
楊雄　101
慶滋為政　315
吉田兼倶　300

【り】

李煜　133
李頤淳　20
李筠　87
李殷相　160
李夏坤　158
李夏鎮　144, 157
李圭景　17
李奎報　17
李賢　38, 39, 119
李元泰　50
李光洙　154, 161
李穀　145, 157
李瑣　81
李済川　268
李資玄　158
李生　404
李昌祺　176
李穡　259
李仁宗　368 ～ 370
李仁老　17
李成　405
李聖宗　368
李世民　310
李善　363
李宜顕　159
李宜白　160
李天相　160
李燾　369
李東沆　158
李東陽　363
李白　306
李復　322
李豊翼　160
李命俊　20
利方　271, 277
六観大師（六如和尚）　181, 183 ～ 186, 190 ～ 192
陸亀蒙　307
劉安　100
劉禹錫　307, 311
劉希夷　312
劉義慶　198
劉向　100, 101
劉歆　100
劉勲　365, 366
劉采春　80
劉宋　198
劉鋹　133
劉長卿　306
龍王　181
龍空高超　282
柳貫　173
柳宗元　403, 404
良忠　320
梁冀　39
梁啓超　203, 204
梁賢智　369
梁煌　344, 346

【る】

盧舎那仏　256

【れ】

霊仁皇太后　266, 274
冷泉院　51

黎崱　270
黎文休　268
黎愍宗　362

【ろ】

廊潭長老　331
牢度叉　285
六条有房　69
盧景任　144, 157
魯迅　164, 176

作品・資料名索引

【あ】

会津産明治組重　395
会津風土記　335
吾妻鏡（Azuma kagami）　420
霊怪草　165
安南志原　270
安南志略　270, 277

【い】

異苑　206
伊吉連博徳書　30, 31
夷堅志　200
医心方　11
伊勢集　54
伊勢物語　85, 88, 118
イソップ物語　219
逸周書　117
犬張子　175
異物志　46
今物語（Ima monogatari）　417, 427
遺老説伝　328, 336, 357

【う】

雨月物語　165, 199
宇治拾遺物語　200 ～ 202
打聞集　320
うつほ物語　29, 53 ～ 55, 61

【え】

詠歌大概　94
映虚集　160
永州八記　404
咏物詩　165
越音詩集　22
粤西金石略　365, 379
越甸幽霊集録　268
淮南子　113
絵本曽我物語　200
絵本太閤記　200
絵本通俗三国志　200
圓覚経大疏　137
延喜式　11
燕京大学図書館報　207
袁中郎全集　224

【お】

往五天竺記　252
往生要集　227
王船山詩文集　406
王命書文　351 ～ 355, 359
於于野談　25
大島筆記　356
大野町史　292
伽婢子　7, 165, 174 ～ 177
於母影　76
尾張志　292
尾張徇行記　278, 292

【か】

海嶽録　157
解故　103, 113
解詁　106, 113
海山日記　157
海山録　158
怪談全書　165
海潮音　76
海東高僧伝　25, 250, 252, 253, 271, 277
懐風藻　306, 307, 310
海龍王経　33
懐麓堂集　363
河海抄　49, 51, 53, 60, 61
課虚録　21
楽全堂集　157
郭店楚簡　98

岳陽楼記　403
過去現在因果経　285
鵝珠抄　307, 323
荷棲集　160
葛川集　160
月蔵経　227
括地志　38, 47
稼亭集　157
華南漫録　157
賀茂（能）　298, 300, 301
唐鏡（The China Mirror）　413, 420 〜 425, 427 〜 430
唐物語（Kara monogatari）　91, 92, 94, 413, 424
河社　33, 37
觀經疏傳通記　320
菅家文草　317
還魂記　206
驩州風土記　22
漢書　43, 100, 139, 140, 197, 202
関東記行　159
関東録　160
観音菩薩の霊験録（普徳閣氏の縁起）　154
寛平御遺戒　52, 53
乾鳳寺本末事蹟　156
翰林別曲　17

【き】

奇異雑談集　165
亀沙金剛録　159
宜春八景詠　22
魏書　39, 40, 131, 132
帰蔵　113
帰田詩話　165
吉備大臣入唐絵巻　321
奇布賦　40, 44
九雲夢　178, 180, 181, 184, 185, 187, 188, 190 〜 194
九歌　402
窮源尽性抄　300
球陽　15, 328, 336, 344 〜 347, 351 〜 359
教坊記　206
業報差別経　270
経律異相　222 〜 225
行暦抄　307
玉澗八景詩　411
玉川集　159
玉篇　11
清正記　71
儀礼　109
金鰲新話　7, 159, 166
今古奇観　197
謹斎集　157
錦繍万花谷　410
金石略　366, 367, 373
銀の匙　386, 389, 399
金瓶梅　197
金鳳釵記　173
金葉和歌集　242
金縷衣　86

【く】

愚管抄（Gukanshō）　399, 416
弘賛法華伝　7, 235 〜 245, 247, 248
虞淳熙先生集　166
句題和歌　78
百済記　125, 126, 128, 131, 137, 138
百済新撰　125, 129, 133, 134, 138
百済本紀（百済本記）　125, 134, 136
屈原集校注　122

【け】

敬庵集　157
経義述聞　100
経国集　11
経国美談　201
経典釈文　113
景徳伝灯録　268, 272, 277
芸文類聚　40, 91, 130
華厳経　64 〜 66, 144, 193, 256
月下の一群　76
血盆経　8

賢愚経　128, 214, 223, 231, 285
源氏物語　46, 48 〜 56, 58 〜 61, 68, 73, 85, 180, 388, 399
源氏物語湖月抄　62
源氏物語玉の小櫛　53
源氏物語評釈　58
巖松山来迎院東龍寺縁起　282
原仙記　44

【こ】

広異記　44
項羽（能 Kō U）　423
皇越詩選　22
皇越文選　6
広雅疏証　106
洪吉童伝　7
広弘明集　277
後溪集　20
合刻三志　172
庚申外史　214, 215
広西通志　365
香跡洞記　21
江雪　403
江談抄　318, 321
皇朝類苑　405
皇帝（能 Kōtei）　423
高平事跡　362
高平実録　362 〜 364, 372, 374
神戸又新日報　393
高麗史　17, 147, 158, 212, 233, 244
高麗史節要　17
高麗大蔵経　230
江吏部集　94, 319
合類書籍目録大全　199
紅楼夢　197
後漢書　38 〜 40, 43, 47, 101, 104, 119, 132, 133, 138
五行志　132
古今和歌集　11, 78, 82, 83, 88, 310
谷雲集　158
国語　132, 138
国民之友　390
故訓彙纂　121
梧渓日誌集　160
心の廃虚　76
古今説海　174, 175
古今著聞集　202
古今図書集成　225
古事記　59, 64, 197, 298
古事集　325 〜 331, 333 〜 336, 338, 339, 344, 347, 351
古事談　200, 202
五洲衍文長箋散稿　17
古清涼伝　257
五朝小説　167, 172, 174, 175, 177
五灯会元　268
湖東西洛記　160
語林　91
呉録　37
語録問答門下　21
金剛経五家解　231
金剛観敍　160
金剛経　185
金剛山史　157
金剛山伝説　155
金剛山遊記　161
金剛頂経　185
金剛途路記　157
金剛遊山録　160
金剛録　157
今昔物語集　11, 200 〜 202, 235 〜 243, 245 〜 248, 272, 277, 320, 399
根本説一切有部毘奈耶　129

【さ】

在唐記　307, 323
西遊記　7, 197, 206
座敷八景　24
謝氏南征記　181
冊府元亀　10, 11
三国遺事　130, 143 〜 145, 147, 154, 157, 158, 160, 250, 253, 255 〜 258, 261

三国志　39, 40, 47
三国志演義　7, 197, 200
三国史記　157, 250
珊瑚集　76
三蔵法師西遊路程記　260
山帯閣註　120
参天台五台山記　320
三宝絵　48, 61, 225, 226, 232, 238
三宝感応要略録　6, 236, 238, 243
散木奇歌集　242
散木集註　242

【し】

史記　42, 43, 98, 121, 138, 309
直談因縁集　228, 229, 232
詩経　140, 208
子姑神記　173
四庫総目提要　206
時事新報　391, 392, 400
私聚百因縁集　226, 227, 232
事蹟記　260
地蔵菩薩本願経　128
七略　100
支那雑記　76
四分律　233
四分律刪繁補闕行事鈔　223
紫明抄　51, 53, 61
釈迦如来応現記　8
釈迦如来行跡頌　231
釈迦如来行録　230 ～ 232
釈迦如来十地修行記　213 ～ 215, 230
釈迦如来成道記　8
釈氏源流　8, 10
釈日本紀　299
釈譜詳節　195
車塵集　74 ～ 79, 82, 89
沙石集　220, 227, 229, 232
拾遺愚草　94
周易　110, 115, 120
十王経　192
拾芥抄　314
拾玉集　93
従軍詩　131
集解　103, 111
秋江集　159
周書　40
袖中抄　299
秋灯叢話　166
修文殿御覧　10
周礼　110, 113, 114, 115, 118, 121
粛宗大王実録　181
首里八景　16
儒林外史　197
春秋左伝　138
殉情詩集　76
順治康熙王命書文　347, 358
春望詩　76
升庵外集　363
生経　131
成斎集　160
尚書　117
瀟湘臥遊図巻　404
小説奇言　199
小説月報　205
小説粋言　199
小説精言　199
照対録　266
少年世界　388
上博楚簡本　110
松風集　16
正法華経　131
昌黎文集　68
諸経要集　223
続日本紀　31, 47, 50, 61
書舶庸談　176
新羅殊異伝　25, 26, 250
史略　370
神異経　37, 46
新渓集　160
真誥　44
新古今和歌集　93
新刻名家出相剪灯叢話　173
心地観経　227

晋書　40, 91, 140
新撰亀相記　103
新撰万葉集　78, 79
新撰朗詠集　315, 316
新増東国輿地勝覧　142, 144
神道雑々集　300
新編水滸画伝　200
申陽洞絵巻　7

【す】

水宮慶会絵巻　7
水経注　34, 47, 140
水滸伝　7, 197, 200, 206
隋書　38, 198, 209
資實長兼両卿百番詩合　316
頭陀草　158
住吉物語　55

【せ】

斉諧記　224, 231
正義　121
西湖佳話　197
青鎖高議　167
晴沼遺稿　157
西廂記　200
政事要略　11
聖燈語録　21
斉東野語　38
西浦漫筆　181
世界短篇小説大系　205
世界図書分類法　203, 209
赤雅　365, 373, 374
石門文字禅　406
世説新語　91, 92, 197, 198, 205, 206, 209
雪濤小説　224, 233
説郛　167, 172, 174, 175
説郛続　167, 173
説文　103
説文解字　38, 98
世本　113
全越詩録　22
禅苑集英　265 〜 268, 270 〜 274, 276
山海経　42, 43, 106, 200
潜窩遺稿　20
千賀家記抄　292
全後漢文　138
戦国策　140, 231
千載佳句　316
千載集　68, 93
全書　370, 371
剪灯奇録　165
全唐詩　306, 307
剪灯新話　6, 7, 164 〜 167, 171, 174 〜 176, 197, 201, 209
剪灯新話句解　6, 7, 166
剪灯叢話　164 〜 168, 170 〜 176
剪灯続録　165
全唐文　132, 134, 139
剪灯余話　165, 166, 171, 175, 176
宣和遺事　200
仙浦謾興　161

【そ】

僧伽吒経　129
増加書目録　201, 202
荘子　219, 231
総持経　270
捜神記　37, 46, 130, 197, 198, 202, 206
象頭経　270
挿図本中国文学史　205
増訂帝国図書館和漢図書分類目録　201 〜 203
雑宝蔵経　134
楚王鋳剣記　173
続高僧伝　253 〜 255, 257 〜 259, 261, 367, 379
続資治通鑑長編　369
楚辞　97, 99 〜 102, 114, 116 〜 118, 120, 122, 404
楚辞校注　113
楚辞集解　119
楚辞章句　101
楚辞集注　102, 119

楚辞通釈　120
楚辞通典　119
楚辞補注　119
存斎詩集　165

【た】

大越史記　268
大越史記全書　369
大越史略　369
大越通鑑通考　371
大吉義神咒経　129
太古蚕馬記　173
太子瑞応本起経　214
太子須大拏経　130
大集経　227
大乗三論大義鈔　225
大蔵経　223, 229, 232
大荘厳論経　130
大唐西域記　33, 34, 47, 131
大唐大慈恩寺三蔵法師伝　33, 34, 47, 131
大南一統志　361 ～ 364, 371, 372, 374
大日本続蔵経　8
太平記　67, 68, 70, 73
太平経　139
太平御覧　10, 11, 113
太平広記　10, 44, 45, 132, 174, 177
大方広仏華厳経　130
大方広仏華厳経随疏演義　231
大方等大集経　227
大明一統志　335, 338, 339

【ち】

遅庵集　158
千里集　79
中華事始　337
忠義水滸伝　199
忠義水滸伝解　199
中国小説史略　164, 176
中国俗文学史　205
中国短篇小説集　205
中国図書館分類法　208
中山沿革志　334, 338
中山世鑑　331, 344
中山世譜
　蔡鐸本　344
　蔡温本　334, 338, 346, 354, 357
中山伝信録　338
中山八景記　13
中本起経　136
中右記　245
長阿含経　233
長恨歌　42, 43
長沙府志　406
張州雑誌　290, 292
張州府志　292
朝鮮王朝実録　8, 19, 259, 261
朝鮮小説史　154
朝鮮征伐記　67, 70, 71, 73
趙定宇書目　167, 172, 176
朝野群載　36, 37
朝野僉載　206

【つ】

貫之集　311

【て】

伝奇漫録　7, 166
傅子　39
天上玉女記　173
天浄沙　86
篆隷万象名義　11

【と】

杜威十類法　206
東苑八景　16
東海道中膝栗毛　200
桃花扇　200
東京朝日新聞　393
東京図書館増加書目録第一編和漢書之部　201

東京図書館和漢書分類目録　199
東京図書館和漢書分類目録後編　201
同慶地輿志　362 ～ 364, 372, 374
陶谷集　159
東国李相国集　17
東城風土記　22
唐人説薈　172, 174, 175
同心草　76
東姓家譜（津波古家）　345
唐文拾遺　132
塔放光記　173
等目菩薩所問三昧経　137
東文選　6, 18
東遊記　160
東遊記実　159, 160
東遊録　157, 158, 160
東遊録日記　161
東里集　160
図書館小識　203
図書分類法　209
俊頼髄脳　242, 243, 248

【な】

仲里間切旧記　332
中村家記　292
那覇由来記　332
南荒経　46
南山住持感応伝　33, 46
南史　129, 136
南宗嗣法図　266
南総里見八犬伝　7, 200

【に】

肉蒲団　197
二十四孝　408, 411
二十四孝諺解　408, 411
日蔵経　227
入唐求法巡礼行記　30 ～ 33, 36, 37, 47, 251, 307
二年律令　111
日本往生極楽記　247
日本三代実録　36, 37
日本十進分類法　196 ～ 198, 208
日本書紀　30, 49, 57 ～ 59, 62, 64, 125, 126, 137 ～ 139, 197
日本訪書志　205
日本文徳天皇実録　32
日本霊異記　49, 238
如来応現図　10
忍庵遺稿　158

【ね】

涅槃経（大般涅槃経）　227, 231

【の】

教家摘句　318

【は】

梅月堂集　159
梅湖遺稿　17
破閑集　17
白軒集　160
舶載書目　173
白氏文集　85, 91, 305
博物志　40, 197, 198, 209
破邪論　277
秦氏本系帳　299, 300
八十日間世界一周　201
英草紙　199
浜松中納言物語　29
般舟三昧経　129
晩慕遺稿　159

【ひ】

秘府略　11
百座法談聞書抄　243
百川書志　209
百物語　200

百喩経　137, 219 ～ 229, 231, 232
白虎通　140
譬喩経　226
昼の月　76
琵琶婦伝　173

【ふ】

楓岳日記　158
風流江戸八景　24
風流座敷八景　24
巫山夢記　173
浮雪伝　160
扶桑略記　319, 321
仏昇忉利天為母説法経　130
仏説優填王経　129
仏説義足経　129
仏説未曾有因縁経　128
仏祖統記　39
仏伝涅槃図
　延命寺本　278, 279, 281 ～ 288, 291, 292, 294
　東龍寺本　282 ～ 288
　浄土寺本　286
　中之坊寺本　288, 290 ～ 292
仏本行集経　128, 285
普徳窟事蹟拾遺録　162
父母恩重経　8
普曜経　131
文苑英華　10, 11
文学週報　205
文華秀麗集　132, 311, 312
文鏡秘府論　11

【へ】

平家物語（Heike monogatari）　67, 68, 73, 427
敝帚遺稿　159
覓灯因話　165, 166
北京大学週刊　208
北京大学日刊　208
俛宇集　160
弁正論　367, 379

【ほ】

法苑珠林　34, 223, 253, 254, 277
方言　101
包山楚簡　108, 109, 114 ～ 116, 120
宝物集　225, 226, 232
保閑斎集　18
牧庵集　211
牧隠文藁　259
北山録　223
卜筮祭禱簡　110, 114 ～ 116
北斉書　138, 140
北大図書部月刊　208
北平図書館善本書目　207
朴通事　213
菩提樹葉経　259
法華経直談抄　228, 229, 232
法華義疏　223, 224
法華経（妙法蓮華経）　7, 129, 191 ～ 195
法華験記　7
法華伝記　7
法華霊験伝　7
法顕伝　34, 35, 41, 47
法性寺関白御集　318
堀河百首　92
梵宇攷　142, 150, 151, 156
本草綱目　37
本朝書籍目録　199
本朝水滸伝　7
本朝続文粋　319
本朝文集　319
本朝法華験記　238, 247
本朝無題詩　314, 317
本朝文粋　6, 313 ～ 317
本朝麗藻　313

【ま】

馬王堆帛書本　110
摩訶止観　191
枕草子　85

松浦宮物語（Matsuranomiya monogatari）　29, 425, 428
万葉集　33, 58, 59, 62 〜 64, 66, 92, 309

【み】

宮主秘事口伝　120
明宿集　301
妙法蓮華経別讃　195
岷江入楚　53, 62
明史　213, 373

【む】

夢渓筆談　405
無名草子　55, 62
紫式部集　59, 62
紫式部日記　48, 49, 55, 56, 62
名媛詩帰　78

【め】

鳴皐先生文集（鳴皐集）　20
冥祥記　197, 198, 202
冥報記　205, 236
冥報記拾遺　205

【も】

蒙求（Meng qiu）　91, 424
嘿守堂集　159
文選　6, 10, 11, 363

【や】

八重山島諸記帳　332
矢卓鴨　298
山城国風土記　299, 300
大和事始　337
大和本草　25

【ゆ】

遊関東録　159
遊金剛山記　157, 159
遊仙窟　6, 197, 198, 202, 204, 205, 207
湧幢小品
　朱国禎撰本　365, 373, 374
　朱氏家蔵刻本　365
遊楓岳記　158
遊楓岳録　159
喩林　223 〜 225, 233

【よ】

楊貴妃（能 Yō Kihi）　423
雍正旧記　332
要略録　239
与佐久間洞巌書　24

【ら】

礼記　115, 119
雷平県志　367, 379
洛中洛外図屏風 延命寺本　278
蘭史集　157
蘭亭序　91

【り】

離騒解詁　105
李陳詩文　21, 22
立斎先生遺稿（立斎集）　20
律集解　11
琉球国旧記　327 〜 329, 331, 332, 337, 338, 339, 351, 357
琉球国志略　15
琉球国由来記　327, 328, 329, 331, 332, 336 〜 339, 351
琉球神道記　14, 15
凌雲集　311
梁冀別伝　132
梁高僧伝　41, 47, 232, 252, 277

聊斎志異　197
令集解　11
緑窓女史　167, 170, 172, 173, 177
呂氏春秋　139
理惑論　274

【る】

類聚国史　11
類聚三代格　11
類聚判集　11

【れ】

嶺東山水記　159
列子　40, 42, 43, 219

【ろ】

老乞大　213
老子　99, 118
六玩堂集　160
六愚堂遺稿　157
六度集経　214
浪漫　74
和漢朗詠集　78, 316
和名類聚抄　11

シリーズ　日本文学の展望を拓く

第一巻

東アジアの文化圏

［監修者］

小峯和明（こみね・かずあき）

1947年生まれ。立教大学名誉教授、中国人民大学高端外国専家、早稲田大学客員上級研究員、放送大学客員教授。早稲田大学大学院修了。日本中世文学、東アジア比較説話専攻。物語、説話、絵巻、琉球文学、法会文学など。著作に『説話の森』（岩波現代文庫）、『説話の声』（新曜社）、『説話の言説』（森話社）、『今昔物語集の世界』（岩波ジュニア新書）、『野馬台詩の謎』（岩波書店）、『中世日本の予言書』（岩波新書）、『今昔物語集の形成と構造』『院政期文学論』『中世法会文芸論』（笠間書院）、『東洋文庫 809　新羅殊異伝』（共編訳）、『東洋文庫 875　海東高僧伝』（共編訳）など、編著に、『東アジアの仏伝文学』（勉誠出版）、『東アジアの女性と仏教と文学　アジア遊学 207』（勉誠出版）、『日本文学史』（吉川弘文館）、『日本文学史―古代・中世編』（ミネルヴァ書房）、『東アジアの今昔物語集―翻訳・変成・予言』（勉誠出版）ほか多数。

［編者］

金　英順（Kim Youngsoon）

立教大学兼任講師。日本中世文学、東アジアの孝子説話。『海東高僧伝』（編著、平凡社、2016年）、「東アジア孝子説話にみる生贄譚」（『説話文学研究』45号、2010年 7月）、「東アジアの孝子説話にみる自己犠牲の〈孝〉」（『仏教文学』32号、2008年 3月）、「東アジアの入唐説話にみる対中国意識」（『アジア遊学』197、勉誠出版、2016年）。

［執筆者］

鈴木　彰／金　英順／小峯和明／丁　莉／金　鍾徳／何　衛紅／張　龍妹／於　国瑛／趙　力偉
井上　亘／馬　駿／龍野沙代／蒋　雲斗／染谷智幸／河野貴美子／金　文京／千本英史
松本真輔／佐野愛子／金　賢旭／高　兵兵／木村淳也／島村幸一／ファム・レ・フイ
チャン・クァン・ドック／樋口大祐／冉　毅／エリン・L・ブライトウェル

2017（平成 29）年 11 月 10 日　初版第一刷発行

発行者
池田圭子
装　丁
笠間書院装丁室
発行所

笠間書院

〒 101-0064　東京都千代田区猿楽町 2-2-3　電話　03-3295-1331　Fax 03-3294-0996　振替　00110-1-56002

ISBN978-4-305-70881-6 C0095

モリモト印刷　印刷・製本

http://kasamashoin.jp/

［監修］小峯和明

本体価格：各九、〇〇〇円（税別）

シリーズ　日本文学の展望を拓く

第一巻　東アジアの文学圏　金　英順編

第二巻　絵画・イメージの回廊　出口久徳編

第三巻　宗教文芸の言説と環境　原　克昭編

第四巻　文学史の時空　宮腰直人編

第五巻　資料学の現在　目黒将史編